KB098387

시월의 말
1

시월의 말

The October Horse

COLLEEN McCULLOUGH

1

콜린
매컬로
지음

강선재 · 신봉아
이은주 · 홍정인
옮김

교유서가

오클라호마 대학교 윌리엄 J. 크로 석좌교수
에드워드 J. 퍼킨스 대사에게,
직무에의 헌신과 알려지지 않은
온갖 봉사에 대해 사랑과 존경을 담아

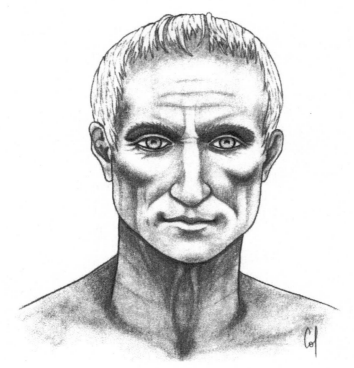

가이우스 율리우스 카이사르

10월 이두스를 기하여 기나긴 전투가 끝났다. 그리고 그 날, 공화정 로마의 세르비우스 성벽 바깥에 펼쳐진 마르스 평원의 초록빛 풀밭에서 경주가 열렸다.

그해 최고의 군마들은 두 필씩 전차에 매여 무서운 속도로 달렸다. 이긴 전차의 오른쪽 말이 시월의 말이 되었으며 의식에 따라 창에 찔려 죽임당했다. 전쟁의 신 마르스를 모시는 특별 신관인 마르스 대제관이 이 의식을 맡았다. 죽은 시월의 말의 머리와 생식기는 따로 절단되었다. 생식기는 로마에서 가장 오래된 신전인 레기아로 급히 옮겨 그곳의 신성한 화로에서 피를 빼낸 뒤, 베스타 신녀들에게 건네어 베스타의 신성한 불로 재가 될 때까지 태우게 했다. 이후 그 재는 초대 왕 로물루스의 로마 건국 기념일에 제물로 바치는 빵에 섞어 넣었다. 장식된 말머리는 하층 시민들의 두 무리 가운데로 던져졌다. 한쪽은 수부라 지구 시민들이었고 다른 한쪽은 사크라 가도 지구 시민들이었다. 양쪽 시민들은 서로 말 머리를 차지하려고 격렬히 싸웠다. 수부라 지구가 이기면 말 머리를 마밀리우스 탑에 못박아 매달았다. 반대로 사크라 가도 지구가 이기면 레기아 외벽에 못박아 매달았다.

어떻게 시작되었는지 아무도 기억 못할 만큼 까마득히 오래된 이 의식에서, 로마가 가진 단연 최고의 것은 로마를 지배하는 한 쌍의 동력인 전쟁과 영토에 제물로 바쳐졌다. 바로 이 쌍둥이 동력에서 로마의 힘, 로마의 번영, 로마의 영원한 영광이 비롯되었다. 시월의 말의 죽음은 과거에의 애도이자 미래에의 전망이었다.

1장
이집트의 카이사르

기원전 48년 10월부터
기원전 47년 6월까지

클레오파트라

"그럴 줄 알았다니까. 아주 미약한 지진이었어." 서류 다발을 책상 위에 놓으며 카이사르가 말했다.

칼비누스와 브루투스는 업무를 보다 말고 놀란 얼굴로 고개를 들었다.

"그게 생선 가격과 무슨 상관이 있습니까?" 칼비누스가 물었다.

"내가 신이라던 징조들 말이오, 나이우스! 엘리스의 신전에 있는 승리의 여신상이 돌아선 일이며, 안티오케이아와 프톨레마이스에서 검과 방패가 쨍하고 부딪치고 페르가몬의 아프로디테 신전에서 쿵쿵 울리는 소리가 난 사건들, 기억 안 나시오? 내 경험상 신들은 인간사에 간여하지 않거니와, 파르살로스 전투에서 마그누스를 무찌른 것도 결코 어느 신의 힘이 아니었소. 그래서 나는 그리스와 아시아 속주 북부, 시리아의 오론테스 강 유역에서 조사를 좀 해보았다오. 그 모든 기현상이 한날한시에 일어났소. 미약한 지진인 거요. 이탈리아 내 우리 신관들의 기록들을 보시오. 땅속 깊은 곳에서 우르르 쿵쿵거리는 소리가 들리고 조각상들이 기이하게 움직였다는 기록 말이오. 지진이지."

"그리 말씀하시니 우리가 별 볼 일 없어져버리잖습니까, 카이사르."

칼비누스가 싱긋 웃으며 말했다. "제가 신을 상관으로 모시고 있다는 생각이 막 들려는 참이었는데요." 그는 브루투스를 쳐다보며 물었다. "자네도 실망하지 않았나, 브루투스?"

반쯤 감긴 듯 슬퍼 보이는 커다랗고 검은 두 눈은 웃음으로 빛나지 않았다. 그저 칼비누스를 골똘히 응시할 뿐이었다. "실망하거나 환상이 깨지지는 않았습니다, 나이우스 칼비누스. 자연현상이 원인일 거라는 생각은 못했지만요. 저는 그 보고들을 아부라고 여겼습니다."

카이사르가 움찔하며 말했다. "아부라면 더 나쁘지."

세 사내는 안락하지만 호화롭지는 않은 방에 함께 앉아 있던 참이었다. 그들이 휴식을 취하고 잠을 자는 숙소와 별도로 로도스의 행정장관이 사무실로 내어준 공간이었다. 창문 너머로 키프로스, 킬리키아, 시리아와 에게 해를 연결하는 주요 교역로의 분기점인 이곳의 붐비는 항구가 내다보였다. 무리 지어 모인 배들과 짙푸른 바다, 해협을 따라 우뚝 솟은 리키아의 높은 산이 사방으로 펼쳐진 멋지고 흥미로운 전망이었지만, 아무도 그쪽으론 신경을 쓰지 않았다.

카이사르는 또다른 서신의 봉인을 뜯어 한눈에 읽은 뒤 툴툴거렸다. "키프로스에서 왔네." 같이 있는 사람들이 하던 일로 다시 주의를 돌릴 겨를도 없이 그가 말했다. "젊은 클라우디우스가 전하길 폼페이우스 마그누스가 이집트로 출발했다는군."

"틀림없이 파르티아 왕의 궁정에 있는 친척 히루스와 합류할 줄 알았더니. 이집트에서 뭘 얻을 수 있을까요?" 칼비누스가 물었다.

"물과 식량이지. 그의 느려터진 이동 속도를 고려하면 알렉산드리아를 떠나기 전에 에테시아이 북서풍이 불어올 거요. 마그누스는 아프리카 속주에서 도망중인 잔당들과 합류할 것 같군." 카이사르가 약간 슬폰 어조로 말했다.

"그러니까 아직 끝이 나지 않은 거군요." 브루투스가 한숨을 쉬었다.

카이사르는 쏘아붙이듯 대꾸했다. "마그누스와 그의 '원로원'이 찾아와서 내가 부재중 후보로 집정관 선거에 나가도 된다고만 하면 지금 당장이라도 끝날 수 있다네, 친애하는 브루투스!"

"아, 그건 카토 부류의 인간들이 하기엔 지나치게 상식적인 행동 같은데요." 브루투스가 아무 말도 못하자 칼비누스가 대신 대꾸했다. "카토가 살아 있는 한 마그누스나 그의 원로원으로부터 어떠한 합의도 얻지 못하실 겁니다."

"나도 잘 아오."

카이사르는 세 장날 주기 전에 헬레스폰트 해협을 건너 아시아 속주로 왔다. 공화파가 함대와 돈을 미친듯이 모으는 과정에서 저지른 대대적인 약탈의 피해가 어느 정도인지 에게 해안을 따라가며 조사하기 위해서였다. 신전들은 가장 값비싼 보물을 약탈당했고 은행들의 금고가 털렸으며 부호들과 징세청부업자들도 도둑질로 싹쓸이를 당했다. 아시아 속주가 아니라 시리아의 총독인 메텔루스 스키피오는 시리아를 떠나 폼페이우스와 합류하러 테살리아로 가는 도중 이곳에서 뭉그적거렸다. 그러고는 창문, 기둥, 문짝, 노예, 머릿수, 곡물, 가축, 무기, 포(砲), 토지 양도 등등 떠올릴 수 있는 온갖 것들에 대해 불법적으로 세금을 부과했다. 그러고도 충분한 돈이 모이지 않자 그는 향후 10년간의 잠정세를 도입하여 징수했고 이에 항의하는 지역민들을 처형했다.

로마로 들어가는 보고서들은 이런 문제보다 카이사르가 신적인 존재라는 증거에 집중했지만, 실제로 카이사르의 여정은 진상을 파악하는 동시에 도저히 번성할 수 없는 여건에 놓인 속주의 재정 부담 완화에 착수하는 일로 채워졌다. 그는 도시의 행정 책임자와 민간 지도자들을 만나고 징세청부업자들을 해고했으며 추후 5년간 종류를 불문하고 모든 세금을 면제해주었다. 또한 파르살로스 곳곳의 막사에서 발견된 보물들을 원래 있던 신전으로 반환하라는 명령을 내렸으며, 그가 로마에 훌륭한 정부를 세우는 즉시 곤궁한 아시아 속주를 도울 수 있는 더욱 구체적인 조치를 취하겠다고 약속했다.

바로 이래서 아시아 속주가 그를 신으로 여기는 게지. 이곳 로도스에서 책상 위에 어질러진 서류들을 계속 읽고 있는 카이사르를 바라보며 나이우스 도미티우스 칼비누스는 생각했다. 경제를 이해하고 아시아와 거래도 했던 마지막 인물은 술라였다. 하지만 그가 도입한 매우 공정한 조세제도는 15년 후 다름 아닌 폼페이우스 마그누스에 의해 폐지되었다. 로마가 속주들에 진 의무를 제대로 인식하려면 유구한 파트리키 가문의 인물이라야 하는 건가, 하고 칼비누스는 곰곰 생각했다. 파트리키가 아닌 우리 같은 사람들은 과거에 그토록 단단히 뿌리박고 있지 않으니까, 미래를 생각하기보다는 현재에만 충실한 경향이 있어.

위인은 무척 지쳐 보였다. 물론 변함없이 탄탄하고 늘씬했지만 녹초가 되어 있는 게 확실했다. 그는 포도주에 입을 대거나 식도락을 즐기는 법이 없었으므로 매일같이 방종과는 거리가 먼 건전한 생활을 했으며, 잠깐만 자도 쌩쌩하게 일어나는 그의 능력은 부러울 지경이었다. 문제는 그가 해야 할 일이 너무 많은데다 대부분의 수하에겐 일을 믿고 나눠 맡기지도 못한다는 것이었다.

브루투스가 딱 들어맞는 예지. 칼비누스는 불쾌한 기분으로 떠올렸다(그는 브루투스를 싫어했다). 브루투스는 회계 담당자로선 완벽하지만, 원로원 의원으로서 부적절하게 고리대금업과 징세청부업을 하는 자신의 회사 마티니우스·스캅티우스 사를 보호하는 데 온 힘을 쏟았다. 그 회사는 브루투스·브루투스 사라고 불려야 마땅했다! 아시아 속주의 주요 인사들은 하나같이 마티니우스·스캅티우스 사에 수백만씩 빚을 졌으며 갈라티아의 데이오타로스 왕과 카파도키아의 아리오바르자네스 왕 역시 마찬가지였다. 그래서 브루투스는 성가시게 잔소리를 해댔고, 잔소리를 끔찍이 싫어하는 카이사르를 몹시 짜증나게 했다.

"10퍼센트 단리는 충분한 수익률이 못 됩니다." 브루투스는 우는소리로 말하곤 했다. "로마 사업가들에게 이토록 불리한데 어찌 그 수준으로 금리를 정하실 수 있습니까?"

"그보다 더 높은 금리로 자금을 대출하는 로마 사업가들은 파렴치한 고리대금업자야." 카이사르는 이렇게 대꾸하곤 했다. "48퍼센트 복리는 죄악이네, 브루투스! 자네 똘마니들인 마티니우스와 스캅티우스가 키프로스의 살라미스 주민들에게 물린 이자 말이야. 그러곤 대출금을 제때 갚지 못하자 그 사람들을 굶겨 죽였지! 우리 속주들이 앞으로도 계속 로마에 공헌할 수 있으려면 경제가 튼튼해야만 하네."

"대출자들이 통상보다 높은 금리를 명시한 계약에 응하는 것이 대금업자의 탓은 아닙니다." 브루투스는 재정 문제만 나오면 유독 보이는 이상하게 완고한 태도로 주장하곤 했다. "빚은 빚이고, 응당 계약된 금리로 상환되어야 합니다. 그런데 독재관님이 그걸 불법으로 만드셨어요!"

"내가 하기 전에도 불법이었어야 해. 자네는 요약본 작성으로 유명하지, 브루투스. 자네말고 어느 누가 투키디데스의 글 전체를 두 쪽으로 줄여놓을 수 있겠나? 그런데 12표법을 단 한 쪽에 요약하려 해본 적은 없는가? 자네가 외삼촌 편을 들게 된 게 모스 마이오룸 때문이라면, 12표법에서는 대출에 어떠한 이자도 부과할 수 없도록 규정하고 있다는 점을 기억하게."

"그건 600년 전의 규정입니다." 브루투스는 이렇게 대답하곤 했다.

"터무니없는 대출 조건을 받아들이는 사람이라면 그 자체로 대출을 받기에 부적격자고, 자네도 그 점을 잘 알고 있네. 브루투스 자네가 진짜 불만인 이유는 로마 고리대금업자들이 총독의 병사들이나 릭토르들을 이용해 강제로 빚을 회수하지 못하도록 내가 막았기 때문인 게지." 카이사르는 참다못해 성이 나서 이렇게 말하곤 했다.

이런 대화가 못해도 하루 한 번씩은 되풀이되었다.

물론 브루투스는 카이사르에게 특별히 까다로운 문제였다. 카이사르는 브루투스의 어머니 세르빌리아에 대한 애정 때문에, 그리고 폼페이우스를 붙잡기 위해 브루투스와 율리아의 약혼을 깬 죄책감에—그 일로 브루투스가 비탄에 잠겼다는 걸 카이사르도 잘 알고 있었다—파르살로스 전투 이후 브루투스를 거두어 보살폈다. 하지만 카이사르는 파르살로스 이후에 브루투스를 불쌍히 여기던 당시만 해도 그가 어떤 사람인지 전혀 몰랐지, 하고 칼비누스는 생각했다. 카이사르는 청년 시절의 브루투스를 마지막으로 본 뒤 12년이 지나서야 관계를 재개했던 것이다. 이제는 서른여섯 살 여드름쟁이가 된 그 옛날의 여드름쟁이 청년이 전장에서는 겁쟁이요 자신의 어마어마한 재산을 지킬 때는 사자라는 사실을 그는 전혀 몰랐다. 모두가 알고 있었지만 아무도 카이사르에게 말할 엄두를 못 낸 진실이 있었으니, 바로 브루투스가 파르살로스에서 피 한 방울 묻히지 않은 채 칼을 내려놓고 늪에 숨어 있다가 잽싸게 라리사로 달아났으며 거기서 폼페이우스의 소위 '공화파' 중 가장 먼저 사면을 요청했다는 사실이었다. 저 비겁한 브루투스가 영 마음에 안 들어, 하고 칼비누스는 혼잣말했다. 저놈을 눈앞에서 치울 수 있다면 얼마나 좋을까. 스스로 '공화파'라 부르는 꼴이라니, 세상에! 저놈이나 소위 공화파라는 자들이 로마에 떠안긴 내전을 정당화해볼 심산으로 붙인 거창한 이름일 뿐이지 않은가.

브루투스가 자리에서 일어났다. "카이사르, 저는 약속이 있습니다."

"그럼 가보게." 위인은 덤덤하게 말했다.

"저 말은 곧 버러지 같은 마티니우스가 로도스까지 우리를 따라왔다는 뜻입니까?" 브루투스가 나가자마자 칼비누스가 물었다.

"그런 것 같군." 담청색 두 눈 가장자리에 잔주름이 잡혔다. 홍채 바깥의 검은 테두리 때문에 보는 사람을 불안하게 만드는 눈이었다. "기운 내시오, 칼비누스! 조만간 브루투스에게서 해방될 테니까."

칼비누스도 마주 미소를 지었다. "그를 어떻게 하시려고요?"

"타르소스의 총독 관저에 주저앉힐 거요. 우리의 다음 목적지이자 최종 목적지 말이오. 다시 세스티우스 밑에서 일하게 하는 것만큼 브루투스에게 딱 맞는 벌은 없을 것 같거든. 세스티우스는 킬리키아의 2개 군단을 슬쩍해서 폼페이우스 마그누스 휘하 병력에 넣은 일로 아직까지 브루투스를 용서하지 않고 있으니까."

카이사르가 이동 명령을 내리자마자 여러 일들이 바삐 진행되었다. 다음날 카이사르는 정원을 꽉 채운 2개 군단과, 그의 가장 오래된 군단들(주로 6군단)에서 남은 인원을 합친 3천200명 남짓한 노련병들과 함께 로도스에서 타르소스를 향해 출항했다. 게르만족 기병 800명과 그들이 애지중지하는 레미족 말들, 투창 저격수로 그들과 함께 싸운 몇 안 되는 우비족 보병 전사들도 그를 따라갔다.

메텔루스 스키피오의 손길을 거치며 황폐해진 타르소스는 퀸투스 마르키우스 필리푸스의 관리하에 근근이 버티고 있었다. 그는 카이사르의 조카사위이자 카토의 장인인—그리고 형세 관망자이자 에피쿠로스주의자인—루키우스 마르키우스 필리푸스의 작은아들이었다. 카이사르는 분별력이 뛰어나다며 젊은 필리푸스를 칭찬한 뒤 즉시 푸블리우스 세스티우스를 총독 직에 복귀시키고 브루투스를 그의 보좌관으로, 젊은 필리푸스를 재무관 권한대행으로 임명했다.

"37군단과 38군단은 휴가가 필요하오." 카이사르는 칼비누스에게 말했다. "그들을 킬리키아 관문 위쪽 고원지대에 있는 좋은 야영지에서 6주 동안 쉬게 한 뒤에 전투 함대와 함께 알렉산드리아로 보내주시오. 나는 그들이 올 때까지 알렉산드리아에서 기다렸다가 서쪽으로 이동할 거요. 공화파가 너무 편안히 자리잡기 전에 아프리카 속주에서 몰아내야 하니까."

엷은 갈색 머리칼에 회색 눈을 한 장신의 40대 후반 사내 칼비누스는 이 명령에 전혀 토를 달지 않았다. 카이사르가 내리는 지시는 뭐가 됐든 나중에 보면 옳은 지시임을 알 수 있었다. 그가 일 년 전 카이사르 진영에 합류한 이래 본 것만으로도, 성공을 원하는 현명한 사내라면 누구나 믿고 따라야 할 유일한 인물이 바로 이 카이사르임을 깨닫기에 충분했다. 칼비누스는 원래 폼페이우스 마그누스를 모시는 편을 택했어야 마땅한 보수파 정치인이었지만 카토와 키케로 같은 이들의 맹목적인 적대감에 신물이 나서 카이사르를 선택했다. 그리하여 그는 브룬디시움에서 마르쿠스 안토니우스와 접촉해 카이사르에게 데려다달라고 부탁했다. 카이사르가 칼비누스 같은 전직 집정관의 전향을 반기리란 걸 잘 알았던 안토니우스는 즉시 그 청에 응했다.

"독재관님이 소식을 보낼 때까지 저는 계속 타르소스에 있어야 할까요?" 칼비누스가 물었다.

"알아서 하시오, 칼비누스." 카이사르가 대답했다. "나는 당신을 내 '이동 전직 집정관'으로 생각하고 싶소. 그런 게 있다면 말이지. 내겐 독재관으로서 임페리움을 부여할 권한이 있으니, 오늘 오후 릭토르 서른 명을 집결시켜 당신에게 그리스부터 동쪽의 전 영토에 대해 무제한 임페리움을 부여할 쿠리아법의 증인으로 삼겠소. 그러면 당신은 각 속주 총독들보다 높은 지위가 되어 어디서든 병사들을 징집할 수 있을 거요."

"뭔가 예감이 드시는 겁니까, 카이사르?" 칼비누스가 얼굴을 찡그리며 물었다.

"특별한 생각 같은 건 없소. 그러니까, 이유 없이 신경을 갉아먹는 어떤 감을 얘기한 거라면 말이오. 나는 그…… 예감이라는 것이, 내 생각의 흐름이 의식적으로 인지하지는 못했어도 존재하는 것만은 분명한 아주 사소한 일들에 뿌리를 두고 있다 생각하고 싶소. 그러니까 내 말은 하늘에 돼지가 날고 있지는 않은지, 돼지의 노랫소리가 들리지는 않는지 당신이 눈을 부릅뜨고 귀를 쫑긋 세우고 있어야 한다는 거요. 뭐라도 보이거나 들린다면 뭔가 잘못된 것이고, 그때는 내가 없어도 당신에게 그 문제를 처리할 권한이 있는 거요."

이튿날, 9월 마지막날을 하루 앞두고 가이우스 율리우스 카이사르는 배를 타고서 키드노스 강을 벗어나 지중해로 들어섰다. 북서풍 코루스가 남동쪽으로 불어주어 더할 나위 없었다. 그의 노련병 3천200명과 게르만족 기병 800명은 수송선 서른다섯 척에 빼곡히 탔으며, 뒤에 남겨진 전함들은 정비에 들어갔다.

장날 주기가 두 번 지나고 무제한의 임페리움을 부여받은 이동 전직 집정관 칼비누스가 메텔루스 스키피오 총독 치하를 겪은 시리아의 상황을 파악하기 위해 안티오케이아로 막 떠나려는 찰나, 전령 하나가 숨 가쁘게 말을 몰고 타르소스에 당도했다.

"파르나케스 왕이 10만 병사와 함께 킴메리아에서 내려와 폰토스의 아미소스를 쳤습니다." 숨을 돌리자마자 전령이 말했다. "아미소스는 불길에 휩싸였고, 파르나케스 왕은 아르메니아 파르바부터 헬레스폰트 해협에 이르는 자기 아버지의 영토를 모두 되찾겠다고 선언했습니다."

칼비누스와 세스티우스, 브루투스, 퀸투스 필리푸스는 앉은 자리에 그대로 얼어붙었다.

"미트리다테스 대왕의 재림이군." 세스티우스가 힘없는 목소리로 말했다.

"그럴 것 같진 않소." 칼비누스가 충격에서 벗어나 힘차게 말했다. "세스티우스, 당신과 나는 진군합시다. 퀸투스 필리푸스는 우리가 데려가고, 마르쿠스 브루투스는 타르소스에 남겨 정무를 책임지게 하겠소." 그는 브루투스 쪽으로 고개를 돌렸다. 얼굴에 위협하는 기세가 가득해 브루투스는 흠칫 뒷걸음질쳤다. "마르쿠스 브루투스, 자네 내 말 똑똑히 듣게. 우리가 없는 사이 빚 수금은 없어야 하네, 알아듣겠나? 자네는 법무관급 임페리움을 가지고 총독 직무를 수행할 수 있지만, 로마인이나 속주 주민에게 대금 지불을 강요하려고 릭토르 한 명이라도 동원했다간 불알로 목을 매달아버릴 걸세."

"또한," 역시나 브루투스를 좋아하지 않는 세스티우스가 사납게 덧붙였다. "킬리키아에 훈련된 군단들이 없는 것은 자네 탓이니 모병과 훈련이 자네의 주된 임무네. 알겠나?" 그는 칼비누스를 돌아보았다. "카이사르는 어찌됩니까?" 그가 물었다.

"난감하군. 37군단과 38군단 둘 다 보내라고 하셨는데 그러기 힘들 것 같소, 세스티우스. 필시 그분도 아나톨리아에서 숙련된 병사들을 다 빼내기를 원치는 않으실 거요. 그래서 37군단은 휴가가 끝나는 대로 그분께 보내고, 38군단은 우리가 데리고 북진하려 하오. 킬리키아 관문 위쪽에서 그들을 합류시킨 다음 에우세베이아 마자카의 아리오바르자네스 왕을 찾아갈 거요. 카파도키아가 아무리 궁핍하다 해도 그는 병사들을 찾아내야 할 거요. 갈라티아의 데이오타로스 왕에게는 전령을 보내, 최대한 병사들을 모은 뒤 에우세베이아 마자카 아래 할리스 강변에서 우리와 만나자는 지시를 전할 거요. 페르가몬과 니코메디아에도 전령을 보낼 생각이오. 퀸투스 필리푸스, 서기들을 불러오게. 지금 당장!"

이미 결정은 내렸지만, 칼비누스는 카이사르가 걱정되었다. 카이사르가 아나톨리아에 골칫거리가 생길 거라고 에둘러 경고했다면, 알렉산드리아에 2개 군단 전체를 보내라고 한 것 또한 같은 직관에서 비롯된 지시였다. 2개 군단을 모두 받지 못하면 가급적 빨리 아프리카 속주로 넘어가려던 그의 계획에 차질이 생길지도 몰랐다. 그래서 칼비누스는 페르가몬으로 보낼 편지 한 통을 썼다. 수신자는 파르나케스가 아닌 미트리다테스 대왕의 다른 아들이었다.

역시 미트리다테스라는 이름의 이 왕자는, 로마가 아버지 미트리다테스와 30년간의 전쟁을 끝낸 후 폼페이우스의 아나톨리아 소탕전중에 그의 동맹으로 활약했다. 폼페이우스는 아시아 속주의 수도 페르가몬 일대의 비옥한 땅을 그에게 보상으로 내주었다. 이 미트리다테스는 왕은 아니었지만 그의 작은 관할지 내에서는 로마법의 제재를 받지 않았다. 그렇게 폼페이우스의 피호민으로서 엄격한 피호관계법에 의해 폼페이우스에게 매여 있던 그는 카이사르를 상대로 한 전쟁에서 폼페이우스를 지원했다. 하지만 파르살로스 전투 이후 카이사르에게 사과의 뜻을 담은 정중한 편지를 보내 품위 있게 용서를 구하고 자신의 보호자를 카이사르로 바꿀 수 있는 영광을 달라고 청했다. 그 편지는 카이사르를 즐겁게 했고 그의 마음도 사로잡았다. 카이사르는 똑같이 품위 있게 쓴 답신에서 페르가몬의 미트리다테스에게 그를 완전히 용서했으며 자신의 피호민 명부에 올렸다고 알렸다. 그러나 카이사르가 뭔가를 요청할 때면 언제든 그것을 들어줄 준비가 되어 있어야 한다고도 적었다.

칼비누스는 편지에 이렇게 썼다.

카이사르가 전에 말했듯이 그의 부탁을 들어줄 기회가 왔소, 미트리다테스. 지금쯤이면 필시 당신도 이복형제의 폰토스 침공과 아미소스에서 그가 저지른 극악무도한 행위를 우리 못지않게 우려하고 있으리라 생각하오. 치욕스러운 일이며, 모든 문명인들에 대한 모욕이 아닐 수 없소. 전쟁은 불가피한 것이오. 그렇지 않았다면 전쟁이라는 게 존재하지도 않았을 테니 말이오. 하나 문명국의 사령관이라면 군대가 지나는 길에서 민간인들을 대피시키고 그들을 물리적 피해로부터 보호할 의무가 있소. 민간인들이 굶주리거나 집을 잃는 것은 그저 전쟁에 따른 결과지만, 여자들과 소녀들을 죽을 때까지 겁탈하고 민간인 남자들을 재미삼아 고문하고 사지를 절단하는 행위는 전혀 성격이 다른 문제요. 파르나케스는 야만인이오.

친애하는 미트리다테스, 파르나케스의 침략 행위로 인해 나는 지금 곤란한 상황에 처해 있소. 그런데 당신이라면 로마 원로원 및 인민과 정식 동맹관계에 있는 지극히 유능한 대리인이 되겠다는 생각이 퍼뜩 떠올랐지 뭐요. 우리의 조약에서는 당신이 군대나 민병대를 모집하는 일이 금지되어 있다는 걸 알고 있소만, 현상황에서는 그 조항을 무시해야 할 것 같소. 나는 법에 따라 독재관이 부여한 집정관급 임페리움 마이우스에 의거해 그리할 수 있는 권한이 있소.

당신은 모르시겠소만, 독재관 카이사르는 매우 적은 병력만 데리고 이집트로 출항했고 가능한 한 빨리 추가 2개 군단과 1개 전투 함대를 보내달라고 내게 요청하셨소. 그런데 지금 나는 그분에게 1개 군단과 1개 전투 함대만 보낼 수 있는 상황이오.

따라서 이 서신을 통해 당신에게 군대를 모집하여 알렉산드리아의 카이사르에게 보낼 수 있는 권한을 부여하는 바요. 내가 이미 아나톨리아 전역을 싹 훑은 뒤일 테니 당신이 어디서 병사들을 찾을 수 있을지는 모르겠소. 하지만 마르쿠스 유니우스 브루투스를 타르소스에 남기고 모병과 훈련을 시작하라는 명령을 해뒀으니 당신의 지휘관이 킬리키아에 다다를 때쯤엔 적어도 1개 군단은 확보할 수 있을 거요. 시리아도, 특히 남단 지역을 중심으로 살펴보는 게 좋을 것 같소. 그쪽 병사들은 아주 뛰어나니까. 세계 최고의 용병들이라오. 유대인들을 한번 알아보시오.

페르가몬의 미트리다테스는 칼비누스의 편지를 받고 크게 안도의 한숨을 내쉬었다. 드디어 새로운 세상의 지배자에게 내가 충실한 피호 민임을 보여줄 기회가 왔구나!

"내가 직접 군대를 지휘하겠소." 그는 아내 베레니케에게 말했다.

"그게 현명한 생각일까요? 우리 아들 아르켈라오스를 보내면 어때 요?" 그녀가 물었다.

"아르켈라오스는 이곳을 통치하면 되오. 내가 아버님의 군사적 능력을 조금은 물려받지 않았을까 하고 항상 생각해왔으니 직접 지휘해보고 싶소. 게다가," 그가 덧붙였다. "나는 로마인들 사이에서 살면서 그들의 천재적인 조직력을 얼마간 흡수하기도 했다오. 아버님껜 그 능력이 없었던 게 바로 그분이 몰락한 원인이었소."

아, 이렇게 기쁠 데가! 이것이 갑작스레 아시아 속주와 킬리키아의 정무에서—또한 보좌관과 관료와 금권 정치가와 지역 행정장관 무리에서—벗어나게 된 카이사르의 첫 반응이었다. 알렉산드리아로 가는 이번 항해에 데려가는 이들 중 뭐라도 지위가 있는 사람은, 장발의 갈리아 때부터 그가 가장 귀하게 여기는 최고참 백인대장 중 하나인 푸블리우스 루프리우스가 유일했다. 파르살로스 전장에서의 뛰어난 활약 때문에 카이사르는 그를 법무관급 보좌관으로 승급시켰다. 그리고 과묵한 성격의 루프리우스는 장군의 사생활을 침범할 생각은 꿈에도 하지 않을 터였다.

행동하는 사람은 생각하는 사람도 될 수 있다. 하지만 그 생각은 이동중에, 사건이 일어나는 도중에 이루어지는 법이며, 무력감을 질색하는 카이사르는 매일 매 순간을 활용했다. 한 속주에서 다른 속주로 수백 킬로미터씩, 때로는 수천 킬로미터씩 이동할 때마다 비서를 한 명 이상 꼭 데리고 갔다. 노새 네 마리가 끄는 이륜마차를 타고 질주하는 동안 그는 불운한 비서에게 쉴새없이 그의 생각을 받아 적게 했다. 그가 일을 접는 순간은 여자와 함께 있을 때나 음악을 들을 때뿐이었다. 그는 음악을 대단히 좋아했다.

그런데 타르소스에서 알렉산드리아로 향하는 이 나흘간의 여정에 그는 비서를 대동하지도 않았고 그의 주의를 끌 악사들을 데려오지도 않았다. 카이사르는 많이 지쳐 있었다. 이번 한 번만은 쉬어야겠다고, 다음 전쟁과 다음 위기의 향방이 아닌 다른 것들을 생각해야 한다고 스스로 느낄 만큼 지쳐 있었다.

회상할 때조차 3인칭으로 생각하는 그의 성향은 최근 몇 년간 습관처럼 굳어졌다. 엄청나게 객관적인 성향이 고통을 되새기는 것에 대한 지독한 반감과 결합되어 나타난 징후였다. 1인칭으로 생각하는 것은 격렬하고 쓰라리며 지울 수 없는 고통을 고스란히 불러내는 일이었다. 그러니 내가 아닌 카이사르를 생각하자. 모든 것을 비개인적인 이야기의 베일을 씌워 생각하자. '내'가 거기 없으면 고통도 없으니까.

장발의 갈리아에 로마 속주라는 장식을 다는 건 즐거운 일이어야 마땅했지만, 오히려 로마에 더없이 많은 기여를 한 카이사르가 평화롭게 월계관을 쓸 수 없으리라는 확신만 점점 커져가는 괴로운 상황이었다. 보니 즉 '선량한 사람들'로 자처하는 악의에 찬 소수의 원로원 의원 무리 탓에, 폼페이우스 마그누스는 평생 동안 손쉽게 가졌던 것이 카이사르에게는 주어지지 않게 된 것이다. 보니는 카이사르에겐 그 무엇도 허용하지 않겠노라고 맹세했다. 카이사르를 무너뜨리고 파멸시키겠다고,

카이사르가 만든 모든 법을 서판에서 삭제하겠다고, 카이사르를 영구 추방시키겠다고 다짐했다. 비불루스가 앞에서 그들을 이끌고, 배후에서는 저 요란하게 짖어대는 똥개 카토가 그들의 결의가 약해질 때마다 도로 단단히 굳혀놓았다. 그렇게 하여 보니는 카이사르의 삶을 끝없는 생존 투쟁으로 만들어버렸다.

당연히 카이사르는 그 이유를 잘 알았다. 다만 그가 이해할 수 없었던 건 보니파의 사고방식이었다. 그로서는 도저히 이해할 수 없을 정도로 바보 같아 보였기 때문이다. 그들의 터무니없는 무능을 까밝히고픈 충동을 조금만 자제했더라면 그를 무너뜨리겠다는 그들의 의지가 조금은 약해지지 않았을까 곱씹어봐야 아무 소용없기는 마찬가지였다. 카이사르는 성깔이 있었고 멍청이들을 곱게 보아주지 못했다.

비불루스. 그가 시작이었다. 33년 전 레스보스 섬에서 벌어진 루쿨루스의 미틸레네 공성전에서였다. 비불루스. 덩치가 작고 악의로 가득했던 그를 카이사르는 들어올려 높은 수납장에 올려놓고 비웃었으며 동료들의 웃음거리로 만들었다.

루쿨루스. 미틸레네의 사령관이었던 루쿨루스. 카이사르가 늙어빠진 비티니아 왕에게 몸을 팔아 함대를 얻었다고 넌지시 말했던 사람. 그 주장을 보니는 수년 뒤에 부활시켜 포룸 로마눔에서 흑색선전의 일환으로 이용했다. 다른 사내들은 똥을 먹고 자기 딸들을 범했지만 카이사르는 함대를 얻기 위해 니코메데스에게 궁둥이를 팔았다고 떠들어댔다. 증거도 없던 그 비방은 오로지 시간이 흐르고 어머니의 분별 있는 충고가 있었던 덕에 서서히 수명을 다하게 되었다. 루쿨루스, 구역질나는 배덕자, 루키우스 코르넬리우스 술라의 절친한 친구.

술라. 독재관이던 당시 카이사르를 신관 직의 족쇄에서 풀어준 사람.

카이사르가 열세 살 때 가이우스 마리우스가 채웠던, 그가 전쟁 무기를 들거나 죽음을 목격하는 것을 금한 그 끔찍스러운 족쇄. 술라는 죽은 마리우스에 대한 악의로 그를 풀어주었고, 그런 뒤 열아홉 살이 된 그를 노새에 태워 미틸레네의 루쿨루스 밑에서 복무하도록 동쪽으로 보냈다. 거기서 카이사르는 루쿨루스에게 잘 보이지 못했다. 전투가 시작되자 루쿨루스는 카이사르를 화살 세례 속에 던져넣었으나 카이사르는 거기서 빠져나와 시민관을 거머쥐었다. 용맹함으로 가장 두각을 나타낸 이에게 주어지는 그 떡갈잎관은 극히 드물게 주어지는 까닭에, 그것을 얻은 자는 여생 동안 모든 공식 행사에서 그 관을 착용할 자격을 얻었고 모든 사람들이 자리에서 일어나 그에게 박수를 보내야 했다. 원로원이 소집될 때마다 자리에서 일어나 카이사르에게 박수쳐야 하는 상황을 비불루스가 얼마나 질색했던가! 떡갈잎관은 스무 살에 불과했던 카이사르에게 원로원에 들어갈 자격도 주었다. 다른 사람들은 서른 살이 될 때까지 기다려야 얻을 수 있는 자격이었다. 그러나 카이사르는 그전부터 이미 원로원 의원이었다. 유피테르 옵티무스 막시무스의 특별 신관은 자동으로 원로원 의원이 되었고, 카이사르는 술라가 그를 해방시켜주기 전까지 그 신관이었다. 그러니까 카이사르는 52년 생애에서 38년간 원로원 의원이었던 셈이다.

카이사르의 야심은 파트리키 귀족으로서 자격이 주어지는 나이에 꼭 맞춰 최고 득표로, 그것도 매수 없이 모든 공직에 선출되는 것이었다. 매수를 하려야 할 수도 없었다. 보니파가 즉시 물고 늘어졌을 테니까. 그는 그의 야심을 달성했다. 베누스의 아들 아이네아스를 통해 여신의 직계 후손이 되는 율리우스 가문 사람으로서 마땅한 의무였다. 마르스의 아들이자 로마의 건국자인 로물루스를 통해 그 신의 직계 후손이 되는 율리우스 가문 사람임은 말할 필요도 없다. 마르스 혹은 아레스. 베누스 혹은 아프로디테.

이미 6주나 지난 일이었지만, 카이사르는 마음속에서 여전히 에페소스로 돌아가 아고라에 세워진 그의 조각상을 바라볼 수 있었다. 거기에 새겨진 글귀도. "가이우스 율리우스 카이사르, 가이우스의 아들, 최고 신관, 임페라토르, 재선 집정관, 아레스와 아프로디테의 후손, 신의 현현이자 인류의 구원자." 올리시포와 다마스쿠스 사이의 모든 아고라에는 폼페이우스 마그누스의 조각상들이 있었지만(그의 파르살로스 패배와 동시에 모두 철거되었다) 그중에 아레스와 아프로디테는 고사하고 어떤 신의 후손이라고 내세울 수 있는 것은 하나도 없었다. 물론 로마인 정복자의 조각상에는 하나같이 '신의 현현이자 인류의 구원자' 같은 글이 새겨지곤 한다! 동방인들의 사고방식으로는 흔해빠진 찬사일 뿐이다. 그러나 카이사르에게 진정 중요한 것은 혈통이었으며, 혈통은 피케눔 출신의 갈리아인 폼페이우스가 결코 얻을 수 없는 것이었다. 그가 가진 그나마 유명한 조상은 딱따구리 수호신인 피쿠스 하나였다. 하지만 카이사르에게는 에페소스의 모든 이들이 볼 수 있도록 그의 혈통이 기록된 조각상이 있었다. 그래, 그건 중요하다.

카이사르는 아버지의 얼굴을 거의 기억하지 못했다. 아버지는 늘 가이우스 마리우스를 위한 이런저런 임무로 집을 비웠고, 그러던 어느 날 몸을 수그려 신발끈을 묶다가 돌아가셨다. 참 이상한 죽음이었지, 신발끈을 묶다가 죽다니. 그리하여 카이사르는 열다섯 살에 가장이 되었다. 그의 아버지이자 어머니 역할을 한 것은 코타 가문의 딸인 어머니 아우렐리아였다. 엄하고 비판적이며 단호하고 매정했지만 분별 있는 조언으로 가득 채워진 분이었다. 율리우스 집안은 원로원 의원 가문치곤 지독하게 가난해서 감찰관들을 만족시킬 정도의 돈을 쥐고 있지 못했다. 아우렐리아의 지참금은 로마에서 가장 악명 높은 빈민가 중 하나인 수부라 지구에 위치한 인술라 건물이었고, 카이사르 가족은 그가 최고 신관으로 선출되어 국가 소유의 작은 관저로 이사할 수 있게 되기 전까지 그곳에서 살았다.

카이사르의 경솔한 낭비벽, 산처럼 쌓인 빚에 관한 무관심 때문에 아우렐리아가 얼마나 애를 태웠던지! 지급불능으로 그가 처하게 된 극도의 곤경 때문에도! 그러다 장발의 갈리아를 정복하면서 그는 브루투스만큼은 아닐지 몰라도 폼페이우스 마그누스보다 더 큰 부자가 되었다. 브루투스만큼 돈 많은 로마인은 없었다. 세르빌리우스 카이피오라는 이름을 구실로 톨로사의 황금을 상속받은 덕이었다. 그래서 브루투스는 율리아에게 대단히 바람직한 짝으로 여겨졌으나, 폼페이우스 마그누스가 율리아와 사랑에 빠지면서 더이상 그렇지 않게 되었다. 카이사르는 젊은 브루투스의 돈보다 폼페이우스의 정치적 영향력이 더 필요했고, 그래서…….

율리아. 내가 사랑했던 여자들은 모두 죽었다. 그중 두 명은 아들을 낳던 도중에. 어여쁘고 작은 킨닐라, 사랑스러운 율리아. 둘 다 갓 성인이 되었을 무렵이었다. 그 두 사람은 내 마음을 아프게 한 적이 단 한 번도 없었다. 죽었을 때만 제외하고는. 불공평하다, 불공평해! 눈을 감으면 그곳에 그들이 있다. 내 어릴 적의 아내 킨닐라, 내 하나뿐인 딸 율리아. 또다른 율리아는 그 끔찍한 늙은 괴물 가이우스 마리우스의 아내였던 율리아 고모다. 아직까지도 지나가던 모르는 여자에게서 고모의 향기를 맡을 때면 나도 모르게 눈물을 흘리고 만다. 고모의 포옹과 입맞춤이 없었다면 나는 사랑 없는 유년기를 보내야 했을 것이다. 열렬한 감정을 피하던 어머니는 공공연히 애정을 표현하면 나를 망칠 거라는 걱정에 포옹과 입맞춤을 해주지 못했다. 어머니는 내가 자존심이 너무 강하고 자신의 지능을 너무 잘 알고 있으며 지나치게 튀는 경향이 있다고 생각했다.

하지만 그들, 내 사랑하던 여자들은 모두 죽었다. 이제 나는 혼자다.

내가 나이를 먹은 기분이 들기 시작하는 것도 당연하다.

카이사르와 술라 중 어느 쪽이 성공하기까지 더 힘든 시간을 보냈는지는 신들의 저울 위에 놓여 있다. 차이랄 것도 없다. 머리카락 한 올, 수염뿌리 한 가닥 정도. 두 사람 다 로마로 진군함으로써 자신의 존엄, 그들 몫의 공적인 명성과 지위와 가치를 지켜야 하는 상황에 내몰렸다. 두 사람 다 독재관이 되었다. 민주적 절차나 향후 기소당할 가능성을 초월하는 유일한 공직이다. 둘의 차이는 독재관으로 임명된 뒤의 행동 방식이었다. 술라는 공권박탈 조치를 취해 부유한 원로원 의원과 기사, 사업가 들을 죽이고 땅을 몰수해 비어 있던 국고를 채웠다. 카이사르는 관용을 선호하여 적들을 용서하고 그들 대부분이 재산을 지킬 수 있게 허락했다.

카이사르를 로마로 진군하도록 몰아붙인 것은 보니파였다. 그들은 의식적이고 계획적으로, 심지어 기뻐하면서 로마를 내전으로 몰아넣었다. 폼페이우스 마그누스에게는 거저 내줬던 것을 카이사르에게는 눈곱만큼도 주지 않으려 했기 때문이다. 로마 시내로 직접 들어갈 필요 없이 집정관 선거에 출마할 수 있는 권리. 임페리움을 지닌 자는 신성경계선을 넘어 로마로 들어가는 즉시 임페리움을 잃고 법정에 기소될 수 있다. 그리고 보니파는 카이사르가 두번째로 완벽히 합법적인 집정관 직을 얻기 위해 총독 임페리움을 내려놓는 순간 그를 반역죄로 기소할 수 있도록 법정을 주물러놓았다. 그는 부재중 출마를 허용해달라는 정당한 청원을 했다. 그러나 보니는 그 청원뿐만 아니라 그가 합의를 위해 내놓은 모든 제안을 차단했다. 다른 모든 방법이 실패로 끝났을 때 그는 술라를 본보기 삼아 로마로 진군했다. 자신의 목을 보전하려던 건 아니었다. 그건 위험했던 적이 없으니까. 보니파 똘마니들로 가득찬 법정에서 선고될 형은 영구 추방이었을 것이다. 죽음보다도 훨씬 나쁜 운명.

반역이라고? 로마의 공공 토지를 좀더 공정히 분배하는 법을 통과시킨 게? 반역이라고? 총독들이 자기 속주를 약탈하지 못하게 막는 법을 통과시킨 게? 반역이라고? 로마 세계의 경계선을 레누스 강 유역의 자연적 경계로 넓혀 이탈리아와 지중해를 게르만족으로부터 보호하자는 게? 이것들이 반역이라고? 이런 법들을 통과시키고 이런 일들을 했으니 카이사르가 그의 조국을 배반한 거라고?

그렇다, 보니파의 눈에 그는 배반자였다. 왜? 어떻게 그럴 수 있지? 왜냐하면 보니파에게는 그런 법과 조치가 모스 마이오룸에, 관습과 전통에 따른 로마의 작동 방식에 위배되기 때문이었다. 카이사르의 법과 조치는 그때껏 늘 유지되었던 로마의 모습을 바꿔놓았다. 그 변화가 공공의 이익을 위한, 로마의 안보를 위한, 모든 로마인뿐 아니라 로마의 속주 주민들의 행복과 번영을 위한 것임은 중요하지 않았다. 그것이 옛 방식과 일치하지 않는 법과 조치라는 점만 중요했다. 600년 전 이탈리아 중부의 소금길을 가로지르는 작은 도시에나 적합했던 방식 말이다. 이제 에우프라테스 강 서쪽의 유일한 강대국에게 옛 방식들은 더이상 쓸모없다는 걸 보니파는 왜 모르는 것일까? 로마는 서방 세계 전체를 상속받았는데, 로마를 통치하는 자들의 일부는 여전히 젖먹이 도시국가 시절을 살고 있다.

보니파에게 변화는 적이었고, 카이사르는 그 적의 가장 뛰어난 종복이었다. 카토가 포룸 로마눔의 로스트라 연단에서 외쳐대곤 했던 말처럼, 카이사르는 순수한 악의 화신이었다. 올바른 변화가 일어나지 않는한 로마는 죽고 썩어 문드러져 악취 나는 누더기가 될 것임을 알 만큼 카이사르의 머리가 냉철하고 예리하다는, 오로지 그 이유 때문이었다.

그래서 지금 이 배 위에 독재관 카이사르, 세상의 지배자가 있다. 그는 자신이 마땅히 받아야 할 것, 게누키우스법에 명시된 대로 첫번째 집정관 임기가 끝나고 10년 후에 다시 한번 합법적으로 당선된 집정관이 되는 것 이상을 결코 원한 적이 없었다. 그리고 두번째 집정관 임기를 끝내고 나서는 저 우유부단한 겁쟁이 키케로보다 더 양식 있고 유능한 원로 정치인이 될 생각이었다. 오직 카이사르만이 군대를 이끌 줄 아니까, 이따금씩 원로원 의원으로서 로마를 위해 군대를 이끄는 책무나 받아들이면서. 그런데 그가 종국에는 온 세상을 지배하려 한다니? 그런 건 아이스킬로스나 소포클레스의 작품에나 나올 비극이었다.

카이사르의 외국 복무는 대부분 지중해 서쪽인 두 히스파니아와 갈리아에서 이루어졌다. 동방에서 복무한 곳은 아시아 속주와 킬리키아뿐이어서, 시리아나 이집트나 저 끝내주는 아나톨리아 내륙으로는 가본 적이 없었다.

그가 가본 이집트에 가장 가까운 곳은 키프로스였다. 카토가 그곳을 합병하기 수년 전의 일이다. 그때 키프로스를 통치하고 있던 사람은 키프로스의 프톨레마이오스, 즉 당시 이집트 왕인 프톨레마이오스 아울레테스의 동생이었다. 그곳에서 카이사르는 미트리다테스 대왕의 딸 품에서 빈둥빈둥 시간을 보냈고, 자신의 조상인 베누스 또는 아프로디테 여신이 탄생한 바다 거품에 몸을 담갔다. 그 미트리다테스 왕가 여인의 언니가, 프톨레마이오스 아울레테스 왕의 첫번째 아내이자 현 클레오파트라 여왕의 어머니인 클레오파트라 트리파이나였다.

카이사르는 수석 집정관으로 있던 11년 전에 프톨레마이오스 아울레테스와 거래를 한 적이 있었고, 새삼 뒤틀린 호의를 느끼며 아울레테스를 떠올렸다. 아울레테스는 자신의 이집트 왕위에 대한 로마의 승인이 절실했고 '로마 인민의 우호동맹' 지위 역시 원했다. 수석 집정관 카이사르는 기꺼이 그에게 그 두 가지를 내주는 법을 통과시켰고 금 6천 탈렌툼을 대가로 받았다. 황금 1천 탈렌툼은 폼페이우스에게, 1천 탈렌툼은 마르쿠스 크라수스에게 갔지만, 남은 4천 탈렌툼은 카이사르로 하여금 원로원이 그에게 실행 자금을 내주지 않았던 일을 할 수 있게 해주었다. 갈리아 정복과 게르만족 봉쇄에 필요한 군단 모병과 무장을.

아아, 마르쿠스 크라수스! 이집트를 향한 그의 욕망은 얼마나 컸던가! 크라수스는 그곳을 황금과 보석이 넘쳐나는, 지구상에서 가장 부유한 땅이라고 생각했다. 끝없이 부를 갈망했던 그는 이집트에 관한 정보에 통달해 있었으며 이집트를 로마의 울타리 안에 합병시키고자 했다. 그를 저지한 것은 로마 상업계의 상층부를 이루는 18개 백인조의 상급 기사들이었다. 그들은 이집트 합병으로 이득을 보는 사람이 오로지 크라수스 하나뿐이리란 걸 바로 간파했던 것이다. 원로원은 자기네가 로마 정계를 지배한다고 착각할지 몰라도, 실제 주인공은 18개 상급 백인조의 기사 사업가들이었다. 로마는 다른 무엇보다도 국제적 규모로 상업에 몰두하는 경제 실체였다.

그리하여 결국 크라수스는 그의 황금 산맥과 보석 언덕을 찾아 메소포타미아로 떠났다가 카라이에서 죽었다. 아직도 파르티아인들의 왕은 카라이에서 크라수스로부터 포획한 로마군의 독수리 기 일곱 개를 가지고 있다. 카이사르는 언젠가 엑바타나로 진군해 파르티아 왕에게서 그것을 도로 빼앗아 와야 한다는 생각을 품고 있었다. 그 일은 또다른 커다란 변화를 뜻할 것이다. 파르티아 왕국을 흡수한다면 로마는 서방뿐 아니라 동방까지 지배하게 될 테니까.

저멀리 반짝거리는 흰색 탑이 카이사르의 시야에 들어와 그를 상념에서 깨웠다. 그는 넋을 잃고서 점점 가까워지는 탑의 전경을 바라보았다. 알렉산드리아의 두 항구로부터 바다 맞은편에 있는 파로스 섬의 전설적인 등대였다. 위로 갈수록 둘레가 줄어드는 육각형 단 세 개를 붙여놓은 형태에 흰 대리석으로 덮인 이 등대는 90미터 높이로 우뚝 솟은 세계의 불가사의였다. 등대 맨 꼭대기에서는 항시 불이 타올랐고, 반들반들하게 연마하여 절묘하게 배치해둔 대리석 판이 불빛을 바다 멀리까지 사방으로 반사했다. 다만 햇빛이 비치는 낮 동안은 불이 거의 눈에 보이지 않았다. 카이사르는 이 등대에 관한 모든 자료를 읽어본 터라 바로 저 대리석 판들이 불길을 바람으로부터 지켜준다는 것을 알고 있었지만, 어서 600개의 계단을 올라가 직접 두 눈으로 확인하고픈 마음에 몸이 근질거렸다.

"대(大)항구에 입항하기 딱 좋은 날입니다." 조타수가 말했다. 알렉산드리아에 여러 차례 와본 적 있는 그리스 출신 뱃사람이었다. "항로 표지를 찾는 일은 아무 문제없을 거예요. 왼쪽은 빨간색, 오른쪽은 노란색으로 칠한 코르크 조각을 고정시켜놓은 거죠."

그 또한 카이사르가 다 알고 있는 사실이었다. 그럼에도 그는 고개를 기울여 조타수 쪽을 쳐다보면서 마치 아무것도 모르는 양 가만히 듣고 있었다.

"수로는 총 세 개입니다. 바다에서 항구로 들어가면서 볼 때 왼쪽부터 스테가노스, 포세이데오스, 타우로스 순이에요. 스테가노스는 궁전이 들어선 로키아스 곶 끝에 있는 돼지잔등바위에서 이름을 따왔고, 포세이데오스는 포세이돈 신전과 바로 마주보고 있어서 그렇게 이름이 붙었고, 타우로스는 파로스 섬 근처에 있는 황소뿔바위에서 이름을 따왔지요. 폭풍이 온다면—다행히 이 부근에선 드문 일이지만—두 항구 중 어느 쪽에도 들어갈 수 없습니다. 우리 같은 외국인 조타수들은 에우노스토스 항구는 피한답니다. 곳곳에 모래언덕과 모래톱이 쌓여 있거든요. 보시다시피," 그는 열심히 손짓을 해가며 계속 떠들어댔다. "수 킬로미터 밖까지 암초와 암석이 가득하지요. 외국 배들에겐 저 등대가 참 요긴한데, 들리는 얘기로는 저걸 만드는 데 황금 800탈렌툼이 들어갔다더군요."

카이사르는 휘하 군단병들을 노젓기에 활용하고 있었다. 운동에 좋기도 하고, 병사들이 서로 기분 상하거나 싸우는 일을 막아주는 효과도 있기 때문이었다. 로마 병사들은 아무도 육지에서 떨어진 상태를 좋아하지 않았으며, 대부분은 항해 내내 뱃전 너머 물속을 들여다보지 않으려 애썼다. 그 밑에 무엇이 도사리고 있을지 알 게 뭔가?

조타수는 카이사르의 배들 전부가 포세이데오스 수로를 이용하는 것으로 결정했다. 이날은 세 수로 중 그곳이 가장 잔잔해서였다. 카이사르는 뱃머리에 홀로 서서 눈앞의 풍경을 바라보았다. 눈부시게 빛나는 온갖 색채와 황금 조각상들, 건물 박공지붕 꼭대기에 놓인 전차들, 새하얀 회반죽, 각종 나무와 야자수. 그러나 실망스러울 정도로 평평했다. 높이 60미터의 푸릇한 원뿔형 구조물과, 딱 대형 극장의 관객석이 될 만한 높이에 암석으로 만든 해안의 반원형 구조물만이 예외였다. 옛날에 이 극장은 '바위'를 뜻하는 아크론이라는 이름의 요새였다는 사실도 카이사르는 익히 알고 있었다.

극장 왼편으로 펼쳐진 도시는 상대적으로 훨씬 부유하고 웅장해 보였다. 왕실 구역이로군, 하고 카이사르는 내심 결론을 내렸다. 그곳은 얕은 계단들로 이루어진 높은 단 위에 궁전들이 자리하고 사이사이 나무나 야자수 숲과 정원이 조성된 거대 복합 단지였다. 요새 극장 너머로 선착장과 창고 들이 보이기 시작해 오른쪽으로 완만한 곡선을 이루며 헵타스타디온이 시작되는 곳까지 죽 이어졌다. 헵타스타디온은 파로스 섬을 육지와 이어주며 1.5킬로미터에 육박하는 흰 대리석 둑길로, 중간 지점 아래의 커다란 아치형 통로 두 개를 제외하면 빈틈없이 꽉 찬 구조물이었다. 각각의 아치형 출입구는 이곳 대항구와 서쪽의 에우노스토스 항구 사이를 오가는 꽤나 큰 배가 통과할 수 있을 만큼 컸다. 폼페이우스의 함선들은 에우노스토스 항에 정박한 걸까? 헵타스타디온 이쪽에는 그의 흔적이 전혀 없었다.

평평한 전경 탓에 해안가를 제외한 알렉산드리아의 규모가 어느 정도인지 가늠하기란 불가능했다. 하지만 카이사르는 구시가 성벽 외곽의 난개발 지역까지 포함할 경우 알렉산드리아가 인구 300만 명의 세계에서 가장 큰 도시라는 사실을 알고 있었다. 로마의 경우 세르비우스 성벽 안에 100만 명이 거주했고, 안티오케이아의 거주민은 그보다 많았다. 하지만 인구수로는 로마나 안티오케이아 모두 역사가 300년이 채 안 되는 알렉산드리아와 비교가 되지 않았다.

갑자기 해안에 부산한 움직임이 일더니 무장 군인들로 채워진 전함 40여 척이 모습을 드러냈다. 아, 멋지군! 15분 만에 평화에서 전쟁 분위기로 바뀌었어. 전함들 일부는 뱃머리에 물살을 갈라놓는 커다란 청동 충각을 단 대규모 5단 노선이었고, 일부는 충각이 있는 4단 노선과 3단 노선이었다. 그러나 절반가량은 크기가 훨씬 작은데다 바다로 나가기엔 선체가 너무 낮고 수면에 가깝게 설계되어 있었다. 나일 강 일곱 하구를 순찰하는 세관선들이로군, 하고 카이사르는 생각했다. 남쪽으로 오는 길에 카이사르군의 눈에 띈 건 아무것도 없었지만, 그렇다고 해서 델타 삼각주의 우뚝 솟은 어느 나무 위에 있던 정찰병의 날카로운 눈이 로마군 함대를 발견하지 못했으리라는 법은 없었다. 이렇게 준비되어 있는 걸 보면 오히려 저들이 보았을 공산이 컸다.

흐음, 대단한 환영단인걸. 카이사르는 나팔수를 시켜 전투 준비를 명하는 신호를 울린 뒤, 일련의 깃발을 통해 함장들에게 추후 지시가 있을 때까지 대기하라고 알렸다. 하인의 도움을 받아 토가 프라이텍스타를 걸치고 숱이 성긴 옅은 금발 위에 시민관을 쓴 뒤 고위 고등 정무관임을 나타내는 초승달 모양의 은 죔쇠가 달린 원로원 의원용 흑적색 신발을 신었다. 준비를 마친 카이사르는 함대 한가운데의 선루 끝 난간에 서서 갑판 없는 세관선 하나가 빠르게 다가오는 모습을 지켜보았다. 그 배의 이물 쪽에 험악한 인상의 한 사내가 서 있었다.

"무슨 권리로 알렉산드리아에 들어가는 거요, 로마인?" 부르면 들릴 거리에 배를 멈춘 채 사내가 소리쳤다.

"싸우려는 의도 없이 물과 식량을 구입하러 왔을 뿐이네!" 카이사르가 입술을 씰룩이며 외쳤다.

"에우노스토스 항에서 서쪽으로 10킬로미터쯤 가면 샘이 있소. 물은 거기서 얻으시오! 식량은 팔 게 없으니 그만 가보시오, 로마인!"

"안됐지만 그럴 순 없네, 친구."

"전쟁을 하고 싶은 거요? 당신들은 지금도 수적으로 밀리는 상태요. 그런데 이건 우리가 동원할 수 있는 병력의 10분의 1에 불과하오!"

"나는 전투라면 실컷 맛보았지만, 그쪽이 자꾸 고집한다면 한번쯤 더 싸워주지." 카이사르가 말했다. "자네 시도는 꽤 그럴싸했어. 그러나 내겐 자넬 처부술 방법이 적어도 50가지는 있다네. 굳이 전함을 쓰지 않고도 말이지. 나는 독재관 가이우스 율리우스 카이사르네."

공격적인 사내는 입술을 깨물었다. "좋소, 당신이 누구든 간에 뭍에 올라도 좋소. 하나 당신 배들은 여기 항구 선로에 둬야 하오. 알아들었소?"

"스물다섯 명을 태울 수 있는 부속선 한 대가 필요하네." 카이사르가 외쳤다. "지금 당장 준비하는 게 좋을 거야, 친구. 그러지 않으면 크게 혼쭐이 날 테니까."

그의 얼굴에 씨익 웃음이 떠올랐다. 공격적인 사내는 자신의 노잡이들에게 큰 소리로 지시를 내렸고, 그가 탄 작은 배는 미끄러지듯 멀어져갔다.

푸블리우스 루프리우스가 카이사르의 어깨 뒤로 나타나 매우 불안한 표정을 지었다. "저들에겐 해병이 대단히 많은 것 같습니다." 그가 말했다. "그런데 우리 중에 가장 먼 곳을 잘 보는 이들도 해안에서 병사들의 흔적을 발견하지 못했습니다. 궁전 부지의 성벽 뒤에 있는 곱상한 사내 몇 명—아마 왕실 근위대인 듯합니다—을 본 게 전부였죠. 어쩔 작정이십니까, 카이사르?"

"릭토르들과 함께 저들이 내주는 배를 타고 상륙할 거야."

"우리 쪽 보트를 내려서 일부 병력을 같이 보내겠습니다."

"그건 안 되네." 카이사르가 차분한 어조로 말했다. "자네가 할 일은 우리 배들을 한데 모아놓고 안전하게 지키는 걸세. 또 티베리우스 네로 같은 멍청이들이 제 칼로 발을 찍지 못하게 하는 거고."

얼마 지나지 않아 노잡이 열여섯 명이 탄 커다란 부속선이 다가왔다. 카이사르는 여전히 충직한 파비우스가 이끌고 있는 자기 릭토르들의 옷차림을 눈으로 훑었다. 그들은 우르르 내려가 뱃전의 좌석을 채우는 참이었다. 그래, 넓은 검은색 가죽 허리띠에 박힌 청동 장식은 전부 반짝반짝 빛나고, 진홍색 튜닉은 모두 주름진 곳 없이 깨끗하고, 진홍색 가죽 군화도 하나같이 끈이 제대로 묶여 있군. 릭토르들은 어미 고양이가 아기고양이를 나를 때보다도 더 조심스럽고 경건한 태도로 파스케스를 고이 들고 있었다. 십자로 교차된 붉은색 가죽끈은 정확히 있어야 할 위치에 있었고, 다발마다 하나씩 끼워진 도끼머리는 각각의 다발을 이루는 붉게 염색된 막대 서른 개 사이에서 위험스럽게 번득였다. 흡족해진 카이사르는 소년처럼 가벼운 몸놀림으로 뛰어내려 배의 고물 쪽에 착 자리를 잡았다.

부속선은 아크론 극장과 가깝지만 왕실 구역의 성벽 바깥에 있는 잔교로 향했다. 그곳에는 언뜻 평범한 시민들로 보이는 군중이 모여 주먹을 흔들어대고, 마케도니아 억양이 섞인 그리스어로 죽이겠다며 위협적으로 외쳐댔다. 배가 정박되고 릭토르들이 내리자 시민들은 살짝 뒤로 물러났다. 그들의 너무나 차분한 태도와 생경하지만 인상적인 화려함에 당황한 것이 분명했다. 릭토르 스물네 명이 둘씩 짝지어 열두 줄로 정렬을 마치자마자, 카이사르는 가뿐히 배에서 내려서서 호들갑스럽게 토가의 주름을 정리했다. 그는 양 눈썹을 치켜세운 채 여전히 죽이겠다고 소리치는 군중을 향해 도도한 시선을 쏘아냈다.

"책임자가 누군가?" 카이사르가 물었다.

아무도 나서는 사람이 없었다.

"전진하게, 파비우스, 전진!"

릭토르들은 군중 한가운데로 걸어들어갔고, 카이사르도 그들을 뒤따라 천천히 걸었다. 그저 입으로 떠드는 것뿐이야. 카이사르는 초연하게 좌우를 향해 미소 지으며 생각했다. 재미있군. 떠도는 소문이 사실이었어. 알렉산드리아인들은 로마인을 좋아하지 않는다는 말. 폼페이우스 마그누스는 어디에 있지?

왕실 구역의 성벽에는 양옆의 탑문에 사각형으로 자른 상인방이 달린 인상적인 문이 자리잡고 있었다. 문은 두껍게 도금되었으며 특이하고 양감이 없는 평면적인 풍경과 상징 들이 다채로운 색으로 선명하게 그려져 있었다. 거기부터는 왕실 근위대에서 나온 파견대 때문에 더이상 전진하는 것이 불가능했다. 루프리우스의 말대로, 은색 미늘을 달아 마무리한 그리스식 중장 보병용 아마포 흉갑과 화려한 자주색 튜닉 차림에 갈색 장화를 신고 은색 코덮개와 자주색 말총 장식이 달린 투구를 쓴 근위병들은 아주 매력적인 모습이었다. 그들은 또한 전투보다도 소소한 소동에 대처하는 방법을 잘 아는 것처럼 보인다고 카이사르는 흥미롭게 생각했다. 프톨레마이오스 왕가의 과거 역사를 생각해보면 충분히 그럼직했다. 이 프톨레마이오스를 저 프톨레마이오스로 바꿔 앉히려는 알렉산드리아 군중은 늘 존재했으니까. 그럴 때 왕의 성별은 전혀 문제가 되지 않았다.

"멈추시오!" 근위대장이 칼자루에 한 손을 갖다 대며 말했다.

카이사르는 릭토르들 사이를 뚫고 나와 순순히 멈춰 섰다. "왕과 여왕을 만나고 싶네." 그가 말했다.

"왕과 여왕은 만날 수 없소, 로마인. 더이상 왈가왈부 마시오. 자, 이만 당신네 배에 도로 올라타서 떠나시오."

"왕과 여왕에게 내가 가이우스 율리우스 카이사르라고 전하게."

근위대장이 무례한 소리를 냈다. "하, 하, 하! 당신이 카이사르라면 나는 하마 여신 타와레트요!" 그는 조롱하듯 말했다.

"자네 신들의 이름을 함부로 들먹이지 않는 게 좋을 걸세."

근위대장이 눈을 깜박였다. "나는 상스러운 이집트인이 아니라 알렉산드리아인이오! 내 신은 세라피스고. 이제 가시오. 어서 꺼지시오!"

"나는 카이사르다."

"카이사르는 소아시아든 아나톨리아든 다른 곳에 있소."

"카이사르는 알렉산드리아에 있고, 지금 아주 정중하게 왕과 여왕을 보게 해달라고 요청하고 있네."

"음……. 못 믿겠소."

"음……. 믿는 게 좋을 걸세, 근위대장. 안 그랬다간 로마의 불같은 분노가 알렉산드리아를 덮치고, 당신은 목이 달아날 거야. 왕과 여왕도 마찬가지일 테고. 내 릭토르들을 보게, 멍청한 작자야! 셈을 할 줄 알면 저들의 수를 세어봐, 이 멍청아! 스물네 명, 그렇지? 그러면 로마의 고등 정무관 중에 릭토르 스물네 명을 앞세우고 다니는 사람은 누군가? 단 한 사람, 독재관이지. 이제 내 앞은 그만 막고 왕궁 접견실로 나를 안내하게." 카이사르가 쾌활한 목소리로 말했다.

겉으로는 엄포를 놓았지만 근위대장은 내심 두려웠다. 이 무슨 난감한 상황이란 말인가! 궁에 있어야 할 사람들이 전부 없다는 사실을 누구보다 잘 아는 사람이 바로 그였다. 왕도 없고, 여왕도 없고, 대시종장도 없었다. 이 거만하기 짝이 없는, 하지만 정말로 릭토르 스물네 명을 데리고 있는 로마인을 만나서 상대할 권한을 가진 사람이 단 한 명도 없었다. 이자가 카이사르일 수도 있을까? 설마 그럴 리가! 카이사르가 하고 많은 곳 중에 왜 하필 알렉산드리아에 있겠는가? 그렇지만 지금 여기 릭토르 스물네 명을 거느린 로마인이 서 있는 건 확실하다. 자주색 단을 댄 흰 포댓자루 같은 우스꽝스러운 걸 걸치고, 머리에는 웬 나무 이파리를 얹어놓았으며, 무늬 없는 상아 원통을 오른쪽 팔뚝 맨살 위로 팔꿈치 안쪽에 끼우고 손바닥을 오므려 잡고 있는 로마인이. 검도 갑옷도 없었고, 병사는 한 명도 눈에 띄지 않았다.

근위대장은 마케도니아인 혈통과 돈 많은 아버지 덕에 이 자리를 꿰찼지만, 자리와 함께 예리한 두뇌까지 따라온 것은 아니었다. 그렇지만, 그렇지만……. 그는 입술을 축였다. "좋소, 로마인. 접견실로 안내하겠소." 근위대장이 한숨을 쉬며 말했다. "다만 거기 가서 뭘 어쩔 생각인지 모르겠군요. 궁에는 아무도 없으니 말이오."

"정말인가?" 카이사르가 다시 릭토르들을 뒤따라 걷기 시작하며 물었다. 그 바람에 근위대장은 앞서 달려가서 카이사르 무리를 안내하도록 부하 한 명을 보내야만 했다. "다들 어디에 있는가?"

"펠루시온에 있소."

"알겠네."

여름이긴 했지만 이날은 날씨가 완벽했다. 습도가 낮고 선들바람이 이마를 솔솔 스쳤으며, 어루만지듯 아늑한 공기는 근사하게 꽃을 피운 나무들과 그 아래의 낯선 화초에 달려 고개를 꾸벅거리는 종 모양의 꽃들에서 나온 은은한 향기를 싣고 있었다. 포장도로는 갈색 줄무늬가 있는 엷은 황갈색 대리석 재질로, 거울처럼 윤이 나도록 마감되어 있었다. 비가 오면 얼음판처럼 미끄러울 테지. 그런데 알렉산드리아에 비가 오기는 하나? 아마 안 올 것이다.

"기분좋은 날씨로군." 카이사르가 한마디했다.

"세계 최고죠." 근위대장은 확신에 찬 말투였다.

"자네가 근래 이곳에서 본 로마인은 내가 처음인가?"

"자기가 총독보다도 높은 사람이라고 소개한 이는 처음이긴 하죠. 로마인들이 가장 최근 이곳에 온 건 나이우스 폼페이우스가 작년에 여왕에게서 전함과 밀을 뜯어갔을 때입니다." 그는 당시를 떠올리며 픽 웃었다. "버릇없는 젊은 친구였죠. 여왕께서 나라에 기근이 들었다고 말했는데도 거절이 통하질 않았지요. 아, 여왕께선 그자를 속여 넘겼소! 화물선 여섯 척을 대추야자로 채웠거든요."

"대추야자?"

"그래요, 대추야자. 그자는 배의 짐칸이 밀로 가득찬 줄로만 알고 떠났소."

"저런, 젊은 나이우스 폼페이우스가 딱하게 됐군. 그의 부친이 아주 언짢아했겠어. 뭐, 렌툴루스 크루스는 좋아했을지도 모르지만. 에피쿠로스주의자들은 새로운 음식을 맛보는 짜릿함을 즐기니까."

크기만 놓고 보면 접견실은 그 자체로 하나의 건물이었다. 방문한 사절들이 휴식을 취할 만한, 하지만 결코 거주할 만하지는 않은 대기실 같은 공간이었다. 나이우스 폼페이우스가 안내받았던 곳도 바로 이곳이었다. 커다랗고 텅 빈 방에는 가지각색 복잡한 무늬가 있는 잘 닦인 대리석 마루가 깔렸고, 벽면은 사람과 나무를 평면적으로 그려넣은 선명한 그림들로 채워지거나 금박이 입혀져 있었다. 자주색 대리석 단상 위에는 왕좌가 두 개 있었는데, 하나는 흑단과 금박으로 무늬가 들어간 상단에 놓여 있었고, 생김새는 비슷하지만 크기가 좀더 작은 하나는 그 아랫단에 놓여 있었다. 그 외엔 가구라고는 보이지 않았다.

근위대장은 카이사르와 릭토르들만 방에 남겨놓고 황급히 밖으로 나갔다. 그들을 접대할 사람을 찾으러 가는 듯했다.

파비우스와 눈이 마주치자 카이사르는 씩 웃으며 말했다. "이게 무슨 상황이람!"

"우리는 이보다 더한 상황들도 겪었습니다, 카이사르."

"포르투나 여신을 시험하는 말은 말게, 파비우스. 왕좌에 앉으면 어떤 기분일까?"

카이사르는 성큼성큼 단상 계단을 올라 꼭대기에 있는 으리으리한 의자에 조심스레 앉았다. 가까이서 보니 황금과 보석으로 뒤덮인 세부 장식이 꽤나 감탄을 자아냈다. 그 장식은 사람의 눈처럼 생겼는데, 다만 바깥쪽 눈꼬리가 길게 죽 빠지다가 끄트머리는 기이한 삼각형 눈물 모양으로 부풀어 있었다. 코브라 머리, 풍뎅이, 표범의 발, 인간의 발, 특이한 열쇠, 막대기 모양의 상징물도 눈에 띄었다.

"편안하십니까, 카이사르?"

"토가를 입은 사람에겐 등받이 달린 의자는 편할 수가 없어. 그래서 우리가 고관 의자에 앉는 거지." 카이사르가 대답했다. 그는 느긋이 긴장을 풀고 눈을 감았다. "다들 바닥에 앉게." 잠시 후 그가 말했다. "아무래도 기다리는 시간이 길어질 것 같으니까."

젊은 릭토르 두 명이 안도의 한숨을 쉬었다. 그러나 파비우스는 펄쩍 뛰며 고개를 저었다. "그럴 순 없습니다, 카이사르. 혹시라도 누가 온다면 우리가 허술해 보일 겁니다."

방안에 물시계가 없었으므로 시간을 가늠하긴 어려웠지만, 젊은 릭토르들에게는 파스케스를 양발 사이에 세심히 놓고 도끼머리가 달린 위쪽을 두 손으로 잡은 채 반원형으로 둘러서 있은 지 몇 시간은 지난 것처럼 느껴졌다. 카이사르는 계속 자고 있었다. 그의 유명한 쪽잠이었다.

"거기, 왕좌에서 내려오시오!" 젊은 여자의 목소리가 말했다.

카이사르는 한쪽 눈을 떴지만 움직이지는 않았다.

"왕좌에서 내려오라니까!"

"누군데 내게 명령하는 건가?" 카이사르가 물었다.

"프톨레마이오스 왕가의 아르시노에 공주요!"

그제야 카이사르는 자세를 바로 했다. 그렇다고 일어선 것은 아니었고, 그새 단상 발치에 와 있던 목소리의 주인공을 두 눈을 뜨고 쳐다봤을 뿐이었다. 여자의 뒤에는 소년 하나와 사내 둘이 서 있었다.

열다섯 살쯤 됐겠군, 하고 카이사르는 생각했다. 가슴이 풍만하고 체격이 다부진 소녀였다. 숱 많은 금발에 눈동자는 푸른색이었고, 얼굴은 원래 예쁘장했겠으나—충분히 반듯한 이목구비였다—예뻐 보이진 않았다. 오만하고 성난데다 고루하게 권위적인 표정 탓이라고 카이사르는 결론 내렸다. 그녀는 그리스풍 복장을 하고 있었지만 로브는 진품 티로스 자주색이었다. 색이 어찌나 짙은지 검은색처럼 보였지만, 아주 살짝 움직이기만 해도 진자주색과 진홍색이 두드러져 보였다. 소녀는 머리에 보석 박힌 작은 관을 썼으며 목에는 보석으로 장식된 멋들어진 목걸이를, 맨살을 드러낸 양팔에는 팔찌를 잔뜩 차고 있었다. 귓불은 지나치게 길었는데 아마도 거기 매달려 있는 귀고리의 무게 때문인 듯했다.

소년은 아홉 살이나 열 살쯤으로 보였고 아르시노에 공주와 무척 닮은 모습이었다. 얼굴 생김새도 피부색도 체격도 꼭 같았다. 소년 역시 티로스 자주색 튜닉과 그리스풍 클라미스 망토를 입고 있었다.

사내들은 둘 다 일종의 시종임이 분명했다. 하지만 보호하려는 듯이 소년의 곁에 선 이는 보잘것없고 미미한 존재인 반면, 아르시노에 가까이에 있는 자는 무시할 수 없는 사람이었다. 훤칠하고 멋진 체격에 왕가의 자식들 못지않게 피부색이 밝았으며, 눈빛은 지적이고도 주도면밀하고 입매는 단호해 보였다.

"그럼 이제 우린 어디로 가는 거요?" 카이사르가 차분히 물었다.

"내 앞에 엎드리기 전에는 어디도 갈 수 없소! 왕의 부재시에는 내가 알렉산드리아의 군주이니 다시 한번 명하겠소. 거기서 내려와 몸을 낮추시오!" 아르시노에가 말했다. 그녀는 악의 가득한 눈길로 릭토르들을 쳐다보았다. "너희 모두, 바닥에 엎드려라!"

"카이사르나 그의 릭토르들은 하찮은 소군주의 명에 따르지 않소." 카이사르가 상냥한 목소리로 말했다. "프톨레마이오스 알렉산드로스와 그대의 부친 아울레테스의 유언 조항에 따라, 왕의 부재시 알렉산드리아의 군주는 나요." 그는 몸을 앞으로 기울였다. "자, 공주, 이제 그만 본론으로 들어가볼까요. 볼기짝을 맞아야 할 어린애 같은 표정은 집어치우시오. 안 그랬다간 내 릭토르 한 명에게 막대다발에서 하나를 뽑아 체벌을 실시하도록 시킬지도 모르니까." 카이사르의 시선이 아르시노에의 무표정한 시종에게로 향했다. "그대는 누군가?"

"가니메데스, 공주님의 환관 가정교사이자 보호자입니다."

"음, 가니메데스, 당신은 사리분별이 되는 사람 같으니 지금부터 내 할말은 당신에게 하겠네."

"나에게 말하시오!" 아르시노에가 얼굴이 얼룩덜룩해지도록 성을 내며 외쳤다. "그리고 왕좌에서 내려오시오! 몸을 낮추란 말이오!"

"그 입 다무시지!" 카이사르가 쏘아붙였다. "가니메데스, 왕실 구역 내에 나와 참모진이 지낼 적당한 거처를 마련하고 내 병사들에게 신선한 빵과 푸성귀, 기름, 포도주, 달걀, 물을 충분히 내주게. 그들은 내가 이곳 상황을 파악할 때까지 배에 그대로 남아 있을 걸세. 이 세상 어디서든 로마의 독재관이 도착해서 불필요한 공격과 무의미한 냉대를 받는 건 통탄스러운 사태야. 알아들었나?"

"네, 위대하신 카이사르."

"좋아!" 카이사르는 자리에서 일어나 계단을 내려왔다. "하지만 그대가 먼저 해줄 수 있는 일이 있네. 이 고약한 아이들을 치워주는 거야."

"그럴 수는 없습니다, 카이사르. 제가 여기 남아 있길 바라신다면요."

"왜인가?"

"돌리코스는 온전한 사내입니다. 프톨레마이오스 필라델포스 왕자는 그가 모셔갈 수 있겠지만, 아르시노에 공주는 보호자 없이 온전한 사내와 함께 계실 수 없습니다."

"당신처럼 거세된 사람들이 더 있나?" 카이사르가 입술을 씰룩거리며 물었다. 알렉산드리아는 알수록 재미있는 곳이었다.

"물론입니다."

"그럼 저 아이들과 같이 가서 아르시노에 공주를 다른 환관에게 맡긴 뒤 즉시 돌아오게."

입 다물라고 말하는 카이사르의 어조에 순간적으로 기가 눌렸던 아르시노에 공주는 슬슬 입의 재갈을 풀 준비를 하고 있었다. 하지만 가니메데스가 그녀의 어깨를 꽉 잡고 그녀를 밖으로 이끌었다. 필라델포스와 그의 가정교사는 앞에서 서둘러 가고 있었다.

"이게 무슨 상황이람!" 카이사르가 다시 한번 파비우스에게 말했다.

"막대를 뽑고 싶어 손이 근질거렸습니다, 카이사르."

"나도 그랬네." 위인이 한숨을 내쉬었다. "그렇지만 지금까지 본 바로는, 프톨레마이오스가의 자손들은 꽤나 기괴하군. 적어도 가니메데스는 이성적이야. 하긴 그자는 왕족이 아니지."

"환관들은 뚱뚱하고 여성스러운 줄 알았습니다."

"어릴 때 거세된 자들은 그렇다고 알고 있네. 하지만 사춘기가 본격적으로 시작된 후 고환을 떼어내는 경우엔 그렇지 않을 수도 있어."

가니메데스는 금세 돌아왔다. 얼굴에는 미소가 장착되어 있었다. "무엇이든 분부만 하십시오, 위대하신 카이사르."

"고맙지만 그냥 카이사르라고만 해도 되네. 그나저나 왕실 사람들은 왜 펠루시온에 가 있는 건가?"

환관은 놀란 표정이었다. "전쟁을 하러 간 것이지요." 그가 말했다.

"무슨 전쟁?"

"왕과 여왕 간의 전쟁입니다, 카이사르. 올해 초에 기근이 들어 식량 가격이 올라갔는데, 알렉산드리아는 그것을 여왕 탓으로 여겨—왕은 고작 열세 살이니까요—반란을 일으켰습니다." 가니메데스의 표정이 어두워졌다. "이곳에는 평화가 없습니다. 왕은 가정교사 테오도토스와 대시종장 포테이노스에게 조종되고 있어요. 그들은 야심가들입니다. 클레오파트라 여왕은 그들의 적이고요."

"그 말은 여왕이 달아났다는 뜻인가?"

"네, 하지만 이집트 사제들이 있는 남쪽 멤피스로 갔습니다. 여왕은 파라오이기도 하니까요."

"왕위에 오른 프톨레마이오스 혈통은 모두 파라오이기도 하지 않나?"

"아니요, 카이사르. 전혀 그렇지 않습니다. 이 아이들의 부친인 아울레테스는 파라오였던 적이 없습니다. 그는 나일 강의 이집트 원주민에게 큰 영향을 미치는 사제들을 회유하려 하지 않았기 때문이지요. 반면 클레오파트라 여왕은 어린 시절 한동안 멤피스에서 사제들과 함께 지냈습니다. 그녀가 왕위에 오르자 사제들은 그녀를 파라오로 성별했고요. 왕과 여왕은 알렉산드리아식 칭호일 뿐, 이집트 본토인 나일 강 유역 이집트에서는 아무런 영향력이 없습니다."

"그러니까 파라오이기도 한 클레오파트라 여왕은 사제들이 있는 멤피스로 도주했다는 거군. 왜 알렉산드리아에서 해외로 나가지 않고? 왕위에서 밀려났을 때 여왕의 부친이 그랬던 것처럼 말이야." 잔뜩 흥미가 동한 카이사르가 물었다.

"프톨레마이오스 군주가 알렉산드리아에서 해외로 도망가는 경우엔 무일푼으로 떠나야만 합니다. 알렉산드리아에는 대단한 귀중품이 없으니까요. 보물 보관소는 사제들의 관할하에 멤피스에 있습니다. 따라서 왕이나 여왕이 동시에 파라오가 아닌 이상 돈이라곤 없게 됩니다. 클레오파트라 여왕은 멤피스에서 돈을 얻은 뒤 군대를 모집하러 시리아로 갔습니다. 그리고 바로 최근에 군대를 이끌고 돌아와서 펠루시온 외곽의 카시오스 산 북쪽 면에 잠적했습니다."

카이사르는 얼굴을 찌푸렸다. "펠루시온 외곽의 산이라고? 시나이까지 가기 전엔 산이 없는 줄 알았는데."

"아주 커다란 모래 언덕입니다, 카이사르."

"아하. 계속 얘기해보시게."

"아킬라스 장군이 왕의 군대를 이끌고 카시오스 산 남쪽 면으로 가서 그곳에 진을 쳤습니다. 얼마 전에 포테이노스와 테오도토스가 왕과 전투 함대를 따라 펠루시온으로 갔고요. 가장 최근에 들은 얘기론 전투가 있을 거라 했습니다." 가니메데스가 말했다.

"그러니까 이집트, 더 정확히는 알렉산드리아에 지금 내전이 한창인 거로군." 카이사르는 이렇게 대꾸하며 서성거리기 시작했다. "근처에 나이우스 폼페이우스 마그누스가 있는 조짐은 없었나?"

"제가 알기로는 없습니다, 카이사르. 그가 알렉산드리아에 없는 건 확실합니다. 테살리아에서 그를 무찌르셨다는 소문이 사실입니까?"

"아, 그렇네. 완패시켰지. 그는 며칠 전 키프로스를 떠났는데, 나는 이집트가 목적지일 거라고 생각했네." 그래, 이자는 내 오랜 친구이자 적수의 행방을 모르는 게 맞아. 카이사르는 가니메데스를 살펴보며 생각했다. 그렇다면 폼페이우스는 어디에 있는 거지? 에우노스토스 항에서 서쪽으로 10킬로미터 떨어진 곳에 있다는 샘을 이용하고 나서 키레나이카로 직행한 걸까? 카이사르는 서성거리던 발걸음을 멈췄다. "잘 알겠네. 보아하니 내가 이 왕실의 우스꽝스러운 아이들과 그들의 티격태격 싸움에 부모 노릇을 해야 할 상황인 것 같군. 그러니 자네는 전령 둘을 펠루시온으로 보내게. 하나는 프톨레마이오스 왕에게, 다른 하나는 클레오파트라 여왕에게로. 두 군주 모두 자기들의 궁인 이곳으로 나를 만나러 와야 하네. 알겠나?"

가니메데스는 불편한 기색을 보였다. "왕은 문제없으리라 생각합니다, 카이사르. 하지만 여왕이 알렉산드리아에 오는 건 불가능할 수도 있습니다. 여왕이 눈에 띄는 즉시 폭도가 린치를 가할 테니까요." 그는 경멸스럽다는 듯 입술을 비틀어 올렸다. "알렉산드리아 군중이 가장 즐기는 스포츠는 인기 없는 통치자를 맨손으로 갈기갈기 찢는 것입니다. 아주 널찍한 아고라에서 말이죠." 그는 헛기침을 했다. "이 말씀도 드려야겠군요, 카이사르. 안전을 기하기 위해 독재관님과 참모들은 왕실 구역에만 있는 편이 현명할 겁니다. 현재는 군중이 득세하고 있으니까요."

"자네가 할 수 있는 일을 하게, 가니메데스. 괜찮다면 이제 내 거처로 안내해주면 좋겠군. 그리고 필히 내 병사들에게 제대로 식량이 지급되도록 해주고, 물 한 방울, 빵부스러기 하나 값까지 당연히 지불할 것이네. 기근으로 폭등한 가격이라 해도 말이야."

"그래," 카이사르는 새로운 거처에서 늦은 저녁을 먹으며 루프리우스에게 말했다. "딱한 마그누스의 생사에 관해선 전혀 알아낸 바 없지만, 그가 걱정스럽네. 가니메데스는 전혀 아는 바가 없더군. 물론 그 친구를 신뢰하진 않아. 다른 환관인 포테이노스가 어린 프톨레마이오스를 등에 업고 통치하길 꿈꾼다면, 가니메데스라고 아르시노에를 이용해 그리하지 말란 법이 있겠나?"

"확실히 저들은 우릴 엉망으로 대접하고 있습니다." 루프리우스는 주변을 둘러보며 말했다. "궁정 기준으로 보자면 판잣집에 우리를 데려다놓았어요." 그는 싱긋 웃었다. "티베리우스 네로를 독재관님으로부터 떨어뜨려놓긴 했습니다만, 그자는 다른 참모군관과 한 방을 써야 한다고 무척 화가 났답니다. 독재관님과 식사하리라 기대했던 건 말할 것도 없고요."

"대체 그자는 왜 로마에서 가장 에피쿠로스주의와 거리가 먼 귀족과 함께 식사하고 싶어하는 건가? 아, 신들이 부디 이 견뎌내기 힘든 귀족들로부터 나를 지켜주시길!"

마치 당신께선 견디기 수월하거나 귀족 티가 안 난다는 듯이 말씀하시는군. 루프리우스는 내심 미소를 지으며 생각했다. 그러나 카이사르의 성격에서 견디기 어려운 부분은 그의 유구한 혈통과 무관하다. 내 혈통을 모욕할까봐 그가 차마 말하지 못하는 사실은, 네로같이 무능한 인간을 단지 파트리키 클라우디우스가의 일원이라는 이유만으로 데려다 써야 하는 상황이 끔찍하다는 것이다. 귀족으로서 지켜야 할 의무는 그를 짜증스럽게 한다.

로마군 함대는 그뒤로도 이틀 동안 계속 정박해 있었으며 보병들은 여전히 선상에 머물렀다. 왕실의 해석관은 압박에 못 이겨 게르만족 기병들을 말과 함께 해안으로 실어보내 허물어져가는 도시 성벽 바깥에 있는 마레오티스 호숫가 목초지로 들어가게 해주었다. 현지 주민들은 놀라운 외모를 한 이 야만인들을 피해 다녔다. 그들은 거의 벌거벗고 돌아다니는데다 몸에는 문신이 있었고, 자른 적이라곤 없는 머리칼은 정수리에 복잡한 매듭처럼 돌돌 틀어 감아놓았다. 게다가 그들은 그리스어를 한마디도 몰랐다.

그 이틀간 카이사르는 왕실 구역 내에 있으라는 가니메데스의 말을 무시하고 이것저것 캐물으며 곳곳을 다녔다. 그는 안전에 무신경했고 릭토르들만 데리고서 돌아다녔다. 그 과정에서 알렉산드리아에 그의 개인적인 관심을 끌 만한 경이로운 것들이 많다는 사실도 알게 되었다. 등대, 헵타스타디온, 상하수도, 해군 배치, 건축물, 그리고 사람들.

알렉산드리아 시는 거대한 담수호와 바다 사이에 놓인 좁다란 석회암 곶에 들어앉아 있었다. 너비 3킬로미터도 채 안 되는 육지가, 지금 같은 여름철에도 마실 수 있을 정도로 탁월한 감로수를 끝없이 공급하는 이 수원을 바다로부터 분리시켜놓았다. 카이사르가 사람들에게 물어보고 알게 된 바로는, 마레오티스 호수의 물은 나일 강 서쪽 끝의 커다란 하구인 카노포스 지류와 연결된 운하들을 통해 들어오는 것이었다. 나일 강의 수위는 초봄이 아닌 한여름에 상승하기 때문에, 마레오티스 호수는 강을 수원으로 둔 호수에 흔히 수반되는 정체나 모기 같은 문제를 피할 수 있었다. 길이 30킬로미터에 이르는 운하 하나는 바지선과 세관선이 지나다닐 수 있는 두 개의 항로를 제공했으며 운항하는 선박들로 항상 붐볐다.

이와 별도의 단일 운하는 도시 끝의 '달의 문' 쪽에서 마레오티스 호수로부터 갈라져나왔다. 운하의 물이 바다와 섞이지는 않았지만, 서쪽 항구에서 운하가 끝났으므로 그 안의 유수는 추진하지 않고 확산되는 흐름을 보였다. 운하 벽에는 커다란 청동 수문이 여럿 설치되어 있었고 황소가 끄는 닻감개의 도르래 장치로 올려지거나 내려졌다. 도시의 상수는 이 운하로부터 완만하게 경사진 배관을 통해 공급되었으며, 각 지구의 유입구마다 수문이 달려 있었다. 그 외에도 운하 좌우를 가로지르는 수문들이 있었고 이 수문들을 막아 운하 바닥의 토사를 건져올릴 수도 있었다.

카이사르가 가장 먼저 한 일 하나는 파네이온이라고 불리는 푸릇한 원뿔형 구조물 위에 오른 것이었다. 그것은 돌들을 흙으로 꾹꾹 눌러 다진 후 무성한 잔디와 관목, 키 작은 야자나무로 뒤덮은 인공 언덕이었다. 나선형 포장도로가 언덕 꼭대기까지 구불구불 이어지고, 간간이 폭포가 있는 인공 개울은 기슭에 있는 하수구로 흘러내려갔다. 언덕 꼭

대기에서는 주변 수 킬로미터가 내려다보였으며, 아래에 있는 모든 것
이 평평했다.

　도시는 직사각형 도로망으로 구획되었고 좁은 뒷길이나 골목은 하
나도 없었다. 모든 길이 넓었지만, 특히 그중 두 개는 카이사르가 본 어
떤 도로보다도 훨씬 넓었고 이쪽 끝에서 저쪽 끝까지 너비가 30미터도
넘었다. 카노포스 가도는 도시의 동쪽 끝에 위치한 태양의 문부터 서쪽
끝에 있는 달의 문까지 이어졌다. 왕실 가도는 왕실 구역 성벽에 난 문
에서 남쪽으로 옛 성벽까지 이어졌다. 세계적으로 유명한 박물관 도서
관은 왕실 구역 내에 있었지만 아고라, 김나시온, 재판소, 파네이온(판
의 언덕) 등 그 밖의 주요 공공 건축물은 두 가도의 교차로에 자리잡고

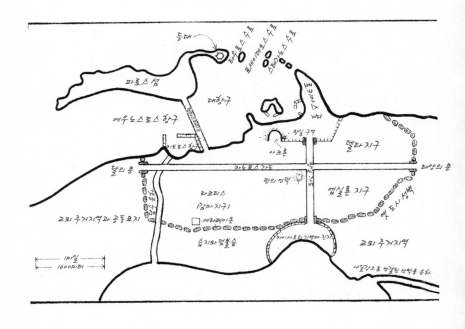

있었다.

로마의 구역들은 그것이 형성된 언덕이나 그 사이에 있는 계곡의 이름을 따왔다는 점에서 논리적이었다. 반면 평평한 알렉산드리아의 경우, 좀스러운 마케도니아인들은 이 도시를 세우고 알파, 베타, 감마, 델타, 엡실론 다섯 개의 임의 지구로 나누었다. 왕실 구역은 베타 지구 안에 있었다. 베타 지구의 동쪽은 감마가 아니라 델타 지구로, 수십만 유대인의 본거지였다. 유대인들은 남쪽의 엡실론 지구로도 흘러들어갔는데, 시민권이 아닌 거주권을 가진 이방인들인 메토이코스인 수천 명도 이 지구에 거주했다. 알파 지구는 두 항구를 포함한 상업 지역이었고, 남서쪽의 감마 지구는 알렉산드리아가 생기기 전 옛 촌락의 이름인 라코티스라고도 불렸다.

옛 성벽 안에 거주하는 이들은 대개 잘해야 그럭저럭 살 만한 정도였다. 도시 전체에서 가장 부유한 인구는 모두 순수 마케도니아 혈통이었으며, 이들은 성벽 바깥인 달의 문 서쪽 녹지에 마련된 대규모 공동묘지 사이사이 흩어져 있는 아름다운 교외 전원 지역에 거주했다. 로마 상인 같은 부유한 외국인들은 태양의 문 동쪽의 성벽 외곽 지역에 거주했다. 계층화로군, 하고 카이사르는 생각했다. 어디를 봐도 계층 구분이 보여.

사회 계층화는 극심했으며 완벽하게 굳어져 있었다. 알렉산드리아에 신진 세력은 없었다!

300만 명이 모여 사는 이곳에서 고작 30만 명만이 알렉산드리아 시민권을 보유했다. 그들은 최초의 마케도니아군 정착민 순수 혈통을 이어받은 후손들로 자신들의 특권을 무자비하게 수호했다. 최고위 관료인 해석관은 순수 마케도니아 혈통이어야 했으며 기록관이나 심판장,

회계관, 야간 경비대장 역시 마찬가지였다. 사실상 공공부문과 민간부문을 막론하고 최고위 관료 전원이 마케도니아인이었다. 그 아래 계층들 또한 혈통에 따라 세분되었다. 바로 다음이 마케도니아계 그리스 혼혈이었으며 그리스인, 유대인과 메토이코스인 순으로 그 뒤를 이었고 (하인 계층인) 이집트계 그리스 혼혈이 최하층을 차지했다. 카이사르가 얻은 정보에 의하면 이렇게 계층화가 된 이유 중 하나는 식량 공급이었다. 로마가 언제나 그래왔고 갈수록 그런 추세가 확대되는 것과 달리, 알렉산드리아에는 빈민층을 위한 국가의 식량 지원이 없었다. 이러니 알렉산드리아인들이 그토록 공격적이고 군중이 막강한 힘을 가지게 된 것도 당연했다. '빵과 경기대회'는 훌륭한 정책이다. 가난한 이들에게 먹을 것과 즐길 것을 주는 한 그들이 들고일어날 일은 없다. 동방의 통치자들이란 어쩌면 이렇게 뭘 모르는지!

무엇보다도 두 가지 사회적 사실이 가장 카이사르의 흥미를 끌었다. 하나는 이집트 원주민에게 알렉산드리아 거주가 금지되어 있다는 것이었다. 다른 하나는 이보다도 더 요상했다. 바로 최상류층 마케도니아인 아버지가 가장 영리하고 가장 촉망되는 아들을 일부러 거세시킨다는 사실이었다. 소년이 사춘기에 이르면 관료로 궁에 들어갈 자격을 갖추기 위함이었는데, 궁에 들어감으로써 모든 직위 중에도 가장 높은 대시종장 자리에 오를 기회가 생기기 때문이었다. 궁에 친척이 들어가 있다는 건 왕과 여왕의 귀를 얻은 것이나 다름없었다. 알렉산드리아인들은 이집트인들을 경멸한다, 하고 카이사르는 생각했다. 그런데도 이들이 얼마나 많은 이집트 관습을 흡수했는지, 지금 이곳은 세계 어디와도 비교가 안 되리만큼 동방과 서방이 더없이 희한하게 뒤섞인 모양새가 되었구나.

그렇다고 카이사르가 이런 사색으로만 시간을 보낸 것은 아니었다. 으르렁거리는 소리와 살기등등한 얼굴들은 무시한 채, 그는 도시의 군사시설을 세밀하게 조사하고 그의 경이로운 기억 창고에 모든 정보를 차곡차곡 저장했다. 언제 이런 정보가 필요해질지 모르는 법이니까. 방어체계는 지상군 없이 해군에 집중되어 있었다. 현재 알렉산드리아는 육상 침략에 관해 우려하지 않는 게 분명했다. 침략이 발생한다면 바다로부터 이루어질 것이고, 그 주체는 틀림없이 로마일 터였다.

서쪽 에우노스토스 항구의 맨 아래 동쪽 모서리에는 궤를 뜻하는 이름의 키보토스 항구가 끼어 있었다. 로도스 못지않게 두꺼운 방벽이 둘러진 철저히 요새화된 내항으로, 엄청나게 거대한 쇠사슬이 입구를 가로막고 있었다. 항구 주변은 배 격납고들로 빙 에워싸였고 포가 빽빽이 들어차 있었다. 카이사르의 셈으론 격납고에 대형 전투 갤리선 5, 60대는 들어갈 듯했다. 키보토스 항의 격납고들만 있는 것도 아니었다. 에우노스토스 항 주변에도 더 있었다.

이 모든 것들이 어우러져서 외적인 아름다움과 기발한 기능적 공학이 멋지게 혼합된 알렉산드리아만의 독창성을 완성했다. 그러나 이곳은 결코 완벽하진 않았다. 이곳에도 빈민가와 범죄가 적잖게 존재했다. 빈곤 지역인 감마-라코티스 지구와 엡실론 지구의 널찍한 거리에는 썩어가는 쓰레기와 동물 사체가 수북이 쌓여 있었고, 두 가도에서 조금만 벗어나도 공공 분수와 공중변소가 부족했다. 게다가 공중목욕탕은 전혀 찾아볼 수 없었다.

이 지역 특유의 미친 짓도 있었다. 새들! 바로 따오기였다. 이곳에선 흰색과 검은색 두 종으로 나뉘는 이 새들을 신성시했다. 한 마리라도 죽이는 건 상상도 할 수 없는 일이었다. 혹여 무지한 외국인이 그런 짓을 벌였다가는 아고라로 끌려가서 몸이 갈기갈기 찢기고 말았다. 따오기는 제가 신성불가침한 존재라는 것을 잘 알고 그 권리를 뻔뻔스럽게 이용했다.

카이사르가 도착할 당시 따오기들은 이곳에 상주하고 있었다. 멀리 아이티오피아의 여름비를 피해서 온 것이었다. 그렇다면 이 새들은 멋지게 날 수 있다는 얘기가 되겠지만, 알렉산드리아에 온 그놈들은 잘 날지 않았다. 저 멋들어진 도로마다 따오기들이 수천수만 마리씩 우두커니 모여 서 있었고, 주요 교차로들을 어찌나 빽빽이 메웠는지 마치 도로를 한 겹 더 포장해놓은 것처럼 보일 지경이었다. 새들이 엄청나게 싸대는 묽은 똥은 사람들이 걸어다니는 지면을 빠짐없이 더럽혀놓았지만, 시민들의 넘치는 자부심에도 불구하고 알렉산드리아에서는 쌓여만 가는 새똥을 치울 사람을 전혀 고용하지 않는 것 같았다. 아마도 새들이 아이티오피아로 돌아가고 나면 대대적인 청소에 들어가겠지만, 그전까지는……! 보행자들은 이리저리 비틀거리며 길을 다녔다. 짐수레들은 앞서 걸으며 새들을 옆으로 밀어낼 사람을 한 명 더 고용해야 했다. 왕실 구역 내에서는 노예들이 작은 무리로 다니며 따오기들을 조심스레 그러모아 새장에 넣었다가 수시로 바깥 거리에 풀어놓았다.

따오기를 최대한 변호할 수 있는 말은 그들이 바퀴벌레와 거미, 전갈, 딱정벌레, 달팽이를 순식간에 잡아먹으며 생선 장수나 정육점 주인이나 패스티 가게 주인이 밖에 던져놓은 음식 찌꺼기를 골라 먹는다는 것이었다. 그걸 제외하면 이 세상에서 가장 성가신 놈들이지. 릭토르들

이 따오기들을 쫓아 길을 내는 동안 남몰래 슬쩍 웃으며 카이사르는
이렇게 생각했다.

사흘째 되는 날 바지선 한 대가 홀로 대항구에 도착하더니 교묘한
노젓기 솜씨로 왕실 항구에 진입했다. 그곳은 로키아스 곶에 접해 있고
사방이 둘러막힌 작은 장소였다. 이미 이 배의 출현에 대한 루프리우스
의 보고가 있었으므로, 카이사르는 상륙하는 배가 제대로 보이면서
도 그쪽의 주의를 끌만큼 가깝지는 않은 적당한 지점으로 느긋이 걸어
갔다.

바지선은 거대하고 온통 황금색과 자주색으로 치장된 움직이는 환
락궁이었다. 돛대 뒤에 자리한 신전처럼 생긴 커다란 선실은 기둥이 있
는 주랑현관으로 완성되어 있었다.

가마 여러 대가 줄줄이 돌출부두로 내려졌다. 가마 한 대마다 키와
생김새가 엇비슷한 사내 여섯 명이 붙어 옮겼다. 왕의 가마는 금박을
입히고 보석을 촘촘히 박아넣었으며 티로스 자주색 휘장이 달린데다
채색 도자기 타일을 깐 지붕의 네 귀퉁이는 하늘하늘한 자주색 깃털로
장식되어 있었다. 왕은 하인들이 팔을 포개 만든 손가마를 타고 신전처
럼 생긴 선실에서 가마까지 모셔진 다음 지극히 조심스러운 손길로 가
마 안에 들여졌다. 피부색이 밝고 곱상한 얼굴에 뿌루퉁한 표정의 막
사춘기에 들어선 사내아이였다. 흐린 갈색 곱슬머리와 섬세한 이목구
비의 훤칠한 미남이 뒤따랐다. 대시종장 포테이노스인가보군, 하고 카
이사르는 생각했다. 그 사내가 티로스 자주색과 왕실 근위대의 화려한
자홍색 사이 어디쯤인 멋진 빛깔의 자주색 의복을 입고 독특한 모양의
두툼한 황금 목걸이를 걸고 있어서였다. 뒤이어 나타난 사람은 포테이

노스의 것보다 품질이 살짝 못한 자주색 옷차림에 몸집이 왜소하고 여성스러운 나이 지긋한 사내였다. 연지를 바른 입술과 양볼이 심통 난 듯한 얼굴에 현란하게 들어앉아 있었다. 가정교사 테오도토스로군. 상대가 나를 보기 전에 먼저 상대를 보는 건 언제나 즐거운 법이다.

카이사르는 서둘러 그의 초라한 거처로 돌아가서 왕의 부름을 기다렸다.

왕의 부름은 왔지만, 꽤나 시간이 흐른 뒤였다. 카이사르가 릭토르들을 앞세우고 다시 접견실로 들어섰을 때 왕은 위쪽 왕좌가 아닌 아래쪽 왕좌에 앉아 있었다. 흥미로운 일이었다. 누나가 부재중임에도 자신이 누나의 의자를 차지할 자격이 있다는 생각을 하지 못하다니. 그는 마케도니아 왕의 의복을 입고 있었다. 티로스 자주로 염색한 튜닉과 클라미스 망토를 입고 챙 넓은 티로스 자주색 왕관을 썼으며 디아데마의 흰색 리본이 높다란 왕관 둘레에 끈처럼 묶여 있었다.

접견은 극도로 의례적이고 매우 짧았다. 왕은 테오도토스에게 시선을 고정한 채 외워온 걸 암송하듯이 말했고, 그 말이 끝나자 카이사르는 용무를 설명할 새도 없이 어느새 밖으로 물러나 있었다.

포테이노스가 그를 따라나왔다.

"조용히 얘기를 나눌 수 있을까요, 위대하신 카이사르?"

"카이사르라고만 해도 좋소. 내 거처에서, 아니면 당신 거처에서?"

"제 거처가 좋겠군요. 사죄를 드려야 할 것 같습니다." 릭토르들 뒤에서 카이사르와 나란히 걸어가며 포테이노스가 알랑거리는 어조로 말을 이었다. "지내시는 거처가 변변치 못한 점 말입니다. 참으로 어리석은 노릇이에요. 귀빈궁에 모셔야 하는데 그 멍청한 가니메데스가 그러질 않았습니다."

"가니메데스가 멍청하다고? 그렇진 않은 것 같소만." 카이사르가 대꾸했다.

"제 분수를 모르는 경향이 있지요."

"아."

포테이노스는 무수히 널린 건물들 가운데 개인 관저를 가지고 있었다. 로키아스 곶에 위치한 그의 관저에서는 대항구가 아닌 바다가 한눈에 들어왔다. 대시종장이 원하기만 한다면 당장 뒷문을 나가 작은 만으로 내려가서 그의 곱게 가꾼 발을 첨벙거리며 물장난을 할 수 있을 정도였다.

"훌륭하군." 등받이 없는 의자에 앉으며 카이사르가 말했다.

"사모스산 포도주나 키오스산 포도주를 드시겠습니까?"

"고맙지만 둘 다 됐소."

"그러면 샘물을 드릴까요? 아니면 약초차?"

"아니, 됐소."

포테이노스는 맞은편 자리에 앉았다. 수수께끼 같은 회색 눈동자는 카이사르에게 고정되어 있었다. 이자는 왕은 아니지만 행동하는 건 왕 같구나. 세월의 흔적이 보이지만 여전히 아름다운 얼굴과 상대를 불안하게 만드는 눈을 지녔다. 위협적이리만치 영민한 눈빛, 내 눈보다도 더 차가운 색이다. 자기감정을 완벽히 통제하는데다 신중하기도 하다. 필요하다면 하루종일 여기 앉아서 내가 첫수를 두길 기다릴 테지. 나로선 좋다. 나는 먼저 시작해도 상관없으니까. 그러면 내겐 이득이다.

"알렉산드리아에는 무슨 일로 오셨습니까, 카이사르?"

"나이우스 폼페이우스 마그누스 때문에 왔소. 그를 찾는 중이오."

포테이노스는 진심으로 놀란 듯 눈을 깜빡였다. "패배한 적을 몸소 찾아다닌단 말입니까? 보좌관들을 시켜도 될 텐데요."

"물론 그래도 되겠지만, 나는 내 적수를 명예롭게 대우해주고 싶소. 보좌관이 가는 건 전혀 명예롭지 못하다오, 포테이노스. 폼페이우스 마그누스와 나는 지난 23년간 친구이자 동료였고, 한때는 그가 내 사위였던 적도 있소. 우리가 내전에서 서로 적이 되는 길을 택했다고 해서 우리가 서로에게 어떤 의미인지까지 바뀔 수는 없지."

포테이노스의 얼굴에서 핏기가 점점 가셨다. 그는 값비싼 잔을 입술로 가져가서 입안이 다 말라버린 사람처럼 포도주를 들이켰다. "과거에는 두 분이 친구였을지 몰라도, 이제 폼페이우스 마그누스는 독재관님의 적이지 않습니까."

"적은 외국의 문화권에서 오는 것이지 나와 같은 민족에서 나오는 것이 아니오, 대시종장. 상대라는 말이 더 낫겠군. 일반적인 표현에도 자유롭게 쓸 수 있는 단어니까. 아니, 나는 폼페이우스 마그누스를 보복 대상으로 보지 않소." 카이사르는 꿈쩍도 하지 않고 말했으나, 그의 마음속 어딘가에는 차가운 응어리가 생겨나고 있었다. 그는 차분히 말을 이었다. "나는 지금까지 관용을 방침으로 삼아왔고, 앞으로도 계속 관용의 입장을 고수할 거요. 내가 폼페이우스 마그누스를 직접 찾으러 온 까닭은 진실한 우정으로 그에게 손을 내밀고 싶어서요. 아첨꾼들만 우글거리는 원로원으로 들어가는 건 딱한 노릇일 테니까."

"이해가 안 됩니다." 핏기가 가신 창백한 얼굴로 포테이노스가 말했다. 아니, 안 돼. 이자에게 우리가 펠루시온에서 한 짓을 알릴 순 없다! 우리는 상황을 잘못 판단하고 용서받지 못할 일을 저질렀다. 폼페이우스 마그누스에게 닥친 운명은 우리의 비밀로 남아야 할 것이다. 테오도토스! 어서 핑계를 대고 여길 빠져나가서 테오도토스를 막아야 한다!

그러나 일은 그의 뜻대로 되지 않았다. 테오도토스가 커다란 단지를 가운데 든 킬트 차림의 노예 두 명을 바로 뒤에 대동하고 여염집 안주인처럼 부산을 떨며 들어왔다. 노예 둘은 단지를 내려놓고 뻣뻣한 자세로 섰다.

테오도토스의 주의는 온통 카이사르에게로 향해 있었다. 그는 노골적인 감탄이 어린 눈길로 카이사르를 쳐다보았다. "위대하신 가이우스 율리우스 카이사르!" 피리 같은 소리가 터져나왔다. "오, 이리도 영광스러울 데가! 저는 국왕 폐하의 가정교사인 테오도토스이고 여기 선물을 가져왔습니다, 위대하신 카이사르." 그는 킥킥거리며 웃었다. "사실 선물이 무려 두 개랍니다!"

카이사르에게서는 아무 대답이 없었다. 그는 자신의 임페리움을 상징하는 상아 막대를 마치 항상 그래왔던 것처럼 오른손에 쥐고 왼손으로는 어깨 위의 토가 주름을 어루만지며 아주 꼿꼿이 앉아 있었다. 꼬리가 살짝 위로 올라간 큼직하고 육감적이고 장난기 어린 입이 얇게 다물어졌으며, 눈은 검은 테두리가 둘린 두 개의 얼음 탄환 같았다.

아무 눈치도 채지 못한 테오도토스는 태평스레 앞으로 걸어나와서 한 손을 내밀었다. 카이사르는 상아 막대를 무릎에 내려놓고 손을 내밀어 인장 반지를 받았다. 반지는 사자의 머리 모양이었고 갈기 바깥 둘레에 'CN POMP MAG'라는 글자가 새겨져 있었다. 카이사르는 반지를 보지 않았다. 손가락으로 반지를 감싸고 관절이 하얘질 때까지 꽉 움켜쥘 뿐이었다.

노예 하나가 단지 뚜껑을 들어올리고 있는 동안 다른 노예가 손을 집어넣어 잠시 안을 더듬는가 싶더니 은백색 머리칼을 잡고 폼페이우스의 머리를 꺼냈다. 얼굴색은 단지 속으로 계속 똑똑 떨어지는 나트론

(고대 이집트인들이 시신의 부패 방지를 위해 사용한 천연 소금의 일종—옮긴이) 탓으로 흐릿하게 바래 있었다.

너무나 평화로워 보이는 얼굴이었다. 너무나 천진스레 원로원의 좌중을 둘러보던, 너무나 천진난만해서 응석받이 아이의 눈 같던 선명한 푸른 눈 위로 눈꺼풀이 덮여 있었다. 넓적한 들창코와 작고 얇은 입, 옴폭 파인 턱, 갈리아 사람 같은 둥그런 얼굴. 이 모두가 그대로였고 완벽하게 보존되어 있었다. 살짝 주근깨가 난 피부는 회색 가죽처럼 변하긴 했지만.

"누가 이랬소?" 카이사르가 포테이노스에게 물었다.

"아, 당연히 우리가 그랬죠!" 테오도토스가 외쳤다. 그는 무척 즐거운 듯이 장난스러운 표정을 지었다. "포테이노스에게도 말씀드렸듯이, 죽은 자는 물지 않지요. 우리가 당신의 적을 없앴어요, 위대하신 카이사르. 실은 당신의 적 두 명을 없앴답니다! 이자가 온 다음날 위대한 렌툴루스 크루스가 도착했길래 우리는 그도 죽였습니다. 그의 머리를 보고 싶어하실 것 같지는 않지만요."

카이사르는 아무 말 없이 자리에서 일어나 문 쪽으로 성큼성큼 걸어가더니 문을 열고 날카롭게 외쳤다. "파비우스! 코르넬리우스!"

두 릭토르가 즉시 들어왔다. 나트론이 흘러내리는 폼페이우스 마그누스의 얼굴을 보았을 때 그들이 절제된 반응을 보일 수 있었던 건 순전히 수년간의 혹독한 훈련 덕분이었다.

"수건!" 카이사르가 테오도토스에게 요구했다. 이어서 그는 노예의 손에서 머리를 낚아챘다. "수건을 가져와! 자주색으로!"

하지만 먼저 움직인 사람은 포테이노스였다. 그는 당황해서 어찌할 바를 모르는 노예를 향해 손가락을 튕겼다. "들었지. 자주색 수건을 가져와. 지금 당장."

그제야 위대하신 카이사르가 기뻐하지 않는다는 걸 깨달은 테오도 토스는 놀라서 입을 딱 벌리고 그를 쳐다보았다. "하지만 카이사르, 우리가 당신의 적을 제거했습니다!" 그가 외쳤다. "죽은 자는 물지 않아요."

카이사르가 나긋나긋한 목소리로 말했다. "입 닥치고 있어, 이 우아 떠는 동성애자야! 로마나 로마인에 관해 당신이 뭘 아나? 이런 짓을 하다니 당신들은 대체 어떤 인간들인가?" 그는 눈물 없이 메마른 눈으로 물이 뚝뚝 듣는 머리를 내려다보았다. "아, 마그누스, 우리의 운명이 뒤바뀔 수 있다면 얼마나 좋겠소!" 그는 포테이노스에게로 고개를 돌렸다. "나머지 몸은 어디에 있지?"

이미 엎질러진 물이었다. 포테이노스는 뻔뻔하게 밀어붙이기로 마음먹었다. "전혀 모르겠습니다. 펠루시온 해변에 두고 왔습니다."

"그럼 가서 찾아, 불알도 없는 등신아! 그러지 않으면 네놈의 텅 빈 불알주머니 주위로 알렉산드리아를 산산조각 내줄 테니까! 당신 같은 인간이 나라를 경영하고 있으니 이곳이 곪아터지는 것도 당연하지! 당신은 살 자격이 없어, 당신들 둘 다! 당신들의 꼭두각시 왕도 마찬가지고! 죽은듯 조용히 지내시오. 안 그랬다간 죽을 날을 받아놓은 줄 알고."

"당신은 우리 손님이라는 사실을 기억하십시오, 카이사르. 그리고 당신에겐 우릴 공격할 충분한 병력이 없다는 것을요."

"나는 당신들의 손님이 아니라 당신들의 군주요. 이집트의 마지막 정통 왕인 프톨레마이오스 11세의 유언장을 로마의 베스타 신녀들이 여전히 보관하고 있고, 나는 죽은 프톨레마이오스 12세의 유언장을 가지고 있소." 카이사르가 말했다. "따라서 현상황에 대한 판결을 내릴 때까지 내가 정권을 잡을 것이고, 내가 어떤 결정을 내리든 그 결정에 충실히 따라야 할 것이오. 내 소지품들을 귀빈궁으로 옮기고 오늘 당장 내 보병대를 상륙시키시오. 그들에게 성벽 안의 훌륭한 진지를 내주도록. 내가 지금 가진 병사들로 알렉산드리아를 초토화시키지 못할 거라 생각하나? 다시 생각하는 게 좋을 거요!"

수건이 당도했다. 티로스 자주색 수건이었다. 파비우스는 수건을 받아서 요람처럼 양손 위에 펼쳤다. 카이사르는 폼페이우스의 이마에 입을 맞춘 뒤 그 머리를 수건에 놓고 경건하게 감쌌다. 파비우스가 그것을 받으려 했으나, 카이사르는 그 대신 임페리움을 상징하는 상아 막대를 건넸다.

"아니, 내가 그를 들겠네." 문간에서 그는 고개를 돌렸다. "귀빈궁 바깥 정원에 작은 화장용 장작더미를 쌓으시오. 불을 피우는 데 쓸 유향과 몰약도 준비하고. 그리고 나머지 몸을 찾아오시오!"

그는 티로스 자주색 꾸러미를 안고 몇 시간을 울었다. 누구도 감히 그를 방해할 엄두를 내지 못했다. 마침내 루프리우스가 등불을 들고 와서—날이 매우 어두워져 있었다—귀빈궁으로 짐을 전부 옮겼으니 독재관님도 제발 같이 가시자고 말했다. 그는 카이사르가 마치 노인이라도 된 듯 그를 부축해 일으켜야 했고, 알렉산드리아산 둥근 유리 안의 기름등잔 불빛이 비추는 정원을 가로질러 길을 안내해주어야 했다.

"아, 루프리우스! 이런 일이 일어날 줄이야!"

"그러게 말입니다, 카이사르. 하지만 작게나마 좋은 소식이 하나 있습니다. 펠루시온에서 사람 하나가 왔는데 폼페이우스 마그누스의 해방노예인 필리포스라는 자입니다. 그가 나머지 몸을 태운 재를 가지고 있습니다. 자객들이 배를 타고 떠난 후 그곳 바닷가에서 태웠다는군요. 필리포스가 폼페이우스 마그누스의 돈주머니를 들고 있었던 덕분에 신속히 나일 강 삼각주를 건너올 수 있었답니다."

그리하여 카이사르는 필리포스로부터 펠루시온에서 있었던 일의 전말과, 폼페이우스의 아내와 작은아들인 코르넬리아 메텔라와 섹스투스가 도주한 과정을 전해 들었다.

다음날 오전에 카이사르가 집전하는 가운데 폼페이우스 마그누스의 머리가 화장되었다. 머리를 태운 재는 나머지 재와 합쳐 붉은 루비와 바다 진주가 잔뜩 박힌 황금 유골단지에 동봉했다. 그런 뒤 카이사르는 필리포스와 그의 우둔한 노예를 서쪽으로 향하는 상선에 태워 보내 폼페이우스 마그누스의 유골을 코르넬리아 메텔라에게 전하게 했다. 역시나 필리포스에게 맡긴 반지는, 어디에 있는지는 몰라도 장남인 나이우스 폼페이우스에게 전달될 예정이었다.

이 모든 일의 처리가 끝나자 카이사르는 하인 하나를 보내 말 스물여섯 필을 빌린 다음 자신의 병력 배치 점검에 나섰다. 그가 곧 알게 된 군의 배치 상태는 엉망이었다. 포테이노스는 우글거리는 쥐를 잡고 다니는 고양이들(역시나 신성시되는 동물)이 출몰하고 예외 없이 따오기들이 이미 장악한 라코티스의 버려진 땅에 카이사르의 군단병 3천200명을 데려다놓았던 것이다. 전부 가난한 이집트계 그리스 혼혈인 지역민들은 자기네 거주지 한가운데에 로마군 주둔지가 있다는 것, 그리고 끝없이 기근에 시달리는 알렉산드리아에 먹일 입이 훨씬 많아졌다는 것 둘 다에 격렬히 분개했다. 로마인들은 가격이 얼마든 식량을 살 형편이 되었지만, 식량 수요가 그만큼 늘었기 때문에 빈민들의 식량 가격은 또다시 급등할 터였다.

"음, 이 진지 주변에 순전히 임시로 쓸 방벽과 목책을 세우되, 우리가 그걸 영구적으로 쓰려는 것처럼 보이게 만들어야 해. 이 현지인들은 고약하네, 아주 고약해. 왜냐고? 배가 고프기 때문이지! 연 수입이 황금 1만 2천 탈렌툼이나 되면서도 한심한 통치자들이 저들에게 식량 보조를 해주지 않으니까. 이곳이야말로 왜 로마가 왕들을 몰아냈는지 보여주는 완벽한 예야!" 카이사르는 콧방귀를 뀌며 거칠게 숨을 내뱉었다. "몇 발짝마다 보초를 세우게, 루프리우스. 그리고 병사들에게 따오기 구이를 식단에 추가하라고 전해. 빌어먹을 알렉산드리아의 신성한 새들!"

아, 화가 나셨어! 루프리우스는 씁쓸한 기분으로 생각했다. 어떻게 궁의 저 멍청이들은 폼페이우스 마그누스를 살해하고서 카이사르가 기뻐하리라 생각한 걸까? 그는 비통한 마음에 극도로 흥분해 있으니, 조금만 건드려도 욱셀로두눔이나 케나붐 때보다 더 심하게 알렉산드리아를 결딴내놓을지도 모른다. 한 술 더 떠서 병사들은 뭍에 오른 지 채 하루도 되지 않았건만 벌써부터 주민들을 죽이고 싶은 욕구로 들끓고 있다. 지금 이곳에는 불길한 분위기가 조성되고 있다. 재앙의 조짐이 일고 있다.

이런 속내를 입 밖으로 낼 입장이 아니었기에, 루프리우스는 위인과 같이 말을 타고 일대를 돌면서 위인이 호통치는 소리를 가만히 듣고만 있었다. 카이사르가 이토록 화가 난 건 단지 슬픔 때문만이 아니었다. 궁의 저 멍청이들은 그가 자비로운 처신을 보이고 마그누스를 다시금 로마의 울타리 안으로 끌어들일 기회를 빼앗아버렸다. 마그누스는 수락했을 것이다. 카토는 절대 그럴 리 없겠지. 하지만 마그누스라면……. 그래, 기꺼이 그랬을 것이다.

　기병대 진지 점검은 카이사르의 짜증을 더욱 돋웠다. 우비계 게르만족 주위에는 빈민들도 없고 훌륭한 목초지가 풍부한데다 식수로 쓸 깨끗한 호수도 있었지만, 이들이 있는 곳과 보병대가 있는 도시의 서쪽 끝 사이에 도저히 뚫고 지나갈 수 없을만치 덩굴이 무성하게 우거진 습지가 버티고 있어서 카이사르가 이들을 보병대와 함께 활용할 길이 없었다. 포테이노스와 가니메데스와 해석관이 꼼수를 부린 것이었다. 하지만 저들은 왜 그를 자극하는 걸까? 루프리우스는 절망하며 자문했다. 저들이 그의 앞길에 던져놓는 모든 장애물은 그의 결의를 더욱 굳힐 뿐인데. 진정 저들은 자기네가 카이사르보다 영리하다고 착각하는 것일까? 갈리아에서 보낸 그 모든 세월은 무엇이든 해낼 수 있을 무시무시한 전략적 유산을 카이사르에게 안겨주었다. 하지만 잠자코 있어라, 루프리우스. 그와 함께 다니면서 아예 치를 필요가 없을지도 모를 전투 계획을 짜는 그를 지켜보기나 하자. 하지만 전투를 치를 수밖에 없는 상황이 온다면 그는 준비가 되어 있을 것이다.

　카이사르는 릭토르단을 해산시키고 루프리우스를 몇 가지 지시와 함께 라코티스의 진지로 돌려보낸 다음 이 거리 저 거리로 말을 몰고 다녔다. 따오기들이 말굽을 피해 활보할 수 있을 만큼 천천히 말을 몰며 사방을 눈길로 훑었다. 카노포스 가도와 왕실 가도의 교차로에 이르자 그는 아고라로 들어갔다. 탁 트인 드넓은 공간은 암적색 뒷벽이 있는 넓은 아케이드로 사면이 둘러싸였고 앞쪽에는 푸른색으로 칠한 도리스식 기둥이 여럿 세워져 있었다. 다음으로 간 곳은 김나시온이었다. 거의 아고라만큼 크고 주변의 아케이드도 비슷했지만 여기에는 온수와 냉수 욕조, 육상 트랙, 운동장이 있었다. 이 두 장소에서 카이사르는 쏘아보는 알렉산드리아인과 따오기 들의 시선도 의식하지 않고 돌아다니다가 말에서 내려 지붕 덮인 아케이드와 통로의 천장을 자세히 들여다보았다. 재판소에서는 내부를 거닐었는데 높다란 방들의 천장이 매력적으로 보였다. 그는 다시 말에 올라 포세이돈 신전으로 갔고, 거기서 또 라코티스에 있는 세라페이온으로 갔다. 세라페이온은 여러 개의 정원과 소규모 신전 사이에 커다란 신전이 들어서 있는, 세라피스신에게 봉헌된 성소였다. 다음으로 그가 향한 곳은 해안과 그 인근의 선거(船渠)와 창고 들이었다. 엄청나게 큰 교역 사무소 건물은 커다란 각재가 깔린 돌출부두, 잔교, 안벽(岸壁)과 더불어 무척 카이사르의 주의를 끌었다. 카노포스 가도를 따라 세워진 다른 신전과 대형 공공건물들도 흥미로웠는데, 하나같이 거대한 목제 들보로 떠받쳐진 천장이 특히 그랬다. 마지막으로 그는 다시 왕실 가도를 내려가 게르만족 진지로 갔다. 방어시설에 관해 지시를 내리기 위해서였다.

"추가 인력으로 병사 2천 명을 보낼 테니 옛 도시 성벽의 해체 작업에 착수하게." 카이사르는 그의 보좌관에게 말했다. "돌을 이용해 두 개의 새로운 성벽을 세우도록 해. 각각 왕실 가도 양쪽에 있는 첫번째 집의 뒤쪽에서 시작해서 호수에 닿을 때까지 부채꼴로 펼쳐지도록. 왕실 가도 쪽에서는 너비 120미터로 하되 호숫가에선 너비 1천500미터로 하게. 그러면 서쪽에서는 습지에 가로막히는 한편 동쪽 성벽은 호수와 카노포스 지류 사이의 선박용 운하로 연결된 도로를 양분하게 될 거야. 서쪽 성벽은 9미터 높이로 세우게. 습지가 추가 방어물이 되어줄 거야. 동쪽 성벽은 6미터 높이로 세우되 바깥에 4.5미터 깊이의 도랑을 파서 뾰족한 나무 말뚝을 심고 그 너머에는 물을 채운 해자를 만들게. 동쪽 성벽에는 틈을 남겨서 운하 통행이 유지되게 하는 한편, 내 지시가 떨어지는 즉시 그 틈을 막을 수 있도록 돌멩이를 준비해두게. 두 성벽 모두 30미터마다 감시탑을 세울 예정이고, 동쪽 성벽 꼭대기에 설치할 발리스타를 보내겠네."

보좌관은 무표정한 얼굴로 지시 내용을 경청한 뒤 곧바로 우비족 대장 아르미니우스를 찾으러 갔다. 게르만족은 성벽 건설에는 별 쓸모가 없었으므로 식량 징발과 말에게 먹일 사료 비축 임무를 맡게 될 터였다. 그 밖에 말뚝을 날카롭게 깎고 불로 단단하게 그을려서 만드는 스티물루스용 목재를 구하는 일이며 흉벽에 쓸 버들가지를 엮는 작업에도 투입될 수 있었다. 게르만족은 고리버들 공예의 고수였다!

카이사르는 다시 왕실 가도를 따라 왕실 구역으로 이동해서 높이 6미터의 그곳 성벽을 살폈다. 이 성벽은 아크론 극장의 험준한 돌무더기에서 시작해 로키아스 곶 건너편 바다로 되돌아오는 형태를 이루었다. 어디에도 감시탑이라고는 없었고, 방어시설로서 성벽의 기능에 관한 이해가 사실상 보이지 않았다. 방어보다는 장식에 훨씬 많은 관심과 노력이 들어가 있었다. 이러니 폭도의 왕실 구역 기습이 그리도 잦을 수밖에! 난쟁이도 마음만 먹으면 뚫고 들어가겠어.

시간, 시간! 시간이 걸릴 것이다. 그리고 준비 작업이 완료될 때까진 사람들을 속이기 위해 잘 얼버무리고 옥신각신해야 할 터였다. 무엇보다 기병대 진지에서의 활동 외에는 별다른 움직임이 일어나는 낌새가 보이지 않아야 했다. 포테이노스와 그의 똘마니들—해석관을 비롯한—은 카이사르가 기병대 요새에 웅크리고 들어앉아 있다가 공격을 당하면 이곳을 떠날 작정이라고 여길 것이다. 좋아. 그렇게 생각하라지.

루프리우스가 라코티스에서 돌아오자 또다른 지시들이 내려졌다. 뒤이어 카이사르는 휘하의 하급 보좌관 전원(답 없는 인간 티베리우스 클라우디우스 네로까지 포함해서)을 소집해 그의 계획을 상세히 설명했다. 그들이 함부로 발설하지 않으리라는 데는 의심의 여지가 없었다. 이것은 로마 대 로마의 싸움이 아니었기 때문이다. 그들 중 누구도 좋아하지 않는 외국 열강과의 싸움이었다.

다음날 카이사르는 프톨레마이오스 왕과 포테이노스, 테오도토스, 가니메데스를 귀빈궁으로 불렀다. 이곳에서 그는 바닥에 놓인 의자에 그들을 앉히고 단상 위에 놓인 상아 대좌에 자리를 잡았다. 이에 어린 왕이 언짢아하자 카이사르는 테오도토스가 왕을 달랠 수 있게 해주었다. 저자가 왕을 성적으로 유혹하고 있군, 하고 카이사르는 생각했다. 저런 참모들을 두었으니 저 아이에게 무슨 희망이 있겠는가? 살아남는다 해도 제 아비보다 별반 나을 게 없는 통치자가 되겠지.

"여러분을 이곳으로 부른 건 엊그제 내가 언급한 사안을 논의하기 위해서요." 무릎 위에 두루마리를 놓은 채 카이사르가 말했다. "이른바 이집트 내 알렉산드리아의 왕위 계승 문제인데, 이것이 나일 강 유역 이집트의 왕위 계승과는 다소 다른 문제라는 걸 이제 나도 알고 있소. 듣자 하니 후자의 경우, 그러니까 나일 강 유역 이집트의 왕위는 지금 이곳에 없는 그대의 누이는 누리지만 그대는 누리지 못하는 자리더군요. 나일 강 유역의 이집트를 통치하기 위해서는 통치 군주가 반드시 파라오라야 하오. 클레오파트라 여왕처럼 말이오. 프톨레마이오스 왕, 그대의 누이이자 아내인 공동 통치자는 왜 망명자로서 자신의 백성들을 상대로 용병군을 지휘하고 있는 거요?"

포테이노스가 대답했다. 카이사르도 예상한 바였다. 어린 왕은 시키는 대로만 행동했고, 미리 상세한 설명을 듣지 않고 스스로 생각할 만한 지성이 없었다. "여왕의 백성들이 반기를 들어 여왕을 내쫓았기 때문입니다, 카이사르."

"그들이 왜 반기를 든 거요?"

"기근 때문이지요." 포테이노스가 말했다. "두 해 연속 나일 강이 범람하지 않았습니다. 작년에는 나일 수위계 측정치가 3천 년 전 사제들이 기록을 시작한 이래 최저치를 경신했습니다. 나일 강 수위가 고작 2.4미터 올랐지요."

"더 자세히 말해보시오."

"범람은 세 종류로 나뉩니다, 카이사르. 죽음 수위, 풍요 수위, 과다 수위지요. 강물이 제방 위로 흘러넘쳐 나일 강 유역이 범람하려면 수위가 5.3미터로 상승해야 합니다. 그보다 조금이라도 낮으면 죽음 수위에 들어갑니다. 강물과 함께 흘러온 토사가 땅에 쌓이지 않으니 작물을 심을 수 없게 되지요. 이집트에는 비가 내리지 않습니다. 구원을 내려주는 건 나일 강이에요. 수치가 5.3미터에서 9.5미터 사이면 풍요 수위입니다. 나일이 충분히 범람해서 모든 재배지에 물과 비옥한 토사를 나누어주어 농작물을 심을 수 있는 경우입니다. 하지만 9.5미터 넘게 범람하면 강 유역이 과도하게 물에 잠겨 촌락이 쓸려가고 작물을 심어야 할 시기까지도 물이 빠지지 않습니다." 폰테이우스의 말은 마치 외운 것처럼 줄줄 흘러나왔다. 나일 강을 모르는 외국인에게 범람 주기를 설명해야 했던 경우가 이번만이 아니었음이 분명했다.

"나일 수위계는 뭐요?" 카이사르가 물었다.

"범람 수위를 확인하는 장치입니다. 나일 강 한쪽에 파놓은 우물 같은 구덩이인데 벽면에 눈금이 새겨져 있습니다. 수위계는 서너 개가 있지만, 그중에 가장 중요한 수위계는 남쪽으로 수백 킬로미터 떨어진 제

1폭포 인근의 엘레판티네 섬에 있습니다. 그곳에선 삼각주의 꼭짓점에 위치한 멤피스에서보다 한 달 먼저 나일 수위가 오르기 시작합니다. 따라서 그해의 범람 수위가 어떨지 미리 짐작할 수 있는 겁니다. 전령이 강 하류로 소식을 가져오지요."

"그렇군. 하지만 포테이노스, 왕실은 막대한 수입을 올리고 있잖소. 왜 농작물이 자라지 못할 땐 그 돈으로 곡물을 사들이지 않는 거요?"

"카이사르도 필시 잘 아시겠지요." 포테이노스가 사근사근하게 대꾸했다. "히스파니아부터 시리아에 이르기까지, 당신들의 바다(지중해—옮긴이) 주변 일대에 가뭄이 든 것 말입니다. 우리도 곡물을 구입했지만 가격이 어마어마합니다. 그 비용은 자연히 소비자들에게로 넘어갈 수밖에 없지요."

"정말이오? 참으로 지각 있는 얘기로군." 카이사르는 똑같이 사근사근하게 대꾸했다. 그러고는 무릎 위에 뒀던 두루마리를 들었다. "파르살로스 전투가 있었던 후 나이우스 폼페이우스 마그누스의 막사에서 이걸 찾았소. 그대의 부친인 프톨레마이오스 12세의 유언장인데"—지루한 나머지 깜빡 졸고 있던 사내아이에게 한 말이었다—"아주 분명히 적혀 있소. 알렉산드리아와 이집트는 그의 살아 있는 자식 중 장녀인 클레오파트라와 장남인 프톨레마이오스 에우에르게테스가 남편과 아내로서 공동으로 통치해야 한다고 지시하고 있지."

포테이노스는 펄쩍 뛸 듯이 놀랐다. 그러다 기세등등하게 한 손을 뻗으며 따지듯이 말했다. "어디 봅시다! 이게 과연 진짜이고 합법적인 유언장이라면, 이곳 알렉산드리아에서 기록관이 가지고 있거나 로마의 베스타 신녀들이 가지고 있을 겁니다."

테오도토스는 어린 왕의 뒤로 가 서서 왕이 자지 못하게 손가락으로 어깨를 쿡 찔렀다. 가니메데스는 무표정한 얼굴로 가만히 앉아 듣고만 있었다. 당신이 가장 유능한 자로군, 하고 카이사르는 가니메데스를 보며 생각했다. 포테이노스를 상관으로 모셔야 하는 게 얼마나 짜증스러울까! 그리고 당신의 어린 프톨레마이오스인 아르시노에 공주가 위쪽 왕좌에 앉은 모습을 훨씬 더 보고 싶겠지. 저들 모두 클레오파트라를 싫어한다. 하지만 왜?

"아니, 보여줄 수 없소, 대시종장." 카이사르가 쌀쌀하게 대꾸했다. "그 글에서, 아울레테스로 알려진 프톨레마이오스 12세는―흠, 그러니까 '곤란한 상황'이니만큼 자신의 유언장을 알렉산드리아나 로마에는 맡기지 말라고 적시했소. 이 문서가 작성될 당시는 우리 로마의 내전이 있기 한참 전이었으므로 아울레테스가 말한 건 이곳 알렉산드리아의 상황임이 틀림없소." 그는 몸을 곧추세웠다. 얼굴은 딱딱하게 굳어 있었다. "이제 알렉산드리아가 평온을 되찾고 통치자들도 하층민에게 좀 더 관대한 태도를 취해야 할 때가 왔소. 나는 마케도니아인 시민들뿐만이 아니라 주민 전체를 위해 어느 정도 일관되고 인도적인 조건이 정립되기 전에는 이 도시를 떠날 의향이 없소. 내가 지나는 길에서 염증처럼 곪아가는 로마에의 저항을 묵인하지도, 어떤 나라든 간에 로마를 향한 저항 확산의 핵이 되도록 허용하지도 않을 것이오. 현실을 받아들이시오, 여러분. 독재관 카이사르는 알렉산드리아에 머물며 이곳의 문제를 정리할 거라는―종기를 짼다고 표현할 수도 있겠군요―현실을 말이오. 그러니 당신들이 클레오파트라 여왕에게 보낸다고 했던 전령을 정말로 보냈기를, 며칠 안으로 이곳에서 여왕을 보게 되기를 진심으로 바라오."

이 정도면 독재관 카이사르는 알렉산드리아가 공화파의 기지로 쓰이게 놔둔 채 이곳을 떠나진 않을 것이라는 의미가 최대한 전달되었으리라고 그는 생각했다. 그들 전부 아프리카 속주로 밀려나겠지. 거기서 나는 그들을 한꺼번에 진압할 수 있을 테고.

카이사르는 자리에서 일어났다. "이만 물러가시오."

그들은 도끼눈을 하고서 물러갔다.

"클레오파트라에게 전령을 보내셨습니까?" 장미 정원으로 들어서며 가니메데스가 대시종장에게 물었다.

"둘을 보냈소." 포테이노스가 미소 지으며 말했다. "하지만 아주 느린 배에 태워 보냈지. 물론 아킬라스 장군에게 갈 세번째 사람도 보냈소. 아주 빠른 평저선에 태워서. 느린 두 전령이 나일 삼각주의 펠루시온 하구에 나타날 때에 맞춰 아킬라스가 병사들을 잠복시켜놓을 거요. 대단히 안타깝지만"—그는 한숨을 내쉬었다—"클레오파트라는 카이사르로부터 아무 전갈도 받지 못할 거요. 그는 여왕이 너무나 오만해서 로마의 개입에 따르려 하지 않는 거라 여기고 종국엔 여왕을 공격할 테지요."

"궁에는 여왕의 첩자들도 있습니다." 가니메데스가 말했다. 앞에서 서둘러 가느라 점점 작아지는 테오도토스와 어린 왕에게 눈길을 둔 채였다. "여왕이 카이사르와 접촉하려 할 겁니다. 그편이 이득이니까요."

"나도 알고 있소. 하지만 아가토클레스 함장과 그 병사들이 로키아스 곶 양쪽의 성벽 일대와 밀려오는 잔물결 하나까지도 샅샅이 감시하고 있소. 여왕은 내 그물망을 빠져나가지 못할 거요." 포테이노스는 순간 발길을 멈추고, 자신과 똑같이 훤칠하고 잘생긴 환관을 똑바로 마주 보았다. "가니메데스, 당신은 아르시노에가 여왕이 되는 편을 바라는 것 같은데, 맞소?"

"아르시노에가 여왕이 되기를 바라는 사람은 많습니다." 가니메데스가 전혀 흔들림 없이 대답했다. "가령 아르시노에 본인부터 그렇지요. 그녀의 동생인 왕도 그렇고요. 클레오파트라는 이집트의 영향에 물들었습니다. 그녀는 독이에요."

"그렇다면," 다시 발을 옮기기 시작하며 포테이노스가 말했다. "우리 두 사람 다 그 목적을 위해 힘써야 마땅할 것 같소. 당신이 내 자리를 가져갈 순 없겠지만, 당신이 바꿔친 아이가 왕좌를 차지하기만 한다면 그게 그리 큰 애로가 되지는 않겠지요, 안 그렇소?"

"그렇습니다." 가니메데스가 미소를 띠며 말했다. "카이사르는 무슨 꿍꿍이입니까?"

"꿍꿍이라니?"

"그는 무슨 일인가 벌이고 있습니다. 제 직감이 그래요. 기병대 진지에서 활발한 움직임이 있는데, 솔직히 말해서 그가 아직까지 라코티스 내 보병대 진지의 방비 작업을 잘 알려진 그의 평판처럼 철두철미하게 하지 않았다는 것이 놀랍습니다."

"내가 짜증나는 건 그의 고압적인 태도요!" 포테이노스가 신랄하게 쏘아붙였다. "그가 자기 기병대 진지의 방비를 끝냈을 즈음엔 옛 도시 성벽 안에 돌멩이 하나 남아나지 않을 거요."

"왜 저는 이 모든 것이 눈가림인 것만 같을까요?" 가니메데스가 물었다.

이튿날 카이사르는 다른 사람은 빼고 포테이노스에게만 전갈을 보냈다.

"오랜 친구를 대신해 당신과 상의할 문제가 있소." 카이사르가 느긋하면서 소탈한 태도로 말을 꺼냈다.

"무슨 말씀인지?"

"아마도 가이우스 라비리우스 포스투무스를 기억하겠지요?"

포테이노스는 이맛살을 찌푸렸다. "라비리우스 포스투무스라……. 어렴풋이 알 것도 같군요."

"그는 고인이 된 아울레테스 왕이 복위된 후 알렉산드리아에 도착했소. 아울레테스가 라비리우스를 필두로 한 로마의 은행가 연합에게 진 약 4천만 세스테르티우스의 빚을 회수할 목적으로 온 것이었지. 그러나 회계관을 비롯해 아주 훌륭한 그의 수하 마케도니아인 관료들이 알렉산드리아의 재정을 충격적인 상태가 되도록 방치했던 것 같더군요. 그래서 아울레테스는 내 친구 라비리우스에게 왕실 재정과 공공 재정을 모두 깔끔하게 정비해서 직접 돈을 찾아가야 한다고 말했소. 실제로 라비리우스는 귀찮은 것은 물론 불쾌하게 느껴졌던 마케도니아식 복장을 하고서 밤낮으로 쉬지 않고 그 일을 해냈소. 그해가 끝날 때쯤 알렉산드리아의 재정은 훌륭하게 정리되었소. 하지만 라비리우스가 4천만 세스테르티우스를 달라고 요청하자, 아울레테스와 당신의 선배 관료들은 그를 벌거벗은 새처럼 홀딱 벗겨서 로마행 배에 던져버렸소. 목숨을 건진 걸 감사하라는 게 그들의 전언이었지. 라비리우스는 땡전 한 푼 없이 로마에 당도했소. 은행가에게는 참으로 끔찍한 운명이었다오, 포테이노스."

회색 눈동자와 옅은 푸른색 눈동자가 서로에게 고정되었다. 둘 중 누구도 시선을 내리지 않았으나, 포테이노스의 목덜미에서 맥박이 아주 빠르게 뛰고 있었다.

"다행히," 카이사르가 아무렇지도 않게 말을 이었다. "내 도움으로 내 친구 라비리우스는 자금 상황을 회복할 수 있었고, 지금은 나의 또다른 친구들인 삼촌 발부스, 조카 발부스, 가이우스 오피우스와 더불어 부호 중의 부호가 되었소. 하지만 빚은 빚이고, 내가 알렉산드리아에 들르기로 한 건 그 빚과도 상관이 있었소. 대시종장, 나를 라비리우스 포스투무스의 집행관으로 여기시오. 즉시 4천만 세스테르티우스를 갚으시오. 국제 기준으로는 은 1천600탈렌툼에 해당하는 금액이오. 엄밀히 따지자면 10퍼센트 고정 금리로 원금에 대한 이자까지 요구해야겠지만 그건 기꺼이 포기하겠소. 원금만 갚아도 좋소."

"제게는 선왕의 채무를 지불할 권한이 없습니다."

"그렇지, 하나 현왕은 그럴 수 있지 않소."

"왕은 미성년자입니다."

"바로 그래서 당신에게 요청한 거요, 친구. 돈을 지불하시오."

"입증을 위한 여러 서류가 필요할 겁니다."

"내 수행비서인 파베리우스가 기꺼이 내어줄 거요."

"다른 용건은 없습니까, 카이사르?" 포테이노스가 일어서며 물었다.

"지금으로서는 그렇소." 카이사르는 예의범절의 화신답게 손님을 바깥까지 배웅했다. "여왕이 올 조짐은 아직도 없소?"

"티끌만큼도 없습니다, 카이사르."

테오도토스는 본궁에서 포테이노스를 만났다. 소식을 한가득 들고 온 참이었다. "아킬라스로부터 전갈이 왔습니다!" 그가 말했다.

"이리 다행스러울 데가! 그가 뭐라고 하오?"

"전령들이 죽었고, 클레오파트라는 여전히 카시오스 산에 숨어 있다고 합니다. 아킬라스는 카이사르가 알렉산드리아에 있다는 걸 여왕이 전혀 모른다고 확언했습니다. 아킬라스의 다음 행보를 여왕이 어떻게 생각할지는 단정할 수 없지만요. 지금 이 순간에도 장군은 펠루시온에서 2만 보병과 1만 기병을 배로 이동시키고 있습니다. 에테시아이 바람이 불기 시작했으니 이틀이면 이곳에 도착할 겁니다." 테오도토스는 신이 나서 킥킥 웃었다. "아, 아킬라스가 온 걸 보면 카이사르가 어떤 얼굴을 할지 궁금해서 못 견디겠군요! 그는 두 항구를 다 이용하겠지만 달의 문 외곽에 진지를 세울 계획이라고 합니다." 눈치 빠른 사람이 아니었던 테오도토스는 별안간 어리둥절해하며 심각한 표정을 띤 포테이노스를 쳐다보았다. "기쁘지 않으십니까, 포테이노스?"

"아니, 기쁘오. 내가 짜증나는 건 그 때문이 아니오!" 포테이노스가 날카롭게 쏘아붙였다. "좀 전에 카이사르를 만나고 왔소. 아울레테스가 로마 은행가 라비리우스 포스투무스에게 지불하지 않은 돈을 왕실에서 내라고 빚 독촉을 하더군. 저 뻔뻔함이라니! 저 무모함이라니! 그리도 오래전 일을 가지고! 선왕이 사적으로 진 빚을 갚으라고 해석관에게 청할 순 없단 말이오!"

"오, 맙소사!"

"하," 포테이노스가 잇새로 내뱉었다. "내가 그 돈을 카이사르에게 주겠소. 하지만 그는 돈을 달라고 했던 날을 후회하게 될 거요!"

"문제가 생겼습니다." 다음날 루프리우스는 카이사르에게 말했다. 그들이 알렉산드리아에 온 지 여드레째 되는 날이었다.

"무슨 문제?"

"라비리우스 포스투무스의 빚을 회수하셨습니까?"

"그랬네."

"포테이노스의 하수인들이 모두에게 떠들어대고 있습니다. 독재관님이 왕실 금고를 약탈했고 금 식기들을 모두 녹였으며 곡물 저장소에 있던 것을 우리 병사들에게 주려고 차압했다고요."

카이사르는 웃음을 터뜨렸다. "상황이 슬슬 끓어오르기 시작하는군, 루프리우스! 내 전령이 클레오파트라 여왕의 진지에서 돌아왔네. 아, 나는 저들이 자랑하는 삼각주 운하를 이용하지 않았네. 전령에게 전속력으로 말을 달려서 가게 했네. 15킬로미터마다 새 말로 갈아타면서 말이야. 당연히도 포테이노스가 보낸 전령은 여왕에게 당도한 적이 없었네. 아마 살해됐겠지. 여왕은 내게 아주 우호적이고 유익한 편지를 보내 왔네. 아킬라스와 그의 군대가 알렉산드리아로 귀환하려 짐을 꾸리고 있으며, 이곳에 도착하면 도시 외곽 달의 문 인근 지역에 진지를 세울 계획이라고 적혀 있더군."

루프리우스는 열의를 띠었다. "우리도 시작할까요?" 그가 물었다.

"내가 본궁으로 들어가 왕에 대한 주도권을 잡은 뒤라야 하네." 카이사르가 말했다. "포테이노스와 테오도토스가 그 불쌍한 아이를 도구로 이용한다면, 나 또한 못할 거 없지. 저들 도당이 아무것도 모른 채 자기네를 화장할 장작더미를 쌓도록 이삼일 더 내버려두세. 그래도 내 병사들은 돌격 준비가 완벽히 되어 있어야 하네. 때가 오면 그들이 할 일은 아주 많고 주어진 시간은 그리 길지 않을 테니까." 카이사르는 두 팔로 늘어지게 기지개를 켰다. "아, 외국인 적이 있으니 얼마나 좋은지!"

카이사르의 알렉산드리아 체류 열흘째 날, 도착을 앞둔 아킬라스의 함대 한가운데에서 나일 강의 작은 다우선(아라비아 지역의 삼각돛을 단 연안 항해용 범선—옮긴이) 한 척이 대항구로 미끄러지듯 들어와 재바르지 못한 수송선들 사이로 눈에 띄지 않고 교묘히 움직였다. 배는 마침내 왕실 항구 잔교에 정박했는데, 항구에 있던 경비 파견대는 수상쩍은 이가 몰래 물속으로 빠져나오진 않는지 그 배의 등장을 면밀히 주시하고 있었다. 다우선에는 사내 둘만 타고 있었다. 두 사람 다 맨발에 삭발을 했고, 젖꼭지 아래에서 몸에 꼭 맞게 달라붙었다가 종아리 중간쯤 오는 끝단으로 내려갈수록 서서히 폭이 넓어지는 흰색 아마천 옷을 입은 이집트 사제들이었다. 그들은 신체에 금붙이를 걸칠 자격이 없는 평사제들이었다.

"거기, 어딜 가려는 거요?" 경비대의 부사관이 물었다.

뱃머리에 있던 사제가 내려오더니, 두 팔을 모아 손바닥이 맞닿게 양손을 포개어 사타구니 위에 놓은 자세로 섰다. 자신을 낮추고 복종하는 자세였다. "우리는 카이사르를 뵙고자 합니다." 사제가 서툰 그리스어로 말했다.

"무슨 일로?"

"우엡이 그분께 보낸 선물을 가져왔습니다."

"누구?"

"프타의 셈 사제, 넵-노트루, 위대한 영도자, 세케르-카바우, 프타의 아들, 카임-우에세," 사제가 억양 없는 말투로 읊조렸다.

"나는 여전히 못 알아듣겠고 인내심이 바닥나고 있소, 사제."

"멤피스의 프타 신 대사제 우엡이 카이사르에게 보내는 선물을 가져왔습니다. 방금 말한 것이 그분의 완전한 이름입니다."

"무슨 선물이오?"

"여깁니다." 바짝 뒤따르는 부사관 앞에서 사제가 다시 배 안으로 내려가며 말했다.

평평한 원기둥 모양으로 말아놓은 돗자리가 배 밑바닥에 놓여 있었다. 너저분한 색깔에 어설픈 무늬가 있는 그 물건은 알렉산드리아 마케도니아인의 눈에 볼품없어 보였다. 라코티스의 싸구려 시장에서도 저것보단 나은 걸 살 수 있겠군. 아마 해충도 우글거리겠지.

"카이사르에게 저걸 준단 말이오?"

"그렇습니다, 왕실의 높으신 분이여."

부사관은 칼집에서 뽑은 칼로 돗자리를 쿡쿡 찔렀다. 하지만 동작은 조심스러웠다.

"그러시지 않는 게 좋습니다." 사제가 부드럽게 말했다.

"왜 그렇소?"

사제는 부사관의 눈을 쳐다보며 시선으로 꼼짝 못하게 붙들었다. 그러다 그가 머리와 목으로 어떤 몸짓을 하자 부사관은 두려움에 뒷걸음질을 쳤다. 일순간 그의 눈앞에 이집트인 사제가 아니라 코브라의 대가리와 옆으로 넓게 펼쳐진 목이 보이는 것 같았다.

"쉬이익!" 사제가 뱀 같은 소리를 내며 두 갈래로 나뉜 혀를 내밀었다.

부사관은 얼굴이 창백해져 한달음에 잔교로 뛰어올랐다. 마른침을 삼키고서야 그는 간신히 입을 열었다. "프타는 카이사르를 좋아하지 않소?"

"프타는 다른 모든 신을 만드셨듯이 세라피스를 만드셨지만, 유피테르 옵티무스 막시무스는 이집트에 대한 모욕이라고 생각하십니다." 사제가 대답했다.

부사관은 빙긋 웃었다. 대시종장 포테이노스가 내려줄 근사한 상여금이 눈앞에 어른거렸다. "당신들의 선물을 카이사르에게 가져가시오."
그가 말했다. "부디 프타의 목적이 이루어지기를. 몸조심하시오!"

"그럽지요, 왕실의 높으신 분이여."

두 사제는 몸을 굽혀 살짝 처진 돗자리 원기둥의 양끝을 잡고 들어
올린 뒤 솜씨 좋게 그 짐을 잔교 위에 놓았다. "어디로 가면 되지요?"
말하는 역할을 맡은 사제가 물었다.

"저 길을 쭉 따라가서 장미 정원으로 들어가시오. 작은 방첨탑을 지
나 왼쪽에 보이는 첫번째 궁전이오."

사제 둘은 돗자리를 가운데에 들고 잰걸음으로 그곳을 떠났다. 짐은
가벼웠다.

이제 우리의 반갑지 않은 손님이 뱀에게 물려 죽었다는 소식이 들리
기만 기다리면 되겠군, 하고 부사관은 생각했다. 그런 뒤엔 보상이 주
어지겠지.

살집이 통통한 식도락가 가이우스 트레바티우스 테스타는 얼굴을
찡그린 채 뒤뚱거리며 안으로 들어왔다. 그의 정식 보호자가 마르쿠스
툴리우스 키케로라는 사실에도 불구하고, 그는 두말할 필요도 없이 이
내전에서 카이사르의 휘하가 되는 편을 선택했다. 생소하고 낯선 알렉
산드리아로 항해하는 길을 선택했던 것도 마찬가지 이유에서였다. 딱
한 가지 생각할 법한 이유라면 그가 언제나 새로운 별미를 찾아다닌다
는 것이었는데, 알렉산드리아에선 그런 것을 전혀 찾아볼 수가 없었다.

"카이사르," 그가 말했다. "멤피스에서 희한한 물건 하나가 독재관
님 앞으로 당도했습니다. 프타 대사제가 보냈다고 합니다. 편지도 없
이요!"

"참으로 흥미롭군." 카이사르는 서류를 보다 말고 고개를 들었다. "물건의 상태는 괜찮나? 손댄 흔적은 없고?"

"과연 상태가 괜찮은 적이 있었을까 의심스럽습니다." 트레바티우스는 못마땅하다는 듯이 찡그린 얼굴로 말했다. "우중충하고 낡은 거적입니다. 양탄자가 아니에요."

"물건을 도착한 상태 그대로 들여오게."

"릭토르들에게 시켜야 할 겁니다, 카이사르. 궁의 노예들은 물건을 들고 온 자들을 보자마자 케르소네소스 킴브리아의 게르만족보다도 더 얼굴이 창백해지더군요."

"어서 들이기나 하게, 트레바티우스."

젊은 릭토르 두 명이 다소 위협적인 태도로 양쪽에서 물건을 들고 들어와 바닥에 내려놓은 뒤 카이사르를 바라보았다.

"고맙네. 나가보게."

만리우스가 불안한 듯 몸을 틀었다. "카이사르, 저희가 여기 있을까요? 음, 이 물건을 맡아서 이곳까지 가져온 두 사람은 정말이지 너무나 이상한 자들이었습니다. 물건을 문 안으로 들이자마자 복수의 여신들에게 쫓기기라도 하듯이 잽싸게 달아나더군요. 파비우스와 코르넬리우스가 먼저 열어보고 싶어했지만 가이우스 트레바티우스가 안 된다고 했습니다."

"아주 좋아! 이제 나가게, 만리우스. 어서 나가, 어서!"

돗자리와 둘만 남게 되자 카이사르는 미소를 지으며 물건을 찬찬히 살폈다. 그러다 무릎을 꿇고 앉아 한쪽 끄트머리 안을 가만히 들여다보았다. "숨은 쉴 만하오?" 그가 물었다.

안에서 누군가의 말소리가 새어나왔지만, 무슨 말인지 알아들을 수는 없었다. 그 순간 카이사르는 돗자리 양끝이 얇은 골풀 줄기를 짜넣어 메워져 있는 것을 알아챘다. 한쪽 끝에서 다른 쪽 끝까지 두께를 일정하게 만들기 위해서였다. 정말로 기발하군! 그는 덧대어진 골풀을 떼어낸 뒤 아주 조심스럽게 프타의 선물을 펼쳤다.

그녀가 돗자리 안에 숨을 수 있었던 것도 놀라운 일이 아니었다. 그녀의 몸에는 붙어 있는 거라곤 없었다. 골격이 우람한 미트리다테스 왕가의 피는 다 어디로 간 거지? 카이사르는 의자로 가 앉아 그녀를 자세히 뜯어보면서 자문했다. 키는 150센티미터가 채 안 되고, 체중은 잘해야 1.5탈렌툼이겠군. 납으로 된 신발을 신어도 기껏해야 35킬로그램쯤 되겠어.

평소 카이사르는 모르는 사람이 어떻게 생겼을지 추측하는 데 귀한 시간을 허비하는 일이 거의 없었다. 그 대상이 지금 이 사람같이 높은 지위를 가진 경우라도 마찬가지였다. 그렇지만 이처럼 위엄의 흔적이라곤 없는 작고 가녀린 인물을 기대한 건 결코 아니었다! 그럼에도 원숭이처럼 재빨리 몸을 일으키고, 거울로 쓸 만한 광이 나는 금속 물체가 없는지 방안을 둘러보는 시늉조차 하지 않는 그녀의 모습에 카이사르는 무척이나 놀라워했다. 오, 마음에 들어! 그는 생각했다. 어머니가 떠오르는구나. 똑같이 활기찬데다 솔직하면서 현실적인 태도를 지녔어. 그러나 그의 어머니는 로마 최고의 미인이라 불렸던 데 비해, 누가 어떻게 따져보더라도 클레오파트라가 미인이라 불릴 일은 없을 터였다.

가슴이라 불릴 만한 것도, 엉덩이도 없었다. 그냥 위아래로 일자인 몸의 어깨에 두 팔이 막대기처럼 붙어 있었으며 목은 길고 가늘었다. 머리는 몸에 비해 너무 큰 키케로의 머리를 연상시켰다.

한마디로 못생긴 얼굴이었다. 코가 워낙 크고 매부리코인 탓에 얼굴에서 코만 보일 정도였기 때문이다. 상대적으로 얼굴의 다른 부분은 제법 양호했다. 도톰하지만 너무 두껍지는 않은 입술, 멋진 광대뼈, 턱이 매끈한 계란형 얼굴. 그러나 눈만은 아름다웠다. 매우 크고 활짝 트인 눈. 짙은 색 눈썹 아래 짙은 색 속눈썹이 달려 있었으며 홍채는 사자와 똑같은 황금색이었다. 가만, 저런 색깔의 눈을 어디서 봤더라? 당연히 미트리다테스 대왕의 자손들 중에서였지! 음, 그녀는 그의 손녀가 맞지만 눈을 제외하고는 미트리다테스 가문의 특징이 없다. 그들은 게르만족의 코에 머리카락이 노란 키 크고 덩치 좋은 사람들이었으니. 그녀의 머리카락은 옅은 갈색에 역시나 숱이 적었다. 이마에서 목덜미까지 가닥가닥 나누어 돌돌 만 머리카락을 한데 모아 작고 단단한 매듭처럼 고정해놓은 모양이 마치 수박껍질의 무늬 같았다. 매력적인 피부는 짙은 올리브색에 혈관이 푸르스름하게 비칠 정도로 투명했다. 흰색 리본으로 된 디아데마를 머리선 뒤쪽으로 묶고 있었는데, 이것이 그녀가 왕족임을 보여주는 유일한 증거였다. 입고 있는 평범한 그리스풍 로브는 칙칙한 황갈색인데다 보석 장신구 하나 걸치고 있지 않았기 때문이다.

그녀 역시 카이사르를 찬찬히 뜯어보고 있었다. 그리고 놀라워했다.

"뭘 보고 있소?" 카이사르가 진지한 어조로 물었다.

"대단한 미남요, 카이사르. 다만 피부색이 더 어두울 줄 알았어요."

"로마인 중에는 밝은 피부, 중간 피부, 어두운 피부가 골고루 있소. 또한 빨간색이나 모래색 머리카락에 주근깨가 잔뜩 난 로마인도 많고."

"그래서 알비누스, 플라부스, 루푸스, 니게르 같은 코그노멘들이 있는 거고요."

아, 멋진 목소리다! 저음에 높낮이가 뚜렷해서 말을 한다기보다 노래하는 것처럼 들렸다. "라틴어를 아시오?" 이번에는 그가 놀라며 물었다.

"아니요, 그건 배울 기회가 없었어요." 클레오파트라가 말했다. "나는 여덟 가지 언어를 구사하지만 모두 동방의 언어들이죠. 그리스어, 옛 이집트어, 민중 이집트어, 히브리어, 아람어, 아라비아어, 메디아어, 페르시아어." 고양이를 닮은 눈이 반짝 빛났다. "당신이 라틴어를 가르쳐주겠어요? 나는 아주 빨리 배우는 편이에요."

"나는 시간이 날 것 같지 않소만, 원한다면 로마인 개인교사를 보내주겠소. 나이가 얼마나 되오?"

"스물한 살이에요. 왕위에 오른 지 4년 됐죠."

"생애의 5분의 1이라. 그대는 전문가로군. 앉아요, 어서."

"아뇨, 그럼 당신을 제대로 볼 수 없잖아요. 키가 아주 크니까." 클레오파트라가 서성거리며 말했다.

"그래요, 갈리아인이나 게르만족만큼 크지. 술라가 그랬듯이, 나도 위장을 해야 했다면 그들의 일원으로 쉽게 통했을 거요. 당신은 왜 키가 자라지 않은 거요? 형제자매들은 큰데."

"내 작은 키는 얼마간 물려받은 것도 있어요. 내 부친의 어머니는 나바테아의 공주였지만 순수 아라비아인이 아니었어요. 그분의 할머니가 파르티아 공주인 로도구네로, 미트리다테스 왕과 연결된 또다른 혈통이죠. 파르티아인들은 키가 작다고들 하더군요. 하지만 내 어머니는 내가 아기 때 앓았던 병 때문이라고 하셨어요. 그래서 나는 항상 하마신과 악어신이 강물을 빨아들이듯 내 성장의 기운을 콧구멍 속으로 빨아들였다고 여겨왔어요."

카이사르의 입술이 씰룩였다. "강물을 빨아들이듯이?"

"네, 죽음 수위 동안에요. 나일 강 수위가 오르지 않는 건 하마신 타 와레트와 악어신 소베크가 콧구멍으로 강물을 빨아들이기 때문이에 요. 이 신들이 파라오에게 화가 날 때 말이죠." 그녀의 말투는 완전히 진지했다.

"당신은 파라오인데 신들이 왜 당신에게 화가 난 거요? 나일 강이 2 년간 죽음 수위를 기록했다고 알고 있소."

클레오파트라의 얼굴은 망설임의 완벽한 표본처럼 보였다. 그녀는 휙 돌아서서 이리저리 서성이다가 불쑥 카이사르의 코앞에 와서 아랫 입술을 깨물며 섰다. "사안이 대단히 급박한 만큼," 그녀가 말을 꺼냈 다. "여자의 농간으로 당신을 유혹하려 애써봤자 아무 의미가 없을 것 같군요. 당신이 볼품없게 생긴 사람이길―어쨌든 늙은 건 사실이니 까―바랐어요. 그래서 나같이 예쁘지 않은 여자들도 기꺼이 받아주는 사람이기를. 하지만 떠도는 이야기가 사실이라는 걸 알겠군요. 당신은 고령에도 불구하고 원하는 여자는 누구든 가질 수 있다는 걸요."

카이사르의 머리는 한쪽으로 기울어져 있었고, 본래 초연하고 차가 운 두 눈은 정욕이 담겨 있진 않았지만 따뜻했다. 그의 두 눈이 그녀의 모습을 정신없이 빨아들이는 동안 그의 머릿속은 그녀에게 온전히 열 중했다. 그녀는 불리한 상황에서 두각을 나타냈다. 비불루스의 두 아들 이 살해당했을 때나 알렉산드리아에 반란이 일어났을 때 그러했고, 다 른 위기 상황에서도 틀림없이 그랬을 것이다. 그런데도 그녀는 어린 동 정녀로서 말했다. 그녀가 처녀인 것은 당연하다. 그녀의 동생이자 남편 과 아직까지 첫날밤을 치르지 않은 게 분명했고, 그녀는 지상의 신이니 필멸의 인간과는 결합할 수 없다. 환관들로 둘러싸여 지내며, 거세하지 않은 사내와 단둘이 있는 것도 금지된다. 그녀가 처한 상황은 그녀의 말처럼 정말로 급박하다. 그렇지 않았다면 거세하지 않은 필멸의 사내인 나와 지금 여기 단둘이 있을 리가 없다.

"계속해보시오." 그가 말했다.

"나는 파라오로서 내 의무를 다하지 못했어요."

"의무라면?"

"생산의 의무. 자식을 낳을 의무죠. 내가 왕위에 오른 후의 첫번째 범람은 풍요 수위에 들어갔어요. 나일이 내게 생산성을 증명할 유예 기간을 주었기 때문이죠. 그런데 두 차례 범람이 지났는데도 나는 여전히 결실이 없어요. 이집트는 기근에 빠져 있고, 지금으로부터 닷새 뒤면 필라이 섬의 이시스 사제들이 엘레판티네 섬의 수위계를 확인할 거예요. 범람할 시기가 다가왔고 에테시아이 바람이 불고 있어요. 하지만 내가 잉태하지 못하면 아이티오피아에 여름비가 내리지 않고 나일이 범람하지 않을 거예요."

"겨울눈이 녹는 게 아니고 여름비라," 카이사르가 말했다. "나일 강의 수원을 아시오?" 그녀가 계속 말하게 하자. 무슨 말을 하는 건지 온전히 이해할 시간이 필요해. 내가 '고령'이긴 하구나!

"에라토스테네스 같은 사서들이 나일의 수원을 찾기 위해 탐험대를 보냈지만 그들이 찾은 거라곤 지류들과 나일 강 자체뿐이었어요. 그들이 실제로 찾은 건 아이티오피아의 여름비였죠. 관련된 내용이 다 기록되어 있어요, 카이사르."

"그렇군, 떠나기 전에 박물관의 책을 몇 권 읽어볼 짬이 났으면 좋겠소. 계속하시오, 파라오."

"그게 전부예요." 클레오파트라가 어깨를 으쓱하며 말했다. "나는 신과 결합을 해야 하고 내 동생은 날 원하지 않아요. 즐길 상대로는 테오도토스를, 아내로는 아르시노에를 원하죠."

"그가 왜 아르시노에를 원하는 거요?"

"아르시노에가 나보다 더 순수한 혈통이기 때문이죠. 그 둘은 친남 매니까. 그들의 어머니는 프톨레마이오스 왕가의 사람이고 내 어머니 는 미트리다테스 왕가 사람이었어요."

"당신이 처한 난제를 풀 해답이 뭔지 모르겠군. 어쨌든 이번에 다가 올 범람 전에는 말이오. 참으로 안타깝게 생각하오만, 가여운 여왕, 내 가 당신을 위해 무엇을 할 수 있을지는 모르겠소. 나는 신이 아니니까."

클레오파트라의 얼굴이 환해졌다. "하지만 당신은 신이에요!" 그녀 가 외쳤다.

카이사르는 눈을 깜박였다. "에페소스에 그리 적힌 조각상이 있긴 하지만 그건―음, 그러니까―내 친구 하나가 말했듯이 아첨이오. 내 가 두 신의 후손인 건 사실이지만, 그래봐야 고작 신들의 이코르 한두 방울일 뿐이오. 몸 전체에 가득한 게 아니라."

"당신은 서방에서 온 신이에요."

"서방에서 온 신?"

"당신은 이시스-하토르-무트 신을 잉태시켜 아들 호루스를 낳게 해 주기 위해 죽은 자들의 세계에서 돌아온 오시리스예요."

"그걸 믿는단 말이오?"

"믿는 게 아니에요, 카이사르. 이건 사실이에요!"

"그렇다면 알겠소, 나와 잠자리를 하고 싶은 거요?"

"네, 그래요! 그게 아니라면 왜 여기 왔겠어요? 내 남편이 되어줘요, 내가 아들을 낳게 해줘요! 그러면 나일이 범람할 거니까."

이게 뭔 상황이람! 그래도 재밌고 흥미로운 상황이다. 카이사르가 그 먼 길을 돌고 돌았던 것이, 그의 정자가 비를 내리게 하고 강물이 불어나게 하여 온 나라를 풍요롭게 할 수 있는 곳에 오기 위해서였단 말인가?

"거절하는 건 무례한 일이겠지만," 그가 진지하게 말했다. "시도하기엔 이미 조금 늦은 것 아니오? 나일 수위계의 측정일이 닷새밖에 남지 않은 상황에 당신을 잉태시켜줄 수 있다고 장담할 순 없소. 설령 그리 된다 해도 당신은 5주 혹은 6주가 지나야 알 수 있을 거요."

"아문-라는 알 거예요. 그의 딸인 내가 알게 될 것처럼요. 내가 나일이에요, 카이사르! 나는 그 강의 살아 있는 화신이지요. 나는 지상의 신이고 내 목적은 오직 한 가지, 내 백성들이 번성하고 이집트를 계속 위대하게 하는 것뿐이에요. 나일이 한 해 더 죽음 수위에 머문다면 기근에 전염병과 메뚜기떼까지 겹칠 거예요. 이집트는 멸망하는 거죠."

"대신 내 부탁도 들어주시오."

"나를 잉태시켜줘요. 그럼 바로 들어드리죠."

"꼭 은행가처럼 말하는군! 내가 알렉산드리아에 해야 하는 일에 대해, 그것이 무엇이든 전적으로 협조해주시오."

클레오파트라의 이맛살이 찌푸려지고 미심스러워하는 표정이 떠올랐다. "알렉산드리아에 해야 한다고요? 이상한 표현 방식이군요, 카이사르."

"아, 이런 영리함이라니!" 그는 감탄하며 말했다. "똑똑한 아들을 기대하게 되는군."

"당신에겐 아들이 없다더군요."

아니, 아들이 있어, 하고 카이사르는 생각했다. 갈리아 어딘가에 있을 어여쁜 작은 아이. 리타비쿠스가 그 어미를 죽이고 내게서 훔쳐간

아이. 하지만 나는 그 아이가 어찌되었는지 모르고 앞으로도 알 수 없을 테지.

"맞소." 그는 차분히 말했다. "하나 로마인에게 자기 몸에서 난 아들이 없다는 건 전혀 중요하지 않소. 우리는 같은 핏줄을 나눈 조카나 친척 중에서 법적으로 자유롭게 양자를 들일 수 있소. 살아생전에나 아니면 죽은 뒤 유언을 통해서 말이오. 당신과 내가 아들을 낳는다 해도 그 아이는 로마인이 아닐 것이오, 파라오. 당신이 로마인이 아니기 때문이지. 따라서 그 아이는 내 이름도 재산도 물려받을 수 없소." 카이사르는 근엄한 표정이었다. "로마인 아들을 기대하진 마시오. 우리의 법은 그런 식으로 작동하지 않으니까. 원한다면 당신과 일종의 결혼 절차를 거칠 수는 있지만 그 결혼은 로마법에 의한 구속력은 없을 거요. 내겐 이미 로마인 아내가 있소."

"결혼한 지 오래되었지만 아이를 전혀 낳지 못한 아내죠."

"내가 집에 있지를 않으니까." 카이사르는 씩 웃은 뒤 느긋이 몸에 힘을 풀고 한쪽 눈썹을 추켜세운 채 그녀를 쳐다보았다. "이제 슬슬 당신의 큰 남동생을 봉쇄할 때인 것 같군. 해질녘이면 우리는 궁에 들어가 있을 테고, 그런 뒤에 당신을 잉태시키기 위한 조치를 취하도록 합시다." 그는 일어나 문 쪽으로 갔다.

"파베리우스! 트레바티우스!" 그가 외쳤다.

그의 비서와 개인 보좌관이 들어오더니 입을 딱 벌리고 섰다.

"이쪽은 클레오파트라 여왕이네. 이제 여왕이 도착했으니 일이 진행되기 시작해. 즉시 루프리우스를 호출하고 슬슬 짐을 꾸리게."

그렇게 그는 참모들을 뒤에 거느린 채 나가버리고 방안에는 클레오파트라 혼자 남았다. 그녀는 한눈에 사랑에 빠졌다. 그것이 그녀의 천

성이었다. 자기보다도 못생긴 늙은 사내와 결혼하는 것도 감수할 작정이었는데, 정작 신이면서 외모까지 신처럼 생긴 사람을 만나게 되니 그녀는 기쁨으로, 감정으로, 진정한 사랑으로 가득 채워졌다. 타카는 하토르의 그릇에 담긴 물에 연꽃잎을 던져보고는 그녀의 주기상 오늘밤이나 내일밤이 가임일이며, 그녀가 카이사르를 보고 사랑할 만하다 생각되면 임신할 거라고 말했다. 이제 그녀는 그를 보았고 꿈꾸던 대상을, 서방에서 온 신을 찾았다. 오시리스처럼 키가 크고 멋지고 아름다운 신. 얼굴에 새겨진 주름마저도 그에게 꼭 어울렸다. 오시리스가 고난을 겪었듯이 그도 고난을 겪었음을 말해주는 흔적이었으므로.

그녀의 입술이 떨리더니, 돌연 눈물이 터져나와 그녀는 눈을 깜박였다. 그녀는 사랑에 빠졌지만 카이사르는 그렇지 않다. 앞으로도 그렇게 될 일은 없을 것 같았다. 그녀가 아름답지 않거나 여성적인 매력이 부족하기 때문이 아니라, 그들 사이에 놓인 나이와 경험과 문화의 커다란 차이 때문에.

해 질 무렵 그들은 궁에 들어가 있었다. 아래위로 현관과 복도 들이 가지처럼 갈라져나오고 회랑과 방 들이 싹을 틔운 듯 자리잡고 있으며 헤엄칠 수 있을 만큼 큰 물웅덩이와 안뜰도 여럿 있는 거대한 건물이었다.

전 도시와 왕실 구역은 오후 내내 웅성거렸다. 카이사르의 군단병 500명이 일제히 왕실 근위대를 체포한 뒤 달의 문 서쪽에 우후죽순 늘어나고 있는 아킬라스의 진지로 보내고 카이사르의 칭찬을 받았다. 이 일이 끝나자 500명의 병사들은 계속해서 전투대(臺)와 제대로 된 흉벽과 수많은 감시탑으로 왕실 구역 성벽의 방비 작업에 들어갔다.

이 밖에 다른 일들도 일어났다. 루프리우스는 라코티스의 진지를 비우고 왕실 가도 양쪽의 호화 주택들에 사는 이들을 모조리 쫓아낸 다음 병사들로 그곳을 가득 채웠다. 갑자기 집을 잃은 부유한 주민들이 온 도시 안을 뛰어다니며 흐느끼고 통곡하고 로마인들에게 복수하겠다고 울부짖는 동안, 병사들 수백 명이 큰 신전과 김나시온과 재판소로 쳐들어갔으며 라코티스에 남은 몇 명은 세라페이온으로 향했다. 그들은 공포에 휩싸인 알렉산드리아인들이 보는 앞에서 신속하게 모든 천장의 들보를 뜯어내어 왕실 가도로 되실어갔다. 작업이 완료되자 이번에는 안벽, 잔교, 교역 사무소 건물 등 부둣가의 구조물들에 대한 작업에 착수했고, 들보란 들보는 물론 쓸 만한 나무토막도 모조리 싹 쓸어갔다.

해 질 무렵 알렉산드리아의 공공건물 대부분이 폐허가 되었다. 쓸 만하거나 크기가 꽤 되는 목재는 모두 다 왕실 가도로 안전하게 운반되었다.

"이건 극악무도한 짓입니다! 극악무도한 짓!" 반갑지 않은 손님이 보무도 당당하게 걸어들어오자 포테이노스가 소리쳤다. 손님의 곁에는 1개 백인대와 그의 참모진, 그리고 대단히 의기양양한 표정의 클레오파트라 여왕이 서 있었다.

"너!" 아르시노에가 새된 소리를 질렀다. "여기서 뭐하는 거야? 내가 여왕이야. 프톨레마이오스는 너와 이혼했다고!"

클레오파트라는 아르시노에에게로 다가가 정강이를 맹렬하게 걷어차더니 손톱으로 그녀의 얼굴을 내리 할퀴었다. "내가 여왕이야! 입 닥쳐. 안 그럼 죽여버릴 테니까!"

"개 같은 년! 암퇘지! 악어! 자칼! 하마! 거미! 전갈! 쥐! 뱀! 이!" 어린 프톨레마이오스 필라델포스가 고함쳤다. "원숭이! 원숭이, 원숭이, 원숭이!"

"너도 입 닥쳐, 이 더러운 두꺼비 자식아!" 클레오파트라는 사납게 내뱉으며 소년이 엉엉 울음을 터뜨릴 때까지 머리를 후려쳤다.

카이사르는 팔짱을 낀 채 가만히 서서 지켜보고만 있었다. 가족 간의 우애를 보여주는 이 모든 증거에 넋을 잃을 지경이었다. 스물한 살의 파라오일지는 몰라도, 어리디어린 남동생과 여동생을 마주한 클레오파트라는 어린아이로 돌아갔다. 흥미롭게도 필라델포스도 아르시노에도 반격해 치고받고 싸우지 않았다. 큰누이에게 겁을 먹은 것이다. 이윽고 카이사르는 이 꼴사나운 광경에 싫증이 나서 싸움꾼 셋을 솜씨 좋게 떼어놓았다.

"어이, 숙녀분, 그쪽은 가정교사와 있으시오." 그는 아르시노에에게 명령했다. "어린 공주들은 잠자리에 들 시간이오. 거기, 필라델포스 그대도."

포테이노스는 여전히 고함을 질러댔지만, 가니메데스는 무표정한 얼굴로 아르시노에를 데리고 나갔다. 저자가 대시종장보다 훨씬 위험해. 카이사르는 내심 생각했다. 그리고 아르시노에는 저자를 사랑하는군. 환관이든 뭐든 상관없이.

"프톨레마이오스 왕은 어디에 있나?" 카이사르가 물었다. "그리고 테오도토스는?"

프톨레마이오스 왕과 테오도토스는 아직 카이사르의 병사들이 건드리지 않은 아고라에 있었다. 그들이 왕의 처소에서 한참 빈둥거리며 뒹

굴고 있던 바로 그때, 노예 하나가 급히 달려와서 카이사르가 왕실 구역을 장악하고 있으며 클레오파트라 여왕이 그와 함께 있다고 고했다. 잠시 후 테오도토스는 알현용 의복으로 갈아입고 소년왕에게도 입힌 뒤 디아데마가 더해진 자주색 왕관을 씌웠다. 곧이어 두 사람은 프톨레마이오스 아울레테스가 폭도가 나타날 때에 대비해 탈출용으로 만들어둔 비밀 터널로 들어섰다. 터널은 지하로 들어가서 성벽 아래를 지나 아크론 극장 측면으로 나오게끔 설계되어 있었으므로, 거기서 곧장 부두로 향하거나 도시 깊숙이 들어가는 것 중 선택할 수 있었다. 어린 왕과 테오도토스는 도시 안으로 들어가 아고라로 가는 편을 선택했다.

이 집회용 광장은 10만 명을 수용할 수 있었고, 카이사르의 병사들이 들보를 약탈하기 시작했던 오후 중반 무렵에는 광장이 가득 채워지고 있었다. 알렉산드리아인들은 소란이 발생할 때마다 본능적으로 바로 행동에 들어갔다. 그랬기에 왕궁에서 온 두 사람이 등장했을 때 아고라는 이미 사람들로 꽉 차 있었다. 이런 상황이었음에도 테오도토스는 왕을 한쪽 구석에 대기시켰다. 소년왕이 짧은 연설을 완벽하게 숙지할 때까지 지도할 시간이 필요했기 때문이다. 어둠이 깔린 후, 그사이 교차로로 쏟아져나와 아케이드 지붕을 뒤덮은 군중을 앞에 두고 테오도토스는 사서 칼리마코스의 조각상이 서 있는 곳으로 프톨레마이오스 왕을 이끌어 왕이 대좌 위로 오르는 것을 도왔다.

"알렉산드리아인들이여, 우리는 공격을 받고 있다!" 왕이 고함쳤다. 1천 개의 횃불로 얼굴이 불그스름하게 물들어 있었다. "로마가 침범하여 왕실 구역 전역이 카이사르의 손아귀에 들어갔다! 그뿐만이 아니다!" 그는 테오도토스가 귀에 젖도록 일러준 말을 제대로 읊고 있는지 생각하느라 잠시 멈추었다가 다시 말을 이었다. "그래, 그뿐만이 아니다! 내 누이인 반역자 클레오파트라가 돌아와 로마인들과 손을 잡았다! 카이사르를 이곳으로 끌어들인 사람이 바로 그 여자다! 그대들의 식량이 모두 로마인들의 배를 불리는 데 들어갔고, 카이사르의 음경이 클레오파트라의 음부를 메우고 있다! 그들은 금고를 털어갔으며 궁 안의 모두를 살해했다! 왕실 가도의 거주민도 모조리 살해했다! 그대들의 밀 일부는 오로지 사악한 양심으로 대항구에 던져지고 있으며, 로마 병사들이 그대들의 공공건물을 허물고 있다! 알렉산드리아는 파괴되고 있다. 우리의 신전들은 더럽혀지고 우리 여자들과 아이들은 겁탈당하고 있다!"

밤의 어둠 속에서 소년의 두 눈이 군중의 고조되는 분노를 그대로 반사하여 번쩍였다. 군중이 애초에 가지고 왔던 분노, 어린 왕의 말이 행동으로 옮기도록 자극한 분노였다. 이곳은 알렉산드리아다. 세상에 단 한 곳, 군중이 자신들이 휘두르는 권력을 끊임없이 자각하게 되었으며 막연히 파괴적인 격분에서가 아니라 정치적 수단으로써 그 권력을 휘두르는 곳이다. 군중은 그간 수많은 프톨레마이오스를 몰아냈다. 그러니 로마인 따위도 몰아낼 수 있다. 로마인과 그의 계집을 갈기갈기 찢어버릴 수 있다.

"나, 그대들의 왕은 로마의 똥개와 나라를 배반한 창녀 클레오파트라에 의해 왕좌를 빼앗겼다!"

군중이 움직였다. 그들은 프톨레마이오스 왕을 자기들 한가운데로 실어날라 한 쌍의 널찍한 어깨 위에 내려놓았다. 자줏빛 몸을 온전히 드러낸 채 그 위에 앉은 왕은 상아홀(笏)로 자신의 준마를 재촉했다.

군중의 행렬이 왕실 구역 정문까지 이동했을 때 카이사르가 그 앞을 가로막고 섰다. 그는 자주색 단을 댄 토가 차림에 떡갈잎관을 쓰고 임페리움을 상징하는 상아 막대를 오른 팔뚝에 올려 쥐고 있었으며, 양옆으로 릭토르 열두 명씩을 거느리고 있었다. 여전히 칙칙한 황갈색 로브를 입은 클레오파트라 여왕도 그와 함께였다.

그들을 제압하는 상대의 모습을 보는 데 익숙하지 않았던 군중은 움직임을 멈추었다.

"여기서 뭘 하는 건가?" 카이사르가 물었다.

"우리는 당신을 몰아내고 당신을 죽이러 왔소!" 프톨레마이오스가 외쳤다.

"프톨레마이오스 왕, 프톨레마이오스 왕, 두 가지 다 할 순 없다오." 카이사르가 분별 있게 답했다. "우리를 몰아내거나 우리를 죽이거나 둘 중 하나지. 하지만 내 장담하건대, 둘 중 어느 것도 할 필요가 없소." 앞 줄에 포진한 군중의 우두머리들이 파악되자 카이사르는 곧장 그들에게 말하기 시작했다. "내 병사들이 여러분의 곡물 저장소를 점거하고 있다는 말을 들었다면 곡물 저장소로 가서 직접 확인해보기를 바라오. 내 병사들은 그곳에 하나도 없고 곡물은 넘치도록 쌓여 있으니까. 알렉산드리아에서 곡물이나 여타 식품의 가격을 부과하는 일은 내 소관이 아니오. 여러분의 여왕이 부재중이었으니 그것은 왕의 소관이오. 그러니 만약 여러분이 지나치게 비싼 값을 치르고 있다면 카이사르가 아니라 프톨레마이오스 왕을 탓하시오. 카이사르는 자신에게 필요한 곡물과 보급품을 직접 들고 알렉산드리아에 왔으며 여러분의 것에는 손도 대지 않았소." 그는 능청스레 거짓말을 했다. 그는 한 손을 뻗어 클레오파트라를 앞으로 떠민 다음 어린 왕을 향해서도 손을 뻗었다. "그 높은 자리에서 내려와 통치자가 서야 할 이 자리에 서시지요, 전하. 백성들 속에서 휘둘릴 게 아니라 백성들을 똑바로 마주보란 말이오. 알렉산드리아 시민들은 왕을 갈기갈기 찢어놓을 수도 있다고 들었소. 그리고 저들의 곤경에 대한 책임은 로마가 아니라 당신에게 있소. 내 쪽으로 오시오, 어서!"

사람들이 떼 지어 모여 있으면 으레 일어나는 소용돌이가 왕을 테오도토스로부터 떼어놓았고, 테오도토스는 왕에게 들리도록 말을 전할 수 없게 되었다. 프톨레마이오스는 그의 준마의 어깨에 앉은 채 옅은 색 두 눈썹이 한데 모이도록 인상을 썼다. 그의 두 눈에 더없이 생생한 두려움이 피어올랐다. 그가 아무리 총명한 인물이 아니라 해도, 카이사르가 어쩐지 자신을 불리한 위치로 몰아가고 있다는 건 알 수 있었다. 카이사르의 분명하고 전달력 좋은 목소리가, 마케도니아식임이 뚜렷이 드러나는 그의 그리스어가 군중의 앞줄로 하여금 왕 자신에게서 등 돌리게 만들고 있었다.

"나를 내려라!" 왕이 명령했다.

그는 두 발로 카이사르가 있는 곳까지 걸어가서 뒤돌아 그의 성난 백성들을 마주보았다.

"그렇지, 바로 그거요." 카이사르가 상냥스레 말했다. "여러분의 왕과 여왕을 보시오!" 그가 소리쳤다. "나는 이 아이들의 부친인 선왕의 유언장을 가지고 있으며, 이 자리에서 그의 뜻을 이행하고자 하오! 이집트와 알렉산드리아의 통치는 그의 장녀인 클레오파트라 7세와 그의 장남인 프톨레마이오스 13세가 맡으라는 것이 그의 뜻이었소! 그의 명령에는 오해의 여지가 없소! 클레오파트라와 프톨레마이오스 에우에르게테스가 그의 합법적인 계승자이며 남편과 아내로서 공동으로 통치해야 하오!"

"저 여자를 죽여라!" 테오도토스가 새된 소리로 외쳤다. "아르시노에가 여왕이다!"

이조차도 카이사르는 자신에게 유리하게 틀어버렸다. "아르시노에 공주에게는 다른 책무가 있소!" 그가 외쳤다. "내게는 로마의 독재관으로서 키프로스 섬을 이집트에 반환할 권한이 있고, 이에 따라 그리하는 바요!" 그의 어조에 동정의 기운이 가득 실렸다. "마르쿠스 카토가 키프로스를 합병한 이래로 알렉산드리아가 얼마나 힘들었을지 잘 알고 있소. 여러분은 훌륭한 삼나무 삼림과 구리 광산과 다량의 값싼 식량을 잃었소. 그 합병을 결의했던 원로원은 이제 더는 존재하지 않소. 내 원로원은 이처럼 부당한 처사를 용납하지 않소! 아르시노에 공주와 프톨레마이오스 필라델포스 왕자는 키프로스의 태수로서 그곳의 통치를 맡게 될 것이오. 클레오파트라와 프톨레마이오스 에우에르게테스는 알렉산드리아에서 통치하고, 아르시노에와 프톨레마이오스 필라델포스는 키프로스에서 통치하는 것이오!"

군중의 마음은 이미 넘어갔지만, 카이사르는 아직 할말이 남아 있었다.

"필히 덧붙일 말이 있소, 알렉산드리아 주민 여러분. 키프로스가 여러분에게 반환되는 것은 클레오파트라 여왕 덕분이라는 사실이오. 여왕이 그간 왜 이곳에 없었다고 생각하시오? 그건 바로 여왕이 키프로스 반환 문제를 협상하기 위해 나를 찾아왔기 때문이오! 그리고 그녀는 목적을 달성해냈소." 카이사르는 미소를 지으며 앞쪽으로 조금 걸어갔다. "여러분의 여왕에게 뜨거운 환호를 보내는 게 어떻겠소?"

카이사르가 말한 내용은 앞줄에서 뒷줄로 군중 사이에 빠르게 전달되었다. 훌륭한 연사들이 모두 그렇듯, 카이사르는 대중에게 연설할 때면 간단명료하게 메시지를 전하기 때문이었다. 그리하여 만족한 군중은 귀가 터질 듯이 환호성을 질렀다.

"말은 다 그럴듯하오만, 카이사르, 당신 병사들이 우리 신전과 공공건물 들을 작살내고 있는 건 부정할 수 없지 않소!" 군중의 우두머리 중 한 명이 소리쳤다.

"그렇소, 아주 중요한 문제요." 카이사르가 두 손을 펼치며 말했다. "그러나 로마인들도 스스로를 보호해야 하는데, 달의 문 바깥에는 아킬라스 장군이 지휘하는 대규모 군대가 진을 치고 있고 장군은 내게 선전포고를 했소. 나는 공격에 대비하고 있는 것뿐이오. 파괴 행위를 멈추고 싶다면 여러분이 아킬라스 장군을 찾아가서 군대를 해산하라고 말하는 것이 어떻겠소."

군중은 훈련받는 병사들처럼 반대 방향으로 움직였다. 바로 다음 순간 그들은 사라지고 없었다. 아마도 아킬라스 장군을 만나러 간 것 같았다.

오도 가도 못한 채로 떨고 있던 테오도토스는 눈물을 머금고 소년왕을 바라보다가 슬그머니 왕의 손을 잡고 입을 맞췄다.

"아주 영리하군요, 카이사르." 포테이노스가 어둠 속에서 빈정거렸다.

카이사르는 릭토르들에게 고갯짓을 하고 돌아서 다시 궁 쪽으로 걸어갔다. "전에도 말했듯이 나는 영리하다오, 포테이노스. 당신네 도시 주민들 간의 전복 행위를 중단하고 이만 왕실 구역과 왕실 재산을 관리하는 역할로 돌아가는 게 어떻소? 나와 당신들의 여왕에 대한 거짓 소문 하나를 퍼뜨리다가 발각될 시엔 로마 방식으로 당신을 처형시키겠소. 채찍질한 후 참수하는 방식이지. 거짓 소문 두 가지를 퍼뜨릴 시엔 노예를 죽일 때 쓰는 십자가형이 될 것이오. 거짓 소문 세 가지면 다리를 부러뜨리지 않은 채 십자가형에 처해질 것이오."

궁전 현관에 들어서자 그는 릭토르들을 해산시켰다. 그러나 한 손을 내밀어 프톨레마이오스 왕의 어깨에 얹었다. "이런 아고라 행차는 이제 그만두시오, 젊은이. 이만 당신 처소로 가보시오. 참, 비밀 터널은 양쪽 입구 모두 봉쇄했소." 매우 차가운 눈빛이 프톨레마이오스의 굽이치는 곱슬머리 너머로 테오도토스를 향했다. "테오도토스, 앞으로 왕과 만나는 것을 금지하겠네. 아침까지 이곳을 떠나게. 그리고 경고하지! 왕과 접촉을 시도하는 날엔 아까 포테이노스에게 말한 운명을 그대에게 내릴 거야." 카이사르가 가볍게 밀어내자마자 프톨레마이오스 왕은 처소로 달려가서 울었다. 카이사르의 손은 이제 클레오파트라에게로 뻗어나가 그녀를 잡았다.

"잠자리에 들 시간이오, 친애하는 여왕. 다들 잘 자게."

클레오파트라는 희미하게 미소 지으며 눈을 내리깔았다. 트레바티우스는 깜짝 놀라 파베리우스를 쳐다봤다. 카이사르와 여왕이? 하지만 여왕은 그분 취향이 아니잖아!

아주 특이한 임무이긴 했어도, 여자 경험이 지극히 많은 카이사르에게는 전혀 어려워 보이지 않았다. 나라를 위해 두 신이 의식과도 같은 성교를 치르는 일, 그것도 상대인 여신이 숫처녀인 경우였다. 아찔한 열정을 자극하거나 깊은 감정을 일으키는 상황은 아니었다. 동방인인 그녀로서는 그가 온몸의 털을 제거했다는 사실이 기뻤다. 다만 그녀는 그것을 그가 신이라는 증거로 여긴 데 반해, 그로서는 단순히 이를 피하기 위한 나름의 방식일 뿐이었다. 카이사르는 결벽증 환자였던 것이다. 이 점에 있어서 그녀는 그의 기준을 충족했다. 그녀 역시 제모를 한데다 원래 체취가 향긋했기 때문이다.

아, 그러나 조그맣고 깡마른 그녀의 알몸에서 쾌락을 맛보기는 어려웠다. 경험 없고 긴장한 그 몸은 불편할 뿐 아니라 물기라곤 없었다. 그녀의 가슴은 남자처럼 납작했으며, 그녀의 팔다리는 세게 움켜쥐었다간 부러지지나 않을까 걱정되었다. 실은 전 과정이 당혹스러움 그 자체였다. 소아성애자가 아니었던 카이사르는 발육이 덜 된 어린아이 같은 그녀의 몸을 외면하고 몇 차례에 걸쳐 일을 해치우기까지 엄청난 의지력을 발휘해야 했다. 그녀가 임신을 하려면 한 번으론 절대 충분하지 않았다.

그래도 그녀는 빠르게 배워나갔다. 또한 이후에 그녀가 배출한 애액이 판단 기준이 될 수 있다면, 그녀는 결국 그가 해준 것들을 좋아하게 되었다. 호색가 아가씨가 된 것이다.

그녀가 깊은 잠에 빠져들기 전 마지막으로 한 말은 '사랑해요'였다. 그녀는 그에게 딱 붙어 몸을 동그랗게 말고 꼬챙이 같은 팔 하나를 그의 가슴에, 꼬챙이 같은 다리 하나를 그의 다리 위에 올린 채 잠들었다. 그는 카이사르에게도 잠이 필요하다고 생각하며 눈을 감았다.

아침이 되자 왕실 가도와 왕실 구역 성벽 작업이 거의 다 마무리되었다. 카이사르는 세낸 말에 올라—발부리를 데려오지 않았던 건 돌이켜보니 실수였다—길을 나섰다. 병력 배치를 둘러보고, 기병대 진지의 보좌관에게 선박용 운하 통행로를 폐쇄하고 알렉산드리아를 나일 강과 단절시키도록 지시하기 위해서였다.

그가 하고 있는 것은 사실 알레시아에서 썼던 작전의 변주였다. 알레시아에서 그는 원형 공간에 자신과 6만 병사들을 집어넣은 뒤 안쪽과 바깥쪽 방벽을 두텁게 방비함으로써 알레시아 산 정상에 주둔한 8만 갈리아 병력과 그의 맞은편 언덕에 주둔한 25만 갈리아 병력을 동시에 막았다. 이번에는 원형이 아니라 아령 모양의 공간이었다. 왕실 가도가 가운데 봉 부분에 해당했고 기병대가 한쪽 끝의 불룩한 형태를, 왕실 구역이 반대쪽 끝의 불룩한 형태를 이루었다. 도시 전역에서 약탈한 수백 개의 들보는 수평 무더기처럼 한 저택에서 다른 저택으로 밀려다니며 저택들을 한데 이어붙이는 역할을 했고, 평평한 지붕 꼭대기에서 흉벽이 되었다. 카이사르는 이 흉벽 위에 소형 포를 설치했다. 대형 발리스타는 카이사르의 기병대 진지 동쪽 측면에 있는 6미터 높이의 성벽 꼭대기에 필요했기 때문이다. 판의 언덕은 이제 그 기슭에 김나시온에서부터 각재를 쌓아 만든 강력한 누벽이 형성되어 카이사르의 망루가 되었으며, 거대한 돌벽이 왕실 가도와의 교차로에서 카노포스 가도 양쪽을 다 가로막았다. 왕실 가도의 한쪽 끝에서 다른 쪽 끝까지 그의 노련한 보병 3천200명을 구보로 이동시키면서 따오기라는 골칫거리에서도 자유로울 수 있게 되었다. 그 약삭빠른 새들이 어쩐지 앞으로 닥칠 일을 감지하고선 로마인의 둥지에서 신속히 달아났던 것이다. 좋아, 하고 카이사르는 싱긋 웃으며 생각했다. 알렉산드리아인들이 신성한 따오기를 죽이지 않고 어떻게 싸울지 보자! 그들이 로마인이라면 유피테르 옵티무스 막시무스를 찾아가서, 차후에 적절한 제물을 바친다는 조건으로 일시적으로 죄를 면제받을 수 있다는 내용의 계약서를 작성했을 테지. 하지만 세라피스가 로마의 유피테르 옵티무스 막시무스 같은 생각을 할 것 같진 않군.

카이사르의 아령 지대 동쪽에는 거주민이 유대인과 메토이코스인으로만 이루어진 델타 지구와 엡실론 지구가 있었다. 반면 서쪽은 도시의 주요 부분을 차지하는데다 그리스인과 마케도니아인이 거주하는 구역이 있어 단연 더 위험한 방향이었다. 판의 언덕 정상에 올라선 카이사르의 눈에 아킬라스의 모습이 들어왔다. 아킬라스는 병사들을 준비시키면서 에우노스토스 항구와 키보토스 항구의 움직임을 살피고 있었다. 펠루시온에서 돌아와 이제 뭍으로 올려 건조시켜야 하는 배들을 대신해 새로운 전함들이 격납고에서 나와 물속으로 첨벙 들어가고 있었던 것이다. 하루나 이틀 후면—그쪽 제독 역시 아킬라스만큼이나 느렸다—저 갤리선들은 헵타스타디온의 아치 밑으로 노를 저어 가서 카이사르의 수송선 서른다섯 척을 모조리 침몰시킬 터였다.

그리하여 카이사르는 병사 2천 명을 투입해 왕실 가도 서쪽에 면한 집들의 뒤편에 있는 모든 집을 허물게 했다. 그렇게 해서 너비 120미터에 이르는 돌무더기로 가득한 벌판을 만들었고, 거기에 뾰족하게 깎은 말뚝을 밑바닥에 심고 세심하게 덮은 구덩이, 어딘가에서 불쑥 튀어나와 목을 휘감는 쇠사슬, 깨진 알렉산드리아 유리 파편 같은 위험물을 잔뜩 곁들였다. 또다른 1천200명의 병사들은 대열을 이루어 대항구의 상업용 부둣가로 쳐들어갔다. 이들은 그곳에 세워진 모든 배에 올라가서, 재판소와 김나시온과 아고라에서 가져온 기둥 몸돌을 가득 실은 다음 배들을 아치 아래 물속으로 기울여 빠뜨렸다. 단 두 시간 만에, 작은 부속선부터 5단 노선에 이르기까지 그 어떤 배도 헵타스타디온을 통해 이 항구에서 저 항구로 이동할 수 없게 되었다. 설령 알렉산드리아인들이 카이사르의 함대를 공격한다 하더라도, 에우노스토스 항구의 모래톱을 지나고 파로스 섬의 가장자리를 돌아서 대항구의 뱃길로 들어오는 아주 고생스러운 방법으로 할 수밖에 없게 되었다. 내 2개 군단을 서둘러 보내주시오, 칼비누스! 내겐 전함들이 필요하오!

아치들이 모두 봉쇄되고 나자 카이사르의 병사들은 헵타스타디온 위로 올라가서 파로스 섬으로 물을 보내는 도수관을 뜯어낸 데 이어 키보토스 항구에서 맨 바깥 줄의 포들을 훔쳤다. 그 와중에 거센 저항을 만나긴 했지만, 알렉산드리아인들에게는 냉정한 두뇌와 사령관이 없는 게 너무나 분명했다. 그들은 살아서 나중에 다시 싸우는 것의 가치를 깨닫지 못했던 먼 옛날 갈리아의 벨가이족들과 똑같이 다짜고짜 싸움에 뛰어들었다. 카이사르의 군단병들에게는 전혀 어려운 적수가 아니었다. 모두 장발의 갈리아에서 9년간 전투 경험을 쌓은 노련한 로마 병사들은 알렉산드리아인같이 혐오스러운 외국인들과 맞붙게 된 것을 아주 기뻐했다. 키보토스 항에서 훔쳐온 발리스타와 카타풀타 들도 대단히 훌륭했다! 카이사르가 무척 기뻐할 테지. 로마 군단병들은 포를 선거(船渠)로 다시 나른 뒤 부두와 잔교에 정박해 있는 배들에 불을 질렀다. 그들은 한번 더 약을 올려줄 생각에, 에우노스토스 항과 배 격납고 꼭대기에 있는 전함들 사이로 불붙인 포탄을 빼앗은 발리스타로 쏘아 보냈다. 아, 이 얼마나 보람찬 하루 일과인가!

카이사르의 일은 따로 있었다. 그는 델타 지구와 엡실론 지구로 전령들을 보내 유대인 원로 세 명과 메토이코스인 지도자 세 명을 회담에 불렀다. 그는 이들을 접견실에서 맞이했다. 미리 편안한 의자를 가져다놓고 양옆 탁자에는 멋진 식사를 차려놓았으며, 왕좌에는 여왕을 앉혀놓았다.

"군왕다운 모습을 보이시오." 카이사르는 그녀에게 지시했다. "허접한 쥐색 쓰레기 차림은 절대 안 돼요. 마땅한 장신구가 없으면 아르시노에가 찬 거라도 벗겨오시오. 속속들이 위대한 여왕처럼 보이도록 해보시오, 클레오파트라. 이건 극히 중요한 자리니까."

클레오파트라가 들어왔을 때 그는 깜짝 놀라 입을 다물기가 힘들었다. 그녀보다 앞서서 일단의 이집트 사제들이 향로를 쟁강거리며, 카이사르가 짐작조차 하지 못하는 언어로 낮고 단조로운 구슬픈 노래를 부르며 들어왔다. 모두 평사제들이었고 우두머리 한 명만 예외였다. 우두머리 사제는 여기저기 보석이 박히고 부적이 달린 겹겹의 황금 목걸이로 뒤덮인 황금색 가슴받이를 뽐내듯 입고 있었으며, 법랑을 입힌 기다란 황금색 지팡이를 들고 바닥을 툭툭 두드려 둔탁하게 울리는 소리를 냈다.

"아문-라의 딸이시며 이시스의 환생이시며 상하 이집트의 여왕이시며 사초와 벌의 주인이신 클레오파트라에게 모두 경의를 표하시오!" 대사제가 정확한 그리스어로 외쳤다.

그녀는 파라오의 복식을 갖추고 있었다. 흰색 바탕에 흰색 줄무늬가 있고 잘게 주름 잡힌 아마천 옷 위에 속이 비칠 정도로 고운 아마천을 풍성하게 부풀린 반팔 웃옷을 덧입었으며, 옷 전체에 아주 작고 반짝거리는 유리구슬이 수놓여 있었다. 그녀의 머리에 얹힌 놀라운 구조물은, 카이사르가 이미 벽화에서 보긴 했지만 그것을 직접 삼차원으로 본 이 순간까지는 온전히 파악하지 못했던 것이었다. 붉은 법랑으로 만들어진 바깥쪽 관은 뒤쪽에선 기둥처럼 높이 솟아 있었고 앞쪽으로는 황금과 법랑과 보석으로 장식한 코브라 머리와 독수리 머리가 보였다. 이 관의 안쪽에는 흰색 법랑 재질의 훨씬 높은 원뿔형 관이 있었는데, 꼭대기 부분은 비교적 평평했으며 거기서 끝이 말린 황금띠가 튀어나와 있었다. 목에는 황금과 법랑, 보석으로 만든 폭 25센티미터의 목걸이를 걸었고 허리에는 폭 15센티미터에 법랑을 입힌 황금 벨트를 찼으며,

양팔에는 황금과 법랑 재질에 뱀과 표범 모양으로 만든 화려한 팔찌를 차고 손가락에는 번쩍거리는 반지를 수십 개씩 끼고 있었다. 턱에 얹고 황금 철사로 양쪽 귀 뒤에 걸어놓은 것은 황금과 법랑으로 만든 가짜 수염이었고, 발에는 금박을 입힌 아주 높은 코르크 밑창을 대고 보석으로 장식한 황금 샌들을 신고 있었다.

그녀의 얼굴은 대단히 정교하게 가면처럼 화장이 되어 있었다. 입술은 윤이 나는 진홍색에 양볼은 연지로 물들였으며 두 눈은 그녀의 왕좌에 장식된 눈을 빼다 박은 모습이었다. 검은 스티비움으로 눈 둘레를 따라 칠한 다음 귀 쪽으로 가느다란 선을 쭉 빼고 맨 끝을 작은 삼각형 모양으로 그려 구릿빛 녹색으로 채워넣었다. 스티비움을 칠해 또렷하게 만든 눈썹 바로 밑까지 눈꺼풀 전체에도 이 색이 칠해져 있었다. 그 밑으로는 동그랗게 말린 검은 선이 양볼 위로 그려져 있었다. 이 화장으로 인한 효과는 놀랄 만큼 멋진 동시에 무시무시했다. 화장 아래 감춰진 얼굴이 사람의 것이 아니라는 상상마저 들 정도였다.

그녀의 시중을 드는 두 마케도니아인, 카르미온과 이라스도 오늘은 이집트식 복장을 하고 있었다. 파라오의 샌들이 워낙 높았기 때문에 클레오파트라는 이들의 부축을 받으며 왕좌가 놓인 단상 계단을 올랐다. 왕좌에 앉은 그녀는 이들에게서 법랑을 입힌 황금 갈고리와 도리깨를 건네받았고, 자신의 신성함을 상징하는 이 물건들을 가슴 위에 서로 엇갈리게 놓았다.

카이사르는 아무도 바닥에 엎드리지 않는다는 걸 눈치챘다. 머리를 깊이 숙이는 인사면 충분해 보였다.

"우리는 주재를 맡기 위해 이 자리에 왔소." 클레오파트라가 큰 목소리로 말했다. "우리는 파라오요. 보시다시피 우리의 신성이 드러나 있소. 아문-라의 아들이며 오시리스의 환생이며 최고신관이며 임페라토르이며 로마 원로원과 인민의 독재관인 가이우스 율리우스 카이사르, 속행하십시오."

바로 이거야! 클레오파트라가 낭랑한 목소리로 긴 구절을 술술 읊는 동안 카이사르는 뛸 듯이 기뻐하며 생각했다. 이거야! 알렉산드리아나 마케도니아와 관련된 것들은 그녀의 눈에 보이지도 않는다. 그녀는 뼛속까지 이집트인이다. 이 대단한 예복을 입는 순간 그녀는 힘을 내뿜는 것이다!

"여왕께 압도되었습니다, 아문-라의 딸이여." 그는 이렇게 말한 뒤 절을 끝내고 몸을 일으키고 있는 대표자들을 가리켰다. "유대인 시메온, 아브라함, 여호수아, 그리고 메토이코스인 키비로스, 포르미온, 다레이오스를 소개해도 될까요?"

"환영하오. 자리에 앉으시오." 파라오가 말했다.

이때부터 카이사르는 왕좌에 앉은 이는 거의 머리에서 지워버렸다. 그는 본론을 벗어난 접근 방식을 택해서 음식이 놓인 옆 탁자 하나를 가리켰다. "고기를 교리에 맞게 준비해야 하고 포도주도 정통 유대식 포도주여야 하는 걸 알고 있소." 유대인들의 수석 원로인 시메온에게 그가 말했다. "모두 당신들의 법이 규정한 대로 준비한 것이니, 우리 얘기가 끝나면 주저 말고 드시오. 마찬가지로," 이번에는 메토이코스인들의 행정장관에게 말했다. "두번째 탁자의 음식과 포도주는 당신을 위해 준비했소."

"친절을 베풀어주셔서 감사합니다, 카이사르." 시메온이 말했다. "하지만 아무리 극진한 환대가 있어도 당신이 통로에 성벽을 쌓아 우리를 도시 나머지 지역과 차단시켰다는 사실을 바꿔놓을 순 없습니다. 우리 식량의 궁극적인 원천과 우리의 생계수단과 장사에 필요한 원자재가 모두 끊겼습니다. 당신이 왕실 가도 서쪽 뒤편에 있는 집들의 철거를 완료한 것을 알고 있으니만큼, 당신이 곧 동쪽에 있는 우리의 집들도 허물 것이라고 생각할 수밖에 없습니다."

"걱정 마시오, 시메온." 카이사르가 히브리어로 말했다. "내 말을 끝까지 들어주시오."

클레오파트라의 눈에 놀란 기색이 어렸다. 시메온은 뛸 듯이 놀랐다. "히브리어를 하십니까?" 그가 물었다.

"조금요. 나는 다양한 언어권 사람들이 모여 사는 로마의 수부라 지구에서 성장했소. 내 어머니가 그곳 인술라의 주인이셨지요. 세입자 중에는 늘 유대인이 많았는데, 어린 시절 나는 그곳을 자유롭게 다닐 수 있었던 덕분에 여러 언어를 얻어 익히게 됐소. 우리 세입자 중 최고 연장자가 시몬이라는 금세공인이었소. 나는 당신들이 믿는 신의 성격이나 당신들의 관습과 전통, 음식, 노래, 당신 민족의 역사에 관해 알고 있소." 그는 키비로스 쪽으로 몸을 돌렸다. "피시디아어도 조금 할 수 있소." 그가 그 언어로 말했다. "아, 다레이오스, 안타깝게도 페르시아어는 모른다오." 그가 그리스어로 말했다. "그러니 편의상 이 회의에서는 그리스어를 사용합시다."

그는 사과의 말 없이 15분 안에 현상황을 설명했다. 알렉산드리아에서의 전쟁은 불가피하다는 말이었다.

"그러나," 그가 말했다. "나 자신을 보호하기 위해 내 통로의 한쪽, 즉 서쪽에서만 전쟁을 치르고 싶소. 내게 반하는 행동을 하지 않는다면 내 병사들이 당신들을 침공하는 일은 없으며 이 전쟁이 왕실 가도 동쪽으로 번지거나 당신들이 굶주리는 일도 없으리라고 장담하겠소. 당신들이 장사하는 데 필요한 원자재와 서쪽 지구에서 일하는 이들이 잃게 될 급여에 관해서는 내가 도울 수 있는 입장이 아니오. 그러나 내가 아킬라스를 무찌르고 알렉산드리아인들을 진압할 때까지 당신들이 겪게 될 고초에 보상이 있을 수도 있소. 카이사르를 방해하지만 않는다면 카이사르는 당신들에게 빚을 지게 될 것이오. 그리고 카이사르는 빚을 꼭 갚는 사람이오."

그는 상아 대좌에서 일어나 왕좌 쪽으로 다가갔다. "위대한 파라오, 당신이 왕좌를 지킬 수 있도록 돕는 모두에게 보상을 내리는 일은 당신 뜻에 달린 것 같소만, 맞습니까?"

"그렇습니다."

"그렇다면 유대인과 메토이코스인이 입을 손해를 그들에게 보상해줄 의향이 있습니까?"

"그들이 당신을 방해하는 행동을 하지 않는다는 조건하에, 그럴 의향이 있습니다, 카이사르."

시메온이 자리에서 일어나 고개를 깊이 숙였다. "위대하신 여왕님," 그가 말했다. "저희가 협력하는 대신, 한 가지 더 청할 말씀이 있습니다. 메토이코스인들도 마찬가지입니다."

"청하시오, 시메온."

"저희에게 알렉산드리아 시민권을 주십시오."

긴 침묵이 뒤따랐다. 클레오파트라는 이국적인 가면 뒤에 숨은 채 앉아 있었다. 두 눈은 구릿빛 녹색 눈꺼풀에 감춰져 있었고, 가슴 위에 엇갈리게 놓인 갈고리와 도리깨만이 그녀가 숨쉴 때마다 보일 듯 말 듯 오르내렸다. 이윽고 반짝이는 붉은 입술이 벌어졌다. "알겠소, 시메온, 다레이오스. 이 도시에 3년 이상 거주한 유대인과 메토이코스인 전원에게 알렉산드리아 시민권을 주겠소. 또 이 전쟁으로 입게 될 재정적인 손실을 보상해주고, 카이사르 편에서 적극적으로 싸우는 유대인이나 메토이코스인에게는 상여금을 주겠소."

시메온은 안도하여 몸을 축 늘어뜨렸다. 나머지 다섯 명은 믿기지 않는다는 듯이 서로를 쳐다보았다. 수세대가 지나도록 얻지 못했던 것이 이제 우리 것이라니!

"그러면 나도," 카이사르가 말했다. "로마 시민권을 추가하겠소."

"적정 수준 이상으로 좋은 가격이군요. 이로써 거래가 성사되었습니다." 시메온은 활짝 웃었다. "한 가지 더, 우리의 충성심을 증명하기 위해 로키아스 곶과 경기장 사이의 해안을 지키겠습니다. 그곳은 대규모 상륙에는 적합하지 않지만 아킬라스가 많은 병사들을 작은 배로 상륙시킬 가능성은 있습니다. 경기장 너머로는," 그는 카이사르를 위해 설명을 덧붙였다. "삼각주의 습지가 시작되는데, 이것은 신의 뜻이라 할 수 있지요. 신이 우리 최고의 동맹입니다."

"이제 음식을 듭시다!" 카이사르가 외쳤다.

클레오파트라가 일어섰다. "파라오는 더이상 필요 없겠군요." 그녀가 말했다.

"카르미온, 이라스, 도와줘."

"아, 이것들 좀 다 벗겨줘!" 파라오는 처소에 들자마자 신발을 차서 벗어던지며 소리쳤다. 어색한 가짜 수염, 크고 무거운 목걸이, 무수히 많은 반지와 팔찌가 떨어져나와 바닥 곳곳으로 튕기고 굴러갔다. 하인들이 흠칫거리며 그 뒤를 따라 기어다녔고, 뭐라도 슬쩍한 물건은 없는지 서로를 부르며 확인했다. 카르미온과 이라스가 거대한 이중 관을 벗기려고 씨름하는 동안 클레오파트라는 앉아서 기다려야 했다. 관의 법랑은 금속이 아니라 목재에 입힌 것이었지만, 관이 클레오파트라의 머리 형태에 맞춰져 있어서 떨어질 생각을 않는데다 무겁기까지 했다.

그러다가 신전 악사 같은 옷차림의 아름다운 이집트인 여자를 본 그녀는 기쁨의 비명을 지르며 그 품에 달려들었다.

"타카! 타카! 내 어머니, 나의 어머니!"

구슬 장식 달린 웃옷을 다 망가뜨린다며 카르미온과 이라스가 야단치고 혀를 끌끌 차는 동안 클레오파트라는 미친듯이 사랑에 겨워 타카를 껴안고 입을 맞추었다.

그녀의 친어머니는 아주 친절하고 상냥한 사람이었지만 평생 지나치게 사랑에 집착했다. 클레오파트라 자신도 알렉산드리아 궁전의 그 끔찍한 분위기의 희생양이었기에 그 점은 납득할 수 있었다. 그녀의 어머니 클레오파트라 트리파이나는 미트리다테스 대왕의 딸이었다. 미트리다테스 대왕은 병아리콩이라는 별명이 있던 프톨레마이오스 10세 소테르의 사생아 프톨레마이오스 아울레테스에게 그녀를 아내로 주었다. 그녀는 두 딸 베레니케와 클레오파트라를 낳았으나 아들은 낳지 못했다. 아울레테스에게는 이복누이가 한 명 있었는데, 미트리다테스가 그를 클레오파트라 트리파이나와 억지로 결혼시켰을 때만 해도 그녀는 아직 어린아이였다. 하지만 그건 33년 전의 일이었고 이복누이는 자라서 어른이 되었다. 미트리다테스가 죽기 전까지만 해도 아울레테스는 장인이 두려운 나머지 아내를 해치울 수 없었다. 그가 할 수 있는 거라곤 기다리는 일뿐이었다.

베레니케가 열두 살이고 클레오파트라가 다섯 살이던 해에 폼페이우스 마그누스가 미트리다테스 대왕의 왕권을 끝장냈다. 미트리다테스는 킴메리아로 달아났으나 그의 아들 중 한 명이자 현재 아나톨리아를 침략중인 파르나케스에게 살해당했다. 마침내 자유를 얻은 아울레테스는 클레오파트라 트리파이나와 이혼하고 이복누이와 결혼했다. 그러나 미트리다테스의 딸은 날카로운 만큼이나 현실적이기도 했다. 그녀는 어떻게든 살아남았고, 자기 자리를 대신한 여자가 아울레테스에게 또다른 딸 아르시노에와 두 아들까지 낳아주는 동안 계속 궁에서 자신의 두 딸과 함께 살았다.

베레니케는 제법 나이가 들어 어른들과 같이 있을 수 있었지만, 클레오파트라는 끔찍한 장소였던 육아실로 쫓겨났다. 그러다 아울레테스의 행실이 더욱 나빠지자 어머니는 클레오파트라를 멤피스의 프타 신전으로 보냈고, 거기서 그녀는 알렉산드리아의 궁정과 전혀 다른 세계에 들어섰다. 아주 오래된 이집트 양식의 서늘한 석회석 건물들, 그녀를 꼭 안아주는 따뜻한 품이 있는 곳이었다. 프타 신의 대사제 카임과 그의 아내 타카가 클레오파트라를 그들의 아이로 받아주었기 때문이다. 그들은 그녀에게 두 종류의 이집트어와 아람어, 히브리어, 아라비아어를 가르쳐주었고 노래와 커다란 하프 연주법을 가르쳐주었으며, 나일 강 유역 이집트와 창조신 프타가 만들어낸 강력한 신들에 관해 알아야 할 모든 것을 가르쳐주었다.

과도한 이상 성욕과 포도주에 빠져 사는 흥청망청한 생활은 아울레테스를 함께 살기 어려운 사람으로 만들었다. 그는 적출자인 이부동생 프톨레마이오스 11세가 자식 없이 죽은 뒤 잽싸게 왕좌를 낚아챘다. 그러나 선왕은 자식은 남기지 않았어도 이집트를 로마에 유증한다는 유언을 남겼다. 그렇게 하여 로마라는 무시무시한 존재가 이 판에 등장하게 되었다. 카이사르의 집정관 재임 시절, 아울레테스는 그의 왕위를 로마에 승인받기 위해 금 6천 탈렌툼을 지불했는데 그 금은 알렉산드리아인들에게서 훔친 것이었다. 아울레테스는 파라오가 아니었고 따라서 멤피스의 엄청난 보물 보관소에 접근할 수 없었기 때문이다. 문제는 알렉산드리아의 수입이 알렉산드리아인들의 손아귀에 있었고, 이들은 통치자가 그 돈을 갚아야 한다고 주장했다는 점이었다. 나라는 어려운 시기였고 식량 가격은 크게 올랐으며 로마의 압력은 어디서나 위협적이었다. 아울레테스의 해결책은 알렉산드리아의 화폐 가치를 떨어뜨리는 것이었다.

사람들은 곧바로 그에게 반기를 들며 거친 군중을 풀어놓았다. 아울레테스는 비밀 터널을 이용해 배를 타고 달아나서 망명했지만, 무일푼으로 떠났다. 알렉산드리아인들은 그 점에 별반 아랑곳하지 않고 그의 장녀 베레니케와 그 어머니 클레오파트라 트리파이나로 그를 대체했다. 이제 궁정의 상황은 역전되었다. 미트리다테스 혈통의 두 여왕보다 낮은 자리로 내려가야 할 쪽은 아울레테스의 두번째 아내와 두번째 가족들이었다.

그리고 클레오파트라는 멤피스에서 불려왔다. 지독한 충격이었다! 타카를, 카임을, 구불구불 흐르는 드넓고 푸른 나일 곁에서 누린 사랑과 배움 가득한 전원생활을 그리워하며 그녀는 얼마나 울었던가! 알렉산드리아의 궁정은 전보다 더 나빴다. 이제 열한 살이 되었지만 클레오파트라의 공간은 여전히 육아실이었고, 더구나 물고 할퀴고 악을 쓰는 꼬맹이 프톨레마이오스 두 명과 함께였다. 둘 중에도 아르시노에는 더 싫었다. 그애는 클레오파트라가 프톨레마이오스의 피가 너무 옅고 악랄한 늙은 왕의 손녀라며 '부적격자'라고 끝없이 떠들어댔기 때문이다. 그 왕이 40년간 아나톨리아 일대를 공포에 떨게 했을지는 몰라도, 끝에 가선 다 망가진 인간이었다고 했다. 로마로 인해 망가졌다고.

클레오파트라 트리파이나가 왕위에 오른 지 일 년 만에 죽자 베레니케는 결혼을 하기로 마음먹었다. 로마로서는 원치 않은 일이었다. 크라수스와 폼페이우스는 킬리키아와 시리아 총독들의 방조하에 여전히 합병을 모의하고 있었다. 베레니케가 어디서 남편감을 찾으려 시도하든 간에 로마가 선수를 쳐서 그 남자를 협박하여 내빼게 했다. 급기야 베레니케는 같은 미트리다테스 가계의 친척들 쪽으로 눈을 돌렸고 그 중에서 그리도 찾기 힘들었던 남편감을 찾아냈다. 아르켈라오스라는 이름의 그 남자는 로마를 전혀 좋아하지 않았고, 알렉산드리아로 가서 베레니케 여왕과 결혼했다. 짧고도 달콤한 며칠 동안 그들은 행복했다. 그러다 시리아의 총독 아울루스 가비니우스가 이집트로 쳐들어왔다.

망명한 프톨레마이오스 아울레테스는 시간을 조금도 낭비하지 않고 (라비리우스 포스투무스를 비롯한) 대금업자들을 찾아간 터였고, 동방 속주들의 총독이란 총독은 모두 접촉해 은 1만 탈렌툼을 건네며 자신의 왕국을 되찾으려 했다. 결국 가비니우스가 이 제안에 동의하고 아울레테스를 일행에 넣어 펠루시온으로 진군했다. 가비니우스와 함께 간 또 한 명의 흥미로운 인물이 있었는데, 바로 그의 기병 사령관을 맡은 스물일곱 살의 로마 귀족 마르쿠스 안토니우스였다.

그러나 클레오파트라는 마르쿠스 안토니우스를 한 번도 보지 못했다. 가비니우스가 이집트 국경을 침범하자마자 베레니케가 동생을 멤피스의 카임과 타카에게 보낸 때문이었다. 아르켈라오스 왕은 싸울 의지가 있는 이집트 군대를 소집했지만, 그나 베레니케나 알렉산드리아가 여왕과 또다른 미트리다테스 혈통과의 결혼을 인정하지 않는다는 사실을 깨닫지 못하고 있었다. 결국 군대의 알렉산드리아 계파가 폭동을 일으켜 아르켈라오스를 살해함으로써 이집트의 저항은 종식되었다. 가비니우스는 알렉산드리아에 입성하여 프톨레마이오스 아울레테스를 다시 왕좌에 앉혔다. 아울레테스는 가비니우스가 그 도시를 떠나기도 전에 자신의 딸 베레니케를 살해했다.

클레오파트라가 막 열네 살이 되었고 아르시노에는 여덟 살, 소년 하나는 여섯 살, 다른 하나는 세 살도 채 되기 전의 일이었다. 이제 저울은 기울었다. 아울레테스의 두번째 아내와 두번째 가족이 또다시 정상에 올랐다. 카임과 타카는 클레오파트라가 집으로 돌아가면 살해되리라는 것을 간파하고 그녀의 아버지가 악덕의 결과로 죽을 때까지 그녀를 멤피스에 붙잡아두었다. 알렉산드리아인들은 클레오파트라가 왕위에 오르는 것을 원치 않았지만, 프타 신 대사제는 역사가 3천 년도 더 된 그 직위의 현 주인이었던 만큼 자신이 무엇을 해야 할지 잘 알았다. 바로 클레오파트라가 멤피스를 떠나기 전에 그녀를 파라오로 성별하는 것이었다. 그녀가 파라오가 되어 알렉산드리아로 돌아간다면 누구도 감히 그녀를 건드리지 못할 터였다. 포테이노스나 테오도토스 같은 자는 물론이고 아르시노에도 마찬가지였다. 파라오는 돈이 무제한으로 공급되는 보물 보관소의 열쇠를 쥐었으며, 알렉산드리아의 식량이 나오는 나일 강 유역 이집트의 신이었기 때문이다.

왕실 수입의 주된 원천은 알렉산드리아가 아니라 나일 강 유역 이집트였다. 아무도 아는 사람이 없을 만큼 길고 긴 시간 동안 군주들이 존재했던 그곳에서는 토지, 작물, 들판과 농가의 짐승과 가금류, 꿀벌, 세금, 관세, 운임 등 모든 것이 파라오의 소유였다. 파라오가 독점하지 않는 것은 오직 사제들이 담당하는 아마천 생산뿐이었다. 세계 최고의 품질을 자랑하는 이집트 아마천에서 나오는 수입의 3분의 1은 사제들에게 돌아갔다. 아주 살짝 흐린 유리처럼 속이 비치는 얇은 아마천을 짤 수 있는 곳은 세상에서 이집트 하나뿐이었고, 아마천에 주름을 잡거나 그토록 황홀한 빛깔로 염색할 수 있는 곳도 이집트뿐이었으며, 그리도 눈부시게 하얀 아마천을 만들 수 있는 곳도 이집트가 유일했다. 이집트 의 다른 수입원 하나는 대단히 짭짤한 만큼 독특하기도 했다. 이집트는 삼각주 지역 어디서나 자라는 파피루스 풀로 종이를 생산했는데, 이 종 이도 파라오의 소유였다.

그러므로 파라오의 수입은 연간 금 1만 2천 탈렌툼을 넘어섰다. 이 돈은 각각 6천 탈렌툼씩 내탕고와 국고 두 개로 나뉘어 보관되었다. 파 라오는 국고에서 개별 행정구의 장들과 왕실 관료들, 경찰, 수상경찰, 군대, 해군, 직공들, 농부들, 소작농들의 보수를 지불했다. 나일 강이 범 람하지 않는 해조차도 국고 수입은 외국 땅에서 곡물을 사들이기에 충 분했다. 내탕고는 고스란히 파라오 소유였으며 파라오가 개인적으로 필요하거나 원하는 경우가 아니면 절대 손댈 수 없었다. 이 내탕고에 는 이집트에서 생산된 황금과 보석, 반암(斑巖), 흑단, 상아, 향신료, 진 주가 무더기로 들어갔다. 이들 보물 대부분을 얻기 위해 아프리카의 뿔(소말리아 반도. 아프리카 대륙의 가장 동쪽에 돌출되어 있는 이 지역이 코뿔소의 뿔 모양을 닮은 데서 유래한 별칭—옮긴이)로 항해하는 선단 역시 파라오의 소유 였다.

이러니 파라오 칭호를 얻지 못한 아울레테스 같은 프톨레마이오스 왕족들이 그 지위를 갈망한 것도 당연했다. 알렉산드리아는 이집트와 는 완전히 별개인 독립체였기 때문이다. 왕과 여왕도 알렉산드리아 세 금 수입의 상당 부분을 가져갔지만, 그들은 이 도시나 이 도시의 자 산—배든 유리 세공품이든 상인 회사든—을 소유하지는 않았다. 도시가 딛고 서 있는 땅의 소유권 역시 그들에게 있지 않았다. 알렉산드리아는 알렉산드로스 대왕에 의해 건설되었고, 그는 스스로 그리스인이라 믿었지만 속속들이 마케도니아인이었다. 해석관과 기록관, 회계관이 알렉산드리아의 모든 공공 수입을 수금했으며 그중 상당액을 자기네 배를 불리는 데 사용했다. 궁정까지 포함된 특권과 특혜 체계를 통해서였다.

알렉산드로스 대왕의 부하 장군이던 프톨레마이오스가 오기 전부터 아시리아 왕조, 쿠시 왕조, 페르시아 왕조를 두루 겪은 멤피스의 프타 사제들은 프톨레마이오스와 합의를 보고 그에게 이집트의 공공 자금을 지불했다. 나일 강 유역 이집트의 주민들과 신전들이 계속 번성할 수 있도록 그 지역에 충분한 돈을 쓴다는 조건하에 이루어진 합의였다. 프톨레마이오스 왕족이 파라오이기도 한 경우에는 개인 소득도 취할 수 있었다. 다만 파라오가 직접 와서 필요한 것을 가져가지 않는 한 그 자금은 멤피스의 보물 보관소를 떠날 수 없었다. 그랬기에 클레오파트라는 알렉산드리아를 탈출할 때 아버지가 그랬듯이 빈털터리로 대항구를 떠나지 않았던 것이다. 그 대신 그녀는 멤피스로 가서 그곳의 돈을 확보해 용병들로 이루어진 군대를 고용했다.

"아," 마침내 파라오의 예복에서 완전히 자유로워진 클레오파트라가 말했다. "저게 얼마나 무거운지 몰라!"

"아문-라의 딸이시여, 그 복장이 힘들긴 했겠지만 카이사르가 보는 앞에서 여왕님을 크게 드높여줬습니다." 카임이 다정하게 그녀의 머리칼을 쓰다듬으며 말했다. "그리스식 복장은 볼품이 없답니다. 티로스 자주는 파라오에게 어울리지 않으니까요. 상황이 다 정리되고 왕위가 공고해지고 나면 알렉산드리아에 있을 때도 파라오 복식을 하셔야 합니다."

"그랬다간 알렉산드리아인들이 나를 갈가리 찢어놓을 거예요. 그들이 이집트를 얼마나 혐오하는지 아시잖아요."

"로마에 대한 해답은 파라오에게 있지 알렉산드리아에 있지 않아요." 카임이 조금은 신랄하게 말했다. "여왕님의 첫번째 의무는 이집트의 자치권을 완전히 확립하는 겁니다. 제아무리 많은 프톨레마이오스 왕들이 이집트를 로마에 유증했다 해도 말이에요. 카이사르를 통해 여왕님이 그 일을 해낼 수 있고, 알렉산드리아는 마땅히 고마워해야 할 겁니다. 이 도시가 대체 뭔가요? 이집트와 파라오를 뜯어먹고 사는 기생충 같은 존재일 뿐이잖습니까?"

"아마도," 클레오파트라는 생각에 잠기며 말했다. "조만간 그 모든 게 바뀔 거예요, 카임. 이제 막 배로 도착한 건 알지만, 왕실 가도로 가서 카이사르가 무슨 짓을 해놓았는지 한번 보세요. 그는 이 도시를 작살냈어요. 그리고 난 그가 지금까지 한 일은 시작에 불과하다고 생각해요. 알렉산드리아인들은 엄청난 충격에 빠졌지만 동시에 대단히 성이 나 있죠. 그들은 더이상 싸울 수 없을 때까지 카이사르에 맞서 싸울 테지만 절대 이길 수는 없을 거예요. 그들이 길드는 날이 왔을 땐 모든 게 영원히 바뀔 거고요. 카이사르가 갈리아에서 벌였던 전쟁에 관해 기록한 글을 읽은 적이 있어요. 아주 객관적이고 감정을 배제한 글이었죠. 하지만 그를 직접 만나고 나서 그 글을 훨씬 잘 이해하게 되었어요. 카이사르는 상대에게 자유를 주는 사람이고 이후에도 계속 자유를 줄 거예요. 그러나 계속 저지당하게 되면 그는 달라져요. 관용과 이해는 더이상 존재하지 않을 테고, 그는 무슨 짓을 해서라도 반대자를 모두 죽일 거예요. 알렉산드리아인들은 카이사르 같은 사람과 싸워본 적이 없어요." 카이사르의 무심함이 얼마간 옮아 온 낯선 두 눈이 카임을 뚫어져라 쳐다보았다. "카이사르를 몰아붙이면 그는 상대의 등뼈는 물론이고 영혼까지 부숴버려요."

타카가 부르르 몸을 떨었다. "가엾은 알렉산드리아!"

그녀의 남편은 솟구치는 기쁨에 젖은 나머지 아무 말이 없었다. 알렉산드리아가 완전히 박살난다면 그건 이집트에 이익일 터였다. 권력이 멤피스로 돌아갈 테니까. 클레오파트라가 프타 신전에서 보낸 시간들이 이제 결실을 맺는구나. 굴욕당하고 유린당하는 알렉산드리아를 지켜보는 건 클레오파트라에게 그 어떤 고통도 일으키지 않을 것이다.

"엘레판티네에서는 아직 아무 소식이 없나요?" 파라오가 물었다.

"아직은 멀었습니다, 아문-라의 딸이시여. 하지만 우리의 의무에 따라, 소식이 당도할 때 여왕님과 같이 있으려고 이곳에 온 겁니다." 카임이 말했다. "지금은 여왕님이 멤피스로 올 수 없으니까요."

"맞아요." 클레오파트라는 대답한 후 한숨을 내쉬었다. "아아, 프타와 멤피스와 두 분이 얼마나 그리운지 몰라요!"

"그래도 카이사르가 여왕님과 결혼했잖아요." 타카가 사랑하는 소녀의 두 손을 꼭 잡으며 말했다. "잉태하셨군요, 느낌이 와요."

"네, 아들을 잉태했어요. 확실해요."

프타 신의 두 사제는 대단히 흡족해하며 시선을 주고받았다.

그래, 나는 아들을 잉태했지만 카이사르는 나를 사랑하지 않는다. 나는 처음 보자마자 그를 사랑했다. 너무나 크고 너무나 희고 너무나 신을 닮은 그. 그건 예상치 못한 일이었다. 그가 오시리스처럼 생겼을 줄은. 늙은이이기도 하고 청년이기도 한, 아버지이자 남편인 그. 힘과 위엄으로 가득한 사람. 하지만 나는 그에게 의무일 뿐이다. 그를 새로운 방향으로 이끌, 그가 세속의 삶에서 할 수 있는 무언가. 예전에 그는 사랑을 한 적이 있다. 내가 쳐다보고 있다는 걸 그가 의식하지 못할 때면 그의 고통이 보인다. 그러니 그들, 그가 사랑했던 여자들은 죽은 게 틀림없다. 그의 딸이 출산중에 죽은 건 알고 있다. 나는 아기를 낳다가 죽지 않을 것이다. 이집트의 통치자는 절대 그러지 않으니까. 물론 그는 내 겉모습을 보고 내면도 약할 거라 오해하고는 내가 잘못될까봐 걱정하지만. 내 속에 자리한 건 담금질을 거친 금속이다. 나는 아주 나이들 때까지 살아남을 것이다. 아문-라의 딸답게. 내 몸에서 난 카이사르의 아들은 늙은이가 되어서야 어머니가 아닌 아내와 함께 통치하게 될 것이다. 그 아이 역시 아주 나이들 때까지 살겠지만 내 유일한 자식이 되지는 않을 것이다. 다음번엔 카이사르의 딸을 낳아서 우리 아들이 친누이와 결혼할 수 있게 해야 한다. 그런 뒤에도 더 많은 아들과 딸을 낳아야지. 모두 끼리끼리 결혼하고 모두 자식을 보도록.

그 아이들은 새로운 왕조, 프톨레마이오스 카이사르 왕가를 세울 것이다. 지금 내 뱃속에 있는 아들은 나일 강을 따라 곳곳에 신전을 지을 것이고, 우리 둘 다 파라오가 될 것이다. 부키스 황소, 아피스 황소를 직접 고르고, 해마다 엘레판티네 수위계에 가서 범람 수치를 확인하겠지. 이집트는 수세대에 걸쳐 풍요 수위를 누릴 것이며, 프톨레마이오스 카이사르 왕가가 건재하는 한 이집트는 빈곤이라고는 모를 것이다. 하지만 그게 다가 아니다. 상하 이집트의 땅, 사초와 벌의 땅은 과거의 모든 영광과 과거의 모든 영토—시리아, 킬리키아, 코스, 키오스, 키프로스, 키레나이카—를 되찾을 것이다. 이 아이에게 이집트의 운명이, 그

형제자매들에게 이집트의 풍부한 재능과 지혜가 달려 있다.

닷새 후, 나일이 8.5미터 상승해 풍요 수위에 들 거라고 카임이 알려 줬을 때 클레오파트라는 조금도 놀라지 않았다. 8.5미터는 완벽한 범람이었다. 그녀의 아기가 완벽한 아이이듯이. 오시리스와 이시스 두 신의 아들. 호루스, 혹은 하로에리스.

3 알렉산드리아 전쟁은 11월이 되도록 맹렬히 계속되었지만 왕실 가도의 서쪽 지역에만 한정되었다. 유대인과 메토이 코스인 들은 용맹한 동맹임을 증명이라도 하듯 자체 병사들을 결집시키고 그들의 작은 금속 가공소와 주조소 전부를 무기 공장으로 바꿔놓았다. 마케도니아계나 그리스계 알렉산드리아인들에게는 심각한 문제가 아닐 수 없었다. 평소에는 금속가공업같이 지저분하고 냄새나는 업종을 어차피 금속가공 숙련공들이 모여 사는 동쪽 지역에 격리하는 것을 반겼던 까닭이다. 괴로움에 이를 갈던 해석관은 별도리 없이 도시의 자금 일부를 들여 시리아에서 전쟁 무기를 수입했고, 서쪽 지역에서 금속가공 기술이 있는 누구라도 검과 단도 제작에 착수하게 하려고 최대한 애를 썼다.

아킬라스는 그 중간지대 곳곳을 몇 번이고 공격했지만 아무런 성과가 없었다. 알렉산드리아인들을 향한 커가는 증오로 한층 고무된 카이사르의 노련한 병사들이 손쉽게 기습 공격을 격퇴했기 때문이다.

아르시노에와 가니메데스는 11월 초에 카이사르의 궁을 탈출하여 도시 서부에 도착했고, 그곳에서 아르시노에는 판갑과 투구와 정강이받이로 무장한 채 검을 휘두르며 사람들을 선동하는 웅변을 쏟아냈다.

그녀가 모두의 이목을 사로잡아 시간을 버는 사이 가니메데스는 아킬라스의 진지로 들어갔다. 거기서 이 영리한 환관은 단번에 아킬라스를 살해했다. 살아남은 해석관은 곧바로 아르시노에를 여왕으로 등극시키고 가니메데스에게 장군 막사를 내주었다. 현명한 결정이었다. 가니메데스는 그 역할에 적격자였던 것이다.

새로운 장군은 카노포스 가도 건너편 다리로 걸어내려가서, 수문을 제어하는 캡스턴에 황소들을 연결하라고 지시하고 델타 지구와 엡실론 지구의 급수를 차단했다. 베타 지구와 왕실 구역은 이 조치에서 제외되었지만 왕실 가도는 그렇지 않았다. 뒤이어 그는 인간 쳇바퀴와 언제나 유용한 아르키메데스의 나선 양수기를 기발하게 결합한 방식으로 키보토스 항구의 소금물을 수도관으로 들여보낸 뒤 느긋이 앉아서 기다렸다.

이틀간 계속 짠물이 들어간 뒤에야 로마인과 유대인과 메토이코스인 들은 상황을 깨닫고 공황상태에 빠졌다. 카이사르가 직접 나서서 이 광란을 해결할 수밖에 없었다. 그가 쓴 해결책은 왕실 가도 한가운데의 도로 포장재를 들어내고 깊은 구덩이를 파는 것이었다. 구덩이가 담수로 가득 채워짐과 동시에 위기는 끝이 났다. 이내 델타 지구와 엡실론 지구 거리마다 포장재가 들어올려지고 수많은 우물들이 생겨났다. 마치 두더지 무리가 힘을 쓰고 간 흔적처럼 보였다. 이 사건의 마지막은 카이사르에 대한 탄복으로 장식되었고, 그는 반신반인의 위치로 격상되었다.

"우리 발밑이 다 석회석이오." 카이사르는 시메온과 키비로스에게 설명했다. "석회석은 지하수 줄기에 침식될 만큼 무르기 때문에 예외 없이 담수가 층층이 들어 있지요. 어쨌든 세계에서 가장 큰 강과 그리 멀지 않은 곳이잖소."

소금물이 카이사르에게 어떤 영향을 미칠지 기다리는 동안 가니메데스는 포격에 집중했다. 그의 병사들은 발리스타와 카타풀타를 최대 속도로 장전하여 왕실 가도에 불타는 포탄을 쏘아 보냈다. 그러나 카이사르에게는 비밀 무기가 있었다. 바로 스코르피오라는 소형 발사 장치에 특화된 병사들이었다. 이 장치로는 길이가 짧고 끝이 뾰족한 나무 화살을 쏠 수 있었는데, 동일 규격의 원거리용 화살을 제작할 수 있는 형판으로 기술병들이 수십 개씩 만들어낸 것이었다. 왕실 가도의 평평한 지붕들은 스코르피오를 놓기에 완벽한 포좌가 되어주었다. 카이사르는 왕실 가도 서쪽 저택들이 늘어선 길이를 쭉 따라 목제 들보 뒤에 이 포들을 배치했다. 발리스타 조작병들은 노출된 표적이었다. 뛰어난 스코르피오 병사라면 화살을 쏘는 족족 표적의 가슴이나 옆구리를 명중시킬 수 있었다. 가니메데스는 어쩔 수 없이 병사들을 철제 차폐막 뒤로 숨겨야 했고, 적을 조준할 수 없게 되었다.

11월 중순 직후에 오래도록 기다리던 로마군 함대가 도착했다. 다만 알렉산드리아에서는 아무도 이 사실을 몰랐다. 바람이 워낙 거세게 부는 통에 배들이 도시에서 서쪽으로 수 킬로미터 떨어진 곳으로 몰려간 때문이었다. 작은 배 한 척이 살그머니 대항구로 들어와 왕실 항구 쪽으로 향하던 순간, 배에 탄 사병들은 본궁의 박공지붕에서 펄럭이는 장군의 심홍색 깃발을 발견했다. 이 배는 함대의 지휘를 맡은 보좌관의 전갈과 나이우스 도미티우스 칼비누스의 편지를 가져가고 있었다. 전갈에는 함대에 물이 절실하다고 적혀 있었지만 카이사르는 우선 자리에 앉아 칼비누스의 편지를 읽었다.

38군단을 37군단과 같이 보내드릴 수 없게 되어 대단히 죄송합니다만, 최근 폰토스에서 일어난 사태로 인해 그러기가 불가능해졌습니다. 파르나케스가 아미소스에 상륙했고, 저는 세스티우스와 38군단과 함께 어떻게 대처할지 파악하기 위해 출발했습니다. 상황이 매우 좋지 않습니다, 카이사르. 아직까지는 엄청난 파괴가 있었다고만 들었지만, 보고에 따르면 파르나케스가 10만이 넘는 병사들을 데리고 있고 전원 스키타이인이라고 합니다. 폼페이우스 마그누스의 비망록을 믿을 수 있다면 그들은 위협적인 상대죠.

독재관님을 위해 해드릴 수 있는 일은 제가 가진 함대 전체를 보내드리는 겁니다. 킴메리아 왕은 해군을 전혀 데려오지 않았으니 그를 상대하는 전투에서 전함들이 필요할 것 같지는 않거든요. 보내드리는 함대 중 최고는 로도스 섬의 3단 노선 열 척입니다. 빠르고 기동성 있고 청동 충각이 달려 있어요. 이 배들의 지휘관은 독재관님도 잘 아시는 인물입니다. 바로 나이우스 폼페이우스에 버금갈 최고의 제독 에우프라노르지요. 다른 전함 열 척은 폰토스의 5단 노선으로, 빠르지는 않지만 아주 크고 튼튼합니다. 수송선 20척도 이물에 떡갈나무 충각을 달고 노 자리를 늘려서 전함처럼 꾸몄습니다. 왜 독재관님께 전투 함대가 필요할 거라고 느껴지는지 모르겠지만, 자꾸만 그런 느낌이 듭니다. 물론 아프리카 속주로 가실 예정이니 머지않아 나이우스 폼페이우스와 그의 함대를 마주치긴 하실 테지요. 그것과 관련한 최신 소식은 공화파가 또다시 시도하기 위해 확실히 그곳에 결집하고 있다는 겁니다. 이집트인들이 폼페이우스 마그누스에게 한 짓을 들으니 참담하군요.

37군단에는 훌륭한 포병이 많이 딸려 있습니다. 또 이집트가 기근이라고 하니 식량도 필요하실 수 있겠다고 생각했어요. 상선 40척에 밀, 병아리콩, 기름, 베이컨과 덤플링 수프에 넣으면 제격인 맛있는 말린 콩을 잔뜩 실었습니다.

페르가몬의 미트리다테스에게 독재관님께 보낼 최소한 1개 군단 규모의 병사들을 더 모으라고도 지시했습니다. 임페리움 마이우스를 주셔서 감사합니다. 그 덕분에 우리 조약에 명기된 규정을 무시할 수 있었지요. 그가 언제 알렉산드리아에 도착할지는 신들의 뜻에 달렸지만, 괜찮은 친구이니 분명 서두를 거라 생각합니다. 참, 그는 항해하지 않고 행군해서 갈 겁니다. 수송선이 많이 모자라서 말이죠. 혹시 미트리다테스가 독재관님을 놓치더라도 알렉산드리아에서 수송선을 징발해 아프리카 속주까지 따라갈 수 있을 겁니다.

다음 편지는 폰토스에서 보내게 되겠군요. 한 가지 덧붙이면, 마르쿠스 브루투스는 킬리키아를 관리하도록 두고 왔습니다. 빚 수금말고 모병과 훈련에 집중하라는 '엄중한' 명령과 함께 말이지요.

"아무래도," 이 편지를 태우면서 카이사르는 루프리우스에게 말했다. "가니메데스의 눈을 살짝 속여야겠네. 빈 물통이란 물통을 전부 찾아서 우리 수송선들에 싣고 서쪽으로 항해를 해보세. 최대한 크게 소란을 일으키는 거야. 그러면 혹 모르지, 가니메데스가 자신의 소금물 책략이 통했구나, 그래서 카이사르가 기병대를 뺀 나머지 병사들을 모두 데리고 알렉산드리아를 떠나는구나 하고 여기게 될지도. 기병대는 죽든 살든 몰인정하게 버려두고 말이야."

처음에는 가니메데스도 정확히 그렇게 생각했다. 하지만 도시 서쪽을 정찰하던 그의 기병 파견대가 해변을 어슬렁거리던 카이사르의 군단병 한 무리를 우연히 발견했다. 그들은 선량하다 못해 어수룩해 보였고 누가 봐도 로마인이었다. 기병대장 앞에 잡혀온 그들은 카이사르가 배를 타고 떠난 게 아니라 깨끗한 샘물을 구하러 간 거라고 말했다. 가니메데스에게 어서 이 소식을 전하려고 안달이 난 그 기병은 잡혀 있던 적병들이 카이사르에게 돌아가게 내버려두고 전속력으로 말을 달렸다.

"우리가 그들에게 미처 말하지 않은 건," 군단병 무리의 하급 백인대장이 루프리우스에게 말했다. "사실 우리는 새 함대와 여러 전함들을 마중하려고 여기 나와 있었다는 겁니다. 저들은 이 사실을 전혀 몰라요."

"가니메데스를 잡았어!" 루프리우스의 보고를 받은 카이사르가 외쳤다. "우리의 환관 친구는 에우노스토스 항구 앞 도로에 해군 병력을 잠복시켜 담수를 가득 싣고 돌아오는 초라한 수송선 서른다섯 척을 습격하려 할 거야. 알렉산드리아 따오기들에겐 아주 손쉬운 먹잇감이지, 안 그래? 에우프라노르는 어디 있나?"

시간이 좀더 이르기만 했다면 알렉산드리아 전쟁은 그날 바로 끝났을 수도 있었다. 가니메데스가 5단 노선과 4단 노선 40척을 에우노스토스 항구 앞에 매복시켜놓고 기다리던 그때, 맞바람을 맞으며 노를 저어 오는 카이사르의 수송선들이 시야에 들어왔다. 텅 빈 배들이라니 그리 어려운 일도 아니었다. 그런데 알렉산드리아인들이 막 적의 숨통을 끊어놓으려는 찰나 로도스 함선 열 척과 폰토스 함선 열 척, 개조된 수송선 스무 척이 카이사르의 함대 뒤에서 모습을 드러내며 맹렬한 속도로 다가왔다. 해가 저물 때까지 두 시간 반밖에 남지 않은 상황에서 완전한 승리를 얻기는 불가능했지만, 가니메데스가 입은 타격은 심각했다. 4단 노선 한 척과 그 해병들이 생포되었고 배 한 척은 물에 잠겼으며, 다른 두 척은 망가지고 타고 있던 해병들은 전멸했다. 카이사르의 전함들은 아무런 손상도 입지 않았다.

다음날 새벽 37군단 소속 병사 수송선과 식량 운송선 들이 대항구로 미끄러져 들어왔다. 절실히 기다리던 이 증원 병력이 도착하기 전까지, 카이사르는 아직 위기를 벗어나지는 못했어도 병력이 훨씬 뒤처지는 상황에서 훌륭히 방어전을 치르고 있었다. 이제 그는 전 공화파 노련병 5천 명, 비전투원 1천 명, 에우프라노르가 지휘하는 전투 함대를 추가로 확보했다. 그와 더불어 제대로 된 군단병 식량도 산더미같이 들어왔다. 병사들이 알렉산드리아의 배급 식량을 얼마나 싫어했던가! 그중에도 참깨나 호박씨나 파두(巴豆)로 짠 기름을 특히 끔찍해했다.

"나는 파로스 섬을 칠 걸세." 카이사르가 큰 소리로 알렸다.

비교적 손쉬운 일이었다. 가니메데스는 이 섬을 방어하기 위해 자신의 훈련된 병력을 쓸 생각이 없었다. 물론 섬 주민들은 로마군에 격렬히 저항했지만, 결국 헛수고로 끝났다.

가니메데스는 파로스에 병력을 낭비하는 대신 바다에 내보낼 수 있는 배를 모조리 결집시키는 데 집중했다. 그는 해상에서 대승을 거두는 것이 알렉산드리아가 처한 난제의 해답이라고 확신했다. 포테이노스가 날마다 궁전에서 정보를 보내오고 있었는데, 카이사르나 가니메데스 자신이나 아킬라스가 죽었다는 말은 대시종장에게 전하지 않은 터였다. 사령관이 누군지 알면 포테이노스의 보고가 끊길 수도 있음을 가니메데스는 잘 알고 있었다.

12월 초에 가니메데스는 궁전에 있던 그의 정보원을 잃었다.

"내 다음 수에 대한 그 어떤 암시도 가니메데스 손에 들어가게 할 수 없으니, 포테이노스는 죽어야 하오." 카이사르는 클레오파트라에게 말했다. "반대하시오?"

그녀는 눈을 깜박였다. "전혀요."

"좋소, 예의상 물어는 봐야겠다고 생각했소. 어쨌든 그는 당신의 대시종장이니까. 궁정의 환관들이 바닥날지도 모르겠군."

"환관은 차고 넘쳐요. 아폴로도로스를 임명하겠어요."

두 사람이 함께하는 시간은 여기서 한 시간, 저기서 한 시간 같은 식으로 제한되었다. 카이사르는 한 번도 궁전에서 자거나 그녀와 같이 식사하지 않았다. 그는 이 전쟁에만 온 힘을 쏟았다. 카이사르의 병력이 부족한 탓에 전쟁은 끝도 없이 지겹도록 이어지고 있었다. 클레오파트라는 자궁 안에 자라고 있는 아기에 관해 아직 그에게 말하지 않았다. 그에게 조금 더 여유가 생겼을 때 말할 참이었다. 그녀는 그의 쏘아보는 얼굴이 아니라 상기된 얼굴을 보고 싶었다.

"포테이노스는 내가 처리하게 해줘요." 그녀가 말했다.

"고문만 하지 않는다면 좋소. 빠르고 깔끔하게 죽여야 하오."

그녀의 안색이 어두워졌다. "그는 고문을 당해도 싸요." 그녀가 으르렁거리듯 말했다.

"당신 입장에서야 당연히 그렇겠지. 하지만 내가 사령관인 이상 그는 왼쪽 늑골 아래에 칼침을 맞을 거요. 채찍형과 참수형에 처할 수도 있겠지만, 그런 장황한 의식을 치르고 있을 시간이 없소."

그리하여 포테이노스는 명령대로 왼쪽 늑골 아래에 칼침을 맞고 죽었다. 다만 클레오파트라가 굳이 카이사르에게 말하지 않은 것이 있었다. 포테이노스를 죽인 칼이 사용되기 이틀 전에 그녀가 그에게 그 칼을 보여줬다는 사실이었다. 그 이틀 동안 포테이노스는 참 많이도 흐느끼고 울부짖고 살려달라고 애걸했다.

12월에 들어선 뒤 오래지 않아 해전이 시작되었다. 카이사르는 그의 함선들을 본대 없이 에우노스토스 항구 바깥쪽 모래톱에서 바다 방향으로 배치했다. 그의 오른쪽에 로도스 함선 열 척을, 왼쪽에 폰토스 함선 열 척을 두고, 작전 행동을 취할 수 있도록 그 사이에 600미터가량의 빈 공간을 두었다. 개조된 수송선 스무 척은 그 빈 공간의 한참 뒤쪽에 자리잡았다. 전략은 그가 세웠고 실행은 에우프라노르가 맡았으며, 첫번째 갤리선이 계류장을 떠나기 전의 준비작업도 치밀하게 부여되었다. 그의 예비 함선들 모두 대열의 어느 배 대신 투입될지 정확히 알았고, 각 보좌관과 군관은 자신들의 임무를 명확히 파악했으며, 백인대 병사들 모두 적함에 오를 때 어느 코르부스를 사용할지 잘 알고 있었다. 카이사르 자신은 부대마다 돌면서 쾌활하게 말을 건네고 그가 달성하고자 하는 목표를 분명하고 간략하게 전달했다. 카이사르는 잘 훈련되고 능숙한 사병들에게도 장군의 계획을 정확히 알려두면 종종 그들이 스스로 행동을 취해 질 뻔한 싸움을 승리로 이끈다는 사실을 오랜 경험을 통해 알고 있었다. 그래서 그는 항상 사병들에게도 똑같이 관련 사항을 알려주었다.

코르부스는 끄트머리 아래 쇠갈고리가 달린 이동식 나무 사다리로 카르타고 전쟁 때 처음 만들어진 장치였다. 당시 카르타고는 로마군의 어떤 제독도 상대가 안 될 정도로 노련한 해상 전투력을 갖춘 나라였다. 그러나 로마군의 이 새로운 발명품이 해전을 지상전으로 바꿔놓았고, 로마는 육지에서라면 적수가 없을 만큼 으뜸이었다. 코르부스가 적함의 갑판으로 털썩 내려지는 동시에 쇠갈고리가 사다리와 적함을 단단히 결합시켜 로마군 병사들이 쏟아져 들어갈 수 있게 해주었다.

가니메데스는 가장 크고 우수한 전함 스물두 척을 카이사르의 빈 공간과 마주보도록 일직선으로 배치하고 이들 전함 뒤로 스물두 척을 더 정렬시켰다. 이 두번째 대열 뒤에는 무수히 많은 무갑판 부속선과 2단 노선을 두었는데, 이들은 전투용 배가 아니었으며 소이탄을 발사하는 소형 카타풀타가 한 대씩 실려 있었다.

이번 군사작전에서 까다로운 문제는 모래톱과 암초였다. 누구든 먼저 이동하는 쪽은 암초에 가로막히고 걸릴 위험이 아주 컸다. 가니메데스가 나서지 않고 망설이는 사이 에우프라노르는 대담무쌍하게 함선들을 항로에 진입시킨 뒤 장애물들을 미끄러지듯 스쳐지나가 교전에 임했다. 그의 선두 함선들이 곧바로 에워싸였지만, 로도스인들은 해상에서 특출했다. 가니메데스가 상대적으로 움직임이 둔한 그의 갤리선들을 어떤 식으로 움직여봐도 로도스 함선을 가라앉히거나 갑판 위로 올라타지 못했고 단 한 척도 무력화시키지 못했다. 폰토스 함선들이 로도스 함선들을 따라 들어온 순간 재앙이 가니메데스를 덮쳤다. 어느새 그의 함대는 완전히 혼란에 빠져 카이사르의 자비에 맡겨진 신세가 되었다. 그러나 자비로움은 전투중의 카이사르에게는 기대하기 힘든 자질이었다.

땅거미가 내려 교전이 멈추기 전까지 로마군은 2단 노선과 5단 노선 각각 한 척과 그 해병 및 노잡이 전원을 사로잡았으며, 5단 노선 세 척을 침몰시켰고 다른 알렉산드리아 선박 여러 척에도 커다란 손상을 입혔다. 파손된 배들은 느릿느릿 키보토스 항으로 돌아갔고 에우노스토스 항구는 카이사르의 수중에 남겨졌다. 로마군은 어떠한 손실도 입지 않았다.

이제 두터운 방어시설과 병력으로 중무장한 키보토스 항구와 헵타스타디온 제방이 남아 있었다. 제방의 파로스 섬 쪽에서 로마 병사들은 참호를 파고 숨었지만, 키보토스 쪽은 전혀 다른 문제였다. 카이사르에게 가장 큰 악조건은 헵타스타디온의 폭이 좁다는 점이었다. 이 제방에는 최대 1천200명까지밖에 발 디딜 곳이 없었고, 그렇게 적은 병사들로는 알렉산드리아군의 방어시설에 맹공을 가하기 불충분했다.

상황이 어려울 때마다 늘 그랬듯이, 카이사르는 병사들의 기운을 북돋아주기 위해 방패와 검을 움켜쥐고 누벽에 올랐다. 심홍색 팔루다멘툼 망토는 모두가 볼 수 있도록 그를 구분지어 주었다. 그 순간 뒤쪽에서 엄청난 소음이 들려와 카이사르의 병사들에게 알렉산드리아인들이 등뒤로 몰려왔다는 착각을 불러일으켰다. 그러자 병사들이 후퇴하기 시작했고, 카이사르는 오도 가도 못하게 되었다. 그의 부속선이 바로 아래 바다에 떠 있었으므로, 카이사르는 그리로 뛰어내린 뒤 제방을 따라 배를 몰며 알렉산드리아인들은 뒤에 없다고 병사들에게 소리쳤다. 계속 가라, 제군들! 그러나 점점 더 많은 병사들이 그 배로 뛰어드는 바람에 배가 뒤집힐 수도 있는 위험천만한 상황이 되었다. 돌연 카이사르는 오늘은 제방의 키보토스 항구 쪽을 차지할 날이 아니라고 판단을 내렸다. 그런 뒤 장군용 심홍색 망토를 이 사이에 꽉 물고 부속선에서 물속으로 뛰어들었다. 그가 헤엄치는 동안 팔루다멘툼이 표지 구실을 했고 덕분에 모두가 표지를 따라 안전하게 이동했다.

그리하여 가니메데스가 여전히 헵타스타디온의 키보토스 항구와 도시 쪽 일대를 가지고 있게 되었지만, 카이사르는 키보토스 항구를 제외한 헵타스타디온 제방의 나머지와 파로스 섬, 대항구 전역, 에우노스토스 항구를 차지했다.

새로운 국면에 들어선 전쟁은 육상에서 재개되었다. 가니메데스는 어차피 카이사르가 도시를 난장판으로 만들어서 재건이 대대적인 과제가 되었으니 더 파괴해도 별문제 없다고 결론을 내린 듯했다. 알렉산드리아인들은 왕실 가도 서쪽 저택들 뒤의 중간지대 건너편 집들을 또 한 차례 줄줄이 파괴하기 시작했으며 그 돌무더기 잔해로 12미터 높이의 방벽을 쌓고 대형 포를 놓을 수 있도록 꼭대기를 평평하게 만들었다. 그런 뒤에는 왕실 가도를 밤낮으로 두드려댔는데, 그래봤자 왕실 가도에는 별다른 변화를 가하지 못했다. 호화롭고 튼튼하게 지어진 그 구역의 집들은 갈리아식 성벽과도 같이 그들의 공격을 너끈히 버텨냈다. 기본 재료인 석조 블록들이 강성을 부여했고, 블록들을 고정해주는 목제 들보는 인장강도를 부여했다. 허물기 대단히 어려운 이 집들은 카이사르의 병사들에게 훌륭한 피신처 노릇을 했다.

포격이 아무런 효과가 없자, 이번에는 차대에 탑재한 10층 높이의 목제 공성탑이 카노포스 가도를 굴러다니며 바윗돌을 날리고 창을 연발하여 혼란을 일으켰다. 카이사르는 판의 언덕 꼭대기에서 반격에 들어가, 적의 공성탑이 타오를 때까지 불타는 화살과 활활 타는 짚 뭉치를 쏘아 보냈다. 걷잡을 수 없이 타오르는 불지옥이 연출되고 병사들이 비명을 지르며 무더기로 떨어졌다. 그러자 공성탑은 라코티스의 피난처를 향해 굴러갔고, 더는 모습을 보이지 않았다.

전쟁은 교착 상태에 이르렀다.

석 달 동안 끊임없이 도심 전투를 치르고도 양 진영 중 어느 쪽도 휴전이나 항복 조건을 내밀 수 있는 상황에 이르지 못했다. 결국 카이사르는 다시 궁으로 들어갔고, 포위작전 수행은 유능한 푸블리우스 루프리우스에게 맡겼다.

　"도심 전투는 질색이오!" 카이사르가 클레오파트라에게 사납게 내뱉었다. 그는 판갑 속에 입는 폭신한 심홍색 튜닉 차림이었다. "마실리아 때와 똑같소. 그래도 거기서는 보좌관들에게 전투를 맡겨놓고 나는 아프라니우스와 페트레이우스를 격파하러 가까운 히스파니아로 진군할 수라도 있었지, 여기선 꼼짝할 수 없이 묶여버렸소. 그리고 내가 묶여 있는 날이 하루하루 늘어날수록 소위 공화파라는 자들이 아프리카 속주에서 저항 세력을 강화할 수 있는 날도 늘어나는 거요."

　"거기가 원래 가려던 곳인가요?" 클레오파트라가 물었다.

　"그렇소. 내가 진정으로 바란 건 살아 있는 폼페이우스 마그누스를 찾아내서 수많은 소중한 로마인의 생명을 지킬 수 있었을 평화 교섭을 하는 것이었지만. 그런데 환관과 성도착자로 이루어진 진절머리 나게 부패한 당신네들의 지배 체제가 어린애들과 도시들을, 게다가 공공 자금까지 관리하는 탓에 마그누스는 죽고 나는 꼼짝없이 묶인 거요!"

　"목욕을 해봐요." 그녀가 달래듯이 말했다. "기분이 나아질 거예요."

　"로마에서 들리는 얘기론 프톨레마이오스 왕가의 여왕들은 당나귀 젖으로 목욕한다던데. 어쩌다 그런 헛소문이 생겨난 거요?" 물속에 몸을 담그며 그가 물었다.

　"모르겠어요." 클레오파트라가 그의 뒤쪽에서 대답했다. 그녀는 놀랍도록 강한 손가락 힘으로 그의 어깨에 뭉친 근육을 풀어주고 있었다. "어쩌면 루쿨루스가 시작이었을 수 있겠군요. 키레나이카로 가기 전에 한동안 이곳에 있었으니까요. 병아리콩 프톨레마이오스가 그에게 에메랄드 외알 안경을 줬죠 아마. 아니, 외알 안경이 아니라 루쿨루스의 옆얼굴이 새겨진 에메랄드였어요. 아니, 병아리콩의 옆얼굴이었던가요?"

"난 알지도 못하고 관심도 없소. 루쿨루스는 부당한 취급을 당한 사람이었소. 개인적으로는 그를 싫어하지만." 카이사르가 그녀를 휙 돌려 안으며 말했다.

물속에 있는 그녀는 어쩐지 이전처럼 허깨비 같은 모습이 아니었다. 자그마한 갈색 젖가슴이 조금 더 몽실하게 솟았고, 젖꼭지는 크고 색이 아주 짙었으며 젖꽃판은 더 또렷해 보였다.

"아이를 가졌군." 그가 불쑥 내뱉었다.

"네, 석 달 됐어요. 당신이 그 첫날밤에 날 잉태시켜줬어요."

그의 두 눈이 붉게 상기된 그녀의 얼굴로 옮겨갔고, 머릿속은 이 놀라운 소식을 일이 돌아가는 상황에 끼워맞추느라 바삐 돌아갔다. 아이라니! 그에게 없던, 생길 거라 기대하지도 않았던 아이였다. 정말 놀랍구나. 카이사르의 자식이 이집트 왕좌에 앉을 거라니. 파라오가 될 거라니. 카이사르는 왕이나 여왕이 될 아이의 아버지가 된 것이다. 아기가 무슨 성별로 태어날지는 그에게 티끌만큼도 중요하지 않았다. 로마인은 딸도 아들과 똑같이 가치 있게 여겼다. 딸은 아비에게 대단히 중요한 정치적 동맹을 의미했기 때문이다.

"기쁜가요?" 그녀가 초조한 목소리로 물었다.

"몸은 괜찮소?" 젖은 손으로 그녀의 뺨을 쓰다듬으며 그가 되물었다. 사자를 닮은 그녀의 아름다운 눈에 빠져들기란 참 쉽다는 생각이 들었다.

"아주 좋아요." 그녀는 고개를 돌려 그 손에 입을 맞췄다.

"그럼 나도 기쁘오." 그는 그녀를 바짝 끌어당겼다.

"프타가 말했어요. 이 아이는 아들일 거예요."

"왜 프타요? 당신들의 최고신은 암몬-라 아니오?"

"아문-라예요." 그녀가 정정했다. "암몬은 그리스어죠."

"당신의 좋은 점은," 그가 불쑥 말했다. "만지는 도중에 얘기해도 전혀 개의치 않는 것과 전문 매춘부처럼 신음 소리를 내거나 떠들어대지 않는 거요."

"나는 비전문 매춘부라는 건가요?" 그녀는 이렇게 묻고는 그의 얼굴에 입을 맞췄다.

"아둔한 척하지 마시오." 그는 그녀의 입맞춤을 즐기며 미소를 지었다. "당신은 임신한 쪽이 낫군. 어린아이가 아니라 여인에 가까워 보이니까."

1월이 끝날 무렵 알렉산드리아인들이 궁정에 있는 카이사르에게 대표단을 보냈다. 그 무리에 가니메데스는 없었고, 그들의 대변인은 심판장이었다. 카이사르가 포로를 잡아두고 싶은 기분일 경우 희생시켜도 좋다고 가니메데스가 여긴 사람이리라. 그들 누구도 몰랐던 사실은 카이사르가 아프다는 것이었다. 그는 위장병이 나날이 악화되고 있었다.

접견이 이루어진 곳은 카이사르가 가본 적 없던 공식 알현실이었다. 그곳은 그때껏 그가 봤던 모든 방을 하찮게 만들어버렸다. 대단히 값비싼 가구들이 사방에 놓여 있었는데 모두 이집트풍이었고, 벽은 보석 박힌 황금에 바닥에는 황금 타일이 깔려 있었으며 천장 들보는 황금으로 뒤덮여 있었다. 이 지역 장인들에게는 회반죽칠이 익숙지 않았으므로 복잡한 천장 돌림띠나 세심하게 벌집무늬를 넣은 천장은 보이지 않았다. 하지만 이리도 넘쳐나는 황금 속에서 그런 게 있다고 해도 과연 보이기나 할까? 무엇보다도 눈길을 잡아끈 것은 대좌 위에 놓인 사람보다 큰 일련의 순금 조각상들이었다. 모두 이집트의 신들로 대단히 기괴한 느낌을 주는 형상이었다. 대부분은 인간의 몸을 하고 있었지만 거의 전부 악어, 자칼, 암사자, 고양이, 하마, 매, 따오기, 개얼굴원숭이 같은 동물의 머리가 달려 있었다.

아폴로도로스가 마케도니아인이 아닌 이집트인 옷차림을 하고 있는 것이 카이사르의 눈에 들어왔다. 그는 빨간색과 노란색 줄무늬로 염색한 아마천 재질의 길고 주름잡힌 로브를 입고 독수리 장식이 있는 황금 목걸이를 차고 있었다. 머리에는 황금색 천으로 된 네메스 두건을 쓰고 있었는데, 빳빳하게 풀을 먹인 삼각형 천을 이마에 바짝 붙이고 목 뒤에서 묶었으며 귀 뒤에 양쪽 날개가 튀어나온 모양이었다. 궁정에 더이상 마케도니아 색채는 없었다.

카이사르는 회견을 하지도 않았다. 파라오 복식을 갖춘 클레오파트라가 그 일을 맡았다. 심판장과 그의 졸개들에게는 대단히 큰 모욕이었다.

"우리는 이집트가 아니라 카이사르와 교섭하러 온 것이오!" 안색이 침울한 카이사르 쪽을 돌아보며 심판장이 쏘아붙였다.

"이곳의 통치자는 카이사르가 아니라 나요. 그리고 알렉산드리아는 이집트의 일부요!" 클레오파트라가 거칠고 귀에 거슬리는 커다란 목소리로 말했다. "대시종장, 내가 누구이고 자신이 어떤 존재인지 이자에게 상기시켜주시오!"

"당신은 마케도니아의 유산을 철폐했소!" 아폴로도로스가 여왕 앞에 그를 강제로 무릎 꿇리는 동안 심판장이 외쳤다.

"이 흉물스러운 짐승들 판 어디에 세라피스가 있단 말이오? 당신은 알렉산드리아의 여왕이 아니라 짐승들의 여왕이오!"

클레오파트라에 관한 이 묘사는 카이사르를 즐겁게 했다. 그는 여왕보다 아래에, 원래 프톨레마이오스 왕의 왕좌가 있던 자리에 놓인 상아 대좌에 앉아 있었다. 아, 마케도니아인 관료에게는 여러모로 충격이겠구나! 여왕이 아닌 파라오, 게다가 왕이 있어야 할 자리에 로마인까지.

"용건을 말하시오, 헤르모크라테스. 그러면 수많은 짐승들이 있는 곳을 떠날 수 있을 테니까." 파라오가 말했다.

"프톨레마이오스 왕을 찾으러 왔소."

"왜지?"

"여기는 그분을 원하는 사람이 없는 게 분명하니까요!" 헤르모크라테스가 신랄하게 말했다. "우리는 아르시노에와 가니메데스에게 질렸소." 그가 덧붙였다. 자신이 카이사르에게 알렉산드리아군 고위 사령부 내의 사기에 관해 귀중한 정보를 공급해주고 있다는 것은 전혀 깨닫지 못하는 눈치였다. "이 전쟁은 끝도 없이 질질 끌고 있소." 심판장이 진정 지친 목소리로 말했다. "우리가 왕을 보호하게 되면, 이 도시가 아예 사라져버리기 전에 평화 교섭을 할 가능성이 있을지도 모르오. 무수히 많은 배가 파괴되고 상업은 황폐해졌으며—"

"나와 평화 교섭을 하면 될 것이오, 헤르모크라테스."

"그럴 순 없소, 짐승들의 여왕, 마케도니아의 배반자!"

"마케도니아는," 역시나 지친 목소리로 클레오파트라가 말했다. "수 세대 동안 우리 중 누구도 본 적이 없는 곳이오. 이제 당신들 스스로 마케도니아인이라고 부르는 것을 그만둘 때도 되었소. 당신들은 이집트인이오."

"말도 안 돼!" 헤르모크라테스가 잇새로 내뱉었다. "프톨레마이오스 왕을 우리에게 주시오. 그분은 자신의 혈통을 기억하니까."

"당장 왕을 모셔오시오, 아폴로도로스."

어린 왕은 마케도니아 고유의 의복에 왕관과 디아데마까지 갖추고 입장했다. 헤르모크라테스는 그를 보자마자 무릎을 꿇고 소년이 뻗은 손에 입을 맞췄다.

"아아, 전하, 전하, 우리에겐 전하가 필요합니다!" 그가 부르짖었다.

테오도토스와 헤어진 최초의 충격이 잦아든 후 소년 프톨레마이오스는 어린 동생 필라델포스와 함께 지내게 되어 그의 왕성한 기운을 배출할 수단을 찾아냈고, 점점 더 테오도토스의 보살핌보다 이쪽을 훨씬 즐기게 되었다. 폼페이우스 마그누스의 죽음을 계기로 테오도토스는 예정보다 빨리 유혹에 나설 수밖에 없었는데, 그의 행동은 한편으로는 소년에게 강한 흥미를 불러일으켰고 또 한편으로는 역겨움을 느끼게 했다. 태어나서부터 줄곧—아버지의 친구였던—테오도토스와 함께였지만, 소년은 어린아이의 눈으로 이 가정교사를 불쾌하리만치 늙은데다 달갑지 않다고 보았다. 테오도토스가 그에게 한 행위 중 몇 가지는 기분좋았으나 다 그렇지는 않았으며, 무엇보다 피부는 축 늘어지고 이는 검게 썩고 입에서 악취를 풍기는 그 행위의 장본인에게서는 그 어떤 즐거움도 찾을 수 없었다. 사춘기가 도래하고 있었지만 프톨레마이오스는 그리 성욕이 크지 않았고, 그의 공상의 중심은 여전히 전차, 군대, 전쟁, 장군이 된 자신 같은 것들이었다. 그랬기에 카이사르가 테오도토스를 쫓아냈을 때 그는 전쟁놀이 친구에게 의지하듯 어린 필라델포스에게 의지했고, 그가 속속들이 즐길 수 있는 삶을 발견했다. 함성을 지르며 수시로 궁전과 경내 곳곳을 뛰어다니기, 카이사르가 경내 순찰을 위해 투입한 군단병들과 얘기 나누기, 장발의 갈리아에서 벌어진 굉장한 전투 이야기 듣기, 그가 의심해본 적 없는 카이사르 곁에 있기. 카이사르를 실제로 만날 일은 드물었음에도 그는 이 세상의 지배자에게 자신의 영웅 숭배 감정을 이입했고, 이 최고의 전략가가 자신의 알렉산드리아 백성들을 우롱하는 광경을 내심 즐겼다.

따라서 지금 심판장을 쳐다보는 그의 눈초리엔 의심이 가득했다. "내가 필요하다고?" 그가 물었다. "무엇 때문에, 헤르모크라테스?"

"전하는 우리의 왕이시니까요. 우리와 함께 계셔야 합니다."

"당신들과 함께? 어디서?"

"알렉산드리아의 우리 구역에서요."

"내가 내 궁정을 떠나야 한단 말이오?"

"전하를 위해 다른 궁정을 준비해뒀습니다. 어쨌든 여기 전하의 자리에는 카이사르가 앉아 있잖습니까. 우리에게 필요한 사람은 아르시노에 공주가 아니라 전하입니다."

소년은 크게 코웃음을 쳤다. "음, 그건 전혀 놀랍지 않군!" 그가 씩 웃으며 말했다. "아르시노에는 거만한 암캐니까."

"정말 그렇습니다." 헤르모크라테스가 수긍했다. 그는 클레오파트라가 아닌 카이사르 쪽으로 고개를 돌렸다. "카이사르, 우리가 왕을 모셔가도 되겠습니까?"

카이사르는 얼굴에 난 땀을 닦았다. "그러시오, 심판장."

이 말에 프톨레마이오스는 시끄럽게 울음을 터뜨렸다. "안 돼, 나는 가고 싶지 않아요! 당신과 여기 있고 싶어요, 카이사르! 제발, 제발요!"

"당신은 왕이오, 프톨레마이오스. 그러니 당신의 백성들에게 힘이 되어줄 수 있소. 헤르모크라테스와 가야 할 것이오." 카이사르는 힘없는 목소리로 말했다.

"아니, 안 돼요! 나는 당신과 있고 싶어요, 카이사르!"

"아폴로도로스, 저 둘을 치우시오." 신물이 난 클레오파트라가 말했다.

왕은 여전히 울부짖고 항의하며 강제로 떠밀려 나갔다.

"이게 다 뭔 일이란 말이오?" 카이사르는 이맛살을 찌푸리며 물었다.

프톨레마이오스 왕은 세라페이온 경내의 훼손되지 않은 아름다운 집에 마련된 새 처소에 도착할 때까지도 여전히 비참하게 울고 있었다. 이 슬픔은 테오도토스가 나타나자 더욱 심해졌다. 클레오파트라가 소년의 가정교사를 다시 소년에게로 보냈던 것이다. 테오도토스로서는 당혹스럽게도, 그의 첫 접촉 시도는 격렬하고도 매정하게 퇴짜를 맞았다. 그러나 프톨레마이오스가 괴롭히고 싶은 상대는 테오도토스가 아니었다. 그는 자신을 배신한 카이사르에게 복수하고 싶은 열망으로 타올랐다.

흐느끼다 잠이 든 소년은 상처 입고 딱딱하게 굳어진 마음을 안고 아침에 일어났다. "아르시노에와 가니메데스를 내게 보내시오." 그는 해석관에게 쏘듯이 명했다.

아르시노에는 그를 보자 기뻐서 비명을 질렀다. "오오, 프톨레마이오스, 나랑 결혼하려고 왔구나!" 그녀가 외쳤다.

왕은 그녀를 본척만척 어깨를 틀었다. "이 거짓말쟁이 암캐를 카이사르와 내 누이에게 돌려보내시오." 그는 퉁명스레 내뱉고는 가니메데스를 노려보았다. 그는 근심걱정으로 초췌해지고 진이 빠진 듯 보였다.

"이 물건을 당장 죽이시오! 내 군대는 내가 직접 지휘하겠소."

"평화 회담 없이 말입니까?" 되묻는 해석관은 속이 철렁 내려앉았다.

"평화 회담은 없소. 나는 황금 접시에 놓인 카이사르의 머리를 보고 싶소."

그리하여 전쟁은 어느 때보다 격렬하게 계속되었다. 지휘를 할 수 없을 정도로 끔찍한 오한과 구토에 시달리고 있던 카이사르에게는 부담이 더 늘어난 셈이었다.

2월 초순에 또다른 함대가 도착했다. 추가 전함과 추가 식량, 그리고 27군단이었다. 이 군단은 그리스에서 소집 해제되었지만 민간인 생활에 싫증이 난 옛 공화파 병사들로 이루어진 병력이었다.

"우리 함대를 보내게." 카이사르는 루프리우스와 티베리우스 클라우디우스 네로에게 말했다. 그는 모포에 꽁꽁 싸인 채 오한으로 온몸을 부들부들 떨었다. "네로, 고위 로마인인 만큼 명목상의 지휘권은 자네에게 있네만 실질적인 지휘관은 우리의 로도스인 친구 에우프라노르라는 걸 알아두길 바라네. 그가 무슨 명령을 내리든 그대로 따르게."

"외국인이 결정을 내리는 건 적합하지 않습니다." 네로가 턱을 치켜들고 완고하게 말했다.

"적합하고 말고는 내 알 바 아니야!" 이가 딱딱 맞부딪치고 얼굴은 핼쑥하고 창백한 상태에서도 카이사르는 힘겹게 또렷한 소리를 냈다. "내가 신경쓰는 건 오로지 결과고, 네로 자네는 시월의 말의 머리를 차지하기 위한 싸움조차 지휘하지 못할 인물이야! 그러니 내 말 잘 듣게. 에우프라노르가 원하는 대로 하게 내버려두고 그를 전적으로 지원하게. 안 그랬다간 자네를 불명예스럽게 추방해버릴 테니까."

"저도 가게 해주십시오." 다가올 말썽을 예감한 루프리우스가 간청했다.

"자네를 왕실 가도에서 빼낼 순 없네. 에우프라노르는 승리할 거야."

에우프라노르는 실제로 승리했다. 그러나 그 승리의 대가는 카이사르가 기꺼이 치를 수 있는 것보다 컸다. 로도스인 제독은 언제나처럼 앞장서 전투를 이끌며 첫번째 알렉산드리아 함선을 격파한 뒤 다른 함선을 추격했다. 알렉산드리아 함선 몇 척이 그의 주위로 몰려들었을 때 그는 네로에게 도움을 청하는 깃발 신호를 올렸다. 그러나 네로는 그를 무시했다. 에우프라노르와 그의 선원들은 전원 침몰했다. 로마군 함대 둘은 모두 왕실 항구로 무사히 들어왔고, 네로는 자신이 저지른 배반 행위를 카이사르가 절대 알아내지 못할 거라 확신했다. 그러나 네로의 배에 탔던 어느 작은 새가 카이사르의 귀에 속삭여주었다.

"짐을 싸서 떠나게!" 카이사르가 말했다. "다시는 자네를 보고 싶지 않아, 오만불손하고 책임감이라곤 없는 멍청이 같으니!"

네로는 아연실색했다. "하지만 저는 승리했습니다!" 그가 외쳤다.

"자네는 졌네. 에우프라노르가 이겼지. 이제 내 눈앞에서 꺼지게."

카이사르는 앞서 11월 말경 로마에 있는 바티아 이사우리쿠스에게 편지 한 통을 써 보냈다. 그가 당장은 알렉산드리아에 묶여 있다는 설명과 다가올 해의 간략한 계획이 담긴 편지였다. 당장은 그 자신이 계속 독재관 직을 맡아야 할 테고, 고등 정무관 선거는 언제가 될지 모르지만 그가 로마에 당도할 때까지 미루어야 할 것이라고 썼다. 그동안은 마르쿠스 안토니우스가 기병대장 역할을 수행해야 할 터이고 로마는 호민관보다 높은 정무관 없이 근근이 버텨야 할 것이라고도 했다.

이 편지를 끝으로 그는 더이상 로마에 편지를 보내지 않았다. 소문 난 그의 행운이 그가 직접 가서 일을 처리할 때까지 그 도시를 안전하게 지켜주리라는 믿음에서였다. 안토니우스는 영 못 미덥던 시기가 지나고 썩 훌륭하게 성장했으니 로마를 잘 지탱해줄 것이다. 다만 왜 카이사르말고는 한 지역의 정치를 안정시키고 경제를 잘 돌아가게 할 수 있는 사람이 없어 보일까? 사람들은 객관적인 거리를 두고 자신의 정치 경력, 자신의 문제 너머를 볼 수 없는 것일까? 당장 이집트부터가 그런 예다. 이 나라에는 왕위 재임기간을 확실히 하고 백성을 보듬고 더 계몽된 정치체계를 세우며 군중의 권한을 빼앗는 일이 절실하다. 그러니 카이사르는 할 일을 할 수 있을 만큼 이곳에 머물러야 할 터다. 이곳 군주에게 그녀의 책무를 가르치고, 이곳이 절대 로마인 변절자들의 은신처가 되지 않게 하고, 알렉산드리아인들에게 프톨레마이오스 군주들을 몰아낸다고 해서 좋은 시절과 나쁜 시절의 거대한 주기에 뿌리를 둔 문제들의 해결책은 될 수 없다는 사실을 가르쳐야 할 테니까.

카이사르의 병은 나을 기미가 없이 차츰 그를 약화시켰다. 예전에도 군살이라고는 없던 그가 몇 킬로그램씩 체중이 빠질 정도로 병세는 매우 심각했다. 2월 중반쯤 클레오파트라는 그의 반대에도 불구하고 멤피스에서 사제 겸 의사 합데파네를 불러들여 그를 치료하게 했다.

"위 내벽에 극심한 염증이 생겼습니다." 의사가 어설픈 그리스어로 말했다. "보리 전분으로 쑨 죽에 특별한 비율로 혼합한 약초를 섞어 만든 약이 유일한 치료법이에요. 적어도 한 달간은 그것만 드셔야 합니다. 그런 뒤에 차도가 있는지 보기로 하지요."

"간과 우유에 넣은 달걀만 아니라면 무엇이든 먹겠네." 카이사르가 열의를 띠며 말했다. 그는 술라를 피해 은신중이던 시절 그의 목숨을 결딴낼 뻔했던 학질에서 회복했을 당시 루키우스 투키우스가 정해준 식단을 떠올리고 있었다.

이 단조로운 식이요법을 시작하자마자 그는 병세가 급격히 호전되어 체중도 늘어나고 기력도 회복했다.

3월 초하루에 페르가몬의 미트리다테스로부터 온 편지를 받아본 카이사르는 안도감에 맥이 탁 풀렸다. 이제 그의 건강 상태가 마음 한구석에 어두운 그림자를 드리우지 않게 되었으니, 예전처럼 정력적으로 편지에 적힌 내용에 따를 수 있을 것이었다.

음, 카이사르, 저는 지금 예루살렘이라고도 부르는 히에로솔리마까지 와 있습니다. 오는 길에 갈라티아의 데이오타로스로부터 기병 1천 명, 타르소스에서 마르쿠스 브루투스로부터 꽤 괜찮은 병사들로 이루어진 1개 군단을 확보했어요. 시리아 북부에서는 얻을 게 아무것도 없었지만, 왕국 없는 유대인 왕인 히르카노스가 클레오파트라 여왕에 대해 열렬한 애정을 품고 있나봅니다. 그는 유대인 정예 병사 3천 명을 내어주었고, 자신의 친구인 안티파트로스와 안티파트로스의 아들 헤로데스를 저와 함께 남쪽으로 보내고 있습니다. 2주 후면 펠루시온에 도착할 것으로 예상합니다. 안티파트로스는 그곳에 가면 자신이 카시오스 산에서 클레오파트라 여왕의 군대—유대인들과 이두메아인들로 구성된—를 모집할 권한이 있다고 장담했습니다.

제 군대가 어느 지점에서 적과 마주칠 가능성이 있는지는 독재관님이 저보다 잘 아시겠지요. 아킬라스가 몇 달 전 그의 군대를 펠루시온에서 빼내 독재관님과 싸우려고 알렉산드리아에 갔다는 걸 헤로데스—아주 분주하고 명석한 젊은이죠—에게 들어 알고 있습니다. 하지만 안티파트로스나 헤로데스나 저나, 우리 모두 독재관님의 구체적인 지시 없이 삼각주 지역의 습지와 운하로 들어서는 것은 경계하고 있습니다. 그래서 우리는 펠루시온에서 지시를 기다리려고 합니다.

폰토스 전선은 상황이 좋지 않습니다. 나이우스 도미티우스 칼비누스와 그가 어렵게 모은 병사들은 아르메니아 파르바의 니코폴리스 근처에서 파르나케스를 만나 크게 패배했습니다. 칼비누스는 서쪽으로 후퇴하여 비티니아로 향하는 수밖에 도리가 없었습니다. 파르나케스가 뒤쫓아갔다면 칼비누스는 전멸했을 겁니다. 하지만 파르나케스는 폰토스와 아르메니아 파르바에 머물면서 대혼란을 일으키는 쪽을 선호했지요. 그가 저지른 잔학 행위는 소름이 끼칩니다. 제가 행군에 나서기 전에 마지막으로 들은 얘기는 그가 비티니아로 쳐들어갈 계획이라는 것입니다. 하지만 만약 그렇다면 그의 준비 상황은 엉성하고 무질서한 상태일 겁니다. 파르나케스 그자는 변한 게 없었습니다. 제 청년 시절에 본 그를 기억하고 있거든요.

안티오케이아에 당도했을 무렵 새로운 소문 하나가 들려왔습니다. 파르나케스가 킴메리아 통치를 맡겼던 아들 아산드로스가, 제 아비가 폰토스에 깊숙이 말려들 때까지 기다렸다가 자신이 왕이고 아버지는 추방자라고 선포했다는 내용이었지요. 그러니 독재관님과 칼비누스에게 예기치 않게 숨 돌릴 틈이 생길지도 모르겠습니다. 만약 파르나케스가 먼저 킴메리아로 돌아가 이 배은망덕한 자식을 진압하려 한다면 말이에요.

독재관님의 답장을 간절히 기다리며, 당신의 종이 올립니다.

드디어 구원군이구나!

카이사르는 편지를 태운 다음 트레바티우스더러 페르가몬의 미트리다테스가 보낸 것처럼 새로 편지를 쓰게 했다. 알렉산드리아인들이 삼각주 지역에서 빨리 전투를 치르기 위해 도시를 떠나도록 유인하는 내용이었다. 하지만 편지는 먼저 궁정에 있는 아르시노에의 손에 들어가야 했고, 그것도 그녀의 첩자들이 카이사르가 열어보기 전에 훔쳤으며 그는 증원 병력이 가까이 있는 걸 모른다고 믿게끔 하는 방식이어야 했다. 이 가짜 편지는 페르가몬의 미트리다테스가 발행한 주화로 인장을 찍어 봉인되었으며, 교묘한 술책에 따라 뜯어본 흔적 없이 제대로 아르시노에의 손에 들어갔다. 편지와 아르시노에 둘 다 한 시간도 채 되지 않아 궁에서 사라졌다. 이틀 후 프톨레마이오스 왕과 그의 군대, 알렉산드리아의 마케도니아인 무리는 삼각주를 향해 동쪽으로 배를 타고 떠났다. 지도자 계층이 사라진 도시는 어떠한 싸움도 할 수 없는 상태에 놓였다.

카이사르는 스스로 인정하려 하지 않았지만 아직은 완전히 회복되지 않은 상태였다. 다가올 삼각주 전투를 위해 가죽 전투복을 입는 그를 지켜보며 클레오파트라는 조바심을 쳤다.

"이 일은 루프리우스가 처리하도록 맡길 순 없나요?" 그녀가 물었다.

"그럴 수도 있겠지. 하지만 저항 세력을 완전히 진압하고 알렉산드리아가 영원히 정신 차리게 하려면 내가 직접 그 자리에 있어야 하오." 카이사르가 설명했다. 그는 옷을 입으려 애쓰는 것만으로 진땀을 흘리고 있었다.

"그러면 합데파네를 데려가요." 그녀가 애원했다.

그러나 그는 도움을 받지 않고 어떻게든 전투복을 다 입은 참이었고, 피부도 다소 혈색을 되찾고 있었다. 클레오파트라를 향하는 그의 눈은 모든 것을 장악한 카이사르의 눈이었다. "당신은 걱정이 너무 많소." 그는 그녀에게 입을 맞췄다. 입김에서 퀴퀴하고 시큼한 냄새가 났다.

부상병들로 이루어진 2개 대대는 왕실 구역을 경비하도록 남겨졌다. 카이사르는 기병대 전원과 6군단, 37군단, 27군단에서 빼낸 보병 3천 200명을 데리고 알렉산드리아 밖으로 진군했다. 그가 택한 경로는 당장 클레오파트라만 해도 지나치게 빙 돌아간다고 생각한 길이었다. 그는 선박용 운하를 통해 삼각주로 가는 대신, 마레오티스 호수 남쪽에 있는 길을 택해 호수를 계속 왼쪽에 두고 이동했다. 나일 강의 카노포스 하구 쪽으로 방향을 틀 때쯤엔 그의 모습은 시야에서 사라진 지 오래였다.

날쌘 전령 하나가 프톨레마이오스 왕의 군대보다 한참 앞서 펠루시온을 향해 전속력으로 달렸다. 그의 임무는 나일 강 펠루시온 하구의 동쪽 제방을 따라 내려감으로써 카이사르의 협공 작전의 한쪽 축을 형성할 것이며 삼각주로는 들어가지 말라고 페르가몬의 미트리다테스에게 알리는 것이었다. 카이사르군과 미트리다테스군은 꼭짓점 근처의 마른땅에서 프톨레마이오스를 그들 사이에 끼고 쥔다는 작전이었다.

그리스어 알파벳 델타(Δ)를 닮은 형태여서 그렇게 이름 붙여진 나일 델타(삼각주) 지대는 세상에 알려진 그 어떤 강 하구보다도 컸다. 지중해 쪽에서는 펠루시온 하구에서 카노포스 하구까지 220킬로미터에 이르렀고, 지중해 해안에서 멤피스 바로 위에 있는 나일 강 본류의 분기점까지는 150킬로미터가 넘었다. 그 거대한 강은 크고 작은 수많은 지류로 갈라지고 또 갈라졌으며, 서로 연결된 일곱 개의 하구를 통해 넓게 펼쳐지며 지중해로 흘러들었다. 원래 델타 지대의 모든 수로는 자연적으로 형성된 것이었다. 그러나 그리스인들처럼 과학적인 성향이 있던 프톨레마이오스 가문이 이집트를 통치하러 온 이후로, 그들은 그물처럼 얽힌 나일 강 지류들과 수천 개의 운하들을 연결하여 삼각주 지대의 어느 땅 한 조각도 강물에서 1.5킬로미터 이상 떨어지지 않도록 했다. 엘레판티네에서 멤피스에 이르는 1천500킬로미터 길이의 나일 강줄기가 이집트와 알렉산드리아를 다 먹이고도 남을 만큼 작물을 키워주는데 왜 굳이 삼각주를 그토록 정성 들여 돌볼 필요가 있었을까? 그건 바로 종이를 만드는 데 들어가는 파피루스 갈대, 즉 비블로스가 삼각주에서 자라기 때문이었다. 프톨레마이오스 왕가는 전 세계의 종이를 독점했고, 종이를 팔아서 얻은 수익금은 전액 파라오의 내탕고로 들어갔다. 종이는 인간의 사고가 담긴 성전이었으며 인간은 종이 없이 살 수 없게 되었다.

로마 달력으로는 3월 말이지만 실제 계절은 겨울 초입이었으므로 여름의 범람은 잦아들어 있었다. 그러나 카이사르는 프톨레마이오스의 조언자와 길잡이 들이 그보다 훨씬 잘 아는 수로의 미궁에 그의 군대를 빠뜨릴 생각이 전혀 없었다.

알렉산드리아 전쟁이 계속되던 몇 달 동안 시메온, 아브라함, 여호수아와 끊임없이 대화를 나눈 덕분에 카이사르는 이집트의 유대인들에 관해 클레오파트라보다 훨씬 풍부한 지식을 얻을 수 있었다. 클레오파트라는 그가 오기 전까지 유대인들을 주목할 대상으로 여긴 적이 없는 듯했다. 반면 카이사르는 유대 민족의 지성과 학식, 독립성을 대단히 높이 샀으며 그가 떠난 뒤에 유대인들을 클레오파트라의 귀중한 동맹으로 만들어놓을 최선의 방안을 벌써부터 계획하고 있었다. 자라난 환경과 타고난 배타성으로 인해 억눌려 있을지는 몰라도, 그녀에게는 그가 필수적인 부분을 주입하기만 하면 적합한 통치자가 될 잠재력이 있었다. 그가 이런 싹을 보고 확신하게 된 계기는 그녀가 유대인과 메토이코스인에게 알렉산드리아 시민권을 주는 데 기꺼이 동의했을 때였다. 시작은 한 셈이었다.

델타 지대의 남동쪽에는 대사제 오니아스와 그 추종자들의 혈통을 이어받은 유대인들의 자치 지역인 오니아스의 땅이 자리하고 있었다. 오니아스 무리는 시리아 왕 앞에서 땅바닥에 엎드려 절하기를 거부했다는 이유로 유다이아에서 추방되었는데, 당시 오니아스는 땅에 엎드려 절하는 것은 그들의 신에게만 할 수 있는 일이라고 말했다. 프톨레마이오스 6세 필로메토르는 오니아스 무리에게 넓은 땅을 내어주는 대신 매년 공세와 이집트 군대에 넣을 병사들을 제공하게 했다. 클레오파트라가 관대한 조치를 내렸다는 소식은 오니아스의 땅까지 번져가, 이 지역은 내전에서 클레오파트라의 편임을 선언하고 페르가몬의 미트리다테스가 싸움 한 번 없이 펠루시온을 점령하는 것을 가능케 해주었다. 펠루시온은 유대인들로 가득한 지역이었고 오니아스의 땅과 강력한 유대를 맺고 있었다. 이는 이집트의 모든 유대인들에게 대단히 중요한 문제였는데 그곳에 대사원이 있기 때문이었다. 이 대사원은 심지어 높이 25미터의 탑이나 케드론 골짜기와 게헨나 골짜기를 흉내낸 인공 협곡들까지, 솔로몬 왕의 사원을 그대로 크기만 줄여놓은 모습이었다.

어린 왕은 그의 군대를 나일 강의 파트니코스 하구로 데려갔다. 이

하구는 레온토폴리스와 헬리오폴리스 사이로 뻗은 오니아스의 땅과 레온토폴리스 바로 위에서 펠루시온 하구와 합쳐졌다. 헬리오폴리스와 가까운 이곳에서, 프톨레마이오스 왕은 튼튼한 로마식 진지에 감싸여 있는 페르가몬의 미트리다테스를 발견하고는 앞뒤 가리지 않고 제멋대로 적의 진지를 공격했다. 미트리다테스는 자신의 행운을 도저히 믿을 수 없었지만, 즉시 병사들을 진지 밖으로 내보낸 뒤 난투에 뛰어들었다. 그의 공격은 크게 성공하여 수많은 프톨레마이오스 병사들이 죽고 나머지는 겁에 질려 뿔뿔이 흩어졌다. 그러나 프톨레마이오스 군대에도 상식적인 사람이 있는 게 분명했다. 전투 직후의 광란이 가라앉자마자 프톨레마이오스 병력은 산등성이와 나일 강 펠루시온 하구, 아주 높고 가파른 제방이 있는 넓은 운하로 에워싸인 천연의 요새 진지로 후퇴했던 것이다.

카이사르는 프톨레마이오스가 격퇴당한 직후, 행군의 피로 때문에 루프리우스에게조차 인정하고 싶지 않을 정도로 숨을 헐떡이며 나타났다. 그는 병사들을 멈춰 세우고 프톨레마이오스의 진지를 주의깊게 살폈다. 그에게 가장 큰 장애물은 운하인 반면, 미트리다테스의 최대 장애물은 산등성이였다.

"운하를 건널 수 있는 위치들을 찾았습니다." 우비계 게르만족 아르미니우스가 그에게 알려왔다. "다른 위치에서도 헤엄쳐서 건널 수 있습니다. 말들도 마찬가지고요."

보병들에게는 인근의 키 큰 나무들을 모조리 베어 운하를 가로지르는 둑길을 만들라는 지시가 떨어졌다. 그들은 행군하느라 고된 하루를 보냈음에도 불구하고 열정적으로 그 일을 해냈다. 여섯 달간 전쟁을 치른 후 알렉산드리아와 알렉산드리아인들에 대한 로마 병사들의 증오는 백열의 불길로 타올랐던 것이다. 그들 모두는 한 사람도 빠짐없이 이곳에서 결전을 치러 영원히 이집트를 떠날 수 있기를 바랐다.

프톨레마이오스는 카이사르의 진군을 봉쇄하기 위해 보병대와 경기병대를 보냈다. 그러나 로마군 보병들과 게르만족 기병들이 사방에서 어찌나 맹렬한 기세로 쏟아져 들어갔던지, 프톨레마이오스 병사들에게 달려드는 그들은 꼭 흥분한 갈리아의 벨가이족을 보는 듯했다. 프톨레마이오스 병사들은 기세가 꺾여 달아났지만 결국 죽임을 당했다. 약 10킬로미터 떨어진 어린 왕의 요새까지 피신한 이는 많지 않았다.

처음에 카이사르는 지체 없이 공격할 생각이었으나 프톨레마이오스의 요새를 보고 생각을 바꿨다. 근처에 무수히 많은 옛 사원의 잔해들이 풍부한 돌을 제공함으로써 그들의 위치가 가진 자연적 이점을 보강하고 있었다. 그날 밤은 병사들을 진지로 들여보내는 것이 최선이었다. 그들은 운하를 건너기 전에 이미 30킬로미터 넘게 행군한 터였으니 다음 전투를 하기 전에 맞난 식사와 잠을 얻을 자격이 있었다. 그러나 카이사르는 자신이 실신할 지경이며 프톨레마이오스의 배치 병력이 마치 성난 바다에 떠다니는 잡동사니처럼 위아래로 들썩거려 보였다는 말은 아무에게도 하지 않았다.

아침에 보리죽과 함께 꿀을 바른 조그만 빵 한 조각을 먹고 나서 그는 훨씬 가뿐해진 기분이 들었다.

프톨레마이오스 병사들—그들은 결코 알렉산드리아인들로만 구성된 게 아니었으므로 이렇게 부르는 편이 나았다—은 근처의 한 촌락을 요새화한 뒤 돌로 보루를 쌓아 그들의 산 구조물과 연결해놓은 상태였다. 카이사르는 일차 돌격의 예봉을 촌락에 집중시켰는데, 먼저 그곳을 점령한 뒤 자연히 생기는 추진력으로 본요새를 연이어 점령할 작정이었다. 그러나 누가 지시한 것인지는 몰라도 나일 강의 펠루시온 하구와 프톨레마이오스군 전선 사이에는 화살과 창으로 십자포화를 날려서 절대 빠져나가지 못하게 만들어놓은 빈 공간이 있었다. 산등성이 저쪽에서 돌진해 오는 페르가몬의 미트리다테스도 그 나름의 문제가 있었기에 도울 수 없는 상황이었다. 촌락은 함락되었지만, 카이사르는 병사들이 치명적인 십자포화를 피해 고지로 돌진하여 일을 마무리짓게 할 도리가 없었다.

빌린 말을 타고 둔덕 꼭대기에 오른 카이사르는, 프톨레마이오스 병사들이 이 작은 승리에 지나치게 들뜬 나머지 그들 요새의 가장 높은 곳에서 내려와 포위된 로마인들을 겨냥한 화살 공격을 돕고 있음을 눈치챘다. 그는 6군단의 백발이 성성한 최고참 백인대장 데키무스 카르풀레누스를 불렀다.

"5개 대대를 데리고 가게, 카르풀레누스. 아래쪽 방어시설을 우회해서 저 멍청이들이 비워놓은 고지를 장악하도록." 카이사르는 활기차게 말했다. 그는 내심 휴식과 음식 덕에 군사적 상황에 대한 평상시 이해력이 되살아난 것에 안도했다. 몸 상태만 멀쩡하다면 방법을 생각해내는 건 쉬운 일이었다. 아, 이놈의 노화! 이것이 카이사르의 종말의 시작일까? 그렇다면 종말이 빠르기를, 서서히 노쇠로 시들어가지 않기를!

고지를 빼앗기자 프톨레마이오스군 전체가 공황 상태에 빠졌다. 카르풀레누스가 요새를 점령하고 한 시간도 지나지 않아 프톨레마이오스 왕의 군대는 궤멸되었다. 수천 명이 전장에서 도륙됐지만, 일부는 한가운데 어린 왕을 숨긴 채 가까스로 나일 강 펠루시온 하구의 바지선에 다다를 수 있었다.

오니아스의 땅 대사제인 말라키를 정중히 환영하고, 기쁨에 넘친 페르가몬의 미트리다테스를 그에게 소개한 뒤 두 사람과 함께 앉아 달콤한 유대식 포도주를 드는 것은 당연히 필요한 일이었다. 천막의 열린 틈으로 그림자가 드리워질 즈음 카이사르는 문득 극심한 피로를 느끼며 양해를 구하고 자리에서 일어났다.

"꼬마 프톨레마이오스에 관한 소식이 있는가, 루프리우스?"

"네, 카이사르. 그는 바지선 하나에 올라탔지만, 강둑에서 일대 혼란이 일어난 통에 배가 미어터지도록 병사들이 탄 뒤에야 겨우 사공들이 배를 몰 수 있었습니다. 결국 얼마 못 가서 배가 뒤집혔어요. 익사한 자들 중에는 왕도 있었습니다."

"그의 시신을 확보했나?"

"네." 루프리우스가 씩 웃어 보였다. 주름이 깊게 팬 전 백인대장의 못생긴 얼굴은 소년의 얼굴처럼 환히 빛났다. "아르시노에 공주 역시 데리고 있습니다. 그녀는 요새에 있었는데, 믿으실지 모르겠지만 카르풀레누스에게 싸움을 걸었습니다! 검을 마구 휘두르고 모르몰리케처럼 비명을 질러대면서요."

"더없이 멋진 소식이로군!" 카이사르가 다정하게 말했다.

"지시하실 건요, 카이사르?"

"저기 저 안의 의례에서 빠져나갈 수 있게 되는 즉시," 턱으로 천막 쪽을 가리키며 카이사르가 말했다. "알렉산드리아로 가네. 왕의 시신과 아르시노에 공주도 같이. 자네와 착한 미트리다테스는 뒷마무리를 한 뒤에 군대와 함께 나를 따라오게."

"처형하시오." 카이사르가 여전히 갑옷 차림에 꼴이 말이 아닌 아르시노에를 보여주자 왕좌에 앉은 파라오가 말했다.

아폴로도로스가 허리 숙여 절했다. "즉시 시행하겠습니다, 아문-라의 딸이시여."

"음, 그건 안 되겠소." 미안해하는 어조로 카이사르가 말했다.

단상 위의 가녀린 형체가 위험스럽게 뻣뻣해졌다. "무슨 뜻이죠, 그건 안 되겠다는 게?" 클레오파트라가 따지듯 물었다.

"아르시노에는 내 포로요, 파라오. 당신 포로가 아니오. 따라서 그녀는 로마 관습에 정해진 대로 로마로 보내져 내 개선식에서 걷게 될 거요."

"동생이 살아 있는 한 내 목숨이 위태로워진단 말이에요! 저애는 오늘 죽어야 해요!"

"내 생각은 그렇지 않소."

"당신은 이 나라에 온 손님이에요, 카이사르! 이집트 군주에게 명령할 수 없는 사람이라고요!"

"말도 안 되는 소리!" 짜증이 난 카이사르가 되받아쳤다. "내가 당신을 왕좌에 올렸소. 그리고 내가 이 나라의 손님으로 있는 동안은 그 값비싼 가구 위에 누가 앉더라도 내가 지시를 내릴 거요! 당신 일이나 잘 돌보시오, 파라오. 남동생을 세마에 안장하고, 당신 도시의 재건을 시작하고, 멤피스나 키레네로 여행을 다녀오고, 뱃속에 있는 아이를 잘 기르시오. 그리고 이왕 말이 나왔으니 남은 남동생과 결혼하시오. 당신 혼자 통치할 순 없소. 군주가 혼자 통치하는 것은 이집트 관습과도 알렉산드리아 관습과도 어긋나니까!"

그는 나가버렸다. 클레오파트라는 높다란 샌들을 벗어던지고 그를 뒤쫓아 달렸다. 파라오의 위엄 따위는 안중에도 없었다. 깜짝 놀란 청중만 남아, 이 같은 왕실의 팽팽한 감정 대립이 무슨 의미인지 이해하려 애쓰고 있었다. 아르시노에는 미친듯이 웃어댔고, 아폴로도로스는 씁쓸한 표정으로 카르미온과 이라스를 쳐다보았다.

"해석관과 기록관, 회계관, 심판장, 야간 경비대장을 부르지 않아서 다행이로군." 대시종장이 말했다. "하지만 파라오와 카이사르 두 분끼리 해결하게 돼야 할 듯하네. 그리고 웃지 마시오, 공주. 당신 편은 전쟁에서 졌고, 당신이 알렉산드리아의 여왕이 되는 날은 절대 오지 않소. 카이사르가 로마 배에 태울 때까지 당신은 세마 밑에 있는 지극히 컴컴하고 공기도 안 통하는 지하 감옥에서 지내게 될 거요. 빵과 물만 먹으면서 말이오. 대부분의 경우 로마인의 개선식에서 걷는 이들을 처형하는 것은 로마 전통이 아니니, 카이사르는 개선식이 끝난 후 당신을 풀어줄 거요. 하지만 경고하겠소, 공주. 다시 이집트로 돌아오는 날엔 당신은 죽을 것이오. 당신 언니가 반드시 그리할 거요."

"어떻게 감히 당신이!" 클레오파트라가 새된 소리로 외쳤다. "어떻게 감히 궁중 신하들 앞에서 파라오를 모욕할 수 있어요?"

"그게 싫으면 파라오도 그토록 독단적으로 행동하지 말아야 하오." 화가 가라앉은 카이사르가 무릎을 톡톡 치며 말했다. "처형을 언도하기 전에 내 생각이 어떤지 먼저 물어보시오. 당신이 좋든 싫든 로마는 40년간 이집트에 지대한 영향력을 행사해왔소. 내가 떠나더라도 로마까지 떠나는 건 아니오. 한 예로, 나는 알렉산드리아에 로마군 병력을 주둔시킬 생각이오. 당신이 계속 이집트와 알렉산드리아를 다스리고 싶다면 당장 나를 상대할 때부터 신중하고 노련하게 처신하시오. 내가 당신의 연인이고 당신 뱃속에 있는 아이의 아버지라 해도, 당신과 로마의 이해관계가 상충하는 순간 그런 사실은 내게 아무런 의미가 없소."

"로마를 알려면 카이사르를 먼저 알라는 거군요." 그녀가 씁쓸하게 말했다.

"물론이오. 자, 이리 앉아 나를 안아주시오. 계속 화를 내는 건 아기에게 좋지 않으니까. 우리가 사랑을 나누는 건 그놈에게 아무렇지 않지만, 우리가 다툴 때는 분명 무척 불안해할 거요."

"당신도 아기가 아들이라고 생각하는군요." 그녀가 말했다. 아직은 그의 무릎에 앉고 싶지 않았지만 기분이 한결 누그러지고 있었다.

"카임과 타카가 나를 납득시켰소."

이 말을 뱉기가 무섭게 그의 온몸이 확 하고 제멋대로 움직였다. 카이사르는 놀란 눈으로 자신의 몸을 내려다보는가 싶더니 바로 다음 순간 의자에서 넘어졌다. 바닥에 누운 그의 등은 활처럼 구부러지고 팔다리는 뻣뻣하게 뻗어 있었다.

클레오파트라는 도와달라고 소리쳤고, 그에게 달려가며 이중 왕관을 마구 잡아당겼다. 왕관이 저멀리 날아가 요란한 소리를 내며 바닥에 떨어졌음에도 어찌되었든지 신경도 쓰지 않았다. 이때쯤 카이사르의 얼굴은 짙은 자주색에서 푸른색이 되었고 사지는 경련을 일으켰다. 클레오파트라는 그의 경련을 멈춰보려다 팅겨나가 큰대자로 뻗은 채 여전히 소리치고 있었다.

경련은 올 때만큼이나 갑작스레 끝났다.

카르미온과 이라스는 두 연인이 화풀이를 하다가 몸싸움까지 벌이나보다 하고 감히 들어갈 생각을 못하고 있다가, 그들 여왕의 고함소리에 담긴 어떤 기색을 듣고서야 뭔가 심각한 일이 일어나고 있음을 확신했다. 잠시 후 클레오파트라의 소리에 두 여인의 비명까지 더해지자

아폴로도로스, 합데파네와 세 명의 사제들이 급히 뛰어들어왔고, 바닥에 축 늘어져 누워 있는 카이사르를 발견했다. 그의 호흡은 느리고 식식거리는 소리가 났으며 얼굴은 병색이 완연한 잿빛이었다.

"이게 무슨 일인가?" 클레오파트라가 합데파네에게 물었다. 그는 카이사르 곁에 무릎을 꿇고 앉아 숨에서 나는 냄새를 맡고 맥박을 짚었다.

"그가 경련했습니까, 파라오?"

"그래, 그랬어!"

"아주 단 포도주!" 사제 겸 의사가 소리질렀다. "아주 단 포도주, 그리고 속을 파낸 부드러운 갈대를 가져오게. 어서!"

나머지 사제들이 분부를 따르려고 쏜살같이 뛰어다니는 사이, 카르미온과 이라스는 겁에 질려 울부짖는 클레오파트라를 붙잡고 파라오의 의복과 수많은 장신구를 벗자고 설득했다. 아폴로도로스는 속 빈 갈대를 찾지 못하면 목이 달아날 거라며 고함을 질렀고, 혼수상태의 카이사르는 모두의 마음속에 일어난 경악과 공포를 전혀 모른 채 누워 있었다. 세상의 지배자가 이집트에서 죽으면 어쩌지?

사제 한 명이 별관의 미라 제작실에서 갈대를 들고 뛰어왔다. 평소에는 두개골 안쪽에 나트론을 뿌리는 데 사용하던 것이었다. 합데파네는 쏘아대듯 질문한 후에 이 갈대는 한 번도 사용된 적이 없다는 확답을 받았다. 그는 갈대를 받아들고 구멍을 훅 불어 제대로 뚫려 있는지 확인한 뒤, 카이사르의 입을 벌려 그 안으로 갈대를 슬며시 넣고 그의 목을 문지르더니 갈대가 30센티미터 정도 들어갈 때까지 부드럽게 밀어넣었다. 그런 다음 아주 단 포도주를 갈대 구멍으로 조심스럽게 떨어뜨렸는데, 공기가 차단되는 일이 없도록 아주 느리게 아주 조금씩만 넣었다. 포도주 양은 많지 않았지만, 그 과정은 끝도 없이 계속되는 것처럼 보였다. 마침내 합데파네는 곁에 물러나 가만히 기다렸다. 환자가 몸을 살짝 움직이는 기색이 보이자 사제는 갈대를 뽑아내고 카이사르를 품에 안았다.

"자," 환자의 두 눈이 흐릿하게 떠졌을 때 그가 말했다. "입안에 든 걸 넘기세요."

아주 잠깐 사이에 카이사르는 상당히 회복되었다. 그는 부축 없이 일어나 몇 발짝 걸어다니다가 충격받은 사람들을 쳐다보았다. 클레오파트라는 온 얼굴이 눈물로 얼룩지고 젖은 채로 앉아 마치 죽었다 다시 살아난 사람이라도 보듯이 그를 뚫어져라 바라보았다. 카르미온과 이라스는 엉엉 울고 있었으며, 아폴로도로스는 양 무릎 사이에 머리를 박은 채 의자에 털썩 주저앉아 있었고, 몇몇 사제들은 뒤쪽에서 안절부절못하며 서성대고 있었다. 그리고 보아하니 이 모든 난리가 다 그 자신 때문인 듯했다.

"어떻게 된 거요?" 클레오파트라 옆에 앉으려고 다가가며 그가 물었다. 실제로 자신의 몸이 좀 이상한 것 같다는 느낌도 들었다.

"간질 발작을 일으키셨습니다." 합데파네가 노골적으로 말했다. "그렇지만 간질병이 있는 건 아닙니다, 카이사르. 단 포도주를 드시고 이렇게 빨리 의식을 되찾은 걸 보면, 지난달 오한을 앓은 뒤로 신체 변화를 겪은 것 같습니다. 마지막으로 뭘 드신 지 얼마나 됐습니까?"

"오래됐네." 카이사르는 한쪽 팔로 위로하듯 클레오파트라의 어깨를 감싸안은 채 마르고 가무잡잡한 이집트인을 올려다보며 눈부시게 환한 미소를 보였다. 그러고는 곧바로 반성하는 얼굴이 되었다. "문제는 내가 바쁠 땐 먹는 걸 잊어버린다는 거야."

"앞으로는 음식을 챙겨 먹도록 일러줄 사람을 꼭 데리고 다니셔야 합니다." 합데파네가 엄하게 말했다. "규칙적인 식사를 하면 이 질환을 막을 수 있지만, 혹시라도 식사를 잊을 경우에는 단 포도주를 드십시오."

"아니," 카이사르가 얼굴을 찡그리며 말했다. "포도주는 안 되네."

"그럼 꿀물이나 과즙을 드십시오. 달콤한 음료로요. 하인에게 늘 준비해두게 하시고 전투중이라 해도 잊지 마십시오. 또 경고성 징후에 주의를 기울이세요. 구역질, 현기증, 시력 이상, 실신, 두통, 심지어 피로까지도요. 그중 한 가지 증상이라도 있으면 즉시 단 음료를 드십시오, 카이사르."

"의식 없는 사람에게 어떻게 포도주를 마시게 한 건가, 합데파네?"

합데파네가 갈대를 내밀었다. 카이사르는 그것을 받아 손가락 사이에 끼우고 돌렸다. "여길 통해서로군." 그가 말했다. "폐로 가는 기도를 피했다는 걸 어찌 알았나? 기도와 식도는 앞뒤로 있는데다, 평상시 식도는 호흡을 할 수 있게 닫혀 있는데 말이야."

"확실히는 몰랐습니다." 합데파네가 간단히 대답했다. "당신이 너무 깊은 혼수상태는 아니기를 세크메트께 빌었어요. 그리고 당신이 식도에 가까이 붙은 갈대의 압력을 느꼈을 때 삼킬 수 있도록 목구멍 바깥쪽을 가볍게 문질렀지요. 그게 효과가 있었어요."

"그런 건 다 알면서 내가 어디에 이상이 있는지는 모른단 말인가?"

"이상 증세란 불가사의하답니다, 카이사르. 대부분의 경우는 우리가 이해할 수 없지요. 모든 의술은 관찰에서 시작됩니다. 다행히 오한을 치료하면서 당신에 관해 많은 걸 알게 됐지요." 그는 짓궂은 표정을 지었다. "가령 당신은 뭘 먹어야 한다는 걸 시간 낭비로 여기지요."

클레오파트라는 점점 나아지고 있었다. 눈물은 그새 딸꾹질로 바뀌었다. "몸에 대해 어떻게 그리 잘 알아요?" 그녀가 카이사르에게 물었다.

"나는 군인이오. 부상병들을 구출하고 사망자 수를 세며 전장을 많이 다니다보면 온갖 것들을 보게 된다오. 여기 이 훌륭한 의사처럼 나도 관찰을 통해 배우지."

아폴로도로스가 휘청거리며 일어나서 땀을 훔쳤다. "식사를 준비하겠습니다." 그는 쉰 목소리로 말했다. "아아, 당신이 무사해서 이 세상 모든 곳의 모든 신께 감사합니다, 카이사르!"

그날 밤, 클레오파트라의 드넓은 거위털 침대에 누워 소위 알렉산드리아 겨울의 가벼운 한기 속에 그녀의 온기와 맞닿은 채 잠 못 이루던 카이사르는 오늘, 이번 달, 올해에 대해 생각했다.

그가 이집트 땅에 발을 들이던 순간 모든 것이 완전히 바뀌었다. 마그누스의 머리, 사악한 왕실 도당, 오직 동방에서만 볼 수 있는 종류의 부패와 성도착, 이 아름다운 도시의 거리 곳곳에서 벌였던 불필요한 전투, 3세기가 걸려 건설된 것을 기꺼이 파괴하려 하는 민족, 그 파괴에 자신도 한몫했다는 사실……. 그리고 자신의 백성들을 그들이 구원될 수 있다고 믿는 유일한 방법으로, 신의 아들을 임신함으로써 구하기로 결심한 여왕의 사업 제안. 카이사르 그가 바로 그 신이라 믿고서. 기이하다. 참으로 희한해.

오늘 카이사르는 두려움에 사로잡혔다. 바로 오늘, 절대로 아픈 적이 없던 카이사르는 그가 산 쉰두 해의 불가피한 결과를 직면했다. 그냥 세월이 아니었다. 그가 그 세월을 얼마나 방종하게 사용하고 남용했던

가. 다른 이들이라면 멈춰서 쉴 때에도 끝없이 스스로를 채찍질하면서. 아니, 카이사르는 그럴 수 없다! 휴식은 카이사르의 길이었던 적이 없다. 앞으로도 그럴 일은 없을 것이다. 하지만 이제, 절대로 아픈 적이 없던 카이사르는 자신이 수개월간 아팠다는 사실을 인정해야만 한다. 학질인지 독기인지 뭔지는 몰라도, 떨림과 구역질로 그의 몸을 괴롭힌 그 병은 악영향을 남기고 갔다. 카이사르의 신체 기관 어딘가는—사제 겸 의사가 뭐라고 했더라?—변화를 겪었다. 카이사르는 이제 음식을 챙겨 먹어야 한다. 그러지 않으면 간질 발작을 일으킬 것이며 다들 드디어 카이사르가 추락하고 있다고, 카이사르가 약해지고 있다고, 카이사르는 더이상 무적이 아니라고 떠들어댈 것이다. 그러니 카이사르는 반드시 비밀을 지켜야 한다. 그에게 이상이 있다는 것을 절대로 원로원과 인민이 알게 해서는 안 된다. 만일 카이사르가 실패하면 로마를 수렁에서 건져줄 이가 달리 어디 있겠는가?

클레오파트라가 한숨을 쉬며 중얼거리더니 한차례 약한 딸꾹질을 했다. 그토록 많은 눈물을 전부 카이사르를 위해 흘리다니! 이 가련한 어린애는 나를 사랑한다……. 나를 사랑한다! 그녀에게 나는 남편이자 아버지, 삼촌이자 오빠가 되었다. 프톨레마이오스 혈통으로 인한 이 모든 뒤틀린 결과. 나는 알지 못했다. 안다고 생각했다. 하지만 나는 몰랐다. 포르투나는 수백만 명의 걱정과 문제를 그녀의 연약한 어깨 위에 던졌고, 내가 율리아에게 선택권을 주지 않은 것처럼 그녀의 운명에 어떠한 선택권도 주지 않았다. 그녀는 다른 무엇보다도 오래되고 신성한 의식으로 성별된 군주이며 세상에서 가장 부유한 여자고 인간의 목숨을 절대적으로 지배한다. 그렇지만 그녀는 어린아이, 아기다. 그녀 삶의 첫 스물한 해가 그녀에게 무슨 짓을 했는지—살인과 근친상간이 일상인 삶—로마인으로서는 가늠할 수조차 없다. 카토와 키케로는 카이사르가 로마의 왕이 되길 갈망한다고 지껄이지만, 진정한 왕위가 무엇인지는 두 사람 다 전혀 모른다. 진정한 왕위는, 내 옆에 있고, 내 아기를 밴 이 어린아이에게도 내게도 먼 것이다.

아, 나는 일어나야 한다! 그는 불현듯 생각했다. 아폴로도로스가 애써 가져다준 저 단 음료, 아마(亞麻) 온실에서 키운 멜론과 포도 과즙을 좀 마셔야 한다! 이 무슨 퇴화인가. 내 정신이 헤매고 있다. 나는 카이사르와 내가 합쳐진 사람이고, 그 둘을 분리할 수가 없다.

그러나 온실에서 키운 멜론과 포도 과즙을 마시러 가는 대신 그는 머리를 베개에 기댄 채 고개 돌려 클레오파트라를 바라보았다. 한밤중임에도 불구하고 실내는 그리 어둡지 않았다. 외벽의 커다란 패널이 비스듬히 꺾여 있었고, 만월의 달빛이 쏟아져 들어와 그녀의 피부를 은색이 아닌 옅은 청동색으로 바꿔놓았다. 아름다운 피부였다. 그는 손을 뻗어 그 피부를 만지고 쓰다듬었고, 임신한 지 여섯 달 된 그녀의 배를 손바닥으로 어루만졌다. 아직은 확실히 드러날 만큼 부풀어 있지 않았다. 그는 율리아의, 그리고 가이우스의 출산일이 가까워졌던 때의 킨닐라의 배를 떠올렸다. 킨닐라와 그녀의 경련 발작중에 사산된 가이우스를 우리는 함께 불에 태웠다. 어머니, 율리아 고모, 그리고 나. 카이사르가 아니라, 내가.

클레오파트라는 작고 예쁜 가슴이 공처럼 단단하게 싹을 틔웠고, 젖꼭지는 그녀의 부채를 들고 다니는 아이티오피아인의 피부색과 똑같이 자두처럼 검은색으로 짙어져 있었다. 아마 그녀에겐 그쪽 피도 섞여 있을 것이다. 그녀 안엔 미트리다테스와 프톨레마이오스만 있는 게 아니니까. 단지 나를 만족시키는 것보다 더 큰 목표를 지닌 살아 있는 조직, 그것을 느끼는 건 아름다운 일이다. 하지만 그녀는 내 아이를 임신 중이므로 나도 그것과 그녀의 일부다. 아, 우리는 너무 어려서부터 부모가 된다! 이제야 아기들의 존재를 즐기고 그 어머니들을 숭배할 수 있게 되었다. 생명의 신비를 이해하기까지는 수많은 시간과 무수한 마음의 고통이 필요한 법이니까.

그녀의 풀어진 머리카락이 덩굴손처럼 베개 위에 뻗어 있었다. 세르빌리아처럼 숱 많고 검은 머리카락도 아니고, 카이사르의 몸을 전부 덮을 수 있었던 리안논의 불타는 강줄기 같은 머리카락도 아니었다. 이건 클레오파트라의 머리카락이다. 이것이 클레오파트라의 몸인 것처럼. 그리고 클레오파트라는 다른 여자들과는 다른 방식으로 나를 사랑한다. 그녀는 나를 청춘으로 되돌려준다.

사자를 닮은 눈이 뜨이더니 그의 얼굴에 고정되었다. 다른 때였다면 그는 바로 표정을 닫아버리고 그녀가 그의 생각을 알 수 없게 차단했을 것이다. 반사 신경처럼 자동적인 철저함—여자들에게 절대로 나를 안다는 무기를 주지 마라. 내 남성을 무력화시키는 데 쓸 테니까—을 보였을 것이다. 그러나 그녀는 환관들에게 익숙하고 그런 종류의 사내를 높이 치지 않는다. 그녀가 내게 원하는 건 남편이고 아버지이고 삼촌이고 오빠다. 나는 권력에 있어 그녀와 동등하지만 남성성이라는 추가적인 권력까지 가지고 있다. 나는 그녀를 정복했다. 내게는 그녀를 짓눌러 굴복시키고자 하는 의도나 충동 따위는 없다는 걸 이제 그녀에게 보여주어야 한다. 내 여자들은 누구도 신발에 묻은 흙을 긁어내는 도구 같은 것이 아니었다.

"사랑하오." 그녀를 품안에 끌어당기며 그가 말했다. "내 아내만큼, 내 딸만큼, 내 어머니만큼, 내 고모만큼."

그녀는 그가 프톨레마이오스 특유의 비유적 표현을 쓴 게 아니라 실제 그 여자들과 자신을 비교하고 있다는 사실을 알 순 없었지만, 그녀의 내면은 사랑과 안도와 순전한 기쁨으로 뜨겁게 타올랐다.

카이사르가 그의 삶에 나를 받아들였다.

카이사르가 나를 사랑한다고 말했다.

다음날 카이사르는 클레오파트라를 당나귀에 태워 여섯 달간의 전쟁이 알렉산드리아를 어떻게 만들었는지 보여주러 데려갔다. 도시 전역이 폐허가 되었고 멀쩡히 서 있는 집이 없었다. 임시로 만든 언덕과 성벽마다 버려진 포가 보였으며, 집도 희망도 없이 옷은 누더기가 된 여자들과 아이들은 무엇이든 먹거나 쓸 수 있는 것을 찾아 사방을 긁고 파헤치며 다녔다. 해안가로 말하자면 거의 아무것도 남아 있지 않았다. 카이사르가 알렉산드리아 함선들에 붙인 불길이 번지는 바람에 그의 병사들이 커다란 교역 사무소 건물과 선박용 격납고, 선거, 안벽에서 남겨놓았던 물건과 창고 들도 모조리 타버린 것이다.

"아아, 책 보관 창고가 없어졌군요!" 클레오파트라는 몹시 괴로운 듯 손을 비틀며 외쳤다. "도서 목록이 없으니 뭐가 탔는지도 알 길이 없어요!"

카이사르는 그녀에게 얄궂은 시선을 보내긴 했지만, 그녀가 무엇을 우선시하는지에 놀랐음을 직접 드러내는 말은 하지 않았다. 굶주린 여자와 아이 들의 가슴 찢어지는 광경에는 꿈쩍하지 않던 그녀가 책 때문에 눈물을 터뜨리기 직전이라니. "그런데 도서관은 박물관 안에 있지 않소." 그가 말했다. "박물관은 완벽히 안전한 상태이고."

"네, 하지만 사서들이 워낙 굼뜨기 때문에 목록이 정리되는 속도보다 훨씬 빠르게 책이 들어와요. 그래서 지난 100년 동안 특별 창고에 책을 쌓아뒀던 거고요. 그게 사라져버린 거예요!"

"박물관에는 책이 몇 권이나 있소?" 그가 물었다.

"100만 권 가까이 돼요."

"그렇다면 걱정할 게 거의 없소." 카이사르가 말했다. "기운 내시오! 지금껏 쓰인 책들을 모두 합해도 100만 권에 훨씬 못 미쳐요. 그 말인 즉슨 창고에 무슨 책이 보관되어 있었든 사본이거나 최근 작품이라는 얘기요. 박물관에 있는 책들도 상당수가 사본일 거요. 최근에 나온 책들은 쉽게 구할 수 있고, 만약 목록이 필요하다면 페르가몬의 미트리다테스에게 25만 권을 소장한 도서관이 있소. 대부분 비교적 최근에 나온 책들이오. 당신은 박물관에 없는 작품들의 사본을 로마의 소시우스나 아티쿠스에게 의뢰하기만 하면 되오. 그들은 책을 직접 소유하는 게 아니라 방대한 개인 장서를 갖춘 바로나 루키우스 피소나 나 같은 사람들에게 빌리는 거요. 그러고 보니 로마에는 공공 도서관이 없군. 그 문제는 해결해야겠어."

확인 과정이 계속되었다. 아고라는 공공건물들 중에 가장 피해가 적었다. 기둥 일부가 해체되어 헵타스타디온의 아치 구멍을 막고 있었지만 벽들은 손상되지 않았고 아케이드 지붕도 대부분 멀쩡했다. 그러나 김나시온은 건물 토대 몇 개 외엔 남은 것이라곤 없었으며 재판소는 완전히 사라지고 없었다. 아름다운 판의 언덕은 초목 없는 민둥산이 되었고 그 일대를 흐르던 개울과 폭포는 말라붙어 바닥이 소금으로 덮여 있었으며, 땅이 평평한 곳이라면 어디든지 로마군의 포가 놓여 있었다. 멀쩡히 살아남은 사원은 없었지만, 카이사르는 얼룩지고 때가 묻긴 했어도 조각상과 그림이 유실된 곳은 없다는 걸 알고 만족했다.

라코티스의 세라페이온은 왕실 가도에서 멀리 떨어져 있는 덕분에 피해가 가장 적었다. 그러나 주 신전의 거대한 들보 세 개가 없어지고 지붕이 함몰되어 있었다.

"그래도 세라피스는 온전하군." 카이사르가 돌무더기를 기어오르며 말했다. 바로 거기 보석 박힌 황금 왕좌에 세라피스가 앉아 있었기 때문이다. 턱수염으로 뒤덮이고 머리카락이 긴 제우스 같은 외관에 발치에는 머리 셋 달린 개 케르베로스가 웅크리고 있었으며 바구니 모양의 엄청나게 큰 왕관이 머리를 내리누르고 있었다.

"아주 훌륭하오." 세라피스를 찬찬히 살피던 그가 말했다. "페이디아스나 프락시텔레스나 미론만큼은 아니지만 그래도 아주 훌륭해. 누가 만들었소?"

"브리악시스예요." 클레오파트라는 짧게 대답한 뒤 입술을 꾹 다물었다. 그녀는 잔해를 둘러보면서, 수많은 계단으로 이루어진 높은 단 위에 서 있던 아름답게 균형잡힌 거대한 건물과 하나같이 화려한 색으로 칠하고 금박을 입힌 이오니아식 기둥들, 사각형 벽면과 삼각형 박공벽을 떠올렸다. 진정한 걸작들이었는데, 이제 세라피스만 홀로 살아남았다.

약탈당한 도시, 까맣게 타버린 폐허, 크나큰 파괴를 너무 많이 봐온 탓일까? 카이사르는 이 파괴의 흔적을 보고도 상당히 차분해 보인다. 대부분 그와 그의 병사들이 저지른 짓임에도. 내 백성들은 평범한 집, 초라한 오두막, 빈민가와 보잘것없는 곳들에 틀어박혔는데.

"음," 카이사르와 그의 릭토르들이 훼손되지 않은 왕실 구역으로 그녀를 호위해 돌아가는 길에 클레오파트라가 입을 열었다. "찾을 수 있는 금은을 모조리 긁어모아서 신전과 김나시온, 아고라, 재판소 등 모든 공공건물을 재건해야겠어요."

당나귀 고삐를 잡고 있던 그의 손이 갑자기 홱 움직였다. 멈춰 선 짐승은 기다란 속눈썹이 달린 눈을 껌벅거렸다. "대단히 칭찬할 만한 생각이오." 그는 단호한 목소리로 말했다. "하지만 장식품들이 우선시되는 건 안 될 일이오. 당신이 가장 먼저 돈을 써야 할 곳은 이 황폐함 속에 살아남은 이들에게 먹일 식량이오. 두번째로 돈을 쓸 대상은 폐허를 정리하는 일이오. 세번째는 빈민들까지 포함해 일반 민중이 살 새집을 짓는 것이오. 알렉산드리아 민중을 보살핀 후에나 공공건물과 사원에 돈을 쓸 수 있는 거요."

그에게 욕을 퍼부으려고 그녀의 입이 벌어졌지만, 분노의 말이 채 나오기 전에 그녀는 그의 눈을 마주했다. 아아, 창조신 프타시여! 그는 신이다! 전지전능하고 무시무시한 신.

"확실한 건," 그는 말을 계속했다. "이번 전쟁에서 죽은 사람들 대부분은 마케도니아인과 마케도니아계 그리스인이라는 것이오. 아마 10만 명쯤 되겠지. 그러니 여전히 당신에겐 돌봐야 할 300만 명 가까운 사람들이 남아 있소. 살 곳과 일자리가 사라진 사람들 말이오. 당신이 알렉산드리아의 대다수 백성들에게 사랑받을 절호의 기회가 왔다는 걸 부디 깨닫기 바라오. 로마는 강대국이 된 이래 폐허로 전락한 적이 없고, 로마의 일반 민중이 등한시된 적도 없소. 당신네 프톨레마이오스 왕족과 마케도니아 정복자들은 로마보다 훨씬 큰 땅덩이를 자기네 마음대로 다스려왔고, 거기에 박애정신이라고는 없었소. 그런 방식은 바꾸어야 하오. 그렇지 않으면 군중은 그 어느 때보다도 더 성난 무리로 돌아올 것이오."

"그러니까 당신 말은," 무엇에 찔리기라도 한 듯 혼란스러운 기분으로 그녀가 말했다. "탑 꼭대기에 있는 우리가 진정한 정부답게 처신하지 않았다는 거죠. 당신은 우리가 하층민에게 무관심하다고, 우리가 우리 돈을 써서 그들의 배를 불려주거나 이곳에 사는 모두에게 시민권을 부여한 관습이 없다는 사실을 거듭 지적해요. 하지만 로마도 완벽하진 않아요. 다만 로마는 제국을 건설했으니 속주들을 착취해서 로마 하층민들을 위한 번영을 짜낼 수 있는 것뿐이에요. 이집트는 속주가 없어요. 전에 가지고 있던 속주들은 로마가 자기 필요에 의해 가져가버렸죠. 당신으로 말하자면, 카이사르, 지금껏 당신이 쌓은 경력은 피로 물들어 있으니 당신이 이집트를 옳니 그르니 할 입장이 되지 못해요."

카이사르의 손이 고삐를 잡아당겼다. 당나귀는 다시 걷기 시작했다. "내 경우," 그는 평상시와 같은 어조로 말했다. "50만 명의 사람들을 노숙자 신세로 만들었소. 여자와 아이 40만 명이 나 때문에 죽었소. 여러 전장에서 나는 100만 명이 넘는 이들을 죽였소. 손목을 절단하기도 했소. 100만 명의 남녀와 아이 들을 노예로 팔았소. 하지만 내가 한 그 모든 행동은 먼저 조약을 맺고 회유를 시도했으며 내 쪽에서는 책임을 다했다는 인지하에 행해진 것이었소. 또한 내가 파괴를 자행한 경우 뒤에 남긴 것이 내가 가한 피해, 내가 끝내거나 망가뜨린 생명들보다 훨씬 큰 이득을 후손들에게 줄 것이오."

그의 목소리는 음량이 커지지 않았는데도 더욱 단호해졌다. "클레오파트라, 내가 일으킨 황폐와 격변의 규모를 내 마음의 눈으로 보지 않을 거라 생각하오? 내가 한탄하지 않는다고 생각하오? 내가 그 모든 일을 뒤돌아보거나 그런 일이 더 있을 앞날을 생각해도 비통해하지 않을 거라 생각하오? 고통을 느끼지 않을 거라고? 후회가 없을 거라고? 그렇다면 당신은 나를 잘못 안 거요. 잔혹한 기억은 늙은이의 삶에 다정한 위안이 되지 못하지만, 나는 늙을 때까지 살지 못할 거란 말을 더없이 확실한 사람으로부터 들었소. 다시 말하지만, 파라오, 당신의 백성을 사랑으로 다스리시오. 그리고 산산조각 난 이 도시의 잔해를 뒤지고 있는 저 여자들과 당신이 다른 건 오로지 우연히 타고난 태생 때문임을 잊지 마시오. 당신은 당신을 만든 것이 아문-라라고 여기지만, 나는 그것이 우연히 주어진 운명이라고 확신하오."

그녀의 입은 벌어져 있었다. 그녀는 손을 올려 입을 막은 채 울지 않겠다고 다짐하면서 당나귀의 양쪽 귀 사이를 똑바로 쳐다보았다. 그는 자신이 늙을 때까지 살지 못하리라 믿고 그것을 기껍게 생각한다. 하지만 나는 이제야 내가 결코 진정으로 그를 알지 못하리란 사실을 깨닫는다. 지금 그가 내게 하는 말은, 이제껏 그가 했던 모든 행동이 의식적인 결정이었고 그로 인한 결과를 온전히 인지하면서 내린 결정이었다는 것이다. 그 자신이 받을 결과까지 포함해서. 나는 절대로 저 정도의 강인함도 통찰력도 무자비함도 얻지 못할 것이다. 그리고 그럴 수 있는 사람이 또 있을 것 같지도 않다.

일주일 뒤 카이사르는 서재로 사용하는 큰 방에서 비공식 회의를 소집했다. 클레오파트라와 아폴로도로스가 합데파네, 페르가몬의 미트리다테스와 함께 참석했다. 로마인 참석자들은 푸블리우스 루프리우스, 6군단의 카르풀레누스, 40군단의 라미우스, 27군단의 파브리키우스, 37군단의 마크리누스, 카이사르의 릭토르 파비우스, 비서 파베리우스, 개인 보좌관 가이우스 트레바티우스 테스타였다.

"이제 4월 초순이네." 카이사르가 포문을 열었다. 그는 아주 건강하고 좋아 보였으며 어느 모로 보나 카이사르다운 모습이었다. "아시아 속주에 있는 나이우스 도미티우스 칼비누스가 보고서를 통해 파르나케스가 그의 불충한 아들을 상대하러 킴메리아로 돌아갔다고 알려왔네. 그 아들은 싸워보기 전에 아비에게 항복하지는 않기로 결심했지. 그래서 아나톨리아 문제는 앞으로 최소한 서너 달 동안 휴면 상태가 됐네. 게다가 폰토스와 아르메니아 파르바로 연결된 모든 산길이 8월 중순까지 눈으로 막힐 거야. 으, 달력과 계절이 불일치하는 게 얼마나 싫은지! 그 점에서는 이집트가 옳소, 파라오. 당신들 달력은 달이 아니라 태양을 토대로 만들었던데, 나는 당신의 천문학자들과 얘기를 나눠볼 생각이오."

그는 숨을 한 번 내쉰 뒤 원래 주제로 돌아갔다. "그러나 나는 의심할 여지 없이 파르나케스가 돌아올 거라 확신하므로, 이 점을 염두에 두고 향후 작전을 세울 것이네. 칼비누스는 모병과 훈련으로 바쁘고, 데이오타로스는 폼페이우스 마그누스의 피호민이었던 사실을 속죄하고픈 의지가 대단히 강하네. 아리오바르자네스의 경우엔"—그는 씨익 웃었다—"카파도키아는 한결같이 카파도키아일 거야. 우리가 그로부터 기쁨을 얻진 못하겠지만 파르나케스 역시 마찬가지일 걸세. 내 노련병들과 같이 이탈리아로 돌려보낸 공화파 군단들을 불러오라고 칼비누스에게 일러뒀으니, 때가 됐을 때 우리 쪽은 충분히 준비되어 있을 거야. 파르나케스가 킴메리아에서 아산드로스와 맞붙으면 그의 정예 병사 중 일부를 잃을 수밖에 없다는 점도 우리에게 유리하겠고."

그는 고관 의자에 앉은 채 몸을 앞으로 기울였고, 눈으로는 열중한 얼굴들 하나하나를 천천히 훑었다. "지난 여섯 달간 알렉산드리아에 갇혀 있었던 우리는 유난히 기운을 쏙 빼놓는 전투를 치렀고, 모든 병사들은 겨울 동안 진지에서 휴식을 취할 자격이 있네. 따라서 나는 두 달간 더 이집트에 머물면서 상황이 허락하는 한 최대한 오래 이곳을 겨울 진지로 삼을 생각이야. 파라오의 승인과 협력하에 내 병사들을 멤피스 근처의 겨울 진지로 보내려 하네. 지난 기억을 떠올리지 않아도 될 만큼 알렉산드리아에서 멀리 떨어진 곳이지. 거기엔 관광 명소도 많고, 급료를 지급하면 병사들이 쓸 돈도 생길 거야. 나는 또 알렉산드리아의 남는 딸들을 그 진지로 보낼 준비를 하고 있네. 잠재적인 남편감이 너무 많이 죽은 터라 이 도시는 앞으로 수년간 넘치는 여자들로 부담을 떠안게 될 것이고, 이 인력 제공에는 정해진 체계가 있네. 나는 이 여자들을 매춘부가 아닌 아내로 만들고자 하네. 27군단, 37군단, 40군단은 집과 가정이 재건될 때까지 알렉산드리아 주둔군으로 여기 머물게 될 거야. 유감스럽지만 6군단은 지속적인 연락책 구실을 하지 못할 것 같네."

파브리키우스와 라미우스, 마크리누스가 서로를 쳐다보았다. 이 소식이 좋은 건지 확신이 서지 않았다. 6군단의 데키무스 카르풀레누스는 무표정하게 앉아 있었다.

"알렉산드리아가 평온한 상태를 유지하는 게 중요하네." 카이사르가 말을 이었다. "시간이 지날수록 전시 복무 대신 위수 임무에 배치되는 로마 군단이 점점 늘어날 걸세. 그렇다고 위수 임무가 하는 일 없이 한가하다는 뜻은 아니야. 아울레테스가 복권된 후 아울루스 가비니우스가 알렉산드리아 수비군으로 남겨둔 가비니우스군 병사들이 어떻게 되었는지 우리 모두 기억하고 있네. 그들은 이곳 현지인들처럼 앙갚음에 나서서, 시리아의 전투 임무로 복귀하지 않고 비불루스의 아들들을 살해했지. 여왕이 그 위기상황을 해결했지만, 그런 일이 다시 일어나선 안 되네. 이집트에 남는 군단들은 전문적인 군대답게 처신하고 군사적 기량을 유지하여 언제라도 로마의 부름이 있을 시 바로 진군할 준비가 되어 있어야 하네. 그러나 가정생활 없이 이국땅에 갇힌 병사들은 처음에는 불만이 생기다가 곧이어 반감을 품게 되지. 절대 있어선 안 될 일은 그들이 멤피스 주민들의 여자들을 도둑질하는 것이네. 바로 이 때문에 그들이 남아도는 알렉산드리아 여자를 아내로 맞이하게 하겠다는 거야. 그럼으로써—가이우스 마리우스가 항상 말했듯이—로마의 방식과 로마의 이상과 라틴어를 그들의 자식들을 통해 퍼뜨리는 것이지."

서늘한 눈동자가 관계된 백인대장 세 명을 자세히 살폈다. 그들은 각각 자기 군단의 최고참이었다. 카이사르는 보좌관이나 참모군관에 관해서는 일체 신경쓴 적이 없었다. 그들은 귀족이고 일시적으로 함께할 뿐이었기 때문이다. 백인대장이야말로 유일한 붙박이 군관으로서 군대의 중추를 이루었다.

"파브리키우스, 마크리누스, 라미우스, 이것이 자네들에게 내리는 명령이네. 알렉산드리아에 남아서 이곳을 잘 수비하게."

불평해봐야 소용없었다. 게다가 이보다 훨씬 나쁠 수도 있었다. 가령 카이사르가 몇 번 밀어붙였던 30일 안에 1천500킬로미터 행군 같은 명령이 아닌 게 어딘가. "알겠습니다, 카이사르." 파브리키우스가 대변인 역할을 하며 대답했다.

"푸블리우스 루프리우스, 자네 역시 이곳에 남게. 자네는 법무관급 보좌관으로서 최고 지휘권을 가질 걸세."

루프리우스에게는 무척 기쁜 소식이었다. 그에게는 이미 알렉산드리아인 아내가 있었고, 그녀가 임신중이기도 해서 아내를 떠나고 싶지 않았던 것이다.

"데키무스 카르폴레누스, 6군단은 내가 아나톨리아로 진군할 때 나와 함께 가네." 카이사르가 말했다. "자네들이 한곳에서 지내지 못하는 건 미안하네만, 자네들은 수년 전 폼페이우스 마그누스로부터 빌려온 이후로 쭉 나와 함께하기도 했고, 폼페이우스가 자네들을 다시 데려간 후 그에게 충성했다는 점에서 더욱 귀하게 여기고 있네. 북쪽으로 가면서 다른 노련병들을 투입해 자네들의 인원을 불릴 거야. 10군단이 없는 상황에서는 6군단이 내 직속 사령부네."

카르폴레누스가 환히 웃자 이 두 개가 빠진 자리가 드러나 보였고, 한쪽 뺨에서 다른 쪽 뺨까지 코 비스무레한 부분을 가로질러 난 흉터가 찌그러졌다. 그는 프톨레마이오스의 요새 점령 과정에서 십자포화로 꼼짝 못하고 잡혀 있던 군단 전체를 구해냈다. 그 결과 군대의 훈장 수여식에서 시민관을 받았고, 카이사르와 마찬가지로 술라의 주요 훈장 수상자 관련 규정에 따라 원로원에 들어갈 자격을 얻었다. "6군단은 매우 영광스럽게 생각합니다, 카이사르. 우리는 죽을 때까지 장군님의 사람입니다."

"자네들은," 카이사르는 그의 수석 릭토르와 비서를 향해 다정하게 말했다. "무기한 고정이네. 내가 가는 곳엔 자네들도 가는 거야. 하지만 가이우스 트레바티우스, 자네의 귀족 신분과 공직 경력을 불리하게 만들지 모를 추가 임무는 요구하지 않겠네."

트레바티우스는 한숨을 쉬며 지난 기억을 떠올렸다. 장군이 보좌관과 군관 들의 승마를 금지한 탓에 이티우스 항의 지독한 습기 속을 걸어다녀야 했던 그 끔찍한 시간, 메나피족의 구운 거위 고기의 맛, 무섭게 질주하는 흔들리는 이륜마차에서 글을 받아 적다가 포식한 위장이 뒤집어지며 구역질을 해댔던 일까지. 아, 그리운 로마와 가마, 바이

아이산 굴, 아르피눔산 치즈, 팔레르눔 포도주여!

"음, 카이사르, 언젠가는 로마로 가시게 될 테니 제 경력과 관련한 결정은 그날이 올 때까지 미루겠습니다." 그는 의연히 말했다.

카이사르의 눈이 반짝 빛났다. "아마," 그가 다정스런 목소리로 말했다. "멤피스에서는 메뉴가 자네 마음에 더 들 거야. 그간 너무 말랐네."

그는 무릎에 두 손을 포개며 힘차게 고개를 끄덕였다. "로마인들은 이만 나가보게."

로마인들이 줄지어 나갔다. 파비우스가 문을 닫는 것과 동시에 그들이 왁자지껄 떠드는 소리가 홍수처럼 쏟아졌다.

"당신부터 해야겠군, 좋은 친구 미트리다테스." 카이사르가 자세를 느긋하게 바꾸며 말했다. "당신은 미트리다테스 대왕의 아들이고 클레오파트라는 그의 손녀이니 당신이 클레오파트라의 아저씨뻘이 되오. 만약 당신 아내와 어린 자식들을 불러온다면 알렉산드리아에 머물면서 이곳의 재건을 지휘할 의향이 있소? 클레오파트라의 말로는 외국에서 건축가를 데려와야 한다던데, 당신은 페르가몬 아크로폴리스 아래의 해식 평원에 했던 작업으로 대단히 유명하잖소." 그의 얼굴에 아련한 표정이 떠올랐다. "그 해식 평원은 또렷이 기억하고 있소. 해적 500명을 십자가형에 처할 때 그곳을 이용했는데 그 사실을 알고서 총독이 대단히 불쾌해했지. 하지만 요즘은 산책로와 아케이드, 정원, 아름다운 공공건물이 들어서 있소."

미트리다테스는 이맛살을 찌푸렸다. 원기 왕성한 쉰 살의 사내로 정비가 아닌 첩에서 난 자식인 그는 커다란 몸집과 근육질과 큰 키며 노란색 머리카락과 눈동자까지 자신의 대단한 아버지를 빼닮은 모습이었다. 머리카락을 아주 짧게 깎고 깨끗이 면도를 한 점에선 로마 방식을 따랐지만, 옷차림은 동방의 풍습에 더 가까웠다. 그 역시 금사나 고급스러운 자수, 뿔고둥 염색업자들에게 알려진 온갖 색조의 자주색에 사족을 못 쓰는 사람이었던 것이다. 이토록 충실한 피호민이라면 무슨 약점이든 너그러이 봐줄 수 있었다. 그는 처음에는 폼페이우스의 피호민이었고 지금은 카이사르의 피호민이었다.

"솔직히 말씀드리면 카이사르, 저도 기꺼이 그리하고 싶습니다만 그 일에서 빼주실 순 없겠습니까? 파르나케스가 호시탐탐 도사리고 있는 상황이니 제 땅에도 제가 필요합니다."

카이사르는 단호히 고개를 내저었다. "파르나케스는 페르가몬은 고사하고 아시아 속주의 경계까지도 가지 못할 거요. 내가 폰토스에서 그를 저지할 계획이니까. 칼비누스에게 듣기론 당신이 부재중일 때 당신 아들이 섭정 역할을 아주 잘한다고 하니, 정치 일로부터 긴 휴가를 얻으시오, 꼭! 당신은 클레오파트라와 혈연관계라 알렉산드리아인들이 받아들이기 쉬울 것이고, 당신이 유대인들과 아주 강한 유대를 형성했다는 점도 주목할 만하오. 알렉산드리아의 각종 기술은 유대인과 메토이코스인에게 집중되어 있고, 메토이코스인들은 유대인들을 따라서 당신을 받아들일 거요."

"그렇다면 그리하겠습니다, 카이사르."

"좋소." 뜻을 이루고 난 세상의 지배자는 페르가몬의 미트리다테스에게 나가보라는 뜻으로 고개를 끄덕였다. "고맙소."

"나도 고마워요." 친척 아저씨가 나가자 클레오파트라가 말했다. 친척 아저씨라니, 얼마나 멋진지! 하긴 어머니 쪽 친척이 1천 명은 될 테지. 파르나케스도 내 아저씨고! 로도구네와 아파마 쪽으로는 내 혈통이 페르시아의 캄비세스와 다레이오스까지 거슬러올라간다! 두 사람다 파라오였고! 내 안에서 모든 왕조들이 연결되는구나. 내 아들은 얼마나 대단한 혈통을 갖게 되는 것인가!

카이사르는 그녀에게 합데파네에 관해 얘기하고 있었다. 그를 주치의로 데려가고 싶다는 말이었다. "그 딱한 친구에게 내가 직접 청하려고 했지만," 그는 이제 클레오파트라도 잘할 수 있게 된 라틴어로 말했다. "이집트에서 있을 만큼 있었으니 이곳에 진정으로 자유로운 사람은 거의 없다는 걸 알고 있소. 오직 마케도니아인들에게만 자유가 있다는 걸 말이지. 합데파네는 프타의 아내인 세크메트의 사제 겸 의사이고 프타 신전에서 기거하는 것 같으니 아마도 카임의 소유일 테지. 하지만 당신이 적어도 부분적으로는 카임을 소유하고 있으니 그는 틀림없이 당신이 하라는 대로 할 거요. 나는 합데파네가 필요하오, 클레오파트라. 이제 루키우스 투키우스도 죽고 없으니—술라의 주치의였다가 내 주치의가 됐던 사람이오—로마에서 진료하는 어떤 의사도 믿을 수 없소. 합데파네에게 아내와 가족이 있다면 그들도 기꺼이 함께 데리고 가겠소."

그를 위해 할 수 있는 일이 생겼구나! "합데파네, 카이사르가 떠날 때 자네를 데려가고 싶어하네." 그녀는 옛 언어로 사제에게 말했다. "자네가 가는 데 응한다면 창조신 프타와 파라오가 흡족할 거야. 이집트의 우리는 자네의 생각을 카이사르가 어디에 있든 그와 접촉할 수 있는 통로로 삼게 될 거야. 자네가 직접 그에게 대답하고 자네 상황을 말씀드리게. 그가 염려하시니까."

사제 겸 의사는 검은 아몬드 모양의 눈을 깜박이지도 않고 카이사르에게 고정한 채 무표정한 얼굴로 앉아 있었다. "카이사르 신이여," 그가 서툰 그리스어로 말했다. "제가 당신을 모시는 것이 창조신 프타의 바람인 게 분명합니다. 저는 기꺼이 그리하겠습니다. 저는 헴-네티에르-시누, 신의 종인 의사이므로 금욕을 서약했습니다." 언뜻 익살스러운 빛이 그의 눈에서 번쩍였다. "그러나 저는 당신에 대한 치료 방식을 확장해서 그리스인 의사들은 무시하는 이집트식 요법까지 포함하고 싶습니다. 부적과 주문에는 굉장한 마법이 있고, 주술도 그러하니까요."

"그럼, 물론이네!" 카이사르가 신이 나서 외쳤다. "나는 최고신관으로서 로마의 모든 주문과 주술을 알고 있지. 우리 같이 정보를 교환해도 좋겠군. 나도 동의하네. 거기엔 굉장한 마법이 있어." 그의 얼굴은 돌연 진지해졌다. "한 가지 짚고 넘어갈 게 있네, 합데파네. 나를 '카이사르 신'이라고 부르는 것과 바닥에 엎드려서 인사하는 건 안 되네! 나는 세상의 다른 곳에서는 신이 아니니 자네가 날 그렇게 부르면 다른 사람들이 불쾌해져."

"말씀대로 하겠습니다, 카이사르." 삭발을 했고 여전히 젊은 이 사내는 그의 삶에 찾아온 새로운 전환에 사실 매우 기뻤다. 그는 천성적으로 세상에 호기심이 있었고, 그가 말 그대로 숭배하는 사람과 함께 낯선 곳들을 보게 될 날을 즐거운 마음으로 기다렸다. 멀리 떨어져 있더라도 창조신 프타와 그의 아내 세크메트, 그들의 아들인 연꽃의 신 네페르툼으로부터 그가 분리될 리는 없다. 그는 한줄기 햇빛이 사원 탑문에 가닿을 시간 안에 세상 어디서든 그의 생각을 멤피스로 날려보낼 수 있을 것이다. 그랬기에 카이사르와 클레오파트라의 대화가 그가 따라잡기엔 너무 빠른 그리스어로 계속되자 그는 마음속으로 어떤 기구들을 가져갈지 계획을 세웠다. 우선 부드러운 속 빈 갈대 여남은 개를 잘 싸서 챙겨야겠고, 또 겸자와 관상톱과 칼과 투관침과 바늘과……

"도시 관리들은 어떻소?" 카이사르가 묻고 있었다.

"현재 관리들은 추방되었습니다." 아폴로도로스가 대답했다. "제가 마케도니아행 배에 태웠지요. 새로운 왕실 근위대와 같이 도착해보니 기록관은 모든 조례와 법령 문서를, 회계관은 장부를 태우려 하고 있었습니다. 다행히 늦지 않게 가서 그 둘을 막을 수 있었지요. 도시의 공공 금고는 세라페이온 지하에 있고 도시 사무소들은 그 신전 경내에 들어서 있습니다. 모두 전쟁에도 불구하고 무사했어요."

"새로운 사람들을 뽑는 건가? 예전 관리들은 어떻게 선발했소?"

"고위 마케도니아인들 중에서 추첨을 했습니다. 그들 대부분은 죽거나 달아났고요."

"추첨? 제비뽑기로 직책을 정한다는 거요?"

"네, 카이사르, 추첨으로요. 물론 제비가 조작되기는 하지요."

"아, 로마의 방식인 선거보다 돈이 적게 들긴 하겠군. 그럼 이제 어떻게 되는 거요?"

클레오파트라가 입을 열었다. "조직을 재편해야죠." 그녀가 자신 있게 말했다. "나는 추첨을 금하고 그 대신 선거를 열 생각이에요. 새로운 100만 시민들이 투표로 후보를 선발하게 되면 그들에게도 발언권이 있다는 확신을 줄 거예요."

"그건 후보 선발에 달린 건데. 후보가 되겠다고 자청하는 이들 모두 선거에 출마시킬 생각이오?"

그녀는 눈을 내리깔고 조심스러운 표정을 지었다. "선발 과정은 아직 결정하지 못했어요." 그녀가 말끝을 흐렸다.

"유대인들과 메토이코스인들이 시민이 되면 그리스인들이 소외감을 느낄 거라 생각되지 않소? 모두에게, 심지어 이집트 혼혈들에게도 참정권을 주는 건 어떻소? 그들을 당신의 최하층민으로 칭하고, 필요하다면 그들의 투표권을 제한하되 시민권은 허용하는 거지."

하지만 그건 너무 도를 넘어서는 일이에요, 하고 그녀의 표정이 그에게 말했다.

"고맙소, 아폴로도로스, 합데파네, 이만 나가봐도 좋소." 한숨이 나오려는 걸 억누르며 그가 말했다.

"이제 우리만 남았네요." 카이사르를 상아 대좌에서 끌어당겨 긴 의자의 그녀 옆자리에 앉히며 클레오파트라가 말했다. "내가 잘하고 있나요? 당신이 지시한 대로 돈을 쓰고 있어요. 빈민들을 먹이고 잔해를 치우는 일이에요. 하층민 건설업자들은 모두 일반 주택을 건설하는 계약을 맺었어요. 내가 그럴 용도로 보물 보관소에서 내 돈을 빼냈기 때문에 공공건물 공사에 착수할 돈도 충분해요." 커다란 노란색 눈이 환하게 빛났다. "당신 말이 맞아요. 그게 사랑받는 방법이라는 거요. 매일 당나귀를 타고 아폴로도로스와 같이 나가서 사람들을 만나고 격려하고 있어요. 이러면 당신의 호감도 살 수 있나요? 내가 좀더 계몽된 방식으로 통치하고 있는 건가요?"

"그렇소. 하지만 아직은 가야 할 길이 멀다오. 당신의 모든 백성에게 참정권을 줬다고 내게 말하는 날이 당신이 목적지에 도달한 날이 될 거요. 당신은 독재권을 타고났지만 충분히 주의를 기울이지 않고 있소. 가령 유대인만 해도 그렇소. 그들은 걸핏하면 싸우려 들긴 하지만 능력이 있소. 그들을 존중하고 언제나 잘 대해주시오. 그러면 힘든 시기가 왔을 때 그들이 당신의 가장 큰 버팀목이 되어줄 테니까."

"네, 네," 심각한 얘기에 질린 그녀가 조바심하며 말했다. "이런 것 말고 당신과 상의하고 싶은 일이 또 있어요, 내 사랑."

그의 양쪽 눈가에 주름이 잡혔다. "그렇소?"

"네, 그래요. 우리에게 생긴 두 달 동안 뭘 하면 좋을지 내가 알아요, 카이사르."

"바람이 내 편이었다면 로마로 갔을 거요."

"뭐, 어쨌든 현실은 그렇지 않잖아요. 그러니까 우리, 제1폭포까지 나일 강을 항해해요." 그녀는 자기 배를 쓰다듬었다. "백성들에게 파라오가 아이를 얻었다는 걸 보여줘야 해요."

그는 얼굴을 찌푸렸다. "파라오가 그리해야 한다는 건 동의하오만, 나는 지중해와 면한 이곳에 머물면서 다른 지역의 동향을 빠짐없이 챙기고 파악해야 하오."

"그 말은 안 들을래요!" 그녀가 외쳤다. "난 당신들의 바다 주변 사건들엔 관심 없어요! 당신과 나는 프톨레마이오스 필로파토르의 바지선을 타고 진짜 이집트를 보러 갈 거예요, 나일의 이집트를요!"

"나는 강요당하는 걸 싫어하오, 클레오파트라."

"당신 건강을 위해서라고요, 이 바보 같은 사람! 함데파네가 그러는데 당신에겐 제대로 된 휴식이 필요하대요. 계속된 임무 수행이 아니라요. 그리고 휴식중엔, 그러니까 유람선 여행만한 게 어디 있겠어요? 제발요, 이렇게 부탁할게요, 이 일만 허락해줘요! 카이사르, 여자에겐 사랑하는 사람과 함께한 전원생활의 기억이 필요한 법이에요! 여태껏 우리는 전원생활을 한 번도 못 누린데다, 당신이 스스로를 독재관 카이사르로 여기고 있는 한 그런 건 불가능해요. 제발요! 네, 제발?"

 프톨레마이오스 왕조에서 네번째로 그 이름을 가졌던 프톨레마이오스 필로파토르는 그의 가문 통치자들 중에서 정력적인 축에는 들지 못했다. 그는 단 두 개의 유형(有形) 유산을 이집트에 남겼는데, 바로 역사상 가장 크게 지어진 배 두 척이었다. 한 척은 원양 항해용으로 선체 길이는 130미터, 선폭은 18미터였다. 노는 6단으로 배치되었으며 단마다 노잡이 40명이 들어갔다. 다른 한 척은 하천 바지선이었는데 흘수가 더 얕았으며 노잡이 줄이 2단에 불과하고 노 하나당 열 명이 배정되었다. 이 배의 선체 길이는 106미터, 선폭은 12미터였다.

필로파토르의 하천 바지선은 멤피스에서 북쪽으로 그리 멀지 않은 강기슭의 선박용 격납고에 보관되어 있었고 처음 건조된 이래 160년 동안 정성스럽게 관리되었다. 물로 적시고 기름칠하고 문질러 닦고 끊임없이 수리되다가 파라오가 강을 항해할 때마다 사용되었다.

클레오파트라가 부르는 말로 일명 '나일 필로파토르 호'에는 커다란 방과 욕조가 여러 개 있었으며 갑판 위에 기둥들이 늘어선 아케이드가 고물과 이물의 응접실들로 연결되었는데 하나는 접견용이고 하나는 연회용 공간이었다. 갑판 아래 노잡이 단 위쪽에는 파라오의 개인 처소와 수많은 하인들을 수용할 수 있는 숙박시설이 마련되어 있었다. 선내에서의 조리는 칸막이를 쳐서 화로를 놓아둔 구역으로만 제한했다. 정식 식사 준비는 강변에서 했는데, 이 거대한 선박의 순항 속도가 행군하는 군단과 거의 같았기 때문이다. 그럴 때면 수많은 하인들이 동쪽 기슭에서 배 뒤를 따라왔다. 서쪽 기슭은 죽은 자들과 신전들의 영역이었다.

배는 황금, 호박금, 상아, 정교한 상감세공과 세계 곳곳에서 들여온 최고급 가구용 목재로 장식되어 있었다. 그런 목재 중에 아틀라스 산맥에서 온 산다락나무도 있었는데, 카이사르가 본 중에 가장 멋진 나뭇결—부유한 로마인들은 산다락나무를 예술작품처럼 수집하는 터였으니 이는 결코 사소한 의견이 아니었다—을 자랑했다. 대좌들은 금과 상아를 섞어서 만들어놓았고 그 위의 조각상들은 프락시텔레스, 미론, 심지어 페이디아스의 작품까지 있었다. 제욱시스, 파라시오스, 파우시아스, 니키아스의 그림들, 그리고 세부묘사의 현실감에서 이 그림들과 겨룰 정도로 색채가 선명한 태피스트리 장식들도 있었다. 곳곳에 깔린 양탄자는 페르시아산으로, 투명한 아마포 직물을 방마다 어울리는 색으로 염색한 것이었다.

카이사르는 생각에 잠겼다. 옛 친구 크라수스, 이제야 이집트의 엄청난 부에 관한 당신의 이야기를 믿게 되는군요. 당신이 여기 와서 이걸 보지 못하는 것이 너무나 애석합니다! 지상의 신을 위한 이 배를.

이집트에서는 바람이 항상 북쪽에서 불어왔으므로, 강 하류로 내려갈 때는 티로스 자주색 돛을 이용해서 갔다. 그런 뒤 되돌아갈 때는 지중해를 향해 북쪽으로 흐르는 거센 물살이 노의 동력에 힘을 실어주었다. 카이사르가 노잡이들을 실제로 본 것은 아니었다. 그들이 무슨 종족이며 어떤 대우를 받는지 전혀 알지 못했다. 세계 다른 곳의 노잡이들은 전문가 자격을 가진 자유인이었지만, 이집트는 자유인이 있는 나라가 아니었다. 나일 필로파토르 호는 매일 저녁 해 지기 전 동쪽 기슭에서, 다른 배들은 와서 오염시키는 것이 금지된 왕실용 부두에 정박했다.

카이사르는 여행이 지루할 거라고 생각했지만, 전혀 그렇지 않았다. 강의 통행량은 일정하고도 다채로웠다. 커다란 삼각돛을 단 다우선 수백 척이 식료품, 홍해 인근의 여러 항구에서 육로로 가져온 물품들, 커다란 도기 단지에 담긴 호박, 사프란 가루, 참깨와 아마씨 기름, 대추야

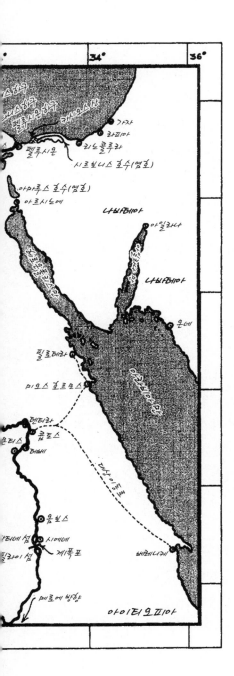

자 열매를 담은 상자들, 살아 있는 동물, 수상 상점인 행상선들을 싣고 강을 오갔다. 이 모든 화물은 더 빠른 배를 탄 하천 경찰의 인정사정없는 감독을 받았는데, 이들 경찰은 어디에나 있었다.

실제로 나일 강을 항해해보니 강 수위와 관련된 현상을 좀더 쉽게 이해할 수 있었다. 강기슭은 가장 낮은 부분이 높이 5미터이고 가장 높은 부분이 높이 10미터였다. 강물 수위가 가장 낮은 기슭보다 높게 오르지 않으면 범람이 불가능한 반면, 가장 높은 기슭보다 더 높게 오르면 범람한 강물이 강 유역에 걷잡을 수 없이 쏟아져 들어가 마을을 쓸어버리고 종자 곡물을 망가뜨렸으며 물이 빠지기까지는 무척 오랜 시간이 걸렸다.

색채들도 참으로 인상적이었다. 하늘과 강물은 티 없는 푸른색이었고, 저멀리 사막 고원의 시작점이 되는 절벽은 옅은 밀짚색부터 짙은 진홍색에 이르는 온갖 색조를 보였으며, 강 유역의 초목은 상상할 수 있는 모든 초록색을 모아놓은 듯했다. 계절상으로 겨울 중반인 이 무렵에는 범람했던 강물이 완전히 빠지고 농작물이 드넓게 우거져 잔물결을 일으키는 풀처럼 싹을 틔우며 봄철의 이삭 패기와 수확을 향해 돌진했다. 나무가 자라지 않을 거라고 예상했던 카이사르는 과실이 열리는 페르세아 나무, 플라타너스, 자두나무, 무화과나무 등 크고 작은 숲을 이룬 나무들, 그리고 유명한 대추야자 옆에 자라고 있는 온갖 종류의 야자나무를 보고 놀라워했다.

상(上) 이집트의 남반부에서 북반부로 넘어가는 지점쯤에서, 나일 강의 지류 하나가 뻗어나와 북쪽의 모이리스 호수로 흘러들고 타셰라는 땅을 형성했다. 이곳은 한 해에 밀과 보리 두 가지 작물을 재배할 수 있을 만큼 비옥했다. 초창기의 어느 프톨레마이오스가 이 호수에서 나일 강으로 연결되는 대규모 운하를 파서 강물이 계속 흘러가게 만든 것이었다. 이집트 나일 강의 1천500킬로미터 길이 전체에 걸쳐 모든 땅이 물을 공급받았다. 클레오파트라의 설명에 의하면 나일이 범람하지 않을 때에도 강 유역의 주민들은 관개를 통해 식량을 얻을 수 있었다. 기근이 일어난 원인은 알렉산드리아였다. 먹일 입이 300만이나 되어 나일 강변 전체에 걸친 인구수보다 더 많았다.

절벽과 사막 고원은 '붉은 땅'으로 불렸으며, 깊고 색이 짙고 끊임없이 물이 공급되는 땅이 있는 강 유역은 '검은 땅'이었다.

양쪽 강기슭에는 모두 광대한 동일 선상에 세워진 무수히 많은 사원들이 있었다. 일련의 거대한 탑문들이 입구 위의 상인방, 벽, 뜰, 더 안쪽에 세워진 또다른 탑문과 문으로 연결되었으며 마지막엔 예외 없이 지성소로 이어졌다. 작은 방에 만들어진 지성소는 빛을 인위적으로 안으로 끌어들여 신비로운 분위기를 자아냈으며, 짐승의 머리가 달린 이집트 신이나 혹은 유명한 건설자인 람세스 2세 같은 위대한 파라오의 조각상이 세워져 있었다. 신전들은 대개 파라오 조각상들과 마주보고 있었고 탑문들은 항상 양 머리, 사자 머리, 인간의 머리가 달린 줄줄이 늘어선 스핑크스와 연결되었다. 모든 것이 사람, 식물, 동물의 평면적 그림으로 뒤덮이고 온갖 색으로 칠해져 있었다. 이집트인들은 색채를 사랑했다.

"대부분의 프톨레마이오스가 신전을 건설하거나 보수하거나 완성했어요." 두 사람이 함께 아비도스의 멋진 미로를 거닐던 중에 클레오파트라가 말했다. "내 아버지 아울레테스조차 대대적인 건설 작업을 했죠. 너무나 파라오가 되고 싶어했거든요! 500년 전 이집트를 침략했던 페르시아의 캄비세스는 신전과 피라미드 무덤이 신성을 모독한다고 여겨 그것들을 훼손하고 일부는 완전히 파괴했어요. 그래서 우리 프톨레마이오스 왕가 사람들에겐 할 일이 아주 많아요. 진짜 이집트인들 이후 처음으로 그런 것에 신경을 쓰는 사람들이니까요. 나는 하토르에게 봉헌할 새 신전의 토대를 세웠지만, 우리 아들이 그 건설에 함께하길 원해요. 이 아이는 이집트 역사상 가장 위대한 신전 건설자가 될 거예요."

"프톨레마이오스는 대단히 그리스화된 가계인데 왜 옛 이집트인들과 똑같은 방식으로 건물을 지은 거요? 당신들은 심지어 그리스 문자 대신 상형문자까지 사용하고 있잖소."

"아마 우리 중 대다수가 파라오였기 때문일 거예요. 사제들이 워낙 고대에 깊은 뿌리를 두고 있다는 것도 확실한 이유고요. 사제들이 건축가와 조각가, 화가를 제공하거든요. 때로는 알렉산드리아에까지 말이에요. 하지만 필라이 섬의 이시스 신전을 볼 때까지 기다려봐요! 거기엔 그리스 양식을 살짝 가미했거든요. 내 생각엔 그곳이 이집트 전역에서 가장 아름다운 신전 복합건물로 널리 알려진 이유가 바로 그 때문인 듯해요."

나일 강은 어류가 풍부했다. 그중에는 450킬로그램에 이르는 괴물로 그 이름을 딴 도시까지 존재하는 옥시링코스도 있었다. 사람들은 동물성 주식의 하나로서 물고기를 생으로도 훈제해서도 먹었다. 강에는 배스, 잉어, 농어가 가득했으며, 돌고래들은 거의 업신여기는 것처럼 느껴질 정도로 손쉽게 포식자 악어들을 피해 날래게 헤엄치면서 뛰어놀았다. 카이사르에겐 너무나 놀라운 모습이었다.

여러 다양한 동물들이 신성한 존재로 여겨졌다. 그들은 때로는 한 도시에서만, 때로는 전 지역에서 널리 숭상되었다. 엄청나게 큰 신성한 악어 소베크에게 억지로 꿀과자와 구운 고기와 단 포도주를 먹이는 광경은 카이사르로 하여금 폭소를 터뜨리게 만들었다. 몸길이가 9미터에 이르는 이 동물은 음식에 싫증이 나서 먹이를 주는 사제들을 피해보려 했지만 아무 소용이 없었다. 사제들이 악어의 턱을 억지로 열어 더 많은 음식을 쑤셔넣는 동안 악어는 신음 소리를 내고 한숨을 쉬었다. 카이사르는 부키스 황소와 아피스 황소, 그 어미들, 그리고 소들이 죽을 때까지 애지중지 보살핌받는 장소인 신전 복합건물도 보았다. 신성한 황소들과 그 어미들, 따오기들과 고양이들은 죽으면 미라로 만들어져 드넓은 지하 터널과 방에 매장되었다. 고양이와 따오기는 외국인인 카이사르의 눈에 이상하게 슬퍼 보였다. 호박색 꾸러미에 싸인, 종이처럼 바짝 마르고 뻣뻣하고 움직이지 않는 수십만 마리의 작은 형체들. 반면 그들의 영혼은 죽은 자들의 세계를 떠돌겠지.

나일 필로파토르 호가 상 이집트의 최남단 지역에 점점 다가가는 동안 카이사르는 생각에 잠겼다. 사실 이 사람들이 자기네 신을 일부는 인간, 일부는 동물로 만든 건 전혀 놀랄 일이 아니다. 나일은 그 자체로 하나의 세계이고 동물들이 인간의 생활주기에 완벽히 융화되어 있으니까. 악어, 하마, 자칼은 무시무시한 짐승들이다. 악어는 숨어서 기다리다가 경솔한 어부나 개나 어린애를 낚아채고, 하마는 강가를 어슬렁거리다가 입과 거대한 발로 식용 식물을 망가뜨리고, 자칼은 슬그머니 집으로 들어가 아기와 고양이를 훔쳐간다. 그러므로 소베크, 타와레트, 아누비스는 악한 신들이다. 반면 고양이인 바스트는 들쥐와 생쥐를 잡아먹고 매 호루스도 마찬가지이다. 따오기 토트는 해충을 잡아먹고 암소 하토르는 고기와 우유와 노동력을 제공하고 숫양 크눔은 새끼 양을 낳아 고기와 우유와 양털을 준다. 좁은 강 유역에 갇혀 살고 그들의 강에만 지탱해 살아가는 이집트인들에게, 신들은 자연스레 인간 못지않게 동물의 성격을 띠게 되었을 것이다. 이곳 사람들은 인간 또한 동물이라는 사실을 알고 있다. 그리고 태양신 아문-라는 연중 하루도 빠짐없이 매일 빛을 비춘다. 우리 로마인에게 달은 비나 여자의 월경주기나 기분 변화를 의미하는 반면, 그들에게 달은 그저 땅을 낳은 밤하늘인 누트의 일부일 뿐이다. 그들의 신들을 우리 로마인이 보는 방식으로, 서로 다른 두 세계의 연결 통로를 만들어내는 힘으로 상상한다는 건……. 아니, 그들은 그런 세계에 살고 있지 않다. 이곳에서 신은 태양이고 하늘이고 강이고 인간이고 동물이다. 어떠한 추상적인 개념도 내포하지 않은 우주론이다.

나일 강이 끝없는 붉은 협곡에서 벗어나 이집트의 강이 되는 곳을 보는 건 멋진 일이었다. 건조한 누비아에서는 강이 아무것도 적시지 않고 거대한 석벽 사이로 흐른다고 클레오파트라가 말해주었다.

"나일은 아이티오피아에서 두 개의 지류를 만나요. 거기서는 다시 친절해지죠." 그녀가 설명했다. "이 두 지류는 여름비를 모으고 범람하는 반면, 나일은 메로에와 추방된 셈브리타이족 여왕들―이들은 한때 이집트를 지배했는데 이젠 너무 뚱뚱해서 걷질 못해요―을 지나쳐 흘러가요. 나일은 메로에로부터 한참 떨어진 어딘가에서 일 년 내내 내리는 비를 수원으로 삼아요. 그래서 겨울에 말라붙지 않는 거예요."

카이사르 일행은 엘레판티네 섬의 작은 폭포 위에 있는 첫번째 나일 수위계를 살핀 다음 상류의 제1폭포로 안내되었다. 굉음을 내며 하얗게 부서지는 급류와 낭떠러지로 이루어진 곳이었다. 그다음으로 간 곳은 남쪽으로 방향을 틀어 시에네의 샘이었다. 연중 낮이 가장 긴 날이면 이곳에서 정오의 태양이 샘을 똑바로 내리비추고 저 아래 먼 샘물에 비친 자신의 얼굴을 보았다.

"그래요, 나도 에라토스테네스의 글을 읽었소." 카이사르가 말했다. "이곳 시에네에서 태양이 북쪽으로 가던 길을 멈추고 다시 남쪽으로 가기 시작하지. 에라토스테네스는 전환점이 된다고 해서 그것을 회귀선이라고 불렀소. 대단히 뛰어난 사람이오. 내 기억으로 그는 기하학과 삼각법을 이집트 탓으로 돌리기도 했소. 수세대에 걸쳐 나 같은 소년들이 자기 선생과 에우클레이데스와 맞붙어 싸워왔소. 그런데 그게 다 해마다 범람으로 이집트의 경계표가 지워져버려서 이집트인들이 측량술을 발명했기 때문이지."

"그래요, 하지만 그걸 모두 기록으로 남긴 건 참견쟁이 그리스인들이었다는 걸 잊지 마요!" 수학 교육을 잘 받은 클레오파트라가 웃으며 말했다.

유람선 여행은 이집트의 발견일 뿐 아니라 클레오파트라의 발견이기도 했다. 지중해나 파르티아인들의 세계 어디에서도 군주가 파라오처럼 절대적인 숭배를 받는 경우는 없었다. 파라오 숭배는 권리나 두려움이 자아낸 반사작용이 아니라 당연한 일로 여겨졌다. 사람들은 강기슭으로 무리지어 몰려와서 강을 미끄러져 가는 웅장한 바지선을 향해 꽃을 던지고 땅바닥에 엎드렸다. 존경의 표시로 연거푸 고개를 들었다 숙였다 절을 하고 그녀의 이름을 연호했다. 파라오는 그녀의 신성한 존재로 그들에게 축복을 내려주었고, 범람은 완벽했다.

그녀는 가능할 때마다 자신이 충분히 높아지도록 갑판의 연단에 올라섰으며, 백성들에게 대단히 근엄하게 감사를 표하고 그들이 그녀의 임신한 배를 볼 수 있도록 옆모습이 보이게 서 있었다. 어느 도시에나 상 이집트를 상징하는 흰색 왕관을 머리에 얹은 그녀가 있었다. 바지선은 골풀로 엮은 카누, 작은 도기 코러클(바구니처럼 뼈대를 만들어 가죽을 씌운 작은 배—옮긴이), 가죽 낚싯배로 둘러싸였고 갑판이 이따금씩 꽃으로 뒤덮이기도 했다. 그녀는 어느덧 임신 후기에 들어서서 중기 때만큼 편안하고 생기 넘치는 상태가 아니긴 했지만, 그녀의 필요는 중요하지 않았다. 파라오가 무엇보다 중요했다.

끊임없이 중단되긴 했지만, 카이사르와 클레오파트라는 아주 많은 대화를 나눴다. 이는 클레오파트라보다 카이사르에게 더 큰 즐거움이었다. 그의 삶에서 클레오파트라가 미친듯이 알고 싶어하는 측면에 관해 그가 얘기하려 들지 않았기 때문에 그녀는 짜증이 나고 또 났다. 그녀는 그와 세르빌리아의 관계(온 세상이 이 관계에 대해 이런저런 추측을 했다!), 그가 거의 같이 지내지도 않는 여자와 수년간 유지하고 있는 결혼, 오로지 정적인 그들의 남편을 오쟁이 진 사내로 만들려는 목적으로 그가 줄줄이 유혹한 뒤 버린 상처받은 여자들에 관해 사소한 것까지 다 알고 싶었다. 아, 알 수 없는 수수께끼가 너무나 많았다! 그가 얘기해주려 하지 않는 수수께끼가. 그래놓고 그는 법률부터 전쟁까지 통치 기술에 관해서는 끝도 없이 설교를 했다. 아니면 갈리아의 드루이드들, 톨로사의 호수 신전들과 세르빌리우스 카이피오라는 사람이 훔친 그곳의 황금 화물, 서로 다른 50여 종족의 관습과 전통에 관해 흥미진진한 이야기를 시작하기도 했다. 대화의 주제가 은밀하고 사적인 것만 아니면 그는 기꺼이 이야기를 했다. 하지만 그녀가 그의 감정이라는 강물에 낚싯대를 드리우는 순간 그는 입을 닫아버렸다.

당연한 일이지만, 클레오파트라는 북쪽으로 돌아가는 여정의 막바지에 이를 때까지 프타 신전을 가지 않고 남겨두었다. 카이사르는 앞서 바지선에서 피라미드들을 보긴 했지만, 이번엔 말에 올라 카임이 이끄는 대로 들판으로 갔다. 몸이 많이 무거워진 클레오파트라는 가지 않겠다고 사양했다.

"페르시아의 캄비세스가 바깥쪽의 연마된 돌들을 훼손하려고 했지만, 조금씩 깎아내다가 싫증이 났지요. 그래서 신전을 집중적으로 파괴했답니다." 카임이 말했다. "그런 덕분에 저 돌들 대부분이 새것같이 깨끗하죠."

"나는 말이오, 카임. 살아 있는 인간이, 설령 신이었던 사람이라 해도 사는 동안에는 자신에게 아무 쓸모 없는 건축물에 도대체 왜 그리 많은 시간과 노력을 들이는지 아무리 생각해도 이해가 안 된다오." 카이사르가 진심으로 당혹스러워하며 말했다.

"글쎄요," 카임이 희미하게 웃으며 대답했다. "쿠푸나 나머지 왕들이나 실제로 그 일을 하지는 않았다는 걸 상기하셔야 합니다. 물론 가끔 와서 진척 상황을 보기는 했겠지만 언제나 그걸로 끝이었지요. 또 건설 인부들이 대단히 숙련된 자들이었습니다. 쿠푸의 메르(피라미드를 가리키는 고대 이집트어—옮긴이)에는 대략 200만 개의 커다란 돌이 쓰였지만, 건설 과정 대부분은 범람 동안 이루어졌습니다. 그 시기에는 돌들을 바지선으로 고원 위까지 연결된 경사로 아래까지 가져올 수 있었으니 들판에서 힘을 쓸 필요는 없었던 거지요. 작물을 심거나 수확하는 철에는 대규모 공사가 사실상 중단되었습니다. 바깥 표면에 사용된 연마한 돌들은 석회석이지만, 한때는 메르의 꼭대기를 황금으로 씌웠습니다. 아아, 그런데 외국 왕조들이 약탈해 갔지요. 같은 시기에 내부 무덤들도 침입을 당해서 보물이 다 사라졌어요."

"그러면 살아 있는 파라오의 보물은 어디에 있소?"

"보러 가시겠습니까?"

"물론이오." 카이사르는 잠시 주저하다가 입을 열었다. "나는 이집트를 약탈하러 온 것이 아니라는 사실을 명심해주시오, 카임. 이집트의 재산은 모두 내 아들에게, 혹은 내 딸에게 갈 테니까." 그는 순간 어깨를 움츠렸다. "언젠가 내 아들이 내 딸과 결혼할 수도 있다고 생각하니 기뻐할 수가 없군. 로마인은 근친상간을 끔찍이 싫어하니까 말이오. 물론, 참으로 묘하게도 내 병사들이 하는 말을 언뜻 들어보니 그들은 이집트의 이른바 짐승신들이 근친상간보다 더 기분 나쁘다는 것 같기는 했소."

"하지만 당신은 우리의 '짐승신들'을 이해하시는군요. 눈빛에서 느껴집니다." 카임은 타고 있던 당나귀의 방향을 틀었다. "이제 보관소로 가겠습니다."

1.3제곱킬로미터에 달하는 프타 신전의 상당 부분은 람세스 2세가 건설한 것이었다. 숫양 머리가 달린 화려한 스핑크스들이 줄지어 선 긴 진입로 끝에 경내로 들어가는 입구가 나왔고, 서쪽 탑문의 측면은 정교하게 채색한 람세스 본인의 거대한 조상들로 장식되어 있었다.

그 누구도, 카이사르 자신조차도 사전 지식 없이는 보물 보관소로 가는 입구를 찾지 못했을 거라는 생각이 들었다. 카임은 일련의 통로를 거쳐 안쪽의 어느 방으로 그를 안내했다. 멤피스 3대 신의 색칠된 실물 크기 조각상들이 희미한 불빛을 받으며 서 있었다. 창조신 프타는 삭발한 머리에 꼭 달라붙는 금세공이 된 진짜 모자를 쓰고 가운데 자리를 차지하고 있었다. 앞으로 뻗어 지팡이를 잡은 두 손을 제외하고는 발끝부터 목까지 온몸이 미라에 쓰는 붕대로 칭칭 감겨 있었다. 지팡이 위에는 계단식 기둥과 커다란 청동 앙크—위에 장식 고리가 얹힌 T자형 물건—그리고 손잡이가 굽은 홀(笏)이 붙어 있었다. 프타의 오른쪽은 그의 아내 세크메트였는데, 균형잡힌 여성의 몸을 하고 있었지만 머리는 네메스 모양의 갈기가 달린 사자였고 갈기 위로는 라의 원반과 코브라 우라이오스가 장식되어 있었다. 프타의 왼쪽은 이 둘의 아들인 네페르툼으로, 두 여신의 수호자이자 연꽃의 주인인 그는 양옆에 타조 깃털 장식이 달린 높다란 파란색 연꽃관을 쓰고 있었다.

카임은 프타의 지팡이를 세게 잡아당겨서 위에 고리 모양이 달린 앙크를 떼어내더니 그 무거운 물건을 카이사르에게 건넸다. 그런 뒤 돌아서 그 방을 나가 바깥 탑문으로부터 난 길을 되짚어 갔다. 그는 통로의 별 특징 없는 구역에 멈춰 서서 무릎을 꿇더니 바닥면 바로 위 높이에서 카르투슈에 양 손바닥을 대고 밀었다. 카르투슈가 앞으로 조금 튀어나오자 카임은 그 부분을 잡고 벽면에서 떼어냈다. 그러고는 한 손을 내밀어 카이사르에게서 앙크를 받아 뭉툭한 끝을 빈 공간에 끼워넣었다.

"아주 오랫동안 생각해서 이렇게 만든 겁니다." 그는 이렇게 말하면서, 끝 쪽의 고리 모양을 이용해 앙크에 상당한 힘을 가하여 이쪽저쪽으로 돌리기 시작했다. "도굴꾼들은 모든 속임수를 꿰고 있는데, 그렇다면 어떻게 그들을 속여야 하는지가 문제였죠. 결국 우리는 단순한 장치를 쓰되 찾기 힘든 위치에 두는 것으로 만족했습니다. 통로 길이를 모두 합치면 어마어마하게 큰 수치에 달합니다. 이것도 그런 통로 중에 하나고요." 그는 힘을 쓰느라 끙 소리를 냈다. 갑자기 삐걱거리고 끼익

하는 소리에 묻혀 그의 말소리가 잘 들리지 않게 되었다. "각각의 벽을 따라 람세스 대왕의 이야기가 펼쳐집니다. 상형문자와 그림 속에는 그의 수많은 아들들의 카르투슈가 있고요. 그리고 포장재는……. 음, 그건 다른 포장재들과 다를 게 없습니다."

카이사르는 깜짝 놀라며 시끄러운 소리가 나는 곳으로 눈을 돌렸고, 바다 한가운데의 화강암 판석이 주변 바다보다 높이 솟아오르는 광경을 때맞춰 목격했다.

"도와주세요." 카임이 벽면 바닥에서 돌출된 앙크를 그대로 내버려둔 채 말했다.

카이사르는 무릎을 꿇고 그 화강암 판석을 주변 바다으로부터 떨어뜨려 들어올린 뒤 컴컴한 안을 들여다보았다. 바다에 무늬가 있었던 덕분에 두 사람은 가운데 판석 주변의 좀더 작은 다른 판석들을 들어올릴 수 있었다. 판석들은 양옆의 다른 판석에 얹혀 있었고 다른 두 개는 지탱해주는 것이 없었다. 가운데 주변 판석들을 다 치우고 나자 바다에는 꽤 큰 물건도 통과할 수 있을 만큼 커다란 구멍이 생겼다.

"도와주세요." 가운데 판석에 맞물려 있던, 꼭대기가 나팔꽃 모양으로 된 청동 막대를 쥔 채로 카임이 또다시 말했다.

그 막대는 아래에 거치적거리는 것이 없도록 돌려서 따로 분리할 수 있었고 길이는 1.5미터 정도 되었다. 카임은 날렵하게 몸을 요리조리 틀어가며 구멍 속으로 들어가서 이것저것 만지작거리더니 홰 두 개를 만들어냈다. "이제," 그는 구멍 밖으로 나오며 말했다. "성화로 가서 여기에 불을 붙여야 합니다. 보관소에는 조명이 될 만한 게 아무것도 없으니까요."

"불이 붙을 만큼 공기가 있소?" 카이사르는 지성소의 불을 찾으러 가는 길에 물었다. 지성소는 람세스의 좌상이 놓인 아주 작은 방이었다.

"네, 판석들을 들어낼 경우엔 있습니다. 너무 멀리까지 가지만 않는 다면요. 보물을 빼낼 계획이었다면 다른 사제들도 데려와서 풀무를 만들어 안쪽에 공기를 주입했을 겁니다."

두 사람은 느릿하게 타는 횃불에 의지해 프타의 성소가 서 있는 땅속 가장 깊은 곳으로 내려갔다. 연속된 계단을 내려간 뒤 곁방으로 들어가자 중간중간 작은 방들이 나 있는 미로 같은 터널로 이어졌다. 어떤 방에는 커다란 황금 주형, 온갖 색깔과 종류의 보석, 진주가 담긴 궤들이 가득했고 어떤 방에는 기나피, 향신료, 향 등의 냄새가 그득 배어 있었다. 어떤 방에는 라세르피키움과 발삼이 들어 있었고 어떤 방에는 코끼리 상아가 쌓여 있었으며 어떤 방에는 반암, 설화석고, 수정, 공작석, 청금석이 들어 있었다. 흑단이 있는 방, 산다락나무가 있는 방, 호박금이 있는 방, 황금 주화가 있는 방도 있었다. 하지만 조각상이나 그림이나 그 밖에 카이사르가 예술작품이라 부르는 것들이 있는 방은 없었다.

카이사르는 머릿속이 어질어질한 채 평범한 세계로 돌아왔다. 보관소 안에는 너무나 많은 부가 쌓여 있어 미트리다테스 대왕의 보물 요새 70개조차도 빛이 바랠 정도였다. 그 말은 사실이었다. 마르쿠스 크라수스가 입버릇처럼 했던 얘기. 서방 세계의 우리는 동방인들이 얼마나 많은 보물을 쌓아놓는지 짐작도 못한다고, 우리는 보물 그 자체에 가치를 두지 않기 때문이라고 그는 말했더랬다. 보물 자체는 아무 쓸모도 없다. 그러니 여기 그냥 놓여 있는 것이다. 내가 만약 그 주인이라면 금속을 모두 녹이고 보석을 다 팔아서 경제적으로 더 번성한 나라를 만드는 데 쓸 것이다. 반면에 마르쿠스 크라수스라면 보관소를 슬슬 돌아다니면서 그저 보물을 들여다보고 콧노래를 흥얼거렸으리라. 분명 처음엔 밑천 정도로 시작됐으나 결국엔 고도의 속임수를 써서 지켜야만 하는 괴물로 바뀌었을 것이다.

다시 통로로 나온 그들은 1.5미터 아래 기반부에 막대를 끼워 돌려서 가운데 판석이 솟아오르게 했던 장치를 풀었다. 그런 다음 주변 판석들을 되돌려놓고 가운데 판석을 살짝 움직여 바닥과 평평해지게 제자리에 넣었다. 카이사르는 판석 포장을 위아래로 뜯어보았다. 아무리 열심히 들여다봐도 어디가 입구인지 구분이 되지 않았다. 시험 삼아 발을 쿵쿵 굴러보았으나 울리는 소리도 나지 않았다. 판석들의 두께가 10센티미터나 되기 때문이었다.

"카르투슈를 자세히 들여다본다면," 카임이 앙크와 홀을 프타의 지팡이 위에 다시 놓고 있을 때 카이사르가 말했다. "손댄 흔적을 눈치챌 거요."

"내일이면 그렇지 않을 겁니다." 카임이 차분히 말했다. "다시 회반죽을 바르고 칠을 하고 낡게 하는 작업을 거쳐서 다른 수백 개와 똑같아 보일 겁니다."

젊은 시절 언젠가 카이사르는 해적들에게 잡힌 적이 있었다. 그들은 리키아의 만에 있는 자기들의 소굴이 전혀 눈에 띄지 않는다는 데 안심한 나머지 거기까지 배를 타고 가는 동안 카이사르를 갑판에 그냥 내버려두었다. 그러나 카이사르는 그들보다 한 수 위였다. 그는 가는 길에 지나친 만의 개수를 하나하나 세었고, 몸값을 지불하고 풀려난 후 되돌아가 그들을 잡아들였다. 보물 보관소도 그때와 마찬가지였다. 그는 프타의 성소와 눌렀을 때 벽에서 튀어나온 카르투슈 사이에 있던 카르투슈들의 수를 셌다. 비밀에 관해 전혀 모른 채 다시 카임을 따라 밖으로 나오는 건 비밀을 지키는 것과는 아주 다른 문제지, 하고 카이사르는 생각했다. 도굴꾼들은 보물 보관소를 찾으려면 신전 전체를 헤집어 부숴야 하겠지만, 카이사르는 간단한 셈을 해볼 기회가 있었던 것이다. 그렇다고 해서 언젠가 그의 아들이 갖게 될 물건을 약탈할 생각 같은 건 없었다. 그저 항상 생각을 하는 사람만이 혹시라도 기회가 오면 붙잡을 수 있다는 것뿐.

5 월 말에 카이사르와 클레오파트라는 알렉산드리아로 돌아왔다. 그사이 돌무더기 잔해는 완전히 치워지고 곳곳에 새로운 집들이 세워지고 있었다. 페르가몬의 미트리다테스는 아내 베레니케와 딸 라오디케를 데리고 궁내의 안락한 거처로 옮겨 와 있었고, 루프리우스는 도시 동쪽 경기장의 경주로 근처에 피한중인 병사들의 주둔지를 건설하느라 분주했다. 병사들을 유대인들과 메토이코스인들 가까운 곳에 두는 편이 신중한 조치라고 생각했던 것이다.

카이사르에게는 충고하고 깨우쳐줄 말들이 넘쳐났다.

"인색하게 굴지 마시오, 클레오파트라! 당신 돈을 써서 백성들을 먹이시오, 가난한 자들에게 비용을 떠넘기지 마시오! 로마가 무산자들과 별 갈등이 없는 이유가 뭐라고 생각하시오? 전차 경주 입장료를 받지 말고, 아고라에 무료로 몇 가지 구경거리를 올릴 생각을 하시오. 그리스인 배우들로 이루어진 극단을 데려다가 아리스토파네스와 메난드로스같이 유쾌한 희극작가들의 작품을 공연하게 하시오. 일반 민중은 자기네 삶 자체가 비극에 가까워서 비극을 좋아하지 않으니까. 그들은 한나절 잠깐이라도 웃으면서 걱정근심을 잊어버리고 싶어한다오. 공공분수를 지금보다 훨씬 많이 설치하고 공중목욕탕도 몇 개 만드시오. 로마에서는 목욕탕에서 한 번 마음껏 즐기는 데 4분의 1세스테르티우스밖에 들지 않소. 그 돈이면 사람들은 몸도 깨끗해지고 기분도 좋아져서 나가는 거요. 여름 동안은 저 망할 새들을 관리하시오! 남녀 몇 명을 고용해서 거리 청소를 하고, 오물을 내보내는 하수구가 있는 곳마다 제대로 된 공중변소를 설치하시오. 알렉산드리아와 이집트는 관료들로 꽉 차 있으니 귀족은 물론 다른 인구까지 포함하는 시민 명부를 마련하시오. 또 빈민들에게 매달 밀 1메딤노스를 받을 자격을 주는 곡물 목록을 작성하고 맥주를 빚어 마실 수 있게 보리 배급도 포함하시오. 당신이 소득으로 받는 돈은 썩어 없어지게 처박아두지 말고 고루 분배해야 할 것이오. 그 돈을 쌓아두면 경제가 붕괴하는 거요. 알렉산드리아는 이제 길들었지만, 계속 그 상태로 있을지는 당신 하기에 달렸소."

그러고도 하고 또 하고, 그의 말은 끝이 없었다. 클레오파트라가 제정해야 할 법과 세칙과 조례와 공공 감사 체계 도입 이야기. 삐걱거리는 관료제를 통해 파라오가 소유하고 통제하는 이집트의 은행들을 개혁하라는 이야기. 이대로는 안 되오, 이대로는 절대 안 되오!

"교육에 더 투자하시오. 가정교사들을 독려해서 공공장소와 시장에 학교를 세우게 하고 수업료를 보조해서 더 많은 아이들이 배울 수 있게 하시오. 장부 관리자와 서기도 있어야 하오. 그리고 책이 더 들어오면 곧장 박물관으로 가져다놓으시오! 공무원들은 원래 게으른 족속이니 그들의 활동을 더 엄격히 감독하시오. 아, 그들에게 종신 재직권은 주지 마시오."

클레오파트라는 충실하게 귀기울여 들었다. 쥐고 흔들면 고개를 까딱거리는 봉제인형이 된 것 같은 기분도 조금 들었지만. 이제 임신 여덟 달째에 들어선 그녀는 무거운 다리를 질질 끌고 다녔으며 요강을 곁에 끼고 살았다. 카이사르가 그녀의 머릿속을 때리고 두드려대는 동안 카이사르의 아들이 뱃속에서 그녀를 때리고 두드려대는 것도 견뎌야 했다. 무엇이든 기꺼이 견딜 수 있었다. 얼마 안 있으면 카이사르가 떠난다는, 그녀가 그 없이 살아야 한다는 생각만 아니라면.

마침내 그들의 마지막 밤이 왔다. 6월의 노나이였다. 동이 트면 카이사르와 6군단 병사 3천200명, 게르만족 기병대는 1천500킬로미터 여정의 첫 목적지인 시리아로 행군할 터였다.

클레오파트라는 그날 밤을 기분좋은 시간으로 만들려고 노력했다. 그녀는 카이사르가 나름의 방식으로 그녀를 사랑하기는 하지만, 어떤 여자도 카이사르의 마음속에서 로마의 자리를 대신하거나 10군단이나 6군단만큼 중요한 존재가 될 수는 없다는 것을 알았다. 하긴 그들이 더 많은 일들을 그와 함께하기는 했다. 그들은 카이사르라는 사람을 이루는 기질 속에 얽혀 있는 존재다. 하지만 나도 그를 위해서라면 죽을 수도 있다. 나도, 나도! 그는 내가 가져보지 못한 아버지고 내 마음속의 남편이며 완벽한 남자다. 이 세상 어느 누가 그에 필적할 수 있을까? 알렉산드로스 대왕조차도 비교가 안 된다. 그는 과감한 정복자였지만 훌륭한 정권이나 빈민의 굶주린 배 같은 현실적인 문제엔 무관심했다. 바빌론은 카이사르에게 아무런 매력도 주지 못한다. 카이사르는 절대 로마를 알렉산드리아와 바꾸지 않을 것이다. 아아, 그 반대라면 얼마나 좋을까! 카이사르만 내 곁에 있으면 이집트가 세상을 지배할 텐데. 로마가 아니라.

두 사람은 입을 맞추고 껴안을 수는 있었지만 사랑을 나누는 건 불가능했다. 물론 카이사르처럼 자제력 있는 남자가 그 때문에 짜증을 내지는 않았다. 그가 날 만지는 방식이 좋다. 너무나 율동적이고, 손길은 단단하지만 손바닥은 부드럽다. 그가 떠난 뒤에도 나는 너무나 아름다운 그 손을 그려볼 수 있을 것이다. 그의 아들은 그와 꼭 닮을 것이다.

"아시아 다음에는 로마로 갈 건가요?" 그녀가 물었다.

"그렇소, 하지만 그리 오래 있지는 않을 거요. 아프리카 속주에서 전투를 벌여 공화파를 영원히 끝장내야 하니까." 이렇게 말한 뒤 그는 한숨을 내쉬었다. "아아, 마그누스가 살아 있었더라면! 그랬다면 상황이 많이 달라졌을 수도 있는데."

순간 그녀는 어쩌다 겪곤 하던 기이한 통찰을 경험했다. "그렇지 않아요, 카이사르. 마그누스가 살아 있었고 당신과 타협을 했더라도 아무것도 달라지지 않았을 거예요. 당신에게 절대 무릎 꿇으려 하지 않는 사람들은 마그누스가 아니라도 너무 많으니까요."

잠시 그는 아무 말도 하지 않았다. 그러다 이내 소리내어 웃었다. "당신 말이 맞소, 내 사랑. 절대적으로 맞아. 그들을 계속 버티게 하는 건 카토고."

"언젠가는 당신이 로마에 영주하는 날이 오겠죠."

"아마 조만간 그리될 거요. 하나 가까운 시일 안에 파르티아인들과 싸워서 크라수스의 은 독수리 기를 되찾아야 하겠지."

"하지만 난 당신을 다시 봐야만 해요! 반드시요! 난 공화파와의 전쟁이 끝나는 대로 당신이 로마에 정착해서 통치할 거라고 생각했어요. 그러면 내가 로마로 가서 당신과 함께 지낼 수 있잖아요."

그는 한쪽 팔꿈치를 짚고 몸을 일으켜 그녀를 내려다보았다. "이런, 클레오파트라, 그렇게 말했는데도 배운 게 없소? 첫째, 어떤 군주도 한번에 수개월씩 자신의 땅을 떠나서는 안 되니 당신이 로마에 올 수는 없소. 둘째, 당신에겐 군주로서 통치해야 할 의무가 있소."

"당신도 군주인데 한번에 몇 년씩이나 떠나 있잖아요." 그녀가 반항하며 말했다.

"나는 군주가 아니오! 로마에는 집정관과 법무관과 다수의 정무관이 있소. 독재관은 임시방편일 뿐, 다른 의미는 없소. 독재관으로서 로마를 바로 세우는 일이 끝나는 즉시 그 자리에서 물러날 거요. 술라가 그랬듯이. 내게 법적으로 로마를 지배할 특권은 없소. 그런 게 있었다면 로마를 벗어나지 않았을 거요. 당신이 이집트를 떠나선 안 되는 것처럼 말이오."

"아, 마지막 밤인데 우리 싸우지 말아요!" 그녀는 급히 그의 팔뚝을 꽉 움켜쥐며 외쳤다.

그러나 그녀는 혼자 속으로 생각했다. 나는 파라오다, 나는 지상의 신이다. 나는 내가 원하는 대로 할 수 있고, 아무것도 나를 막지 못한다. 내겐 미트리다테스 아저씨와 로마군 4개 군단이 있다. 그러니 카이사르, 당신이 공화파를 완파하고 로마에 정착하면 나는 당신에게 갈 거예요.

로마를 지배하지 않는다고요?

당연히 지배하게 될 거예요!

2장
카토의 1만 행군

기원전 48년 8월부터
기원전 47년 5월까지

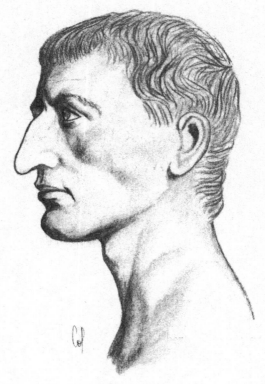

마르쿠스 포르키우스 카토

라비에누스는 폼페이우스 마그누스의 파르살로스 전투 패배 소식을 카토와 키케로에게 가져갔다. 그는 열심히 말을 달려 전투가 끝난 사흘 뒤 마케도니아의 아드리아 해안에 다다랐다. 열 번째로 갈아탄 말은 다 죽어가고 있었다. 그는 혼자인데다 여전히 초라하고 일꾼 같아 보이는 전투복 차림이었지만, 진지 입구에 서 있던 보초병들은 두 번 볼 필요도 없이 그 거무스름하고 로마인답지 않은 용모를 알아보았다. 폼페이우스의 기병 사령관은 모든 사병들이 잘 아는, 그리고 두려워하는 사람이었다.

카토가 사령관 막사에 있을 거라 확신한 라비에누스는 기진맥진한 말의 등에서 미끄러지듯 내려와, 거센 바닷바람에 뻣뻣하게 펴진 심홍색 깃발을 향해 프링키팔리스 가도를 성큼성큼 걸어갔다. 그럴 가망은 없겠지만 카토가 혼자 있기를 바라면서. 지금은 키케로의 신파극 같은 언동을 보아줄 때가 아니었다.

그러나 그런 바람은 이루어지지 않았다. 위대한 변호인은 안에 있었다. 마치 뚱하고 무감한 카토가 아니라 배심원단을 앞에 두고 발언하는 것처럼 완벽하게 골라내고 대단히 격식을 차린 라틴어 구절이, 열린 문

밖으로 흘러나오고 있었다. 문턱을 넘는 순간 라비에누스의 눈에 들어온 것은, 인내심이 몹시 시험당하고 있음을 보여주는 표정으로 키케로와 맞서고 있는 카토였다.

카토와 키케로는 이 갑작스런 침입에 놀라 펄쩍 뛰었다. 그들은 무언가 말하려고 입을 벌렸지만, 라비에누스의 표정이 그들의 입을 다물게 했다.

"그는 한 시간도 안 걸려 우리를 완파했소." 라비에누스는 곧장 포도주 탁자로 향하며 무뚝뚝하게 내뱉었다. 갈증이 나던 차라 그는 큰 잔에 담긴 포도주를 단숨에 들이켰고, 그런 뒤 얼굴을 찡그리며 몸서리를 쳤다. "카토, 어째서 당신한텐 괜찮은 포도주라고는 없는 거요?"

꽥꽥거리고 충격에 빠져 마구 떠들어대고 동요하며 흥분한 쪽은 키케로였다. "아, 충격이야. 끔찍한 일이야!" 그가 울부짖었다. 눈물이 그의 얼굴을 타고 흘러내렸다. "내가 여기서 뭘 하는 거지? 애초에 왜 이런 끔찍스럽고 불운한 원정길에 나선 거야? 로마는 아닐지라도 이탈리아에 머물렀어야 했어. 거기서라면 뭐라도 쓸모 있었을지 모르니까. 여기서 나는 방해물밖에 안 되잖아!" 그러고도 그의 말은 계속 쏟아졌다. 이 달변가의 수다를 막을 수 있는 건 이 세상에 없었다.

반면 카토는 턱을 타고 스멀스멀 번지는 마비에만 신경을 집중한 채 한마디도 않고 한참을 서 있었다. 불가능한 일이 일어났다. 카이사르가 승리한 것이다. 하지만 어떻게 그런 일이 있을 수 있을까? 어떻게? 어떻게 틀린 쪽이 스스로 옳음을 증명할 수 있단 말인가?

두 사람의 반응 모두 라비에누스에게는 놀랍지 않았다. 그는 이들을 너무 잘 알았고 이들에 대한 호감은 너무 적었다. 그는 키케로를 무시하고서 카토에게 주의를 집중했다. 카이사르의 셀 수 없이 많은 적들

중에서도 가장 완강한 적. 카토는 그의 편인 자칭 공화파가 로마 불문법의 모든 원칙을 위배했고 자신의 조국으로 진군하는 신성 모독을 저지른 자에게 패할 수 있다는 건 꿈에도 생각해보지 않은 게 분명했다. 이제 카토는 희생의식용 망치에 두드려 맞은 황소였다. 어쩌다 이 지경이 되었는지도 알지 못한 채 무릎을 꿇고 주저앉은.

"그가 한 시간도 안 걸려 우리를 완파했단 말이오?" 마침내 카토가 말했다.

"그렇소. 수적으로 크게 열세인데다 예비 병력도 없고 기병 1천 명밖에 없었는데도 그가 우리를 완파했소. 그처럼 중요한 전투가 그토록 짧은 시간에 끝난 경우는 지금껏 본 적이 없소. 그 전투의 이름은? 파르살로스요."

그리고 이게 당신들이 파르살로스에 관해 나에게서 듣게 될 전부요, 하고 라비에누스는 속으로 맹세했다. 나는 장발의 갈리아에서 카이사르가 이룬 위업의 첫해부터 마지막 해까지 그의 휘하 지휘관으로 복무했고, 내가 분명 그를 이길 수 있으리라고 생각했다. 나 없이는 그가 정복을 시작도 할 수 없었으리라고 확신했다. 그러나 파르살로스 전투는, 그가 내게 주었던 할 일은 전부 능숙한 부하라면 실패할 리가 없다는 확신하에 주어졌던 것임을 깨닫게 해주었다. 그는 언제나 전략을 스스로 보유하고 트레보니우스, 데키무스 브루투스, 파비우스를 비롯한 우리를 그의 전략적 의지의 전술 도구로 바꿔놓았을 뿐이다.

루비콘 강에서 파르살로스까지 이어진 행로 어딘가에서 나는 이 사실을 망각했다. 그래서 파르살로스에서 카이사르의 게르만족 기병 단 1천 명을 상대로 내 기병 6천 명을 이끌고 나갔을 때 그것이 이미 이긴 전투라고 생각했다. 위대한 폼페이우스 마그누스가 자기 사령부 막사내의 갈등으로 너무나 약해져 자기 연민 외에는 아무것도 떠올리지 못할 지경이었기 때문에 내가 직접 설계한 전투였다. 나는 전투를 원했고 입만 산 그의 장군들도 전투를 원했지만, 폼페이우스 마그누스는 파비우스식 지연전을 원했다. 적을 굶주리게 하고 못살게 괴롭히되 적과 싸우지는 않는다는 전술. 그가 옳았고 우리는 틀렸다.

카이사르가 얼마나 많은 총력전에서 싸웠던가? 아주 많다. 그는 말 그대로 싸웠다. 최전선의 병사들 사이에서 방패와 검을 들고. 거의 50회에 육박한다. 그가 본 적이 없는 것도, 그가 해보지 않은 것도 없다. 내가 내 병사들에게 두려움을—아니, 그보단 극한의 공포를!—불러일으켜 해내는 일을, 그는 그의 병사들이 자기 목숨보다도 그를 더 사랑하게 만들어서 해낸다.

통한이 울컥 치민 라비에누스는 거의 빈 포도주병에 주먹을 갖다 박았다. 병이 쨍그랑 소리를 내며 산산조각으로 흩어졌다. "좋은 포도주는 죄다 동쪽 테살리아로 간 거요?" 그가 따지듯 물었다. "이 미개한 곳에는 마실 만한 게 한 방울도 없는 거요?"

카토가 돌연 정신을 차렸다. "나는 알지도 못하고 관심도 없소!" 그는 고함쳤다. "넥타르(신들이 마시는 술—옮긴이)를 들이켜고 싶다면 딴 데가서 알아보시오, 티투스 라비에누스! 그리고," 여전히 추태를 부리고 있던 키케로를 손으로 휙 가리키며 그가 덧붙였다. "저 사람도 같이 데려가시오!"

두 사람이 이 말을 어떻게 받아들이는지 기다려볼 생각도 하지 않고, 카토는 현관문 밖으로 걸어나가 페트라 언덕 꼭대기로 이어진 구불구불한 뱀길로 향했다.

몇 달도 아니고 단 며칠이다. 정확히 몇 날이지, 열여드레? 그래, 폼페이우스 마그누스가 우리의 대규모 군대를 이끌고 동쪽 테살리아의 신천지로 떠난 지 열여드레밖에 되지 않았다. 그는 나를 곁에 두고 싶어하지 않았다. 내 비판의 말들이 그를 짜증스럽게 하는 걸 내가 모른다고 생각하는 건가? 결국 그는 나 대신 내 소중한 마르쿠스 파보니우스를 데려가는 편을 택했다. 나는 부상자들을 돌보라며 이곳 디라키온에 내팽개치고서.

마르쿠스 파보니우스, 내 최고의 친구……. 그는 어디 있는 거지? 살아 있다면 티투스 라비에누스와 함께 내게로 돌아왔을 터인데.

라비에누스! 모든 도살자들을 끝장낼 도살자, 로마인의 거죽을 쓴 야만인, 단지 폼페이우스가 아닌 카이사르의 병사였다는 이유만으로 같은 로마인들을 고문하면서 침을 줄줄 흘리며 즐거워했던 미개인. 그런데 폼페이우스는, 스스로 위대하다는 뜻의 '마그누스'라는 별명을 붙일 만큼 자만심에 넘치는 그는 라비에누스가 생포된 카이사르의 9군단 병사 700명을 고문하는 동안 반대하는 시늉조차 하지 않았다. 장발의 갈리아 때부터 라비에누스가 익히 알고 지냈던 병사들이건만. 이것이 문제의 핵심이다. 파르살로스에서의 결정적 대결에서 우리가 패한 이유다. 옳은 대의가 그릇된 자들에 의해 실행되었기 때문이다.

폼페이우스 마그누스는 더이상 위대하지 않고, 우리가 사랑하는 공화정은 최후의 고통 속으로 들어섰다. 채 한 시간도 걸리지 않아서.

페트라 언덕 고지에서 내려다본 풍경은 아름다웠다. 부드럽게 안개 낀 하늘과 창백한 태양 아래 포도줏빛으로 짙게 물든 바다, 칸다비아의 높은 산봉우리들을 향해 저멀리 우뚝 솟은 신록 무성한 언덕들, 작은 테라코타색 도시 디라키온, 그리고 이 도시를 본토로 연결하는 튼튼한 목교. 평화롭다. 고요하다. 수 킬로미터에 또 수 킬로미터가 지나도록 이어진, 탑들로 빽빽이 들어차고 검게 그을린 중립지대 너머까지 갖다 붙인 듯 펼쳐진 험악한 방어시설마저도 마치 예전부터 그 자리에 있었던 양 풍경 속에 자리잡고 있었다. 수개월간 계속되었던 엄청난 공성전이 남긴 유물이었다. 야음을 틈타 갑자기 카이사르가 사라지고 폼페이우스가 자신이 승리자라고 착각했던 어느 날 밤까지.

카토는 페트라 꼭대기에 서서 남쪽을 바라보았다. 150킬로미터 떨어진 저곳 케르키라 섬에 나이우스 폼페이우스와 그의 거대한 해군 기지, 수백 척의 함선, 수천 명의 선원과 노잡이와 해병이 있었다. 별난 일이지, 폼페이우스 마그누스의 장남이 해전에 재주가 있다니.

바람이 불어와 그의 킬트에 달린 뻣뻣한 가죽끈과 소매를 때렸다. 점점 희끗희끗해져가는 그의 긴 적갈색 머리카락을 펄럭대는 기다란 천 조각들처럼 찢어놓고, 턱수염은 그의 가슴팍에 철썩 붙여놓았다. 그가 이탈리아를 떠난 뒤 일 년 반이 지났고, 그 기간 내내 그는 면도도 이발도 하지 않았다. 카토는 무너진 모스 마이오룸을 애도하는 중이었다. 그것은 로마의 모든 것이 언제나 걸어왔던 길이며 로마의 모든 것이 앞으로도 영원히 걸어야 할 길이었다. 그러나 모스 마이오룸은 연이어 등장한 선동 정치가들과 고위 군인들에 의해 근 100년 동안 서서히 파괴되었다. 모든 원흉 중에서도 최악의 원흉, 가이우스 율리우스 카이사르에 이르러 그 파괴는 정점에 이르렀다.

나는 카이사르가 너무나 싫다! 원로원에 입성할 나이가 되기 한참 전부터 그를 싫어했다. 그의 점잔 빼는 태도, 아름다운 외모, 뛰어난 웅변술, 탁월한 입법 능력, 정적들의 아내를 건드리는 버릇, 전대미문의 군사적 기량, 모스 마이오룸에 대한 노골적인 무시, 천재적인 파괴 능력, 논쟁의 여지없는 고귀한 파트리키 혈통……. 포룸 로마눔과 원로원 의사당에서 우리는 얼마나 치열하게 그와 싸웠던가! 보니 즉 '선량한 사람들'이라고 자칭한 우리. 카툴루스, 아헤노바르부스, 메텔루스 스키피오, 비불루스, 그리고 나. 카툴루스는 죽었고, 비불루스도 죽었고……. 아헤노바르부스와 저 엄청난 명칭이 메텔루스 스키피오는 어디에 있지? 내가 단 하나 남은 보니인가?

이곳 해안에 빈번한 비가 난데없이 내리기 시작하자 카토는 사령관용 주택으로 돌아갔다. 스타틸로스와 아테노도로스 코르딜리온 외에는 아무도 없었다. 그가 진심으로 반갑게 맞이할 수 있는 두 얼굴이었다.

스타틸로스와 아테노도로스 코르딜리온은, 이 두 사람조차 기억하지 못할 정도로 오랜 세월 카토와 함께해온 길든 철학자 한 쌍이었다. 카토는 자기와 함께 지내는 대가로 이들에게 숙식을 제공하고 돈을 지불했다. 이들과 같은 스토아주의자가 아니고서야 카토의 접대를 하루 이틀 이상 견디지 못할 터였다. 불멸의 감찰관 카토의 증손자는 소박한 취향을 자랑했기 때문이다. 그의 세계에 사는 다른 이들은 한마디로 그를 쩨쩨하다고 불렀다. 이런 평가에도 카토는 전혀 개의치 않았다. 그는 타인의 비판이나 칭찬에 무감각했다. 그러나 카토의 집안은 스토아 철학 못지않게 포도주에도 중독되어 있었다. 카토와 그의 온순한 철학자들이 마시는 포도주가 형편없는 싸구려였을지는 몰라도 공급만큼은 한정이 없었다. 또한 카토가 노예 한 명당 급료를 기껏해야 5천 세스테르티우스밖에 주지 않았다 해도, 그는 그보다 쉰 배는 비싼 노예에게서 얻어낼 만큼의 노동력을 뽑아냈다고—카토는 여자를 집에 두려 하지 않았다—말할 수 있을 터였고 그 말이 사실이기도 했다.

로마인들은 최하층민에 속할 정도로 미천한 이들까지도 가능한 한 인생을 편히 살고 싶어했으므로, 오로지 금욕적인 삶을 추구하는 카토의 특이한 태도는 그를 감탄스럽고 심지어 귀중한 괴짜라는 독보적 존재로 만들어주었다. 거기에 지독한 고집과 결코 매수되지 않는 청렴함까지 더해져 그는 영웅의 지위로 격상되었다. 남들이 아무리 싫어하는 직무라 해도 카토는 마음과 영혼을 다해 수행했다. 그의 거칠고 귀에 거슬리는 목소리, 의사진행 방해와 열변에 있어서의 걸출함, 카이사르를 무조건 끌어내리고자 하는 맹목적인 결의도 모두 그의 전설이 만들어지는 데 기여했다. 그 무엇도 그를 위협할 수 없었고 그 누구도 그를 논리로 설득할 수 없었다.

스타틸로스와 아테노도로스 코르딜리온이라면 그를 논리로 설득한다는 건 꿈에서도 시도하지 않았을 터였다. 카토를 사랑하는 사람은 거의 없었지만, 이들은 그를 사랑했다.

"티투스 라비에누스를 이 집에 들여야겠나?" 카토가 물었다. 그는 포도주 탁자로 가서 희석하지 않은 포도주를 술잔 가득 따랐다.

"아니," 스타틸로스가 희미하게 미소 지으며 말했다. "그는 렌툴루스 크루스의 옛 거주지를 강탈하고, 슬픔을 달랜답시고 병참군관에게서 최상급 팔레르눔 포도주를 암포라 하나 가득 얻어 갔네."

"여기만 아니면 어디서든 잘 지냈으면 좋겠군." 카토가 말했다. 그는 선 채로 하인이 그의 가죽 복장을 다 벗길 때까지 기다렸다가 자리에 앉으며 한숨을 쉬었다. "우리가 패배했다는 소식이 퍼졌겠지?"

"온 사방에 퍼졌다네." 아테노도로스 코르딜리온이 말했다. 진물이 나는 늙은 눈이 눈물로 젖어 있었다. "아아, 마르쿠스 카토, 카이사르가 폭군이 되어 지배할 세상에서 우리가 어찌 살 수 있겠나?"

"아직은 그 세상이 온다고 정해지지 않았네. 당장 나부터 죽어 재가 되기 전까지는 그리되지 않을 걸세." 카토는 포도주를 잔뜩 마시고서 근육이 잘 잡힌 긴 다리를 쭉 뻗었다. "파르살로스에서 살아남은 사람들 중에 같은 생각을 하는 이들이 있을 걸세. 티투스 라비에누스는 틀림없이 그럴 테고, 카이사르가 여전히 사면을 발표할 기분이라 할지라도 나서는 사람이 있을 것 같진 않네. 사면 발표라니! 마치 카이사르가 우리 왕이기라도 한 것 같잖아. 모두가 그의 관대한 처분에 감탄하는 동안 자비로우신 그를 찬미하라! 하! 카이사르는 또다른 술라야. 로마의 시초까지 거슬러올라가는 선조들, 7세기 동안 왕족이었다는 거지. 하물며 그는 한술 더 뜨네. 술라는 베누스와 마르스의 후손이라고 주장한 적은 없으니까. 카이사르를 저지하지 않는다면 그는 스스로 로마의 왕이 될 거야. 그에게는 언제나 혈통이 있었는데 이제 권력까지 쥐었지. 그에게 없는 건 술라의 악덕뿐인데, 술라가 자기 머리에 디아데마를 두르지 못한 건 오로지 그 악덕 때문이었네."

"그럼 파르살로스가 우리의 마지막 전투가 아니라고 신들께 맹세해야겠군." 스타틸로스가 새 술병으로 카토의 술잔을 채워주며 말했다. "아, 어떻게 된 건지 정보가 더 있으면 좋으련만! 누가 살았고 누가 죽었고 누가 붙잡혔고 누가 도주했는지—"

"이건 이상하게 맛이 너무 좋은걸." 카토가 말을 가로막으며 인상을 찌푸렸다.

"그저—자네도 알다시피 워낙 끔찍한 소식도 있고 하니—이번 한 번만은 라비에누스의 예를 따르더라도 우리의 신념을 위배하는 건 아니라고 생각했네." 아테노도로스 코르딜리온이 변명조로 말했다.

"시바리스인처럼 쾌락을 즐기는 것은 옳은 행동이 아니네. 아무리 끔찍한 소식이 있다 해도 말이야!" 카토가 쏘아붙였다.

"나는 그리 생각지 않네." 꿀을 바른 듯이 부드러운 목소리가 문간에서 들려왔다.

"아. 마르쿠스 키케로." 카토가 달갑지 않은 표정으로 짧게 말했다.

여전히 울고 있던 키케로는, 카토가 보이는 자리에 놓인 의자를 찾은 뒤 주름 없이 깨끗한 커다란 손수건—법정의 귀재에겐 필수품이었다—으로 눈을 닦고 스타틸로스에게서 잔을 받았다.

카토는 초연한 태도로 생각했다. 그의 열렬한 슬픔이 진심인 건 알지만, 저걸 보고 있자니 역겨워서 토할 지경이구나. 남자는 자신의 모든 감정을 정복해야만 진정 자유로워질 수 있는 법이다.

"티투스 라비에누스로부터 뭐 알아낸 게 있습니까?" 카토가 퍼붓듯이 말했다. 목소리가 워낙 거칠어서 키케로는 뛸 듯이 놀랐다. "다른 사람들은 어디 있습니까? 파르살로스에서 죽은 사람은 누굽니까?"

"아헤노바르부스만이네." 키케로가 대답했다.

아헤노바르부스! 친척이고 매부이며 불굴의 보니파 동지. 이제 다시는 그 결의에 찬 얼굴을 볼 수 없겠구나. 그가 얼마나 자신의 대머리를 원망했던가. 그가 신관 선거에 나설 때마다 그 빛나는 정수리 때문에 유권자들이 그에게서 등을 돌렸다고 굳게 믿었었지…….

키케로는 계속 떠들어댔다. "폼페이우스 마그누스는 나머지 사람들 전부와 같이 탈출한 것 같네. 라비에누스의 말에 의하면 그런 일은 완패했을 때 일어난다는군. 병사들이 전장에서 죽는 전투는 마지막까지 싸운 전투라네. 그에 비해 우리 군대는 스스로 무너졌네. 카이사르가 그의 예비 보병대대들을 공성창으로 무장시킴으로써 라비에누스의 기병 돌격을 분쇄하자마자 승부는 결판나버렸네. 폼페이우스는 전장을 떠났어. 다른 지휘관들도 그를 뒤따랐네. 병사들은 무기를 버리고 살려 달라고 애걸하거나 도망쳤다네."

"당신 아들은요?" 카토가 물었다. 예의상 그래야 할 것 같아서였다.

"그애는 대단히 훌륭하게 처신한 걸로 아네만, 해를 입지는 않았네." 키케로가 기뻐하는 감정을 고스란히 드러내며 말했다.

"당신 동생 퀸투스는요? 또 그의 아들은요?"

격분과 짜증이 키케로의 지극히 상냥하던 얼굴을 일그러뜨렸다. "둘 다 파르살로스에서 싸우지 않았네. 내 동생 퀸투스는 늘 얘기하길, 자기는 카이사르를 위해 싸우지 않겠지만 그 사람을 너무나 존경하므로 그를 상대로 싸울 수도 없다고 했지." 키케로는 어깨를 으쓱했다. "이게 내전의 가장 심각한 문제야. 가족을 갈라놓는다는 것 말이네."

"마르쿠스 파보니우스 소식은 없습니까?" 카토가 무뚝뚝한 어조를 유지하려 애쓰며 물었다.

"없네."

카토는 끙하고 앓는 소리를 냈지만, 그 얘기는 그걸로 끝내려는 것 같았다.

"이제 우리는 어찌해야 하는가?" 키케로가 애처롭게 물었다.

"엄밀히 말하면, 마르쿠스 키케로, 그건 당신이 내릴 결정입니다." 카토가 말했다. "여기서 전직 집정관은 당신뿐이니까요. 저는 법무관은 지냈지만 집정관은 지낸 적이 없습니다. 그러니 당신이 저보다 지위가 높지요."

"말도 안 되는 소리!" 키케로가 외쳤다. "폼페이우스는 내가 아니라 자네에게 책임을 맡겼네! 사령관용 주택에 사는 사람은 자네야."

"제 직권은 특정한 부분에 한정되어 있습니다. 최종 결정은 최고위급 인물이 내려야 한다고 법이 정하고 있습니다."

"아니, 나는 절대 결정을 내리지 않겠네!"

멋진 회색 눈이 반항 어리고 두려움 가득한 키케로의 얼굴을 뜯어보았다. 왜 그는 항상 끝에 가서 양이 되고 쥐가 될까? 카토는 한숨을 쉬었다. "알겠습니다. 제가 최종 결정을 내리지요. 하지만 로마 원로원과 인민이 저에게 책임을 물을 때 당신이 제 조치를 지지해준다는 조건하에서만 가능합니다."

"무슨 원로원?" 키케로가 비통한 어조로 물었다. "로마에 있는 카이사르의 꼭두각시들 말인가, 아니면 현재 파르살로스에서 사방으로 도망다니고 있는 몇백 명 말인가?"

"로마의 진정한 공화파 정부죠. 어딘가에서 결집하여 군주 카이사르에 대한 반대를 계속 이어나갈 정부 말입니다."

"자네는 절대 포기하지 않을 생각이군. 안 그런가?"

"제가 숨쉬는 한은요."

"나도 그럴 걸세. 하지만 자네 같은 방식은 아니네, 카토. 나는 군인이 아니야. 그런 정력이 없지. 나는 이탈리아로 돌아가서 카이사르에 대한 시민 저항을 조직해볼까 생각중이네."

카토가 주먹을 불끈 쥐고 벌떡 일어섰다. "그러기만 해보세요!" 그가 노호를 터뜨렸다. "이탈리아로 돌아가는 건 카이사르에게 납작 엎드리는 짓입니다!"

"그만하게, 그만해, 그런 말을 해서 미안하게 됐네!" 키케로가 푸념하듯 말했다. "하지만 우리가 뭘 어째야 하는가?"

"짐을 싸고 부상병들을 케르키라로 데려가야지요, 물론. 이곳에 우리 함선들이 있지만, 지체했다가는 디라키온 사람들이 불태워버릴 겁니다." 카토가 말했다. "나이우스 폼페이우스와 함께 안전한 곳에 도착하는 즉시 다른 이들에 관한 소식을 듣고 우리의 최종 목적지를 정할 겁니다."

"아픈 병사 8천 명에다 필수품과 보급물자까지 전부를? 지금 가진 배들로는 어림도 없네!" 키케로가 헉하고 숨을 쉬었다.

"만약," 카토가 살짝 비꼬듯이 말했다. "가이우스 카이사르가 병사 2만 명과 비전투원과 노예 5천 명, 모든 노새와 수레, 장비, 포를 낡아빠지고 물이 새는 300척도 안 되는 배에 구겨넣고 브리타니아에서 갈리아까지 대양을 건너갈 수 있다면, 제가 그 수의 반의반을 문제없이 튼튼한 수송선 100척에 태워서 해안 가까이 잔잔한 바다를 항해하지 못할 이유가 없지요."

"아! 아, 그래, 그래! 자네 말이 맞네, 카토." 키케로는 자리에서 일어나 떨리는 손으로 그의 술잔을 스타틸로스에게 건넸다. "내 짐을 챙기러 가봐야겠네. 언제 출항하는가?"

"모릅니다."

카토가 이전 방문으로 기억하던 케르키라는 사라지고 없었다. 적어도 해안 쪽은 그랬다. 더없이 아름다운 섬. 아드리아 해의 보석. 언덕 많고 풀이 파랗게 우거진, 환상적인 소해협과 투명하게 빛나는 바다가 있는 곳이었다.

나이우스 폼페이우스까지 이어진 폼페이우스 가문 출신의 여러 제독들이 케르키라를 개조해놓았다. 후미진 곳마다 수송선이나 전투용 갤리선이 있었고, 작은 마을들은 모조리 그 주변 진지들의 필요를 채워주는 임시 도시로 바뀌었으며, 한때 티 없이 투명했던 바다는 사람과 짐승의 배설물로 뒤덮여 이집트 펠루시온의 뻘밭보다 더 지독한 악취를 풍겼다. 이 열악한 위생 상태를 더 악화시키려 작정이라도 한 듯, 나이우스 폼페이우스는 본토 해안과 마주보는 좁은 해협에 그의 주력 기지를 세웠다. 그가 댄 근거는, 카이사르가 병력과 보급물자를 브룬디시움에서 마케도니아로 수송하려고 하니 이 일대가 적을 낚기에 가장 좋다는 것이었다. 그러나 해협의 해류는 오물을 빨아들여 없애지 못했고 오물은 계속 쌓여갔다.

카토는 악취를 느끼지 못하는 것처럼 보였지만, 키케로는 퍼레진 얼굴과 고통받는 콧구멍을 손수건으로 감싸며 끊임없이 불평을 쏟아냈다. 결국 그는 어느 언덕 꼭대기의 다 쓰러져가는 빌라로 들어갔고, 거기서 아름다운 과수원을 거닐고 나무에서 과일을 따며 향수병의 고통을 거의 잊을 수 있었다. 이탈리아에서 뿌리째 뽑혀나온 키케로는 잘해봐야 예전 키케로의 허깨비에 지나지 않았다.

키케로의 동생 퀸투스, 그리고 그의 아들이자 키케로의 조카인 퀸투스 2세의 갑작스런 등장은 키케로의 고민을 더 부풀려놓았다. 어느 편에서도 싸우려 들지 않았던 그 부자는 그리스와 마케도니아 여기저기를 슬금슬금 돌아다니다가, 폼페이우스 마그누스가 파르살로스에서 패배하자마자 디라키온으로 키케로를 찾아갔다. 진지는 버려져 있고, 인근의 분위기를 보아하니 공화파는 배를 타고 케르키라로 간 것 같았다. 그들은 그길로 케르키라로 왔다.

"이제 알겠지," 퀸투스가 큰형에게 딱딱거렸다. "내가 왜 그 과대평가된 바보 폼페이우스 마그누스와 협력하지 않으려 했는지 말이야. 그는 카이사르의 신발끈을 묶을 자격도 없어."

"나랏일이 이렇게 전장에서 결정되다니," 키케로가 응수했다. "세상이 어떻게 되겠냐? 장기적으로는 계속 이럴 수도 없어. 조만간 카이사르는 로마로 돌아가서 정권을 잡아야 할 테니까. 그리고 나는 로마로 가서 그가 통치하는 걸 불가능하게 만들 거야."

퀸투스 2세가 코웃음을 쳤다. "되지도 않는 소리예요, 큰아버지! 큰아버지는 이탈리아 땅에 발을 들였다간 체포될걸요."

"바로 그 점에서 네가 틀린 거야, 조카야." 키케로는 거만하게 깔보듯이 말했다. "나더러 제발 이탈리아로 돌아와달라고 사정하는 푸블리우스 돌라벨라의 편지를 받았거든! 내가 가면 환영받을 거라더구나. 카이사르가 나처럼 집정관을 지내본 사람들을 원로원에 두고 싶어 안달한다고 말이야. 그는 건강한 반대편을 두기를 고집한다는 거지."

"양쪽 진영에 발을 담그고 있으니 참 좋겠네!" 아버지 퀸투스가 빈정거렸다. "카이사르의 핵심 부하 중 하나를 사위로 두다니! 물론 돌라벨라가 툴리아에게 좋은 남편은 아니라고 들었지만."

"그러니까 더더욱 내가 집으로 가야지."

"그럼 나는 어때, 마르쿠스? 공공연히 카이사르에게 반대한 형이 어떻게 아무렇지도 않게 집으로 돌아갈 수 있겠어? 우리 부자는 카이사르에게 반대한 적도 없는데, 다들 우리가 파르살로스에서 싸웠다고 생각하기 때문에 카이사르를 찾아가서 사면을 얻어야 할 거야. 그런데 그 돈은 어떻게 구하지?"

키케로는 얼굴이 벌겋게 달아오르는 걸 느끼고 아무렇지 않아 보이려 애를 썼다. "그건 네가 알아서 할 문제지, 퀸투스."

"개수작 마! 형이 나한테 빚진 돈이 수백만이야, 마르쿠스, 수백만!

형이 카이사르에게 빚진 수백만은 말할 것도 없고! 지금 당장 일부라도 내놔. 안 그랬다간 내장부터 모래주머니까지 앞판을 다 썰어버릴 테니까!" 퀸투스가 고함을 질렀다.

그는 검이나 단도를 차고 있지 않았으므로 그건 그저 엄포였다. 그러나 이 말다툼은 이들 가족의 재회에 따른 향방을 결정지었다. 이후 키케로는 방향을 잡지 못했고, 딸 툴리아를 걱정하고 성질 사나운 아내 테렌티아의 매정한 행태에 분노하는 정도가 더욱 심해졌다. 테렌티아는 개인 재산을 갖고 있었지만 낭비벽이 있는 키케로에게 나눠주려 하지 않았고, 자기 땅의 경계석들을 옮기는 것부터 가장 소출이 잘 나는 땅을 신성한 장소로 신고함으로써 세금을 피하는 것까지 돈에 관해 온갖 요령을 잘 부렸다. 키케로는 하도 오랫동안 보고 살아서 당연시하게 된 일들이었다. 그보다도 키케로가 용서할 수 없는 건 아내가 가엾은 툴리아를 다루는 방식이었다. 그애가 남편인 푸블리우스 코르넬리우스 돌라벨라에 관해 불평한 건 충분히 그럴만한 이유가 있었다. 하지만 테렌티아가 보기엔 그렇지 않았다! 테렌티아에겐 수익을 내는 데서 오는 만족감 외에 그 어떤 감정도 없다는 사실을 몰랐다면, 키케로는 테렌티아 본인이 돌라벨라에게 홀딱 빠진 줄로 생각했을 것이다. 자기가 낳은 혈육을 내팽개치고 돌라벨라 편을 들다니! 툴리아는 아팠다. 자식을 잃은 이후로 줄곧. 내 새끼, 내 사랑하는 딸이!

물론 키케로는 돌라벨라에게 보낸 편지에는 이런 불만을 감히 드러내지 않았다. 그는 돌라벨라가 필요했다!

9월 중순을 향해갈 즈음(그해 계절상으로 여름의 초입이었다) 케르키라의 제독은 작은 회의를 소집했다.

이제 거의 서른두 살이 된 나이우스 폼페이우스는 그의 전설적인 아버지와 매우 닮은 외모였다. 다만 그의 머리카락은 좀더 짙은 금발이고 눈은 푸른색보다 회색에 가까웠으며 코는 비웃음당하던 폼페이우스 마그누스의 들창코보다 좀더 로마인다운 모양이었다. 사령관 자리는 그에게 썩 잘 어울렸다. 아버지의 조직 편성 능력을 물려받았으므로, 10여 개의 개별 함대와 그에 소속된 수천 명의 인력을 조작하는 일은 그의 재능에 부합했다. 그에게 없는 건 폼페이우스 마그누스의 지나친 자만심과 열등감이었다. 나이우스 폼페이우스의 어머니인 무키아 테르티아는 유명한 선조들을 둔 고귀한 귀족 출신이었기에, 가련한 폼페이우스 마그누스를 그토록 괴롭혔던 비천한 피케눔 출신이라는 열등감이 그의 머릿속을 스칠 일은 없었다.

회의 참석자는 단 여덟 명이었다. 나이우스 폼페이우스, 카토, 키케로 집안 식구 세 명, 티투스 라비에누스, 루키우스 아프라니우스, 마르쿠스 페트레이우스.

아프라니우스와 페트레이우스는 수년 동안 폼페이우스 마그누스 휘하의 지휘관들이었으며 그를 대신해 양 히스파니아를 관리하는 일까지 맡아 하다가 작년에 카이사르에게 쫓겨났다. 어느덧 반백이 되긴 했어도 이들은 뼛속까지 무관이었다. 그리고 노병은 죽지 않는 법이다. 이들은 케르키라로의 대탈출 직전 디라키온에 도착하여 자연스레 일행에 따라붙었고, 같은 피케눔 출신인 라비에누스를 보고서 반가워했다.

이들은 더 많은 소식도 가져왔다. 카토는 크게 기뻐했지만 키케로는 낙담하게 한 그 소식은, 아직까지 공화파 총독이 잡고 있는 로마의 아프리카 속주에서 카이사르에의 저항세력이 새로 규합될 거라는 소식이었다. 이웃한 누미디아의 왕인 유바가 드러내놓고 공화파 편에 섰으므로, 파르살로스의 생존자 전원은 찾을 수 있는 최대한의 병사들과 함께 아프리카 속주로 향하려 한다는 것이었다.

"자네 부친은 어찌됐는가?" 동생과 조카 사이에 앉으면서 키케로가 공허한 목소리로 물었다. 아아, 집으로 가기만을 그토록 갈망했건만 정처 없이 아프리카 속주로 떠나야 한다니!

"지중해 동쪽의 50여 곳에다 편지를 보내봤습니다." 나이우스 폼페이우스가 차분히 말했다. "하지만 지금까진 아무 소식도 듣지 못했습니다. 조만간 또 시도해봐야죠. 새어머니와 어린 섹스투스를 만나려고 잠깐 레스보스에 계셨다는 보고가 있긴 합니다만, 그렇다면 그쪽으로 보낸 제 편지를 아버지가 못 받아보신 게 분명해요. 코르넬리아 메텔라나 섹스투스에게서도 소식이 없었습니다."

"자네는 어쩔 작정인가, 나이우스 폼페이우스?" 라비에누스가 으르렁거리는 표정으로 커다란 누런 이를 드러내며 물었다. 그에게 그 표정은 안면 경련만큼이나 무의식적이고 습관적인 것이었다.

아, 흥미롭군. 이 얼굴에서 저 얼굴로 시선을 옮기며 카토는 속으로 생각했다. 폼페이우스의 아들도 나 못지않게 이 야만인을 싫어하는구나.

"에테시아이 바람이 천랑성과 함께 올 때까지는 이곳에 머무르려 합니다. 최소한 한 달은 더 걸리겠지요." 나이우스 폼페이우스가 대답했다. "그때 제 함대와 병력을 모두 데리고 시칠리아, 멜리테, 가우도스, 불카니 군도로 이동할 겁니다. 어디든 제가 발판을 마련해서 카이사르가 이탈리아와 로마에 식량을 공급하기 어렵게 만들 수 있는 곳으로요. 이탈리아와 로마가 곡물 부족으로 굶주리게 되면 카이사르가 그곳에서 자신의 뜻을 관철시키는 건 그만큼 어려워질 겁니다."

"잘됐군!" 라비에누스는 감탄사를 내지르더니 만족스러운 듯 뒤로 기대앉았다. "나는 아프라니우스, 페트레이우스와 같이 아프리카로 가네. 내일."

나이우스 폼페이우스는 양 눈썹을 치켜세웠다. "배 한 척은 내드릴 수 있습니다만, 라비에누스, 왜 그리 서두르는 겁니까? 여기 더 계시다가 회복중인 카토의 부상병 일부도 같이 데려가십시오. 수송선은 넉넉히 있으니까요."

"아니," 아프라니우스와 페트레이우스에게 고갯짓을 하는 동시에 자리에서 일어나며 라비에누스가 말했다. "먼저 자네가 내주는 배로 키테라와 크레타에 가서 이탈한 병사들을 모을 수 있을지 살펴볼 생각이네. 수송할 병사들을 찾아내면 배를 추가로 징발하고, 꼭 필요한 경우엔 선원들을 쑤셔넣겠네. 뭐, 병사들도 노는 저을 수 있지만. 자네가 가진 배는 시칠리아를 위해 아껴두게."

바로 다음 순간 그는 떠나고 없었다. 아프라니우스와 페트레이우스는 덩치 크고 붙임성 좋은 늙은 사냥개 두 마리처럼 그를 뒤따라갔다.

"라비에누스에 관해서는 더이상 얘기 말자고." 키케로가 잇새로 내뱉었다. "그가 보고 싶을 거란 말은 못하겠군."

나도 마찬가집니다. 카토는 이렇게 말하고 싶었지만 그러지 않았다. 그 대신 나이우스 폼페이우스에게 말을 건넸다. "그럼 내가 디라키온에서 데려온 병사 8천 명은 어쩌지? 최소 1천 명은 당장 아프리카로 가도 될 상태지만 나머지는 다 나으려면 아직 시간이 필요하네. 그들 모두 투쟁을 포기하지 않으려 하지만, 자네가 간다면 그들을 여기 둘 수가 없어."

"음, 우리의 새로운 위인은 아드리아 해보다 소아시아에 더 관심이 많아 보입니다." 나이우스 폼페이우스는 경멸스러운 듯 입술을 치켜세우며 콧방귀를 뀌었다. "그의 조상 아이네아스를 기리기 위해 일리움 땅에 입을 맞췄다는군요, 세상에! 트로이아에 세금을 면제해주고요! 헥토르의 무덤을 찾아 나서고요!" 갑자기 그는 씩 웃었다. "그런 여가가 오래가진 않았어요. 오늘 전령이 와서 보고했는데, 파르나케스 왕이 킴메리아에서 내려가 폰토스로 쳐들어가고 있답니다."

퀸투스 키케로가 소리내어 웃었다. "친애하는 늙은 아빠를 본받아서 말이지? 카이사르가 그를 봉쇄하러 갔는가?"

"아니요, 카이사르는 여전히 남쪽으로 향하고 있습니다. 미트리다테스 대왕의 아들은 저 배신자 똥개 칼비누스가 상대해야 한답니다. 동방의 왕들이란! 히드라의 머리 같습니다. 하나를 잘라내면 두 개가 돋아나죠. 그러니 아마 파르나케스가 나섰다는 건 늘 그렇듯이 아나톨리아 이 끝에서 저 끝까지 전쟁이 일어난다는 뜻일 겁니다."

"그러면 카이사르는 지중해 동부에서 할 일이 아주 많아질 테고." 카토가 크게 만족스러워하며 말했다. "우리가 아프리카 속주에서 다시 힘을 키울 시간은 충분하겠어."

"알고 계십니까, 카토? 라비에누스가 당신과 제 아버지는 물론 아프리카 속주에서 최고 사령관이 될 만한 누구에게든 선수를 치려고 한다는 걸요." 나이우스 폼페이우스가 물었다. "그게 아니면 왜 저리 그곳에 못 가서 안달이겠습니까?" 그는 괴로워하며 한쪽 주먹으로 반대쪽 손바닥을 세게 쳤다. "아아, 아버지가 어디 계신지 알면 얼마나 좋을까요! 저는 그분을 알아요, 카토. 아버지가 얼마나 침울해지실 수 있는지 안다구요!"

"나타나실 걸세, 걱정하지 말게." 카토가 말했다. 그는 평소답지 않게 감정을 드러내며 몸을 기울여 제독의 건장한 어깨를 꽉 움켜쥐었다. "나로서는 사령관 막사를 차지할 생각이 없네." 그는 키케로 쪽으로 고개를 휙 움직였다. "저기 내 상급자가 있네, 나이우스 폼페이우스. 마르쿠스 키케로는 전직 집정관이니 내가 아프리카로 떠나고 나면 그가 지휘권을 맡게 될 거야."

키케로는 격분하여 꽥 소리를 지르며 벌떡 일어났다. "아니, 아니, 아니야! 전에 말했잖나, 나는 안 맡겠다고! 자네 가고 싶은 데로 가서 하고 싶은 대로 하게, 카토. 자네의 알랑쇠 철학자들 중 한 명이든, 개코원숭이든, 자네를 그리도 성가시게 하는 화장 떡칠한 매춘부든 자네 마음대로 사령관 막사에 앉히게. 하지만 나는 지목하지 말게! 나는 마음을 굳혔고, 집으로 돌아갈 테니까!"

이 말에 카토는 위압감을 주는 그의 큰 키만큼 우뚝 솟구쳐 일어나더니, 심지어 더욱 위압감을 주는 코 아래로 갑자기 역겨운 벌레라도 본 듯이 키케로를 내려다보았다. "마르쿠스 툴리우스 키케로, 당신의 지위와 그 수다스러운 입 때문에 당신은 다른 그 무엇보다도 우선 공화국의 종입니다! 원하는 것과 행하는 것은 완전히 다른 문제예요! 당신은 그 잘난 체하는 인생에서 단 한 번도 진정으로 의무를 다한 적이 없습니다! 특히 검을 들어야만 하는 의무일 땐 더했고요! 당신은 행동이 말을 전혀 못 따라가는, 포룸 로마눔에나 어울릴 인간입니다!"

"어찌 감히 그런 말을!" 키케로는 얼굴이 붉으락푸르락 달아올라 혁하고 숨을 내쉬었다. "어떻게 감히, 마르쿠스 포르키우스 카토, 성인인 척 제 혼자만 옳다고 하는 이 고집불통 괴물! 우리를 이곳으로 데려온 건 다른 누구도 아닌 자네였고, 폼페이우스 마그누스를 억지로 내전에 떠민 것 역시 다른 누구도 아닌 자네였어! 내가 카이사르의 대단히 합리적이고 공정한 거래 조건을 들고 그를 찾아갔을 때, 어마어마하게 성질을 부려서 말 그대로 그를 혼비백산하게 접준 사람도 자네였지! 자네는 마그누스가 오글오글 떠는 물렁이가 될 때까지 꽥꽥거리고 고함지르고 울부짖었네. 루쿨루스가 카이사르 앞에 굽실거리고 설설 기었던 것보다도 더 비굴하게 그가 자네 앞에 굽실거리고 설설 기게 만들었다고! 아니, 카토, 나는 이 내전이 카이사르 탓이라 생각지 않네. 바로 자네 탓이지!"

나이우스 폼페이우스도 분노로 하얗게 질린 채 의자에서 벌떡 일어났다. "무슨 말입니까, 키케로? 삼니움 촌구석에서 온 조상도 없는 하찮은 인간 주제에! 제 아버지가 겁을 먹고 물렁이가 됐다고요? 제 아버지가 굽실거리고 설설 기었다고요? 그 말 취소하십시오. 안 그럼 당신의 썩어문드러질 이빨에 주먹을 때려 박아줄 테니까!"

"아니, 철회하지 않을 걸세!" 키케로는 이성을 잃고 포효했다. "나는 그 자리에 있었네! 나는 무슨 일이 일어났는지 봤다고! 나이우스 폼페이우스, 자네 부친은 자기 잘난 맛을 더 크게 느끼려고 카이사르와 내전에 대한 생각을 가지고 장난질 친 응석받이야! 그는 카이사르가 고작 1개 군단을 이끌고 루비콘을 건너리라곤 단 한 순간도 생각지 않았어! 그런 무모한 용기를 가진 사람들이 있으리란 생각을 못했다고! 오직 자신, 그 자신의 '신화'말곤 그 무엇도 믿지 않았지! 그 신화는 말일세, 마그누스의 아드님, 자네 부친이 술라를 공갈협박해서 공동 사령관 지위를 얻어냈을 때 시작됐고 한 달 전 파르살로스 전장에서 끝이 났네! 이 사실을 인정하려니 나도 많이 괴롭지만, 마그누스의 아드님, 자네 부친은 전쟁이나 정치에 있어서 카이사르의 신발끈에도 못 미치네!"

순간 쾅 하고 폭발하는 듯한 충격이 나이우스 폼페이우스를 덮치며 그의 온몸을 마비시켰다. 그는 고함을 지르며 키케로의 목을 조르려고 두 손을 뻗은 채 돌진했다.

퀸투스 부자는 둘 다 꼼짝하지 않았다. 완전히 넋이 나간 바람에 나이우스 폼페이우스가 그들 집안의 폭군에게 무슨 짓을 하는지 신경쓸 겨를이 없었다. 폼페이우스 마그누스의 극도로 모욕당한 아들 앞을 막아서서 그의 양 손목을 붙잡은 사람은 카토였다. 그들 간의 드잡이는 짧게 끝났다. 카토는 크게 힘들이지 않고 나이우스 폼페이우스의 양팔을 내려 등뒤로 획 꺾었다.

"그만들 두시죠!" 그는 눈빛을 이글거리며 날카롭게 외쳤다. "나이우스 폼페이우스, 돌아가서 자네 함대들이나 보살피게. 마르쿠스 키케로, 공화국의 충실한 종이 되고 싶지 않다면 이탈리아로 돌아가십시오!"

"그래요, 가버려요!" 폼페이우스 마그누스의 아들이 부르짖었다. 그러고는 의자에 털썩 주저앉아 얼얼한 손을 주물렀다. 세상에, 카토가 저렇게 힘이 센지 누가 상상이나 했을까? "짐을 챙기십시오, 당신과 당신 식구들 모두. 다시는 당신들 얼굴을 보고 싶지 않으니까! 내일 새벽에 당신들을 파트라이로 데려다줄 부속선을 대기시켜놓을 테니, 거기서 이탈리아로 돌아가든 하데스로 가서 케르베로스의 머리를 쓰다듬든 알아서들 해요! 가요! 당장 꺼져요!"

고개를 든 키케로의 양쪽 뺨에 심홍색 반점이 떠올라 있었다. 그는 왼쪽 어깨에 걸쳐진 토가의 커다란 주름을 껴안고 조카와 나란히 성큼성큼 밖으로 나갔다. 아버지 퀸투스는 약간 뒤처져서 가다가 문간에서 안쪽을 돌아보았다.

"똥물에 튀길 놈들." 그는 위엄 넘치는 말투로 내뱉었다.

나이우스 폼페이우스는 이 말을 절묘하게 웃긴 것으로 받아들였다. 그는 두 손에 고개를 파묻고 미친듯이 웃어댔다.

"뭐가 우습다는 건지 모르겠군." 카토가 포도주 탁자를 보며 말했다. 방금 전 보낸 몇 분 때문에 절로 술이 당겼다.

"당신은 그렇겠죠, 카토." 말할 수 있을 만큼 진정되었을 때 나이우스 폼페이우스가 말했다. "스토아주의자들은 원래 유머 감각이 없으니까요."

"그건 맞네," 카토가 수긍했다. 그런 뒤 다시 자리에 앉아 훌륭한 사모스산 포도주가 담긴 고급 술잔—나이우스 폼페이우스는 단순한 큰 잔이나 컵을 쓰지 않았다—을 조심스레 들었다. "그런데 나이우스 폼페이우스, 아직 나나 부상병들에 관해서는 결론이 나오지 않았네."

"부상병 8천 명 중에 다시 싸울 수 있을 만큼 회복될 이들이 몇 명이나 된다고 보십니까?"

"최소 7천 명이네. 그중 가장 상태가 좋은 1천 명을 나흘 안에 아프리카로 데려갈 만큼의 수송선을 제공해줄 수 있겠나?"

나이우스 폼페이우스는 이마를 찌푸렸다. "에테시아이 바람이 올 때까지 기다리십시오, 카토. 그 바람이 로마의 속주로 곧장 실어보내줄 겁니다. 에테시아이가 오기 전에 출발한다면, 아우스테르 남풍이나 리보노토스 남남서풍이나 제피로스 서풍같이 아이올로스가 기지개도 켜고 가볍게 달릴 겸 그의 가방에서 꺼내놓기 좋아하는 바람에 속수무책으로 휘둘릴 거예요."

"아니, 나는 되도록 빨리 떠나야 하네. 그리고 자네 짐을 옮기기 전에 내 남은 병사들부터 보내주길 부탁하네. 자네 일은 대단히 중요하지만 내 일과는 다르네. 내가 해야 할 일은 자네 부친이 내게 맡긴 용감한 병사들을 그대로 보전하는 것이야. 그들은 실제로 용감하니까. 그렇지 않았다면 부상을 입지 않았을 테지."

"그렇다면 좋도록 하십시오." 나이우스 폼페이우스가 한숨을 쉬며 말했다. "추후에 보내달라고 하신 병사들과 관련해서 문제가 하나 있습니다. 제가 쓸 수 있게 수송선들은 돌려받아야 해서요. 에테시아이 바람이 늦어지면 배들이 아프리카 속주에 도착할 거라고 장담할 수 없습니다." 그는 어깨를 으쓱했다. "사실, 여러분 모두 어디로 상륙할지 알 수 없어요."

"그 점은 내가 알아서 하겠네." 카토는 평소대로 확고한 결의를 담아 말했지만, 어쩐지 평소의 목소리만큼 크지는 않았다.

나흘 뒤, 카토가 병사들과 장비 및 보급품을 디라키온에서 옮기는 데 이용한 수송선 중 50척은 짐을 가득 싣고 떠날 준비를 마쳤다. 회복한 병사 1천200명으로 구성된 2개 대대, 비전투원과 비서관 250명, 짐을 나를 노새 250마리, 수레를 끌 노새 450마리, 수레 120대, 밀·병아리콩·베이컨·기름 등 한 달 치 식량과 맷돌, 화덕, 식기, 여분의 옷가지와 무기, 그리고 나이우스 폼페이우스의 선물로 카토의 배에 실린 은화 1천 탈렌툼이었다.

"가져가세요, 저는 더 많이 있으니까." 나이우스 폼페이우스는 쾌활하게 말했다. "카이사르의 선물이죠! 그리고," 그는 각각 끈으로 묶이고 봉인된 작은 두루마리 뭉치를 건네며 덧붙였다. "디라키온에서 당신에게 온 것들입니다. 고향 소식이에요."

카토는 살짝 떨리는 손가락으로 편지들을 몇 번이고 세어본 뒤 얇은 가죽 판갑의 겨드랑이 안쪽에 집어넣었다.

"지금 읽어보지 않으시고요?"

회색 눈은 지극히 근엄하면서도 어두운 빛을 띠었고, 커다란 곡선을 이룬 입은 고통스러운 듯 일그러졌다. "아니," 카토는 무척이나 크고 공격적인 목소리로 말했다. "나중에 시간이 날 때 읽겠네."

시설이 부실한 항구에서 수송선 50척이 다 빠져나가기까지 꼬박 하루가 걸렸다. 그럼에도 마지막 배들이 수평선 너머로 멀리 나아갈 때까지, 그들이 이른 저녁의 젖빛 하늘을 배경으로 머리카락처럼 얇은 돛대와 검은 버들광주리의 형체로만 남을 때까지 나이우스 폼페이우스는 작은 목제 부두에 계속 남아 있었다.

이윽고 그는 돌아서서 본부 쪽으로 터덜터덜 되돌아갔다. 일상이 더 평화로워질 것은 분명했지만, 카토가 더이상 이곳의 일부를 이루지 않게 되자 어쩐지 공허함이 밀려왔다. 청년 시절 그에게 카토가 얼마나 경외감을 불러일으켰던가! 그의 가정교사들과 웅변술 교사들이 원로원의 가장 위대한 세 웅변가들인 카이사르, 키케로, 카토의 서로 다른 웅변 스타일에 관해 얼마나 되풀이해 얘기하고 또 얘기했던가. 어릴 때부터 쭉 듣고 자랐던 이름들, 그가 결코 잊지 못할 사람들이었다. 로마의 일인자인 그의 아버지는 뛰어난 웅변가였던 적은 없지만 자신의 뜻을 관철시키는 데 있어서는 달인이었다. 이제 그 세 사람은 모두 제각각 흩어졌다. 한 생명의 실이 다른 생명의 실과 뒤엉키며 같은 무늬를 계속 짜내고 있다. 아트로포스가 이 상황을 애처로이 여겨 이 실을, 그리고 저 실을 싹둑 자를 때까지 그러하리라.

루키우스 스크리보니우스 리보가 기다리고 있었다. 나이우스 폼페이우스는 한숨이 나오려는 것을 참았다. 비불루스가 죽은 뒤 제독이 되었다가 폼페이우스 마그누스의 아들에게 미련 없이 그 자리를 양보한 훌륭한 사내였다. 적절한 일이기도 했다. 스크리보니우스 가문의 잘못된 가지에서 난 자손인 그가 그리도 짧은 기간에 그토록 높이 올라갈 수 있었던 건, 오로지 나이우스 폼페이우스가 기막히게 예쁜데다 보조개가 옴폭 파인 리보의 딸을 보고 한눈에 반해 지긋지긋하던 클라우디아와 이혼하고 그녀와 결혼한 덕이었다. 폼페이우스 마그누스는 질색하고 개탄했던 결합이었다. 하지만 그건 가장 지체 높은 귀족과 결혼해야 한다는 생각에 집착했고 자기 아들도 그리해야 한다는 의지가 확고했던 아버지의 생각일 뿐이었다. 글쎄, 섹스투스는 아직 결혼하기엔 너무 어렸고, 나이우스는 열일곱 살의 스크리보니아를 보기 전까지는 가정의 화합을 위해 노력했으니까. 사랑은 아무리 잘 짜인 계획도 망쳐버릴 수 있는 법이다. 폼페이우스 마그누스의 장남은 이런 생각에 잠긴 채로 장인을 맞이했다.

그들은 함께 식사하며 시칠리아와 그 주변 지역에 닥칠 움직임, 아프리카 속주의 잠재적 저항세력, 그리고 폼페이우스 마그누스가 있을지도 모를 지역들에 관해 이야기했다.

"오늘 온 전령이 보고하길, 아버지께서 코르넬리아 메텔라와 섹스투스를 레스보스에서 데려갔고 에게 해를 따라 이 섬 저 섬 옮겨다니는 중이라는 소문이 있답니다." 마그누스의 장남이 말했다.

"그렇다면," 스크리보니우스 리보가 떠날 채비를 하며 말했다. "또 편지를 써 보내는 게 좋겠군."

그리하여 그가 가고 난 후 나이우스 폼페이우스는 결연히 책상 앞에 앉았다. 판니우스 종이 두 장을 새로 꺼내서 앞에 놓고 갈대 펜을 집어 들어 잉크병에 담갔다.

우리는 여전히 건재하고 아직까지 해상을 장악하고 있습니다. 제발 부탁드립니다, 사랑하는 아버지. 배를 구할 수 있는 대로 모아서 저에게 오시거나 아프리카로 가주십시오.

그러나 폼페이우스 마그누스의 짧은 답신이 그에게 닿기도 전에, 그는 아버지가 이집트 펠루시온의 뻘밭에서 아둔한 소년왕과 그 왕실 도당의 손에 죽었다는 사실을 알게 되었다.

물론이지. 그랬겠지. 잔인하고 부도덕한 동방인답게 저들은 카이사르의 비위를 맞춰보겠다고 아버지를 죽였다. 카이사르가 그를 사면해주고 싶어한다는 생각은 단 한 순간도 저들의 머리에 떠오르지 않았으리라. 아아, 아버지! 이편이 낫습니다! 이리 가셨으니, 카이사르에게 목숨을 부지해주는 신세를 지지 않으셨습니다.

수하들 앞에서 나약한 모습을 보이지 않고 일할 수 있겠다 싶을 때까지 기다린 뒤, 나이우스 폼페이우스는 카토의 부상병 6천500명을 아프리카로 보냈다. 라레스 페르마리니와 넵투누스와 스페스 신에게 제물을 바치며, 나일 삼각주와 아프리카 속주 사이의 3천 킬로미터에 이르는 해안에서 이 병사들과 카토가 서로를 찾을 수 있기를 빌었다. 그러고 나서 그 자신과 그의 함대와 병사들을 시칠리아 인근 기지로 옮기는 힘든 작업에 착수했다.

케르키라의 몇 안 되는 원주민들은 로마인들이 떠나간다는 게 기쁜지 아쉬운지 알 수 없었다. 그렇게 케르키라는 서서히 상흔을 지워내고 달콤한 망각 속으로 돌아갔다. 서서히.

카토는 병사들과 비전투원들을 노잡이로 활용하기로 했다. 지나치게 몰아붙이지만 않는다면 회복기에 더없이 좋은 운동이 될 거라고 생각했다. 서쪽에서 제피로스가 단속적으로 불어와 돛은 아무 쓸모가 없었으나, 이 미풍 아래서 언제나 그렇듯이 날씨는 평온하고 바다는 죽은듯이 고요했다. 카토는 결코 누그러질 수 없을 만큼 격렬하게 카이사르를 증오했지만, 한편으로 카이사르가 장발의 갈리아 전쟁에 관해 직접 쓴 명쾌하고 냉정한 기록을 탐독했으며 개인적 감정에 눈이 어두워 그 안에 담긴 수많은 실용적인 정보를 놓치진 않았다. 가장 중요한 것은 장군이 사병들의 고초와 결핍을 함께 나누었다는 사실이었다. 병사들이 걸을 때 걸었고 병사들과 똑같이 형편없는 소고기 몇 조각으로 버텼으며, 긴 행군을 하는 동안이나 방어시설 뒤에 웅크려 모인 채 포로로 잡혀 고리버들 우리에서 산 채로 태워질 운명만이 기다릴 듯 느꼈던 끔찍한 시간에도 병사들과 절대 떨어지지 않았다. 정치적으로나 사상적으로나 카토는 이 전기에서 많은 것을 배웠고, 그의 마음속에 잠재된 열정이 카이사르의 모든 행동을 조롱하고 무시하도록 몰아갔음에도 불구하고 머리 한편으로는 그 가르침을 빨아들였다.

어린 시절 카토는 공부하는 게 괴로웠다. 카이사르의 전설적인 기억력에 근접하는 재주를 가지기는커녕, 이부누이 세르빌리아처럼 배우고 들은 것을 기억하는 능력조차 그에게는 없었다. 카토는 암기하고 암기하고 또 암기했다. 그럴 때마다 세르빌리아는 모욕적인 말로 비웃었고, 사랑하는 이부형 카이피오는 그녀의 악의로부터 그를 보호해주었다. 카토가 그 험악하고 분열된 고아 무리의 막내로 자란 끔찍한 유년기를 무사히 견뎌낸 건 순전히 카이피오 덕분이었다. 카이피오, 그를 두고 그 아버지의 자식이 아니라 어머니 리비아 드루사와 그녀가 이후 결혼한 카토의 아버지 사이의 사생아라는 말들이 돌았다. 사람들은 카이피오의 키와 빨강머리, 커다란 매부리코가 그야말로 포르키우스 카토의 내림이라 했고, 그러므로 카이피오는 세르빌리우스 카이피오라는 존귀한 파트리키 이름과 세르빌리우스 카이피오 가문의 자손으로서 물려받은 막대한 재산에도 불구하고 카토의 이부형제가 아니라 친형제라고 했다. 로마로부터 훔친 금 1만 5천 탈렌툼의 재산, 그것은 전설처럼 전해지는 톨로사의 황금이었다.

가끔 포도주도 통 효과가 없고 밤의 악마들이 물러날 생각을 하지 않을 때면 카토는 그날 저녁을 떠올리곤 했다. 드루수스 외삼촌의 적들이 보낸 하수인들이 작지만 치명적인 칼을 외삼촌의 사타구니에 쑤셔 박고 회복 불가능한 내상을 입을 때까지 비틀어놓았던 그날. 그것은 정치와 사랑이 섞이면 얼마나 끔찍할 수 있는지 보여주는 척도와도 같았다. 끝없이 이어지던 고통에 찬 비명소리, 값비싼 모자이크 바닥에 호수처럼 번진 피, 여섯 아이 모두가 드루수스의 끔찍하고 느린 죽음을 목격하는 사이 두 살배기 카토가 다섯 살배기 카이피오의 품에 안겨서 느낀 지극한 구원. 결코 잊지 못할 밤이었다.

가정교사가 간신히 그에게 읽는 법을 가르친 후, 카토는 증조부인 감찰관 카토의 방대한 글에서 삶의 규범을 발견했다. 감정의 억제, 확고부동한 지조, 검소함으로 대표되는 혹독한 윤리였다. 카이피오는 막냇동생의 이 규범을 용인했지만 결코 동의하지는 않았다. 물론 타인의 감정을 인지하지 않는 카토는, 그것을 실천하는 자에게 이따금의 실패조차 용납하지 않는 삶의 규범이 우려되었던 카이피오의 마음을 제대로 이해하진 못했다.

형제는 떨어지려 하지 않았다. 심지어 전쟁 훈련도 함께 받았다. 카토는 카이피오가 없는 삶을 상상해본 적도 없었다. 자기 노예의 딸을 아내로 맞이한 감찰관 카토의 꼴사나운 두번째 결혼에서 비롯된 후손이라며 세르빌리아가 카토의 적갈색 머리 위에 경멸의 말을 쏟아붓는 동안, 그는 그녀로부터 카토를 단호하게 보호해주었다. 당연히 세르빌리아도 카이피오의 진짜 혈통을 알고 있었지만, 어쨌든 카이피오는 그녀의 아버지 이름을 지니고 있었으므로 그녀는 모든 악의를 카토에게 집중했다.

카이피오는 자신이 실제로 누구의 자식인가 하는 문제를 가지고 단한 번도 고민하지 않았다. 무수히 반짝거리는 함대의 불빛이 바다에 황금빛 띠를 던져넣었고, 그것은 잔잔한 검은 물에 사르르 녹아들어 사라졌다. 카토는 배 난간에 기대어 그 광경을 바라보면서 생각했다. 세르빌리아. 괴물 같은 아이였던 괴물 같은 여자. 우리 어머니보다도 더 더럽혀진 여자. 여자들은 경멸스러운 존재다. 흠잡을 데 없는 조상과 수고양이 같은 매력으로 무장한 도도하고 아름다운 사내가 시아에 들어오는 바로 그 순간 여자들은 앞다투어 그에게 다리를 벌린다. 가령 내 첫번째 아내 아틸리아는 카이사르에게 다리를 벌려주었다. 세르빌리아도 카이사르에게 다리를 벌려주었고 여전히 그러고 있다. 비불루스의 아내들이었던 도미티아 두 명도 카이사르에게 다리를 벌렸다. 로마 여자 절반이 카이사르에게 다리를 벌렸다. 카이사르! 언제나 카이사르.

그의 생각은 이번엔 조카 브루투스에게로 옮겨갔다. 세르빌리아의 외아들. 폼페이우스 마그누스가 뻔뻔스럽게도 반역죄로 처형했던, 그 당시 세르빌리아의 남편이었던 마르쿠스 유니우스 브루투스의 틀림없는 아들. 아버지가 없는 브루투스는 카이사르의 딸 율리아를 수년간 동경했고 그녀와 약혼까지 했다. 세르빌리아는 그 약혼을 기뻐했다! 그녀의 아들이 카이사르의 딸과 결혼하면 카이사르를 그녀의 가족으로 둘 수 있고, 그러면 두번째 남편 실라누스에게 카이사르와의 밀회를 숨기려고 힘들게 애쓰지 않아도 되니까. 실라누스 역시 죽었다. 하지만 폼페이우스 마그누스의 칼이 아니라 절망감 때문이었다.

세르빌리아는 내가 브루투스를 자기 편으로 만들지 못할 거라 늘 말했지만 나는 그렇게 했다. 나는 해냈다! 브루투스가 최초로 경악한 때는 그의 어머니가 다섯 해 동안 카이사르의 정부였다는 사실을 알아낸 날이었다. 두번째는 카이사르가 그와 율리아의 약혼을 깨고 자기 딸을 폼페이우스 마그누스와 결혼시킨 날이었다. 할아버지뻘 되는 나이인 데다 브루투스의 아버지를 처형한 장본인인 사람과 말이다. 순전히 정치적 편의를 위한 결정이었지만, 그 덕분에 율리아가 죽기 전까지 폼페이우스 마그누스를 카이사르에게 묶어둘 수 있었다. 그렇게 마음에 상처를 입은 브루투스는—어찌나 약해빠진 녀석인지!—제 어머니에게 등을 돌려 내게로 왔다. 부도덕한 이들을 벌주는 것은 옳은 행동이고, 내 생각에 세르빌리아에게 줄 수 있는 최악의 벌은 그녀의 소중한 아들을 뺏는 것이었다.

브루투스는 지금 어디에 있을까? 그애는 잘해야 미적지근한 공화파에, 공화파로서의 의무와 고질적인 죄악인 돈 사이에서 항상 망설인다. 크로이소스도 미다스도 아니지만 단지 로마인 성향이 너무 강해서다. 그애는 이율과 중개수수료, 익명 동업자, 로마 원로원 의원들이 흔히 하는 온갖 은밀한 영리활동에 푹 빠져 있다. 토지를 통한 것 외의 돈벌이를 하면 전통에 따라 원로원 의원 자격이 박탈되지만, 유혹을 이기기엔 그애의 탐욕이 너무나 크다.

브루투스는 톨로사의 황금으로 얻어진 세르빌리우스 카이피오 가문의 재산을 상속받았다. 카토는 부드득 이를 갈고 손가락 마디가 새하얗게 질리도록 양손으로 난간을 꽉 움켜쥐었다. 카이피오가, 사랑하는 카이피오가 죽었기 때문이다. 그는 아시아 속주로 가는 길에 홀로 죽었다. 내가 와서 형의 손을 잡아주고 형이 스틱스 강을 건널 수 있게 도와주기를 헛되이 기다리면서. 그러나 나는 한 시간 늦게 도착했다. 아아, 삶이여, 삶이여! 내 삶은 카이피오의 죽은 얼굴을 본 뒤로 결코 전과 같을 수 없었다. 나는 울부짖고, 신음하고, 실성한 사람처럼 지껄여댔다. 나는 실성했다. 나는 아직도…… 그래, 아직도 실성해 있다. 그 고통! 카이피오는 서른 살이었고 나는 스물일곱 살이었다. 곧 마흔여섯 살이 될 것이다. 그런데도 카이피오의 죽음이 마치 어제 일처럼 느껴진다. 내 슬픔은 그때나 지금이나 똑같이 생생하다.

브루투스는 모스 마이오룸에 따라 상속자가 되었다. 카이피오와 가장 가까운 부계 남자 친척이었으니까. 세르빌리아의 아들이자 카이피오의 조카. 나는 브루투스의 어마어마한 재산 중 단 한 푼도 욕심나지 않는다. 또 카이피오의 재산이 그보다 더 철저한 관리인에게 갈 수는 없었을 거라고 확신할 수 있어서 다행이다. 나는 그저 브루투스가 좀더 사내다워지고 나약한 모습이 덜해지기를 바랄 뿐이다. 하지만 그런 어머니를 둔 터에 달리 뭘 기대할 수 있겠는가? 세르빌리아는 그를 자신이 원하던 대로 만들어놓았다. 순종적이고 비굴하고 어머니를 지독히 두려워하는 아들로. 브루투스가 진취적으로 일어나 자신을 속박하던 줄을 끊고 마케도니아의 폼페이우스 마그누스에게 합류한 건 참으로 희한한 일이다. 똥개 라비에누스의 말로는 브루투스가 파르살로스에서 싸웠다고 한다. 놀랍다. 어쩌면 하르피아아 같은 어머니와 떨어져 지내는 생활이 그에게 큰 변화를 일으킨 걸까? 어쩌면 아프리카 속주에서도 여드름 자국으로 뒤덮인 그 얼굴을 볼 수 있을까? 하! 직접 보기 전까진 믿을 수 없다!

카토는 나오려는 하품을 삼키며 돗짚자리로 가서 누웠다. 양옆에는 불쌍한 꼴로 가만히 누워 있는 스타틸로스와 아테노도로스 코르딜리온의 형체가 보였다. 두 사람 다 끔찍할 정도로 뱃멀미가 심했다.

제피로스는 계속 서쪽에서 불어왔지만, 카토의 수송선 50척이 대충 아프리카 방향으로 가는 상태를 유지하기에 딱 충분할 만큼 북쪽으로 방향을 틀었다. 그러나 카토는 아프리카 속주 동쪽으로부터는 멀리 떨어진 방향임을 알아보고 가슴이 철렁 내려앉았다. 이탈리아의 발뒤꿈치가 먼저 보이고 그다음에 이탈리아의 발가락 부분, 마지막으로 시칠리아가 보이는 대신, 그들은 그리스 펠로폰네소스의 서쪽 해안에 딱 밀어붙여진 채로 타이나론 곶까지 갔고 거기서부터 느릿느릿 키테라 섬으로 갔다. 라비에누스가 파르살로스에서 달아난 병사들을 찾아 들를 생각이라고 했던 아름다운 섬이었다. 라비에누스가 아직 거기 있는지는 몰라도 해안에서 신호를 보내지는 않았다. 카토는 불안한 마음을 억누르며 계속해서 크레타로 항해했고, 해상에서 보낸 열하룻째 날에 크리우메토폰의 뭉툭하고 말라빠진 절벽을 지나쳤다.

나이우스 폼페이우스는 조타수를 제공해주지는 못했지만, 카토를 자신의 최고 조타수 여섯 명에게 보내 하루 동안 같이 지내게 해주었다. 여섯 명 모두 옛날 페니키아인들만큼이나 지중해 동부 지역을 꿰고 있는 노련한 뱃사람들이었다. 그런 덕분에 항해중 다양한 육지를 발견하는 이도 카토였고, 그들이 어디로 가고 있는지 아는 사람도 카토였다.

　다른 배가 보이지는 않았지만 카토는 그리스 인근 해역에선 감히 배를 멈춰 세울 엄두를 내지 못했다. 그래서 열둘째 날에 크레타 가우도스 섬 근처의 노출되긴 했지만 잔잔한 환경에 함대를 정박시켰고, 절벽에서 쏟아져나와 잔물결 속으로 떨어지는 샘물을 그가 가진 큰 물통과 암포라 전부에 넘치도록 채웠다. 이 섬은 그가 병사들을 황량한 리비아 해에 내맡기기 전의 마지막 외로운 전초지였다. 리비아. 그들은 리비아로 가고 있었다. 죄인의 몸에 꿀을 바르고 개밋둑을 가로질러 묶어놓는 방식으로 처형을 행하는 나라. 리비아. 유목민 마르마리다이족—대리석의 민족—이 사는 곳이며, 그리스 지리학자들의 말이 사실이라면 끊임없이 모래가 이동하고 하늘에서 비가 내리지 않는 곳이다.

　가우도스에서 그는 작은 배를 직접 저어 수송선 무리를 하나하나 돌아다니면서, 응원과 설명이 담긴 짧은 연설을 저 유명한 큰 목소리로 외쳤다.

　"동료 항해자 여러분, 아프리카 해안까지는 여전히 멀지만 여기서 우리는 대지의 다정한 가슴에 작별을 고해야 합니다. 지금부터 우리는 다랑어의 물결과 돌고래 울음소리 속에 육지라고는 보이지 않는 곳을 항해하기 때문입니다. 두려워하지 마십시오! 나, 마르쿠스 포르키우스 카토가 여러분을 손에 붙들고 있으며 모두가 아프리카에 도착하는 날까지 잡은 손을 놓지 않을 것입니다. 우리는 배들을 한데 뭉쳐 있게 할 것이고 노를 열심히 젓되 분별 있게 저을 것이며, 우리가 사랑하는 이 탈리아의 노래들을 부를 것이고, 우리 자신과 우리의 신들을 믿을 겁니다. 우리는 진정한 공화국의 로마인들이며 살아남아 카이사르를 힘들게 해줄 것임을, 나는 솔 인디게스와 텔루스와 리베르 파테르에게 맹세합니다!"

이 짧은 연설은 열렬한 환호성과 미소 띤 얼굴로 받아들여졌다.

카토는 신관도 조점관도 아니었으나, 사령관 자격으로 뿔 두 개가 난 암양을 죽여 바다를 항해하는 이들의 수호신인 라레스 페르마리니에게 제물로 바쳤다. 자주색 단을 댄 토가를 머리에 둘러쓰고 그는 이렇게 기도했다.

"오 라레스 페르마리니 혹은 원하는 어떤 이름으로도 불리는 그대들, 남신일 수도 여신일 수도 성이 없을 수도 있는 그대들이시여, 그대가 그의 자식일 수도 있고 아닐 수도 있는 위대한 아버지 넵투누스에게 우리가 아프리카로의 여정에 나서기 전에 우리를 위해 탄원해주시기를 청합니다. 우리의 안위를 돌보시고 심해의 폭풍우와 고역으로부터 우리를 지켜주시고 우리 배들을 한데 붙어 있게 해주시며 우리가 문명화된 곳에 상륙하도록 허락해주시기를 진심으로 청하노니, 이를 그대들이 모든 신들 앞에서 증명해주시기를 간절히 바랍니다. 로물루스 시대까지 거슬러올라가는 우리의 계약 협정에 따라 이렇게 그대들에게 올바른 제물을 바치노니, 씻기고 정화된 어린 암양입니다."

열셋째 날에 함대는 닻을 올리고 오직 라레스 페르마리니만이 아는 곳으로 출항했다.

이제 배에 익숙해져 멀미가 멈춘 스타틸로스는 침대에서 벗어나 카토의 곁을 지켰다.

"한껏 노력하고 있는데도 도무지 로마인의 숭배 방식을 이해하질 못하겠네." 반질거리는 바다를 달리는 크고 육중한 배의 약한 움직임을 어느덧 즐기며 스타틸로스가 말했다.

"어떤 방식 말인가, 스타틸로스?"

"법률적인 측면 말일세, 마르쿠스 카토. 어찌 사람들이 신들과 법률 계약을 맺을 수가 있는가?"

"로마인들은 그렇게 하네, 늘 그래왔고. 다만 고백하건대, 나는 신관이 아니라서 라레스 페르마리니와의 계약이 언제 작성되었는지는 확신이 없네." 카토는 아주 진지하게 말했다. "그러나 라레스나 페나테스 같은 누멘들과의 계약이 로물루스에 의해 작성되었다고 루키우스 아헤노바르부스가 말한 건 확실히 기억하네. 로마 원로원과 인민의 법률 계약서가 보존되어 있는 건 마그나 마테르나"—그는 혐오스럽다는 듯 얼굴을 찡그렸다—"이시스같이 나중에 도입된 신들에 관해서뿐이네. 신관이라면 자기 직무의 일환이니까 자동으로 알겠지. 하지만 누가 마르쿠스 포르키우스 카토를 대신관단의 일원으로 뽑아주겠나? 형편없는 후보자들이 나온 시시한 해에도 집정관에 선출되지 못하는 사람을 말일세."

"자네는 아직 젊네." 스타틸로스가 부드럽게 말했다. 그는 4년 전 카토가 집정관 직 도전에 실패했을 때 얼마나 실망했는지 잘 알고 있었다. "로마의 진정한 정권이 회복되자마자 자네가 수석 집정관이 될 걸세. 전 백인조의 표를 받아서 말이야."

"그럴지도 모르지. 우선은 아프리카로 가세나."

하루하루가 서서히 지나가는 사이 함대도 서서히 남동쪽으로 이동했다. 주로 노의 힘으로 갔지만, 배마다 하나씩 돛대 높이 매달린 커다란 돛도 가끔은 부풀어올라 약간의 힘을 보탰다. 그러나 돛이 느슨하게 늘어지면 노젓기가 더 힘들어졌으므로, 부푼 돛이 도움이 되는—그런 날은 꽤 자주 있었다—날이 아닌 한 돛은 접어두었다.

카토는 건강과 기민함을 유지하기 위해 노 하나를 맡아 혼자 저었다. 수송선은 상선과 마찬가지로 노가 한쪽에 열다섯 개씩 1단으로만 배치되었다. 모두 갑판이 완전히 깔려 있었으므로 노잡이들이 선체 안에 앉게끔 되어 있었다. 그나마 고생이 참을 만했던 것은 바닷물보다 한참 위로 튀어나온 현외 장치에 자리를 잡아 노젓기가 좀더 쉽기도 했고 바람도 더 잘 통했기 때문이다. 전함의 경우는 완전히 달랐다. 전함은 노가 서너 단으로 배치되고 노 하나당 두 명에서 다섯 명이 붙었으며 맨 아랫단은 해수면과 워낙 가까워서 가죽 밸브로 현창을 막아놓았다. 하지만 전투 갤리선은 짐을 실어나르거나 전투 사이사이 물에 떠 있도록 설계된 것이 아니었다. 그 배들은 부러우리만치 정성스럽게 관리되었고 20년 수명 중 대부분의 시간을 육상의 격납고에 들어앉아서 보냈다. 나이우스 폼페이우스는 케르키라를 떠날 때 그곳 원주민들에게 수백 개의 격납고를 남겨두고 갔다. 그만큼의 땔나무였다!

카토는 사심 없는 노고가 선한 사람의 척도 중 하나라고 믿었기 때문에 노 젓는 일에 온 힘을 쏟았고 그와 함께 노를 젓는 스물아홉 명도 똑같이 하도록 독려했다. 사령관이 같이 노를 젓는다는 소문이 어찌어찌 배에서 배로 퍼져나가자, 병사들은 더욱 기꺼이 그 일에 임하여 호르타토르의 북소리에 장단 맞춰 노를 저었다. 노새나 수레나 장비를 제외하고 병사를 실은 배들의 인원을 전부 포함해도 두 팀을 구성할 인원밖에 되지 않았다. 다시 말해 네 시간 노젓기와 네 시간 휴식을 밤낮 가리지 않고 끊임없이 반복해야 한다는 뜻이었다.

식단은 늘 같았다. 로마인의 보편적인 주식인 빵은 크레타 가우도스에서 보낸 하루를 제외하고는 식단에서 빠져 있었다. 화덕에 불을 땠다가 배가 한 척이라도 불에 탈 위험을 감수할 순 없었다. 내화벽돌로 된

화로에 꾸준히 불을 피워 커다란 쇠 가마솥을 데웠는데 거기서 조리할 수 있는 음식은 단 하나, 베이컨이나 염장 돼지고기 조각으로 맛을 낸 걸쭉한 완두콩 죽이었다. 물을 마시게 될 것을 염려한 카토는 죽에 간을 하지 말고 먹으라는 명령을 내렸다. 식욕에 가해진 또하나의 타격이었다.

그래도 날씨가 좋아서 50척의 배들이 모두 가까이 붙어 있을 수 있었다. 게다가 카토는 작은 배를 타고 끊임없이 수송선들 사이로 돌아다닌 결과, 바다처럼 비밀스럽고 불가사의한 존재에 대한 정상적인 두려움을 감안하면 1천500명 병사들이 그가 더 바랄 수 없을 만큼 낙관적으로 보인다는 사실을 확인했다. 로마 병사들은 아무도 바다에 나와 있는 걸 좋아하지 않았다. 돌고래는 반가웠지만, 바다에는 상어도 있었다. 더구나 물고기떼는 마구 휘둘러대는 노들이 가까워지면 전부 달아나버렸으므로, 결국 볼거리도 줄어들고 생선 스튜를 먹을 가능성도 사라졌다.

노새들은 카토가 계산했던 것보다 더 많은 물을 마셨다. 햇볕은 날마다 쨍쨍 내리쬐었고 물통에 든 물 높이는 깜짝 놀랄 만큼 빠르게 내려가고 있었다. 크레타 가우도스 섬에서 벗어난 지 열흘 만에 카토는 그들이 살아서 육지를 볼 수 있을까 의심하기 시작했다. 그는 작은 배를 타고 이 배 저 배로 돌아다니면서, 물통이 비기 한참 전에 노새들을 배 밖으로 던지겠다고 병사들에게 약속했다. 병사들에겐 반갑지 않은 약속이었다. 그들은 군인이었고 군인에게 노새는 황금 못지않게 귀한 것이었다. 백인조마다 병사가 22킬로그램짜리 등짐에 다 못 넣은 물품을 실어나를 수 있는 노새 열 마리가 있었고, 정말로 무거운 물건의 경우 노새 네 마리가 끄는 수레 한 대를 이용했다.

때마침 북서쪽에서 코루스가 불어 오기 시작했다. 병사들은 기쁨의 함성을 지르며 우르르 몰려가서 돛을 펼쳤다. 이탈리아에서는 비 섞인 바람이지만 리비아 해에서는 그렇지 않았다. 배들에 속도가 붙었고 노 젓기가 한층 수월해졌으며 희망이 싹텄다.

크레타 가우도스 섬을 떠난 열넷째 날 한밤중에 카토는 갑자기 잠에서 깨어 급히 일어나 앉았다. 멋들어진 매부리코의 콧구멍이 벌름거리고 있었다. 그는 한참 전부터 바다에 특유의 냄새―달착지근한 냄새, 해초 냄새, 희미한 비린내―가 있다는 걸 느끼고 있었다. 그런데 이젠 뭔가 다른 향기가 바다 냄새를 덮고 있었다. 땅이다! 그는 땅냄새를 맡은 것이다!

그는 황홀한 기분으로 코를 킁킁거리며 난간으로 나가서 신비한 쪽빛 하늘을 올려다보았다. 밖은 어둡지 않았다. 이전에도 정말로 어두운 적은 없었다. 달의 구체는 다 이지러져서 보이지 않았지만, 창공은 셀 수 없이 많은 별빛을 받아 화려하게 반짝거리는 빛의 조각들이었다. 깜박거리는 행성들말고는 모든 별들이 얇은 베일처럼 하늘에 수를 놓고 있었다.

그리스인들은 행성들이 희미하게 빛나는 별들보다 훨씬 가까운 거리에서 우리 지구 주위를 돈다고 말한다. 그렇다 해도 상상조차 할 수 없는 먼 거리다. 우리는 축복받았다. 우리가 신들의 고향이기 때문이다. 우리는 전 우주의 중심이며 모든 천체들에게 재미있는 이야기를 들려준다. 그리고 밤의 등불은 우리와 신들을 찬양하기 위해 빛난다. 빛은 삶이라고 우리에게 일깨워주듯이.

내 편지들! 내 편지들을 아직 읽지 않았군! 내일이면 우리는 아프리카 땅에 상륙할 것이고, 나는 대리석의 민족과 움직이는 모래의 땅에서 병사들의 사기를 북돋워주어야 할 것이다. 흥분이 퍼져나가고 거기 휩쓸리기 전에, 새벽 어스름이 하늘을 물들이자마자 좋든 싫든 내 편지들을 읽어봐야 한다. 그때까지는 노를 젓자.

세르빌리아의 편지는 정제한 맹독과도 같았다. 카토는 그녀가 엮어놓은 단어들을 중얼거리며 훑다가 일곱번째 줄에서 읽기를 포기하고 작은 두루마리를 구겨 동그랗게 뭉치더니 배 밖으로 던져버렸다. 당신은 여기까지야, 혐오스러운 내 이부누이!

다음은 최강의 기회주의자이자 궁극의 에피쿠로스주의자인 장인 루키우스 마르키우스 필리푸스가 보낸 유들유들한 편지였다. 로마는 집정관 바티아 이사우리쿠스와 수도 담당 법무관 가이우스 트레보니우스 치하에서 아주 조용하다고 했다. 폼페이우스가 디라키온에서 대승을 거뒀고 패자가 된 카이사르는 도주중이라는 낭설 외엔 그야말로 아무 일도 일어나지 않는다며 필리푸스는 우아한 문체로 한탄했다. 이 편지도 세르빌리아를 따라 바다로 들어간 뒤 노깃이 일으킨 잔물결 위로 춤추며 멀어져갔다. 당신도 여기까집니다, 필리푸스. 카이사르의 조카사위이자 카이사르의 가장 큰 적 카토의 장인으로서 양 진영에 안전하게 발을 담그고 있는 당신. 당신 소식은 케케묵었고 도무지 목에 걸려 내려가질 않는군요.

그가 편지들을 읽지 않았던 진짜 이유는 그가 마지막으로 읽은 편지였다. 마르키아, 그의 아내가 보낸 편지.

코르넬리아 메텔라가 전통을 거부하고 폼페이우스 마그누스와 함께 떠났을 때 나도 그녀의 예를 따르고 싶은 마음이 굴뚝같았어요. 그렇게 하지 않은 건 포르키아 탓이에요. 당신은 왜 하필 당신 못지않게 모스 마이오룸에 지독하게 충실한 딸을 둬야 했나요? 내가 짐을 싸는 걸 보자마자 포르키아는 하르피이아처럼 달려들더니, 모퉁이를 돌아 우리 아버지를 찾아가서 내가 가지 못하게 하라고 요구했어요. 음, 아버지가 어떤 분인지는 당신도 잘 알겠죠. 뭐든 평온한 게 상책이시잖아요. 그렇게 포르키아 뜻대로 되어 나는 여전히 로마에 주저앉아 있어요.

마르쿠스, 사랑하는 당신, 나의 생명, 나는 텅 빈 마음으로 궁금해하고 걱정하면서 혼자 지내고 있어요. 당신 잘 지내나요? 내 생각은 하나요? 내가 당신을 다시 만날 날이 올까요?

당신과의 결혼생활 두 번을 합친 것보다 퀸투스 호르텐시우스와의 결혼 기간이 더 길었던 건 불공평해요. 우린 당신이 내게 내렸던 그 추방형에 관해 한 번도 얘기한 적이 없었죠. 물론 나는 당신이 왜 그랬는지 바로 이해했지만요. 당신은 나를 너무 사랑해서 그랬던 거예요. 나를 향한 사랑이 당신이 목숨보다, 혹은 아내보다 중시하는 스토아학파의 원칙을 배반한다고 여겨서 그랬던 거죠. 그래서 호르텐시우스가 순전히 노쇠한 정신에 나와 결혼하고 싶다고 청하자 당신은 나와 이혼하고 날 그에게 줬어요. 물론 우리 아버지의 묵인하에요. 당신은 그자에게서 단 1세스테르티우스도 받지 않았지만 아버지는 1천만 세스테르티우스를 받았단 걸 알아요. 아버지의 취향은 돈이 많이 들죠.

나는 호르텐시우스에게로의 추방이 나를 향한 당신의 사랑이 얼마나 깊은지 보여주는 증거라고 생각했어요. 길고도 지독한 4년이었죠! 4년요! 그래요, 그는 너무 늙고 쇠약해서 나를 어찌할 수도 없었어요. 하지만 매일같이 몇 시간을 호르텐시우스와 함께 앉아서 그가 애완 물고기 파리스에게 정답게 속삭이는 걸 들으며 내 기분이 어땠을지 상상할 수 있나요? 당신을 그리워하고, 당신을 갈구하고, 당신이 나를 버리던 순간을 몇 번이고 다시 겪으면서 보냈던 시간을?

그러다 호르텐시우스가 죽고 당신이 두번째로 나를 아내로 받아들인 후, 당신과 함께한 시간은 겨우 몇 달에 불과했어요. 당신이 언제나처럼 자신의 의무를 실천하고자 가차없이 로마와 이탈리아를 떠났기 때문이죠. 이게 공평한 일인가요, 마르쿠스? 나는 스물여섯 살밖에 되지 않았고 두 남자와, 그것도 한 남자와는 두 번 결혼해서 살았지만 불임이에요. 포르키아와 칼푸르니아처럼 나에겐 아이가 없어요.

내가 책망하는 글을 당신이 얼마나 읽기 싫어하는지 아니까 이제 불평은 그만할게요. 당신이 이런 사람이 아니었다면 난 지금처럼 당신을 사랑하지 않았을 테죠. 우리 셋 다 그리운 남자들 때문에 슬퍼하고 있어요. 포르키아, 칼푸르니아, 그리고 나. 포르키아가? 당신은 이렇게 묻겠죠. 포르키아가 죽은 비불루스를 그리워하오? 아뇨, 비불루스가 아니에요. 포르키아는 사촌 브루투스를 그리워해요. 그애는 당신이 나를 사랑하는 만큼이나 그를 사랑해요. 그애는 당신 성품을 그대로 닮았으니까요. 열정으로 불타지만, 그 모든 열정은 제논의 가르침에 대한 터무니없는 전념으로 얼어붙어 있죠. 사실 제논이 별건가요? 웃음부터 맛있는 음식까지 신들이 우리에게 즐기라고 주신 더없이 멋진 것들을 자제했던 키프로스 섬의 어리석은 노인일 뿐이잖아요. 에피쿠로스주의자의 자식다운 말이로군요! 칼푸르니아로 말하자면, 그 사람은 카이사르를 그리워해요. 11년간 그의 아내로 살았지만 실제로 카이사르와 같이 있었던 시간은 몇 달밖에 되지 않죠. 카이사르는 갈리아로 가기 전까지 당신의 무시무시한 누나와 바람을 피웠고요. 갈리아로 간 후로는…… 아무 소식도 없대요. 우리 과부들과 아내들은 참 대접받지 못하고 살아요.

누군가 당신이 이탈리아를 떠난 후로 면도도 이발도 하지 않았다고 말하던데, 당신의 멋지고 로마 귀족다운 얼굴이 유대인처럼 구레나룻에 덮인 건 상상이 안 가요.

말해줘요, 마르쿠스. 왜 우리 여자들은 읽고 쓰기를 배우고도 언제나 집안에 앉아 기다릴 수밖에 없는 운명인가요? 난 가야 해요. 눈물이 앞을 가려요. 제발 내게 편지를 보내줘요! 내게 희망을 줘요.

해가 중천에 떴다. 카토는 읽는 속도가 지독하게 느렸다. 마르키아의 두루마리는 구겨졌고, 그런 뒤 반짝거리는 바다 위를 미끄러져 갔다. 아내들은 여기까지.

카토의 손은 떨리고 있었다. 장례용 장작더미처럼 죄다 태워버릴 듯이 격렬하게 한 여자를 사랑하는 것은 옳은 행동이 아니다. 옳은 행동일 리가 없다. 그녀는 자신이 보낸 수많은 편지가 하나같이 똑같은 내용이라는 걸 모르나? 내가 절대 편지를 쓰지 않으리란 걸 모르나? 내가 무슨 말을 해야 하지? 할말이 뭐가 있다고?

그의 코 외에는 대기에 스며 있는 흙냄새를 맡은 코가 없는 듯했다. 모두가 오늘도 어제와 똑같은 하루인 것처럼 각자 할 일을 시작했다. 아침 시간이 더디게 흘러갔다. 카토는 한바탕 노를 저은 뒤 난간으로 되돌아가 눈에 잔뜩 힘을 주었다. 한동안은 아무것도 보이지 않았다. 그러다 해가 머리 바로 위로 높이 떴을 때 가늘고 희미한 푸른 선이 지평선 위로 나타났다. 카토가 그것을 막 본 찰나, 저 높이 돛대 꼭대기에 있던 선원이 소리를 질렀다.

"육지다! 육지다!"

카토의 배는 함대 선두에 있었고 그 뒤로 배들이 불룩한 눈물방울 모양으로 따라오고 있었다. 직접 작은 배에 오를 시간이 없었으므로, 카토는 의욕 넘치는 선임 백인대장 루키우스 그라티디우스를 대신 보낸 뒤 선장들에게 그를 앞지르지 말고 모래톱과 암초와 숨은바위를 주의깊게 살피도록 지시했다. 바다는 갑자기 매우 얕아졌고 최상급 푸테올리산 유리처럼 맑았으며, 이제 해가 바로 내리비추지 않았으므로 그 유리와 똑같이 희미한 푸른색 광택이 흘렀다.

육지는 엄청나게 빨리 나타났다. 땅이 너무나 평평해서였다. 바다 가까이에 높은 산들이 우뚝 솟아 있어서 해안에서 수 킬로미터 떨어진 곳에서도 육지가 보이는 지역을 항해하는 데 익숙했던 로마인들에게는 낯선 현상이었다. 서쪽으로 기우는 해에 드러난 땅이 황토색이 아닌 초록빛에 가까운 것을 보고 카토는 안도했다. 풀이 자란다면 문명이 형성돼 있을 가능성이 있었기 때문이다. 그는 알렉산드리아와 키레나이카 사이의 1천300킬로미터 해안에 정착지가 단 한 곳뿐이라는 사실을 나이우스 폼페이우스의 조타수들에게 들어 알고 있었다. 그곳은 파라이토니온이었다. 알렉산드로스 대왕이 거기서부터 남쪽으로 출발하여 전설적인 암몬의 오아시스로 가서 이집트의 제우스와 대화를 나눴다고 전해지는 곳.

파라이토니온, 파라이토니온을 찾아야 한다! 그런데 여기서 서쪽에 있는 걸까, 동쪽에 있는 걸까?

카토는 자루 바닥을 뒤져 병아리콩 한 움큼을 간신히 모은 뒤—남은 식량이 거의 없었다—그 콩을 바다에 던져넣고 기도를 올렸다.

"오 모든 신들이시여, 어떤 이름으로 알려지길 원하시든 성별이 어떠하든, 제가 정확히 추측하게 해주소서!"

차가운 코루스 바람이 그의 간청에 대답하듯 세차게 몰아쳤다. 그는 밧줄이 묶인 거대한 키 양쪽 노의 손잡이들 사이에 자리잡고 있던 선장에게로 갔다.

"선장, 바람을 앞질러 동쪽으로 갑시다."

해안 아래로 6킬로미터도 떨어지지 않은 지점에서 카토의 예리한 눈은 작은 절벽 두 개와 그 사이의 만으로 들어서는 입구, 그리고 진흙 벽돌집 한두 채를 포착했다. 만약 이곳이 파라이토니온이라면 항구 안에 도시가 있어야 했다. 입구는 돌투성이였지만 거의 한가운데에 통로가 뚜렷이 보였다. 선원들이 키 손잡이를 힘차게 밀어 움직이자, 노를 선체 안쪽으로 넣어둔 카토의 배는 방향을 틀어 아름다운 항구로 들어갔다.

그는 헉 숨을 내쉬며 눈을 휘둥그렇게 떴다. 로마 함선 세 척이 이미 정박해 있는 게 아닌가! 누구지, 누구야? 라비에누스라기엔 배가 너무 적은데, 그럼 누구지?

만의 뒤쪽 일대에 진흙벽돌로 지어진 아주 작은 마을이 있었다. 크기는 중요하지 않았다. 어디든 사람들이 모여 사는 곳이라면 식수와 구입할 수 있는 얼마간의 식량이 있게 마련이니까. 그리고 돛대 꼭대기마다 'SPQR'(로마 원로원과 인민Senātus Populusque Rōmānus을 뜻하는 약자—옮긴이)이라고 적힌 표지 깃발이 나부끼는 저 배들이 어떤 로마인들의 것인지 곧 찾게 될 터다. 중요한 로마인들이겠지.

그는 선임 백인대장 루키우스 그라티디우스와 함께 작은 배를 타고 뭍에 올랐다. 600명 남짓한 파라이토니온의 전체 인구가 해안을 따라 죽 늘어서서 쉰 척의 커다란 함선이 하나씩 차례로 입항하는 광경을 감탄하며 바라보고 있었다. 카토는 파라이토니온 사람과 말이 안 통할 수도 있다는 생각은 하지 않았다. 어디의 누구든 간에 세계 공용어인 그리스어를 사용하니까.

그러나 그가 들은 첫마디는 라틴어였다. 두 사람이 앞으로 나왔다. 20대 중반의 당당하게 아름다운 여자와 앳된 청년이었다. 카토는 놀라 입을 딱 벌렸지만, 그가 무슨 말을 할 수 있기도 전에 여자가 펑펑 울며 그의 목을 껴안았고 어린 청년은 그의 손을 떨어져나가라 꽉 움켜쥐었다.

"친애하는 코르넬리아 메텔라! 그리고 섹스투스 폼페이우스! 그러면 폼페이우스 마그누스가 여기 있는 겁니까?" 그가 물었다.

이렇게 묻자 코르넬리아 메텔라는 더 격하게 흐느꼈고 섹스투스 폼페이우스도 울음을 터뜨렸다. 카토는 그들의 비탄이 어떤 의미인지 깨달았다. 폼페이우스 마그누스는 죽었다.

카토가 그의 목을 껴안고서 자주색 단을 댄 토가를 적셔놓고 있는 폼페이우스 마그누스의 네번째 아내와 함께 선 채 섹스투스 폼페이우스에게 붙잡힌 손을 빼내려고 애쓰는 동안, 잘 재단된 그리스풍 튜닉 차림의 꽤 중요해 보이는 사내 한 명이 작은 무리를 뒤에 이끌고 그들 쪽으로 다가왔다.

"나는 마르쿠스 포르키우스 카토요."

"나는 필로포이몬이오." 이것이 대답의 전부였다. 표정을 보니 카토의 이름은 파라이토니온 사람에겐 아무 의미가 없다고 말하는 듯했다.

이곳은 정말로 세계의 끝이로구나!

필로포이몬의 소박한 집에서 식사를 하면서, 카토는 펠루시온에서 있었던 폼페이우스 마그누스의 끔찍한 이야기를 들었다. 퇴역 백인대장 셉티미우스가 폼페이우스를 작은 배로 꾀어내 죽였으며, 코르넬리아 메텔라와 섹스투스는 함선에 탄 채로 그 광경을 목격했다고 했다. 그중에도 가장 최악인 부분은 셉티미우스가 폼페이우스의 머리를 잘라내 단지에 넣고 몸뚱이는 뻘밭에 그대로 버려뒀다는 것이었다.

"우리 해방노예인 필리포스와 그가 거느린 하인 소년도 아버지와 같이 그 작은 배에 타고 있었지만, 그들은 달아나서 목숨을 건졌습니다." 섹스투스가 말했다. "우리는 그들을 전혀 도울 수 없었어요. 펠루시온 항구에는 이집트 왕의 해군이 가득했고 전함 몇 대가 우리를 향해 돌진하고 있었거든요. 거기 가만히 있다가 잡혀서 아마도 죽임을 당하든가, 아니면 바다로 나가든가 둘 중 하나였어요." 그는 어깨를 으쓱했다. 입술이 떨리고 있었다. "저는 아버지께서 어떤 길을 원하셨을지 알았어요. 그래서 우린 도망쳤어요."

쏟아져 흐르던 눈물샘은 말라 있었지만 코르넬리아 메텔라는 대화에 거의 끼지 않았다. 평소 그런 것들을 거의 알아채지 못하는 카토마저도 저렇게 변하다니, 하고 놀라워했다. 그녀는 파트리키 귀족 중에서도 가장 오만했던 사람이었다. 존엄한 메텔루스 스키피오의 딸로, 폼페이우스가 두 차례 함께 집정관을 지냈던 마르쿠스 리키니우스 크라수스의 장남과 첫 결혼을 했다. 그러다 파르티아 왕국 침공에 나선 크라수스와 그녀의 남편이 카라이에서 죽었다. 남편을 잃은 코르넬리아 메텔라는 정치적 볼모가 되었다. 폼페이우스도 아내를 잃었고 카이사르의 딸 율리아의 죽음은 빠르게 과거의 기억으로 사라져가던 상황이었기 때문이다. 그리하여 카토를 비롯한 보니파는 폼페이우스 마그누스를 카이사르에게서 떼어낼 궁리를 했다. 그들이 생각하기에 폼페이우스를 보니 편으로 끌어들일 유일한 방법은 새 아내로 코르넬리아 메텔라를 주는 것이었다. 자신의 미천한 태생(피케눔 출신인데다 거기에 갈리아인이라는 끔찍한 낙인까지 더해졌다)에 극도로 예민했던 폼페이우스는 항상 가장 지체 높은 귀족 가문의 여자와 결혼했다. 그렇다면 코르넬리아 메텔라보다 더 고귀한 사람이 어디 있을까? 무려 스키피오 아프리카누스와 아이밀리우스 파울루스의 후손인데. 보니파의 목적에 완벽히 부합한다! 이 계략은 먹혀들었다. 폼페이우스는 고마움을 공공연히 드러내며 기꺼이 그녀를 아내로 맞이했고, 보니파의 일원까지는 아니더라도 최소한 그들의 가까운 동맹이 되었다.

로마에서 그녀는 계속 타고난 성격대로였다. 참기 힘들만치 거만하고 완전히 얼음장 같진 않아도 무척 냉담했으며, 자신이 명백히 아버지의 희생제물이라 여겼다. 피케눔 출신인 폼페이우스와의 결혼은 충격적인 실추였다. 제아무리 폼페이우스가 로마의 일인자라 해도 그에게는 혈통이라는 게 없었으므로. 코르넬리아 메텔라는 임신한 것을 알자 은밀히 베스타 신녀들을 찾아가서 그들이 병든 호밀로 만든 약을 구해 아이를 낙태시켰다.

그러나 이곳 파라이토니온에서 그녀는 달라져 있었다. 매우 달랐다. 부드럽고 상냥하고 다정했다. 비로소 그녀가 입을 열었다. 파르살로스 패배 이후 폼페이우스가 세웠던 계획을 카토에게 전해주기 위해서였다.

"우리는 세리카로 갈 예정이었어요." 그녀는 슬픈 목소리로 말했다.

"나이우스는 로마도 그렇고 지중해 주변 모든 지역을 경험할 만큼 경험했어요. 그래서 우리는 이집트로 들어간 뒤 홍해로 이동해서 아라비아 펠릭스로 가는 배를 탈 생각이었죠. 거기서 다시 인도로 가고 인도에서 세리카로 가는 것으로요. 남편은 세리카인들도 훌륭한 로마 군인의 능력을 활용할 수 있을지 모른다고 생각했어요."

"그들은 틀림없이 그의 쓰임을 찾아냈을 겁니다." 카토는 반신반의하며 말했다. 세리카인들이 로마인을 어떻게 판단했을지 누가 알겠는가? 필시 그들은 폼페이우스를 갈리아인이나 게르만족이나 그리스인과 구분도 못했을 텐데. 그들의 땅은 너무나 멀고 더없이 신비에 싸여 있어서, 헤로도토스가 그들에 관해 내놓은 정보라고 해봤자 유충이 토해낸 실로 옷감을 만든다는 것과 그 유충이 봄빅스(누에)라는 것뿐이었다. 그리고 그 옷감의 라틴어 명칭은 베스티스 세리카였다. 아주 드물게 파르티아 왕의 사르마티아 교역로를 통해 견본이 들어오는 경우가 있었지만 값이 너무 비쌌기 때문에, 그 옷감을 소장했다고 알려진 로마인은 루쿨루스 한 사람밖에 없었다.

그런 생각까지 했다니 폼페이우스는 얼마나 추락했던 것인가! 그는 분명 로마인 중의 로마인이 아니었다.

"고향에 돌아갈 수 있다면 얼마나 좋을까요!" 코르넬리아 메텔라가 한숨을 내쉬었다.

"그럼 가시오!" 카토가 버럭 소리쳤다. 진지에 들여야 할 병사들이 기다리고 있는 판국에 이런 저녁 시간은 그에겐 순전히 시간 낭비로 느껴졌다.

그녀는 충격받고 당황한 얼굴로 그를 쳐다보았다. "카이사르가 세상을 지배하는데 내가 어떻게 고향에 돌아갈 수 있어요? 그는 공권박탈 조치를 취할 거예요. 우리 이름은 그의 공권박탈 명단 맨 위에 있을 테고, 우리의 머리통은 어느 역겨운 노예에게 우리를 밀고한 대가로 자유와 나름의 한밑천을 마련해주겠죠. 설사 우리가 살아남는대도 가난뱅이가 될 테고요."

"허튼소리요!" 카토가 호되게 말했다. "친애하는 부인, 카이사르는 그 점에선 술라와 다르오. 그의 정책은 관용이오, 그것도 대단히 영리한 방식의. 그는 사업가들이나 동료 귀족들에게 미움을 살 생각이 없소. 그들이 목숨을 살려주고 재산을 보전해준 걸 감사하며 비굴하게 그의 발에 입맞추길 원하지. 아무래도 마그누스의 재산은 몰수되겠지만, 카이사르는 당신 재산은 건드리지 않을 거요. 바람의 방향만 적당하면 바로 집으로 돌아갈 권하는 바요." 그는 준엄한 얼굴로 섹스투스 폼페이우스 쪽을 보았다. "젊은이, 자네의 선택지는 명확하네. 새어머니를 브룬디시움이나 타렌툼까지 모셔다드린 뒤 아프리카 속주에서 집결할 카이사르의 적군에 합류하게."

코르넬리아 메텔라는 마른침을 삼켰다. "섹스투스가 나를 데려다줄 필요는 없어요." 그녀가 말했다. "카이사르가 관용을 보일 거라는 당신 말을 믿고 혼자 항해하겠어요, 마르쿠스 카토."

카토는 침실을 내주겠다는 필로포이몬의 제안을 사양한 뒤 떠날 채비를 하면서 이 파라이토니온의 행정장관을 가까이 불렀다.

"우리에게 나눠줄 물이나 음식이 있다면 은화로 값을 치르겠소." 그가 말했다.

필로포이몬은 기쁜 한편 그만큼 걱정스러운 표정을 지었다. "물은 원하는 대로 내드릴 수 있소, 마르쿠스 카토. 하지만 음식은 나눠드릴게 별로 없어요. 이집트에 기근이 들어 밀을 사들이질 못해서 말이오.

하지만 양은 팔 수 있고 염소젖으로 만든 치즈도 있소. 당신이 이곳에 있는 동안은 병사들에게 몇 가지 야생 파슬리로 만든 샐러드를 줄 수 있소만, 오래는 못 갈거요."

"무엇이든 나눠주기만 한다면 고맙겠소."

다음날 카토는 루키우스 그라티디우스와 섹스투스 폼페이우스에게 병사들을 맡겨놓고 필로포이몬과 좀더 대화를 나눴다. 아프리카에 관해 더 많이 알아둘수록 좋을 거라는 생각에서였다.

파라이토니온은 신탁을 청하러 암몬의 오아시스로 가는 여러 순례자들에게 항구를 제공하는 곳으로, 지중해 이쪽 해안에서는 그리스의 델포이만큼이나 유명했다. 암몬은 남쪽으로 300킬로미터 떨어져 있었으며 기다란 모래 언덕과 암석 노두로 이루어진 비 없는 사막 일대에 위치했다. 그곳에선 마르마리다이족이 낙타와 염소 무리를 끌고 커다란 가죽 천막을 들고서 샘을 찾아 떠돌아다녔다.

카토가 알렉산드로스 대왕에 관해 묻자 필로포이몬은 인상을 찌푸렸다. "아무도 모르지요." 그가 말했다. "알렉산드로스가 신탁을 물으러 암몬에 간 건지, 아니면 이집트 신들의 왕인 라가 그를 신으로 만들기 위해 오아시스로 부른 건지 말이오." 그는 수심에 잠기는 듯했다. "첫번째 소테르 이래로 모든 프톨레마이오스 왕족이 이곳을 순례하러 왔소. 이집트 왕이든 키레나이카의 태수든 상관없이. 우리는 그곳의 왕들과 여왕들, 오아시스를 통해 이집트와 연결되어 있지만 혈통으로는 마케도니아인이나 그리스인이 아니라 페니키아인이라오."

필로포이몬이 순례자들에게 빌려주기 위해 이 마을에서 기르는 낙타떼에 관해 계속 떠들어대는 동안 카토의 생각은 어느새 딴 길로 벗어났다. 아니, 우리는 이곳에 그리 오래 머무를 순 없다. 하지만 코루스가 부는 동안 항해에 나선다면 결국은 알렉산드리아에 떨어지게 될 것이다. 소년왕이 폼페이우스 마그누스를 어찌 처리했는지 들은 이상, 이 집트는 카이사르에 반대하는 로마인들에게 안전한 곳이 아니다.

"코루스가 부는 동안은 불가능해." 그가 작게 중얼거렸다.

필로포이몬은 어리둥절한 표정이었다. "코루스라고요?"

"아르게스테스 말이오." 카토는 그 바람의 그리스어 이름을 말해주었다.

"아, 아르게스테스! 그건 곧 사라질 거요, 마르쿠스 카토. 아파르크티아스가 올 때가 됐으니까."

아파르크티아스, 아퀼로……. 에테시아이 바람이로군! 그래, 당연히 그렇겠지! 지금이 달력상으로 10월 중순이고 계절로는 7월 중순이니까. 천랑성이 곧 뜨겠구나!

"그렇다면," 카토는 커다란 안도의 한숨을 내쉬며 말했다. "당신의 환대를 그리 오래 남용하지 않아도 될 것 같소, 필로포이몬."

실제로 그랬다. 이튿날인 10월 이두스의 동이 틈과 동시에 에테시아이 바람이 불어왔다. 카토는 분주히 움직여 코르넬리아 메텔라를 그녀의 함선 세 척에 태웠고, 평소답지 않게 걱정스러운 마음으로 그녀를 배웅했다. 그녀는 그에게 폼페이우스 마그누스가 비상금으로 가지고 있던 은화 200탈렌툼을 내주었다. 무려 500만 세스테르티우스였다!

카토의 함대는 에테시아이 바람이 도착한 지 사흘째 날에 출항했다. 병사들은 폼페이우스의 위대한 내전군에 입대한 날 이후로 그 어느 때보다 만족스러운 기분이었다. 그들 대부분은 20대 후반으로 수년간 히스파니아에서 폼페이우스 휘하로 복무한 경험이 있었다. 그들은 노련병들이었으므로 대단히 귀한 병력이었다. 다른 사병들과 마찬가지로 그들 역시 로마 정치 파벌들 간의 끔찍스러운 불화에 관해서는 아무것도 모르고 지냈다. 열렬한 광신자라는 카토의 평판에 관해서도 모르긴 마찬가지였다. 그들은 카토를 친절하고 유쾌하고 인정 많은 아주 멋진 사람이라고 생각했다. 카토의 절친한 친구 파보니우스조차도 그에게 갖다붙이지 못했을 수식어들이었다. 병사들은 섹스투스 폼페이우스를 기쁘게 맞아들였고 그를 어느 배에 태울지 제비를 뽑았다. 카토는 폼페이우스 마그누스의 작은아들을 자기 배에 태울 생각이 전혀 없었기 때문이다. 그로서는 루키우스 그라티디우스와 철학자 두 명까지가 견딜 수 있는 최대한의 동행이었다.

카토는 선미루에 서서 그의 함선이 배 50척의 선두에서 파라이토니온 만을 빠져나오는 광경을 지켜보았다. 그가 탄 함선 돛의 앞쪽 가장자리로 바람이 불어왔고 병사 겸 노잡이들의 첫 조가 의욕적으로 노를 저었다. 그들에게는 20일을 항해하기에 충분한 식량이 있었다. 겨울비가 넉넉히 내리는 동안 지역 농부 두 명이 파라이토니온을 먹여 살리고도 남을 밀은 물론 병아리콩도 충분히 거둬들였던 것이다. 그들은 기꺼이 카토에게 병아리콩 대부분을 팔았다. 안타깝게도 베이컨은 없었다! 질 좋은 베이컨용 돼지를 기르려면 이탈리아 떡갈나무 숲과 도토리가 있어야 했다. 아, 키레나이카에는 돼지를 기르는 사람이 있기를 기도하자! 염장 돼지고기라도 아예 없는 것보다는 훨씬 나으니까.

서쪽 키레나이카로의 750킬로미터 항해는 단 여드레가 걸렸다. 산호초나 모래톱을 걱정하지 않아도 될 만큼 먼바다로 나가는 항해였다. 키레나이카는 아프리카 북부 해안에 커다랗게 툭 불거져나와 있었으므로, 그곳에서 나일 강 삼각주까지 끝없이 길게 이어진 일직선 해안보다 크레타나 그리스와 훨씬 가까웠다.

그들의 첫 상륙지는 옹기종기 모인 집 일곱 채가 어망으로 장식되어 있는 케르소네소스였다. 루키우스 그라티디우스가 해안으로 노를 저어 가서 몇 킬로미터만 더 가면 그곳보다 엄청나게 큰 다르니스가 나온다는 정보를 알아왔다. 그러나 부락 어민들에게 '엄청나게' 크다는 건 알고 보니 파라이토니온만한 크기였다. 그곳엔 마실 물은 있었지만 잡아놓은 물고기 외에 다른 식량은 없었다. 키레나이카 동부로 가야 했다. 2천200킬로미터쯤 되는 거리였다.

키레나이카는 원래 이집트 프톨레마이오스 군주들의 봉토였다가 마지막 태수인 프톨레마이오스 아피온이 로마에 유증한 땅이었다. 마지못해 그 땅을 상속받은 로마는 총독을 파견하는 건 고사하고 합병한다거나 하다못해 수비대를 두는 노력조차 하지 않았다. 정부가 없으면 세금이 없어 사람들이 살이 오르고 늘 하던 대로 살아도 훨씬 큰 부를 누린다는 것을 보여주는 생생한 증거로서, 키레나이카는 세상과 동떨어진 전설적인 벽지이자 일종의 달콤한 꿈의 나라가 되었다. 이곳은 사람의 발길도 닿지 않고 황금이나 보석이나 적들도 없었으므로 불쾌한 사람들을 끌어들일 일이 없었다. 그러다 30년 전에 그 이름도 위대한 루쿨루스가 이곳을 방문하면서 상황이 급변했다. 로마화가 시작되고 세금이 부과되었으며, 법무관급 총독이 임명되어 크레타와 함께 이곳을 다스리게 되었다. 그러나 총독이 크레타에서 생활하는 편을 선호했으므로 키레나이카는 늘 그래왔던 것처럼 번영한 벽지로 남아 있을 수 있었다. 다만 유일한 차이라면 로마에서 부과하는 세금이었다. 알고 보니 그 또한 제법 견딜 만한 것이었는데, 이탈리아에 곡물을 공급하는 다른 지역들을 괴롭힌 가뭄이 대개 키레나이카의 가뭄과는 보조를 달리했기 때문이었다. 대규모 곡물 공급지였던 키레나이카는 순식간에 지중해 저편에 시장을 얻었다. 빈 곡물 선단이 오스티아와 푸테올리와 네아폴리스에서 에테시아이 바람을 타고 들어왔으며, 수확이 끝나 배에 화물이 가득 실릴 즈음에는 남풍 아우스테르가 선단을 이탈리아로 돌려보내주었다.

카토가 도착했을 때, 그리스부터 시칠리아까지 모든 땅을 괴롭히는 가뭄 속에서도 이곳은 번성하고 있었다. 겨울비가 더없이 잘 내려준 터라 추수를 거의 앞둔 밀은 이삭당 낟알 수가 100개에 달했고, 수완 좋은 로마의 곡물상들이 선대를 이끌고 속속 도착하는 참이었다.

카토에게는 골칫거리가 아닐 수 없었다. 가뜩이나 작은 다르니스는 이미 배들로 꽉 차 있었던 것이다. 그는 긴 머리카락을 쥐어뜯었지만, 어쩔 수 없이 키레나이카의 수도인 키레네를 지원하는 항구도시 아폴로니아로 가야 했다. 거기서 항구를 찾아낼 터였다!

그는 항구를 찾았다. 하지만 그건 단지 라비에누스와 아프라니우스, 페트레이우스가 수송선 150척과 함께 먼저 도착해서 곡물 선단들을 외해의 정박지로 쫓아 보냈기 때문이었다. 선두 함선의 선미루에 서 있는 카토의 모습은 누가 봐도 그임을 알아볼 수 있었으므로, 항구를 맡고 있던 루키우스 아프라니우스는 카토의 함대를 안으로 들였다.

"참 골치 아프게 됐소!" 라비에누스는 아폴로니아의 고위 시민에게서 징발한 집으로 카토를 서둘러 데려가는 길에 으르렁거리듯 내뱉었다. "자, 제대로 된 포도주 좀 드시오." 서재로 만들어둔 방에 들어가자마자 그가 말했다.

카토는 비꼬는 말에도 아무런 반응이 없었다. "고맙지만 됐소."

라비에누스는 입을 딱 벌리고 빤히 쳐다보았다. "어서 드시오! 당신은 로마 제일의 술고래잖소, 카토!"

"케르키라를 떠난 이후로는 아니오." 카토가 위엄 있게 대답했다. "내 병사들을 아프리카 속주로 안전하게 데려가기 전에는 포도주 한 방울도 입에 대지 않겠다고 리베르 파테르에게 맹세했소."

"여기서 며칠만 지내면 다시 진탕 퍼마시게 될 거요." 라비에누스는 자기 술잔에 술을 넉넉히 따른 뒤 단숨에 들이켰다.

"어째서요?" 카토가 자리에 앉으며 물었다.

"우리는 여기서 환영받는 존재가 아니기 때문이지. 마그누스가 패배하고 죽었다는 소식이 나는 새가 전하기라도 한 듯 지중해 일대에 파다하게 퍼졌소. 키레나이카는 오로지 카이사르 생각뿐이고. 저들은 카이사르가 우리 뒤를 바짝 쫓고 있다고 확신하고, 적들을 도와주는 것처럼 보여 그의 심기를 거스를까봐 겁에 질려 있소. 그래서 키레네는 성문을 모두 닫아걸었고, 아폴로니아는 어떻게 하면 우리에게 해를 끼칠 수 있을지 궁리하느라 여념이 없소. 게다가 우리가 곡물 선단들을 돌려보낸 뒤로 상황이 더 악화되었고."

아프라니우스와 페트레이우스가 섹스투스 폼페이우스를 데리고 들어오자 그 모든 사연 설명이 되풀이되었다. 카토는 나무토막같이 뻣뻣한 표정으로 앉아 있었지만 마음속이 마구 들끓었다. 아, 맙소사, 또다시 야만인들 틈바구니로 들어왔구나! 내 짧은 휴가는 끝났다.

마음 한편으로 그는 키레네와, 들리는 말로는 기막히게 멋지다는 그곳의 프톨레마이오스 궁전에 가볼 날을 기대했다. 파포스에 있는 키프로스의 프톨레마이오스 궁전을 보았던 터라, 프톨레마이오스 왕족들이 키레나이카와 키프로스에서 각각 어떻게 살았는지 비교해보고 싶은 마음이 절실했다. 200년 전 거대한 제국이었던 이집트는 팔레스티나 전부와 시리아 절반은 물론 에게 해의 몇몇 섬까지 소유한 바 있었다. 그러나 에게 해의 섬들과 시리아와 팔레스티나의 영토는 한 세기전에 모두 사라졌다. 프톨레마이오스 왕가가 간신히 붙잡은 땅은 키프로스와 키레나이카뿐이었다. 최근에는 이곳들에서마저 로마가 그들을몰아냈다. 나는 누가 로마를 대신해 키프로스를 합병했는지도, 그리고키프로스가 로마의 통치를 반기지 않았다는 것도 잘 기억하고 있지, 하고 카토는 곰곰이 생각했다. 동방에서 서방으로 바뀌는 건 결코 쉽지않은 일이다.

라비에누스는 크레타에 숨어 있던 갈리아인 기병 1천 명과 보병 2천명을 찾아내 평소 성격대로 무자비하게 그들을 그러모았고, 크레타에있는 배를 싹쓸이했다. 말 1천 마리와 노새 2천 마리, 병사 4천 명을—비전투원들과 노예들도 있었다—함선 200척에 터질 듯이 태웠지만에테시아이 바람이 올 때까지 기다리는 것 외엔 선택의 여지가 없었고, 그래서 단 사흘 만에 크레타의 아폴로니아에서 키레나이카의 아폴로니아로 왔다(아폴론의 이름을 딴 도시는 세계 곳곳에 널려 있었다).

"우리 상황이 갈수록 악화되고 있네." 카토는 스타틸로스와 아테노도로스 코르딜리온에게 말했다. 세 사람은 스타틸로스가 찾아낸 작은폐가에 자리를 잡은 참이었다. 카토는 남의 집을 빼앗지 않으려 했고, 거처가 안락한지 아닌지는 조금도 개의치 않았다.

"이해가 가네." 나이가 훨씬 많은 코르딜리온을 야단스레 챙기며 스타틸로스가 말했다. 코르딜리온은 최근 들어 체중이 줄고 기침이 심해지고 있었다. "우리는 키레나이카가 승자의 편에 서리란 걸 알았어야 해."

"맞는 말이네." 카토가 비통하게 말했다. 그는 턱수염을 꽉 움켜쥐고 잡아당겼다. "이제 에테시아이 바람이 불 날이 네 번의 장날 주기 정도밖에 남지 않았네." 그가 말했다. "그러니 어떻게든 라비에누스를 움직이게 밀어붙여야 하네. 남풍이 불기 시작하면 우리는 절대 아프리카 속주에 당도할 수 없을 테고, 라비에누스는 전쟁을 계속 벌이기 위해 건설적인 일을 하기보다 키레네를 약탈하는 데 열중하고 있으니까."

"자네는 잘해낼 걸세." 스타틸로스가 마음 편히 말했다.

카토가 정말로 잘해낸 것은 그의 편인 듯 보이는 포르투나 여신 덕분이었다. 다음날 서쪽으로 150킬로미터쯤 떨어진 아르시노에 항구에서 전갈이 왔다. 나이우스 폼페이우스가 약속을 지켜 카토의 추가 부상병 6천500명을 아프리카로 보냈다는 전갈이었다. 그들은 아르시노에에 상륙했고 지역 주민들의 큰 환영을 받았다고 했다.

"그러니 아폴로니아를 떠나 아르시노에로 갑시다." 카토는 최대한 완강한 목소리로 라비에누스에게 말했다.

"한 장날 주기 후에 가겠소." 라비에누스가 말했다.

"여드레나 더 기다린단 말이오? 제정신이오? 당신 하고 싶은 대로 하시오, 이 지독한 바보 같으니. 하지만 나는 내일 내 함대를 데리고 아르시노에로 떠나겠소!"

라비에누스의 으르렁거림이 포효로 바뀌었지만, 카토는 키케로가 아니었다. 그는 폼페이우스 마그누스를 겁먹게 한 적도 있었으며 티투스 라비에누스 같은 야만인들을 조금도 겁내지 않았다. 라비에누스는 주먹을 부르쥐고 이를 드러낸 채 검은 눈으로 차가운 강철 같은 회색 눈을 노려보았다. 그러다 제풀에 지쳐 어깨를 으쓱했다.

"잘 알겠소, 내일 아르시노에로 떠납시다." 그가 말했다.

바로 이 시점에 포르투나 여신은 카토를 저버렸다. 나이우스 폼페이우스의 편지가 그를 기다리고 있었다.

아프리카 속주 상황은 아주 좋아 보입니다, 마르쿠스 카토. 지금 속도대로 계속 열심히 하면 저는 시칠리아 남부 해안 일대의 훌륭한 기지에 함대들을 정착시키고, 불카니 군도의 섬 한두 곳도 장악해 사르디니아에서 오는 곡물을 처리할 수 있을 겁니다. 사실은 일이 워낙 잘 풀리는 듯해서 제 장인인 리보에게 이곳을 맡기고 아프리카 속주로 떠나기로 마음먹었습니다. 마케도니아 서부에서 대단히 많은 병사들이 나타나 카이사르와 계속 싸우게 해달라고 청했는데, 이들과 함께 갈 생각입니다.

그래서 말입니다, 마르쿠스 카토, 이런 말씀을 드리려니 괴롭지만 당신이 가진 함선 전부를 즉각 돌려보내주셨으면 합니다. 그 배들이 절실히 필요하기도 하고, 아무래도 부상당하지 않은 병사들이 당신의 부상병들보다 우선시되어야 할 것입니다. 가능해지는 대로 당신의 병사들을 아프리카 속주로 데려가기에 넉넉한 함대를 다시 보내드리겠습니다. 다만 반드시 난바다로 항해하시라는 말씀을 드립니다. 아프리카 해안 중에서 키레나이카와 우리 속주 사이 상당한 부분은 항행이 불가능합니다. 해도도 없고 바다에는 위험 요소가 가득하지요.

당신의 건투를 빕니다. 너무나 많은 고생을 한 당신과 당신의 부상병들이 우리에게 무사히 닿게 해달라고 희생제의를 드렸습니다.

배가 없어진다니. 게다가 그 배들은 아우스테르 탓에 돌아오는 것이 불가능해지기 전에 돌아올 수도 없을 터였다.

"나와 운명을 같이하시오, 티투스 라비에누스. 당신도 나이우스 폼페이우스에게 당신 배들을 보내야 할 거요." 카토가 큰 소리로 말했다.

"그럴 수 없소!"

카토는 아프라니우스를 돌아보았다. "루키우스 아프라니우스, 당신은 전직 집정관이니 우리보다 높은 지위에 있습니다. 당신 다음이 마르쿠스 페트레이우스고 그다음이 나지요. 티투스 라비에누스, 카이사르 밑에서 법무관 권한대행을 지내긴 했지만 당신은 법무관으로 선출된 적이 없소. 따라서 당신에게는 결정권이 없소. 루키우스 아프라니우스, 당신 생각은 어떻습니까?"

아프라니우스는 뼛속까지 폼페이우스 마그누스의 사람이었다. 라비에누스는 같은 피케눔 출신이고 폼페이우스의 피호민이라는 점에서만 의미가 있었다. "마그누스의 아들이 우리 함대를 필요로 한다면 그에게 보내줘야 한다고 생각하오, 마르쿠스 카토."

"그러니까 지금 우리는 아르시노에에서 보병 9천 명과 기병 1천 명을 데리고 있소. 당신은 모스 마이오룸에 더없이 충실한 사람이니 묻겠소, 카토. 우리가 어찌해야 한다고 제안하겠소?" 크게 화가 난 라비에누스가 물었다.

카이사르 같은 장군과 달리, 병사들의 마음을 끌기에는 자신이 너무나 큰 원성을 사고 있음을 라비에누스 본인도 알고 있었다. 카토도 그 사실을 익히 알고 있었으므로 이 말에 긴장을 풀고 안심했다. 최악의 고비는 지났다.

"내 제안은," 그는 차분히 말했다. "걸어가는 것이오."

모두가 숨이 턱 막혀 뭐라고 대꾸할 수가 없었다. 다만 섹스투스 폼페이우스는 환하게 눈을 빛냈다.

"나이우스 폼페이우스의 편지를 읽고 나서 이 회의를 열기 전까지," 카토가 말했다. "지역 주민들에게 몇 가지 사항을 알아봤소. 로마 군인이 달리 할 수 있는 게 없다 해도 행군할 수는 있소. 아르시노에에서 아프리카 속주의 첫번째 큰 도시인 하드루멘툼까지 거리는 카푸아와 먼 히스파니아 간의 2천200킬로미터에 조금 못 미치는 것으로 보이오. 대략 2천100킬로미터요. 아프리카 속주의 저항군이 완전히 모이려면 내년 5월은 되어야 할 것이라 짐작되오. 이곳 키레나이카에 있는 동안 우리 모두 카이사르가 알렉산드리아에 있고 그곳 전쟁에 휘말려 들었으며 킴메리아의 파르나케스 왕이 소아시아에서 맹위를 떨치고 있다는 소식을 들었소. 나이우스 칼비누스가 그를 봉쇄하기 위해 진군중이고, 데려가는 병력은 푸블리우스 세스티우스의 2개 군단이 거의 전부요. 전장에서 카이사르가 어떤지는 우리 중 누구보다도 당신이 제일 잘 알 것이오, 라비에누스. 그가 알렉산드리아 상황을 정리하고서 다른 곳으로 떠날 때 정말로 서쪽으로 갈 것이라고 생각하오?"

"아니요," 라비에누스가 말했다. "카이사르는 칼비누스를 구해내고 파르나케스를 크게 후려갈겨 가랑이 사이로 꼬랑지를 말아넣은 채 킴메리아까지 도로 달아나게 만들 거요."

"좋소, 나와 생각이 같군요." 카토가 꽤나 쾌활한 목소리로 말했다. "따라서 동료 고위 정무관 및 원로원 의원 여러분, 나는 우리 병사들에게 가서 하드루멘툼까지 2천100킬로미터를 행군할지 여부를 두고 민주적인 결정을 요청할 것입니다."

"그럴 필요 없소. 아프라니우스가 결정하면 되니까." 라비에누스는 이렇게 말한 뒤 포도주 한 모금을 바닥에 뱉었다.

"우리가 이 여정을 떠나자고 청해야 할 이들 외에 그 누구도 결정을 내릴 순 없소!" 카토가 그로서는 가장 공격적인 어조로 고함쳤다. "당신은 정말로 마지못해 따라오는 원망 가득한 1만 병사를 원하는 거요, 티투스 라비에누스? 그런 거요? 글쎄, 나는 그렇지 않소! 로마의 병사들은 시민이오! 그들은 우리가 치르는 선거에 투표권이 있소. 가난한 자들일 경우 그 표가 아무리 가치 없다 할지라도 말이오. 그러나 카이사르가 그 자신이나 그가 선호하는 후보들에게 투표하도록 저 병사들을 로마로 휴가 보냈을 때 잘 알고 있었듯이, 그들 대다수는 빈민이 아니오. 우리 병사들은 노획물을 나눠 가짐으로써 부를 쌓은, 유효성이 입증된 노련병들인데다 군사적으로는 물론 정치적으로도 중요한 존재요! 게다가 그들은 카이사르를 상대로 한 공화국의 전쟁에 자금을 지원하기 위해 군단 은행에 단돈 한 푼까지 모조리 빌려주었으니 우리의 채권자이기도 하오. 그러니 나는 그들에게 가서 물어보겠소."

카토는 라비에누스, 아프라니우스, 페트레이우스, 섹스투스 폼페이우스를 대동하고 아르시노에 외곽에 있는 커다란 진지로 가서, 잡화점들 한쪽에 있는 광장에 병사들을 집합시킨 뒤 상황을 설명했다. "하룻밤 생각해보고 내일 동틀 녘에 내게 답을 주게!" 그가 외쳤다.

동틀 녘에 그들은 답을 준비했고, 그것을 전달한 대표자는 루키우스 그라티디우스였다.

"행군하겠습니다, 마르쿠스 카토. 다만 한 가지 조건이 있습니다."

"무슨 조건인가?"

"당신이 사령관을 맡는 것입니다, 마르쿠스 카토. 전투에서는 우리 장군들과 보좌관들과 군관들의 명령을 기꺼이 따르겠지만, 아무도 아는 바 없고 도로와 정착지도 없는 땅을 헤치고 가는 행군에서는 오직 한 사람만이 승리할 수 있습니다. 바로 당신이죠." 그라티디우스가 완강하게 말했다.

다섯 명의 귀족은 깜짝 놀라 그라티디우스를 빤히 쳐다봤다. 심지어 카토마저 그랬다. 아무도 예상치 못한 대답이었다.

"전직 집정관 루키우스 아프라니우스가 자네의 요청이 모스 마이오룸에 부합한다는 데 동의한다면 내가 사령관을 맡겠네." 카토가 말했다.

"나는 동의하오." 아프라니우스가 힘없는 목소리로 말했다. 폼페이우스 마그누스가 그의 군대에게 빚을 졌다는 카토의 말은 아프라니우스에게(그리고 페트레이우스에게) 큰 타격을 주었다. 그는 폼페이우스에게 거금을 빌려주었던 것이다.

"적어도," 다음날 집에 틀어박혀 있던 카토에게 섹스투스가 말했다. "당신이 라비에누스의 궁둥짝을 호되게 차준 덕분에 그가 떠났습니다. 원 세상에!"

"무슨 소리를 하는 건가, 섹스투스?"

"지난밤 사이 함선 100척에 그의 기병대와 말들을 싣고 동이 트자마자 아프리카 속주로 떠났습니다. 돈과 아르시노에가 그에게 판 밀을 전부 챙기고, 엄지손가락을 코에 대고 조롱하면서 말이죠." 섹스투스는 싱긋 웃었다. "아프라니우스와 페트레이우스도 같이 떠났습니다."

커다란 기쁨이 카토를 덮쳐왔다. 그는 너무 신이 난 나머지 심지어 섹스투스에게 마주 웃어주기까지 했다. "아, 정말 다행이군! 배 100척이 부족해진 자네 형은 걱정이지만 말이네."

"저도 형이 걱정됩니다, 카토. 하지만 그 잡놈들이 우리와 같이 행군하길 바랄 정도로 걱정되지는 않아요. 라비에누스와 그의 소중한 말들 말이죠! 이 원정에 말 1천 마리는 없는 게 낫습니다. 물을 한 암포라씩 마셔대고 입맛도 까다로우니까요." 섹스투스는 한숨을 내쉬었다. "그가 돈을 다 가져간 것이 우리에겐 가장 큰 타격일 겁니다."

"아니야." 카토가 차분한 목소리로 말했다. "그는 돈을 다 가져가지 않았어. 자네의 친애하는 새어머니가 내게 준 200탈렌툼이 아직 있네. 그 돈의 존재를 라비에누스에게 깜박 잊고 말하지 않았을 뿐이지. 걱정 말게, 섹스투스. 우리가 살아남는 데 필요한 것들을 살 수 있을 테니까."

"밀이 없습니다." 섹스투스가 침울하게 말했다. "그가 아르시노에의 초기 수확물을 싹쓸이해 갔고, 곡물 선단들이 어슬렁거리는 판국이니 늦수확 작물도 얻지 못할 겁니다."

"우리가 신고 가야 할 물의 양을 감안하면 밀까지 가져갈 순 없네, 섹스투스. 이번 원정의 식량은 살아 있는 것들이 될 거야. 양, 염소, 황소 말이네."

"세상에!" 섹스투스가 외쳤다. "고기라고요? 오로지 고기만요?"

"오로지 고기만, 그리고 구할 수 있는 대로 채소도 가져가네." 카토는 단호하게 말했다. "아프라니우스와 페트레이우스가 바다의 위험을 무릅쓰기로 결심한 건, 아마도 내가 사령관인 상황에서 다른 이들이 걸을 때 자기네가 말을 타도록 허락해줄지 불현듯 의구심이 들어서였을 걸세."

"그 말씀은 아무도 말을 타지 않을 거라는 뜻입니까?"

"그렇네. 이 말을 들으니 서둘러 라비에누스를 뒤쫓고 싶은 생각이

드나?"

"절대 아닙니다! 그나저나 그가 로마인 병사는 데려가지 않았다는 점이 눈에 띕니다. 기병대는 갈리아인이라 시민권자가 아니에요."

"음," 카토는 일어서며 말했다. "메모를 다 작성했으니 이제 행군 준비를 시작할 때로군. 지금이 11월 초순이고 행군 준비에는 두 달이 걸릴 거라 예상되네. 그 말인즉슨 우리는 1월 초에 출발하는 거지."

"계절상으로는 가을 초입이로군요. 아직 무척 더울 텐데요."

"해안 지방은 견딜 만하다고 들었네. 그리고 해안으로만 이동해야지, 그러지 않았다간 완전히 길을 잃을 수도 있네."

"준비 기간 두 달은 너무 긴 것 같습니다."

"실행 계획을 세우려면 필요하네. 무엇보다 당장 햇볕을 가려줄 챙넓은 모자 1만 개를 만들도록 주문해야 하네. 술라가 챙 넓은 모자를 유명하게 만들지 않았다면 우리 삶이 어땠을지 상상이 가나! 이쪽 지방의 태양 아래서 그 모자는 가치를 헤아릴 수 없을 만큼 귀중하지. 선량한 사람이라면 누구나 술라를 끔찍이 싫어해야 마땅하지만, 그 상식적인 물건에 대해서는 그에게 감사해야 하네. 병사들은 최대한 편안한 상태로 행군해야 하니 우리가 가진 노새와 라비에누스가 두고 간 노새까지 전부 가져가네. 노새는 풀이 자라는 곳이면 어디서든 먹이를 찾을 수 있고, 해안을 따라가는 내내 사료가 될 풀이 있을 거라고 지역 주민들이 장담했네. 그러니 병사들은 장비를 실을 짐승을 얻을 걸세. 사람이 살지 않는 미지의 영토로 행군할 때의 한 가지 특징은 쇠사슬 갑옷과 방패와 투구를 갖출 필요가 없고 매일 밤 진지를 짓지 않아도 된다는 거야. 얼마 안 되는 원주민들도 1만 병사들의 대열을 감히 공격하진 못할 걸세."

"당신 말씀이 맞길 바랍니다." 섹스투스 폼페이우스가 경건하게 말했다. "카이사르가 병사들을 맨몸으로 행군시키는 건 상상이 안 가서 말이에요."

"카이사르는 무관이지만 나는 아니네. 내 지침은 직감이야."

코르넬리아 메텔라의 선물 중 10탈렌툼을 헌 덕분에 두 달의 준비 기간 동안 병사들은 질 좋은 올리브기름에 흠뻑 적신 빵을 먹을 수 있었다. 수소문해서 베이컨을 구했으며, 카토에게는 아직까지 병아리콩도 잔뜩 있었다. 그가 데리고 왔던 1천 명의 병사들은 근 한 달간 노를 저은 덕택에 최상의 몸 상태였지만, 부상을 입고 무력한 시간을 보냈던 후발 병사들은 그에 비해 기력이 약했다. 카토는 백인대장 전원을 불러 명령을 하달했다. 행군할 의향이 있는 병사들은 한 사람도 빠짐없이 엄격한 훈련과 연습 일정을 따라야 하며, 만일 1월이 될 때까지도 건강한 몸이 되지 않으면 아르시노에 남겨져 각자 알아서 살아야 할 것이라는 내용이었다.

아르시노에의 재정장관인 소크라테스라는 사람이 큰 도움이 되었다. 그는 훌륭한 조언으로 가득한 보물창고였다. 학구적이고 공정한 사고방식을 가진 사람이었지만, 카토의 향후 계획을 듣는 순간 상상력이 하늘 높이 솟구쳐올랐다.

"오, 마르쿠스 카토, 당신은 새로운 아나바시스로군요!" 그가 꽤액 소리를 질렀다.

"나는 크세노폰이 아니오, 소크라테스. 그리고 내 1만 병사들도 훌륭한 로마 시민 병사들이지 페르시아의 적을 위해 싸우려 하는 그리스 용병들이 아니오." 카토가 말했다. 요즘 들어 그는 목소리를 부드럽게 조절해서 그에게 필요한 사람들의 기분을 거스르지 않으려고 노력했다. 그래서 이 순간에도, 거의 400년 전의 또다른 1만 병사의 유명한 행군에 비유된 것에 그가 느낀 강렬한 반감이 말투에 드러나지 않기를 바랐다. "게다가 내 행군은 역사 기록에서 사라질 거요. 크세노폰처럼 글로써 반역을 발뺌하려는 강박 같은 건 내게 없소. 이 경우 반역이라는 것 자체가 존재하지 않으니까. 그러니 나는 내 1만 행군의 기록을 남기지 않을 거요."

"그럼에도 불구하고, 당신이 하는 일이 대단히 스파르타식이긴 하죠."

"내가 하는 건 대단히 분별 있는 일이오." 이것이 카토의 대답이었다.

카토는 소크라테스에게 자신의 가장 큰 걱정거리를 털어놓았다. 전분과 기름, 채소, 과일 위주에 빈민들의 경우 고기라고는 양념처럼 쓰는 약간의 베이컨뿐인 이탈리아식 식단에 길들어 있는 병사들이 고기로만 이루어진 식단을 견뎌낼 수 없으리라는 걱정이었다.

"하지만 필시 라세르피키움에 관해선 알고 계시겠지요." 소크라테스가 말했다.

"그렇소, 알고 있소." 긴 머리카락과 턱수염 사이로 그나마 보이는 카토의 얼굴이 역겨움으로 잔뜩 찌푸려졌다. "내 장인같이 먹성 좋은 사람들은 거금을 들여 사는 물건이지. 고기를 과잉 섭취했을 때 위를 회복시키는 데 도움이 된다고 들었소." 그는 놀란 얼굴로 숨을 들이마셨다. "고기! 고기를 과잉 섭취했을 때! 소크라테스, 소크라테스, 라세르피키움을 구해야겠소. 그런데 수개월 동안 날마다 1만 명에게 나눠줄 양을 어떻게 감당한단 말이오?"

소크라테스는 눈물이 줄줄 흐를 때까지 웃어댔다. "마르쿠스 카토,

당신이 가는 곳은 실피움이 우거진 벌판입니다. 당신의 노새와 염소와 황소가 맛있게 포식할 키 작은 관목이지요. 프실리라는 종족이 실피움에서 라세르피키움을 추출합니다. 프실리족은 키레나이카 서쪽 끝에 살고 있고 필라이노룸이라는 작은 항구도시가 있습니다. 고기 과잉 섭취가 지중해 인근에서 일반적인 식단이었다면 프실리족은 지금보다 훨씬 부유했을 겁니다. 큰 수익을 내는 건 프실리족이 아니라 필라이노룸에 들르는 약삭빠른 상인들이죠."

"그들 중 그리스어를 하는 사람이 있소?"

"아, 물론입니다. 안 할 수가 없죠. 그리스어를 못하면 라세르피키움으로 아무것도 못 얻을 테니까요."

다음날 카토는 말에 올라 필라이노룸으로 떠났다. 섹스투스 폼페이우스도 전속력으로 말을 달려 그를 쫓아갔다.

"돌아가서 진지에 도움되는 일을 하게." 카토가 준엄하게 말했다.

"주변 사람들 모두에게 당신 마음껏 명령해도 좋습니다, 카토," 섹스투스가 유쾌하게 말했다. "하지만 저는 제 아버지의 아들이고 궁금한 건 참지 못합니다. 그래서 당신이 프실리라는 사람들에게서 라세르피키움 수 탈렌툼을 사러 갔다는 소크라테스의 얘기를 들었을 때 당신에게 스타틸로스나 아테노도로스 코르딜리온보다 나은 동행이 필요하겠다 생각했지요."

"아테노도로스는 몸이 편치 않네." 카토가 짤막하게 말했다. "누구든 말을 타는 걸 금지하려 했지만, 아무래도 아테노도로스는 그 규칙에서 제외시켜야 할 것 같군. 그는 걷지를 못하고 스타틸로스가 그를 돌보고 있네."

알고 보니 필라이노룸은 남쪽으로 300킬로미터나 떨어져 있었으나, 그곳 전원지역에는 매일 밤 끼니와 잠자리를 얻을 수 있을 만큼의 주민들이 있었다. 또한 카토는 쾌활하고 불손한 섹스투스와의 동행을 즐겼다. 그러나 마지막 75킬로미터 구간을 말로 달리면서 그는 생각했다. 이곳을 보니 우리가 무엇과 싸워야 할지 어렴풋이 짐작이 간다. 가축들을 먹일 풀밭은 있지만, 이곳은 척박한 황무지로구나.

"한 가지 은총은," 프실리족의 지도자 나사모네스가 말했다. "지하수가 있다는 겁니다. 실피움이 그리 잘 자라는 것도 그 때문이지요. 풀은 마실 물을 찾을 수 있을 만큼 땅속 깊이 뿌리를 내리지 못하기 때문에 잘 자라지 못합니다. 반면에 실피움은 작은 곧은뿌리가 있지요. 카락스와 렙티스 마요르 사이의 염전과 습지를 건너갈 때만 최대한 많은 물을 준비해야 할 겁니다. 사브라타와 탑수스 사이는 소금 사막이 더 많지만 거리가 더 짧고 마지막 구간에는 로마식 도로가 있어요."

"그러면 정착촌들이 있는 거요?" 카토는 얼굴을 환히 밝히며 물었다.

"이곳에서 서쪽으로 900킬로미터 떨어진 렙티스 마요르에 이를 때까지, 카락스 한 곳뿐입니다."

"카락스는 얼마나 머오?"

"300킬로미터쯤 됩니다. 그래도 해안에 샘과 오아시스가 여럿 있고 주민들도 저와 같은 프실리족입니다."

"혹시나 말인데," 카토가 자신 없는 목소리로 말했다. "탑수스까지 우리와 동행할 프실리족 쉰 명을 고용할 수 있겠소? 그러면 혹여 그리스어를 모르는 사람들과 마주치더라도 협상을 할 수 있을 테니 말이오. 그곳 부족들이 우리가 자기네 땅을 침략할까봐 두려워하는 것을 원치 않소."

"고용료가 꽤 비쌀 텐데요." 나사모네스가 말했다.

"은 2탈렌툼이면 어떻소?"

"마르쿠스 카토, 그만한 돈이면 우리 전부를 데려가도 됩니다!"

"아니요, 쉰 명이면 충분하오. 남자들로만 부탁하오."

"안 됩니다!" 나사모네스가 미소 지으며 되쏘았다. "실피움에서 라세르피키움을 뽑아내는 건 여자들의 일이고, 그 일이야말로 당신들에게 반드시 필요한 겁니다. 행군하면서 라세르피키움을 추출하는 것 말이죠. 복용량은 한 사람당 매일 1작은술인데, 당신들은 필요한 양의 절반도 싣고 다닐 수 없을 겁니다. 그래도 프실리족 남자 열 명을 공짜로 끼워드리지요. 여자들을 단속하고 뱀에 물리거나 전갈에 쏘인 사람이 있을 때 대처할 수 있게요."

섹스투스 폼페이우스는 겁에 질려 얼굴이 하얘지며 침을 꿀꺽 삼켰다. "뱀이라고요?" 그는 부르르 몸을 떨었다. "전갈이라고요?"

"아주 많지요." 뱀과 전갈은 그저 일상적인 골칫거리일 뿐이라는 듯이 나사모네스가 말했다. "우리는 뱀에 물리면 그 자리를 깊이 절개해서 독을 빨아내는 식으로 치료합니다. 하지만 말이 쉽지 실제로 하기는 어렵습니다. 그러니 내 사람들을 활용하세요. 그들은 전문가니까요. 물린 상처를 제대로만 치료하면 사내들은 거의 죽지 않습니다. 여자와 어린아이, 노약자만 죽지요."

그래, 물린 병사들을 태울 수 있도록 짐을 싣지 않은 노새를 넉넉히 준비해야겠군, 하고 카토는 단단히 마음먹었다. 하지만 자비로운 포르투나시여, 프실리족을 보내주셔서 감사합니다!

"뱀이나 전갈 얘기는 누구에게든 절대 입도 뻥긋하지 말게!" 아르시노에로 돌아가는 길에 카토는 섹스투스에게 험악하게 을렀다. "만약 입

밖에 꺼냈다간 쇠사슬로 묶어서 프톨레마이오스 왕에게 보내버릴 테 니까."

모자가 만들어졌고, 아르시노에와 그 주변 시골에서 당나귀가 싹 사라졌다. 카토가 소크라테스와 나사모네스를 통해 노새들은 물과 사료를 너무 많이 먹는다는 사실을 알아냈기 때문이었다. 몸집은 더 작으면서 더 튼튼한 당나귀는 짐 나르는 짐승으로 최고였다. 다행히도 농부와 상인 모두 흔쾌히 노새와 당나귀를 맞바꿔주었다. 최상급 품종에서 번식시킨 로마군용 노새라는 점이 주효했다. 카토는 노새 3천 마리를 내주고 당나귀 4천 마리를 확보했다. 수레를 끌 용도로는 황소를 구했지만 양은 구입이 불가능했다. 결국 그는 별수없이 소 2천 마리와 염소 1천 마리로 만족해야 했다.

이건 행군이 아니라 이주로구나. 그는 뚱한 기분으로 생각했다. 지금쯤 안전하게 우티카에 도착했을 라비에누스가 얼마나 비웃을까! 하지만 나는 그에게 보여줄 것이다! 나는 설령 도중에 죽는 한이 있더라도 내 1만 병사를 바로 싸울 수 있는 상태로 아프리카 속주에 데려갈 것이다! 그들은 모두 1만 명이니까. 카토는 비전투원들도 함께 데려갔다. 어떤 로마 장군도 자기 병사들에게 행군하고 건설하고 싸우는 동시에 자기 뒤치다꺼리를 스스로 할 것을 요구하진 않았다. 각 백인대는 100명으로 구성되었지만 그중 80명만이 병사들이었다. 나머지 20명은 곡식을 빻고, 빵을 굽고, 행군중에 물을 나눠주고, 백인대의 짐승들과 수레를 보살피고, 빨래와 설거지를 했다. 그들은 노예가 아니라 병사로는 적합하지 않다고 여겨지는 로마 시민이었다. 머리가 둔한 무지렁이들로, 병사들과 똑같은 급료와 배급뿐 아니라 노획물에서도 아주 약간의 몫을 받았다.

키레나이카 여자들이 모자 짜기에 매진하는 동안 남자들은 물을 담을 가죽부대 만들기에 투입되었다. 암포라 토기는 바닥이 뾰족한데다 틀이나 두터운 톱밥 더미에 놓기 좋은 모양으로 만들어져 있어서 당나귀 등에 걸친 짐바구니에 묶기에는 너무 번거로웠다.

"포도주는 없습니까?" 섹스투스가 실망하며 물었다.

"그래, 포도주는 한 방울도 없네." 카토가 대답했다. "병사들은 물을 마실 것이고 우리 역시 마찬가지네. 아테노도로스 역시 환자를 위한 강화 포도주가 전혀 없이 지내야 할 거고."

1월 둘째 날, 아르시노에 전 주민의 환호 속에 거대한 이주단이 첫 걸음을 떼었다. 카토가 프실리족이 사는 남쪽 필라이노룸을 향해 출발했을 때 그 행렬은 말끔하게 정렬한 행군이라기보다 동물들, 그리고 튜닉 차림에 커다란 밀짚모자를 손에 들고 대충 하나의 커다란 무리를 유지하기 위해 동물들 사이로 움직이는 사람들의 방랑하는 무리에 가까웠다. 질질 끄는 여름 더위에 태양이 눈부시게 내리쬐었지만, 카토는 병사들의 기력을 떨어뜨리지 않을 정도의 속도를 곧 파악하게 되었다. 동물들을 기준으로 하루 15킬로미터의 속도였다.

마르쿠스 포르키우스 카토는 한 번도 병력을 지휘한 적이 없었고, 로마 귀족들은 그의 완고함과 외골수 기질에 끊임없이 짜증을 냈다. 그는 어떤 의미에서든 상식적인 사람으로 여겨진 적이 없었다. 그럼에도 불구하고 카토는 이주 집단의 이상적인 사령관인 것으로 드러났다. 그는 구석구석 눈길을 보내고 주의깊게 관찰했으며 그 누구도, 심지어 카이사르조차도 예견하지 못했을 실수에 적응해갔다. 둘째 날 동이 틀 무렵 백인대장들은 모든 병사가 군화끈을 발목 둘레로 인정사정없이 꽉 졸라매게 하라는 지시를 받았다. 그들은 작은 돌개구멍이 잔뜩 있고 때로는 눈에 보이지 않게 감춰져 있는 비포장길을 걷고 있었는데, 발목을 삐거나 인대가 찢어진 병사는 짐이 되었다. 첫번째 장날 주기가 끝나가고 아직 필라이노룸까지 반도 가지 못했을 때, 카토는 각 백인대가 일정 수만큼의 당나귀와 소와 염소를 책임지고 그 소유물을 지정하게 하는 체계를 구상했다. 해당 백인대가 음식과 물을 너무 많이 먹을 경우 그보다 절약했던 다른 백인대의 비축 식량이나 물을 훔쳐올 수 없게 된 것이다.

그들은 땅거미가 질 때마다 가던 길을 멈추고 샘이나 우물에서 물을 다시 채웠으며, 각각의 병사는 방수 펠트천 사굼을 깔고 누워 잠들었다. 둥근 천 모양의 사굼 망토는 가운데에 구멍이 나 있어서 비나 눈이 오는 날 행군할 때는 거기에 머리를 넣어 입었다. 카토가 가져올 수 있었던 빵과 병아리콩은 행군 첫 구간에 다 먹어치웠다. 필라이노룸에 도착하기 전까지는 라세르피키움이 식단에 포함되지 않기 때문이었다. 하루 15킬로미터. 이 첫 300킬로미터에 통과한 땅이 조금 더 수월한 편이기도 했다. 말하자면 익혀가는 과정이었다. 필라이노룸 이후에는 여건이 훨씬 나빠질 터였다.

어떤 기적으로 그들이 20일이 아닌 18일 만에 필라이노룸에 도착하자, 카토는 긴 모래 해안 바로 뒤쪽의 엉성한 진지에서 병사들에게 사흘간의 휴식시간을 주었다. 그리하여 사람들은 헤엄치고 물고기를 잡았으며 프실리족 여자들에게 귀한 1세스테르티우스를 지불하고 잠자리를 가졌다.

군단병들은 모두 수영을 할 줄 알았다. 수영은 신병 훈련의 일부였다. 카이사르 같은 사람이 언제 그들에게 호수나 장대한 강을 헤엄쳐 건너라고 명령할지 누가 알겠는가? 병사들은 벌거벗은 몸으로 근심 걱정 없이 즐겁게 뛰어놀았고 생선을 실컷 잡아먹었다.

저들도 내려가서 수영하게 해주자, 하고 카토는 생각했다.

"어이쿠!" 섹스투스가 벌거벗은 카토를 쳐다보며 탄성을 질렀다. "이렇게 체격이 좋은 줄은 몰랐습니다!"

"그건," 유머감각이라고는 없는 이 사내가 대꾸했다. "자네가 너무 어려서 내가 모스 마이오룸을 침해하는 행위에 항의하기 위해 토가 밑에 튜닉을 입지 않았던 시기를 기억 못하기 때문이네."

짐승을 몰거나 백인대별 작업에 참여할 필요가 없는 백인대장들에게는 다른 임무가 주어졌다. 카토는 그들을 한데 불러모아 라세르피키움과 앞으로 다가올 고기로만 이루어진 식단에 관한 지시사항을 전달했다.

"우리와 함께 이동하는 프실리족이 식용이 아니라고 하는 식물은 먹지 말고, 자네들 휘하 병사들도 똑같이 하도록 단속하게." 그가 고함쳤다. "자네들 각각에게 숟가락 하나와 백인대별 라세르피키움이 지급될 것이고, 저녁마다 병사들이 소고기나 염소고기를 먹은 후 자네들이 직접 그 숟가락의 절반 분량을 병사들 한 명 한 명에게 먹이도록 하게. 프실리족 여자들과 비전투원 200명이 실피움을 채집하여 처리하는 동안 그들을 수행하는 것이 자네들의 임무네. 내가 알기로는 그 식물을 짓이겨서 끓이고 식힌 다음 위에 뜬 라세르피키움을 걷어내는 방식일세. 다시 말해 우리는 나무라고는 없는 땅에서 땔나무가 필요한 상황이네. 따라서 자네들은 죽은 식물과 마르고 짓이겨진 식물을 모조리 모아서 불을 땔 수 있도록 하게. 프실리족 여자를 겁탈하려 드는 병사는 모두 시민권을 박탈하고 채찍질한 뒤 목을 벨 것이네. 빈말이 아니야."

백인대장들이 카토의 말이 다 끝났다고 생각했다면 그들은 틀린 것이었다. "또 한 가지!" 카토는 포효하듯 외쳤다. "계급과 상관없이 누구라도 염소가 자기 모자를 먹어치우도록 방치하는 자는 모자 없이 지내야 할 것이네. 그 말인즉슨 일사병에 걸려 죽는다는 뜻이지! 지금 당장은 이미 염소가 먹어치운 모자들을 대신할 만큼의 여유분이 내게 있지만, 그것도 곧 바닥날 참이네. 그러니 원정에 오른 모든 병사가 이 점에 유의하도록 하게. 모자가 없으면 목숨도 없네!"

"저들에게 제대로 말씀하시더군요." 카토와 함께 나사모네스의 집으로 가는 길에 섹스투스가 말했다. "유일한 문제는, 모자를 먹겠다고 결심한 염소를 피하기란 돈 많고 힘없는 늙은이를 발견한 매춘부를 피하는 것만큼 어렵다는 겁니다. 모자를 어떻게 보호하십니까?"

"모자를 머리에 쓰지 않을 때는 밑에 깔고 눕네. 정수리가 구겨진들 무슨 상관인가? 아침마다 다시 솟아오르게 매만져서, 모자를 만든 저 현명한 여자들이 달아준 끈으로 머리에 꼭 맞게 묶으면 되는걸."

"말을 전달했습니다." 이 멋진 구경거리가 떠날 때가 된 것을 아쉬워하며 나사모네스가 말했다. "당신이 카락스에 당도할 때까지 내 부족민들이 가능한 모든 도움을 제공할 겁니다." 그는 우아하게 헛기침을 했다. "흠, 작은 조언 하나 드려도 되겠습니까, 마르쿠스 카토? 염소가 필요하긴 하겠지만, 계속 염소들을 자유롭게 돌아다니게 했다간 살아서 아프리카 속주까지 못 갈 겁니다. 저놈들은 당신들 모자만 먹는 게 아니라 옷까지 먹어치울 거예요. 염소는 뭐든 다 먹습니다. 그러니 걸을 때는 한데 묶어놓고 밤에는 가둬놓으십시오."

"무엇으로 가둬놓으란 말이오?" 염소라면 진저리가 난 카토가 외쳤다.

"가만히 보니 군단병마다 짐꾸러미에 목책용 말뚝이 하나씩 있더군요. 그만하면 울퉁불퉁한 땅을 걸어갈 때 지팡이로 써도 될 만큼 기니까 모두가 하나씩 들고 다녀도 좋을 겁니다. 그러다 밤이 되면 말뚝들을 모아 울타리를 만들고 염소들을 가둘 수 있지요."

"나사모네스," 카토는 섹스투스가 본 적도 없는 더없이 유쾌한 미소를 지으며 말했다. "정말이지 당신과 프실리족이 없었으면 우리가 어찌했을지 모르겠소."

키레나이카의 아름다운 산들은 사라지고 없었다. 1만 병사들은 실피움 외에는 별것이 없는 평평한 황무지로 들어섰다. 칙칙한 잿빛의 작은 관목이 듬성듬성 있고 사방에 돌무더기와 주먹 크기만한 돌멩이가 널린 황톳빛 땅이었다. 목책용 말뚝 지팡이는 대단히 유용했다.

나사모네스의 말이 맞았다. 샘물과 웅덩이는 심심치 않게 보였다. 그러나 수가 많지 않아서 매일 밤 병사 1만 명과 짐승 7천 마리가 물을 마시는 것은 불가능했다. 그게 가능하려면 티베리스 강만한 강이 필요할 터였다. 그래서 카토는 샘이나 웅덩이를 지날 때마다 1개 백인대와 그 짐승들의 물 부대를 채우게 했다. 이렇게 함으로써 큰 무리가 움직이는 장관이 계속 연출되었고, 해 질 무렵이면 모두가 자리잡고 앉아 바닷물에 끓인—1만 병사 전원이 죽은 관목을 모아와 불을 지폈다—소고기나 염소고기로 식사를 한 뒤 잠을 청할 수 있었다.

놋쇠빛 하늘과 실피움 관목 외에도 그들과 끊임없이 함께한 것은 바다였다. 암초가 숨어 있는 곳마다 흰색 보풀이 이는 듯한, 빛나는 옥색의 광활한 바다는 끝없이 이어지는 해변에 부딪히며 잔잔하게 부서졌다. 병사들은 짐승들의 이동 속도에 맞추면서 잠깐씩 바닷물에 몸을 담가 열을 식히고 청결을 유지할 수 있었다. 그들이 감당할 수 있는 거리가 하루 15킬로미터라면 4월 말이 되어야 하드루멘툼에 당도할 터였다. 그리고 그때가 되면 누가 우리 군대들의 총사령관이 될지를 둘러싼 언쟁도 끝나겠지, 하고 카토는 크게 안도하며 생각했다. 나는 그저 내 1만 병사들을 그 군단들에 슬쩍 밀어넣기만 하면 된다. 나 자신은 평화로운 역할로 복무하게 될 것이고.

로마인은 본래 소고기와 염소고기를 먹지 않았다. 소는 오로지 가죽을 만드는 용도로만 쓰였고 쇠기름과 피와 뼈는 비료로 사용되었다. 염소에서는 우유와 치즈를 얻었다.

병사들은 가죽과 뼈, 내장만 빼고 전부 먹었으므로 거세한 수소 한 마리에서 먹을 수 있는 부위는 대략 230킬로그램이었다. 이 고기를 일인당 하루 450그램씩 먹다보니—누구도 그 이상은 억지로 먹지 못했다—엿새 동안 하루 스무 마리의 속도로 짐승들이 줄어들었다. 여드레의 한 장날 주기 중에 이틀은 염소고기로 채워졌는데, 그건 심지어 더 나빴다.

처음에 카토는 염소들은 젖이 나올 테니 그걸로 치즈를 만들 수 있지 않을까 기대했지만, 필라이노룸을 뒤로하자마자 유모 염소들이 돌보던 새끼들을 거부하더니 젖이 말라붙었다. 염소 전문가가 아니었던 카토는 이 현상이 실피움을 너무 많이 먹고 밀짚모자나 다른 별미를 먹지 못한 것과 관련 있지 않을까 짐작했다. 긴 뿔이 달린 소들은 인간들을 성가시게 하지 않고 한가롭게 느릿느릿 걸어다녔다. 궁둥이뼈는 흔적만 남은 날개처럼 아랫도리에서 툭 튀어나왔고, 암소의 몸 아래에서 쭈글쭈글해진 빈 젖통이 이리저리 흔들렸다. 소 전문가도 아니었던 카토는 수소가 모두 거세되는 걸로 보아 황소는 성가신 존재인 모양이라고 생각했다. 수고양이든 수캐든 숫양이든 숫염소든 황소든 온전한 수컷 짐승은 교미를 하느라 마르고 힘줄이 다 드러났다. 씨를 뿌려 새끼고양이, 강아지, 새끼양, 새끼염소, 송아지를 잔뜩 태어나게 하라.

카토는 이런 생각 일부를 섹스투스 폼페이우스에게 얘기했다. 광신적인 마르쿠스 포르키우스 카토의—아마도 다른 로마인들은 전혀 본 적 없을—이런 면모에 섹스투스는 마음을 빼앗겼다. 이자가 그의 아버지를 들들 볶아 내전으로 몰아넣었던 사람이 맞나? 호민관 시절 일이 진행되는 방식을 개선할 수 있을 모든 법안에 거부권을 행사했던 사람이? 지금의 섹스투스만큼 젊은 나이에 호민관단 전체를 을러서 포르키우스 회당 안의 그 망할 기둥을 그대로 놔두게 만든 사람이? 왜냐고? 감찰관 카토가 그 기둥을 세웠기 때문에, 그것은 모스 마이오룸의 일부라서 어떠한 이유로도 없앨 수 없기 때문이라고 그는 말했더랬다. 아, 매수조차 불가능한 수도 담당 재무관 카토, 술꾼 카토, 사랑하는 아내를 판 카토에 관해 그가 들었던 온갖 이야기들이라니! 그런데 지금은 바로 그 카토가 수컷과 그들의 교미 욕구에 대해 숙고하고 있다. 마치 그 자신은 수컷—그것도 물건이 아주 큰 수컷—이 아니라는 듯이.

"제 얘기를 하자면," 섹스투스는 솔직하게 재잘거렸다. "문명화된 지역을 엄청나게 고대하고 있습니다. 문명은 곧 여자를 의미하니까요. 벌써부터 여자 생각이 간절합니다."

그를 돌아보는 회색 눈은 냉랭했다. "섹스투스 폼페이우스, 진정한 남자라면 자신의 기본적 본능을 통제할 수 있어야 하네. 4년은 아무것도 아니야." 카토가 잇새로 내뱉었다.

"물론입니다, 물론이에요!" 섹스투스는 황급히 물러서며 말했다. 엥, 4년이라고? 흥미로운 기간 제시로군! 마르키아가 카토와의 두 차례 결혼 사이에 퀸투스 호르텐시우스의 아내로 4년을 보냈지. 그럼 이 사람은 마르키아를 사랑했던 건가? 이 사람도 괴로웠던 건가?

카락스는 아름다운 석호에 면한 마을이었다. 프실리족과 가라만테스라 불리는 내륙민족이 섞여 있는 이곳 주민들은 바다에 잠수해서 해면과 작은 진주를 찾는 일로 생계를 꾸렸다. 그들은 생선과 멍게, 그리고 작은 땅뙈기에 여자들이 정성스레 물을 주며 키운 몇 가지 채소만 먹고 살았다. 여자들은 이 깜짝 놀라게 큰 무리가 내려오는 모습을 보자마자 귀가 째지게 소리를 지르며 그들의 농작물을 보호했고, 괭이를 휘두르며 욕설을 쏟아냈다. 카토는 즉각 채소 약탈을 금하는 명령을 내린 뒤 그 지역 족장과 채소 구입을 위한 흥정에 나섰다. 물론 그가 구할 수 있는 양은 결코 충분하지 않았다. 그래도 그의 은화를 보자 여자들은 상황을 받아들이고 새싹보다 크게 자란 식물은 모조리 수확했다.

로마인들은 과일과 푸성귀가 식단에 포함되지 않으면 인간이 생존할 수 없다는 사실을 잘 알고 있었지만, 아직까지 카토는 그의 병사들에게서 괴혈병의 전구증상을 본 적이 없었다. 그사이 병사들은 걷는 동안 침이 돌게 하려고 실피움 잔가지를 씹는 버릇이 생겼다. 실피움에 라세르피키움말고 또 어떤 성분이 있는진 몰라도 푸른색 채소와 같은 효과가 있는 건 분명해 보였다. 카토는 생각했다. 우리는 이제 고작 600킬로미터를 왔지만 끝까지 해낼 것 같은 예감이 든다.

하루 동안 쉬며 헤엄치고 생선을 포식한 1만 병사들은 지독한 땅으로 넘어갔다. 땅은 대패질한 널빤지처럼 평평했으며, 사이사이 실피움이 자라는 염전과 바닷물이 들어오는 개펄을 가로지르는 지루한 길이 이어졌다. 600킬로미터 동안 샘이나 오아시스는 단 하나도 없었다. 무자비하게 내리쬐는 태양과 얼어붙을 듯 추운 밤, 전갈과 거미 속에 보낸 40일이었다. 키레나이카에서 누구도 거미 얘기를 하지 않았으므로 그것은 끔찍스러운 충격으로 다가왔다. 이탈리아, 그리스, 갈리아, 히스파니아, 마케도니아, 트라키아, 소아시아에는—로마인들이 빙 두르고 가로지르고 종횡무진 누비며 행군했던 그쪽 세계의 지역들에는—커다란 거미는 없었다. 그 결과 무수한 훈장을 받은 최고참 백인대장이, 거의 카이사르만큼 많은 전투를 경험한 노련한 백전노장이 커다란 거미를 보고 졸도해버리는 사태가 일어났다. 사실 파자니아 지역의 거미들은 크지 않았다. 그들은 거대했다. 몸통이 어린아이 손바닥만했고, 그 아래 혐오스럽게 생긴 털 많은 다리는 그들이 휴식을 취할 때면 음흉하게 안으로 접혔다.

"오, 유피테르 신이시여!" 어느 날 섹스투스는 거미 하나를 사굼 밖으로 털어낸 뒤 사굼을 접으며 외쳤다. "솔직히 말씀드리죠, 마르쿠스 카토. 이런 생물이 있다는 걸 알았다면 저는 기꺼이 티투스 라비에누스를 견뎌냈을 겁니다! 아버지가 사흘만 더 가면 카스피 해가 나오는 곳에서 거미 때문에 되돌아갔다고 얘기하셨을 때 좀처럼 믿지 않았었는데, 이제야 그 말씀이 무슨 뜻이었는지 알겠어요!"

"적어도," 전혀 겁내지 않는 듯이 보이는 카토가 말했다. "거미들이 무는 건 그냥 집게턱 크기 때문에 아픈 거잖나. 전갈처럼 독이 있는 건 아니지."

사실 그는 다른 이들 못지않게 겁먹고 혐오스러워했지만 자존심 때문에 감정을 드러내지 못했다. 사령관이 소리를 지르면서 도망간다면

1만 병사들이 어떻게 생각할 것인가? 밤에 따뜻하게 불을 지필 수 있는 나무만 있었다면! 낮 동안 이렇게 타는 듯 더운 곳이 해가 떨어지면 이렇게 추워질 수 있다는 걸 누가 상상이나 했을까? 그야말로 갑작스럽게, 극적으로. 한 순간은 튀겨질 것 같다가 바로 다음 순간 이가 딱딱 맞부딪치도록 떨어야 했다. 그러나 그들이 해변을 샅샅이 훑어 찾아온 쥐꼬리만한 표류목은 조리용 불과 실피움과 고기를 위해 아껴야 했다.

프실리족 남자들은 밥값을 했다. 아무리 땅을 샅샅이 뒤져 전갈을 잡아내도 어디선가 또 전갈이 나왔다. 많은 병사들이 전갈에 물렸지만, 프실리족이 백인대의 위생병에게 살을 절개해서 세게 빨아내는 법을 훈련시킨 후로는 당나귀를 타야 하는 병사들이 거의 없어졌다. 작고 허약한 프실리족 여자 한 명은 그렇게 운이 좋지 않았다. 그녀는 전갈에 물려 죽고 말았다. 그것은 빠른 죽음도, 편안한 죽음도 아니었다.

행군이 힘들어질수록 카토는 더 쾌활해졌다. 그가 하루 사이에 어떻게 그 많은 영역을 다 돌아다니는지 섹스투스는 도저히 이해할 수가 없었다. 카토는 작은 무리를 일일이 찾아다니면서 잠깐 멈춰 수다를 떨며 웃었고, 병사들에게 그들이 얼마나 훌륭한지 말해주었다. 그러면 병사들은 뿌듯해하며 싱긋 웃었고 마치 즐거운 휴가를 보내고 있는 것처럼 굴었다. 그런 뒤엔 다시 터벅터벅 걷기가 계속됐다. 하루 15킬로미터씩.

물 부대는 쪼그라들었다. 그 40일 구간에 들어서고 채 이틀이 지나지 않아서 카토는 짐승들에게까지 적용되는 물 배급제를 도입했다. 하지만 간혹 암소나 수송아지가 쓰러지는 경우엔 그 자리에서 바로 도살해 그날 밤 몇몇 병사들의 식사거리로 삼았다. 카토만큼이나 지칠 줄 모르는 듯이 보이는 당나귀들은 그저 계속 걸었다. 당나귀들이 나르는 짐에서 물 부대의 무게가 줄어드는 것도 도움이 됐다. 그러나 갈증은 지독했다. 밤낮을 가리지 않고 고통에 찬 소들의 음매 하는 울음소리, 염소들의 메에 하는 울음소리, 당나귀들의 구슬픈 끼익끼익 소리가 온 사방에 울려퍼졌다. 하루 15킬로미터씩.

가끔은 저멀리서 먹구름이 점점 더 까만색을 띠며 가까이 몰려와 그들을 괴롭혔다. 한두 번은 비스듬한 잿빛 장막을 드리우며 비도 내렸다. 그러나 1만 병사들 가까이로는 한 번도 오지 않았다.

병사들을 돌아보러 다니도록 그를 떠밀어준 기운 솟구치는 시간들 사이사이, 카토에게 이 여정은 일종의 영광의 길이 되었다. 마음속 깊은 곳 어딘가에서, 스토아학파 윤리가 만들어놓은 그의 영혼 속 황무지가 그의 몸이 횡단하고 있는 황무지로 팔을 뻗쳐 그것을 껴안는 듯했다. 마치 그가 고통의 바다 위를 떠다니는 것처럼. 하지만 그 고통은 영혼을 정화하는, 심지어 아름다운 고통이었다.

정오의 해가 주변 풍경을 거대하게 반짝이는 엷은 안개로 바꿔놓을 때면, 그는 가끔 그를 향해 걸어오는 카이피오 형을 본 것 같은 생각이 들었다. 빨강머리가 불꽃의 후광처럼 빛났고, 틀림없는 그의 얼굴은 반짝이는 사랑의 불빛 같았다. 한번은 그가 본 얼굴이 마르키아였고, 언젠가는 또다른 가무잡잡한 여자가 보였다. 그 낯선 여자는 그의 어머니라고, 그의 마음이 말해주었다. 비록 어머니는 그를 낳고 두 달 뒤에 죽었으며 그는 어머니의 초상화도 본 적이 없었지만. 선량한 버전의 세르빌리아. 리비아 드루사. 엄마, 엄마.

그의 마지막 환상은 카락스를 떠난 지 40일째에 나타났다. 동틀 녘, 물 부대들이 완전히 바닥났다는 루키우스 그라티디우스의 말로 시작된 날이었다. 이번에도 카이피오였다. 하지만 이번엔 그 사랑스러운 형체가 너무나 가까이 다가와 쭉 뻗은 두 팔이 카토의 팔에 거의 닿을 것만 같았다.

"체념하지 마, 내 동생. 물이 있단다."

누군가 날카로운 비명을 질렀다. 카이피오의 환영은 1만 명의 바싹 마른 목구멍에서 일시에 터져나온 함성 속에 펑 하고 사라졌다. 물이다!

짧은 오후 시간 동안, 그 전원지대는 우렛소리 같은 온갖 극적인 순간과 충격으로 완전히 달라졌다. 물이 이 변화의 경계를 이루었다. 작지만 흐르는 개울은 생긴 지 그야말로 얼마 되지 않았고, 직각을 이룬 양쪽 개울가를 따라 난 초목들은 아직 어렸다. 그때서야 카토는 그들이 80일간 행군했으며 가을이 어느덧 겨울로 바뀌기 시작했고 비가 내리기 시작했다는 사실을 깨달았다. 올 듯 말 듯 조롱하던 폭풍우 중 하나가 내륙에서 물이 흐를 수 있는 지형을 갖춘 곳에 그 액체의 축복을 내려주었던 것이다. 콸콸 흐르는 완벽하게 순수한 물이 바다까지 곧장 흘러가도록. 소떼는 50마리도 안 되게 줄어들었고 염소 무리는 100마리 정도 남아 있었다. 카이피오는 딱 시간 맞춰 전언을 보내주었다.

인간과 짐승 모두 개울 양쪽 기슭을 따라 7킬로미터에 걸쳐 흩어져서 물릴 때까지 물을 마셨다. 그러다 어떠한 생명체도 개울 근처에서 대소변을 봐선 안 된다는 엄중한 경고의 말과 함께, 카토는 1만 병사들에게 물 부대를 채우고 바다에서 헤엄치고 낚시하고 잠자면서 보낼 나흘간의 휴식을 허락했다. 카토 본인은 문명의 자취와 추가 식량을 찾아봐야 할 터였다.

"파자니아 땅을 지나왔군." 카토가 섹스투스에게 말했다. 그들은 함께 물에 몸을 담그고 나와서 모래톱에 사지를 쭉 펴고 누워 있었다.

우리 모두 나무열매처럼 갈색이 되었군. 무리 지어 모여 있는 병사들 곁에 끝없이 펼쳐진 물가를 위아래로 둘러보며 섹스투스는 생각했다. 원래 피부색이 아주 흰 카토조차 짙은 황갈색으로 그을려 있다. 그렇다면 나는 아마도 시리아인처럼 보이려나. "이제 우리가 들어설 땅은 어딥니까?" 그가 물었다.

"트리폴리타나네." 카토가 말했다.

그는 왜 저리 슬퍼 보일까? 누구라도 지금 우리 모습을 보면 타르타로스가 아니라 엘리시온 들판에서 걸어나왔다고 생각할 텐데. 이 물이 우리가 갈증으로 죽어나가기 바로 직전에 나타났다는 걸 모르는 걸까? 식량도 바닥났다는 것을? 아니면 그가 자신의 의지로 저 물을 불러들인 건가? 이제 카토에 관해선 그 무엇도 놀라울 게 없으니까.

"트리폴리타나." 그가 같은 말을 되풀이했다. "세 도시의 땅. 하지만 내가 알기로 베레니케와 하드루멘툼 사이에는 도시가 없네. 그리스인들은 이름이 비슷한 걸 좋아해. 베레니케, 아르시노에, 아폴로니아, 헤라클레이아라는 이름이 붙은 여러 도시들만 봐도 그렇잖나. 그러니 내 생각엔 저들이 좀더 비옥한 물가가 있는 이곳에 집 몇 채로 이루어진 마을 세 곳을 건설하면서 이 땅을 '세 도시'라고 부른 것 같네. 소크라테스와 나사모네스의 말이 맞는다면 렙티스 마요르, 오이아, 사브라타지. 참 희한하지 않나? 내가 알던 렙티스는 우리의 아프리카 속주에 있는 렙티스 미노르가 유일한데 말이야."

트리폴리타나는 캄파니아나 먼 히스파니아의 바이티스 강 유역같이 풍요로운 초목의 보고는 아니었지만, 그곳 땅은 첫번째 개울부터 쭉 사람들이 얼굴을 보일 수도 있을 듯한 인상을 풍겼다. 여전히 실피움이 자라고 있었으나, 이제는 프실리족이 먹을 수 있다고 선언한 부드러운 초목이 함께 어우러졌다. 간혹 나타나는 낯선 나무들이 평평한 땅에 점을 찍었고, 절벽에서 튀어나온 점판암 바위층처럼 수평면으로 뻗은 나뭇가지에는 드문드문 양치식물처럼 길게 갈라진 황록색 잎이 돋아 있었다. 카토는 이 풍경을 보다가 드루수스 외삼촌의 주랑정원에 있던 나무 두 그루를 떠올렸다. 스키피오 아프리카누스가 다시 로마로 가져왔다고 전해진 나무들이었다. 만약 이 나무들이 그것과 같은 나무라면, 봄이나 여름에 멋들어진 심홍색이나 노란색 꽃을 피울 것이다.

섹스투스 폼페이우스의 눈에 카토는 다시 정상으로 돌아온 듯 보였다. "당나귀에 올라타서 저 앞쪽으로 가봐야 할 때 같군." 그가 말했다. "주민들이 1만 병사들과 염소 몇 마리가 어느 길로 가기를 바랄지 알아봐야겠어. 그들의 밀밭이나 복숭아 과수원 한가운데로 통과하는 길은 물론 아닐 테지. 음식을 좀 사들여야겠네. 생선은 기분좋은 변화가 되겠지만, 우리의 짐승 무리를 보충하고―제발 있어야 하는데!―빵을 만들 곡물을 찾아봐야 하네."

당나귀에 올라탄 카토의 꼴이 하도 우스꽝스러워서 섹스투스는 미친듯이 웃음을 억눌렀다. 다리가 너무 긴 나머지, 카토는 당나귀에 탔다기보다 노를 젓고 있는 것처럼 보였다.

섹스투스에게는 우스꽝스러워 보였을지 몰라도, 네 시간 뒤 카토가 돌아왔을 때 그와 같이 온 세 사내는 경외하고 감탄하는 눈으로 그를 쳐다보고 있었다. 이제 진짜 문명 지역으로 들어왔구나. 마르쿠스 포르키우스 카토에 대해 들어본 사람들이 있는 걸 보니.

"앞으로 이동할 경로를 찾았네." 카토가 섹스투스에게 알렸다. 그는 낮은 울타리를 뛰어넘는 것보다도 더 수월하게 당나귀에서 내렸다. "이쪽은 아리스토데모스, 파자네스, 포키아스네. 렙티스 마요르에서 우리 대리인 역할을 해줄 사람들이야. 30킬로미터 떨어진 곳에서 어린양 한 무리를 살 수 있었네. 그래, 또 고기지. 하지만 적어도 다른 종류야. 자네와 나는 렙티스로 이동할 테니 자네 짐을 꾸리게."

그들은 미수라타라는 마을을 통과한 뒤 그리스계 주민 2만 명으로 이루어진 도시로 갔다. 렙티스 마요르 혹은 렙티스 마그나였다. 추수가 모두 끝나 있었고, 풍작이었다. 카토는 은화를 꺼내 보이고 병사들이 다시 빵을 먹을 수 있을 만큼의 밀과 빵을 적실 넉넉한 기름을 구입했다.

"탑수스까지 단 900킬로미터고 거기서 150킬로미터 더 올라가면 우티카네. 그리고 이 경로에서 물이 없는 구간은 사브라타와 로마 속주가 시작되는 트리토니스 호수 사이의 300킬로미터뿐이야." 카토는 껍질이 딱딱한 갓 구운 빵 한 덩이를 꺼냈다. "적어도 파자니아를 통과해본 덕에 마지막 사막 구간에서 물이 얼마나 필요할지 확실히 아네, 섹스투스. 당나귀 몇 마리에 곡물을 싣고, 수레에서 맷돌과 화덕을 꺼내고, 장작만 있으면 언제든 빵을 만들 수 있을 거야. 이곳은 정말로 멋지지 않나? 이번 한 번만 빵으로 배를 가득 채워야겠네."

전형적인 스토아주의자가 의외로 빵에 약하군, 하고 섹스투스는 생각했다. 하지만 그의 말이 맞다. 트리폴리타나는 멋진 곳이다.

포도와 복숭아 철은 이미 끝났지만 주민들이 말려둔 과일이 있었다. 그 말인즉 건포도를 한 움큼씩 들고서 아작아작 씹어 먹을 수 있고 질긴 복숭아 조각을 빨아먹을 수 있다는 뜻이었다. 주택 정원의 씨앗에서 자라난 셀러리, 양파, 양배추, 상추도 들판에 가득했다.

트리폴리타나 주민들은 남자는 물론이고 여자와 아이도 뱀과 전갈, 그리고 테트라그나티우스라고 불리는 거대한 거미로부터 몸을 보호하기 위해 앞이 막힌 장화 위에 촘촘하게 짠 양모 재질의 딱 붙는 바지와 가죽 레깅스를 입었다. 거의 모든 주민이 밀, 올리브, 과일, 포도주 등 농사를 지었지만, 쟁기질을 하기에 너무 척박하다고 여겨지는 공유지에서는 양과 소떼를 키웠다. 렙티스에는 사업가와 상인 들이 있었고 거기에 필연적으로 따라붙는 로마인 대행인들이 쉬운 돈벌이가 없나 코를 들이밀고 있었다. 하지만 도시 전체의 분위기는 상업지역이 아닌 시골 전원의 느낌이었다.

내륙에는 낮은 고원이 있었는데, 거기서부터 아무도 아는 사람이 없는데다 더 깊숙한 남쪽은 물론이고 동서 양쪽으로 뻗어나간 4천500킬로미터의 사막이 시작되었다. 가라만테스족이 낙타를 타고 이 사막을 유랑했다. 그들은 염소와 양떼를 몰았고, 비가 아니라—비는 전혀 내리지 않았다—모래를 막기 위해 천막에서 생활했다. 모진 바람이 질식으로 죽을 수도 있을 만큼 강력한 힘으로 곡물을 망쳐놓았다.

1천200킬로미터를 지나오면서 이제 훨씬 자신감이 붙은 1만 병사들은 기세 좋게 렙티스를 떠났다.

300킬로미터 염전 지대를 건너는 데 단 19일이 걸렸다. 땔감이 없어 빵을 굽지는 못했지만, 카토가 양을 소만큼이나 많이 구해놓은 덕에 고기로만 이루어진 식단에 좀더 나은 방향으로 변화를 줄 수 있었다. 염소는 이제 그만! 카토는 사는 동안 염소를 다시 보지만 않는다면 썩 만족스러운 삶이라 여길 거라고 맹세했다. 그의 병사들도 다 같은 심정이었다. 염소떼를 맡았던 루키우스 그라티디우스가 특히 그랬다.

트리토니스 호수는 로마 아프리카 속주의 비공식적인 경계선이었다. 소금에 가까운 물질인 나트론 때문에 호수 물맛이 써서 실망스러웠다. 호수 바로 동쪽에 있는 바다가 저급 뿔고둥의 서식지였으므로, 호숫가에는 자주색 염료를 생산하는 공장이 자리잡고 있었으며 탑처럼 쌓인 악취 나는 조가비 껍질들과 그 안에 살았던 생물의 썩어가는 사체가 그 옆을 장식했다. 자주색 염료는 뿔고둥 몸통 안의 작은 관에서 추출하였기에 남아 버려지는 부위가 많았다.

그러나 이 호수는 제대로 측량하고 포장한 로마식 도로가 시작되는 곳이기도 했다. 1만 병사들은 웃고 떠들면서 썩은 내 나는 공장을 최대한 빨리 지나고 로마식 도로를 껑충대며 활보했다. 도로가 있는 곳에 로마도 있었다.

탑수스 외곽에서 아테노도로스 코르딜리온이 쓰러져 죽었다. 워낙 갑작스럽게 벌어진 일이라, 다른 곳에 있던 카토는 그에게 제때 작별인사를 하지도 못했다. 카토는 눈물을 흘리며 표류목으로 장작더미를 쌓게 하고 제우스에게 헌주를 바치고 뱃사공 카론에게 동전 한 닢을 내주었다. 그런 뒤 지팡이를 집어들고 다시 병사들의 선두에서 길을 나섰다. 오래된 인연들이 얼마 남지 않았다. 카툴루스, 비불루스, 아헤노바르부스, 그리고 이젠 소중한 아테노도로스 코르딜리온까지. 내게 남은 날은 얼마나 될까? 카이사르가 결국 세계를 지배하게 된다면, 분명 많은 날이 남아 있지는 않을 것이다.

행군은 예로부터 로마 속주의 수도인 우티카 외곽의 드넓은 진지에서 끝났다. 또다른 카르타고가 한니발과 하밀카르, 하스드루발이 살았던 옛터 인근에 건설되었지만, 스키피오 아이밀리아누스가 그 터를 너무나 철저하게 파괴했던 까닭에 새 카르타고는 똑같이 아름다운 항구를 보유한 우티카를 결코 따라잡지 못했다.

사랑하는 사령관을 잃게 되어 슬퍼하는 1만 병사들과 이별하는 것은 지독하게 가슴 아픈 일이었다. 카토가 데려온, 군단으로 조직된 적이 없는 15개 대대와 추가 비전투원들은 쪼개져 기존 군단들에 편입됨으로써 그들의 몸집을 부풀리는 데 쓰일 터였다. 그럼에도 그들의 놀라운 행군은, 동료 병사들이 보기에는 참가자 한 사람 한 사람에게 신성에 가깝게 빛나는 후광을 부여해주었다.

카토가 유일하게 자신과 섹스투스 폼페이우스의 동행으로 데려간 사람은 루키우스 그라티디우스였다. 만약 일이 카토의 뜻대로 된다면 그라티디우스가 민간인들의 훈련을 맡게 될 것이었다. 우티카의 총독 관저로 들어가 다섯 달이 훨씬 넘게 모르고 살았던 세계로 다시 들어서기 전의 마지막 저녁, 카토는 자리를 잡고 앉아 아르시노에의 재정장관 소크라테스에게 편지를 썼다.

친애하는 소크라테스, 나는 사전 숙고 끝에 타고난 보폭이 두 걸음에 정확히 1.5미터인 병사 서너 명을 찾아냈소. 그런 뒤 그들에게 아르시노에에서 우티카까지 우리의 전 여정을 보측으로 재는 일을 위임했소. 그들의 누적 기록을 평균해보니 2천104킬로미터가 나왔소. 우리가 필라이노룸에서 사흘, 카락스에서 하루, 렙티스 마요르 외곽에서 나흘을, 그러니까 총 한 번의 장날 주기를 빈둥거리며 보낸 것을 감안하면 실제 우리가 걸은 날은 116일이오. 기억할지 모르겠소만 우리는 1월 노나이 사흘 전에 아르시노에를 떠났소. 그리고 우티카에는 5월 노나이에 도착했소. 이 모든 수치를 주판으로 계산해보기 전까지 나는 우리가 하루 15킬로미터를 갔다고 생각했는데 실제로는 하루 18킬로미터를 간 거였소. 내 병사들은 67명만 제외하고 모두 이 여행에서 무사히 살아남았소. 물론 전갈에 물린 프실리족 여자 한 명도 잃기는 했지만.

이 글은 그저 우리가 잘 도착했고 무사하다는 소식을 알리기 위해 쓰는 것이오. 하지만 당신과 프실리족의 나사모네스가 아니었다면 우리의 원정은 실패했을 거라는 말도 전하고 싶소. 우리는 지나온 길에서 만난 이들에게 오직 친절과 도움만을 받았지만, 우리로 하여금 모든 곤경을 넘어서게 해준 것은 당신과 나사모네스가 해준 일이었소. 언젠가 내 사랑하는 공화국이 회복되는 날이 오면 당신과 나사모네스를 로마에서 내 손님으로 만나고 싶소. 원로원 집회장에서 공개적으로 당신들에게 경의를 표하겠소.

이 편지가 소크라테스에게 닿기까지는 일 년이 걸렸다. 많은 일들이 일어난 일 년이었다. 소크라테스는 눈물이 그렁그렁한 눈으로 편지를 읽은 뒤 판니우스 종이를 무릎에 떨어뜨린 채로 자리에 앉아 고개를 저었다.

"아아, 마르쿠스 카토, 당신이 크세노폰 같은 사람이었더라면!" 그는 울부짖었다. "인적미답의 길에서 넉 달을 보내고도 내게 내놓는다는 게 고작 정보와 수치뿐이라니요. 어쩌면 이리도 로마인다운지! 그리스인이라면 책을 낼 기초 자료로 엄청난 양의 메모를 했을 겁니다. 당신은 그저 병사 서너 명을 걸고 계산하게 했다지만요. 당신의 감사 인사를 대단히 고맙게 여기고, 이 편지는 유물로 귀하게 간직하겠습니다. 당신이 시간을 내어 써줬으니까요. 하지만 아아, 당신의 1만 병사들에게 행군 이야기를 직접 들을 수만 있다면!"

로마의 아프리카 속주는 그리 크지는 않고 그저 대단히 부유했다. 60년 전 가이우스 마리우스가 누미디아의 유구르타 왕을 패배시킨 후로 이곳은 일부 누미디아 땅을 더해 늘어났지만, 로마는 총독을 파견하기보다 피호국 왕이 직접 다스리는 쪽을 선호했으므로 히엠프살 왕이 영토 대부분을 유지할 수 있게 허락했다. 그는 40년 넘게 이곳을 다스렸고 장남 유바가 왕위를 물려받았다. 아프리카 속주에는 로마가 이곳을 직접 통치할 필요를 느끼게 하는 자산이 하나 있었으니, 바로 바그라다스 강이었다. 세찬 지류가 여럿 있는 이 거대한 하천이 대규모 밀 재배를 가능케 했던 것이다. 카토와 그의 1만 병사들이 도착했을 당시 이 속주의 곡물 수확은 시칠리아의 그것만큼 중요해졌으며, 이곳의 거대한 곡물 농장 주인들은 원로원 의원이나 가장 강력한 기사 사업가인 18개 백인조의 상급 기사였다. 로마가 이 속주를 직접 통치할 수밖에 없는 또다른 특징도 있었다. 아프리카 해안에서 이 속주가 차지한 북쪽으로 툭 불거진 해안은 시칠리아와 이탈리아 반도의 발등 부분 바로 아래에 해당했으므로, 이곳은 시칠리아와 이탈리아를 침략하기에 더없이 좋은 출발점이었다. 오랜 옛날 카르타고가 몇 번이나 그리한 바가 있었다.

카이사르가 루비콘 강을 건너 대체로 평화롭게 이탈리아를 장악한 뒤, 반(反)카이사르 원로원은 그들의 총사령관으로 지명된 폼페이우스 마그누스를 뒤따라 고향땅에서 도주했다. 또다시 내전으로 이탈리아의 전원지대를 황폐하게 만들고 싶지 않았던 폼페이우스는 외국에서 카이사르와 싸우기로 결심하고 그 무대로 그리스와 마케도니아를 선택했다.

하지만 곡물을 생산하는 속주들, 특히 시칠리아와 아프리카를 차지하는 것도 그만큼 중요했다. 따라서 공화파 원로원은 도주하기 전에 시칠리아로 카토를 파견해 그곳을 장악하게 했고, 아프리카 속주 총독인 푸블리우스 아티우스 바루스 또한 로마 공화파 원로원과 인민의 이름으로 그곳을 장악했다. 카이사르는 뛰어난 전직 호민관 가이우스 스크리보니우스 쿠리오를 보내 시칠리아와 아프리카 두 속주를 공화파로부터 빼앗게 했다. 그는 로마뿐만 아니라 오래전부터 자급을 하지 못하던 이탈리아 대부분의 지역에까지 식량을 공급해야 했다. 시칠리아는 아주 빨리 쿠리오의 손에 들어갔다. 카토는 병사들의 장군감이 아니라 단지 용감한 군인이었기 때문이다. 카토가 아프리카로 탈출하자 쿠리오의 군대는 그 뒤를 쫓았다. 그러나 바루스는 카토같이 입만 산 장군에게도, 쿠리오 같은 신출내기 장군에게도 겁먹을 생각이 없었다. 그는 일단 카토가 아프리카를 견딜 수 없도록 만들었고, 카토는 결국 마케도니아의 폼페이우스를 찾아 떠났다. 그런 뒤 바루스는 유바 왕의 지원을 받아 지나치게 자신만만한 쿠리오를 매복 공격했다. 쿠리오와 그의 군인들은 전사했다.

그렇게 해서 카이사르가 밀 생산 속주 중 하나인 시칠리아를 장악하고 공화파가 다른 하나인 아프리카를 장악한 형국이 되었다. 그 결과 카이사르는 곡물이 풍년에는 충분하지만 흉년에는 부족한 상황을 맞았다. 그런데 지중해의 이 끝에서 저 끝까지 연이은 가뭄으로 흉년이 계속되고 있었다. 게다가 카이사르의 곡물 수송대를 덮칠 태세로 티레니아 해에 주둔해 있던 공화파 함대들로 인해 사태는 더욱 복잡해졌다. 이제 동방의 공화파 저항군은 더이상 없고 나이우스 폼페이우스가 그의 해군을 곡물 해상로로 이동시켜둔 터라 상황은 갈수록 악화될 수밖에 없었다.

파르살로스 전투 이후 아프리카 속주에서 모인 공화파들은 카이사르가 분명 그들을 추격해 오리란 걸 잘 알고 있었다. 그들이 군대를 배치할 수 있는 한 카이사르의 세계 지배권에는 계속 논란의 여지가 남는 셈이었다. 다른 사람이 아닌 카이사르였으므로, 그들은 그가 늦지 않고 빨리 올 것으로 예상했다. 카토가 키레나이카에서 출발했을 당시 전반적으로 일치된 의견은 6월이었다. 그쯤이라면 카이사르가 먼저 아나톨리아의 파르나케스 왕을 처리할 시간이 생기기 때문이었다. 그래서 1만 병사들이 행군을 마쳤을 때 카토는 공화파 군대가 편히 늘어져 쉬고 있으며 카이사르의 낌새는 전혀 보이지 않는다는 걸 알고 크게 놀랐다.

죽은 가이우스 마리우스가 그해에 우티카의 총독 관저를 보았다면, 60년 전 그가 차지하고 있던 곳이 거의 달라진 게 없다고 생각했을 터였다. 관저의 벽은 회반죽을 발랐고 안쪽은 칙칙한 붉은색으로 칠해져 있었다. 제법 큼직한 접견실만 제외하고, 이곳은 작은 방들이 가득 들어찬 토끼장 같았다. 다만 부속건물에는 이곳을 방문하는 곡물 부호나 동방으로 유람을 온 원로원의 앞자리 의원들을 위해 근사한 특별실이 마련되어 있었다. 지금 이곳은 너무나 많은 공화파 거물들로 북적거려 터져나갈 지경이었고, 숨막히는 실내는 이 공화파 거물들이 서로 불화하여 싸우는 소리로 웅성거렸다.

숫기 없는 젊은 군무관 하나가 총독 집무실로 카토를 안내했다. 그곳에서는 푸블리우스 아티우스 바루스가 서류 뭉치를 뒤적이는 부하 관리들에 둘러싸여 호두나무 책상 앞에 앉아 있었다.

"듣기로 아주 놀라운 여정에서 살아남았다지요, 카토." 바루스가 말했다. 그는 카토를 몹시 싫어했기에 일어나서 악수하지 않았다. 그가 고갯짓을 하자 수하들은 자리에서 일어나 줄지어 방에서 나갔다.

"살아남지 않으면 안 될 상황이잖소!" 카토가 소리쳤다. 이 잡놈을 보자마자 그는 바로 고함칠 기분으로 돌아왔다. "우리에겐 병사들이 필요하오."

"그렇소, 맞는 말씀이오."

좋은—하지만 충분히 좋지는 않은—가문 출신의 호전적인 인물인 바루스는 스스로를 폼페이우스 마그누스의 피호민으로 여겼지만, 단지 보호자를 향한 의무감으로 공화파 편에 서게 된 것은 아니었다. 그는 카이사르를 열렬히 증오했고 그 점을 자랑스러워했던 것이다. 그는 헛기침을 한 뒤 경멸 어린 표정을 지었다. "대단히 유감스럽지만, 카토, 당신에게 내줄 숙소가 없소. 최소 호민관 직에 있어보지 않은 사람은 복도에서 노숙하고 있는 실정이오. 당신 같은 전직 법무관들은 벽장 수준이고 말이오."

"당신이 거처를 내주길 바라진 않소, 푸블리우스 바루스. 지금 내 수하가 작은 집을 알아보는 중이오."

카토의 숙소 기준에 관해 떠올리며 바루스는 몸서리를 쳤다. 테살로니카에서 카토는 진흙벽돌로 지은 방 세 개짜리 오두막집에서 하인 셋을 두고 살았다. 방 하나는 그가 쓰고 하나는 스타틸로스가, 또하나는 아테노도로스 코르딜리온이 썼다. "좋소. 포도주 드시겠소?" 그가 물었다.

"나는 됐소!" 카토가 고함쳤다. "카이사르가 죽을 때까지는 한 방울도 마시지 않겠다고 맹세했소."

"숭고한 희생이로군요." 바루스가 말했다.

어색한 방문객은 잠자코 앉아 있었다. 보고하러 오기 전에 잠시 짬을 내어 목욕을 하지도 않았기 때문에 머리카락과 턱수염이 엉망진창으로 지저분했다. 아, 저런 사람에게 남들은 대체 무슨 얘기를 건넸던 걸까?

"당신이 지난 넉 달 동안 고기만 먹었다고 들었소, 카토."

"빵을 먹을 수 있었던 적도 있소."

"정말이오?"

"방금 그렇게 말했잖소."

"전갈과 거대한 거미도 있었다고 들었소."

"그렇소."

"그것들에 물려 죽은 사람이 많소?"

"아니요."

"당신 병사들은 모두 부상에서 완전히 회복했소?"

"그렇소."

"그리고……. 아, 모래 폭풍을 만났소?"

"아니요."

"물이 떨어졌을 땐 악몽 같았겠소."

"물이 떨어진 적이 없소."

"미개인들의 공격을 받았소?"

"아니요."

"병사들의 무기는 수송할 수 있었소?"

"그렇소."

"필시 격렬한 정치판이 그리웠겠소."

"내전에는 정치가 없소."

"그렇다면 귀족 동행이 그리웠겠소."

"아니요."

아티우스 바루스는 포기하고 말았다. "음, 카토, 만나서 반가웠소. 당신이 적당한 거처를 찾아내리라 믿소. 이제 당신도 도착했고 우리 병사들도 다 모였으니, 내일 낮의 두번째 시각에 회의를 소집해야겠소. 우리는 아직," 그는 바깥까지 카토를 배웅하며 말했다. "누가 최고사령관이 될지 정하지 못했소."

카토가 대답했을지도 모르는 말은 입 밖으로 나오지 않았다. 바루스가 바깥 출입구에 기대서서 보초병들과의 대화에 빠져 있는 섹스투스 폼페이우스를 발견하고 꽥 소리를 질렀기 때문이다.

"섹스투스 폼페이우스! 카토는 자네도 여기 왔다는 얘길 하지 않았는데!"

"그건 놀랍지 않네요, 바루스. 그렇지만 저는 여기 있습니다."

"자네도 키레나이카에서 걸어왔는가?"

"마르쿠스 카토의 보호 아래에선 즐거운 산책 같은 일이었죠."

"들어오게, 들어와! 포도주 좀 들겠나?"

"물론 좋지요." 섹스투스는 이렇게 대답하면서 카토에게 눈을 찡긋한 뒤 바루스와 팔짱을 끼고 사라졌다.

루키우스 그라티디우스는 관저 성문 바로 바깥에 있는 작은 광장에서 지푸라기를 질겅질겅 씹으며 분수대에서 빨래하느라 여념이 없는 여자들에게 추파를 던지고 있었다. 그는 여전히 후줄근한 튜닉만 입고 있었으므로, 보초를 선 병사들 중 누구도 이 말라깽이 거구가 폼페이우스 마그누스의 제1군단 선임 백인대장이라는 사실을 알아채지 못했다.

"제법 안락한 거처를 찾았습니다." 카토가 걸어나와 햇빛 속에 눈을 깜박이며 서자 그는 몸을 똑바로 펴며 말했다. "방 아홉 개에 욕실 하납니다. 청소부 여자 한 명, 요리사 한 명에 남자 하인 둘이 딸려 있고, 값은 한 달에 500세스테르티우스입니다."

로마 출신의 로마인에게는 얼마 안 되는 돈이었다. 그 사람이 카토 같은 짠돌이라 해도 말이다. "아주 좋은 거래로군, 그라티디우스. 스타틸로스는 아직인가?"

"네, 하지만 나타날 겁니다." 그라티디우스는 카토에게 저 아래 빈민가를 가리켜 보이며 쾌활하게 말했다. "그는 아테노도로스 코르딜리온이 편히 쉴 수 있게 해두고 싶은 것뿐입니다. 아마 철학자에겐 다른 철학자들의 재와 너무 멀리 떨어진 곳에 재가 묻히는 게 외로운 일이겠죠. 스타틸로스가 그의 재를 우티카로 가져오지 않게 하신 건 옳았습니다. 나무가 부족해서 제대로 된 화장용 장작더미를 못 만들었던 터라 뼛조각도 너무 많고 골수도 너무 많이 남았으니까요."

"그런 식으로는 생각해보지 않았네." 카토가 말했다.

아파트는 항구와 바로 면해 있는 7층 건물의 1층에 있었다. 창밖으로 숲을 이룬 돛대들, 이리저리 얽힌 은회색 잔교와 부두, 그리고 영묘하게 푸른 바다가 바라다보였다. 한 달에 500세스테르티우스면 정말로 싼값이었다. 두 남자 하인이 그에게 기꺼이 더운 목욕물을 받아주는 말 잘 듣는 친구들인 것을 확인한 순간 카토는 그렇게 판단했다. 그리고 스타틸로스가 늦은 오후의 식사 때에 딱 맞춰 나타난 걸 본 그는 살짝 미소를 짓지 않을 수 없었다. 스타틸로스를 모셔온 사람이 다름아닌 섹스투스 폼페이우스였던 것이다. 섹스투스는 그들의 식사인 빵과 기름, 치즈, 샐러드를 나눠 먹는 건 사양했지만 의자에 편안히 자리를 잡고 앉아 카토에게 바루스와 보낸 몇 시간 동안의 이야기를 요약해서 들려주었다.

"마르쿠스 파보니우스가 무사하다는 소식을 알고 싶으실 것 같았습니다." 그가 얘기를 시작했다. "그는 암피폴리스에서 카이사르를 만나 사면을 구했습니다. 카이사르는 기꺼이 그를 사면해준 걸로 보입니다. 필시 파르살로스 전투가 그의 마음에 영향을 준 것 같아요, 카토. 그는 울면서 카이사르에게 자기는 이탈리아의 사유지로 돌아가 조용하고 평화롭게 살고 싶을 뿐이라고 말했거든요."

아, 파보니우스, 파보니우스! 이렇게 될 줄 알았네. 내가 부상병들과 디라키온에 남아 있는 동안, 자네는 저 야만인 라비에누스까지 가세한 폼페이우스의 입만 산 장군들이 끝도 없이 주고받는 언쟁을 견뎌야 했으니까. 자네가 보낸 편지들이 모든 사실을 알려주었지만, 파르살로스 이후 자네로부터 편지를 받지 못했다는 건 놀랍지 않네. 자네가 공화정의 대의를 저버렸다는 사실을 내게 알리기가 얼마나 끔찍했겠는가. 부디 조용한 평화를 즐기기 바라네, 친애하는 마르쿠스 파보니우스. 나는 자네를 탓하지 않네. 아니, 자네를 탓할 수 없어.

"그리고," 섹스투스는 계속 재잘거렸다. "이름은 밝힐 수 없습니다만 제 정보원이 말하길, 우티카의 상황은 디라키온과 테살로니카보다 나쁘다고 합니다. 호민관도 되어본 적 없는 루키우스 카이사르 2세나 마르쿠스 옥타비우스 같은 멍청이들까지도 자기가 우리 군대에서 보좌관 직을 맡을 자격이 있다고 말하고 있습니다. 진짜 거물급 인사들의 경우는, 어휴! 라비에누스, 메텔루스 스키피오, 아프라니우스, 총독 바루스 모두 자기가 사령관 막사를 차지해야 한다고 생각하고요."

"내가 여기 도착하기 전에 정해졌길 바랐건만." 카토의 목소리는 거칠고 얼굴은 무표정했다.

"아뇨, 내일 결정될 겁니다."

"자네 형 나이우스는 어쩌고 있나?"

"장인 리보의 궁둥짝을 패주려고 시칠리아 남쪽 해안 어딘가로 갔습니다." 섹스투스는 싱긋 웃으며 덧붙였다. "사령관 언쟁이 해결되기 전에는 형을 보지 못할 것 같아요."

"분별 있는 사람이야." 이것이 카토의 논평이었다. "그럼 자네는, 섹스투스?"

"아, 저는 양털에 달라붙는 씨앗처럼 새어머니의 아버지에게 딱 붙어 있으려고요. 메텔루스 스키피오는 똑똑하거나 재능이 있진 않지만, 제 아버지라면 그분 밑에서 복무하라고 하셨을 것 같거든요."

"그래, 그러셨을 거야." 그는 매력적인 회색 눈을 들어 섹스투스를 준엄하게 바라보았다.

"카이사르는 어떤가?" 그가 물었다.

얼굴이 찌푸려졌다. "그게 정말 수수께낍니다, 카토. 다들 알기로 그는 여전히 이집트에 있습니다. 알렉산드리아에 있는 것 같진 않지만요. 온갖 소문이 다 돌고 있지만, 진실은 11월에 알렉산드리아에서 작성되어 한 달 뒤 로마에 도착한 편지 이후로 카이사르로부터 한마디 소식도 들은 사람이 없다는 겁니다."

"나는 못 믿겠네." 카토는 입술에 힘을 주며 말했다. "그자는 편지를 많이 쓰기로 유명한 사람이고, 지금은 그의 평생 어느 때보다도 모든 일의 중심에 있어야 할 시기야. 카이사르가 조용하다고? 카이사르가 연락이 안 된다고? 그럼 죽은 게 분명해. 아, 이 무슨 운명의 장난인가! 카이사르가 이집트 같은 벽지에서 전염병에 걸리거나 어느 무지렁이의 창에 찔려 죽다니! 뭔가…… 속은 기분이네."

"소문에 따르면 죽은 건 확실히 아니랍니다. 사실, 소문에 따르면 그는 꽃이 가득 쌓인 황금 바지선을 타고 나일 강을 따라 유람하고 있다고 합니다. 이집트 여왕을 옆에 끼고, 코끼리 열 마리의 울음소리도 덮어버릴 하프 소리와 속이 다 비치는 베일을 쓴 무희들과 당나귀 젖으로 가득 채운 욕조까지 준비해서요."

"지금 나를 놀리는 건가, 섹스투스 폼페이우스?"

"제가요? 당신을 놀리냐고요, 마르쿠스 카토? 절대요!"

"그렇다면 그건 속임수로군. 하지만 이곳 우티카의 무력한 분위기와는 들어맞아. 이 모든 소식을 전해줘서 고맙네. 저 횡포한 쓰레기 바루스는 내겐 아무것도 말해주지 않을 테니. 아니, 카이사르의 침묵은 속임수인 게 분명해." 카토는 입을 삐죽거렸다. "저명한 전직 집정관이자 변호인 마르쿠스 툴리우스 키케로는 어떤가?"

"가장 최근에 만난 난제에 빠져 브룬디시움에 틀어박혀 있습니다. 바티니우스는 키케로가 이탈리아에 돌아오자 환영했지만, 마르쿠스 안토니우스가 카이사르의 군대 대부분을 끌고 돌아와서 키케로에게 떠나라고 명령했어요. 키케로가 돌라벨라의 편지를 꺼내 보이자 안토니우스는 사과했지요. 하지만 그 불쌍한 늙은 쥐를 잘 아시잖아요. 너무 소심해서 브룬디시움에서 더 들어갈 엄두를 못 내는 거죠. 그의 부인은 남편과 전혀 엮이고 싶어하지 않고요." 섹스투스는 키득거리며 웃었다. "그 여자는 분수대 분출구 장식 삼아도 될 정도로 못생겼어요."

카토의 노려보는 눈빛에 그는 정신이 번쩍 들었다. "그러면 로마는?" 카토가 물었다.

섹스투스는 휘파람을 불었다. "카토, 광대극이 따로 없어요! 정부가 호민관 열 명으로 근근이 버티고 있답니다. 아무도 조영관이나 법무관이나 집정관을 뽑을 선거를 못 열었기 때문이죠. 돌라벨라는 호민관단 후보로 선정되어 이젠 호민관이 되었습니다. 빚이 어마어마해서 전면적인 부채 탕감책을 평민회에서 통과시키려 애쓰고 있죠. 그가 시도할 때마다 카이사르파 최고의 2인조 폴리오와 트레벨리우스가 거부권을 행사했습니다. 그러자 그는 푸블리우스 클로디우스와 그의 길거리 조직폭력배들을 흉내내며 상류층과 하류층 모두를 공포에 떨게 하고 있어요." 섹스투스는 얼굴에 활기를 띠며 말했다. "독재관 카이사르가 이집트로 가서 자리를 비움에 따라 그의 기병대장인 안토니우스가 국가의 수장을 맡고 있습니다. 그런데 그의 행실은 충격적이에요. 포도주에, 여자에, 탐욕에, 악의에, 부패까지."

"하!" 카토는 눈을 이글거리며 내뱉었다. "마르쿠스 안토니우스는 미친 수퇘지야. 탐욕스런 짐승이지. 아, 멋진 소식이군!" 그는 흉포하게 웃으며 외쳤다. "카이사르가 드디어 도를 넘었어. 안토니우스 같은 술취한 야수에게 책임을 맡기다니. 기병대장은 무슨! 기병대의 명칭이라면 모를까!"

"마르쿠스 안토니우스를 과소평가하시는 겁니다." 섹스투스는 대단히 진지한 어조로 말했다. "카토, 그는 뭔가 꿍꿍이가 있습니다. 카이사르의 노련병들이 카푸아 근처에 진을 치고 있는데, 그들은 초조해하면서 로마로 진군해 자기들의 '권리'를 찾아야 한다는 얘길 하고 있습니다. 그게 무슨 권리인지는 모르지만요. 제 새어머니―당신께 안부를 전해달라시더군요―가 말씀하시길 안토니우스가 자기 목적을 위해 군단들에게 공을 들이고 있는 거랍니다."

"그의 목적? 카이사르의 목적이 아니라?"

"코르넬리아 메텔라의 말로는 안토니우스가 커다란 야심을 품었다는군요. 다시 말해 카이사르의 뒤를 잇는 거죠."

"그분은 어떻게 지내나?"

"잘 지냅니다." 섹스투스의 얼굴이 일그러졌다가 다시 차분해졌다. "카이사르가 새어머니께 아버지의 유골을 보내준 뒤에, 알바누스 구릉에 있는 그분의 빌라 정원에 아름다운 대리석 무덤을 만들었어요. 카이사르가 우리 해방노예 필리포스와 만난 것 같습니다. 필리포스가 펠루시온 해변에 남아 있던 나머지 사체를 화장했지요. 카이사르는 머리를 화장했고요. 유골과 함께 상냥하고 기품 있는 편지―새어머니의 표현에 따르면 그렇습니다―도 도착했는데, 그분 소유의 모든 토지와 돈을 지킬 수 있게 해주겠다고 약속하는 내용이었습니다. 그래서 그분은 안토니우스가 찾아와 모든 것을 몰수하겠다고 말할 경우 보여주려고 그 편지를 가지고 있습니다."

"대단히 놀라운 동시에 심히 불안하군, 섹스투스." 카토가 말했다. "카이사르가 뭘 하려는 거지? 난 알아야 하네!"

다음날 낮의 두번째 시각, 총독 관저의 접견실에 열일곱 명이 모였다.

카토는 가슴이 쿵 내려앉는 기분을 느끼며 생각했다. 아, 내 예전 무대로 돌아왔건만 이 일에 흥미가 사라졌다. 고위 사령부의 모두를 혐오하는 건 아마도 내 성격상의 결함이겠지만, 결함이라 할지라도 그것은 내 영혼에 굳건하게 안착한 철학으로 나를 이끌었다. 나는 내가 해야 하는 일의 정확한 한도를 안다. 사람들은 지나친 자제심을 비웃을지 모르지만, 방종이야말로 훨씬 나쁘다. 그런데 고위 사령부야말로 방종이 아니면 무엇인가? 지금 여기 열세 명이 로마식 토가를 입고 앉아 사령관 막사라는 빈껍데기를 위해 서로를 갈기갈기 찢으려는 참이다. 아니, 막사라는 것조차 은유일 뿐이다! 실제로 막사에서 지내는 사령관이 얼마나 되겠는가? 설령 그들이 막사에서 지낸다 해도 그곳을 꾸밈없이 간소하게 두겠는가? 그렇게 하는 사람은 카이사르뿐이다. 이 사실을 인정하기가 얼마나 화나는 일인지!

나머지 네 참석자는 누미디아인들이었다. 그중 한 명은 확실히 유바 왕이었다. 머리부터 발끝까지 티로스 자주색 옷을 입고, 흐르듯이 드리워진 곱슬거리는 머리칼 주위로 디아데마의 흰 끈이 매여 있었기 때문이다. 금실로 꼬아놓은 턱수염 역시 곱슬거렸다. 유바 왕과 나머지 세 명 중의 둘은 마흔 살쯤 되어 보였다. 네번째 누미디아인은 아직 소년에 불과했다.

"이 사람들은 누구요?" 카토는 무척 크고 불쾌한 목소리로 바루스에게 따져 물었다.

"마르쿠스 카토, 부디 목소리를 낮추시오! 이쪽은 누미디아의 유바 왕, 마시니사 왕자와 그의 아들 아라비온, 그리고 사부라 왕자요." 당황하고 화가 난 바루스가 말했다.

"저들을 내보내시오, 총독! 지금 당장! 이것은 로마인들의 집회요!"

바루스는 화를 참으려고 안간힘을 썼다. "누미디아는 대(對)카이사르 전쟁에서 우리의 동맹이오, 마르쿠스 카토. 그러니 참석할 자격이 있소."

"작전회의라면 참석할 수도 있겠으나, 로마 귀족 열세 명이 순전히 로마의 문제를 두고 다투면서 그야말로 바보짓을 하는 꼴을 지켜볼 자격은 그들에게 없소!" 카토가 포효했다.

"회의는 아직 시작하지도 않았소, 카토. 그런데 당신은 벌써부터 질서를 어지럽히고 있소!" 바루스는 한마디 한마디 힘을 주며 잇새로 내뱉었다.

"다시 한번 말하겠소. 이것은 로마인들의 집회요, 총독! 이 외국인들을 정중하게 내보내시오!"

"안됐지만 그럴 수 없소."

"그렇다면 나는 항의하면서 여기 남아 있겠소. 그리고 아무 말도 하지 않겠소!" 카토가 고함을 질렀다.

누미디아인 네 명이 그를 쏘아보는 동안, 그는 방 뒤쪽으로 물러나 루키우스 율리우스 카이사르 2세 뒤에 섰다. 율리우스 가문의 나무에서 삐죽 튀어나온 어린 가지인 이 청년의 아버지는 카이사르의 육촌으로 그의 오른팔이자 가장 충실한 지지자였다. 그 아들이 공화파라니 별난 일이야. 루키우스 2세의 등을 뚫어지게 쳐다보면서 카토는 이렇게 생각했다.

"저 친구는 자기 아버지와 사이가 좋지 않아요." 섹스투스가 카토에게 슬금슬금 다가가 속삭였다. "아버지보다 훨씬 처지는데, 자신이 결코 아버지의 신발끈만큼도 못 되리라는 걸 인정할 분별력은 없죠."

"자네는 저 앞줄 가까이에 있어야 하는 거 아닌가?"

"이렇게 어린 나이에요? 그럴 리가요!"

"자네에겐 경솔한 구석이 보이네, 섹스투스 폼페이우스. 그 점은 없애야 할 거야." 카토가 평소와 같이 커다란 목소리로 말했다.

"저도 알아요, 마르쿠스 카토. 바로 그 때문에 그토록 많은 시간을 당신과 보내는 거지요." 섹스투스가 똑같이 커다란 목소리로 대답했다.

"거기 뒤에 조용히 하시오! 질서를 갖춰 회의를 시작하겠소!"

"질서? 질서라고? 그게 무슨 말이오, 바루스? 이 자리에는 적어도 신관 한 명과 조점관 한 명이 있소! 공무를 논하기 위해 모인 로마인들의 합법적인 집회가 대체 언제부터 기도를 올리고 징조를 읽지도 않은 채 시작되었단 말이오?" 카토가 소리쳤다. "우리의 사랑하는 공화국이 이렇게까지 추락했단 말이오? 퀸투스 카이킬리우스 메텔루스 피우스 스키피오 나시카 같은 사람들이 이 자리에 서서 불법적인 회의에 반대할 수 없을 정도로? 나는 당신이 외국인들을 쫓아내도록 강제할 수는 없소, 바루스. 그러나 당신이 먼저 유피테르 옵티무스 막시무스와 퀴리누스를 기리지도 않고 회의 절차를 시작하는 것은 금지하는 바요!"

"카토, 당신이 기다리기만 했다면 내가 우리의 훌륭한 메텔루스 스키피오에게 기도를 올리도록 요청하고 우리의 훌륭한 파우스투스 술라에게 징조를 읽도록 부탁하려는 참이었음을 알았을 거요." 바루스가 금세 회복하며 말했다. 거기에 속아넘어간 사람은 누미디아인들 말곤 아무도 없었다.

아, 이만큼 실패할 것이 뻔한 회의가 있었을까? 섹스투스 폼페이우스는 자문했다. 그는 카토가 최소 로마인 열 명과 누미디아인 네 명을 묵사발로 만들어버리는 광경을 무척 즐기고 있었다. 내 생각이 맞다, 그는 파라이토니온에서 만난 이후로 상당히 많이 변했다. 하지만 오늘 나는 그가 카이사르부터 우리 아버지에 이르기까지 모두에게 인정사정없이 달려들었던 몇몇 말도 안 되는 경우 원로원 회의장에서 과연 어떠했을지 슬쩍 엿보고 있다. 고함을 쳐서 그의 기를 꺾을 수는 없고, 그를 무시할 수도 없다.

그러나 일단 항의를 했고 종교적 절차가 준수되는 것을 확인하자 카토는 약속대로 뒤에서 가만히 침묵을 지켰다.

사령관 막사를 둘러싼 경쟁은 라비에누스, 아프라니우스, 메텔루스 스키피오, 그리고 다름 아닌 총독 바루스 사이에서 이루어졌다. 그토록 큰 알력이 일어난 것은, 집정관을 역임한 적이 없는 라비에누스는 현재까지 최고의 전투 기록을 가진 반면 전직 집정관이자 전 시리아 총독인 메텔루스 스키피오는 법적인 자격과 혈통을 모두 갖추고 있다는 사실 때문이었다. 아프라니우스가 이 경쟁에 들어온 것은 애초에 라비에누스를 밀어주기 위해서였다. 그가 같은 무관으로서, 또 전직 집정관으로서 카이사르의 전 부(副) 총사령관에게 힘을 실어주었기 때문이다. 아아, 안타깝게도 라비에누스와 마찬가지로 그에게는 이렇다 할 조상이 없었다. 깜짝 후보는 아티우스 바루스였는데, 그는 자신이 이 속주의 합법적인 총독이고 전쟁은 그의 속주에서 일어날 것이며 이 속주에서는 자신이 다른 모든 사람보다 지위가 높다고 주장하는 노선을 취했다.

　　카토가 보기에, 감정이 극도로 고조된 탓에 토론자 몇몇이 자기 생각을 그리스어로 적절히 표현할 수 없게 된 것은 좋은 징후였다. 그리스어는 라틴어와 달리 모욕적인 말들을 쉽게 발음해서 우레처럼 쏟아내기가 불가능했다. 그리하여 언쟁은 재빨리 라틴어로 옮겨갔고 누미디아인들은 순식간에 오가는 말을 이해할 수 없게 되었다. 유바는 이 상황이 썩 마음에 들지 않았다. 그는 영리하고 교활한 자였으며 마음속으로 모든 로마인을 혐오했으나, 자신의 왕국을 서쪽의 마우레타니아까지 확장할 가능성은 유바를 좋아하지 않는 카이사르보다도 이쪽에 붙을 때 훨씬 크다는 생각을 했던 것이다. 로마 법정에서의 저 유명한 날 유바의 거짓말에 넌더리가 난 카이사르가 버럭 화를 내며 그의 턱수염을 잡아당겼던 일을 생각할 때마다, 왕은 또다시 수염이 욱신거리는 것만 같았다.

누미디아인들의 분노는 바루스가 의자를 들여놓지 않았다는 사실로 더욱 부채질되었다. 논쟁이 아무리 오랫동안 계속된다 해도 모두가 서 있어야 했다. 기분이 상한 그들은 왕이 발을 편하게 할 수 있도록 의자를 달라고 했지만 요청은 거부당했다. 보아하니 로마인들은 회의에서 서 있는 습관이 몸에 밴 것 같았다. 유바는 생각했다. 비록 전장에서는 이 로마인들과 협력해야 하지만, 나는 동시에 저들의 이른바 아프리카 속주에서 로마의 권한을 약화시켜야 한다. 내가 바그라다스 강 유역의 땅을 통치한다면 누미디아는 얼마나 부유해질까!

한 시간당 45분으로 이루어지는 봄날의 짧은 네 시간이 지나는 동안 논쟁은 여전히 맹위를 떨쳤지만 결론 근처에도 가지 못했으며, 물시계의 물이 한 방울씩 떨어질 때마다 독설도 더욱 거세어졌다.

"경쟁은 필요 없소!" 급기야 바루스가 라비에누스에게 공격적인 태도를 취하며 외쳤다. "파르살로스에서 패배한 것은 당신 전술 때문이었소. 따라서 나는 당신이 우리 중 최고의 장군이라는 주장에 침을 뱉겠소! 만약 당신이 최고라면, 우리에게 카이사르를 이길 수 있다는 희망이 어디 있겠소? 이제 사령관 막사에 새로운 피가 들어갈 때가 됐소. 아티우스 바루스의 피가! 다시 한번 말하지만, 이곳은 로마의 진정한 원로원이 합법적으로 부여한 내 속주요. 그리고 속주에서 총독은 최고 위직 인사요."

"순전히 헛소리요, 바루스!" 메텔루스 스키피오가 쏘아붙였다. "나는 로마 시의 신성경계선을 넘기 전까지는 시리아 총독이고, 카이사르를 제패하기 전까지는 내가 신성경계선을 넘는 일이 일어날 것 같지 않소. 게다가 원로원은 내게 임페리움 마이우스를 부여했소! 당신의 임페리움은 오래되고 평범한 법무관급 임페리움이오! 당신은 조무래기요, 바루스."

"내게 무제한 임페리움이 없는지는 몰라도, 스키피오, 적어도 나는 어린 소년들과 외설물에 탐닉하는 것보단 더 보람 있게 시간을 쓸 수 있소!"

메텔루스 스키피오가 바루스를 향해 괴성을 지르며 달려드는 동안, 라비에누스와 아프라니우스는 팔짱을 끼고 그 난투극을 구경했다. 한때 거만한 낙타 같은 얼굴이라는 평가를 받았던 키 크고 체격 좋은 사내 메텔루스 스키피오는, 그보다 젊은 아티우스 바루스가 예상했던 것보다 더 싸움을 잘했다.

카토는 루키우스 카이사르 2세를 어깨로 밀쳐내고 방 가운데로 성큼성큼 걸어가 두 사내를 억지로 떼어냈다.

"더는 못 참겠소! 더는! 스키피오, 저쪽으로 가서 꼼짝 말고 서 있게. 바루스, 이쪽으로 와서 꼼짝 말고 서 있으시오. 라비에누스, 아프라니우스, 팔짱을 풀고 당신들이 어떤 사람인지나 들여다보시오. 아이밀리우스 회당 밖에서 엉덩이를 찾아다니는 머리 짧은 무희 한 쌍처럼 굴지 말고."

그는 방바닥을 한 바퀴 돌았다. 절망스러운 기분에 와락 움켜쥔 머리카락과 수염이 헝클어진 채로. "좋소." 청중을 마주보며 그가 말했다. "이런 식으로는 하루가 지나고, 내일이 지나고, 다음달이 다 가고, 내년이 다 가도 결정을 내리지 못할 게 분명하오. 따라서 내가 결정을 내리겠소, 바로 지금 이 순간에. 퀸투스 카이킬리우스 메텔루스 피우스 스키피오 나시카," 메텔루스 스키피오의 어마어마한 전체 이름을 부르며 그가 말했다. "자네가 최고 지휘관으로서 사령관 막사를 차지하네. 자네를 지목한 이유는 두 가지로, 둘 다 모스 마이오룸에 의거해 유효하네. 첫째는 자네가 현존하는 임페리움 마이우스를 지닌 전직 집정관이라는 점이네. 임페리움 마이우스는—당신도 잘 알다시피, 바루스—다른 모든 임페리움에 우선하네. 둘째는 자네 이름이 스키피오이기 때문이네. 미신이든 사실이든, 병사들은 스키피오라는 이름을 가진 사람이 사령관 막사에 없다면 로마가 아프리카에서 이길 수 없다고 믿네. 지금 포르투나를 시험하는 것은 무모한 짓이야. 그러나 메텔루스 스키피오 자네는 병사들을 이끄는 장군으로선 나보다도 나을 게 없으니, 전장에서 티투스 라비에누스를 방해해서는 안 될 것이네, 내 말 제대로 알아들었나? 자네의 지위는 명목상의 것이고 오로지 명목상의 것으로만 남아야 하네. 라비에누스는 군사령관을 맡고, 아프라니우스가 그 보좌역을 맡을 걸세."

"나는 어떻게 되는 거요?" 바루스는 숨이 막힌 듯 헉하는 소리를 냈다. "당신의 원대한 계획에서 나는 어디에 들어가는 거요, 카토?"

"당신에게 마땅한 자리요, 푸블리우스 아티우스 바루스. 이 속주의 총독으로서 당신의 임무는 주민들을 위한 평화와 질서, 훌륭한 정부를 구축하고, 우리 군대가 물자를 제대로 보급받고 있는지 감독하고, 로마와 누미디아 간의 연락책 역할을 하는 것이오. 당신은 유바와 그의 수하들과 돈독한 사이임이 분명해 보이니, 그 부분에서 유용한 역할을 하시오."

"당신에겐 이럴 권리가 없소!" 바루스는 주먹을 꽉 쥐고 소리쳤다. "대체 당신이 뭐요, 카토? 집정관에 선출되지 못한 전직 법무관인데다 달리 내세울 것도 없잖소! 사실 당신의 그 놋쇠로 만들어진 목청만 아니었다면 당신은 그야말로 하찮은 존재였을 거요!"

"그 말에는 이의가 없소." 카토는 아무렇지도 않게 대답했다.

"나 역시 당신이 바루스보다도 더 많은 결정을 하는 것에 이의를 제기하겠소!" 라비에누스가 이를 드러내고 으르렁거렸다. "나는 장군 망토 없이 군의 허드렛일만 하는 것에 질렸소!"

"심홍색은 당신 피부색에 어울리지 않아요, 라비에누스." 섹스투스 폼페이우스가 건방지게 불쑥 끼어들었다. "자, 여러분, 카토의 말이 지당합니다. 누군가는 결정을 내려야 했고, 여러분이 인정하시든 아니든 간에 사령관 막사를 원하지 않는 카토가 그 적임자입니다."

"사령관 막사를 원치 않는다면 당신은 뭘 원하오, 카토?" 바루스가 따져 물었다.

"우티카의 행정장관이 되는 거요." 카토가 꽤나 절제된 목소리로 말했다. "내가 잘할 수 있는 일이기 때문이오. 그러나 바루스, 내게 적당한 집을 찾아줘야 할 거요. 지금 빌린 아파트는 너무 작으니까."

섹스투스는 새된 소리로 환호성을 지르며 웃었다. "잘하셨습니다, 카토!"

"조용히 하시오!" 바루스를 지지하는 루키우스 만리우스 토르콰투스가 매섭게 말했다. "그 입 다무시오, 젊은 폼페이우스! 대체 무슨 생각으로 노예의 증손자가 한 일에 박수를 치는 거요?"

"대답하지 말게, 섹스투스." 카토가 으르렁거리듯 말했다.

"무슨 일이오?" 유바가 그리스어로 물었다. "결정이 났소?"

"결정됐소, 누미디아 왕. 당신 문제만 제외하고 말이오." 카토가 그리스어로 말했다. "당신 역할은 우리 군대에 추가 병력을 공급하는 것이오. 그러나 카이사르가 도착해서 당신이 개인적으로 유용해질 때까지는 당신 땅으로 돌아가 있기를 권하는 바요."

잠시 동안 유바는 대답하지 않았다. 한쪽 귀는 바루스가 그 안에 속삭이는 말을 듣기 위해 쫑긋 세우고 있었다. "당신의 안배에는 동의하오, 마르쿠스 카토. 당신이 그것을 행한 방식에는 동의할 수 없지만 말이오." 마침내 그가 왕다운 위엄을 실어 말했다. "그러나 나는 내 왕국으로 돌아가지 않을 것이오. 카르타고에 궁전이 하나 있으니 그곳에서 지낼 거요."

"나로서는 당신이 엄지손가락 하나 까딱 않고 눌러앉아 있는대도 상관없소, 누미디아 왕. 하지만 경고하는데, 당신네 누미디아 일에나 신경쓰고 로마 일에는 관여하지 마시오. 이 명령을 위반하는 날에는 바로 내쫓겠소." 카토가 말했다.

계획이 좌절되어 기분이 언짢은데다 권한도 축소된 푸블리우스 아티우스 바루스는, 카토를 상대하는 최선의 방법은 그가 요청하는 건 뭐든 줘버리고 그와 한 방에 있는 상황을 피하는 것이라는 결론을 내렸다. 그래서 카토는 부둣가에 인접했지만 그 일부는 아닌 도시 중앙 광장의 훌륭한 주택으로 옮겨졌다. 그 집의 주인은 부재중인 곡물 부호였는데, 카이사르 편을 들었던 사람이라 이 조치에 반대할 입장이 못 되었다. 집뿐만 아니라 시중드는 하인들과 집사까지 전부 갖춰져 있었다. 집사의 프로그난테스('턱이 돌출된'이라는 뜻의 그리스어—옮긴이)라는 이름은 딱 적절했는데, 그는 키가 너무 크고 아래턱이 거대했으며 이마가 툭 튀어나와 있었기 때문이다. 카토는 개인 서기를 (바루스의 비용으로) 고용했지만, 바루스가 그를 돌려보낸 후에는 집주인의 대행인인 부타스라는 사람의 도움을 받아들였다.

그 일이 끝나자 카토는 삼백인회를 한자리에 불러모았다. 우티카에서 가장 영향력 있는 사업가들의 모임으로, 전원이 로마인이었다.

"당신들 중 금속 가공소를 지닌 이들은 가마솥, 냄비, 문짝, 쟁기 날을 만드는 것을 중단하시오." 그가 선언했다. "이제부터는 검과 단도, 창날, 투구, 그리고 일종의 쇠사슬 갑옷을 만들어야 하오. 당신들이 생산해내는 대로 모두 내가 총독의 대리관으로서 구입하고 값을 치르겠소. 건설업에 종사하는 이들은 즉각 지하 저장고와 새 창고 건설에 착수하시오. 우티카는 모든 면에서 우리 군대의 복지를 확고히 할 것이오. 석공들에게는, 우리 방어시설과 성벽이 스키피오 아이밀리아누스가 옛 카르타고에 가했던 것보다 더 심한 공성 공격에도 견딜 만큼 보강되기를 원하오. 부두 계약자들은 식량과 군수품에 집중하시오. 따라서 향수, 자주색 염료, 옷감, 가구 같은 것들에 시간을 낭비하는 것은 금지되오. 전쟁 준비에 불필요하다고 여겨지는 화물을 실은 배는 돌려보낼 것이오. 그리고 마지막으로, 열일곱 살에서 서른 살까지의 남자들은 징집하여 민병대를 조직하고 무장과 훈련을 제대로 갖추게 하겠소. 내 백인대장 루키우스 그라티디우스가 내일 동틀 녘에 우티카의 연병장에서 훈련을 시작할 거요." 카토의 눈이 어리벙벙한 얼굴들을 천천히 훑었다. "질문 있소?"

질문이 없어 보였으므로, 그는 그들을 보냈다.

"그건 분명했네." 그는 섹스투스 폼페이우스에게 말했다(섹스투스는 카이사르가 다른 곳에 있는 동안은 카토의 곁을 떠나지 않기로 결심한 터였다). "대부분의 사람들이 그렇듯이 그들도 단호한 지시를 반긴다는 게."

"그렇다면 참 유감스러운 일 아닙니까. 당신이 군대를 지휘하는 재주가 없다고 계속 주장하시는 것 말이에요." 섹스투스는 다소 슬픈 어조로 말했다. "아버지는 훌륭한 장군의 역할 대부분은 전투 자체가 아니라 전투 준비에 있다고 늘 말씀하셨어요."

"내 말을 믿게, 섹스투스, 나는 군대를 지휘할 수 없네!" 카토가 버럭 고함을 쳤다. "그것은 신들이 주는 특별한 재능이야. 가이우스 마리우스와 카이사르 같은 사람들에게 아주 헤프게 부여되었지. 그들은 상황을 바라보고 지극히 짧은 순간에 적의 약점이 어디인지, 지세가 어떤 영향을 줄지, 아군이 어느 지점에서 약화될 가능성이 있는지 파악하는 것처럼 보이네. 내게 훌륭한 보좌관과 훌륭한 백인대장을 주면 나는 그들에게 들은 대로 할 것이네. 하지만 무엇을 할지 생각하는 건 할 수 없어."

"당신의 자기 인식은 정말 무자비할 정도입니다." 섹스투스가 말했다. 그는 적갈색 눈을 열망으로 반짝이며 앞으로 몸을 기울였다. "그래도 제게 말해주십시오, 친애하는 카토. 제게 사령관의 재능이 있습니까? 제 가슴은 그렇다고 말하지만, 누가 봐도 재능 없는 멍청이들이 서로 자기는 재능 있다며 아웅다웅하는 걸 듣고 나니 이제 모르겠습니다. 제가 틀린 겁니까?"

"아니네, 섹스투스, 자넨 틀리지 않았어. 가슴이 시키는 대로 하게."

두 번의 장날 주기 만에 우티카는 전쟁 중심의 새로운 일상으로 들어섰고, 사람들은 그 상황을 싫어하는 것 같아 보이지 않았다. 그러나 그 두번째 장날에 루키우스 그라티디우스가 걱정스러운 얼굴로 나타났다.

"뭔가 일어나고 있습니다, 마르쿠스 카토." 그가 말했다.

"뭔가라니?"

"사기가 턱도 없이 낮습니다. 제 젊은 병사들은 침울하고, 줄곧 이 모든 노력이 허사가 될 거라고 말합니다. 제가 보기엔 근거 없는 얘기입니다만, 그들은 우티카가 은밀히 카이사르파에 공감하고 있으며 이 카이사르 지지자들이 모든 걸 파괴할 거라고 주장합니다." 그는 더 암울한 표정이 되었다. "오늘 우리의 우방인 누미디아 유바 왕이 이 말도 안되는 소문을 확신한 나머지 그에 대한 처벌로 우티카를 공격하여 완전히 몰락시키려 한다는 걸 알아냈습니다. 하지만 제 생각에는 소문의 출처가 바로 유바인 것 같습니다."

"아!" 카토는 감탄사를 내뱉으며 자리에서 일어났다. "자네 말에 완전히 동의하네, 그라티디우스. 이건 유바가 꾸민 음모지, 존재하지도 않는 카이사르파가 아니야. 그자는 말썽을 일으켜서 메텔루스 스키피오가 자기에게 공동 사령관 권한을 줄 수밖에 없도록 만들 속셈이네. 로마인들에게 으스대고 싶은 거야. 음, 내가 당장 그의 야망을 뭉개버리겠어! 파렴치한 인간 같으니!"

카토는 화가 난 채로 서둘러 카르타고의 왕궁으로 갔다. 그곳은 언젠가 누미디아 왕권을 주장했던 가우다 왕자가 가이우스 마리우스와 유구르타가 싸우는 동안 의기소침해서 우는소리를 늘어놓았던 장소였다. 카토는 노새 두 마리가 끄는 이륜마차에서 내리면서, 이곳 구내가 우티카의 총독 관저보다 훨씬 웅장하다는 사실을 눈치챘다. 자주색 단이 달린 그의 토가 프라이텍스타는 완벽하게 주름이 잡혀 있었다. 진홍색 튜닉을 입고 그의 임페리움을 상징하는 도끼머리를 끼운 파스케스를 든 릭토르 여섯 명을 앞세운 채, 카토는 주랑현관으로 걸어올라가서 경비병들에게 퉁명스러운 고갯짓을 한 뒤 마치 그 궁전이 그의 것인 양 당당히 안으로 들어갔다.

이건 언제든 먹히게 마련이지, 하고 그는 생각했다. 도끼머리를 지닌 릭토르들을 쳐다보고 그 뒤에 있는 토가의 자주색 단을 보고 나면 일리움 성벽조차도 무너질 것이다.

안쪽은 널찍하고 사람이 없었다. 카토는 릭토르 여섯 명에게 현관에 그대로 있으라고 지시한 뒤 집 안쪽 깊숙이 들어갔다. 카토에게는 역겹게 느껴질 정도로 거주자들을 호화롭게 감싸주도록 설계된 집이었다. 유바의 사생활 침해가 중요한 게 아니었다. 로마의 모스 마이오룸을 건드렸으니 유바는 범죄자였다.

카토가 가장 먼저 마주친 사람은 바로 왕이었다. 유바는 아름다운 방안에서 긴 의자에 누워 있었다. 물을 튀기는 분수대와 안뜰을 향한 커다란 창문이 있는 방안으로 햇빛이 달콤하게 비쳐들었다. 과시하듯 점잖 빼고 있는 유바 앞의 모자이크 바닥에서 거의 벌거벗다시피 살을 드러낸 옷차림의 스무 명 남짓한 여자들이 거닐고 있었다.

"이것은," 카토가 고함쳤다. "수치스러운 광경이오!"

왕은 마치 경련을 일으킨 것처럼 보였다. 그는 뻣뻣이 굳었다가 날카롭게 휙 움직여 긴 의자에서 몸을 일으켰고, 부르르 떨면서 격노한 채로 침입자와 마주했다. 한편 여자들은 날카롭게 비명을 지르고 서로 부딪치고 큰 소리로 울부짖으며 구석으로 가서 몸을 움츠리고 얼굴을 감쌌다.

"여기서 나가시오, 이 변태!" 유바가 포효했다.

"아니, 당신이 여기서 나가시오, 뒤통수치는 누미디아인!" 왕의 고함을 속삭임으로 느껴지게 할 만큼 큰 소리로 카토가 포효했다. "나가시오, 나가, 나가! 오늘 당장 아프리카 속주를 떠나시오, 알아들었소? 당신네의 역겨운 일부다처제나 당신네 여자들, 자유라고는 없는 불쌍한 존재들에 내가 무슨 상관이냐고? 나는 일부일처를 따르는 로마인이고, 자기 일은 자기가 알아서 하고 읽고 쓸 수 있으며 환관과 감금 없이도 정숙하게 처신하리라 기대되는 아내를 두고 있소! 나는 당신 여자들에게 침을 뱉겠소, 당신에게 침을 뱉겠소!" 카토는 정말로 침을 뱉음으로써 그의 말뜻을 분명히 보여주었다. 그는 가래를 없애려는 사람이 아니라 마치 성난 맹수처럼 침을 뱉었다.

"근위병! 근위병!" 유바가 소리질렀다.

근위병들이 우르르 방으로 들어왔다. 누미디아 왕자 세 명도 그들 뒤에 바짝 붙어서 따라 들어왔다. 마시니사와 사부라, 젊은 아라비온은 10여 개의 창이 카토의 가슴과 등, 옆구리를 겨누고 있는 광경을 보고 경악하여 멈춰 섰다. 카토는 창들을 보고도 전혀 아랑곳하지 않았으며 한 발짝도 물러나지 않았다.

"날 죽여보시오, 유바, 그랬다간 대재앙을 당할 것이오! 나는 원로원 의원이자 우티카의 법무관급 사령관인 마르쿠스 포르키우스 카토요! 카이사르와 폼페이우스 마그누스 같은 사람들에게도 맞섰던 나를 당신이 위협할 수 있을 거라 생각하시오? 이 얼굴을 잘 보시오. 그리고 이것이 자신의 길에서 방향을 돌리게 할 수도, 부패시키거나 매수할 수도 없는 사람의 얼굴임을 알아두시오! 바루스에게 얼마를 지불하고 있소? 그가 당신 같은 소인배를 자기 속주에 두는 걸 견디는 값으로? 하, 바루스는 그의 돈주머니가 시키는 대로 따를지 모르지만 당신의 돈가방을 꺼내서 날 매수할 생각일랑 하지도 마시오! 오늘 아프리카 속주를 떠나시오, 유바. 그러지 않으면 솔 인디게스, 텔루스, 리베르 파테르의 이름으로 맹세하건대 한 시간 안에 우리 군대를 동원하고 가서 당신들에게 한 사람도 남김없이 노예의 죽음을 내리겠소. 십자가형 말이오!"

그는 경멸하듯이 창들을 밀어서 치우고 뒤돌아 밖으로 나갔다.

그날 저녁 유바 왕과 그의 수행단은 누미디아로 돌아가는 여정에 올라 있었다. 그가 이 일에 관해 호소하자 총독 아티우스 바루스는 몸을 부르르 떨면서 이렇게 말했다. 카토가 그런 기분일 때면 당신이 해야 할 일은 들은 대로 하는 것뿐이오.

유바가 떠나자 우티카의 기상이 공격받는 일도 끝났다. 주민들은 카토가 걸어 지나간 땅에도 무릎을 꿇고 찬양을 퍼부을 기세였다. 물론 그것을 안 카토는 전 주민을 모아놓고 불경에 관해서 한바탕 통렬한 비판을 퍼부었다.

그는 자신이 만족스러웠다. 민간 업무는 그에게 잘 맞았다. 그것이 자기가 멋들어지게 잘해낼 수 있는 일이란 걸 그는 알았다.

하지만 카이사르는 어디에 있을까? 그는 항구로 산책을 나가 사람들의 끝없는 왕래를 바라보며 자문했다. 그는 언제 나타날까? 여전히 그의 행방에 관해서는 아무 소식이 없고, 로마 내의 위기는 하루하루 더욱 커지고 있다. 이는 즉 그가 모습을 드러내면 파르나케스를 아나톨리아에서 몰아내자마자 로마 국내의 문제를 해결해야 할 거라는 의미였다. 그가 나타날 때까지 여전히 수개월이 남았다. 그가 아프리카에 도달할 때쯤이면 우리는 활력을 잃었을 것이다. 이것이 그의 책략인가? 우리 고위 사령부가 얼마나 분열되어 있는지 카이사르만큼 잘 아는 사람도 없다. 그러니 적어도 앞으로 여섯 달 동안 저 오만하고 고집 센 명청이들이 서로 목을 물어뜯지 못하게 단속하는 건 나에게 달렸다. 그와 동시에 야만인 라비에누스의 흉포한 기세를 꺾고 교활한 유바 왕의 의지도 눌러야 할 것이다. 필시 누미디아 외국인의 대시종장 역할을 하는 것을 주된 야심으로 품고 있는 저 총독은 말할 것도 없고.

전혀 유쾌하지 않은 이런 상념이 한창이던 중에, 그는 한 젊은이가 얼굴에 주저하는 미소를 띠고 그를 향해 걸어오는 것을 알아챘다. 눈을 가늘게 찌푸리고(행군 이후로 멀리 있는 걸 보기가 어려워진 터였다) 그는 친숙한 형체를 찬찬히 살폈다. 그러다 번개가 내려치듯 불쑥 그 사람을 알아보았다. 마르쿠스! 그의 외아들이었다.

"로마에 숨어 있지 않고 여기서 뭘 하는 거냐?" 아들이 한껏 뻗은 두 팔을 못 본 체하고 그가 물었다.

그 얼굴은 카토의 얼굴과 너무나 닮았지만 그의 뒤틀리고 구겨진, 단단히 자리잡은 준엄한 투지가 빠져 있었다.

"로마에 숨어 있는 대신 공화파 운동에 합류해야 될 때라고 생각했습니다, 아버지." 젊은 카토가 말했다.

"옳은 행동이다, 마르쿠스. 하지만 나는 너를 알아. 이처럼 뒤늦은 결정을 하게 된 정확한 원인이 무엇이냐?"

"마르쿠스 안토니우스가 우리 재산을 몰수하겠다고 위협하고 있어요."

"그러면 내 아내는? 새어머니를 안토니우스의 손에 내맡기고 온 거냐?"

"제가 아버지께 가야 한다고 고집한 분이 바로 마르키아예요."

"네 누나는?"

"포르키아는 아직도 비불루스의 집에서 살고 있어요."

"네 고모는?"

"포르키아 고모는 안토니우스가 곧 아헤노바르부스의 재산을 몰수할 거라고 확신하세요. 그래서 만일에 대비해 아벤티누스 언덕에 작은 집을 사뒀고요. 아헤노바르부스가 고모의 지참금을 아주 잘 투자해서, 고모 말씀으론 30년간의 이자가 축적되어 있대요. 고모가 안부 전해달라고 하셨어요. 마르키아와 포르키아도요."

이 얼마나 얄궂은가, 하고 카토는 생각했다. 내 두 자식 중에 더 재능 있고 똑똑한 쪽이 여자아이라니. 용감하고 대담무쌍한 포르키아는 꿋꿋이 버텨내고 있다. 내가 마지막으로 읽은 편지에서 마르키아가 뭐라고 썼었지? 포르키아가 브루투스를 사랑한다고 했나. 음, 나는 그 둘을 결혼시키려 했지만 세르빌리아가 용납하질 않았다. 그 귀하고 약해빠진 아들 녀석이 제 사촌과, 카토의 딸과 결혼한다고? 하! 세르빌리아라면 차라리 그전에 아들을 죽일 거다.

"마르키아가 편지를 보내주시길 간청했습니다." 젊은 카토가 말했다.

아버지의 대답은 모호했다. "나하고 집에나 가자. 네게 줄 방이 있으니. 요즘도 서기 일은 잘하느냐?"

"네, 아버지. 여전히 서기 일은 잘해요." 아버지가 그를 다시 만나게 되면 자신의 결점이 용서받을지도 모른다는 희망은 이쯤에서 접어야 했다. 그의 결함. 불가능한 일이었다. 카토는 결점이, 결함이란 것이 없었다. 카토는 올바른 길로부터 절대 방향을 틀지 않았다. 약점 없는 사내의 아들이라는 건 너무나 끔찍한 운명이었다.

3장
소아시아 정리

기원전 47년
6월부터 9월까지

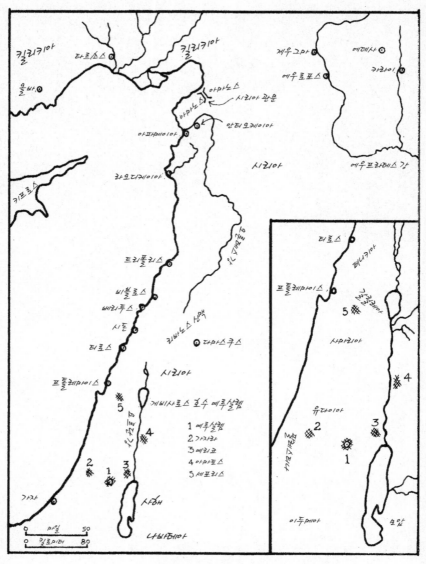

로마령 시리아

1 클레오파트라가 태어난 해에 늙은 알렉산드라 여왕이 죽은 뒤 유다이아의 상황은 악화되었다. 강력한 알렉산드로스 얀나이오스가 죽은 후 남은 아내 알렉산드라 여왕은 와해중인 시리아에서 힘들게 통치 활동을 이어나갔다. 그러나 동족인 유대인들은 대체로 그녀의 노고에 존경과 감사를 보내지 않았다. 그녀는 늘 바리새인들의 편을 들었기 때문이다. 여왕이 하는 모든 일은 사두개교도, 종파분리주의 사마리아인, 내륙 지방의 이교도인 갈릴레아인, 데카폴리스의 비유대계 주민들에게 전혀 먹혀들지 않았다. 유다이아는 종교적으로 불안정한 상태였다.

알렉산드라 여왕에게는 아들이 둘 있었다. 여왕은 남편이 죽은 후 장남 히르카노스를 후계자로 택했다. 그녀의 말을 고분고분 들을 것 같아서였다. 그녀는 즉시 히르카노스를 대사제로 임명했지만 장남의 권력을 확실히 다져주기 전에 사망했다. 여왕이 땅에 묻히자마자 차남 아리스토불로스는 형의 대사제 직과 왕좌 모두를 빼앗았다.

그러나 유다이아의 궁에서 천부적으로 가장 유능한 사람은 이두메아 사람 안티파트로스였다. 히르카노스의 절친한 벗 안티파트로스는 아리스토불로스와 오랫동안 반목중이었고, 따라서 아리스토불로스가 권력을 찬탈하자 히르카노스를 빼돌려 달아났다. 두 사람은 아라비아 국가 나바테아의 아레타스 왕에게로 망명했다. 아레타스 왕은 인도 말라바르 해안 및 타프로바네 섬과의 교역으로 막대한 부를 축적했다. 안티파트로스의 아내는 아레타스 왕의 조카딸 키프로스였다. 그 연애결혼 때문에 안티파트로스는 유다이아의 왕관을 차지할 기회를 완전히 잃었다. 아내의 피가 섞인 그의 네 아들과 외동딸은 유대인이 될 수 없었기 때문이다.

히르카노스-안티파트로스 대 아리스토불로스의 전쟁은 점점 격해졌고, 설상가상으로 로마가 갑자기 시리아의 열강으로 등장했다. 위대한 폼페이우스가 위대한 미트리다테스와 그 측근인 아르메니아의 티그라네스를 격파한 뒤 들이닥쳐 시리아를 로마 속주로 만든 것이다. 유대인들은 봉기했고 폼페이우스는 격노했다. 그는 다마스쿠스에서 느긋하게 겨울을 나는 대신 예루살렘으로 진군하여 그곳을 점령했다. 히르카노스가 대사제로 임명되긴 했지만 예루살렘은 로마의 새 시리아 속주에 편입되었고 자치권을 박탈당했다.

아리스토불로스와 그 아들들은 계속 말썽을 일으켰다. 시리아로 부임한 총독들이 연거푸 무능했던 덕에 가능한 일이었다. 그러다 마침내 카이사르의 벗이자 지지자이며, 그 자신도 만만찮은 군인인 아울루스 가비니우스가 왔다. 그는 히르카노스에게 대사제 직을 확실히 보장하고 다섯 개 지역을 수입원으로 주었다. 예루살렘, 갈릴레아의 세포리스, 가자라, 아마토스, 예리코였다. 격분한 아리스토불로스는 가비니우스에게 대항했지만, 가비니우스가 짧고 격렬하며 효과적인 전투를 벌인 끝에 아리스토불로스와 그의 아들 한 명은 두번째로 배에 실려 로마로 보내졌다. 가비니우스는 이집트로 가서 프톨레마이오스 아울레테스를 복권시켰다. 히르카노스와 그의 조력자 안티파트로스가 열성적으로 도왔다. 두 사람 덕분에 가비니우스는 아무런 어려움 없이 강제로 이집트의 국경을 펠루시온 북쪽으로 정했다. 펠루시온의 유대인 주민들은 반대하지 않았다.

카이사르의 사람 좋은 벗이자 차기 시리아 총독이었던 마르쿠스 리키니우스 크라수스는 유다이아 주변까지도 평화로워진 속주를 넘겨받았다. 유대인들로서는 유감스럽게도 크라수스는 현지의 종교나 관습, 권리를 전혀 존중하지 않았다. 그는 대사원으로 쳐들어가 지성소에 보관된 황금 2천 탈렌툼을 비롯해 값나가는 것은 모조리 빼앗았다. 대사제 히르카노스는 유대인들의 신의 이름으로 크라수스를 저주했고, 얼마 후 크라수스는 카라이에서 죽었다. 하지만 대사원의 약탈물이 반환되는 일은 없었다.

크라수스의 뒤를 이은 비공식 통치자는 재무관에 불과한 가이우스 카시우스 롱기누스였다. 그는 카라이에서 유일하게 살아남은 주요 인사였다. 자격이 부족함에도 카시우스는 시리아 통치 임무에 차분히 응했고, 속주를 돌아다니면서 앞으로 반드시 벌어질 파르티아의 침략에 대비해 강화책을 마련했다. 티로스에서 카시우스와 만난 안티파트로스는 시리아 남부의 종교 및 민족적 분규에 관해 설명하려고 애썼다. 유대인들이 끊임없이 치르는 두 가지 전쟁에 관해서도 설명했는데, 하나는 종교 분파 간의 싸움이었고 다른 하나는 제재를 가해 오는 모든 외세와의 전쟁이었다. 카시우스는 힘들게 모은 2개 군단에게 히르카노스를 파멸시키려는 갈릴레아군과의 전투로 피맛을 보여줬다. 그 직후 정말로 파르티아인들이 쳐들어왔을 때, 시리아를 지킬 지휘관은 이 서른 살의 재무관 가이우스 카시우스뿐이었다. 카시우스는 맡은 일을 훌륭하게 해냈다. 굳은 의지로 파르티아 대군을 물리치고 파르티아의 파코로스 왕자를 쫓아냈다.

그리하여 내전이 시작되기 얼마 전에 마침내 시리아를 통치하러 납신 차기 총독, 카이사르의 보니파 정적 마르쿠스 칼푸르니우스 비불루스는 평화로운 속주 상황이 잘 정리된 장부를 넘겨받았다. 일개 재무관 카시우스가 이런 일을 했다고? 감히 일개 재무관이 속주를 다스려? 보니의 관점에서 볼 때 일개 재무관은 초조하게 손을 맞비비고 앉아 차기 총독이 도착하기를 기다려야 했다. 속주에 무슨 일이 벌어져도, 유대인들이 반란을 일으키고 파르티아가 침략하더라도 아무것도 하지 않고 기다려야 마땅했다. 따라서 비불루스는 카시우스를 냉랭하게 대했고 어떤 사의도 표하지 않았다. 오히려 카시우스에게 당장 시리아를 떠나라고 명령했다. 게다가 재무관이 주도적으로 일하는 건 모스 마이오룸에 위배된다는 설교를 장황하게 늘어놓은 다음에.

그런데도 카시우스는 어째서 내전에서 보니 편에 서기로 했는가? 결코 처남 브루투스에 대한 애정 때문은 아니었다. 카시우스가 브루투스의 어머니 세르빌리아를 좋아하긴 했다. 하지만 세르빌리아는 내전에 중립적인 태도를 취했으며 양 진영 모두에 가까운 친척들이 있었다. 한 가지 이유는 카이사르를 향한 카시우스의 본능적인 반감이었다. 카시우스와 카이사르는 비슷한 부류였다. 둘 다 어린 나이에 총독의 허가 없이―카이사르는 아시아 속주의 트랄레스에서, 카시우스는 시리아에서―군사 지휘권을 떠맡았고, 둘 다 신체가 건장하고 용맹하고 분별이 있었다. 카시우스는 카이사르가 장발의 갈리아에서의 이례적인 9년간의 전쟁으로 지나치게 큰 영광을 거머쥐었다고 생각했다. 카시우스 자신의 시대가 올 때 그가 어떻게 카이사르가 누린 영광의 절반이라도 얻을 수 있겠는가? 하지만 훨씬 더 큰 문제는, 카시우스가 호민관 임기를 시작하자마자 카이사르가 로마로 진군하여 정상적인 정부를 공중분해시키면서 카시우스가 가장 논쟁적이고도 굳건한 이 정무관 임기 동안 두각을 나타낼 기회를 망가뜨려버렸다는 것이었다. 카이사르를 향한 카시우스의 혐오감을 부채질한 또다른 점은 카이사르가 카시우스의 아내이자 세르빌리아의 셋째딸인 테르툴라의 생부라는 사실이었다. 테르툴라는 법적으로 실라누스의 딸이라 실라누스의 재산인 막대한 지참금을 갖고 시집을 왔지만, 브루투스를 포함해 로마인의 절반은 테르툴라가 사실 누구의 딸인지 알고 있었다. 게다가 키케로는 그걸 두고 뻔뻔스럽게 농담을 해댔다!

카시우스는 공화국의 반(反)카이사르 전쟁 자금에 보태기 위해 신전 몇 곳을 약탈한 후 폼페이우스의 함대를 마련하러 배를 타고 시리아로 향했다. 카시우스에게는 거친 바다를 항해하는 것이 폼페이우스 사령부의 중요치 않은 구성원으로 있는 것보다 훨씬 적성에 맞았다. 카시우스는 자신이 해전에도 재능이 있음을 발견했고 시칠리아 메사나 외곽에서 카이사르의 함대에 수치스러운 패배를 안겼다. 그후 티레니아 해의 비보 앞바다에서 카이사르군 제독 술피키우스 루푸스를 봉쇄했고, 포르투나 여신의 농간만 아니었다면 또다시 승리했을 터였다! 육지에서 지켜보던 카이사르의 노련병 1개 군단이 술피키우스의 어리석음에 질린 나머지 현지 어선들을 징발해 노를 저어 와서 교전중이던 군함들 사이에 끼어든 탓에 카시우스는 완패하여 낯선 배에 올라 도망칠 수밖에 없었다. 그의 배가 침몰했기 때문이다.

정신적 상처를 핥으며, 카시우스는 동쪽으로 물러가 식량을 보급받고 카이사르의 노련병들이 파괴한 전함들을 대체할 배를 몇 척 더 마련하기로 했다. 그런데 누미디아에서 해로를 건널 때 그의 행운이 돌아왔다. 로마에서 팔 사자와 표범을 가득 실은 상선 열 척 정도와 맞닥뜨린 것이다. 이런 횡재가 있나, 돈을 왕창 벌겠군! 카시우스는 상선들을 압수하고 그리스의 메가라에 들러 물과 식량을 실었다. 공화파에 광신적으로 충성하는 소도시 메가라는 카시우스가 좀더 먼 곳에 다른 보관 장소를 찾을 때까지 사자와 표범을 돌봐주겠다고 약속했다. 카시우스는 폼페이우스가 전쟁에서 이기고 나면 승전대회용으로 폼페이우스에게 그 동물들을 팔 생각이었다. 그는 고양잇과 동물들을 우리에 가둔 채로 뭍에 내려놓은 뒤 열 척이 넘는 빈 상선 수송선단을 나이우스 폼페이우스에게 선물하러 떠났다.

다음 경유지에서 카시우스는 파르살로스 전투 패배 소식을 들었고, 충격에 빠져 키레나이카의 아폴로니아로 달아났다. 그곳에서 파르살로스로부터 도망쳐 온 여러 사람들을 만났으며 개중에는 카토, 라비에누스, 아프라니우스, 페트레이우스도 있었다. 그러나 아무도 내전으로 관직을 빼앗긴 꽃다운 나이의 호민관에게 신경쓰지 않았다. 그래서 카시우스는 잔뜩 성이 난 채 다시 항해를 시작했고, 공화파의 대의를 위해 아프리카 속주에 상선들을 선물할 생각을 버렸다. 아프리카 속주는 엿 말아먹으라지! 나는 카토나 라비에누스가 있는 진영에 가담하고 싶지 않아! 거들먹거리는 똥덩어리 메텔루스 스키피오도 싫고!

카시우스는 사자와 표범을 데려가려고 메가라로 돌아갔지만 짐승들은 사라지고 없었다. 앞서 퀸투스 푸피우스 칼레누스가 카이사르를 위해 메가라를 점령하러 왔을 때 주민들이 칼레누스의 부하들이 잡아먹히기를 바라며 짐승들을 우리에서 풀어줬던 것이다. 그런데 짐승들은 도리어 메가라 주민들을 잡아먹어버렸다! 푸피우스 칼레누스는 짐승들을 다시 우리에 가둔 뒤 카이사르의 승전대회에 쓰도록 로마로 보냈다. 카시우스는 망연자실했다.

그래도 메가라에서 흥미로운 사실을 하나 알게 되기는 했다. 브루투스가 파르살로스 패전 이후 카이사르에게 항복했는데, 간단히 사면을 받아 현재 타르소스의 총독 관저에서 지내고 있다는 것이었다. 카이사르는 폼페이우스를 찾아 떠났고 칼비누스와 세스티우스는 파르나케스를 상대하러 아르메니아 파르바로 진군하는 중이라고 했다.

그리하여 더 나은 행선지를 찾지 못한 가이우스 카시우스는 타르소스로 뱃머리를 돌렸다. 생일이 넉 달 차이 나는 동갑내기 처남 브루투스에게 상선들을 넘겨줄 생각이었다. 타르소스에 머물 수 없게 된다고 해도 최소한 브루투스에게서 무엇이 사실이고 무엇이 지어낸 이야기인지 들을 수는 있을 터였다. 그러면 망해버린 그의 인생에서 남은 세월 동안 무엇을 해야 할지 더 냉정하게 판단할 수 있을 테니까.

브루투스는 카시우스를 보고 무척 반가워하며 열광적으로 얼싸안고 입을 맞추었다. 그러고는 관저로 데려가 안락한 특별실을 내주었다.

"부디 이곳 타르소스에서 지내길 바라네." 브루투스는 성대한 저녁상 앞에서 말했다. "카이사르가 올 때까지 기다리게."

"날 공권박탈시킬걸." 카시우스가 잔뜩 침울한 표정으로 말했다.

"그럴 리 없어! 카시우스, 장담컨대 카이사르의 정책은 관용이라네! 자네도 나랑 비슷한 경우잖나! 카이사르한테 사면받은 후에 전쟁에 가담한 게 아니니까, 애초에 사면받은 일이 없으니까! 분명 자넬 용서해줄 거야! 그러고는 마치 아무 일도 없었다는 듯이 자네가 경력을 쌓게 도와줄걸."

"그렇다고 해도," 카시우스가 웅얼거렸다. "내 장래 경력은 '카이사르의' 관용, '카이사르의' 허락, '카이사르의' 겸양 덕분에 존재하는 게 되겠지. 이러쿵저러쿵한들 카이사르가 무슨 권리로 나를 사면하는 거지? 그는 왕이 아니고 나는 그의 신하가 아니야. 그자나 나나 법 앞에서 동등한 사람이라고."

브루투스는 솔직해지기로 마음먹었다. "카이사르는 내전의 승자로서 권리가 있어. 이봐, 카시우스, 이번 전쟁이 로마 최초의 내전도 아니잖나. 우린 가이우스 그라쿠스 이후 최소 여덟 번 내전을 치렀고, 승자들은 고난을 겪는 법이 없었어. 물론 패자들은 그 반대였고. 지금까지는 말이네. 그런데 이제 카이사르라는 사람이, 과거는 과거로 기꺼이 묻어두려는 승자가 나타났어. 이런 승자는 처음이네, 카시우스, 처음이라고! 사면을 받는 게 뭐 어때서 그래? 사면이라는 말이 마음에 들지 않는다면 다른 말로 부르게. '과거는 과거로 묻기'도 괜찮아. 카이사르는 자네한테 무릎을 꿇으라고 하지도 않을 거고, 자넬 벌레처럼 본다는 인상도 주지 않을 거야! 그는 내게 더할 수 없이 친절했네. 내가 잘못을 한 사람이라고 생각하지조차 않는 것 같았다니까. 그가 나를 위해 사소한 무언가라도 해줄 수 있어서 진심으로 기뻐한다는 느낌을 받았어. 정말이지 카이사르는 그랬다네, 카시우스! 마치 폼페이우스의 편에 선게 별일 아니라는 것처럼, 각자 서야 하는 편에 서는 것이 모두의 권리라는 것처럼 말이네. 카이사르는 지극히 예의바른 사람이야. 그는 남들을 하찮게 보이게 하거나 그렇게 느끼게 해서 본인을 드높이겠다는 필요를 전혀, 조금도 느끼지 않아."

"자네가 그렇게 말한다면야." 카시우스가 고개를 숙인 채 대꾸했다.

"뭐, 난 지나치게 준법정신이 투철해서 카이사르의 편에 설 생각은 꿈에도 못했지만." 브루투스는 준법성에 대해 아무 생각도 없으면서 그렇게 말했다. "사실 폼페이우스 마그누스가 훨씬 더 야만적인 사람인데 말이야. 난 폼페이우스의 진지에서 벌어지는 일들을 목격했네. 그가 라비에누스의 만행을 내버려두는 것도 봤고. 아, 그 만행에 관해선 언급하기도 싫어! 돌아가신 우리 아버지가 레피두스와 함께 있던 이탈리아 갈리아에 카이사르가 있었다면, 그는 뒷일도 생각하지 않고 아버지를 죽이지 않았을 거야, 절대로. 하지만 폼페이우스는 그렇게 했지. 카이사르에 관해 다른 건 다 자네 마음대로 생각해도 되지만, 분명한 건 그가 뼛속까지 로마인이라는 사실이네."

"그건 나도 마찬가질세!" 카시우스가 쏘아붙였다.

"난 안 그렇고?" 브루투스가 물었다.

"확신하나?"

"절대적으로, 흔들림 없이 확신하네."

그런 다음 두 사람은 로마 소식으로 화제를 바꿨지만 사실 둘 다 할 말이 별로 없었다. 소문과 뜬소문뿐이었다. 키케로는 이탈리아로 돌아갔고 나이우스 폼페이우스는 시칠리아로 가는 중이라고 듣기는 했지만 세르빌리아나 포르키아나 필리푸스, 또는 로마에 있는 다른 누구에게서도 편지가 오지 않았기 때문이다.

마침내 카시우스는 충분히 마음을 가라앉히고 브루투스가 말하는 타르소스의 사정에 귀를 기울였다.

"자네가 이곳에 큰 도움이 될 거야, 카시우스. 난 군단을 몇 개 더 모집해서 훈련시키라는 명령을 받았는데, 모병은 자신 있지만 훈련에는 젬병이라 말이지. 카이사르는 자네가 데려온 함대와 수송선단을 고맙게 받겠지만, 그의 눈에 확실히 들려면 내가 군사 훈련을 하는 걸 도와주게. 어쨌거나 그 보병들은 내전이 아니라 파르나케스와의 전쟁에 나갈 걸세. 칼비누스는 페르가몬으로 후퇴했지만, 파르나케스는 폰토스를 초토화시키느라 너무 바빠서 굳이 그를 쫓아가지 않고 있어. 그러니 우리는 되도록 많은 병사들을 준비시키는 게 좋아. 외국과 싸울 군대니까."

1월은 그렇게 지나갔다. 2월 말 페르가몬의 미트리다테스가 카이사르가 있는 알렉산드리아로 가다가 타르소스에 들렀을 때 브루투스와 카시우스는 꽤 잘 훈련된 완전편성 1개 군단을 내줄 수 있었다. 그들 중 누구도 알렉산드리아에서 카이사르가 치른 전쟁에 관해 들어본 적이 없었지만, 폼페이우스가 프톨레마이오스 왕의 궁내 도당에게 잔인하게 살해당했음은 알고 있었다. 이집트의 카이사르가 아니라 세르빌리아가 보낸 편지를 통해 안 것이다. 세르빌리아는 카이사르가 폼페이우스를―그의 유골을―코르넬리아 메텔라에게 보냈다고 전했다. 그녀는 이 사건을 어찌나 소상히 알고 있던지, 그 궁내 파벌에 속한 사람들의 이름까지―포테이노스, 테오도토스, 아킬라스―적어 보냈다.

브루투스와 카시우스는 킬리키아 민간인들을 로마 보조군으로 탈바꿈시키는 임무를 계속 수행하며 카이사르가 타르소스로 돌아오기를 기다렸다. 그는 파르나케스를 처리하러 반드시 돌아올 것이다. 아나톨리아의 고갯길들에 쌓인 눈이 녹을 때까지는 아무 일도 없겠지만, 완연한 봄이 올 때면 카이사르도 올 터였다.

4월 초에 온 것은 잔물결, 떨림이었다.

"마르쿠스 브루투스," 관저 경비대장이 말했다. "문 앞에 한 놈을 붙잡아두고 있습니다. 누더기를 걸치고 꼴이 말이 아닌데, 중요한 정보를 전달하러 이집트에서 왔다고 주장하고 있습니다."

브루투스는 얼굴을 찌푸렸다. 구슬픈 그의 눈에 늘 그를 괴롭히는 의심과 우유부단함이 어렸다. "이름이 뭐라고 하오?"

"테오도토스라고 했습니다."

브루투스의 호리호리한 몸이 굳어지더니 등을 세우며 자세를 고쳐 앉았다. "테오도토스?"

"그렇게 말했습니다."

"데리고 들어오시오. 그리고 가지 말고 여기서 지켜보시오, 암피온."

암피온이 데리고 들어온 남자는 60대로, 정말로 누더기를 걸치고 있었지만 누더기에는 아직 희미하게 자줏빛이 남아 있었다. 주름진 얼굴은 초조해 보였고 아부하는 표정이었다. 로마인과는 다른 그자의 나약한 태도에 브루투스는 구역질이 날 것 같았다. 억지웃음을 짓느라 그자의 까맣게 썩은 치아가 드러났다.

"테오도토스?"

"네, 마르쿠스 브루투스."

"이집트 프톨레마이오스 왕의 가정교사 테오도토스요?"

"그렇습니다, 마르쿠스 브루투스."

"그런 험한 몰골을 하고서 여기까지 무슨 일로 왔소?"

"왕은 패전 후 죽었습니다, 마르쿠스 브루투스." 입술이 쉬익 소리를 내며 젖혀지자 그 끔찍한 치아가 드러났다. "카이사르가 전투 후 직접 왕을 강물에 빠트려 죽였습니다."

"카이사르가 왕을 익사시켰다."

"네, 직접요."

"왕과 싸워 이긴 마당에 카이사르가 뭐하러 그러겠소?"

"왕을 이집트 왕좌에서 제거하기 위해섭니다. 카이사르는 그의 매춘부 클레오파트라가 왕권을 장악하기를 원합니다."

"왜 나한테 그런 소식을 전하는 거요, 테오도토스?"

끈적끈적한 눈이 놀라서 휘둥그레졌다. "당신은 카이사르를 전혀 좋아하지 않기 때문이지요, 마르쿠스 브루투스. 다들 그렇게 알고 있습니다. 카이사르를 파멸시키는 데 도움이 될 수단을 드리는 겁니다."

"카이사르가 왕을 익사시키는 걸 실제로 봤소?"

"제 눈으로 똑똑히 봤습니다."

"그런데 어째서 당신은 아직 살아 있는 거지?"

"도망쳤으니까요."

"당신처럼 허약한 사람이 카이사르한테서 도망을 쳤다고?"

"파피루스 덤불에 숨어 있었거든요."

"하지만 카이사르가 직접 왕을 익사시키는 걸 봤다고 했잖소."

"네, 숨은 곳에서 봤습니다."

"공개적인 행사였소?"

"아니요, 마르쿠스 브루투스. 카이사르와 왕뿐이었습니다."

"당신이 정말로 왕의 가정교사 테오도토스라고 맹세하오?"

"돌아가신 왕의 시신을 걸고 맹세합니다."

브루투스는 눈을 감고 한숨을 뱉은 다음 다시 눈을 떴다. 이어 고개를 돌려 경비대장에게 말했다. "암피온, 이자를 아고라 밖의 광장으로 데려가 십자가에 못박으시오. 다리는 부러뜨리지 말고."

테오도토스는 숨을 헐떡이고 헛구역질을 했다. "마르쿠스 브루투스, 저는 노예가 아니라 자유인입니다! 선의로 당신을 찾아왔단 말입니다!"

"너는 노예나 해적처럼 죽을 것이다, 테오도토스. 네가 자초한 일이야. 어리석군! 거짓말을 하려거든 더 신중하게 해야지. 거짓말을 할 상대도 더 신중하게 고르고." 브루투스는 등을 돌렸다. "데려가서 곧바로 실행하시오, 암피온."

"중앙 광장에 웬 불쌍한 노인 하나가 십자가에 매달려 있더군." 카시우스가 저녁을 먹으러 와서 말했다. "당번 경비대 말로는 자네가 그자의 다리를 부러뜨리지 말라고 했다던데."

"맞아." 브루투스는 침착하게 대꾸하며 서류를 내려놓았다.

"좀 너무한 거 아닌가? 다리를 부러뜨리지 않으면 죽기까지 며칠은 걸리잖나. 자네한테 그런 비정한 면이 있는 줄은 몰랐군. 늙은 노예한테 그렇게까지 해야 하나, 브루투스?"

"그자는 노예가 아니네." 브루투스는 그렇게 말하고 자초지종을 카시우스에게 설명해주었다.

카시우스의 기분은 나아지지 않았다. "유피테르시여! 대체 왜 그랬나? 그자를 얼른 로마로 보냈어야지." 카시우스는 거칠게 숨을 몰아쉬며 말했다. "살인사건의 목격자잖나!"

"당치 않은 소리." 브루투스가 갈대 펜을 매만지며 말했다. "카시우스, 카이사르를 싫어하는 건 자네 자유지만 나는 카이사르를 오랜 세월 봐왔고, 그래서 테오도토스의 이야기가 거짓말투성이라는 걸 알아차릴 만큼 태연할 수 있었네. 카이사르가 살인을 못할 사람은 아니지만,

이집트 왕은 그냥 왕의 누이에게 넘기기만 하면 돼. 프톨레마이오스 왕족들은 서로 죽이는 걸 아주 좋아하고 그 왕은 자기 누이와 전쟁을 벌였으니까. 카이사르가 그 어린 왕을 강물에 빠뜨려 죽였다? 카이사르답지 않은 일이야. 내가 놀란 건 왜인지 몰라도 테오도토스는 내가 자기 얘기에 귀기울일 거라고 생각했다는 사실이네. 어떻게 폼페이우스의 끔찍한 죽음에 연루된 세 명 중 한 명의 말을 믿어줄 로마인이 있으리라고 생각한 거지? 그 왕도 연루자였어. 카시우스, 난 복수심에 불타는 사람은 아니지만, 테오도토스가 십자가에 못박혀 며칠 동안 숨을 헐떡일 때마다 조금씩 죽어간다는 사실이 아주 만족스러워."

"그를 그냥 죽이게, 브루투스."

"안 돼! 카시우스, 나하고 입씨름하거나 날 들볶지 마! 킬리키아의 통치자는 자네가 아니라 나고, 테오도토스의 처분은 내 권한이니까."

그러나 카시우스는 이후 세르빌리아에게 보낸 편지에 타르소스에서 테오도토스가 처한 운명에 관해 다르게 묘사했다. 카이사르가 클레오파트라를 기쁘게 하려고 열네 살짜리 소년을 강물에 빠뜨려 죽였다고. 브루투스가 자신의 관점으로 그 얘기를 써보낼 거라고 걱정할 필요는 없었다. 브루투스가 사이 나쁜 어머니에게 편지를 쓸 일은 아예 없을 것이기 때문이었다. 혹시라도 브루투스가 편지를 쓴다면 받는 사람은 키케로일 터였다. 브루투스와 키케로, 그들은 겁 많은 생쥐 한 쌍이었다.

 펠루시온에서 북쪽으로 난 길은 하나뿐이었다. 길은 지중해 해안을 따라가다가 척박하고 황량한 시골을 통과한 뒤 시리아 팔레스티나의 소도시 가자로 진입했다. 이후로 주변은 조금씩 쾌적하게 변하며 작은 마을들이 꽤 규칙적으로 나타나기 시작했다. 수확 시기는 아직 멀었지만 클레오파트라는 그 마을들에 아라비아에서 수입한 짐 나르는 낙타들을 배치해두었다. 낙타는 울음소리는 끔찍해도 게르만족의 말과 달리 매일 물을 먹일 필요가 없는 신기한 동물이었다.

카이사르는 시간 낭비 없이 프톨레마이스까지 갔다. 너른 만을 끼고 있는 북부의 곶 바로 뒤의 좀더 큰 소도시였다. 거기서 이틀 동안 머무르며 유대인 파견단을 면담했다. 정중하게 시간이 촉박함을 설명한 편지를 예루살렘으로 보내서 소환한 파견단이었다. 안티파트로스와 그의 아내 키프로스, 장남과 차남인 파사엘로스와 헤로데스가 카이사르를 기다리고 있었다.

"히르카노스는 안 왔소?" 카이사르가 눈썹을 치켜세우며 물었다.

"대사제는 예루살렘을 떠날 수 없습니다." 안티파트로스가 대답했다. "로마 독재관의 명령이라 해도 말이지요. 그는 그러한 종교적 금기라면 로마의 최고신관께서 용서하실 거라고 확신하더군요."

옅은 빛깔의 두 눈이 반짝거렸다. "물론이오. 내가 깜빡했소!"

흥미로운 가족이라고 카이사르는 생각했다. 클레오파트라가 그들에 관해 말해준 적이 있었다. 안티파트로스가 가는 곳마다 키프로스도 함께 갈 만큼 서로에게 헌신적인 부부라고. 안티파트로스와 파사엘로스는 미남이었는데, 클레오파트라처럼 맑고 거무스름한 피부였지만 코는 그녀와 달랐다. 거무스름한 눈, 거무스름한 머리카락, 꽤 큰 키. 파사엘로스는 호전적인 왕자같이 굴었고 그 아비는 열성적인 공무원의 모습에 더 가까웠다. 헤로데스는 가계의 다른 가지에서 난 사람 같았다. 키가 작고 무척 뚱뚱한데다, 언뜻 보면 카이사르가 아끼는 은행가로 히스파니아 가데스 출신인 작은 루키우스 코르넬리우스 발부스의 사촌처럼 보였다. 페니키아 혈통답게 입술은 두툼하고 매부리코였으며 눈은 크고 눈꺼풀은 두꺼웠다. 세 남자 모두 말끔하게 면도를 하고 머리카락은 짧게 깎았다. 카이사르는 그것이 그들이 어느 모로 보나 유대인답지 않다는 뜻이라고 생각했다. 그들이 인종적으로 유다이아의 신앙을 적극 옹호해온 이두메아인이기는 하지만, 예루살렘의 유대인들에게 어떻게 그리 호감을 샀는지 궁금했다. 나바테아계 아라비아인인 키프로스가 헤로데스와 가장 닮았지만 아들과 달리 독특한 매력이 있었다. 그녀의 둥글둥글함은 호감이 갔고 눈은 육감적 기쁨이 넘치는 웅덩이 같았다. 하지만 카이사르는 키프로스가 안티파트로스와 어디든 동행하는 이유는 오직 남편을 독점하기 위해서일 거라고 짐작했다.

"히르카노스에게 로마는 그의 대사제 직을 정식으로 인정하며 스스로를 유다이아의 왕으로 칭해도 된다고 전해주시오." 카이사르가 말했다.

"유다이아요? 어떤 유다이아 말씀입니까? 알렉산드로스 얀나이오스의 왕국요? 요페에 다시 항구가 생기는 겁니까?" 안티파트로스는 열망보다는 신중함이 느껴지는 목소리로 물었다.

"유감이지만, 아니요." 카이사르가 상냥하게 말했다. "경계는 아울루스 가비니우스가 정한 대로요. 예루살렘, 아마토스, 가자라, 예리코, 갈릴레아의 세포리스 말이오."

"연결된 영토가 아니라 다섯 개의 구역이군요."

"그렇소. 하지만 다섯 구역 모두가 부유한 곳이오. 특히 예리코는."

"우리는 지중해로 접근할 수 있기를 원합니다."

"접근할 수 있소. 시리아는 로마 속주니까. 당신들이 항구를 몇 개나 사용하든 아무도 막지 않을 것이오." 카이사르의 눈빛이 점점 차가워졌다. "공짜 선물에 트집을 잡지 마시오, 친애하는 안티파트로스. 유다이아 영토에는 어떤 군대도 숙사 제공을 요구하지 않을 것이며 세금도 면제할 것임을 내가 보증하오. 예리코의 발삼이 벌어들이는 수익을 고려하면 이건 히르카노스에게 괜찮은 거래요. 항구세를 낸다고 해도 말이오."

"네, 물론 그렇지요." 안티파트로스가 감사하는 표정을 지으며 대답했다.

"히르카노스에게 예루살렘의 벽을 재건하고 요새화해도 된다고도 말해주시오."

"카이사르!" 안티파트로스가 숨을 헐떡였다. "정말 반가운 말씀입니다!"

"당신에게는, 안티파트로스," 카이사르가 조금 따뜻해진 시선으로 말을 이었다. "자손들에게도 이어지는 로마 시민권을 부여하겠소. 당신은 모든 대인세를 면제받고 히르카노스 정부의 총리대신으로 임명될 것이오. 대사제는 부담스러운 임무들 때문에 민간인의 도움을 필요로 한다는 걸 알고 있소."

"너무나 관대하십니다, 관대하셔요!" 안티파트로스가 외쳤다.

"물론 조건이 있소. 당신과 히르카노스는 시리아 남부의 평화를 유지해야 하오, 알겠소? 폭도도 왕위 요구자도 있어서는 안 되오. 아리스토불로스의 혈통으로 누가 남든 난 상관없소. 그들은 모두 로마에 성가신 존재고 끊임없는 현지 문제의 원천이니까. 그러니 시리아 총독이 예루살렘으로 진군할 필요가 없게 하시오, 알아들었소?"

"네, 카이사르."

카이사르는 왕의 아들들이 전부 표정을 드러내도록 허락받지 못했음을 알아차렸다. 파사엘로스와 헤로데스가 무슨 생각을 하고 있는지는 이 가족이 로마인의 귀가 없는 곳으로 가기 전엔 드러나지 않을 터였다.

티로스와 시돈, 비블로스와 나머지 페니키아 도시들은 유다이아만큼 사정이 좋지 못했다. 카이사르가 도착한 안티오케이아도 마찬가지였다. 모두 폼페이우스를 열성적으로 지지하며 돈과 배를 제공한 곳들이었다. 따라서—카이사르는 말했다—각 도시는 폼페이우스에게 제공한 액수만큼 벌금을 내야 하며, 별도로 같은 금액을 카이사르에게 주어야 한다. 명령이 실행되도록 카이사르는 어린 종질 섹스투스 율리우스 카이사르를 임시 시리아 총독으로 안티오케이아에 남겨두었다. 카이사르 백부의 손자인 이 청년은 어깨가 한껏 으쓱해진 채 임무를 훌륭하게 해내겠다고 약속했다.

그러나 키프로스는 이제 시리아의 일부로서 통치받지 않을 예정이었다. 카이사르는 그곳에 젊은 섹스틸리우스 루푸스를 재무관으로 보냈지만 엄밀히 말해 통치를 맡기지는 않았다.

"키프로스는 당분간 로마에 세금도 공세도 내지 않을 것이고 수확물도 이집트로 가게 될 걸세. 클레오파트라 여왕은 그곳의 통치자로 세라피온을 보내놓았어. 루푸스, 자네가 할 일은 세라피온이 제대로 처신하게 하는 거야. 그러니까 이집트가 아니라 로마의 관점에서 볼 때 말이네."

티베리우스 클라우디우스 네로는 이를 로마 제국에서 키프로스가 빠지게 된 것으로 보아서 달갑지 않은 반응을 보였다. 안티오케이아에서 카이사르는 여전히 자기가 알렉산드리아에서 잘못한 게 없다며 부루퉁해 있는 네로와 만났던 것이다.

네로는 믿기지 않는다는 듯한 어조로 카이사르에게 물었다. "그러니까 독재관님 마음대로 키프로스를 이집트 왕족에게 줬다는 뜻입니까?"

"설사 그렇다고 해도 자네가 무슨 상관이지, 네로?" 카이사르가 냉랭한 목소리로 물었다. "입조심하게."

나중에 섹스틸리우스 루푸스는 네로에게 말했다. "바보야! 카이사르는 절대로 로마의 것을 내주는 사람이 아니야! 그는 그저 이집트 여왕이 키프로스의 목재와 구리로 그녀의 도시와 함대를 재건하고 그곳의 곡물로 기근을 완화하게 한 거야. 그 여자가 키프로스를 이집트가 되돌려받았다고 믿든 말든 내버려둬. 카이사르가 더 잘 아니까."

그리하여 7월 초, 한 달간의 진군 끝에 카이사르는 타르소스에 도착했다. 시리아의 규율을 잡는 데는 시간이 걸렸다.

합데파네 덕분에 카이사르의 상태는 괜찮았다. 체중도 정상으로 돌아왔고 전구증상인 현기증이나 메스꺼움도 없었다. 그는 합데파네가 낮 동안 규칙적으로 가져오는 과즙인지 단 음료인지 모를 것을 마셨으며, 밤에는 침대 밑의 병에 담긴 그것을 낮과 똑같이 마셔야 했다.

합데파네는 잘 지내고 있었다. 그는 파세르라는 이름의 당나귀를 타고 페누트와 헤이나, 수트라는 세 마리 당나귀에 짐을 싣고 다녔다. 당나귀들의 짐바구니에는 정체 모를 보따리와 꾸러미가 차곡차곡 쌓여 있었다. 카이사르는 합데파네가 계속 민둥머리에 빳빳한 흰색 아마포 옷을 입기를 원했지만, 그는 그러지 않았다. 이유를 묻자 너무 눈에 띄어서라는 대답이 돌아왔다. 앞서 카임은 합데파네가 그리스인처럼 옷을 입고 로마인처럼 머리카락을 짧게 자르도록 허락했다. 카이사르 일행이 밤을 보내러 소도시에 들를 때면 합데파네는 시장에 가서 약초 매대를 살피거나, 쥐 두개골 목걸이와 개 꼬리 허리띠를 한 통명스러운 노파 앞에 쭈그리고 앉아 열심히 대화를 나눴다.

카이사르에게는 수발드는 해방노예 몇 명이 있었다. 그는 옷의 청결에 지극히 까다로웠고 매일 행군용 장화에 새 깔창을 넣으라고 지시했다. 몸의 털을 뽑아주는 하인도 있었는데, 제모를 오랫동안 한 결과 털은 이제 자라기를 거의 포기한 듯했다. 하인들은 합데파네를 좋아했고 자기네 무리의 일원으로 인정했기에 그가 부탁하면 달려나가 열매를 따서 껍질을 벗기거나 으깨거나 물기를 빼주었다. 카이사르가 몰랐던 사실은, 카이사르를 너무나 사랑하는 하인들에게 합데파네는 곧 카이사르의 건강이라는 사실이었다. 그래서 하인들은 그 속을 알기 어려운 사제에게 라틴어를 가르쳐주었고 그리스어 실력도 몰라보게 향상시켜주었으며, 그의 우스꽝스런 당나귀들마저 예뻐했다.

낙타들은 안티오케이아에서 다마스쿠스로 보내졌다. 구매자를 찾기 위해서였다. 카이사르는 로마를 정상화하려면 막대한 돈이 필요할 것임을 쓰라리도록 알고 있었다. 푼돈조차 도움이 될 터였다. 사막 사람들에게 튼튼한 낙타를 판 돈도.

처음에 훨씬 더 짭짤한 수입원은 티로스였다. 자주색 염료의 주요 생산지인 티로스는 시리아의 모든 도시 가운데 가장 많은 전쟁 배상금을 냈다. 그곳의 기수(騎手) 무리가 카이사르 일행에게 와서 히르카노스와 안티파트로스, 키프로스가 각각 하나씩 보낸 상자들을 전달했다. 세 상자 모두 금관이 하나씩 들어 있었다. 얄팍한 금박을 입힌 엉성한 금관이 아니라 심한 두통 없이는 쓸 수 없을 만큼 무거운 금관들로 올리브잎 화관 모양이었다. 이어 파르티아의 왕이 보낸 금관들은 끝을 자른 옥수수처럼 생긴 상승형 구조물인 동방의 왕관 모양이었다. 카이사르는 코끼리도 이걸 쓰면 힘들어 할 거라며 농담을 했다. 그후 에우프라테스 강변의 모든 태수령 통치자들이 보낸 금관들이 줄줄이 도착했다. 삼프시케라모스는 아름다운 바다 진주들이 박힌 꼰 리본 모양의 금관을, 티그리스 강변 셀레우케이아의 팔라비는 금 틀에 크고 번쩍이는 에메랄드가 박혀 있는 관을 보냈다. 카이사르는 매우 기뻐하며 생각했다. 이런 식이라면 이번 전쟁 비용을 청산할 수 있겠는데!

그리하여 타르소스에 도착한 6군단과 게르만족과 카이사르의 곁에는 금관을 잔뜩 짊어진 노새 열두 마리가 함께 있었다.

타르소스는 총독 세스티우스와 그의 재무관 퀸투스 필리푸스가 없음에도 불구하고 번영중이었다. 키드노스 평원의 진지 배치를 본 카이사르는 브루투스의 숨겨진 군사 시설 배치 능력에 깜짝 놀랐다. 하지만 총독 관저로 가서 가이우스 카시우스 롱기누스를 만나자 수수께끼가 풀렸다.

"카이사르, 제가 중재자로 나서는 건 바라지 않으시겠지만, 가이우스 카시우스에게도 제게 베푸셨던 자비를 베풀어주시기를 청합니다." 브루투스가 오직 그만이 지을 수 있는 쭈뼛거리는 표정으로 말했다. "카시우스는 우수한 함대를 이끌고 왔고 군사 훈련에 큰 도움을 주었습니다. 저보다 훨씬 군사 방면 지식이 많습니다."

아, 브루투스, 이 여드름쟁이 철학 애호가, 내면의 고통에 시달리는 고리대금업자여! 카이사르는 속으로 한숨을 쉬며 생각했다.

카이사르는 가이우스 카시우스를 언제 만났었는지 기억이 나지 않왔다. 카시우스의 형 퀸투스는 가까운 히스파니아에서 벌인 아프라니우스와 페트레이우스와의 전쟁 때문에 잘 알고 있었다. 그후 카이사르는 퀸투스를 먼 히스파니아의 통치자로 보냈다. 가이우스 카시우스를 한 번도 만난 적이 없다는 것은 아니었다. 다만 카이사르가 마지막으로 로마에서 지내며 주위를 살필 시간이 있었을 때 가이우스 카시우스는 잠시 법정에 진출하여 누군가를 변호하고 있었을 것이니 카이사르의 눈에 띌 정도의 거물이 아니었다. 그러나 카이사르는 가이우스 카시우스가 테르툴라와 약혼했을 때 세르빌리아가 얼마나 기뻐했는지 기억하고 있었다. 맙소사, 그리고 보니 이 녀석은 내 친딸의 남편이군! 녀석이 테르툴라를 잘 길들였다면 좋겠는데—율리아는 세르빌리아가 테르툴라를 응석받이로 키웠다고 말했었지.

가이우스 카시우스는 이제 서른여섯 살 먹은 남자였다. 적당히 큰 키에 건장했으며 군인 분위기가 났다. 어떤 여자들은 잘생겼다고 할 이목구비였고 입매에 유머러스한 곡선이 있었다. 턱은 고집 있어 보였고 머리카락은 이발사들을 미치게 만드는, 굵고 뻣뻣해서 (지금 카시우스의 머리 모양처럼) 바짝 깎는 것 외엔 선택지가 없는 타입이었으며 피부와 눈동자처럼 옅은 갈색이었다.

그 옅은 갈색 눈은 깜박임 없이 카이사르의 눈을 똑바로 쳐다보고 있었다. 옅은 냉소의 기미로 보건대 그 속에 분노가 있음을 알 수 있다. 아하! 카이사르는 생각했다. 카시우스는 탄원자로서 소개되기가 싫은 게야. 내가 아주 약간의 구실만 줘도 내 면전에서 사면 따위는 내팽개치고 달려나가 자기 가슴팍에 검을 꽂겠군. 세르빌리아가 왜 이 녀석을 좋아하는지 알겠어. 브루투스가 이런 남자로 자랐기를 바라는 거야.

"이곳 타르소스의 진지를 설계한 자는 군에서 진지 구경 좀 해본 사람이란 걸 알겠더군." 카이사르는 쾌활하게 말하고 함박웃음을 지으며 오른손을 내밀었다. "가이우스 카시우스, 물론이네! 불쌍한 마르쿠스 크라수스가 죽은 후 파르티아인들이 시리아로 들어오지 못하도록 막은 자네에게 로마가 어찌 감사해야 할지 모르겠구먼! 자네가 제대로 환영받았기를 진심으로 바라네. 편안히 지내고 있는가?"

그리하여 양측 모두 사면에 관해서는 일언반구도 하지 않고 그 순간이 지나갔다. 가이우스 카시우스로서는 자연스럽게 악수에 응하고 웃으면서 몇 년 전 시리아에서 자신이 한 일들이 무마되기를 바라는 것 말고는 선택할 여지가 없었다. 이 지나치게 잘생기고 매력적인 파트리키는 단 한 번의 악수와 따뜻한 환영 인사만으로 그를 사면해버린 것이다.

"칼비누스에게 미리 사람을 보내 열흘 후 우리와 만날 때까지 이코니온에서 최대한 병사를 모아놓으라고 했네." 카이사르는 정찬 때 말했다. "브루투스, 카시우스, 자네들은 나와 함께 진군할 걸세. 브루투스는 내 개인 보좌관이 되어주게. 카시우스는 1개 군단을 이끌어주게나. 칼비누스가 타르소스 통치를 위해 퀸투스 필리푸스를 돌려보낼 거니까, 그가 도착하면 우린 킬리키아 관문을 지나 이코니온으로 갈 거야. 마르쿠스 안토니우스가 예전의 공화파 군인들 2개 군단을 이탈리아에서 배에 태워 칼비누스한테 보냈는데, 칼비누스는 파르나케스와 재회할 준비가 되었다고 하는군." 카이사르는 식당 너머의 먼 곳을 응시하며 웃음을 지었다. "이번에는 상황이 다르게 전개될 거야. 카이사르가 여기 있으니까."

"참 대단한 자신감이야!" 나중에 카시우스는 브루투스에게 조소하듯 말했다. "저 자신감을 훼손시킬 수 있는 것은 없는 건가?"

브루투스는 눈을 깜박거리며, 카이사르가 자주색과 진홍색이 섞인 최고신관 예복 차림으로 어머니 집에 와서 율리아를 폼페이우스 마그누스와 결혼시키겠다고 말한 날을 떠올렸다. 나는 기절했었지. 그 말이 준 충격보다는—내가 율리아를 얼마나 사랑했던가!—어머니가 격노할 거라는 예측 때문이었어. 카이사르는 용서받을 수 없는 짓을 저지른 거야. 피케눔 출신 시골뜨기 폼페이우스 마그누스 때문에 세르빌리우스 카이피오 집안사람을 거절하다니. 아, 어머니는 격노했지! 그리고 물론 카이사르가 아닌 나를 비난했어. 그날을 떠올리니 온몸이 떨리는구나.

"그래, 카이사르의 자신감을 훼손시킬 수 있는 건 아무것도 없네." 브루투스가 대답했다. "천성이니까."

"그렇다면 해답은 카이사르의 가슴팍을 칼로 훼손하는 거겠군." 카시우스가 잇새로 뱉었다.

브루투스는 여드름 때문에 면도를 할 수 없었고 검은 턱수염을 최대한 짧게 자르는 것으로 만족해야 했다. 카시우스의 말을 듣자마자 그는 턱수염이 죄다 뻣뻣하게 곤두서는 듯했다. "카시우스! 꿈도 꾸지 말게!" 그는 공포에 질려 속삭였다.

"왜? 폭군을 죽이는 건 모든 자유인의 의무야."

"그는 폭군이 아니야! 술라가 폭군이었지."

"그럼 카이사르를 뭐라고 불러야 하지?" 카시우스가 코웃음을 쳤다. 그의 시선이 브루투스의 파리한 얼굴을 훑었다. 아들을 이다지도 물렁하게 만들어놓다니, 복수의 여신들은 세르빌리아를 벌해야 해! 그는 어깨를 으쓱했다. "기절하지 말게, 브루투스. 내가 한 말은 잊어버려."

"그러지 않을 거라고 약속하게! 약속하라고!"

대답 대신 카시우스는 자기 처소로 돌아가 화가 가라앉을 때까지 서성거렸다.

타르소스를 떠날 무렵 카이사르는 참회하는 공화파 인사 몇 명을 불러들였다. 다들 '사면'이라는 말을 듣는 모욕을 당하지 않고 사면을 받았다. 안티오케이아에서는 아들 퀸투스 키케로가, 타르소스에서는 그의 아비가. 카이사르에게 가장 중요한 두 사람이었다. 둘 다 파르나케스와의 전쟁에 참여하는 데는 흥미가 없었다.

"이탈리아로 귀국해야 합니다." 아버지 퀸투스가 한숨을 쉬며 말했다. "내 멍청한 형은 아직 브룬디시움에 있습니다. 더 멀리 갈 만큼 안전을 확신하진 못하지만 그리스로 돌아가기는 두려운 거죠." 그의 갈색 눈이 침울하게 카이사르의 눈을 바라보았다. "문제는 말입니다, 카이사르, 함께 전쟁을 하기엔 당신이 지나치게 뛰어난 지휘관이었다는 겁니다. 때가 왔는데도 난 당신에게 대항해 무기를 들 수 없었죠, 마르쿠스가 뭐라고 하든 말입니다." 그는 어깨를 바로 폈다. "형이 브룬디시움으로 떠나기 전에 파트라이에서 심한 말다툼을 했습니다. 카토가 형을 공화군 총사령관으로 만들려고 한 걸 아십니까?"

카이사르가 소리내 웃었다. "놀랍지 않소. 카토는 내게 수수께끼 같은 존재요. 믿기지 않을 정도로 강한 확신이 있지만 자기 자신에 관해서는 조금도 확신해본 적이 없지. 그래서 자기 행동에 전혀 책임을 지려 하지 않는 거요. 마그누스를 이 전쟁에 강제로 끌어들인 건 카토지만, 마그누스에게 그 일로 비난받자 카토는 뻔뻔스럽게도 일을 시작한 사람들이 마무리를 지어야 한다고 말했소—우리 군인들이 말이오! 카토에게 정치가들은 전쟁을 일으키는 자들이 아니오. 그가 권력을 이해하지 못한다는 뜻이지."

"우리 모두는 성장 과정의 결과물일 뿐입니다, 카이사르. 그 해악을 당신은 어떻게 피했지요?"

"내게는 날 으깨버리지 않고도 저지할 만큼 강한 어머니가 계셨소. 그런 사람은 수백만 명 중에 한 명 있을까 말까 할 거라 생각하오."

그리하여 두 명의 퀸투스 키케로는 손을 흔들어 인사하며 떠났다. 꽤 유능한 킬리키아의 2개 군단, 6군단, 그리고 충성스런 게르만족에게. 게르만족 병사들은 고향의 안개 낀 숲을 떠난 지 너무 오래되어서 예전 삶은 거의 떠올릴 수 없었다.

아나톨리아의 산들은 대부분 높이 3천 미터가 넘었기에 드문드문한 고갯길들말고는 넘을 방도가 없었다. 킬리키아 관문이 그중 하나였는데, 좁고 가파르고 광대한 소나무 숲을 지나는 길이었다. 갈라진 틈마다 눈 녹은 물이 광포하게 흐르는 계단식 폭포가 있었고 여전히 밤에는 매우 추웠다. 얼어붙을 듯한 추위와 높은 고도 때문에 불평이 들려오면 카이사르는 군대를 전속력으로 행군하게 만들어서, 진지를 구축하고 나면 다들 너무 피곤해서 추위를 못 느끼고 너무 어지러워서 어떤 고도에서든 잠들게 했다. 그는 칼비누스를 만나기 전엔 파르나케스의 행방을 정확히 알 수 없으므로 모든 진지를 제대로 만들어야 한다고 고집했다. 칼비누스가 편지로 카이사르에게 전한 이야기는 킴메리아의 왕이 돌아온 게 분명하다는 것뿐이었다.

고갯길을 통과한 군대는 광활한 아나톨리아의 중앙에 사발처럼 자리한 고원으로 내려갔다. 이맘때쯤 풀이 푸르게 우거져서 말들이 풀을 뜯기 좋은 구릉지였다. 카이사르는 말이 너무 많다는 사실을 알아차렸다. 이곳은 갈라티아가 아니라 리카오니아였다.

이코니온은 큰 무역로가 교차하는 도시였다. 남쪽은 타르소스의 산 꼭대기 밑이었고 북쪽으로는 고원 너머 갈라티아와 폰토스 서부가 보였다. 도로 하나는 카파도키아를 거쳐 에우프라테스 강까지 이어졌다. 킬리키아 관문을 거쳐 지중해의 동쪽 끝인 시리아의 타르소스로 이어지는 길도 있었다. 아시아 속주를 거쳐 스미르나의 에게 해 연안으로 이어지는 길도 있었고, 갈라티아의 앙키라를 거쳐 흑해로 가는 길도 있었으며, 비티니아의 헬레스폰트 해협 근처를 거쳐 에그나티우스 가도를 타고 로마로 가는 도로도 있었다. 통행자들은 대상이었다. 꼬리에 꼬리를 문 낙타와 말, 노새 떼와 중무장한 상인들. 그들이 경계하는 건 사냥감을 찾아 돌아다니는 오지 부족들이었다. 대상을 이루는 사람들은 로마인이나 아시아계 그리스인, 혹은 킬리키아, 아라비아, 아르메니아, 메디아, 페르시아, 시리아 출신이었다. 이코니온 사람들은 값비싼 염색 양모와 가구, 장식장용 목재, 포도주, 올리브유, 도료와 안료와 염료, 쇠를 씌운 갈리아산 바퀴, 쇠톱, 대리석 조각상과 푸테올리산 유리가 동쪽으로 가는 것을 보았다. 서쪽으로 가는 것은 양탄자와 태피스트리, 청동 제조용 주석, 놋쇠 주철, 말린 살구, 청금석, 공작석, 낙타털 붓, 모피, 아스트라칸 모피와 고급 가죽이었다.

이코니온 주민들은 군대가 오는 걸 싫어했지만 7월 내내 그것을 견뎌야 했다. 카이사르가 타르소스에서 3개 군단과 게르만족 기병대와 함께 올라왔고, 페르가몬에서는 칼비누스가 유능한 로마인 군단 4개와 함께 내려왔기 때문이다. 말들이 지나치게 많은 건 데이오타로스 왕 때문이었는데, 그가 갈라티아 기병 2천 명을 데리고 달려왔기 때문이다. 갈라티아인들은 자기 식량을 가져왔지만, 연합군의 나머지를 먹이는 건 칼비누스의 임무였다.

칼비누스는 전할 소식이 무척 많았다.

"파르나케스가 킴메리아로 돌아갔을 때 아산드로스는 영리하게도 파비우스식 지연전술을 썼습니다." 그는 카이사르와 독대하여 말했다. "아버지가 어디로 쫓아오든 아산드로스가 한발 앞서 있었죠. 결국 파르나케스는 아산드로스를 내버려두기로 결정하고, 군사를 다시 수송선들에 태워 흑해 너머 불쌍한 아미소스로 가서 두번째 약탈을 자행했습니다. 그러고는 젤라에서 잠적했죠, 폰토스의 한 지역 같은데 잘 모르겠습니다. 고대의 모든 폰토스 왕들이 안치된 절벽이 있는 아마세이아의 흑해 연안에서 꽤 멀다는 것만 압니다. 제가 듣기론 지난 12월과 1월에 우리가 아르메니아 파르바에서 지나친 곳들보다 훨씬 지낼 만한 시골이라고 합니다."

카이사르는 페르가몬 양피지에 그려진 지도를 굽어보며 손가락으로 경로를 추적했다. "젤라, 젤라, 젤라……. 여기 있군." 그는 얼굴을 찡그렸다. "아, 상태 좋은 로마식 도로가 몇 개만 있었어도! 그거야말로 차기 폰토스 총독의 최우선 과제가 되어야겠소. 칼비누스, 유감이지만 우린 타타 호수의 동쪽 가장자리를 자벌레처럼 돌아가서 할리스 강을 건너고 산을 더 타야만 하겠구려. 솜씨 좋은 길잡이들이 필요할 거요. 공화파 군대에 갈라티아의 돈과 사람을 쏟아부은 데이오타로스를 내가 용서해야만 할 거라는 뜻이지."

칼비누스는 싱긋 웃었다. "아, 그는 이곳에 있습니다. 프리기아 모자를 손에 쥔 채 공포에 떨고 있죠. 미트리다테스가 패하고 폼페이우스 마그누스가 아나톨리아 전역을 돌아다니며 땅을 분배하자 데이오타로스는 자기 왕국을 사방으로 확장했습니다. 늙은 아리오바르자네스도 희생양 중 하나였죠. 그후 아리오바르자네스는 죽었고 새 카파도키아 왕이 즉위했습니다. 이번 왕은 필로로마이오스 가문이에요. 이제 카파도키아에는 쓸 만한 땅이 거의 남지 않았습니다."

"그래서 아마도 카파도키아가 브루투스에게 빚을 졌나보군—어이쿠, 내가 브루투스라고 했소? 마티니우스 얘기였소, 물론."

"괜찮습니다. 데이오타로스는 마티니우스한테도 엄청난 빚을 지고 있습니다, 카이사르. 마그누스가 끝도 없이 돈을 요구했으니 데이오타로스가 그 돈을 어디서 구했겠습니까?"

"정답은 로마인 고리대금업자겠지." 카이사르가 대꾸하고는 불끈 성을 냈다. "대체 왜 그들은 도무지 교훈을 얻질 못하는 거요? 영토를 좀 늘리거나 순금 광맥 15킬로미터 정도를 발견하기 위해 모든 걸 거는 도박을 하다니."

"독재관님이야말로 금 무더기에서 헤엄치고 있다고 들었는데요—금관 무더기요." 칼비누스가 말했다.

"사실이오. 지금까지 받은 걸로 추정컨대 녹이면 약 100탈렌툼의 금이 될 거요. 그중 일부 금관에 박혀 있는 보석의 가치는 덤이지. 에메랄드요, 칼비누스! 아기 주먹만한 에메랄드. 그냥 금괴를 받았으면 좋았을 텐데. 금관의 세공 솜씨는 훌륭하지만, 그걸 나한테 준 사람들말고는 누가 금관을 사는 데 관심이 있겠소? 그러니 나로선 다시 녹이는 수밖에 없소. 안타까운 일이지. 에메랄드는 보구드, 보쿠스, 그리고 유바가 패한 후 보구드의 누미디아 왕관을 물려받을 사람한테 팔고 싶긴 하지만." 언제나처럼 실용적인 카이사르의 말이었다. "진주는 문제없소. 로마에서 쉽게 팔 수 있을 테니까."

"배가 가라앉지 않기를 바랍니다." 칼비누스가 말했다.

"배? 무슨 배?"

"금관들을 국고로 수송할 배 말입니다."

그 말에 둘 다 박장대소했다. 카이사르의 눈이 반짝거렸다. "친애하는 칼비누스, 내가 그 정도로 바보는 아니오. 들려오는 로마 상황을 고려할 때, 설사 그 배가 가라앉지 않더라도 금관들이 국고 안에 들어갈 일은 결코 없소. 내가 계속 갖고 있을 거요."

"현명하십니다." 칼비누스의 반응이었다. 두 사람은 페르가몬에 도착한 로마 관련 보고를 논의하며 얼마간 시간을 보냈다.

데이오타로스는 정말로 프리기아 모자—둥근 끝이 한쪽으로 주저앉은 천 모자를 가지고 있었다. 그러나 그의 모자는 금실을 섞어 짠 티로스 자주색 천이었고, 그는 카이사르가 맞이할 때 정말로 그걸 손에 쥐고 있었다. 카이사르는 불현듯 장난기가 발동해 그 접견을 꽤 공개적인 행사로 만들었다. 나이우스 도미티우스 칼비누스뿐만 아니라 브루투스와 카시우스를 비롯한 여러 보좌관들까지 참관시킨 것이다. 자네가 어떻게 나오는지 보겠어, 브루투스! 여기 카이사르 앞에 자네의 중요한 채무자가 서 있네.

데이오타로스는 이제 노인이었지만 여전히 정력적이었다. 그의 백성들처럼 그 역시 250년 전 동쪽 그리스로 이주한 갈리아인들의 후손이었다. 대다수는 고향으로 되돌아갔지만 데이오타로스의 부족은 계속 동쪽으로 가서 마침내 아나톨리아 중부 일부를 차지했다. 기마부족에게는 꿈같은 곳이었다. 풀도 많았고, 유능한 기마 전사들을 위한 유망한 일자리도 있었다—본래 아나톨리아에는 그런 전사들이 전혀 없었기 때문이다. 위대한 미트리다테스는 권력을 잡자마자 갈라티아인들을 처리해야 함을 즉시 알아차렸고, 족장들 모두를 잔치에 초대해서 죽여버렸다. 그때가 60년 전, 가이우스 마리우스의 시대였다. 데이오타로스는 그때 아버지를 따라 잔치에 가기엔 너무 어렸던 덕에 죽음을 면했다. 성장한 그는 미트리다테스의 숙적이 되었고 술라, 루쿨루스, 그다음엔 폼페이우스의 편에 섰다. 언제나 미트리다테스와 티그라네스의 반대편이었다. 그리고 마침내 그의 꿈이 이루어졌다. 폼페이우스가 그에게 거대한 영토를 주고 원로원을 설득하여 (카이사르의 묵인하에) 그가 왕으로 불릴 수 있도록 했으며 그의 갈라티아 영토를 피호왕국으로 만든 것이다.

위대한 폼페이우스를 이길 사람이 있다는 생각은 잠시도 데이오타로스의 머릿속에 떠오른 바 없었다. 그만큼 폼페이우스를 돕기 위해 적극적으로 활약한 사람도 없었다. 이제 그는 모자를 손에 쥔 채 이 낯선 사람, 독재관 가이우스 율리우스 카이사르 앞에 서 있었다. 그의 심장은 미친듯이 뛰어 갈비뼈에 부딪힐 듯했다. 눈앞의 남자는 로마인치고는 키가 매우 컸고 머리카락도 눈동자도 갈리아인이라고 할 수 있을 정도로 옅은 색이었지만 이목구비는 입도 코도, 눈과 얼굴 모양도, 칼날처럼 예리하고 높은 광대뼈도 로마인이었다. 위대한 폼페이우스보다 더 특이한 사람은 상상하기 어려웠지만, 폼페이우스 역시 갈리아인처럼 색이 옅었다. 아마도 데이오타로스가 첫 만남부터 폼페이우스를 좋아하게 된 건 폼페이우스가 이목구비까지도 갈리아인과 흡사했기 때문이었을 것이다.

내가 이 사람을 먼저 보기만 했어도 폼페이우스 마그누스를 그렇게 많이 돕지는 않았을 텐데. 카이사르는 소문대로다—왕이어도 될 정도로 고상해. 저 차갑고 날카로운 눈은 사람의 뼛속까지 다 들여볼 것 같구나. 오, 다누! 오, 다그다! 카이사르의 눈은 술라의 눈이야!

"카이사르, 부디 자비를 베풀어주십시오." 데이오타로스는 말하기 시작했다. "제가 폼페이우스 마그누스의 피호민이었음을 부디 알아주십시오. 최고로 충성스럽고 순종적인 피호민이었습니다! 제가 그를 도운 건 그것이 피호민으로서의 의무였기 때문입니다. 개인적인 감정은 전혀 없었습니다! 정말이지, 그의 전쟁 자금을 대느라 저는 빈털터리가 됐습니다. 저는 채무자입니다." 그의 시선이 머뭇머뭇 브루투스를 향했다. "특정 대출업자들의 채무자죠. 빚이 엄청나게 많습니다!"

"어떤 업자들 말이오?" 카이사르가 물었다.

데이오타로스는 눈을 껌벅이며 바지 속의 다리를 움직거렸다. "제게는 그 이름들을 발설할 자유가 없습니다." 그는 대답하고 침을 삼켰다.

카이사르의 시선이, 일부러 시선이 닿는 데 둔 의자에 앉은 브루투스에게로 슬쩍 넘어갔다. 아! 우리 브루투스가 몹시 걱정스러운 표정이구먼! 매제 카시우스도 마찬가지고. 카시우스도 마티니우스와 스캅티우스의 돈에 지분이 있나? 참 재미있군.

"어째서?" 카이사르가 서늘하게 물었다.

"그것이 계약의 일부입니다, 카이사르."

"계약서를 보고 싶소."

"앙키라에 두고 왔습니다."

"저런, 저런. 마티니우스라는 이름도 거기 있겠구려? 스캅티우스도?"

"기억이 나지 않습니다." 데이오타로스는 가련하게 속삭였다.

"그만하십시오, 카이사르!" 카시우스가 매섭게 말했다. "저 불쌍한 사람을 내버려두세요! 쥐를 모는 고양이 같으십니다. 저자의 말이 맞습니다, 그가 누구한테 돈을 빌렸는지는 그의 문제죠. 아무리 독재관이시라 해도 로마 정부와 관련 없는 일을 캐고 들쑤실 권리는 없습니다! 저 자가 빚을 졌다는 것만이 로마와 관련이 있습니다."

그 말을 티베리우스 클라우디우스 네로가 했다면 카이사르는 나가 라고, 로마든 어디든 눈에 띄지 않는 데로 가라고 고함을 쳤을 것이다. 그러나 상대는 위험인물인 가이우스 카시우스였다. 두려움 없이 자기 생각을 말하고 성미가 불같은 녀석.

브루투스가 목을 가다듬고 말했다. "카이사르, 괜찮으시다면, 제가 데이오타로스 왕을 대신해서 말씀드려도 될까요? 그가 로마를 방문했 을 때 그를 알게 되었습니다. 데이오타로스는 미트리다테스의 위협적 인 적이었으며 언제나 로마의 동맹이었음을 잊지 말아주십시오. 지난 내전에서 데이오타로스 왕이 누구 편에 섰느냐가 정말로 중요할까요? 저 역시 폼페이우스 마그누스를 택했지만 용서받았습니다. 가이우스 카시우스도 폼페이우스 마그누스를 택했지만 용서받았고요. 차이가 있습니까? 독재관 카이사르가 대표하는 로마는 앞으로 파르나케스와 의 싸움을 위해 최대한의 동맹들이 필요하지 않습니까? 왕은 봉사하러 이곳에 왔습니다. 우리에게 절실하게 필요한 기병 2천 명을 데려왔습 니다."

"데이오타로스를 용서하고 그냥 보내주자는 뜻인가?" 카이사르가 브 루투스에게 물었다.

크고 슬픈 눈이 이글거렸다. 브루투스는 자신의 돈이 사라지는 것을 보고 있었다.

"네."

쥐를 모는 고양이라. 아니지, 카시우스, 쥐를 모는 고양이가 아니 야―쥐 '세 마리'를 모는 고양이지!

카이사르는 고관석에 앉아 몸을 앞으로 기울인 채 술라의 눈으로 데이오타로스를 응시했다. "당신이 겪는 어려움에 유감을 표하오, 왕이여. 피호민이 보호자를 힘닿는 데까지 돕는 건 존경받을 일이오. 유일한 문제는 폼페이우스에겐 피호민이 아주 많았지만 카이사르에겐 전혀 없었다는 거요. 그래서 카이사르는 로마 국고에서 전쟁 자금을 빌려야만 했소. 단리 10퍼센트로—전 세계적으로 합법적인 유일한 이율이오—갚아야 하는 돈이지. 그러니 당신의 처지는 아주 좋아질 거요, 왕이여. 어쩌면 난 당신이 왕국의 대부분을 유지하게 할지도 모르오. 하지만 파르나케스에게 이기기 전에는 아무런 결정도 내리지 않을 것이오. 카이사르는 국고의 돈을 갚기 위해 단 1세스테르티우스라도 모아야 할 거고, 그러니 갈라티아의 공세는 분명 인상될 것이오. 그 익명의 고리대금업자들에게 당신이 약속한 이자율만큼은 아니겠지만 말이오. 내 말을 명심하고 있으시오, 왕이여. 내가 파르나케스를 무찌른 후 니코메디아에서 다시 한번 회의를 소집할 때까지 말이오." 카이사르는 일어섰다. "이제 가도 좋소. 기병대 선물은 고맙소."

클레오파트라한테서 편지가 왔다. 카이사르가 데이오타로스와의 면담을 짧게 끝낸 이유 중 하나였다. 금 5천 탈렌툼을 실은 낙타 행렬도 함께 도착했다.

내 사랑, 멋진 사람, 전능한 지상의 신, 나만의 카이사르, 나일의 신, 범람의 신, 아문-라의 아들, 오시리스의 현현, 파라오의 사랑— 당신이 정말 그리워요!
하지만 그런 그리움은 페레트의 마지막 달 다섯번째 날에 내가 당신의 아들을 낳았다는 기쁜 소식에 비하면 아무것도 아니죠. 당신 나라의 역법을 몰라서 확실하진 않지만 로마력 6월의 스물세번째 날이에요. 양머리 크눔 신의 시기에 태어난 거예요. 당신이 꼭 보라고 한 점성술 때문에 고용한 로마인 점성술사는 아이가 파라오가 될 거라고 하더군요. 그런 말이나 듣자고 돈을 낭비하다니! 점성술사는 조심성 많은 사람이었고, 아이가 열여덟 살 때 위기가 올 거라고 계속 중얼거렸지만 이런저런 이유 때문에 분명히 보이지는 않는다고 했어요. 아, 사랑하는 카이사르, 우리 아들은 아름다워요! 호루스의 화신이죠. 예정일보다 일찍 태어났지만 체형이 완벽해요. 깡마르고 주름투성이지만 아빠를 닮았어요, 당신도 그렇게 생각할 걸요! 금발이고, 타카 말로는 눈동자도 나중에 파래질 거래요.

나한테서 모유가 나와요! 정말 잘됐죠? 파라오는 무조건 자식을 모유로 키워야 해요, 전통이거든요. 내 작은 젖가슴에서 젖이 나온답니다. 아기는 무척 온순한 성격이지만 의지가 강해요. 맹세컨대, 우리 아들은 처음 눈을 뜨고 나를 봤을 때 웃음을 지었어요. 키도 아주 커요. 60센티미터가 넘죠. 음낭도 음경도 크답니다. 카임이 이집트 관습에 따라 포경 수술을 해줬어요. 출산은 힘들지 않았어요. 산통이 느껴지기에 두껍고 깨끗한 아마포 위에 쪼그리고 앉았더니 아이가 나왔죠!

아이 이름은 프톨레마이오스 15세 카이사르예요. 하지만 우린 카이사리온이라고 불러요.

이집트의 상황은 좋아요, 심지어 알렉산드리아도요. 루프리우스와 그의 군대는 진지에 잘 정착했고, 당신이 그들에게 아내로 준 여자들은 운명을 받아들인 것 같아요. 재건 작업은 계속되고 있고 나는 덴데라의 하토르 신전 재건에 착수했어요. 클레오파트라 7세와 프톨레마이오스 15세 카이사르의 카르투슈를 넣을 거예요. 필라이에서도 작업할 예정이고요.

아, 사랑하는 카이사르, 당신이 너무도 그리워요! 당신이 여기 있다면 나의 모든 축복과 함께 통치 업무를 다 넘길 텐데요—카이사리온을 떠나 논쟁을 일삼는 선주들과 변덕스러운 지주들한테 가는 건 정말 싫어요! 내 남편 필라델포스는 눈곱만치도 그립지 않은 죽은 남동생과 날이 갈수록 비슷해지고 있어요. 카이사리온이 충분히 자라면 필라델포스를 치워버리고 왕좌에 앉힐 거예요. 그건 그렇고, 아르시노에가 로마에서의 구금 상태를 절대로 벗어나지 못하게 해주세요. 아르시노에는 할 수만 있다면 당장 또 나를 왕좌에서 끌어내리려 할 거니까요.

이제 최고의 소식을 전할게요. 수비대가 확고하게 자리를 잡은 후, 내가 로마에 정착한 당신을 방문하는 동안 나 대신 통치해주겠다는 약속을 친척 아저씨 미트리다테스한테서 받아냈답니다. 당신이 파라오는 고국을 떠나서는 안 된다고 한 거 기억해요. 하지만 불가피한 이유가 있어요. 난 당신과 자식을 더 만들어야 해요. 당신이 파르티아와의 전쟁을 끝내고 동방으로 돌아오자마자요. 카이사리온에게는 결혼할 누이가 꼭 필요하고, 그렇게 되기 전까진 나일이 위태로워요. 다음 아이가 또 아들일 수도 있죠! 그래서 아들과 딸이 모두 태어나도록 많이 낳아야 해요! 그러니 당신이 싫든 좋든, 당신이 아프리카의 공화파들을 물리치자마자 당신을 만나러 로마로 갈 거예요. 로마에 있는 내 정보원 암모니오스의 편지를 받았는데, 로마의 여러 상황 때문에 당신은 통치권을 확고히 한 후 당분간 로마에 묶여 있을 거래요. 그에게 내 궁전을 지으라고 했지만 토지는 당신이 췄으면 해요. 암모니오스 말로는 로마 시민을 목 좋은 땅의 가짜 주인으로 세우는 건 매우 어렵대요. 그러니 당신이 땅을 주는 게 더 빠르고 쉬울 거예요. 카피톨리누스 언덕 위, 유피테르 옵티무스 막시무스 신전 근처의 땅을 주세요. 내가 골랐어요. 암모니오스한테 어디가 전망이 가장 좋은지 물었거든요.

우리 아들의 탄생을 기념해 금 5천 탈렌툼을 함께 보내요. 부디, 부디 답장해줘요! 당신이 그리워요, 그리워요, 그리워요! 특히 당신의 손이. 당신을 위해 매일 아문-라에게, 전쟁의 신 몬투에게 기도해요. 사랑해요, 카이사르.

아들이고 건강하단 말이지. 카이사르는 손자의 탄생을 기뻐해야 할 나이의 남자치고는 터무니없이 유쾌해졌다. 하지만 클레오파트라는 아이에게 카이사리온이라는 그리스어 이름을 줬군. 그편이 나을지도 모른다. 그 아이는 로마인이 아니고 결코 로마인이 될 수 없다. 내 아들은 세상에서 가장 부유한 사람이자 강력한 왕이 될 것이다. 아, 하지만 그 어미는 미숙해! 이토록 순진하고 무익하며 허영심에 찬 편지라니. 카피톨리누스 언덕의 최고신이자 가장 위대한 유피테르의 신전 옆에 땅을 달라고? 설사 가능하다고 해도 지독한 신성모독이거늘. 그녀가 로마에 오기로 작심했으니 거절해서는 안 되겠지. 그렇다면 로마에 오는 건 내버려둘 수밖에.

카이사르, 넌 클레오파트라에게 너무 가혹하게 굴고 있어. 그 누구도 사고력과 능력이 허락하는 이상의 존재가 될 수 없는 것이고, 그녀의 피는 오염되어 있지. 그래도 마음씨는 착한 아가씨야. 그녀가 저지른 여러 범죄는 출신 배경을 생각하면 자연스러운 것이고, 그녀의 여러 실수는 오만함보다는 무지로 인한 것이다. 유감이지만 그녀는 앞으로도 결코 통찰력을 갖추지는 못하겠지. 그러니 내가 우리 아들에게 통찰력을 길러줘야 해.

하지만 카이사르는 한 가지만은 굳게 결심했다. 카이사리온이 결혼할 여동생은 절대로 없을 것이다. 카이사르는 다시는 그녀를 임신시키지 않을 것이다. 수태는 끝났소, 클레오파트라.

그는 앉아서 답장을 썼다. 방안으로 들어오는 여러 소리─병사들이 진지를 철거하는 소리, 말 울음소리, 고함치고 욕하는 소리, 카르풀레누스가 운 나쁜 군인에게 상스러운 폭언을 퍼붓는 소리─에 신경을 쓰면서.

정말 기쁜 소식이오, 친애하는 클레오파트라. 아들이라, 예언대로구려. 아문-라께서 지상의 따님을 실망시킬 리가 있겠소? 진심으로 당신과 이집트를 위해 잘된 일이라 생각하오.

금은 고맙게 받겠소. 넓은 세상으로 다시 나온 후 로마의 부채가 얼마나 심각한지 한층 더 잘 알게 되었소. 내전에서는 수송대에 실을 전리품이 없고, 전쟁이란 전리품이 있어야 이익이 나는 것이니까. 우리 아들의 이름으로 당신이 준 선물을 허투루 쓰지 않겠소.

당신이 로마로 꼭 오겠다고 하니 막지는 않겠소만, 기대와는 다를 것임을 알려주겠소. 야니쿨룸 언덕 아래 내 유람 정원 근처의 땅을 알아보겠소. 암모니오스에게 중개인 가이우스 마티우스를 만나보라고 하시오.

난 연애편지로 유명한 남자가 아니오. 다만 내 사랑을 받아주고,

내가 당신과 우리 아들 때문에 정말이지 무척 기쁘다는 걸 알아주시오. 비티니아에 도착하면 또 편지하겠소. 당신과 우리 아들 모두 몸조심하시오.

그게 다였다. 카이사르는 편지지를 말아 접합부에 녹은 밀랍을 한 방울 떨어뜨린 뒤 반지로 인장을 찍었다. 반지는 클레오파트라가 준 새 것으로, 단지 사랑의 선물만은 아니었다. 그녀와의 지난 연애사를 얘기하길 저어하는 카이사르를 슬쩍 찌르는 교활한 선물이기도 했다. 반지의 음각한 자수정은 그리스식 스핑크스 형태로 사람 머리와 사자 몸통을 하고 있었으며, 통상적인 전체 이름의 약자 대신 뒤집힌 판각자로 카이사르라고만 새겨져 있었다. 마음에 드는 물건이었다. 카이사르가 조카나 가까운 친척 중에 후계자로 입양할 사람을 정하면 이름과 함께 반지도 물려줄 터였다. 맙소사, 후보들이 참 변변찮아! 루키우스 피나리우스라니? 조카들 중 가장 뛰어난 퀸투스 페디우스도 엄밀히 말하면 그리 장래가 기대되지는 않았다. 친척 중에는 안티오케이아에 있는 젊은 섹스투스 율리우스 카이사르, 데키무스 유니우스 브루투스, 그리고 로마인들 대다수가 카이사르의 후계자로 추측하는 마르쿠스 안토니우스가 있었다. 누구, 도대체 누구로 해야 하지? 프톨레마이오스 15세 카이사르는 안 되니까.

카이사르는 나가는 길에 가이우스 파베리우스에게 편지를 건네며 무뚝뚝하게 말했다. "알렉산드리아의 클레오파트라 여왕에게 보내게."

파베리우스는 아기가 태어났는지 알고 싶어 죽을 지경이었지만, 카이사르의 얼굴을 흘끗 보고는 묻지 않기로 마음먹었다. 영감은 지금 싸울 기분이지 아기 얘기를 감상적으로 늘어놓을 기분이 아니었다. 설사 그 아기가 본인의 아기라 할지라도.

타타 호수는 쓰도록 짠 물이 얕게 고인 거대한 호수였다. 카이사르는 호수 주변의 역암 지대를 살피며 생각했다. 어쩌면 여긴 옛날에 내 해였겠군, 부드러운 바위 속에 고대의 조개껍데기들이 있는 걸 보니. 황량한 환경이지만 풍경은 놀랍도록 아름다웠다. 더껑이 같은 수면은 녹색으로, 선명한 노랑과 불그레한 노랑으로 반짝이고 있었다. 마치 다양한 색이 서로 휘감긴 리본 같았다. 수 킬로미터까지 펼쳐진 척박한 풍경에도 그런 생생함이 어느 정도는 남아 있는 듯했다.

아나톨리아 중부에 처음 와본 카이사르는 그곳이 기이하면서도 멋지다고 느꼈다. 수백 킬로미터를 조점관의 리투우스 지팡이처럼 굽어져 흐르는 광활한 붉은 강인 할리스 강이 높다란 붉은 절벽들 사이의 좁은 계곡에 둘러싸여 있었다. 붉은 절벽에는 그에게 고지대 도시를 연상시키는 돌출부와 융기부가 많았다. 그중 한 줄기는 비옥하고 드넓은 평야를 관통하며 흐른다고 세심한 데이오타로스가 말해주었다. 다시 시작되는 산지는 높고 눈에 파묻혀 있었지만 갈라티아 길잡이들은 모든 고갯길을 알고 있었다. 군대는 누비듯이 나아갔다. 뱀처럼 구불구불한 대열은 로마군의 전통대로 12킬로미터 정도였다. 측면 곳곳에 기병대가 있었으며, 군인들은 보조를 맞추기 위해 행군가를 부르며 성큼성큼 걸었다.

아, 바로 이거다! 외국의 적을 향해, 홀릴 만큼 아름다운 낯설고 새로운 땅을 행군하는 진정한 전쟁.

그때 파르나케스 왕이 카이사르에게 보낸 첫 금관이 도착했다. 파르티아의 티아라가 아닌 아르메니아의 티아라를 닮은 왕관이었다. 절두

형이 아니라 연귀 이음을 했고, 모서리를 둥근 방사형으로 가공한 정확히 똑같은 크기의 루비들이 빼곡히 박혀 있었다.

"아, 이것의 가치를 알고 사줄 사람을 안다면 정말 좋을 텐데!" 카이사르가 칼비누스에게 속삭였다. "이걸 녹여야 한다니 가슴이 아프군."

"어쩔 수 없지요." 칼비누스가 활기차게 대꾸했다. "사실 이 작은 루비들은 마르가리타리아 주랑건물의 어떤 보석상이라도 후하게 값을 쳐줄 겁니다. 방사형 가공은 처음 보거든요. 금이 거의 안 보일 정도로 빼곡히 박혔군요. 마치 견과류로 뒤덮인 빵 같습니다."

"우리의 친구 파르나케스가 점점 더 걱정하는 것 같소?"

"아, 그럼요. 그가 왕관을 보내는 빈도를 보면 얼마나 걱정하고 있는지 알게 됩니다." 칼비누스는 싱긋 웃었다.

그후로 장날 주기가 한 번 지나는 동안 사흘마다 똑같은 왕관이 도착했다. 카이사르가 킴메리아 진지를 떠나 행군한 지 닷새밖에 되지 않았을 때였다.

왕관 세 개를 보낸 뒤 파르나케스는 카이사르에게 네번째 왕관과 함께 특사를 보냈다.

"왕중왕께서 보내신 경의의 표시입니다, 위대한 카이사르."

"왕중왕? 파르나케스가 자기 호칭을 그렇게 정한 거요?" 카이사르가 놀란 표정으로 물었다. "당신 주인한테 가서 그 호칭은 불길하다고 전하시오. 마지막 왕중왕은 티그라네스였는데, 로마가 나이우스 폼페이우스 마그누스를 보내 그에게 어떻게 했는지 생각해보라고 말이오. 그런데 내가 폼페이우스 마그누스를 이겼으니 그런 나는 무엇이오, 특사?"

"강대한 정복자이십니다." 특사가 대답하고는 침을 꿀꺽 삼켰다. 어째서 로마인들은 겉모습만 보면 강대한 정복자 같지 않은 걸까? 황금 가마도, 아내와 첩들의 하렘도, 정예 경호대도, 번쩍이는 장식물도 없다. 카이사르는 가슴 아래쪽에 붉은 리본이 묶인 수수한 강철 판갑을 입고 있었고, 그 리본을 제외하면 주변의 다른 남자들 열 명 정도와 복장이 똑같았다.

"특사, 당신 왕한테 가서 집으로 돌아갈 시간이라고 전하시오." 카이사르가 사무적인 말투로 말했다. "하지만 그전에 그가 폰토스와 아르메니아에 입힌 피해를 복구하기 위해 충분한 금괴를 받고 싶소. 아미소스를 위해 1천 탈렌툼, 두 나라의 나머지 지역을 위해 3천 탈렌툼이오. 반드시 이들 지역의 피해 복구에 쓸 것이오. 로마 국고에 들어가는 게 아니오."

카이사르는 말을 멈추고 고개를 돌리더니 데이오타로스를 응시하며 말을 이었다. "한데 파르나케스 왕은 폼페이우스 마그누스의 피호민이었음에도 의무를 다하지 않았소. 따라서 나는 파르나케스 왕에게 벌금으로 금 2천 탈렌툼을 부과하는 바이며, 이것은 로마 국고로 갈 것이오."

데이오타로스는 얼굴이 자줏빛이 되어 흥분해서 중얼중얼하다가 숨을 헐떡였지만, 결국 한 마디 대꾸도 못했다. 카이사르는 부끄러움이라곤 모르는 건가? 피호국의 의무를 다했다고 갈라티아를 벌했으면서, 킴메리아는 그 의무를 다하지 않았다고 벌하다니!

"특사, 당신 왕의 대답을 오늘 듣지 못하면 나는 이 아름다운 계곡을 건너 계속 진군할 것이오."

"킴메리아를 다 뒤져도 말씀하신 금의 10분의 1도 없을 겁니다." 칼비누스가 성이 난 데이오타로스를 보고 웃음을 참으며 말했다.

"놀라게 될 거요, 나이우스. 킴메리아가 그 늙은 왕의 땅에서 중요한 지역이었다는 걸, 그가 산더미 같은 금을 축적했다는 걸 잊지 마시오. 폼페이우스가 아르메니아 파르바에서 약탈한 요새 70개의 금이 전부가 아니오."

"카이사르의 말을 들었소?" 데이오타로스는 브루투스에게 새된 소리로 말하고 있었다. "들었느냔 말이오. 피호국의 왕은 어느 쪽을 택하든 옳은 선택이 아닌 거요! 아, 저자의 뻔뻔함은 믿을 수가 없군!"

"진정하세요." 브루투스가 달랬다. "카이사르는 이번 전쟁에 든 돈을 회수하려는 겁니다. 그의 말이 맞아요. 그는 로마 국고 자금을 빼앗아 쓸 수밖에 없었으니 이제 되갚아야만 하는 거죠." 침울한 눈이 점점 강경하고 위협적으로 변했다. 브루투스는 버릇없는 아들을 보는 아버지처럼 갈라티아의 왕을 쳐다보고 있었다. "그리고 데이오타로스, 당신은 내 돈을 갚아야 합니다. 이해해주길 바랍니다."

"당신이야말로 이해해주길 바라오, 마르쿠스 브루투스. 카이사르가 단리 10퍼센트라고 했으니 그리 아시오!" 데이오타로스는 사납게 대꾸했다. "그만큼은 기꺼이 갚겠소—내 왕국을 유지할 수 있다면 말이오—하지만 그 이상은 단 1세스테르티우스도 못 주오. 마티니우스의 장부를 카이사르의 감사인들한테 공개하길 바라오? 이제 당신은 돈을 돌려받기 위해 군대를 일으킬 수도 없으면서 어찌 당신 돈을 돌려받을 수 있으리라고 생각하는 거요? 세상은 변했소, 마르쿠스 브루투스. 이 새로운 세상의 작동 방식을 정하는 사람은 설사 자기와 신분이 같다 하더라도 고리대금업자를 별로 좋아하지 않소. 단리 10퍼센트요—내 왕국을 유지한다는 조건이오. 그리고 내 왕국을 유지하는 건 우리가 니코메디아에서 파르나케스를 대적한 후 당신과 가이우스 카시우스가 나를 얼마나 잘 옹호하느냐에 달려 있소!"

젤라는 카이사르의 숨을 멎게 만들었다. 높은 암석 노두인 젤라는 그가 받은 왕관에 박힌 에메랄드만큼이나 푸르른 봄밀밭이 있는 80여 킬로미터의 분지 한가운데에 솟아 있었다. 주변에 사방으로 높이 솟은 엷은 자색의 산들은 아직도 중턱까지 눈으로 덮여 있었고, 폭 넓은 강 청색 스킬락스 강은 평지를 휘감으며 흘렀다.

그 암석 노두 밑에는 킴메리아 진지가 있었고 꼭대기에는 파르나케스의 사령부 막사와 하렘이 있었다. 그래서 로마의 뱀이 북쪽의 고갯길에서 나타나는 걸 똑똑히 볼 수 있었던 파르나케스는 세번째로 왕관을 보냈다. 특사는 카이사르에게 네번째 왕관을 건네고 돌아와서 카이사르의 의사를 전달했지만, 파르나케스는 자기가 질 리 없다고 확신했기에 무시했다. 그는 자신의 전선에서 불과 1.5킬로미터쯤 떨어진 곳에 카이사르가 삼엄하게 요새화된 진지를 구축하고 보병과 기병 들을 몰아넣은 뒤 밤을 보내는 모습을 지켜보았다.

새벽에 파르나케스는 총공격을 감행했다. 과거 그의 아버지와 티그라네스처럼 파르나케스도, 설사 아무리 잘 조직되었다고 하더라도 그토록 적은 군대가 돌격하는 10만 명의 전사들을 견뎌낼 수 있으리라고는 믿지 못했다. 그는 파르살로스에서의 폼페이우스보다는 잘해냈다. 그의 병사들은 네 시간을 버티다가 무너졌다. 벨가이계 갈리아에서의 전쟁 초반에 그러했듯 스키타이인들도 전장을 떠나지 않고 죽을 때까지 싸웠다. 목숨을 부지하고 패배자로서 달아나는 건 견딜 수 없는 치욕이라고 생각했기 때문이다.

"마그누스의 아나톨리아인 적들의 역량이 겨우 이 정도였다면," 카이사르는 칼비누스, 판사, 비니키아누스, 카시우스에게 말했다. "그는 '위대한'이라는 수식어를 달 자격이 없어. 그들을 이기는 건 결코 '위대한' 일이 아니야."

"갈리아인들은 훨씬 '더 위대한' 적들이었나 보군요." 카시우스가 잇새로 말했다.

"내 기록을 읽어보게." 카이사르가 웃음을 지으며 말했다. "용맹함이 문제가 아니야. 갈리아인들에겐 이번 적들에게 없는 두 가지 자질이 있었네. 첫째, 그들은 초기의 실수에서 교훈을 얻었네. 둘째, 꺼지지 않는 애국심이 있었지. 나중에 나는 그 점을 그들만큼이나 로마에도 이롭게 만들 방안을 찾기 위해 매우 고심해야 했지. 하지만 잘했네, 카시우스. 진정한 군인처럼 군단을 이끌었어. 몇 년 후 자네에게 임무를 잔뜩 맡길 걸세. 파르티아 왕국을 처리하고 우리 독수리들을 고국으로 데려오기 위해 떠날 때 말이네. 그때쯤이면 자넨 집정관을 지냈을 터이니 내 수석 보좌진에 들겠지. 자네가 바다는 물론 뭍에서 하는 전쟁도 좋아한다고 알고 있네."

그 말은 카시우스를 들뜨게 하기는커녕 화나게 했다. 카이사르는 그 모두가 자신이 개인적으로 주는 선물인 양 말하고 있다. 내가 그의 수하가 되는 것에 무슨 영광이 있다고?

위인은 밖으로 나가 전장을 점검하고 스키타이인들을 묻을 집단 묘지를 파라는 명령을 내렸다. 태울 시체가 너무 많았다. 젤라에는 숲도 없는데.

파르나케스는 달아났다. 전쟁 자금과 보물을 그러모아 전속력으로 북쪽을 향해 말을 달렸다. 하렘의 여자들은 죽인 후 버려두고 갔다. 그 소식을 전해 들은 카이사르는 오직 하렘의 여자들을 위해서만 유감스러워했다.

카이사르는 보좌관, 군관, 백인대장, 보병과 기병 들에게 전리품을 나눠주고 본인은 장군의 몫을 가져가지 않겠다고 했다. 선물받은 왕관들로 충분하다고. 전리품 분배가 끝나자 사병들은 1만 세스테르티우스, 브루투스와 카시우스 같은 보좌진은 100탈렌툼씩 재산이 늘었다. 킴메리아 진지 주변만 해도 그만큼이 있었다는 얘기니, 파르나케스가 챙겨간 재물은 얼마나 될지 누가 알겠는가? 다들 자기 몫을 실제로 손에 넣은 것은 아니었고 다만 선출 대표단이 관리하는 회계 업무가 끝났다는 뜻이었다. 전리품은 장군의 개선식에서 전시될 때까지 손대지 않고 보관했다가 개선식 후에 실제로 분배할 터였다.

이틀 후 군대는 페르가몬으로 진군했다. 주민들은 환호하고 꽃을 던지며 그들을 맞이했다. 파르나케스의 위협이 사라지자 아시아 속주 사람들은 발을 뻗고 잘 수 있었다. 42년이 지난 지금도 그들 모두는 미트리다테스 대왕이 침략해 10만 명을 학살했던 일을 기억하고 있었다.

"나는 로마로 돌아가는 즉시 매우 유능한 총독을 아시아 속주로 보낼 것이오." 카이사르는 페르가몬의 미트리다테스의 아들 아르켈라오스를 독대하여 말했다. "그는 이 속주를 일으켜세우려면 무엇을 해야 하는지 알고서 올 것이오. 징세청부업자들의 시대는 영원히 끝났소. 5년의 징세 유예기간이 끝나면 구역마다 직접 세를 거둬서 곧바로 로마로 보낼 것이오. 하지만 내가 당신을 보자고 한 이유는 따로 있소."

카이사르는 맞잡은 양손을 책상 위에 둔 채 몸을 앞으로 기울였다. "난 알렉산드리아에 있는 당신 아버지한테 편지를 쓸 것이오. 하지만 페르가몬은 이제 자신의 운명을 알아야 하오. 나는 총독의 거처를 에페소스로 바꿀 생각이오. 페르가몬은 너무 북쪽이고 외졌으니까. 따라서 페르가몬은 페르가몬 피호왕국이 되고 당신 부친이 통치할 것이오. 마지막 아탈로스가 로마에 유증한 땅만큼 넓지는 않겠지만 지금보다는 넓어질 거요. 갈라티아 서부를 추가해서 페르가몬이 농업과 목축업을 하기에 충분한 땅을 제공할 테니까. 내가 느끼기에 로마 속주는 로마에 점점 더 지나치게 관료적인 필요성을 부과하고, 다단계의 중간 관리들과 과도한 서류 업무로 끝도 없이 추가 비용이 발생하고 있소. 그래서 피호국을 다스릴 역량을 갖춘 현지 시민 가문을 발견할 때마다 피호국을 세울 생각이오. 당신은 로마에 세금과 공세를 내게 되겠지만, 로마는 징세 문제로 더는 골머리를 앓지 않게 되겠지."

그는 목을 가다듬었다. "대가가 있소. 페르가몬은 무슨 일이 있어도, 어떤 적이 위협하더라도 로마를 지지해야 하오. 카이사르의 피호민이 되는 것은 물론, 카이사르의 후계자에게도 피호민이 되어야 하오. 상류층만이 아닌 당신의 모든 백성들을 위해 현명하게 통치하고 지역의 번영을 도모해야 할 것이오."

"저희 아버지가 현명한 분이라는 건 알고 있었지만, 카이사르," 믿을 수 없는 선물에 깜짝 놀란 청년이 말했다. "아버지께서 하신 가장 현명한 일은 바로 당신을 도운 겁니다. 저희는—아, 감사하다는 말로는 부족하군요!"

"내가 받고 싶은 건 감사가 아니오." 카이사르가 활기차게 말했다. "더 귀중한 것, 충성을 원하오."

다음 행선지는 북쪽의 비티니아였다. 프로폰티스 호수의 남쪽과 접한 나라였다. 그 거대한 호수는 흑해의 예고였다. 흑해의 물이 트라키아의 보스포로스 해협을 통과해 호수를 가득 채웠다. 오래된 그리스 도시 비잔티온이 그 해협을 끼고 있었다. 프로폰티스 호수는 헬레스폰트 해협을 따라 남쪽의 에게 해로 흘러들어가 사마르티아의 큰 강들과 스키타이의 대초원을 지중해와 이어주었다.

니코메디아는 프로폰티스 해협의 좁고 길고 한적한 입구에 있었다. 구름이 떠다니는 하늘부터 나무와 언덕, 사람, 동물까지 물위의 세상을 거울처럼 비추는 마술을 부리는 곳이었다. 물속의 세상은 마치 안쪽에서 본 작은 지구처럼 물위의 세상과 똑같아 보였다. 카이사르가 가장 좋아하는 장소 중 하나였다. 곱슬머리 가발을 쓰고 화장을 하고 여자 같은 남자 노예들과 온갖 쾌락을 추구했던 여든 살 왕과의 훈훈한 추억으로 가득한 곳이었기 때문이다. 아니, 니코메데스 3세 왕과 카이사르는 절대로 애인 사이가 아니었다! 훨씬 더 좋은 것, 절친한 친구 사이였다. 덩치 크고 요란한 늙은 왕비 오라달티스도 있었다. 그녀의 개 술라는 스무 살의 카이사르가 도착한 날 주인의 엉덩이를 물었다. 왕과 왕비의 외동딸 니사는 오랜 세월 미트리다테스 대왕에게 납치되어 있었고, 루쿨루스가 쉰 살이 된 니사를 풀어주자 그녀는 어머니에게 돌아갔다. 왕은 이미 죽은 후였다. 로마가 비티니아를 속주로 삼았을 때 카이사르는 총독인 융쿠스 몰래 오라달티스의 돈을 비잔티온의 은행으로 옮기고 그녀를 흑해 연안 어촌의 쾌적한 대저택으로 보냈다. 그곳에서 오라달티스와 니사는 선창에서 손낚시를 즐기고 루쿨루스라는 이름의 새 애완견과 산책을 하며 행복하게 여생을 보냈다.

물론 지금은 둘 다 죽고 없었다. 카이사르가 생생하게 기억하고 있는 그들의 궁전은 총독 관저가 된 지 오래였고, 거기 있던 값을 매길 수 없는 물건들은 초대 총독 융쿠스가 모조리 가져가버렸다. 그래도 금박과 자줏빛 대리석은 아직 남아 있었다. 카이사르는 애초에 총독의 횡령과 약탈을 끝내기로 결심했던 계기가 융쿠스였음을 기억했다. 그전에 베레스가 있긴 했지만, 그는 총독이 아니었다. 키케로가 입증했듯이 베레스는 독보적인 횡령꾼이었다.

사람들은 속주 총독으로 가서 그곳 주민들을 희생시켜 개인 재산을 축적했다. 시민권을 팔고 면세권을 팔고 재산을 몰수하고 곡물 가격을 통제하고, 손댈 수 있는 모든 미술품을 탈취하고, 징세 청부업자들한테서 뇌물을 받고, 빚 수금을 하는 로마 고리대금업자들에게 자신의 릭토르단과 심지어 병사들까지 빌려줬다.

융쿠스는 엄청난 부자가 되어 비티니아를 떠났지만 어떤 신이 그에게, 혹은 그의 행위에 분노했다. 그와 그의 부정한 탈취물들은 귀국 도중 지중해 밑바닥에 가라앉고 말았고, 그래서 조각상과 그림 들은 원래 자리로 되돌아갈 수 없었다.

아, 카이사르, 너는 늙었다! 그때는 이미 지나간 시기다. 이 벽들 근처에서의 많은 추억은 그야말로 레무레스, 일 년에 두 번 지하에서 풀려나는 사령과도 같다. 너무 많은 일들이 너무 빨리 일어났다. 술라가 했던 일은 지금까지도 영향을 미치고 있으며, 그것에 가장 최근 희생된 사람이 바로 카이사르다. 자신의 나라로 진군한 사람은 누구든 행복할 수 없다. 카이사르의 친절은 의도적이며 카이사르 자신의 이익을 위한 것이다. 이제 카이사르는 세상을 마법 같은 일들이 벌어질 수 있는 곳으로 여기지 않는다. 실제로 그렇지 않기 때문이다. 남자와 여자 들은 충동, 욕망, 경솔함, 지성의 부족, 탐욕으로 세상을 망친다. 한 명의 카토와 한 명의 비불루스만으로도 유능한 정부가 붕괴될 수 있다. 그리고 한 명의 카이사르는 유능한 정부를 부활시키려고 노력하는 데 진력이 날 수 있다. 음탕한 늙은 왕과 재치를 겨루던 카이사르는 지금의 카이사르와 다르다. 그는 차갑고 냉소적이고 지칠 대로 지쳤다. 이 남자에게는 열정이 없다. 그저 자신의 이미지를 손상시키지 않고 하루하루를 넘기기만 바랄 뿐이다. 이 남자는 살아가는 일에 진력이 나기 직전까지 위태로워진 상태이다. 어떻게 한 사람이 로마를 재건할 수 있을까? 그것도 쉰세 살이나 먹은 사람이?

그러나 싫든 좋든 하루하루 살아나가는 수밖에 없었다. 카이사르의 전도유망한 부하 가이우스 비비우스 판사가 비티니아 총독으로 임명되었다. 하지만 카이사르는 당분간 폰토스는 비티니아와 함께 통치하지 않고 단독으로 총독을 두기로 결정했다. 또다른 전도유망한 남자 마르쿠스 코일리우스 비니키아누스를 폰토스 총독으로 임명했다. 파르나케스가 벌인 참상을 복구하는 것이 그의 임무가 될 터였다.

마침내 모든 준비를 끝낸 후 카이사르는 서재 문을 걸어 잠그고 편지를 썼다. 클레오파트라와 알렉산드리아에 있는 페르가몬의 미트리다테스에게, 로마에 있는 푸블리우스 세르빌리우스 바티아 이사우리쿠스에게, 카이사르의 기병대장 마르쿠스 안토니우스에게, 그리고—마지막이지만 누구 못지않게 중요한—오랜 친구 가이우스 마티우스에게. 카이사르와 마티우스는 동갑이었다. 마티우스의 아버지는 아우렐리아의 수부라 인술라에 있던 1층 아파트 둘 중 하나의 임차인이었고, 두 소년은 마티우스의 아버지가 인술라 채광정 아래 만든 아름다운 정원에서 함께 놀았다. 마티우스도 아버지처럼 장식 원예에 재능이 있어서, 시간이 날 때마다 작업해 티베리스 강 건너편에 카이사르의 유람 정원을 조성했다. 마티우스는 장식적 전정 기술을 창시했고, 기회가 있을 때마다 열성적으로 회양목과 쥐똥나무를 손질하여 새를 비롯한 동물 모양이나 그 밖의 멋진 모양으로 만들었다.

카이사르는 방어적인 태도를 모두 내려놓고 그에게 편지를 썼다. 나머지 수신자들과 달리 오직 그만은 다른 속셈이 없는 사람이었기 때문이다.

베니, 비디, 비키.

왔노라, 보았노라, 이겼노라. 이 말을 모토로 삼을까 생각중이네. 이 말에 들어맞는 상황이 걸핏하면 생기는데다 간명한 표현이기까지하니 말이지. 최소한 이번에 '오고 보고 이길' 상대는 외국인이군.

동방의 문제들은 바로잡았네. 엉망진창이었어! 탐욕스러운 총독들과 침략을 일삼는 왕들 덕분에 킬리키아와 아시아 속주, 비티니아, 폰토스는 지쳐 신음하고 있어. 시리아에는 동정심을 덜 느껴. 난 독재관 술라의 발자취를 따라가고 있네. 그의 구제 조치들을 모두 되살렸지. 아주 통찰력 있는 조치들이었어. 자네는 징세청부업과 무관하니 소아시아에서의 내 개혁 때문에 피해 볼 일은 없지만, 내가 로마에 도착하면 징세청부업자들과 여타 아시아 투기업자들은 난리를 피울 거야. 내가 그들의 날개를 뿌리째 꺾어놨거든. 신경쓰이냐고? 전혀. 술라의 문제는 정치의 기본도 몰랐다는 거야. 그는 자신의 새 법들이 무효화될 수 없게 만들어놓지 않은 채로 독재관직에서 물러났지. 장담컨대 카이사르는 그런 실수는 하지 않을 거야.

내 추종자들로만 채워진 원로원은 정말이지 바라지 않지만, 유감스럽게도 그리될 것 같아. 자네는 고분고분한 원로원이 구성되는 게 뭐가 어떠냐고 생각할지 모르지만 그렇지가 않아, 마티우스, 정말일세. 건전한 정치적 경쟁이 존재하는 이상 내 추종자 중 거친 자들도 선을 넘지 않을 거야. 하지만 모든 정부 기관이 내 추종자들로만 꽉 찬다면 나보다 젊고 야심 찬 누군가가 나를 죽이고 독재관 자리에 앉는 걸 무슨 수로 막겠나? 정부에는 반드시 반대 세력이 있어야 해! 없어도 되는 건 보니야. 반대를 위해 반대하고 자기들이 반대하는 게 뭔지도 모르는 자들이니까. 그러니 보니의 반대란 성실하고 신중한 분석의 결과물이 아니라 비이성적이었던 거야. 내가 과거 시제를 쓴 것에 주목하게. 이제 보니는 없어. 아프리카 속주에서도 그걸 알게 되겠지. 내가 보고 싶었던 건 올바른 반대였어. 하지만 유감스럽게도 그렇게 내전을 해서 실제로 얻은 거라곤 반대의 절멸이지. 난 곤경에 처했어.

타르소스에서부터 나는 마르쿠스 유니우스 브루투스와 가이우스 카시우스와의 동행이라는 찜찜한 기쁨을 누리고 있다네. 둘 다 사면 받았고 열심히 일하고 있지—그들 자신을 위해서 말이야. 그래, 로마를 위해서가 아니야, 카이사르를 위해서는 더더욱 아니고. 그러면 장차 건강한 원로원의 반대가 있지 않겠느냐고? 유감스럽게도 그렇지 않아. 두 사람 모두 고국보다는 자기네의 미래에 신경쓰고 있거든. 하지만 그 둘과 지내는 게 나름대로 재미는 있어, 고리대금업에 관해서도 많이 배우고 말이야.

방금 아나톨리아의 피호왕국들, 주로 갈라티아와 카파도키아 문제들을 다시 정리했다네. 데이오타로스는 교훈을 얻어야 했고 그렇게 해주었지. 원래는 갈라티아를 앙키라 주변의 작은 지역으로 줄이려고 했는데, 아뿔싸! 브루투스가 갑자기 사자처럼 포효하더니 데이오타로스를 지키려고 날뛰는 거야. 그 왕은 브루투스한테 막대한 빚을 지고 있거든. 내가 어찌 감히 그런 훌륭한 사람한테서 영토 4분의 3을 빼앗아 안정적인 수입을 회수 불능의 부채로 만들겠나? 브루투스는 절대 그 꼴을 두고보지 않을걸. 어찌나 유창하고 유려하게 연설하던지! 정말이지, 마티우스, 키케로가 그때 브루투스의 말을 들었더라면 머리카락을 잡아뜯으며 질투에 몸부림쳤을 걸세. 카시우스도 미력을 보탰고 말이야. 그 둘의 사이는 옛날에 학교를 같이 다닌 처남 매부 사이 이상이야.

결국 나는 데이오타로스가 원래 내 의도보다 훨씬 더 넓은 땅을 유지할 수 있게 했네. 하지만 그는 갈라티아 서부를 새 피호왕국 페르가몬에, 아르메니아 파르바를 카파도키아에 빼앗겼지. 브루투스는 많은 걸 원하진 않을지 모르나 자기가 원하는 건 절박하게 원하지. 그가 원하는 건 자기 재산의 보존이야.

브루투스의 속셈은 아나톨리아의 샘물만큼이나 투명하지만 카시우스는 훨씬 더 혼탁한 작자네. 오만방자하고 야심이 매우 크지. 크라수스가 카라이에서 죽은 뒤 카시우스가 로마로 보낸 비열한 보고서는 절대 용서할 수 없어. 자신의 미덕은 칭송하고 불쌍한 크라수스는 수전노로만 보이게 만들었어. 돈과 관련한 크라수스의 약점은 인정하지만, 그는 진정 위대한 사람이었어.

내가 정리한 피호왕국 건에서 카시우스가 분노하는 건 그 일이 내 지시로 행해졌다는 사실이네. 원로원에서의 토론도, 서판의 법도, 나 외에는 그 누구의 바람도 끼어들지 않고서 말이야. 그 점에서는 독재관이라는 게 참 좋은 것 같아. 내 생각에 가장 공정하고 적절한 방식으로 일을 처리하면서 시간을 대폭 절약할 수 있으니까. 하지만 카시우스는 그게 못마땅한 거지. 혹은 이렇게 말해야겠어, 카시우스는 자기가 독재관이 되지 않는 한 결코 만족하지 못할 거라고.

내게 아들이 생겼네. 이집트의 여왕이 지난 6월에 내 아들을 낳았어. 물론 그애는 로마인이 아니지만 이집트를 통치할 운명이니 불만은 없다네. 내 아들의 어머니에 관해서라면 직접 보고 판단하게. 그녀는 공화파—엄청나게 잘못된 호칭이지!—가 완전히 패배하고 나면 꼭 로마로 오겠다고 고집을 피우더군. 그녀의 중개인 암모니오스가 자네한테 가서 여왕의 로마 궁전을 짓기 위해 내 야니쿨룸 유람 정원 옆의 땅을 달라고 부탁할 거야. 토지 양도시엔 내 이름을 쓰게, 돈은 그녀가 내더라도 말이네.

클레오파트라와 결혼하기 위해 칼푸르니아와 이혼할 생각은 없어. 그건 역겨운 짓일 테니까. 피소의 딸은 지금까지 모범적인 아내였지. 나는 그녀와 결혼한 직후부터 거의 로마에서 지내지 않았지만 첩자들을 심어뒀다네. 칼푸르니아는 카이사르의 아내로서 완벽해—한 치의 의심도 없을 정도지. 착한 여자야.

내 말이 무정하고 다소 경박하고 답답하게 들린다는 것 아네. 하지만 난 몰라볼 정도로 변했어, 마티우스. 한 사람이 반드시 필적할 자가 없을 만큼 높이 올라갈 필요는 없는데, 유감스럽게도 내게 그런 일이 벌어지고 있네. 나와 치열하게 경쟁할 만한 사람들은 다 죽었어. 푸블리우스 클로디우스. 가이우스 쿠리오. 마르쿠스 크라수스. 폼페이우스 마그누스. 파로스의 등대가 된 기분이야—자기의 반만큼 높은 것조차 전혀 없는 등대 말이지. 이런 걸 원했던 건 아닌데, 내겐 선택권이 없었어.

루비콘 강을 건너고 이탈리아로 들어와서 로마로 진군할 때 내 안의 뭔가가 부서졌네. 그들이 내가 그럴 수밖에 없게 만든 건 부당해—그들은 정말로 내가 진군하지 않을 거라고 생각한 건가? 난 카이사르야. 내게 존엄은 목숨보다 소중하다고. 카이사르가 근거도 없이 반역죄 유죄 판결을 받고 영구 추방을 당한다? 상상조차 할 수 없어. 과거를 되돌린다고 해도 난 똑같이 할 거야. 하지만 내 안의 뭔가가 부서졌어. 난 절대 내가 원했던 것이 될 수 없어—최적기에 선출된 2선 집정관, 최고신관, 원로원에서 차기 집정관과 집정관 다음으로 의견을 구하는 원로 정치인, 최고의 군인.

지금 나는 에페소스의 신이자 이집트의 신이며 로마의 독재관이자 세상의 지배자야. 하지만 그것들은 내가 택한 게 아니야. 자네는 내 말이 무슨 뜻인지 알 만큼 나를 잘 알잖아. 자네 같은 사람은 거의 없어. 사람들은 '내가 카이사르의 지위에 있다면 어떨까'라는 관점으로 나를 해석하지.

아울루스 가비니우스가 살로나에서 죽었다는 소식은 슬프고 충격적이었네. 잘못된 이유로 추방당한 선한 사람. 늙은 프톨레마이오스 아울레테스는 그에게 줄 10만 탈렌툼이 없었어. 나는 가비니우스가 그 일로 2천 이상은 받지 못했을 거라고 생각해. 만약 렌툴루스 스핀테르가 가비니우스보다 먼저 그 계약을 할 만큼 빨리 움직였다면 그도 처형당했을까? 천만에! 그는 보니였지만, 가비니우스는 카이사르에게 표를 던졌지. 이런 일은 중단되어야 해, 마티우스. 사람에 따라서 다른 법을 적용하는 것 말이야.

나의 적 가이우스 카시우스는 한 가지 주제에 있어선 침묵을 지키지. 그의 형제 퀸투스가 먼 히스파니아를 약탈했다고, 가이우스 트레보니우스가 통치하러 도착하기 전에 약탈품을 배에 싣고서 로마로 출발했다고 말해줬을 때 카시우스는 일언반구도 없었어. 그 배가 짐을 너무 많이 실은 탓에 뒤집혀 이베루스 강어귀에서 침몰하고 퀸투스가 익사했다고 말했을 때도. 가이우스 카시우스의 침묵이 퀸투스가 내 사람이라는 사실 때문인지, 아니면 퀸투스가 카시우스 집안의 이미지를 훼손시켜서인지는 잘 모르겠네.

9월 말쯤에는 로마에 있을 걸세.

카이사르는 전투 직후 젤라에서 킴메리아의 아산드로스에게 편지를 썼다. 내용은 특사에게 전한 것과 같았다. 킴메리아는 폰토스에 금 4천 탈렌툼을, 로마 국고에 2천 탈렌툼을 지불할 것. 아산드로스의 부친이 시노페로 달아났으며 고국으로 돌아가는 중인 듯하다고도 알렸다.

카이사르가 니코메디아를 떠나기 직전에 아산드로스의 답장이 도착했다. 배려에 감사하며, 킴메리아에 도착한 파르나케스가 처형되었음을 독재관 카이사르께 알릴 수 있어 기쁘다고 적혀 있었다. 아산드로스는 이제 킴메리아의 왕이자 카이사르의 가장 열렬한 피호민이 되고자 했다. 그는 신의의 증거로서 답장과 함께 금 2천 탈렌툼을 보내왔다. 폰토스의 신임 총독 비니키아누스에게 추가로 4천 탈렌툼을 보낸 이후였다.

헬레스폰트 해협을 통과하는 카이사르의 배에는 7천 탈렌툼의 금과 수많은 왕관들이 실려 있었다.

첫번째 경유지는 사모스 섬이었다. 그곳에서 카이사르는 비교적 온건한 반대자를 만났다. 위대한 파트리키이자 전직 집정관 세르비우스 술피키우스 루푸스는 기뻐하며 카이사르를 맞이하더니, 몹시 뉘우치고 후회한다고 털어놓았다.

"우리는 당신을 부당하게 대했소, 카이사르. 그 점을 진심으로 사죄

하오. 일이 그렇게까지 커질 줄은 꿈에도 몰랐소."

"일이 그렇게 된 게 당신의 잘못은 아니오. 내가 바라는 건 당신이 로마로 돌아가 다시 원로원 의원으로서 일하는 것이지, 내게 아부하는 것이 아니오. 내 법과 조치 들을 그 본질적인 가치에 입각해 검토해주시오."

이곳 사모스에서 카이사르는 브루투스를 떠나보냈다. 카이사르는 그에게 신관 직을 약속했었다. 세르비우스 술피키우스가 신관 관련 법과 절차의 권위자였기에 브루투스는 그곳에서 그와 함께 공부하고 싶어했던 것이다. 카이사르가 브루투스를 두고 떠나면서 아쉬워한 것은 가이우스 카시우스를 계속 데리고 가야 한다는 사실뿐이었다.

사모스에서 배를 타고 레스보스로 갔다. 훨씬 더 강경한 반대자인 전직 집정관 마르쿠스 클라우디우스 마르켈루스가 있는 곳이었다. 그는 카이사르의 모든 제안을 사납게 거절했다.

다음 기점은 폼페이우스에게 열렬하게 동조해왔던 아테네였다. 카이사르의 손에 떨어진 아테네의 운명은 그리 좋지 않았다. 그는 아테네에 막대한 벌금을 부과한 후, 그리스 본토와 펠레폰네소스를 나누는 지협의 코린토스를 여행하며 대부분의 시간을 보냈다. 오래전 가이우스 뭄미우스에게 약탈당한 뒤로 코린토스는 결코 회복되지 못했다. 카이사르는 황폐한 건물들 사이를 느릿느릿 돌아다니고 우뚝 솟은 아크로코린토스의 요새를 올랐다. 명령에 따라 동행한 카시우스는 위인이 왜 그렇게 그곳에 홀려 있는지 이해할 수 없었다.

"이곳의 지협에는 반드시 운하를 건설할 필요가 있겠네." 위인이 말했다. 그는 물위의 높은 곳에 튀어나온 좁다란 바위 위에 서 있었다. "운하가 있으면 배들이 폭풍우에 시달리며 타이나론 곶을 돌아서 항해할 필요가 없겠지. 파트라이에서 곧장 에게 해로 갈 수 있을 거야. 흐음."

"불가능합니다!" 카시우스가 냉소했다. "60킬로미터가 넘게 잘라내야 할 겁니다."

"불가능은 없네." 카이사르가 부드럽게 말했다. "그리고 구도시에 관해 말하자면, 신규 정착민들이 꼭 필요한 상태야. 가이우스 마리우스가 퇴역병들을 거기서 살게 하려고 했었지."

"그리고 실패했죠." 카시우스가 곧바로 대꾸했다. 그는 돌멩이 하나를 발로 차고 그것이 튕겨나가는 것을 지켜보았다. "저는 아테네에서 계속 지낼까 합니다."

"유감스럽지만 그럴 수 없네, 가이우스 카시우스. 자넨 나와 함께 로마로 가야 해."

"어째서요?" 카시우스가 굳은 표정으로 물었다.

"왜냐하면, 친애하는 카시우스, 자넨 카이사르의 추종자가 아니고 아테네인들도 마찬가지기 때문이지. 그들과 자네를 떼어놓는 게 신중한 처사일 거야. 아니, 가지 말게, 끝까지 듣게나."

카시우스는 이미 가려고 몸을 돌린 터였지만 멈춰 서서 조심스럽게 뒤돌아보았다. 생각해, 카시우스, 생각해! 난 저자가 싫지만 저자가 지배자야.

"자네와 브루투스를 진급시킬 생각이네. 선물로서가 아니라, 둘 다 법무관이 될 시기라서야." 카이사르가 카시우스의 눈을 보며 말했다. "내가 관대한 사람이라는 걸 신들게 감사해야 할 때 내게 화를 내는 짓은 그만두게. 내가 술라였다면 자넨 이미 죽었어, 카시우스. 방향을 잘못 잡은 자네의 기운을 올바른 쪽으로 돌려 로마에 유용한 사람이 되게. 나도, 자네도 중요하지 않아. 중요한 건 로마라네."

"이번에 태어난 당신 아들의 목숨을 걸고, 로마의 왕이 될 생각이 없다고 맹세할 수 있습니까?"

"맹세하네." 카이사르가 대답했다. "로마의 왕? 나는 곧 사해 위의 동굴에 사는 미친 은둔자 중 하나가 될 걸세. 이제 그 문제를 다시 보게, 카시우스. 냉철하게 봐. 운하는 가능하다네."

4장
기병대장

기원전 47년 9월 말부터
12월 말까지

마르쿠스 안토니우스

6군단과 게르만족 기병대는 페르가몬에서 에페소스로 이동하여 아시아 속주군의 핵심이 되었다. 그리하여 카이사르가 위대한 폼페이우스의 생일에 이탈리아 땅을 밟을 때 동행은 데키무스 카르풀레누스와 1개 백인대뿐이었다. 아울루스 히르티우스, 가이우스 카시우스, 그리고 가이우스 트레바티우스를 비롯한 보좌관과 군관 들도 함께였는데, 이들은 모두 공직 생활을 재개하기를 열망하고 있었다. 카르풀레누스와 그의 백인대는 그곳에서 금을 지켰다.

바람은 이탈리아 반도의 발꿈치 부근에서 타렌툼으로 불어왔다. 성가신 일이었다! 계획대로 브룬디시움에 상륙했다면 카이사르는 마르쿠스 키케로를 쉽게 만날 수 있었을 것이다. 어쨌든 일이 틀어졌으니 카이사르는 일행에게 아피우스 가도로 계속 가라고 지시한 후 혼자 날랜 이륜마차를 타고 브룬디시움을 향해 달렸다.

운좋게도 노새 네 마리가 몇 킬로미터도 가기 전에 가마 한 대가 느릿느릿 다가왔다. 카이사르는 기뻐서 환성을 질렀다. 키케로다, 틀림없이 키케로야! 그 말고 누가 이런 더운 초여름 날 가마처럼 느린 걸 타겠는가? 이륜마차가 덜컹 소리를 내며 멈췄고, 카이사르는 마차가 미처 정지하기도 전에 뛰어내렸다. 그는 가마로 성큼성큼 걸어가 간이 책상 뒤에 웅크리고 앉은 키케로를 보았다. 키케로는 잠시 숨을 헐떡이더니 궁시렁거리며 얼른 가마에서 내렸다.

"카이사르!"

"좀 걸읍시다."

두 명의 늙은 정적은 아무 말 없이 타는 듯 더운 길을 따라 걸었다. 듣는 귀가 없는 곳에 이르자 카이사르는 발을 멈추고 키케로와 마주 서며 그의 모습을 얼른 훑어보았다. 끔찍한 변화들! 많이 야위고 주름살이 늘었지만, 외모보다도 아름답고 지적이었으나 이제 점액이 흐르는 갈색 눈에서 확연히 드러나는 정신적 변화가 더욱 심했다. 여기 원로원 회의 때 먼저 발언권을 얻는 저명한 전직 집정관, 늙은 정치가, 어쩌면 감찰관이 되기를 원할 뿐인 사람이 한 명 더 있다. 나처럼 그에게도 이제는 불가능한 일이다. 너무 많은 것이 변해버렸으니.

"어떻게 지냈소?" 카이사르가 목이 메어 물었다.

"지독했소." 키케로가 얼버무리지 않고 대답했다. "일 년 동안 브룬디시움에 처박혀 있었는데 테렌티아는 내게 돈이라곤 한푼도 보내주지 않는다오. 돌라벨라는 툴리아를 버렸고 불쌍한 딸애는 엄마와 사이가 완전히 틀어져서 나한테로 도망쳐왔소. 딸은 건강이 좋지 않고, 대관절 이유를 모르겠지만 아직도 돌라벨라를 사랑한다오."

"로마로 가시오, 마르쿠스. 사실 나는 당신이 다시 원로원에 등원하기를 간절히 바라오. 내겐 건전한 반대가 절실하게 필요하기 때문이오."

키케로가 고개를 쳐들었다. "아, 그럴 수는 없소! 당신한테 굴복한 것처럼 보일 테니까."

카이사르는 피가 거꾸로 솟는 듯했다. 입술을 앙다물고 화를 눌렀다. "그 문제는 나중에 다시 얘기합시다. 그냥 짐을 싸서 툴리아를 데리고 기후상 건강에 더 좋은 지역으로 가시오. 캄파니아의 당신 빌라에 머물면 되겠군요. 글은 조금만 쓰고 생각을 하시오. 테렌티아와의 일도 수습하고."

"테렌티아? 수습할 단계는 이미 지났소." 키케로가 씁쓸하게 말했다. "테렌티아가 자기 돈을 몽땅 남들한테 남기겠다고 협박했다면 믿겠소? 먹여 살릴 아들과 딸이 있는데도?"

"개, 고양이, 아니면 신전?" 카이사르가 진지하게 물었다.

키케로는 식식거리며 말했다. "그런 것들에 남긴다면 심장이 있는 여자겠지! 내 생각에 아내는 그 뭐라더라, '동방의 지혜'인가 뭔가에 심취한 사람들을 택한 것 같소. 하!"

"저런. 테렌티아가 이시스를 믿소?"

"테렌티아가 자기 등에 채찍질을? 그럴 리가!"

그들은 이렇다 할 주제 없이 조금 더 대화를 나눴다. 카이사르는 그가 데리고 있었던 퀸투스 부자의 소식을 키케로에게 전했고, 그들이 아직 이탈리아에 나타나지 않았다는 데 상당히 놀랐다. 키케로는 카이사르에게 아티쿠스와 그의 아내 필리아가 아주 잘 지내며, 그들의 딸이 놀랍도록 빨리 자라고 있다고 말해주었다. 이어 두 사람은 로마의 상황에 관해 이야기했지만, 키케로는 그가 명백히 카이사르 탓이라고 생각하는 문제들은 얘기하길 꺼렸다.

"빚말고 돌라벨라의 문제가 뭐요?" 카이사르가 물었다.

"내가 어찌 알겠소? 다만 그는 아이소포스의 아들과 어울리기 시작했는데, 그자는 무시무시할 만큼 나쁜 영향을 미치는 자요."

"비극 배우의 아들 말이오? 돌라벨라가 수준 낮은 친구를 사귀는군."
키케로가 근엄하게 말했다. "아이소포스는 나의 좋은 벗이오. 돌라벨라의 친구는 수준이 낮은 것이 아니오, 그냥 나쁠 뿐이지."
카이사르는 단념하고 이륜마차를 돌려 로마로 향했다.

카이사르의 육촌형님이자 절친한 벗인 루키우스 율리우스 카이사르는 로마에서 그리 멀지 않은 미세눔 근처 필리푸스의 빌라에서 카이사르를 만났다. 카이사르보다 일곱 살 많은 루키우스는 얼굴도 체형도 동생과 많이 닮았지만, 그의 푸른 눈은 더욱 부드럽고 상냥해 보였다.

"돌라벨라는 일 년 내내 부채 전액 탕감을 부르짖고 있고, 놀랍도록 유능한 호민관 한 쌍이 그에게 완강히 반대하는 중이란 건 물론 알고 있지?" 루키우스는 대화를 나누려고 편히 앉으면서 물었다.

"이집트를 떠날 때부터 줄곧 알고 있었습니다. 아시니우스 폴리오와 루키우스 트레벨리우스 둘 다 내 사람이거든요."

"훌륭한 한 쌍이야! 매번 목숨을 건 모험이긴 하지만, 그들은 계속 평민회에서 돌라벨라의 법안에 거부권을 행사하고 있어. 돌라벨라는 푸블리우스 클로디우스의 거리 깡패단과 전직 검투사들을 부활시켜 두 사람을 겁박하기로 하고 포룸 로마눔을 위험한 곳으로 만들기 시작했어. 그래도 폴리오와 트레벨리우스는 끄떡도 않지, 여전히 강경해."

"형님 조카이자 나의 재종질인 기병대장 마르쿠스 안토니우스는요?" 카이사르가 물었다.

"안토니우스는 늑대야, 가이우스. 나태하고 게걸들리고 버릇없고 음흉한데다 술고래지."

"그의 이력은 알고 있습니다, 루키우스. 하지만 마그누스와의 전쟁 때 잘 처신한 걸로 보아 이제 나쁜 습관에서 벗어난 줄 알았는데요."

"녀석이 나쁜 습관에서 벗어날 일은 결코 없을 걸세!" 루키우스가 딱딱거렸다. "로마에서 폭력이 우후죽순 늘어나자 안토니우스의 대응은 로마를 떠나는 거였어. 뭐라더라? '이탈리아의 상황을 감독하러' 간다나. 안토니우스가 생각하는 감독이란 가마를 가득 채운 정부들, 포도주를 잔뜩 실은 짐마차, 암사자 네 마리가 끄는 전차, 난쟁이와 무언극 배우, 마술사와 춤꾼, 트라키아인 팬파이프 연주자와 발로 장단을 맞추는 악사 들로 이루어진 수행단이지. 녀석은 부활한 디오니소스를 자처한다네!"

"멍청이! 내가 경고했는데도." 카이사르가 차분하게 말했다.

"그랬다면 녀석은 자네 말에 신경도 쓰지 않은 거야. 3월 말에 카푸아 주둔군에 반란 조짐이 있다는 소문이 들려오자 안토니우스는 자기 서커스단을 데리고 카푸아로 갔지. 내가 아는 한, 녀석은 6개월이 지난 지금도 거기서 군대와 협의중이야. 안토니우스가 로마를 뜨자마자 돌라벨라는 폭력의 강도를 더욱 높였지. 폴리오와 트레벨리우스는 자네를 직접 만나라고 푸블리우스 술라와 발레리우스 메살라를 보냈고. 아직 그들을 만나지 못했나?"

"네. 계속 말씀하십시오, 루키우스."

"상황은 점점 나빠졌어. 두 장날 주기 전에 원로원은 최종 결의를 통과시키고 안토니우스에게 로마 상황을 처리하라고 명령했지. 그는 시간을 끌다가 대응했는데, 그 대응이라는 게 말도 안 되는 거였어. 나흘 전 안토니우스는 10군단을 카푸아에서 포룸 로마눔으로 곧장 데려와 폭도를 공격하라고 명령했어. 가이우스, 검을 빼든 군인들이 곤봉만 든 사람들에게 달려들었다네! 800명이나 죽었어. 돌라벨라는 즉각 폭도를 철수시켰지만 안토니우스는 그를 무시했지. 녀석은 피투성이가 된 포룸 로마눔을 떠난 뒤 10군단 일부를 보내 녀석이 주모자들이라 부른 몇 명을 체포하게 했어—무슨 근거로 그랬는지는 모르겠지만. 총 50여 명이었는데 개중 20명은 로마 시민들이었지. 비시민권자들은 채찍질 후 머리가 잘렸고 시민권자들은 타르페이아 바위에서 내던져졌어. 그렇게 시체 수를 더 늘린 후에야 안토니우스는 10군단을 데리고 카푸아로 돌아갔다네."

카이사르는 얼굴이 하얗게 질려 주먹을 꽉 쥐고 있었다. "그 얘기는 처음 듣습니다."

"물론 그랬을 거야, 온 나라에 다 퍼진 이야기지만. 나말고 누가 독재관 카이사르한테 그런 얘기를 하겠나?"

"돌라벨라는 어디 있죠?"

"아직 로마에 있어. 납작 엎드려 있지."

"안토니우스는요?"

"계속 카푸아에 있어. 군인들이 반항적이라고 하면서."

"폴리오와 트레벨리우스 외에 다른 정무관은요?"

"없어. 자넨 너무 오래 떠나 있었어, 가이우스. 떠나기 전에 로마에서 일도 너무 적게 했고. 일 년 반이라니! 바티아 이사우리쿠스가 집정관일 때는 그럭저럭 나라가 돌아갔지만, 로마에 집정관도 법무관도 없은지 일 년이 지났네. 그러니 단도직입적으로 말하지! 바티아도 레피두스도 아무런 권한이 없고, 더군다나 레피두스는 약골이야. 안토니우스가 마케도니아에서 군대를 데려온 순간 문제는 시작됐어. 안토니우스와 돌라벨라가—둘은 그야말로 절친한 사이였지!—어찌나 능수능란하게 파괴를 일삼는지, 자네조차도 정상화하지 못할 정도로 로마를 망쳐놓기로 작정한 것 같아. 그리고 가이우스 자네가 로마를 정상화할 수 없다면, 그 두 놈은 차기 독재관 자리를 놓고 끝장을 볼 때까지 싸울 거야."

"두 놈이 노리는 게 그겁니까?"

루키우스 카이사르는 자리에서 일어나 심각한 표정으로 방안을 돌아다녔다. 그러다가 갑자기 몸을 돌려 아직 앉아 있는 카이사르를 똑바로 쳐다보며 물었다. "왜 그렇게 오래 떠나 있었나, 육촌? 비양심적인 행동이야! 어느 동방 요부의 품에서 뭉개고, 강을 따라 배로 돌아다니고, 지중해의 엉뚱한 끝 쪽에 관심을 쏟고—가이우스, 마그누스가 죽은 지 일 년이야! 대체 어디 있었나? 자네가 있을 곳은 로마라고!"

루키우스 카이사르말고는 아무도 자신에게 그런 말을 할 수 없음을 카이사르도 잘 알고 있었다. 바티아와 레피두스, 필리푸스, 폴리오, 트레벨리우스를 비롯해 로마에 남아 있던 사람들은 모두 카이사르가 비난 못 할 단 한 사람에게 그 말을 할 임무를 떠넘긴 게 분명했다. 루키우스 카이사르, 오랜 세월 카이사르의 벗이자 동지였던 전직 집정관, 수석 조점관이자 갈리아 전쟁을 함께한 가장 충직한 보좌관. 그래서 카이사르는 루키우스 카이사르가 말을 멈출 때까지 예의바르게 듣고 있다가 방어하듯 두 손을 들어올렸다.

"아무리 나라도 두 장소에 동시에 있을 수는 없습니다." 카이사르는 침착하고 초연한 어조를 유지하며 말했다. "물론 나도 로마에서 해야 할 일이 얼마나 많은지, 그리고 로마가 최우선이라는 것을 알고 있었습니다. 하지만 내게는 두 가지 선택지가 있었습니다, 루키우스. 그리고 지금도 내가 옳은 선택을 했다고 믿습니다. 지중해의 동쪽 끝을 떠나 그곳이 음모와 공화파의 저항, 야만족의 침략과 무정부 상태로 쑥대밭이 되게 내버려두든지, 거기 머물면서 그곳을 정리하든지 해야 했죠. 때마침 그 모든 일들이 벌어질 때 내가 거기 있었으니까요. 나는 동방에 머물기로 결정했습니다. 로마는 내가 돌아올 때까지 괜찮을 거라고 믿었으니까요. 이제 내 실수가 분명해졌군요. 마르쿠스 안토니우스를 지나치게 믿은 게 실수입니다. 안토니우스는 아주 유능할 수도 있는 녀석입니다, 루키우스. 그게 가장 분통 터지는 부분이에요! 율리아 안토니아가 대체 그 삼 형제를 어떻게 키운 건지! 공상과 망상에 빠지고, 남편들도 줄줄이 잘못 택하고, 정상적인 로마인 가정도 유지하지 못했죠. 말씀하셨다시피 마르쿠스는 술주정뱅이에 음흉한 늑대입니다. 가이우스는 정신에 결함이 있다고 해도 될 만큼 무능하고요. 루키우스는 어찌나 교활한지 오른손이 하는 일을 왼손이 알게 하는 법이 결코 없죠."

푸른 눈동자가 푸른 눈동자를 들여다보았다. 두 쌍의 눈 모두가 찡그려져 있다. 가족! 만인의 저주.

"하지만 이제 내가 왔습니다, 루키우스. 다시는 그런 일이 없을 겁니다. 너무 늦게 온 것도 아닙니다. 안토니우스와 돌라벨라가 내 시체 위에서 독재관 직을 두고 싸울 생각이라면 이제 다른 생각을 머릿속에 떠올리게 될 겁니다. 독재관 카이사르는 죽어서 자기들을 만족시킬 의향이 없다는 걸요."

"동방에 관한 자네 말은 이해하네." 루키우스가 조금 누그러져서 말했다. "하지만 안토니우스한테 홀려선 안 돼, 가이우스. 자네가 녀석한테 약한 건 알지만 이번에는 녀석이 선을 넘었어." 루키우스는 얼굴을 찌푸렸다. "카푸아 군대에서 뭔가 이상한 일이 벌어지고 있어. 내 직감엔 안토니우스가 주모자야. 녀석은 그 누구도 그놈들 근처에 오지 못하게 할 거야."

"그 군대가 불만을 품을 이유가 있습니까? 키케로가 그들이 급료를 받지 못했다고 암시하는 말을 하더군요."

"급료는 받았을 거야. 내가 알기론 안토니우스가 국고의 은을 조폐국으로 가져갔거든. 어쩌면 그놈들은 지루한 게 아닐까? 자네의 갈리아인 노련병들이야. 폼페이우스 마그누스의 히스파니아 노련병들도 있고. 가만히 있는 걸 좋아하지 않는 자들이지."

"내가 로마를 돌보기 시작하면 그들한테 아프리카 속주에서 할 일을 충분히 줄 겁니다." 카이사르가 말하면서 일어섰다. "당장 로마로 출발합시다, 루키우스. 동틀 무렵에는 포룸 로마눔에 도착하고 싶습니다."

"한 가지 더 있네, 가이우스." 루키우스가 함께 방을 나서며 말했다. "안토니우스가 카리나이 지구에 있는 폼페이우스 마그누스의 대저택으로 이사했다네."

카이사르가 걸음을 멈췄다. "누구 맘대로요?"

"그 녀석 본인, 기병대장 맘대로지. 살던 집이 해야 할 일을 하기엔 너무 작다나."

"올해," 카이사르가 다시 걷기 시작하며 물었다. "안토니우스가 몇 살이죠?"

"서른여섯."

"그만하면 알 때도 됐건만."

돌아올 때마다 로마는 더욱 초라해 보인다. 다른 도시들, 발전이라는 이름하에 있던 것들을 파괴하기를 주저하지 않는, 그리스인들이 세련되게 계획하고 건설한 도시들을 너무 많이 가본 탓일까? 우리 로마인들은 오래된 것과 조상을 경외하고, 단지 노후하여 기능할 수 없다는 이유만으로 공공 건축물이 파괴되는 걸 용납하지 않는다. 거대한 크기에도 불구하고 화려한 숙녀는 아니로구나, 가련한 로마여. 그녀의 심장은 원칙적으로 케롤리아이 늪지에서 끝나는 축축한 협곡 바닥이어야 하건만, 그렇지가 않다. 벨리아 고지의 바위 능선이 에스퀼리누스에서 팔라티누스로 가로질러가는 탓에 그녀의 심장은 연못으로 변해버렸다. 대하수도가 그 연못 밑으로 직접 흘러가지 않았더라면 그곳은 완벽한 연못이 되었을 것이다. 곳곳에 칠이 벗겨지는 중이고 카피톨리누스 언덕의 신전들은 우중충하다. 유피테르 옵티무스 막시무스 신전조차도. 유노 모네타 신전은 마지막으로 수리한 지 얼마나 오래됐지? 신전 지하의 조폐국에서 나오는 증기가 치명적이다. 잘 계획되거나 설계된 곳이 전혀 없다. 오래된 것들의 뒤범벅일 뿐. 내 돈을 들여 하는 공사를 하며 개선 노력을 하고 있는데도 말이야! 그렇다, 로마는 수십 년간 내전을 겪느라 지칠 대로 지친 것이다. 따라서 이대로 계속 가서는 안 된다, 멈춰야만 한다.

카이사르의 시선은 그가 7년 전에 착공한 공공건물들을 좇을 여유가 없었다. 포룸 로마눔 바로 옆의 포룸 율리움, 오피미우스 회당과 셈프로니우스 회당이 있던 포룸 로마눔 낮은 구역의 율리우스 회당, 새 원로원 회의장, 그 옆의 원로원 사무실들.

그렇다, 그의 시선은 썩어가는 시체들, 쓰러진 조각상들, 부서진 연단, 허물어진 구석과 틈새 들을 좇기에도 바빴다. 피쿠스 루미날리스에는 상처가 생겼고, 다른 두 그루의 신성한 나무도 낮은 쪽 가지들이 갈라졌으며, 쿠르티우스 연못은 피로 더럽혀져 있었다. 그 위로 카피톨리누스 언덕 첫번째 오르막에는 술라의 타불라리움으로 통하는 문들이 활짝 열려 있었고 주위에는 깨진 돌 부스러기들이 널려 있었다.

"안토니우스는 이 난장판을 치울 생각도 하지 않은 겁니까?" 카이사르가 물었다.

"그래." 루키우스가 대답했다.

"안토니우스만 그런 것 같지도 않군요."

"보통 사람들은 무서워서 여기까지 오지도 않고, 원로원은 유족이 시신을 수습할 수도 있다면서 공공 노예들을 투입하지 않고 있어." 루키우스가 침울하게 말했다. "무정부 상태의 또다른 징후지, 가이우스. 수도 담당 법무관도 조영관도 없는데 누가 나서겠나?"

카이사르는 얼굴이 파래진 채 손수건으로 코를 막고 서 있는 그의 수석 비서를 돌아보며 말했다. "파베리우스, 로마 항으로 가서 부패중인 시신을 실어나를 용의가 있는 사람에게 1천 세스테르티우스를 주겠다고 하게." 무뚝뚝한 말투였다. "저녁까지 여기 있는 시신들을 다 치워야 해. 모두 에스퀼리누스 평원의 석회구덩이로 보내. 부당하게 살해당했지만 폭도이자 불만분자들이었어. 유가족들이 아직 시신을 가져가지 않았다면 유감이군."

그곳을 벗어나고 싶어 죽을 지경이던 파베리우스는 얼른 사라졌다.

"코포니우스, 공공 노예 감독관을 찾아서 내일 포룸 로마눔 전체를 문질러 닦아야 한다고 전하게." 카이사르가 다른 비서에게 명령하고는 콧구멍으로 바람을 내뿜었다. 경멸의 표시였다. "지독한 신성 모독이야. 비상식적인 일이고."

카이사르는 콩코르디아 신전과 작고 오래된 원로원 의원 대기소 사이로 걷다가 몸을 숙여 타불라리움 문들 주변의 파편을 살펴보고 냉소했다. "야만인들 같으니! 맙소사, 이걸 보십시오! 돌에 새겨진 가장 오래된 로마법 일부가 산산조각 나 있습니다. 전문가들을 불러 서판을 다시 붙이라고 해야겠군요. 이런 짓을 한 안토니우스를 가만두지 않을 겁니다! 놈은 어디 있습니까?"

"그 질문에 대답할 수 있는 사람이 오는군." 루키우스가 그들 쪽으로 오고 있는 자주색 단을 댄 토가 차림의 건장한 남자를 보며 말했다.

"바티아!" 카이사르는 이렇게 외치며 오른손을 내밀었다.

푸블리우스 세르빌리우스 바티아 이사우리쿠스는 위대한 평민 귀족 집안사람으로, 술라의 가장 충성스러운 추종자의 아들이었다. 그의 부친은 술라의 법이 실시되는 동안 부유해졌고, 책략이 풍부했던 덕에 술라의 법이 폐지된 후에도 용케 계속 부유해졌으며, 지금도 살아서 시골 빌라에서 조용히 지내는 중이었다. 바티아가 카이사르를 따르기로 선택했다는 점은 가문의 정치 성향으로 로마 귀족들을 평가하는 사람들에게는 수수께끼였다. 세르빌리우스 바티아 집안사람들은 술라가 그러했듯 극도로 보수적이었다. 그러나 여기 있는 바티아에게는 도박꾼 기질이 있었다. 그는 권력 싸움의 경기장 밖에 있는 말인 카이사르를 좋아했고, 카이사르가 선동 정치가도 정치적 모험가도 아님을 알 만큼 영리했다.

여윈 얼굴의 바티아는 회색 눈을 반짝이며 싱긋 웃더니 카이사르의 손을 두 손으로 꽉, 열정적으로 움켜쥐었다. "돌아오신 걸 모든 신들께 감사드리고 싶군요!"

"가세, 우리와 함께 걷자고. 폴리오와 트레벨리우스는?"

"오고 있습니다. 우린 독재관님이 훨씬 더 늦게 도착하실 줄 알았습니다."

"마르쿠스 안토니우스는?"

"카푸아에 있지만, 로마로 올 거라는 전갈을 받았습니다."

그들이 도착한 곳은 사투르누스 신전을 지탱하는 높다란 기단 옆의 육중한 청동 문들 앞으로, 국고가 있는 곳이었다. 한참 문을 세게 두드리고 나서야 문 하나가 조금 열리더니 하급 기사 마르쿠스 쿠스피우스가 겁먹은 얼굴을 내밀었다.

"자네가 직접 나왔군, 쿠스피우스?" 카이사르가 물었다.

"카이사르!" 문이 활짝 열렸다. "들어오십시오, 들어오십시오!"

"왜 그렇게 겁에 질렸는지 모르겠군, 쿠스피우스." 카이사르는 그렇게 말하고 사무소로 이어지는 불빛이 희미한 통로를 따라 걸었다. "관장 후의 창자처럼 텅 비었군." 그는 작은 방안으로 고개를 디밀더니 얼굴을 찡그렸다. "700킬로그램 이상의 라세르피키움도 사라졌고. 누가 이렇게 부지런히 관장을 했지?"

쿠스피우스는 말을 돌리지 않았다. "마르쿠스 안토니우스입니다, 카이사르. 그는 기병대장의 권한을 갖고 있고, 군인들에게 급료를 줘야 한다고 말했습니다."

"내가 전쟁 비용을 치르기 위해 가져간 돈은 주화 3천만 세스테르티우스와 은괴 1만 탈렌툼 뿐이었네. 그러니까 은 2만 탈렌툼과 금 1만 5천 탈렌툼이 남았을 텐데." 카이사르가 차분하게 말했다. "200개 군단에 급료를 줄 돈이면 로마의 위기를 극복하는 데 충분하다고 생각했는데 말이야. 더 중요한 건, 내가 점검할 때 국고의 내용물을 감안하여 머릿속으로 대강 계산을 해봤다는 거네. 국고가 비어 있을 거라고는 예상하지 않았어."

"금은 아직 여기 있습니다, 카이사르." 마르쿠스 쿠스피우스가 초조한 목소리로 말했다. "제가 다른 방으로 옮겨놓았죠. 은 1천 탈렌툼은 푸블리우스 세르빌리우스 바티아 집정기에 주화 주조를 의뢰했습니다."

"네, 주화를 주조했습니다." 바티아가 말했다. "하지만 유통되는 건 400만뿐입니다. 대부분은 여기 있습니다."

"저는 정말로 정확한 정보를 드리려고 한 것뿐입니다!"

"자네를 비난하는 게 아니네, 쿠스피우스. 하지만 독재관이 있는 동안엔 독재관의 승인 없이는 단 1세스테르티우스도 밖으로 나가서는 안 되네. 알겠는가?"

"네, 카이사르, 명심하겠습니다!"

"내일모레 금 7천 탈렌툼과 금관 여러 개가 도착할 걸세. 금은 국고 재산이니 국고 인장을 찍게. 금관들은 내 아시아 개선식 때까지 보관하고. 좋은 하루 되게나."

쿠스피우스는 문을 닫은 후 문에 기대 숨을 헐떡이며 축 늘어졌다.

"안토니우스는 무슨 꿍꿍이일까요?" 바티아가 카이사르에게 물었다.

"지금부터 알아봐야지." 독재관 카이사르가 대답했다.

푸블리우스 코르넬리우스 돌라벨라는 유서 깊지만 몰락한—드물지 않은 일이었다—파트리키 가문 출신이었다. 또다른 코르넬리우스 집안사람인 술라처럼 돌라벨라도 대체로 자신의 능력만 믿고 살아나가야 했다. 그는 옛 클로디우스 클럽의 창립 회원이었다. 당시 클로디우스와 그만큼 거친 젊은이들 패거리는 별난 행동으로 고상한 체하는 로마 인사들의 이목을 끌었다. 그러나 7년 전 밀로가 아피우스 가도에서 클로디우스를 살해했고, 그 사건으로 클럽은 사실상 해체되었다.

그후로 일부 클로디우스 클럽 회원들은 눈부신 공직 경력을 쌓았다. 일례로 가이우스 스크리보니우스 쿠리오는 카이사르의 촉망받는 호민관이었다가 상승 가도를 타기 시작하던 무렵 전장에서 죽었다. 데키무스 브루투스로 불리는 데키무스 유니우스 브루투스 알비누스는 클로디우스의 거리 폭력단을 지휘하는 일을 그만두고 카이사르 밑에서 군사를 지휘하며 한층 더 천재성을 발휘했고, 현재는 장발의 갈리아를 통치하고 있었다. 그리고 물론 마르쿠스 안토니우스는 카이사르의 부하로서 눈부신 활약을 펼친 끝에 지금은 로마의 이인자, 독재관의 기병대장이었다.

반면 돌라벨라에게는 별로 좋은 일이 없었다. 그는 카이사르가 루비콘을 건너리라는 것이 기정사실화되었을 때 카이사르 지지 선언을 했음에도, 카이사르가 좋은 일감을 나눠줄 때마다 어딘가 다른 곳에 있는 것 같았다.

돌라벨라와 마르쿠스 안토니우스는 여러 면에서 비슷했다. 몸집이 크고 우람하며 불쾌할 정도로 자기중심적이고 입이 걸었다. 다만 스타일이 달랐는데, 돌라벨라가 더 붙임성이 있었다. 둘 다 만성적인 가난에 시달렸고 돈 때문에 결혼했다. 안토니우스는 부유한 시골 사람의 딸과, 돌라벨라는 전직 수석 베스타 신녀 파비아와 결혼했다. 부유한 속주민은 전염병으로 죽었고 파비아는 너무 오래 처녀로 지내 만족스러운 아내가 될 수 없었지만, 두 남자는 첫번째 결혼에서 벗어났을 때 매우 부유해져 있었다. 그후 안토니우스는 자기 사촌이자 혐오스러운 안토니우스 히브리다의 딸인 안토니아와 결혼했다. 그녀는 노예를 고문하는 데 있어 그녀의 아버지만큼이나 악명이 자자했지만 안토니우스는 곧 그런 버릇을 고쳐놓았다. 반면 돌라벨라는 사랑에 빠져 두번째 결혼을 했다. 신부는 넋이 나갈 만큼 아름다운 키케로의 딸 툴리아였다. 그리고 그것이 몰락의 시작이었다!

안토니우스가 카이사르의 선임 보좌관으로 복무하며 브룬디시움의 승선을 지휘하고 마케도니아와 그리스 전장에 있는 동안 돌라벨라는 아드리아 해에서 함대를 지휘하다가 아주 수치스러운 패배를 당했다. 그런 뒤 카이사르는 다시는 돌라벨라에 관심을 두지 않았다. 돌라벨라에게 공정하게 말하자면, 그의 배들은 노후한 상태였고 공화파 함대는 세계 최고의 전투선인 리부르니족의 배였다. 그러나 카이사르가 그런 점을 고려해주었던가? 전혀. 그래서 마르쿠스 안토니우스가 계속 승승장구하는 동안 돌라벨라는 하릴없이 의기소침해 있었던 것이다.

돌라벨라의 상황은 절박해졌다. 파비아의 재산은 오래전에 사라졌고, 키케로한테서 받아오는 지참금 할부금은 늘 물시계에서 물 한 방울이 떨어지기도 전에 동나는 것처럼 보였다. 안토니우스와 (더 수수하지만) 동류의 삶을 살면서 돌라벨라의 빚은 쌓이고 또 쌓였다. 이 서른여섯 살의 남자에게 수백만을 빌려준 대금업자들이 지극히 끈덕지고 불쾌하게 빚 독촉을 해오면서, 돌라벨라는 로마의 좋은 동네들엔 얼굴을 디밀 엄두도 못 내게 되었다.

그러다가 카이사르가 이집트에서 땅속으로 사라져버렸을 즈음, 돌라벨라는 자신의 적들을 해결할 방법이 수년간 코앞에 있었음을 깨달았다. 클로디우스 클럽의 창립자이자 호민관 선거에 출마한 푸블리우스 클로디우스의 전철을 밟으면 되는 거였다. 클로디우스처럼 돌라벨라도 파트리키였기에 그 가장 돋보이는 공직에 출마할 자격은 없었으나, 클로디우스는 평민에게 입양되어 그런 제한을 뛰어넘은 바 있었다. 돌라벨라는 리비아라는 노부인을 찾아가 자신을 입양해달라고 설득했고, 평민이 된 그는 호민관 선거에 출마할 수 있었다.

돌라벨라는 호민관 직으로 정치적 명성을 굳히는 데엔 관심이 없었다. 전면적 부채 탕감법을 제정하고 싶었을 뿐이다. 당시의 위기 상황을 고려하면 그렇게 허황한 얘기는 아니었다. 내전이 있을 때마다 찾아오는 궁핍에 시달리던 로마는 빚에 허덕이는 개인과 회사 들로 가득했고, 그들은 곤경에서 벗어나기 위해 돈을 갚는 것 외의 어떤 방법이라도 찾아내려고 혈안이 되어 있었다. 돌라벨라는 전면적 부채 탕감을 공약으로 내걸고 선거에서 가장 많은 표를 얻었다. 권한을 부여받은 것이다.

돌라벨라가 미처 고려하지 못한 것은 다른 호민관 둘, 가이우스 아시니우스 폴리오와 루키우스 트레벨리우스가 돌라벨라가 소집한 첫번째 집회에서 거부권을 행사할 만큼 대범하다는 사실이었다. 폴리오와 트레벨리우스는 그후로도 계속 집회에서 돌라벨라에게 거부권을 행사했다.

돌라벨라는 클로디우스의 마술 주머니를 뒤져 거리 폭력단을 꺼내들었다. 포룸 로마눔에 공포의 파도가 몰아치면 폴리오와 트레벨리우스가 자발적 망명길에 오를 거라고 생각하면서. 하지만 그렇지 않았다. 두 사람은 계속 포룸 로마눔과 로스트라 연단에서 물러서지 않았다. 거부합니다, 거부합니다, 거부합니다. 전면적 부채 탕감은 안 됩니다.

3월이 되었지만 평민회의 교착 상태는 그대로였다. 그때까지 돌라벨라는 폭력의 수위를 다소 통제했지만 이제 강도를 높여야 했다. 마르쿠스 안토니우스를 오래 알고 지낸 돌라벨라는 안토니우스가 자기보다 빚이 많다는 걸 잘 알았다. 전면적 부채 탕감법이 통과되는 쪽이 안토니우스의 이익에도 부합한다는 것을.

"하지만 문제는, 친애하는 안토니우스, 독재관의 기병대장이 가까이 있는 동안엔 나도 폭력단을 제대로 풀어놓기가 좀 그렇다는 겁니다."

돌라벨라는 안토니우스와 함께 강화 포도주를 두 들통 정도 마시면서 설명했다.

안토니우스는 적갈색 곱슬머리가 난 머리통을 숙이더니 요란하게 트림을 하고 씩 웃었다. "사실은 카푸아 근처의 군대에 반란 조짐이 있다네, 돌라벨라. 내가 얼른 가서 조사를 좀 해야겠어." 그는 그렇게 말하고 입술을 오므려 코끝에 닿게 했다. 안토니우스에겐 무척 쉬운 동작이었다. "아마도 난 상황이 매우 심각하다는 걸 발견하게 될 테고, 그래서 카푸아에 오래—그러니까 자네가 법을 통과시킬 때까지 있어야 하겠지."

그렇게 얘기가 되었다. 안토니우스는 기병대장으로서의 임무를 위해 카푸아로 떠났고 돌라벨라는 포룸 로마눔에서 대파괴를 촉발시켰다. 트레벨리우스와 폴리오는 깡패들에게 맞고 질질 끌려가 무자비한 몽둥이질을 당했다. 그러나 그들 이전의 호민관들이 그러했듯 두 사람도 굴복하기를 거부했다. 돌라벨라가 평민회 집회를 소집할 때마다 폴리오와 트레벨리우스는 멍든 눈과 붕대를 과시하며 나타나 거부권을 행사했을 뿐 아니라 청중의 환호까지 받았다. 포룸 로마눔 단골들은 용기를 찬양했고 그들 중에는 폭력단에 가담한 사람이 없었기 때문이다.

돌라벨라로서는 유감스럽게도 폭력단에게 폴리오와 트레벨리우스를 죽이라고 할 수는 없었다. 반쯤 죽여놓는 것도 불가능했다. 둘은 카이사르의 사람이고 카이사르는 돌아올 터였기 때문이다. 카이사르가 전면적 부채 탕감에 찬성할 리도 없었다. 특히 폴리오는 카이사르가 무척 아끼는 사람이었다. 카이사르가 루비콘 강을 건널 때 함께였고 지금은 부지런히 지난 20년의 역사를 기록하고 있으니까.

돌라벨라가 예상하지 못한 것은 최근 들어 정족수도 채우지 못할 만큼 의원이 줄어든 원로원측의 공격이었다. 원로원이 약해진 걸 알았기에 돌라벨라는 그 최고위 정부 기관을 아예 계산에 넣지 않았던 것이다. 그런데 바티아 이사우리쿠스가 어떻게 했는가? 원로원을 소집해 원로원 최종 결의를 강제로 통과시켰다! 계엄령과 동일한 조치였다. 다른 누구도 아닌 마르쿠스 안토니우스가 포룸 로마눔의 폭력 사태를 끝내라는 명령을 받았다. 반년간 헛되이 전면적 부채 탕감을 기다린 끝에 안토니우스는 질려버렸다. 그는 돌라벨라에게 경고도 하지 않고 10군단을 포룸 로마눔으로 데려가 폭력배들 사이에 풀어놓았다. 운 나쁜 포룸 로마눔 단골들까지 폭풍에 휘말렸다. 안토니우스가 처형한 사람들이 대체 누구인지 돌라벨라는 감도 잡을 수 없었고, 그저 안토니우스가―늘 그랬듯이!―벨라브룸의 이 골목 저 골목에서 처음 마주친 50명을 잡았을 거라고 추측할 뿐이었다. 돌라벨라는 안토니우스가 도살자임을, 그러나 계급과 성향에 있어 그와 동류인 사람들은 건드리지 않을 것임을 늘 알고 있었다.

이제 카이사르가 로마에 돌아왔다. 그리고 푸블리우스 코르넬리우스 돌라벨라는 관저로 불려가 독재관을 만나야 했다.

로마에서 궁전과 가장 비슷한 공공건물에 사는 건 최고신관으로서 카이사르의 권리였다. 처음에는 최고신관 아헤노바르부스가, 그후 최고신관 카이사르가 개량하고 보강한 관저는 포룸 로마눔의 심장부에 있는 거대한 건물로 특이하게 양분되어 있었다. 한쪽에 여섯 명의 베스타 신녀들이, 다른 쪽에 최고신관이 살았다. 최고신관의 임무 하나는 베스타 신녀들의 감독이었다. 신녀들은 폐쇄적인 삶을 살지는 않았지만, 그들의 온전한 처녀막은 로마의 공적 안녕이자 로마의 운을 의미했다. 예닐곱 살에 신녀가 된 소녀는 30년간 신녀로 산 후 평범하게 살 자유를 얻었고 원한다면 결혼할 수도 있었다. 파비아가 돌라벨라와 결혼했던 것처럼. 베스타 신녀의 임무는 부담스럽지 않았지만, 그들은 로마 시민들의 유언장 보호자 역할도 해야 했다. 카이사르가 로마로 돌아왔을 때 그들은 300만 부 이상의 유언장을 보유하고 있었으며 모두 꼼꼼하게 정리하고 숫자를 매기고 보관 장소를 구분해두었다. 로마 시민이라면 아무리 찢어지게 가난하다 해도, 전 세계 어느 곳에 살고 있다 해도 유언장을 작성해서 베스타 신녀들에게 맡겼다. 일단 신녀들이 받아들인 유언장은 신성불가침이었고, 사망 증거를 대고 권위자가 공증하기 전까지는 아무도 손댈 수 없었다.

그러므로 관저에 도착한 돌라벨라는 베스타 신녀 처소도, 카이사르가 위에 박공벽을 붙인(관저는 축성식을 거행한 신전이었다) 화려한 정문도 아닌 최고신관의 개인 출입문으로 갔다.

수부라의 아우렐리아 인술라에 살던 노인들은 모두 죽었다. 부르군두스도 그의 아내 카르딕사도 죽었지만 두 사람의 아들과 며느리 들이 여전히 카이사르의 여러 부동산을 관리하고 있었다. 관저의 집사 처소에 사는 부르군두스의 셋째아들 가이우스 율리우스 트로구스가 가볍게 절을 하며 돌라벨라를 맞이했다. 절을 하자 그의 머리가 손님의 머리 아래로 내려갔다. 키가 큰 돌라벨라는 자신이 작다고 느낀 적이 거의 없었지만 트로구스 앞에서는 작아진 느낌이었다.

카이사르는 서재에 있었다. 그는 영예로운 최고신관의 로브 차림이었는데, 돌라벨라는 그것이 중요한 사실임은 알았지만 왜 그런지는 잊어버렸다. 토가와 튜닉 모두 자주색과 진홍색 띠들이 덧대어져 있었다. 창문에서 들어온 빛과 수많은 등불로 환한 그 방안에서 카이사르의 옷은 방의 진홍색과 자주색 색채 배합, 석고 천장돌림띠, 금빛 도는 천장과 조화를 이뤘다.

"앉게." 카이사르가 무뚝뚝하게 말한 후 읽고 있던 두루마리를 내려놓았다. 그리고 그 끔찍한 눈, 차갑고 날카롭고 사람의 것이 아닌 듯한 눈으로 돌라벨라를 응시했다. "변명할 말이 있나, 푸블리우스 코르넬리우스 돌라벨라?"

"상황이 제 통제를 벗어났습니다." 돌라벨라가 솔직하게 말했다.

"폭력단을 고용해 도시를 공포로 몰아넣었지."

"아니, 아닙니다!" 돌라벨라가 순진한 파란 눈을 동그랗게 뜬 채 열성적으로 말했다. "정말입니다, 카이사르, 폭력배들은 저와 관계없습니다! 전 그저 전면적 부채 탕감법을 상정했을 뿐입니다. 로마 사람들 대부분이 빚에 허덕이고 있으며 그 법을 간절히 원한다는 걸 알았기 때문이죠. 제가 제안한 법의 지지자들은 빅토리아 언덕길을 굴러내려가는 눈덩이처럼 급격하게 불어났고요."

"자네가 그 무책임한 법을 입안하지 않았다면, 푸블리우스 돌라벨라, 그런 눈덩이가 생길 일은 없었을 거네." 카이사르가 웃음기 없이 말했다. "자네 빚이 그렇게 많은가?"

"네."

"그러니까 자네의 법안은 본질적으로 자신을 위한 것이군."

"그런 것 같습니다. 네."

"그런 생각은 못했나, 푸블리우스 돌라벨라, 그 법안에 반대한 자네의 동료 호민관 두 명이 법안 통과를 막을 거라고 말이야?"

"네. 물론 생각했습니다."

"그럼 호민관으로서 자네의 의무는 뭐였지?"

돌라벨라는 눈을 껌벅거렸다. "호민관의 의무요?"

"자네는 파트리키 출생이라 평민의 일에 정통하기 어렵다는 건 아네, 푸블리우스 돌라벨라. 하지만 정치 경력은 좀 있지 않나. 가이우스 폴리오와 루키우스 트레벨리우스가 그렇게까지 완강하게 거부권을 행사했다면, 자네는 자네의 의무가 무엇인지 알았어야만 해."

"어……. 몰랐습니다."

카이사르의 눈은 한 번도 깜박이지 않는 것 같았다. 그저 계속해서 돌라벨라의 머릿속을 두 개의 드릴처럼 아프게 뚫을 뿐이었다. "불굴의 의지는 칭찬받아 마땅한 덕목이지만, 푸블리우스 돌라벨라, 이제는 멈출 때야. 동료 호민관이 석 달간 자네가 여는 집회마다 거부권을 행사한다면 그 메시지는 분명하네. 자네가 제안한 법은 수용할 수 없으니 철회하라는 거야. 그런데 자넨 자그마치 열 달이나 계속 끌었지! 뉘우치는 어린애 같은 표정으로 그렇게 앉아 있어봤자 아무 소용없네. 옛날 클로디우스식의 거리 폭력단 조직에 자네가 책임이 있든 없든, 자네는 그들의 존재를 신나게 자기 좋을 대로 이용했어—놈들이 신성불가침의 유구한 평민회 원칙으로 보호받는 두 사람에게 상해를 가할 때 방관한 것을 포함해서 말이야. 마르쿠스 안토니우스는 자네의 동료 로마 시민 스무 명을 타르페이아 바위에서 던져버렸지만, 그들 중 자네의 100분의 1만큼도 죄가 있는 자는 아무도 없었네, 푸블리우스 돌라벨라. 원칙대로라면 나는 자네도 똑같은 일을 당하게 명령해야 해. 누구에게 책임이 있는지 알아냈어야 했던 마르쿠스 안토니우스도 마찬가지고. 자네와 내 기병대장은 20년간 서로의 뒷구멍을 닦아주며 지냈지."

침묵이 내렸다. 돌라벨라는 이를 악물고 앉아 이마에 맺힌 땀을 의식했다. 그는 땀방울이 눈으로 굴러내리지 않기를, 그래서 손으로 닦아 내야만 하는 일이 없기를 기도했다.

"푸블리우스 코르넬리우스 돌라벨라, 최고신관으로서 나는 자네의 평민 입양이 불법이라고 알릴 의무가 있네. 난 그 일에 동의한 바가 없고, 그 일은 관련 클로디우스법에 따라야만 하는 거야. 그러니 자네는 즉시 호민관 직을 내려놓고 공직 생활에서 완전히 물러나 있게. 파산 법정이 다시 열리면 신청해서 자네 문제를 해결해. 우리 법에는 자네 같은 사람들의 상황을 해결하는 장치가 있고, 배심원들은 자네와 같은 계급이니 자네가 받아 마땅한 것보다 가벼운 조치만 받고 빠져나가게 해줄 거야. 이제 가보게." 카이사르는 고개를 숙였다.

"그게 답니까?" 돌라벨라가 믿을 수 없다는 듯 물었다.

카이사르는 이미 두 손으로 두루마리를 다시 잡고 있었다. "그게 다야, 푸블리우스 돌라벨라. 내가 엉뚱한 사람을 잡을 정도로 멍청한 줄 아나? 자네는 이번 일의 주동자가 아니야, *끄나풀*에 불과하지."

속이 쓰리면서도 마음이 놓인 *끄나풀*은 자리에서 일어섰다.

"한 가지 더." 카이사르가 두루마리를 들여다보면서 말했다.

"네, 카이사르?"

"앞으로 마르쿠스 안토니우스와 일절 교류하지 말게. 내게는 정보원 들이 있네, 돌라벨라. 그러니 내 말대로 하는 게 좋을 거야. 잘 가게."

이틀 후 기병대장이 로마에 도착했다. 그는 게르만족 기병대대 1개 를 이끌고 카페나 성문을 통과했다. 폼페이우스 마그누스의 옛 공마만 큼이나 희고 커다란 안토니우스가의 공마를 타고 있었다. 그는 폼페이우스의 심홍색 마구보다 한 걸음 더 나갔다. 말에 표범 가죽을 입힌 것이다. 물론 본인도 입었다. 짧은 망토를 금 사슬로 고정해 목에 둘렀는데, 한쪽이 젖혀져 튜닉과 같은 심홍색 안감이 보였다. 금 판갑은 멋진 가슴 근육에 딱 들어맞았으며, 헤르쿨레스가(안토니우스 집안사람들은 헤르쿨레스를 시조로 생각했다) 네메아의 사자를 죽이는 장면이 묘사되어 있었다. 심홍색 가죽으로 만든 갈라진 소매와 킬트는 금제 원형 장식과 장식돌기로 장식되었고 가장자리에 금실 술이 달려 있었다. 심홍색으로 염색한 타조 깃털 장식이(로마에서는 아주 희귀해서 가격이 10탈렌툼이나 했다) 달린, 역시 금으로 만든 아티케식 투구는 표범 가죽 안장 왼쪽 뒤의 돌기에 묶여 있었다. 그는 투구를 쓰지 않았다. 멍하니 바라보는 구경꾼들이 이 힘에 넘치고 신과 같은 자가 누구인지 똑똑히 보기를 원했기 때문이다. 자부심을 더하기 위해 게르만 기병대대는 모두 검은 말에 태워 마구를 완전히 갖추게 했으며 사자 가죽과 함께 순은 갑옷을 입혔다. 사자 머리는 투구 위에 얹고 발들은 가슴께에서 묶었다.

말을 타고 카페나 시장 광장을 지나가는 안토니우스를 보려고 모인 군중 속 여자들은 모두 그가 잘생겼는지를 두고 입씨름을 벌였을 것이다. 그는 잘생겼는가, 못생겼는가? 의견은 보통 반반으로 나뉘었다. 키와 근육은 매력적이었지만 얼굴은 못생겼기 때문이다. 안토니우스의 머리카락은 무척 숱이 많은 적갈색 곱슬머리였다. 얼굴은 통통하고 둥글둥글했으며 목은 짧은데다 너무 굵어서 얼굴의 연장처럼 보였다. 머리카락과 같이 적갈색인 눈은 작고 눈구멍 깊숙이 들어가 있었으며 두 눈 사이가 지나치게 가까웠다. 코와 턱은 작고 두툼한 입술을 가로질러 서로 만나려고 몹시 애쓰는 모양새였는데, 매부리코는 아래로 휘어지고 턱 끝은 위로 휘어졌기 때문이다. 그의 승은을 입은 여자들은 그와의 키스를 거북이에게 꼬집히는 것에 비유했다. 한 가지 아무도 부정할 수 없는 사실은 그의 외모가 어디서든 분명히 눈에 띈다는 것이었다.

안토니우스의 환상은 풍부하고도 화려했다. 많은 남자들이 그렇긴 하지만, 안토니우스가 다른 점은 자신의 환상을 실현시키며 산다는 것이었다. 그는 자신이 헤르쿨레스, 부활한 디오니소스, 전설적인 동방의 왕 삼프시케라모스라고 생각했고 세 인물을 섞은 사람처럼 보이고 행동하기 위해 궁리했다.

방탕하도록 사치스러운 생활 방식이 안토니우스의 사고를 지배했지만, 그는 동생 가이우스처럼 바보가 아니었다. 마르쿠스 안토니우스의 내면에는 이기적으로 교묘한 구석이 있어서 필요할 때 여러 차례 그를 위험한 순간에서 구해주었다. 또한 안토니우스는 자신의 독보적인 남성성을 다른 남자들과의 관계에서 유리하게 활용할 줄 알았다. 특히나 그의 외재당숙인 독재관 카이사르와의 관계에 있어서. 가문 내력대로 유능한 웅변가이기도 했다. 물론 키케로나 카이사르 급은 아니었지만 원로원 의원 대다수는 확실히 능가할 정도였다. 용기나 용맹함도 모자라지 않았고 전장에서 생각할 줄도 알았다. 그에게 가장 부족한 건 도덕성, 윤리적 행동, 생명과 인간 존중이었지만 경우에 따라서 그는 극히 관대하고 엄청나게 유쾌한 벗이 될 수도 있었다. 안토니우스는 난폭한 황소, 충동과 육체의 피조물이었다. 태어나면서부터 속하게 된 귀족으로서의 삶에서 그가 원한 것은 이중적이었다. 한편으로는 로마의 일인자가 되고 싶었지만 또 한편으로는 궁전과 친밀함, 성행위, 음식, 포도주, 희극과 끊임없는 오락거리를 원했다.

거의 일 년 전 카이사르의 군대와 함께 돌아온 이후로 안토니우스는 그 모든 것들을 탐닉하며 지냈다. 독재관의 기병대장인 그는 독재관 부재시 합법적으로 가장 강력한 인물이었고, 그 힘을―그도 잘 알고 있 듯이―카이사르가 안다면 개탄할 방식으로 이용했다. 그러나 안토니 우스는 또한 동방의 군주처럼 살았고 실제로 가진 돈보다 훨씬 더 많 이 썼다. 좀더 신중한 사람이었더라면 애초에 알았을 사실에도 신경쓰 지 않았다. 자신의 행동을 해명하도록 불려갈 날이 반드시 오리라는 사 실을. 안토니우스로서는 그날이 오늘만 아니면 그만이었다. 하지만 이 제 그날이 오고 만 것이다.

그는 친구들을 헤르쿨라네움의 폼페이우스 빌라에 남겨두고 가는 것이 현명하다고 판단했다. 가이우스 외재당숙을 필요 이상으로 화나 게 해서는 안 된다. 외재당숙은 루키우스 겔리우스 포플리콜라, 젊은 퀸투스 폼페이우스 루푸스, 루키우스 바리우스 코틸라 같은 사람들을 알고 있었지만 좋아하지는 않으니까.

안토니우스가 로마에서 제일 먼저 들른 곳은 관저도, 현재 그의 거 처인 폼페이우스의 거대한 카리나이 저택도 아니었다. 그는 곧바로 팔 라티누스 언덕에 있는 쿠리오의 집으로 갔다. 게르만족 기병대를 호르 텐시우스의 집에 딸린 정원에 대기시킨 뒤 쿠리오의 집으로 성큼성큼 들어가 풀비아 마님을 만나러 왔다고 했다.

풀비아는 가이우스 셈프로니우스 그라쿠스의 손녀였다. 가이우스의 딸이자 그녀의 어머니인 셈프로니아는 마르쿠스 풀비우스 밤발리오와 결혼했는데, 풀비우스 집안이 가이우스 그라쿠스의 가장 열성적인 지 지자였고 마찬가지로 몰락했다는 점을 고려할 때 이상적인 결합이었 다. 보코니우스 상속법에 따르면 여성은 주요 상속자가 될 수 없었지 만, 셈프로니아는 결혼하면서 할머니의 막대한 재산을 가지고 왔다. 그 녀의 할머니이자 '그라쿠스 형제의 어머니'인 코르넬리아가 원로원에서 보코니우스법 면제 칙령을 얻어낼 정도로 영향력 있는 사람이었기 때문이다. 풀비우스와 셈프로니아가 죽자 다시 한번 원로원 면제 칙령이 내려져 풀비아는 아버지와 어머니의 재산을 모두 물려받을 수 있었다. 풀비아는 로마에서 가장 부유한 여자였다. 일반적인 여성 상속인의 운명이 풀비아에게는 적용되지 않았다! 그녀는 남편감을 직접 골랐는데, 파트리키 반항아이자 클로디우스 클럽의 창시자인 푸블리우스 클로디우스가 그 주인공이었다. 풀비아는 왜 클로디우스를 선택했을까? 아저씨의 선동 정치가 이미지를 사랑했던 그녀가 클로디우스한테서 선동 정치가로서의 큰 잠재력을 보았기 때문이다. 틀리지 않은 선택이었다. 또한 그녀는 집에만 있는 로마인 아내가 아니었다. 임신 말기에 부른 배를 하고도 포룸 로마눔에 나가 클로디우스에게 격려의 말을 외치고 그와 음탕하게 입을 맞췄으며 대체로 매춘부처럼 행동했다. 사생활에서는 클로디우스 클럽의 정식 회원으로서 돌라벨라와 포플리콜라, 안토니우스, 그리고 쿠리오를 알고 지냈다.

클로디우스가 살해당했을 때 풀비아는 크게 상심했지만 오랜 벗 아티쿠스가 아이들을 위해 살라며 그녀를 설득했고, 시간이 흐르면서 그 끔찍한 상처는 회복되었다. 혼자되고 3년 후 그녀는 또다른 뛰어난 선동 정치가 쿠리오와 결혼했다. 그와의 사이에서 말썽쟁이 빨강머리 아들도 낳았지만, 그들의 결혼생활은 비극적으로 짧았다. 쿠리오가 전사한 것이다.

안토니우스가 쿠리오의 집에 들어섰을 때 풀비아는 서른일곱 살로 다섯 아이의 어머니였지만—넷은 클로디우스, 하나는 쿠리오의 아이였다—스물다섯 살로밖에 보이지 않았다.

안토니우스가 예리한 감식가의 시선으로 그녀를 평가할 시간이 길지는 않았다. 아트리움 통로에 나타난 풀비아는 새된 소리를 지르며 그를 향해 어찌나 힘차게 달려왔던지 판갑에 부딪쳐 튕겨나가 땅바닥에 넘어졌다. 두 사람은 함께 웃고 울었다.

"마르쿠스, 마르쿠스, 마르쿠스! 아, 어디 좀 봐요!" 풀비아는 양손으로 안토니우스의 얼굴을 감싼 채 말했다. 그도 그녀를 따라 바닥에 앉아 있었다. "하루도 안 늙은 것 같네요."

"당신도 그렇소." 그가 그녀를 찬찬히 보며 말했다.

그래, 언제나처럼 유혹적이다. 열여덟 살 때처럼 탄탄하고 크고 관능적인 젖가슴과 가느다란 허리—그녀는 성적인 매력을 숨기는 여자가 아니었다. 사랑스럽고 피부가 깨끗한 얼굴을 망치는 주름살도 없고 검은 눈썹과 속눈썹, 짙푸르고 커다란 눈도 그대로야. 그리고 머리카락! 여전히 고혹적인 고동색이군. 대단한 미인이야! 그것도 막대한 재산을 보유한.

"결혼해주시오." 안토니우스가 말했다. "당신을 사랑하오."

"나도 사랑해요, 안토니우스. 하지만 너무 일러요." 풀비아의 눈에 눈물이 가득 고였다. 안토니우스가 온 게 기뻐서가 아니라 죽은 쿠리오 때문에 슬퍼서였다. "일 년 뒤에 다시 청혼해줘요."

"언제나처럼 남편과 다음 남편 사이에 삼 년을 두려는 거요?"

"네, 그러려고요. 하지만 날 세번째로 과부가 되게 해서는 안 돼요, 마르쿠스, 제발! 당신은 늘 말썽 피울 궁리를 하죠, 그래서 내가 당신을 사랑하는 거고요. 하지만 난 내 젊은 시절을 기억하는 사람과 함께 늙어가고 싶어요. 당신말곤 그런 사람이 누가 있어요?"

안토니우스는 풀비아가 일어나도록 도왔지만, 그녀를 껴안으려 드는 실수를 하지 않을 만큼 노련했다. 그는 씩 웃으며 대꾸했다. "데키무스 브루투스, 포플리콜라?"

"포플리콜라! 그자는 기생충이에요." 그녀가 냉소적으로 대꾸했다. "당신은 나와 결혼하면 그 사람과 절교해야 할걸요. 난 그자를 집에 들이지 않을 거니까요."

"데키무스에 관해서는 할말 없소?"

"데키무스는 훌륭한 사람이지만—아, 모르겠어요, 그 사람 주변에는 지울 수 없는 불행의 빛이 보이거든요. 그리고 그자는 나한테 지나치게 냉담해요. 난 셈프로니아 투디타니가 그의 어머니였다는 것이 그 사람을 망쳤다고 생각해요. 그 여자는 로마에서 거시기를 가장 잘 빨았죠, 심지어 전문가들보다도." 풀비아는 말을 삼가는 사람이 아니었다. "솔직히 난 그녀가 마침내 음식을 거부하다 죽었을 때 기뻤어요. 데키무스도 아마 기뻤을 거예요. 그는 갈리아에서 어머니에게 편지 한 통도 보내지 않았죠."

"구강성교 얘기가 나와서 말인데, 포플리콜라의 어머니도 죽었다고 들었소."

풀비아의 얼굴이 일그러졌다. "지난달에요. 난 그녀의 손이 굳을 때까지 잡고 있어야 했죠—윽!"

아름다운 여름날이었기에 두 사람은 주랑정원으로 걸어갔다. 풀비아가 분수대 가장자리에 앉아 물을 튀기며 노는 동안 안토니우스는 돌의자에 앉아 그녀를 바라보았다. 맙소사, 정말 아름다운 여자야! 내년이라……

"카이사르는 당신한테 화가 났어요." 풀비아가 불쑥 말했다.

안토니우스는 조롱하는 듯한 소리를 냈다. "누구, 늙은 외재당숙 가이우스 말이오? 난 한 손을 등뒤에 묶고도 그의 화를 누그러뜨릴 수 있소. 난 그의 귀염둥이거든."

"너무 확신하지 마요, 마르쿠스. 난 그가 클로디우스를 얼마나 잘 조종했는지 똑똑히 기억해요! 카이사르가 로마에 있는 동안 클로디우스가 한 일은 모두 카이사르가 가장 먼저 그의 머릿속에 심은 거였죠. 카토를 키프로스 합병 건으로 보내는 것부터 종교 단체와 종교법과 관련한 그 모든 이상한 법들까지요." 그녀는 한숨을 쉬었다. "카이사르가 갈리아로 떠난 후에야 클로디우스는 미쳐 날뛰기 시작했죠. 카이사르는 클로디우스를 통제할 수 있었어요. 그자는 당신도 통제하려고 할 거예요."

"그는 우리 집안사람이오." 안토니우스가 동요하지 않고 말했다. "호된 꾸지람은 듣겠지만, 그게 다일 거요."

"그리되게 해달라고 헤르쿨레스에게 제물을 바치는 게 좋을 거예요, 마르쿠스."

풀비아의 집에서 나온 안토니우스는 그의 두번째 아내 안토니아 히브리다가 있는 폼페이우스의 저택으로 갔다. 아, 그녀는 그리 못생기지는 않았지만 안타깝게도 안토니우스의 얼굴을 물려받았다. 남자에게서 보기 좋은 것은 확실히 여자에게선 보기 좋지 않았다. 안토니우스는 그 건장한 여자에게 금방 싫증이 났지만 그것은 그녀의 상당한 재산을 써버리고 나서였다. 그녀가 안토니우스에게 낳아준 딸 안토니아는 이제 다섯 살이었지만, 사촌 간의 결합은 자식 생산에 부적절했다. 어린 안토니아는 정신지체였고 심하게 못생긴데다 말도 못하게 뚱뚱했다. 어딘가에서 엄청난 지참금을 마련하거나, 안토니우스 집안의 신부를 얻기 위해서라면 재산의 반을 내놓을 용의가 있는 외국 귀족에게 보내버려야 할 터였다.

"당신 이번엔 정말 큰일났어요." 안토니아 히브리다가 응접실에 들어온 남편에게 말했다.

"무사히 벗어날 수 있을 거요, 히비."

"이번엔 안 될걸요, 마르쿠스. 카이사르는 정말로 화가 났다고요."

"헛소리 마!" 그는 험악한 표정으로 난폭하게 외치며 주먹을 들어올렸다.

안토니아는 움찔하며 무르춤했다. "안 돼요, 제발! 내가 뭘 어쨌다고 그래요!"

"아, 그만 칭얼대, 당신 몸에 손대진 않을 거니까!"

"카이사르한테서 전갈이 왔어요." 안토니아가 마음을 가라앉히고 말했다.

"내용은?"

"즉시 관저로 와서 보고하래요. 갑옷말고 토가 차림으로."

"기병대장은 늘 갑옷을 입소."

"들은 대로 말했을 뿐이에요." 안토니아 히브리다는 당혹감에 젖어 남편을 살펴보았다. 이 집에 같이 사는 사람이었음에도, 그를 다시 보게 되기까지는 몇 달씩 걸릴 수도 있었다. 결혼 초기에 그는 그녀를 자주 때렸지만 그녀의 기가 완전히 꺾인 것은 아니었다. 노예를 고문하는 습관만 버렸을 뿐이다. "마르쿠스, 아이를 하나 더 갖고 싶어요."

"뭐든 마음대로 해도 좋소, 히비. 하지만 아이는 안 돼. 정신지체아는 하나로 충분하니까."

"그앤 임신 기간이 아니라 출산 과정에서 잘못된 거예요."

안토니우스는 위대한 폼페이우스가 그 속에서 죽은 율리아의 유령을 보길 빌며 바라보았던 커다란 은거울 쪽으로 걸어가서 고개를 한쪽으로 기울이고 자신의 모습을 보았다. 그래, 이거지! 토가라니! 자기 같은 체격의 남자들은 토가 차림이 별로라는 것을 마르쿠스 안토니우스보다도 잘 아는 사람은 없었다. 토가는 로마라는 세상의 카이사르 같은 남자들을 위한 옷이었다. 잘 어울리게 입으려면 큰 키와 우아함이 필요했기 때문이다. 그렇다고 카이사르의 갑옷 차림이 품위 없다는 뜻은 아니었다. 그는 그저 평소의 모습대로, 왕처럼 보였다. 가문의 독재관. 가이우스와 루키우스와 안토니우스 삼 형제가 어렸을 적에 그들끼리는 그를 그렇게 불렀다. 우리의, 심지어 루키우스 외삼촌의 운명을 좌지우지한다고. 이제 그는 로마의 독재관이 되어 로마의 운명을 좌지우지하고 있다.

"내 저녁식사는 준비하지 마시오." 안토니우스는 그 말을 남기고 나가며 문을 쾅 닫았다.

"그 우스꽝스러운 차림을 하니 플라우투스의 허풍선이 병사처럼 보이는군." 카이사르의 첫인사였다. 책상 뒤에 앉아 있던 그는 일어서지 않았고 어떤 신체 접촉도 하려 들지 않았다.

"부하들 때문입니다. 녀석들은 자기 상관이 상관답게 보이는 걸 좋아하거든요."

"그놈들도 너처럼 취향이 형편없군, 안토니우스. 토가를 입으라고 했잖아. 신성경계선 안에서 갑옷은 부적절해."

"기병대장은 로마 안에서 갑옷을 입을 수 있습니다."

"기병대장은 독재관의 지시를 따라야 하지."

"앉아도 됩니까? 아니면 계속 서 있을까요?"

"앉아."

"앉았습니다. 그다음은요?"

"포룸 로마눔 사건을 해명해야겠지."

"무슨 사건요?"

"시치미 떼지 말게, 안토니우스."

"그냥 원하시는 만큼 혼내십시오."

"자넬 부른 이유를 알고 있다는 뜻이군. 자네를—자네가 간단히 말했듯—혼내기 위해서란 말이지."

"아닙니까?"

"자네가 선택한 표현에는 찬성할 수 없겠어, 안토니우스. 거세시켜버릴까 하고 생각했거든."

"부당합니다! 결과적으로 제가 무슨 짓을 했단 말인가요?" 안토니우스가 성난 목소리로 물었다. "독재관님의 남색 상대 바티아가 최종결의를 통과시키고 제게 폭력 사태를 해결하라고 지시했습니다. 그래서 그렇게 했고요! 제가 보기에 저는 적절하게 임무를 수행했습니다. 그 이후로 포룸 로마눔에는 구경꾼 하나 없으니까요."

"자넨 직업군인들을 포룸 로마눔에 데려가서 나무 작대기만 든 사람들을 칼로 처리하라고 명령했어. 대량 학살을 벌였다고! 로마 시민들의 회합 장소에서 로마 시민들을 학살했단 말이다! 술라조차 그런 무분별한 짓은 하지 않았어! 전장에서 동료 로마인들에게 검을 겨누라는 명령받았다고 포룸 로마눔을 전장으로 바꿔버린 거냐? 포룸 로마눔이야, 안토니우스! 자네는 로물루스가 서 있던 돌들을 시민의 피로 더럽혔어! 로물루스의, 쿠르티우스의, 호라티우스 코클레스의, 파비우스 막시무스 베루코수스 쿵크타토르의, 아피우스 클라우디우스 카이쿠스의,

스키피오 아프리카누스의, 스키피오 아이밀리아누스의, 자네보다 고귀하고 유능하고 존경받는 수많은 로마인들의 포룸 로마눔을! 자넨 신성모독을 저질렀어!" 카이사르는 한 단어 한 단어 느리고 또렷하게, 얼음처럼 차가운 어조로 신랄하게 말했다.

안토니우스는 벌떡 일어서서 두 주먹을 꼭 쥐었다. "아, 독재관님이 비아냥거리며 말하는 게 싫습니다! 저한테 웅변은 하지 마십시오, 카이사르! 그냥 하고 싶은 말을 하시고 끝내세요! 그래야 제가 다시 제 할 일을 하러 갈 수 있으니까요, 독재관님의 군대를 진정시키려 애쓰는 일 말입니다! 그들은 지금 동요하고 있거든요! 아주아주 불만이 많단 말입니다!" 안토니우스는 교묘한 꼼수를 쓴다고 생각하며 외쳤다. 이러면 영감은 샛길로 샐 것이다. 자기 군대에 대해 아주 민감하니까.

하지만 그렇게 되진 않았다.

"앉아, 이 무식한 놈아! 그 건방진 입을 다물지 않으면 지금 이 자리에서 네 불알을 잘라버릴 테니까—설마 그럴까 하는 생각은 마! 스스로 전사라고 생각하는 걸 좋아하지, 안토니우스? 하지만 나에 비하면 넌 신병에 불과해! 허영심으로 가득찬 그 괴상한 갑옷을 입고 예쁜 말을 타는 신병! 넌 최전선에 서보지도 않았지! 난 순식간에 네 검을 빼앗아 널 얇게 저며버릴 수도 있어!"

성질이 나왔다. 안토니우스는 숨을 크게 들이쉬며 뼛속까지 한기를 느꼈다. 아, 내가 어쩌다 카이사르의 성질을 잊었을까?

"감히 네가 내게 버릇없이 굴어? 감히 네 주제를 잊어? 안토니우스, 너는 나의 부하다. 내가 너를 만들었고, 내가 너를 부숴버릴 수 있어! 내 혈족만 아니었다면 너 따위는 무시하고 십수 명의 더 능력 있고 똑똑한 사람들을 썼을 거야! 신중하게, 상식적으로 처신하라는 것이 네겐 지나치게 무리한 요구냐? 아무래도 너한테는 지나치게 무리한 요구였던 것 같군! 넌 도살자인데다 멍청하기까지 해. 네가 저지른 짓 때문에 로마에서 내가 해야 할 일이 말도 못하게 어려워졌다. 네 학살 행위의 책임을 물려받았으니까! 내가 루비콘 강을 건넌 그 순간부터 모든 로마인에 대한 나의 정책은 관용이었는데, 이 학살을 뭐라고 하면 좋으냔 말이다! 그래, 카이사르는 자기 기병대장이 문명인처럼, 교육받은 진짜 로마인처럼 행동하리라고 믿을 수 없단 말이지! 그 학살에 곤해 들으면 카토가 뭐라고 하겠어? 키케로는? 넌 내 관용을 질식시키는 몽마(夢魔) 같은 놈이야, 참 고맙게도 말이지!"

기병대장은 완전 항복의 뜻으로 두 손을 들어올렸다. "진정하십시오, 진정하세요! 제가 잘못했습니다! 죄송합니다, 죄송합니다!"

"늦었다, 안토니우스. 사람 머리를 한두 개 부숴버리지 않고도 포룸 로마눔의 폭력 사태를 처리할 방법이 적어도 50가지는 있었어. 어째서 10군단을 방패와 말뚝으로 무장시키지 않았지? 훨씬 더 많은 사투르니누스 무리를 마리우스가 처리했던 때처럼? 10군단에게 죽이라고 명령하면서 네 죄책감의 일부가 그들의 정신에 옮겨간다는 생각은 들지 않더냐? 민간인들은 고사하고 10군단한테 내가 어떻게 해명할 수 있겠어?" 카이사르의 눈은 냉담하지만 섬뜩했다. "난 네가 한 짓을 결코 잊지도 용서하지도 않을 것이다. 또한 이번 일로 나는 네가 국가는 물론 내게도 위험한 방식으로 권력을 휘두르기를 좋아한다는 걸 알게 됐지."

"저를 해고하시는 겁니까?" 안토니우스가 의자에서 엉덩이를 살짝 떼며 물었다. "말씀 다 하셨어요?"

"아니, 해고가 아니야, 그리고 아직 끝나지 않았다. 일어서지 마라." 카이사르가 여전히 혐오 어린 말투로 말했다. "국고의 은은 어떻게 된 거지?"

"아, 그거요!"

"그래, 그거."

"군인들 급료를 주려고 가져갔는데 아직 주화로 만들지 못했습니다." 안토니우스가 어깨를 으쓱했다.

"그럼 은은 지금 유노 모네타 신전에 있나?"

"어……. 아니요."

"그럼 어디 있어?"

"제집에요. 그편이 더 안전할 것 같아서요."

"네 집이라. 폼페이우스 마그누스의 집이겠지."

"아, 네, 그렇죠."

"어떻게 그리로 이사 가도 된다는 생각을 했지?"

"더 큰 집이 필요했는데 마그누스의 집이 마침 비어 있었습니다."

"네가 왜 거길 택했는지 알겠군. 네 취향은 마그누스만큼이나 저속하기 때문이지. 네 집으로 다시 옮겨라, 안토니우스. 나는 짬이 나는 대로 마그누스의 집을 그의 다른 자산과 마찬가지로 경매에 붙일 거다. 내가 아프리카 속주의 반란을 처리한 뒤에도 계속 비사면 상태인 사람들의 재산은 국가가 차압할 거야, 일부는 더 빨리 처리될 수도 있지만. 그러나 판매 대금으로 내 부하나 고용인 들이 이익을 보는 일은 없을 거다. 크리소고노스 같은 자는 두지 않을 거야. 내 주위에 그런 놈이 발견되면 키케로와 법정까지 갈 필요도 없이 파멸시킬 거다. 로마의 것을 도둑질하지 않도록 각별히 조심해라. 은은 도로 국고에 돌려보내. 이제 가봐." 카이사르는 안토니우스가 문까지 갔을 때 다시 말했다. "그건 그렇고, 내 군대의 미불 급료가 얼마나 되지?"

안토니우스는 멍한 표정이었다. "모릅니다, 카이사르."

"모른다, 그런데 은은 가져갔단 말이지. 그것도 몽땅 다. 기병대장으로서 군단 급료 담당자들에게 로마로 와서 내게 직접 장부를 전달하라고 해. 네가 병사들을 이탈리아로 다시 데려왔을 때 나는 네게 그들이 진지에 도착하는 즉시 급료를 지불하라고 명령했다. 그들이 돌아간 후 전혀 돈을 받지 않았나?"

"모릅니다." 안토니우스는 또 그렇게 대답하고는 달아났다.

"왜 그 자리에서 해고하지 않았나, 가이우스?" 안토니우스의 외삼촌이 저녁식사 자리에서 육촌동생에게 물었다.

"정말이지 그러고 싶었습니다. 하지만 루키우스, 이 문제는 겉보기만큼 간단치가 않잖습니까?"

루키우스 카이사르의 눈빛이 차분해지더니 생각에 잠긴 듯이 보였다. "설명해보게."

"내 실수는 애초에 안토니우스를 믿은 거지만, 그를 손에서 놔버리는 건 더욱 큰 실수가 될 겁니다." 카이사르는 그렇게 말하고 셀러리 한 줄기를 오도독 씹었다. "생각해보십시오. 안토니우스는 일 년 가까이 이탈리아 통치권과 노련병 군대의 단독 지휘권을 보유하고 있습니다. 특히 지난 3월부터는 그 군인들과 대부분의 시간을 보냈죠. 나는 아직 그들을 만나보지 못했고, 안토니우스는 이탈리아에 있는 나의 다른 대리인들이 그들을 만나지 못하도록 신중에 신중을 기하고 있습니다. 그 병사들이 급료를 받지 못했다는 증거가 있으니 지금쯤 그들은 2년치 급료가 밀려 있을 겁니다. 안토니우스는 그 일에 관해 전혀 모르는 척했지만 은 1만 8천 탈렌툼을 국고에서 빼내 마그누스의 저택으로 가져갔죠. 유노 모네타 신전에 주화 주조를 맡긴다는 명목이었지만, 그런 일은 없었습니다."

"내 심장이 어찌나 두근대는지 갈비뼈를 때릴 정도군, 가이우스. 계속해보게."

"주판은 없습니다만, 내 암산 실력은 쓸 만합니다. 15개 군단 곱하기 5천 명 곱하기 두당 연간 1천을 곱하면 7천 500만 세스테르티우스 정도 됩니다. 즉 은 3천 탈렌툼이죠. 거기에 어림잡아 비전투원들에게 줄 300탈렌툼까지 해서, 2년이니까 두 배를 곱하면 은 6천600탈렌툼입니다. 안토니우스가 가져간 1만 8천 탈렌툼에 훨씬 못 미치죠."

"안토니우스는 호화로운 생활을 하고 있어." 루키우스는 이렇게 말하고 한숨을 쉬었다. "녀석이 마그누스의 여러 주택들을 사용하며 집세를 내지 않는다는 건 알지만, 녀석이 입고 있는 그 흉측한 갑옷만 해도 엄청 비쌀 거야. 거기다 게르만족 기병 60명의 갑옷도 있지. 그뿐인가, 포도주에, 여자들에, 수행단에—내 생각에 내 조카는 빚 때문에 익사할 지경이라 자네가 이탈리아에 도착했다고 듣자마자 국고를 털어야겠다고 결심했을 거네."

"수개월 전에 그랬다면 나았을 텐데 말이죠."

"안토니우스가 군인들에게 급료를 주지 않아 불만을 품게 하고서 자네가 비난받도록 수를 쓰는 거라고 생각하나?"

"확실합니다. 안토니우스가 데키무스 브루투스만큼 조직력이 있거나 가이우스 카시우스만큼 노골적으로 야망이 크다면 우린 지금 훨씬 더 골치 아픈 상황에 직면했을 겁니다. 우리의 안토니우스는 꿈은 크지만 수완은 부족하죠."

"녀석은 음모자지, 계획자가 아니니까."

"지당하신 말씀입니다." 희고 진한 염소젖 치즈가 맛있어 보였다. 카이사르는 셀러리를 한 줄기 더 집어 치즈를 찍었다.

"언제 덤벼들 생각인가, 가이우스?"

"알게 될 겁니다, 내 군대가 말해줄 테니까요." 카이사르가 대답했다. 순간 그의 얼굴에 고통이 어렸다. 그는 먹던 것을 재빨리 내려놓고 한 손으로 가슴을 눌렀다.

"가이우스! 괜찮나?"

그 고통이 몸의 것이 아님을 절친한 벗에게 어떻게 말할 수 있을까? 내 군대는 안 돼! 아, 유피테르 옵티무스 막시무스시여, 내 군대는 안 됩니다! 2년 전이었다면 그런 생각은 떠오르지도 않았겠지만, 9군단의 항명 이후 나는 교훈을 얻었다. 이제 난 병사들 중 아무도 믿지 않는다. 10군단조차도. 이 카이사르가 이제 병사들 중 아무도, 10군단조차 믿지 않는단 말이다.

"잠깐 소화불량이 왔나봅니다, 루키우스."

"괜찮아지면 계속 말하게나."

"올해 나머지 기간 내내 애써야 합니다. 로마가 먼저고 군대는 그다음이에요. 6천 탈렌툼을 주화로 만들어 급료를 줄 거지만 아직은 아무한테도 주지 않을 겁니다. 안토니우스가 무슨 말을 하고 다녔는지 알고 싶은데, 그러려면 군단병들한테서 들을 때까지 기다려야만 합니다. 내가 내일 카푸아로 간다면 하루 만에 눌러 짜버릴 수 있겠죠. 하지만 내 생각에 이건 터지기 직전까지 곪아야 하는 부스럼이고, 그러려면 직접 그 병사들을 만나지 않는 것이 최선입니다." 카이사르는 다시 셀러리를 집어들고 먹기 시작했다. "안토니우스는 지금 아주 깊은 물속에서 헤엄치는 중이고, 그의 시선은 구원을 말하며 깐닥거리는 코르크 덩어리에 고정되어 있습니다. 그는 그것이 어떤 형태의 구원인지는 확신하지 못하지만 어쨌거나 아주 열심히 헤엄치고 있어요. 어쩌면 녀석은 내가 죽기를 바라고 있을 수도 있습니다―그보다 더 이상한 일들도 일어났으니까요. 아니면 내가 나의 군대보다 먼저 급히 아프리카 속주로 가서 자기 마음대로 활개칠 수 있는 무대를 손에 넣게 되길 바라고 있겠지요. 안토니우스는 포르투나의 사람이라 기회를 붙잡는 성격이지, 기회를 만들어내는 성격은 아니죠. 난 녀석을 치기 전에 녀석이 뭍에서 더 멀리 헤엄쳐 가기를 바라고, 녀석이 내 사람들한테 어떻게 하고 뭐라 말했는지 정확히 알고 싶습니다. 은을 다시 돌려놓으라는 지시 때문에 녀석은 지금 어찔어찔할 겁니다. 하지만 난 코르크 뒤에서 기다리고 있을 거예요. 솔직히, 루키우스, 난 녀석이 두세 달 동안 계속 어찔어찔하기를 바라고 있습니다. 내겐 그 군대와 안토니우스를 처리하기 전에 로마의 일을 돌볼 시간이 필요하니까요."

"녀석이 한 짓은 반역적이네, 가이우스."

카이사르는 손을 뻗어 루키우스의 팔을 두드렸다. "안심하십시오, 우리 집안사람이 반역 법정에 설 일은 없을 겁니다. 녀석을 구원과 단절시킬 거지만 머리는 붙여놓을 거예요." 카이사르가 작게 웃었다. "녀석의 머리 두 개 다요. 녀석이 하는 생각의 대부분은 녀석의 음경에서 나오죠."

 전설적인 미모가 완전히 파괴된 채 동방에서 돌아와서 로마로 두번째 진군을 했을 때, 술라는 (그가 언급하기 싫어한 사실이지만 그 자신의 주도로) 로마 독재관에 임명되었다.

장날이 여러 번 돌아오는 동안 그는 아무것도 하지 않았다. 그러나 관찰력이 좋은 몇몇 사람들은 괴팍한 작은 노인이 망토를 걸치고 콜리나 성문에서 카페나 성문까지, 플라미니우스 경기장에서 아게르까지 온 도시를 걸어서 돌아다닌다는 걸 눈치챘다. 그 노인은 술라였다. 부지런히 이 골목 저 도로를 돌아다니며 로마에 필요한 것이 무엇인지, 20년간의 전쟁과 내전으로 망가진 로마를 재건할 방법이 무엇인지 직접 알아보려 돌아다니고 있었던 것이다.

이제 독재관은 카이사르였다. 술라보다 젊고 여전히 미모를 간직한 남자 카이사르 역시 콜리나 성문에서 카페나 성문까지, 플라미니우스 경기장에서 아게르까지 이 골목 저 도로를 걸어다니며 로마에 필요한 것이 무엇인지, 55년간의 전쟁과 내전으로 망가진 로마를 재건할 방법이 무엇인지 직접 알아보려 돌아다니고 있었다.

두 독재관 모두 유년기와 청년기를 도시 최악의 빈민가에서 보냈고 빈곤과 범죄, 악과 거친 정의, 로마인 특유의 기질인 운명에의 순응을 보며 자랐다. 그러나 술라가 육욕의 세계로 돌아가기를 열망한 반면 카이사르는 자기가 죽는 날까지 일할 것임을 알았다. 일이 그의 위안이었다. 지적인 생명력을 지닌 그에게는 육체 안에서 충족시켜달라며 울부짖는 강력한 충동이 없었다. 술라는 그 반대였다.

술라와 달리 익명성이 필요하지 않았던 카이사르는 공공연하게 돌아다녔고 기꺼이 발을 멈추었으며, 공중변소를 운영하는 노파들부터 상점과 소기업을 보호해주고 돈을 받는 폭력단을 운영하는 데쿠미우스 집안의 최근 세대에 이르기까지 누구의 말에든 귀를 기울였다. 그는 그리스인 해방노예들에게, 그들의 농작물과 아이들을 끌고 다니는 어머니들에게, 유대인들에게, 4계급과 5계급 로마 시민들에게, 최하층민 노동자들에게, 학교 선생들에게, 패스티를 파는 노점상들, 은행가들, 도축업자들, 약초 장수들, 점성술가들, 임대인들과 임차인들, 밀랍 이마고 제작자들, 조각가들, 화가들, 의사들, 숙련공들에게 말을 걸었다. 로마에서는 그들 중 다수가 여자였다. 여자들은 도예가, 목수, 의사 등으로도 일했다. 일이나 기술을 갖는 것이 금지된 건 상류층 여자들뿐이었다.

카이사르도 임대인이었다. 아우렐리아의 인술라 건물을 여전히 갖고 있었고, 이제 그곳 관리는 부르군두스의 장남 가이우스 율리우스 아르베르누스가 맡았다. 아르베르누스는 카이사르의 사업 관리인이기도 했다. 반은 게르만인, 반은 갈리아인의 피를 물려받았고 자유인으로 태어난 아르베르누스는 개인적으로 카이사르의 어머니에게 훈련을 받았다. 카이사르의 어머니는 숫자와 장부 관리에 있어 타의 추종을 불허했는데, 크라수스와 브루투스조차 그녀를 따라갈 수 없었다. 그래서 카이사르는 아르베르누스와 자주 대화를 나눴다.

결국 가장 중요한 건 이거야. 카이사르는 아르베르누스와 대화를 마친 후 의기양양하게 생각하곤 했다. 두 야만족 노예 출신 부르군두스와 카르딕사가 완벽하게 로마인인 일곱 아들을 낳았다는 거지! 물론 두 사람에겐 부가적인 몇몇 이점이 있었어. 주인들이 그들을 적절하게 해방시켰고 유의미한 투표권을 갖도록 지방 트리부스에 속하게 해줬으며, 교육을 시키고 지위를 얻도록 격려했지. 하지만 어쨌든 중요한 건 그들이 뼛속까지 로마인이라는 거지.

만약 그런 일이—분명 그러했듯이—가능했다면 그 반대도 가능하지 않을까? 너무 가난해서 다섯 경제 계급에 속하지 못하는 최하층민을 배에 태우고 외국에 정착시켜 로마를 속주들에 전파하고 세계어를 그리스어가 아닌 라틴어로 대체하는 것. 옛날에 죽은 가이우스 마리우스가 그런 시도를 했지만, 그것은 모스 마이오룸에 반했고 로마의 배타성을 파괴했다. 하지만 그건 60년 전 일이고 이젠 모든 것이 변했다. 마리우스는 정신이 산산이 부서졌고 미친 도살자로 전락해버렸다. 반면 카이사르는 정신이 나날이 예리해졌고 독재관이 되었다. 그에게 반대할 사람은 아무도 없었다. 특히나 보니가 정치권에서 영향력을 잃은 지금은.

가장 중요한 것은 부채 문제를 해결하는 일이었다. 오랜 벗들과의 만남이나—그가 아직 소집하지 않은—원로원 회의보다도 그 일을 먼저 처리해야 했다. 로마 입성 나흘 후 카이사르는 파트리키와 평민 모두의 참석을 허용하는 민회인 트리부스회를 소집했다. 민회장은 포룸 로마눔 낮은 구역에 있는 계단식 관람석 아래쪽의 오목한 장소였지만 지금은 카이사르의 새 원로원 회의장 건설로 파헤쳐진 상태였기에, 이번의 소집 장소는 카스토르·폴룩스 신전이었다.

평소 카이사르의 연설 어조는 낮았지만 이번엔 공공 연설을 위해 어조를 높였다. 그편이 훨씬 더 멀리 퍼졌기 때문이다. 바티아 이사우리쿠스, 레피두스, 히르티우스, 필리푸스, 루키우스 피소, 바티니우스, 푸피우스 칼레누스, 폴리오를 비롯한 카이사르의 추종자들과 함께 수많은 군중 앞에 서 있던 루키우스 카이사르는 그런 대규모 청중을 휘어잡는 육촌의 무대 장악력에 다시금 놀랐다. 카이사르는 언제나 그럴 수 있었지만, 오랜 세월이 지난 지금도 솜씨가 전혀 녹슬지 않았다. 아니, 오히려 더 좋아졌다. 독재는 그와 잘 어울린다고 루키우스는 생각했다. 그는 자신의 힘을 알면서도 그것에 취하거나 과도하게 탐닉하지 않고, 그 힘으로 어디까지 갈 수 있는지 알고 싶어하지도 않는다.

전면적 부채 탕감은 없을 거라고, 이의 제기를 불가능하게 하는 어투로 카이사르는 선언했다.

"카이사르가 어떻게 부채 탕감책을 실시할 수 있겠습니까?" 카이사르는 얼굴을 찡그리고 두 손을 들어올린 채 물었다. "여러분 앞에 있는 사람은 로마에서 빚을 제일 많이 진 사람입니다! 네, 저는 국고에서 돈을 빌렸습니다—엄청난 금액을요! 그 빚은 상환되어야 합니다, 퀴리테스 여러분, 제가 정한 모든 대출에 공통되는 새 금리인 단리 10퍼센트로 상환되어야 합니다. 그에 대해 저는 전혀 반대하지 않을 것입니다! 생각해보십시오! 제가 빌린 돈이 상환되지 않으면 곡물 분배 비용이 어디서 나겠습니까? 포룸 로마눔을 보수할 돈은? 로마 군대에 들어가는 돈은? 도로와 다리, 수도교를 지을 돈은? 공공 노예들을 쓸 돈은? 곡창을 더 지을 돈은? 경기대회 개최 비용은? 에스퀼리누스 언덕에 새 저수지를 만들 돈은?"

청중은 조용히 집중하고 있었다. 연설의 도입부가 달랐더라면 나타났을지도 모를 실망이나 분노의 기미는 보이지 않았다.

"부채를 탕감한다면 저는 로마에 단 1세스테르티우스도 되돌려주지 않아도 됩니다! 책상에 두 발을 올리고 앉아서 안도의 한숨을 쉬겠지요. 국고가 텅 비었다고 눈물 한 방울 흘릴 필요도 없습니다. 전 로마에 빚진 돈이 없고, 저의 빚은 다른 모든 빚과 함께 없었던 일이 될 겁니다. 그럴 수는 없는 일이지 않습니까, 여러분? 말도 안 되는 일이지요! 그렇습니다, 퀴리테스 여러분. 카이사르는 빚은 반드시 갚아야 한다고 믿는 정직한 사람이기에, 전면적 탕감책에는 찬성할 수 없습니다."

아, 정말 절묘하군! 루키우스 카이사르는 즐겁게 귀를 기울이며 생각했다.

카이사르의 연설은 계속됐다. 그러나 구제책은 있을 것이다, 반드시 있을 것이다. 지금이 아주 어려운 시기임을 알고 있다. 로마의 임대인들은 연간 임대료 2천 감액을, 이탈리아 임대인들은 6백 감액을 수용해야 할 것이다. 그후 다른 구제책들을 발표하고 채권자와 채무자 모두 이익을 볼 수 있는 미불 채무 상환을 협의할 것이다. 그러나 그들은 조금 더 오래 인내심을 가져야 한다. 구제책은 완벽히 공정하고 공평하게 실시되어야 하므로, 준비에 만전을 기해야 하기 때문이다.

다음으로 카이사르는 새로운 재정 정책을 발표했다. 이것 역시 즉시 실시되지는 않을 터였다—서류 작업 때문에! 다시 말해 국가는 민간 기업과 개인, 그리고 이탈리아와 모든 로마 세계의 도시와 구역에서 돈을 빌릴 것이다. 피호국 왕들은 로마의 채권자가 될 생각이 있는지 질문을 받게 될 것이다. 이자는 단리 10퍼센트로 지급된다. 로마가 부과하는 몇 안 되는 세금들로는 공공사업 비용을 댈 수 없다고 카이사르는 말했다. 관세, 노예 해방 수수료, 속주 수입, 국가의 전리품 수입, 그게 전부다. 소득세도, 인두세도, 재산세도, 은행세도 없다—그럼 돈은 어디서 난단 말인가? 카이사르의 대답은, 국가는 새로 세금을 만들지 않고 돈을 빌릴 거라는 것이었다. 가장 가난한 시민도 로마의 채권자가 될 수 있다! 담보는 무엇인가? 로마 그 자체! 지구상의 가장 위대한, 부강하고 부도가 날 수 없는 나라!

그런 뒤 카이사르는 이렇게 경고했다. 그러나 바다 진주가 박힌 티로스 자주색 가마를 타고 돌아다니는 사치스런 남자들과 께느른한 숙녀들은 그럴 수 있는 날이 얼마 남지 않았다. 새로 도입될 세금이 딱 하나 있으니까! 면세 티로스 자주 염료도, 터무니없이 비싼 면세 연회도 더는 없다. 지나친 탐닉에 따른 증상을 완화해주는 면세 라세르피키움

같은 것도!

그는 매우 친근한 어조로 말을 이었다. 정리하자면, 이제는 신성 모독자가 된 자들에게 속한 대량의 재산이 있다는 것을 알고 있다. 국가에 반하는 범죄를 저질러 로마와 시민권을 박탈당한 그들의 재산은 공정하게 경매에 부칠 것이며 그 수익은 국고로 들어갈 것이다. 현재 국고는 이집트의 클레오파트라 여왕이 선물한 금 5천 탈렌툼과 킴메리아의 아산드로스 왕이 준 금 2천 탈렌툼 덕분에 조금씩 채워지는 중이다.

"저는 공권박탈을 실시하지 않을 것입니다!" 카이사르는 외쳤다. "그 어떤 민간인 시민도 스스로를 로마 시민이라고 부를 권리를 버린 불운한 자들에게서 이익을 보지 않을 겁니다! 정보를 얻기 위해 노예 해방권을 팔지도 않을 것이며 그 어떤 보상도 하지 않을 것입니다! 제가 알아야 할 모든 것을 저는 이미 알고 있습니다. 로마의 안녕은 로마의 기사 사업가들에게 달려 있고, 따라서 저는 그들이 내가 로마의 끔찍한 흉터들을 치유할 수 있게 도와주기를 바랍니다." 그는 두 손을 머리 위로 쳐들었다. "로마 원로원과 인민 만세! 로마 만세!"

훌륭한 연설이었고, 수사학적 장치 없는 간결하고 명확한 표현은 제대로 효과를 발휘했다. 수천 명의 관중은 로마가 더는 피를 흘리지 않을 것이며 진정한 도움을 줄 사람의 보살핌 아래 있다고 느끼며 흩어졌다. 어쨌거나 카이사르는 포룸 로마눔에서 학살이 벌어졌을 때 멀리 있었고, 그가 여기 있었다면 그런 일은 벌어지지 않았을 것이다. 왜냐하면 그는 다른 여러 가지 얘기와 함께 포룸 로마눔 학살도 사죄했고 책임자들을 벌할 거라고 말했으니까.

"뱀장어처럼 잘 빠져나가는 자더군요." 가이우스 카시우스가 이를 드러내며 장모에게 말했다.

"친애하는 카시우스, 카이사르의 약손가락에 든 지성만 해도 나머지 로마 귀족의 지성을 모두 합친 것보다 뛰어나다네." 세르빌리아가 대꾸했다. "카이사르와 함께 지내며 그만큼만 얻어내도 이득일 걸세. 자네 쓸 수 있는 현금이 얼마나 있나?"

카시우스는 눈을 깜박였다. "200탈렌툼 정도요."

"테르툴라의 지참금에 손을 댔나?"

"그럴 리가요! 아내의 돈은 아내 것입니다." 그가 발끈했다.

"그렇게 생각하는 남편들이 별로 없지."

"저는 다릅니다!"

"다행이군. 그애한테 그 돈을 현금화하기 쉽게 해놓으라고 말하겠네."

"도대체 무슨 생각을 하시는 겁니까, 세르빌리아?"

"자네도 잘 알 텐데. 카이사르는 이탈리아의 가장 좋은 부동산 일부를 경매에 부칠 거네. 로마의 저택과 시골과 해변의 빌라, 라티푼디움의 땅, 양어장도 한두 개 내놓을걸." 그녀는 목구멍을 울리며 낮은 목소리로 말했다. "그 자신이나 수하들이 이익을 볼 의도는 없다는 카이사르의 말을 믿지만, 상황은 술라가 했던 경매와 같은 식으로 흘러갈 거야—시중에 자금이 너무 많으니까. 알짜 물건들이 제일 먼저 팔릴 거고, 그들이 가치 있는 것들을 건져가겠지. 대여섯 개가 나가고 나면 가격은 점점 떨어져 평범한 물건들은 헐값에 넘겨지겠지. 나는 그때 살 거라네."

카시우스는 얼굴이 붉으락푸르락해서 벌떡 일어났다. "세르빌리아, 어떻게 그러실 수 있습니까? 제가 저와 함께 지내고 함께 싸우고 이상을 공유했던 사람들의 불행을 이용해서 이익을 보리라고 생각하시는 겁니까? 맙소사! 차라리 죽어버리겠습니다!"

"헛소리." 그녀는 평온하게 대구했다. "좀 앉게! 도덕이라는 건 분명 멋진 관념이지만, 누군가는 이익을 볼 거라는 사실을 받아들이는 게 현명해. 위안을 삼고 싶다면 카토의 토지를 사서 자네가 카이사르의, 또는 안토니우스의 거머리―고리대금업자―착취자들보다는 더 잘 관리할 거라고 생각하게. 코틸라나 폰테이우스, 아니면 포플리콜라가 카토의 아름다운 루카니아 땅을 소유하는 편이 낫겠나?"

"궤변이십니다." 그는 마음을 가라앉히며 중얼거렸다.

"분별 있는 얘기일 뿐이지."

세르빌리아의 집사가 들어와서 몸을 굽혀 절했다. "주인마님, 독재관 카이사르께서 뵙자고 하십니다."

"모셔 오게, 에파프로디토스."

카시우스가 다시 일어섰다. "저는 그만 가보겠습니다." 그녀가 대구할 새도 없이 그는 그녀의 응접실에서 부엌 쪽으로 나가버렸다.

"친애하는 카이사르!" 세르빌리아는 이렇게 말하며 입맞춤을 받기 위해 고개를 들었다.

카이사르는 담백한 인사 같은 입맞춤을 한 뒤 그녀의 반대편에 앉았다. 그의 시선에 냉소가 어려 있었다.

카이사르보다 연상인 세르빌리아는 이제 예순을 앞두고 있었고 마침내 세월의 흔적이 드러나기 시작했다. 그가 생각하기에 그녀의 아름다움은 암흑 같은 머리카락과 심장에 있었고 그건 변하지 않을 터였다. 하지만 이제 흰머리가 거무스름한 머리채를 두 줄기로 넓게 관통하며 나가서 그녀에게―그녀의 영혼엔 새로울 것 없는―독특한 악의의 이

미지를 더해주고 있었다. 노파와 독약 만드는 여자 들이 그런 머리카락을 갖게 마련이지만, 세르빌리아는 악을 보기 좋은 외모와 결합하는 궁극적인 승리를 거뒀다. 그녀의 허리는 굵어졌고 사랑스러웠던 젖가슴은 무자비하도록 꽉 잡아맨 터였지만, 날렵한 턱선이 망가지거나 얼굴 오른쪽에 근육이 약해 살짝 처진 부분이 두드러져 보일 정도로 살이 찌지는 않았다. 턱끝은 뾰족하고 입술은 작고 도톰하고 신비로웠다. 코는 로마 미인이라기엔 지나치게 짧고 끝이 몽툭했지만, 입술과 눈은 이 결점을 충분히 무마해주었다. 눈은 크면서도 내리감긴 듯했고 달 없는 밤처럼 캄캄했으며 엄격하고 강렬하고 매우 지적이었다. 피부는 하얬고 손은 가냘프고 우아했으며, 손가락은 끝으로 갈수록 가늘어졌고 손톱은 손질되어 있었다.

"잘 지냈소?" 카이사르가 물었다.

"브루투스가 집으로 돌아오면 더 행복하겠죠."

"브루투스를 아는 내가 추측건대, 그는 사모스에서 세르비우스 술피키우스와 아주 멋진 시간을 보내고 있을 거요. 당신도 알다시피 내가 신관 직을 제안했고, 브루투스는 그 분야의 권위자한테서 배우느라 바쁜 참이지."

"어쩜 그렇게 바보 같은지!" 그녀가 조소했다. "그 분야의 권위자는 당신이잖아요, 카이사르. 하지만 물론 그앤 당신한테 배우려 하지 않겠죠."

"왜 그러겠소? 난 그에게서 율리아를 빼앗아 그의 심장을 찢어놓은 사람인데."

"내 아들은," 세르빌리아는 생각에 잠겨 말했다. "소심한 겁쟁이예요. 등뒤에 빗자루 손잡이를 붙들어 매놔도 똑바로 서게 할 수 없는 애죠."

그녀는 작고 흰 치아로 아랫입술을 깨물고 갑자기 손님을 곁눈질로 쳐다보았다. "그애의 여드름은 나아지지 않았죠?"

"그래, 그렇소."

"당신 말투를 보니 그애 자체도 나아지지 않았군요."

"당신은 브루투스를 과소평가하는 거요. 브루투스에게는 고양이도 조금, 흰 담비는 많이, 심지어 여우의 기질까지 있다오."

그녀는 짜증스럽다는 듯 두 손을 허공에 휘저었다. "아, 그애 이야기는 그만해요! 이집트는 어땠나요?" 그녀는 정답게 물었다.

"아주 흥미로웠소."

"거기 여왕은요?"

"미모로 보자면 당신과 비교도 안 되오, 세르빌리아. 솔직히 말하면 그녀는 매우 마른데다 키도 작고 못생겼소." 그는 비밀스러운 웃음을 지으며 그녀의 눈길을 피했다. "하지만 매력적인 여자요. 목소리는 그야말로 음악적이고 암사자의 눈을 지닌데다 교육을 무척 잘 받아서 여자치고는 지성이 보통 이상이지. 여덟 개 언어를 구사한다오―아니, 이젠 아홉 개로군. 내가 라틴어를 가르쳐줬으니까. 아모, 아마스, 아맛('사랑하다'는 뜻의 라틴어 동사와 그 활용형들―옮긴이)."

"참 대단하군요!"

"곧 직접 보고 판단할 수 있을 거요. 내가 아프리카 속주를 정리하고 나면 그녀가 로마로 올 거니까. 그녀와 나는 아들을 낳았소."

"네, 들었어요. 당신이 드디어 아들을 낳았다고요. 당신 후계자예요?"

"말도 안 되는 소리 마오, 세르빌리아. 그애의 이름은 프톨레마이오스 카이사르고 이집트의 파라오가 될 거요. 비로마인으로서는 최고의 운명이지, 그렇지 않소?"

"그렇죠. 그럼 누가 당신 후계자죠? 칼푸르니아가 낳아주기를 바라는 건가요?"

"지금 단계에서 그럴 가능성은 없는 것 같소."

"당신 장인은 최근에 또 결혼했어요."

"그랬소? 아직 피소랑은 얘기를 많이 못해서."

"마르쿠스 안토니우스가 후계잔가요?" 그녀는 포기하지 않았다.

"지금으로서는 아무도 내 후계자가 아니오. 난 아직 유언장이 없소." 카이사르의 눈이 반짝 빛났다. "폰티우스 아퀼라는 어떻게 지내오?"

"여전히 내 애인이에요."

"잘됐군." 그는 일어서서 그녀의 손에 키스했다. "브루투스한테 절망하지 마시오. 그는 언젠가 당신을 놀라게 할 거요."

이것으로 만나야 할 오랜 지인들 중 한 명은 처리했군. 피소가 재혼했다고? 재미있군. 칼푸르니아는 나한테 아무 말도 없었는데. 여전히 조용하고 평온하지. 난 아내와 사랑을 나누는 게 좋지만 아이를 만들지는 않을 거야. 내게 시간이 얼마나 더 남았지? 자식을 기르기에 충분한 시간은 아닐 거다, 카트바드가 옳다면.

낮에는 금권가와 은행가, 국고의 마르쿠스 쿠스피우스, 군단 급료 담당자와 대지주와 기타 많은 사람들과 대화하고 밤에는 서류를 검토하고 상아 주판알을 튕기는 날들이 이어졌으니, 사교활동을 할 시간이 어디 있으랴? 마르쿠스 안토니우스에게 은을 되돌려받아서 국고는 2년간의 전쟁 이후치고는 풍족한 편이었지만, 카이사르는 아직 할 일이 많음을 알았고 개중 하나는 엄청나게 돈이 드는 일이었다. 좋은 땅을 아주아주 많이 살 자금을 구해야만 할 터였다. 무려 30개 군단의 퇴역병들을 정착시킬 토지를. 반항적인 이탈리아의 소도시와 도시 들에서 공유지를 쓱싹하던 시대는 사실상 끝났다. 비싼 값을 치르고 땅을 구해야 했다. 그의 퇴역병들은 이탈리아나 이탈리아 갈리아 출신이었고, 외국이 아닌 이탈리아의 땅 10유게룸을 퇴역 선물로 기대했기 때문이다.

무산 계급인 최하층민의 입대를 최초로 허용한 가이우스 마리우스는 그들을 퇴역 후 속주에 정착시키기를, 그들이 그곳에서 로마의 관습과 라틴어를 퍼트리기를 꿈꿨다. 아프리카 속주의 만 인근에 있는 큰 섬 케르키나에서 실제로 그 일에 착수하기까지 했다. 그 일의 최고 책임자였던 카이사르의 아버지는 케르키나에서 대부분의 생애를 보냈다. 그러나 마리우스가 미쳐버린 후 원로원의 무자비한 보복 때문에 모든 일이 수포가 되었다. 따라서 상황이 변하지 않는 한 카이사르의 땅은 이탈리아와 이탈리아 갈리아에서 구해야 할 터였다. 세계 최고의 땅값을 자랑하는 지역에서.

10월 말에 카이사르는 마침내 관저에서 정찬 연회를 여는 데 성공했다. 긴 의자가 9개는 넉넉히 들어가는 아름다운 식당에서였다. 식당은 관저의 중앙 주랑정원을 감싸는 널따란 주랑 쪽으로 트여 있었는데, 오후의 날씨가 온화하고 햇살이 좋아서 카이사르는 모든 문들을 열어놓았다. 내부의 이국적인 벽화 중에는 카스토르와 폴룩스가 로마를 위해 싸운 레길루스 호수 전투와, 위대한 폼페이우스가 율리아를 처음 만나 사랑에 빠지는 장면을 묘사한 것도 있었다. 그날의 승리감은 얼마나 컸던가. 카이사르의 어머니는 얼마나 기뻐했던가.

가이우스 마티우스와 아내 프리스킬라가 참석했다. 루키우스 칼푸르니우스 피소와 그의 새 아내인 또 한 명의 루틸리아도 왔다. 푸블리우스 바티니우스가 데려온 사랑하는 아내는 카이사르의 전처 폼페이아 술라였다. 홀아비인 루키우스 카이사르는 혼자 왔다. 그의 아들은 카이사르 집안의 공화파로, 메텔루스 스키피오와 함께 아프리카 속주에 있었다. 바티아 이사우리쿠스는 그의 아내이자 세르빌리아의 장녀인 유니아와 함께 왔다. 루키우스 마르키우스 필리푸스는 작은 군대를 이끌고 왔다―그의 두번째 아내 아티아는 카이사르의 조카딸이었고, 작은 옥타비아는 아티아가 가이우스 옥타비우스와의 사이에서 낳은 딸이었으며, 아티아의 아들인 젊은 가이우스 옥타비우스도 왔다. 필리푸스의 친딸 마르키아는 카토의 아내였지만 카이사르의 아내 칼푸르니아와 친한 친구였다. 그리고 그의 장남이며 집에만 있는 루키우스까지. (초대받았으나) 불참한 사람들 가운데 중요한 이들은 마르쿠스 안토니우스와 마르쿠스 아이밀리우스 레피두스였다.

정찬 메뉴는 아주 공들여 선택했다. 필리푸스는 유명한 에피쿠로스주의자인 반면, 예를 들어 가이우스 마티우스는 소박한 음식을 좋아했기 때문이다. 첫번째 코스는 바이아이의 양식장에서 온 새우와 굴과 게로 구성되었다. 일부는 맛있는 소스를 가미했고 일부는 날것으로, 일부는 살짝 구워서 나왔다. 곁들임 음식은 상추, 오이, 셀러리 샐러드였는데 최고급 기름과 숙성 식초로 만든 갖가지 드레싱이 듬뿍 곁들여졌다. 훈제 민물장어, 액젓 소스를 듬뿍 넣은 농어, 맵게 양념한 삶은 달걀, 갓 구운 바삭한 빵과 찍어 먹을 고급 올리브기름도 나왔다. 두번째 코스에는 다양한 고기구이가 제공되었는데 껍질이 바삭해지도록 구운 돼지 다리부터 온갖 새들, 그리고 양젖에 담가 갈색이 되도록 수 시간 구운 젖먹이 돼지까지 있었다. 희석한 백리향 꿀을 발라 살짝 구운 담백한 소시지, 마저럼과 양파 향이 나는 양고기 스튜, 진흙 화덕에 넣어 구운 새끼 양. 세번째 코스는 꿀과자, 건포도를 향료가 든 강화 포도주에 담갔다가 잘게 잘라서 넣은 달콤한 패스트리, 달콤한 오믈렛, 신선한 과일로 구성되었다. 알바 푸켄티아에서 가져온 딸기와 카이사르의 캄파니아 과수원에서 온 복숭아도 있었다. 그리고 단단한 치즈와 부드러운 치즈, 졸인 자두와 여러 그릇에 담긴 견과류가 있었다. 포도주는 최고급 팔레르눔 적포도와 백포도로 만든 빈티지였으며 물은 유투르나의 샘에서 퍼왔다.

카이사르는 그런 것들에 무관심했다. 아무 종류의 빵과 기름, 셀러리 약간, 베이컨 덩어리를 넣고 걸쭉하게 끓인 완두콩 스프가 나왔다면 그는 훨씬 더 기뻐했을 것이다.

"어쩔 수 없소, 난 군인이니까." 카이사르는 그렇게 말하고 웃었다. 갑자기 더 젊고 편안해 보였다.

"요즘도 아침마다 뜨거운 식촛물을 마시오?" 피소가 물었다.

"그렇소, 레몬이 없는 날에는."

"지금 마시는 그건 뭐요?" 피소가 끈덕지게 물었다.

"과일즙이오, 내 새로운 건강식. 아는 이집트인 사제 겸 의사가 권했다오. 먹다보니 괜찮은 것 같소."

"이 팔레르눔 포도주가 훨씬 더 맛있을 텐데." 필리푸스가 입속에서 포도주를 굴리며 말했다.

"아니, 난 아무래도 포도주는 아닌 것 같네."

남자들의 긴 의자들은 큰 U자를 이루고 있었고 주최자의 의자가 가운데 놓여 있었다. 긴 의자와 높이가 똑같은 탁자들은 긴 의자 바로 앞에 배치해 사람들이 손만 뻗으면 뭐든 접시에서 집어먹을 수 있게 했다. 물기가 있거나 손가락에 달라붙는 음식에는 그릇과 숟가락이 함께 놓였고 미리 차려진 음식들은 모두 한입 크기로 잘려 있었다. 손을 행구고 싶은 사람은 긴 의자 뒤쪽의 하인 몇 명이 관리하는 물이 담긴 접시와 수건을 이용할 수 있었다. 정찬을 즐기기에 거추장스러운 토가는 금지되었고, 신발을 벗고 발을 씻은 뒤 남자들은 푹신한 쿠션에 왼쪽 팔꿈치를 대고 기대 누웠다.

U자로 배치된 긴 의자들 맞은편에 여자들이 앉을 의자들이 놓였다. 좀더 비전통적인 가정에서는 이제 여자들도 기대 눕는 것이 세련된 행동으로 여겨졌지만, 관저에서는 아직도 옛 관습을 고수했기에 여자들은 앉아야 했다. 이날 정찬에 새로운 것이 있다면 카이사르가 손님들이 자기 자리를 정할 수 있게 허용했다는 점이었다. 다만 두 자리는 예외였다. 카이사르는 육촌형님 루키우스를 자신의 긴 의자 오른쪽 귀빈석에 앉혔고 생질손 가이우스 옥타비우스가 두 사람 사이에 있게 했다. 다들 카이사르가 어린 청년을 편애하는 것을 알아챘고 몇몇은 눈썹을 치켜세웠다. 하지만⋯⋯.

그 자신으로서도 놀라운 일이었지만, 카이사르는 젊은 가이우스 옥타비우스를 보자마자 특별 대우를 해주고 싶은 충동을 느꼈다. 옥타비우스는 매우 적절하고 겸손하게도 조용히 의붓아버지 곁에 있었다. 정찬에 초대받아 기분이 좋은 계부 필리푸스는 모든 손님들과 인사를 나누고 있었다. 아, 여기 남다른 인물이 있군! 하고 카이사르는 생각했다. 물론 그는 옥타비우스를 생생하게 기억하고 있었다. 두 사람은 2년 반 전 카이사르가 필리푸스의 미세눔 빌라에 머물 때 대화를 나눈 적이 있었다.

올해 몇 살일까? 열여섯이겠지, 아직도 자주색 단을 댄 미성년용 토가를 입고 불라 부적을 걸고 있긴 하지만. 그래, 분명 열여섯이야. 저 아이가 태어났다고 큰 옥타비우스가 난리법석을 떨었던 게 키케로의 집정기였으니까. 카틸리나가 나라를 뒤집으려 한다는 의심이 한창 무르익을 때였지. 9월 말, 원로원이 에트루리아의 반란 소식을 기다리고 반항적인 카틸리나가 여전히 로마에서 뻔뻔하게 대들던 때. 다행이야! 저애의 엄마와 계부는 대다수 로마 소년들이 시민용의 민무늬 흰색 토가인 토가 비릴리스를 받는 12월의 유벤타스 축제 때 성년을 축하하기로 했군. 일부 부유하고 유명한 부모들은 아들의 생일에 성년식을 하지만, 젊은 가이우스 옥타비우스에게는 그런 특혜가 주어지지 않았어. 잘됐군! 응석받이로 자라지 않아서.

옥타비우스는 놀랍도록, 양성 구유자라고 해도 될 만큼 아름다웠다. 부드럽게 찰랑거리는 풍성한 옅은 금발은 약간 길어서 아이의 유일한 결점인 귀를 덮고 있었다. 귀가 지나치게 크지는 않았지만 항아리 손잡이처럼 두드러졌기 때문이다. 현명한 어머니가 허영심 없게 아들을 기른 것 같았다. 소년은 자신의 신체적 매력을 의식하는 것처럼 행동하지 않았다. 흠 하나 없는 깨끗한 갈색 피부, 야무진 입과 턱, 끝부분이 살짝 올라간 조금 긴 코, 달걀형 얼굴, 거무스름한 눈썹과 속눈썹, 매력적인 눈. 두 눈은 적당히 떨어져 있고 매우 컸으며 눈동자는 푸르거나 노란 기미 없이 반짝이는 옅은 회색이었다. 약간 세속적인 느낌을 주면서도 술라나 카이사르의 눈과는 달랐다. 차갑지도 불안정하지도 않았기 때문이다. 따뜻한 느낌을 주는, 하지만 아무것도 보여주지 않는 눈. 카이사르는 소년의 눈을 곰곰이 살펴보며 이렇게 생각했다. '신중한' 눈이다. 미세눔에서 나한테 그렇게 말한 게 누구였지? 아니, 내가 나 자신을 표현하기 위해 떠올린 말이었나?

옥타비우스는 키가 크지 않겠지만 지나치게 작지도 않겠군. 평균 키에 호리호리한 체형이지만 장딴지 근육은 잘 발달되어 있어. 다행이야! 부모가 어릴 때부터 많이 걷게 하더니 저런 장딴지가 되었군. 그러나 가슴은 작은 편이고 흉곽도 크지 않아. 그래서 어깨도 좁아졌고. 게다가 저 멋진 두 눈 밑의 피부가 피로로 푸르스름하군. 저런 모습을 어디서 봤더라? 본 적이 있는데, 분명 있지만 아주 오래전이야. 합데파네. 합데파네한테 물어봐야겠다.

아, 저 더벅머리! 머리숱이 많다는 뜻의 '카이사르'라는 코그노멘을 가진 남자에게 대머리는 적합한 운명이 아니다. 저앤 대머리가 되지 않을 거야, 부친의 숱 많은 머리카락을 물려받았으니까. 저 아이 아버지와 나는 아주 친한 친구였지. 우린 미틸레네 포위 때 만났고 필리푸스와 셋이 힘을 합쳐 벼룩 같은 비불루스 놈과 싸웠어. 그래서 옥타비우스가 내 조카딸과 결혼했을 때 기뻤다. 유서 깊은 가문 출신에 부유하기까지 했으니까. 하지만 옥타비우스는 때 이른 죽음을 맞았고 아티아의 삶에서 그가 차지했던 자리는 필리푸스가 넘겨받았지. 재미있군, 루쿨루스의 하급 군관들에게 일어난 일을 생각하면 말이야. 필리푸스가 이렇게 될 줄 누가 상상이나 했을까?

"무슨 속셈인가, 가이우스?" 카이사르가 어린 옥타비우스를 그들 사이에 눕히자 루키우스가 속삭였다.

카이사르는 다른 데 정신이 팔려 대답하지 못했다. 아티아가 그의 맞은편 의자에 편히 앉아 있게 하고, 칼푸르니아가 마르키아와 함께 루키우스 피소와 지나치게 가까운 곳에 앉는 실수를 저지르지 못하도록 해야 했다. 피소는 숱이 무척 많은 검은 눈썹 양쪽이 코를 가로질러 달라붙을 만큼 인상을 쓰고 있었다. 하고많은 사람들 가운데 카토의 아내와 이 멋진 정찬을 함께해야 한다니! 한두 번 숨씨 좋게 자리 정리를 하자 마르키아는 칼푸르니아와 더불어 아티아 옆에 앉게 되었고 피소의 눈썹은 이제 취약한 표적들인 마티우스의 아내 프리스킬라, 아름다운 멍청이 폼페이아 술라, 그리고 그의 아내 루틸리아를 향해 있었다. 카이사르는 생각했다. 저 루틸리아, 열여덟 살밖에 안 돼 보이는 떫은 표정의 소녀는 가문 내력대로 모랫빛 머리카락에 주근깨가 있군. 뻐드렁니. 배를 보니 임신 초기 같아. 피소가 마침내 아들을 낳을지도 모르겠어.

"언제 아프리카로 떠나실 생각입니까?" 바티니우스가 물었다.

"배가 충분히 준비되는 대로."

"이번 작전에서 저는 보좌관인가요?"

"아니, 바티니우스." 카이사르는 생선 쪽으로 콧방귀를 뀌고는 빵 끝부분에 만족하기로 했다. "자네는 집정관이 되어 로마에 있어야 하네."

모든 대화가 끊기고 모든 시선이 카이사르에게, 이어 푸블리우스 바티니우스에게 꽂혔다. 바티니우스는 할말을 잃은 채 꼿꼿이 앉아 있었다.

바티니우스는 카이사르의 피호민으로 자그마한 몸집에 종아리가 부실했다. 이마에는 큰 혹이 있어 조점관이 되려다 거부당한 적도 있었다. 그러나 재치 있고 성격이 쾌활했으며 매우 지적이어서 포룸 로마눔이나 원로원, 법정에서 만나는 사람들의 사랑을 듬뿍 받았다. 또한 신체적 결점에도 불구하고 정치가로서만큼 군인으로서도 유능한 사람임을 입증했다. 일리리쿰의 살로나에서 포위된 가비니우스를 구하러 간 그와 보좌관 퀸투스 코르니피키우스는 도시를 점령했을 뿐 아니라, 일리리쿰의 부족들이 비레비스타스와 다누비우스 분지의 부족들과 연합하여 로마와 카이사르에게 파르나케스보다 더 큰 골칫거리가 되기 전에 그들을 괴멸시켰다.

"그리 대단한 집정관 직은 아닐세, 바티니우스." 카이사르가 말을 이었다. "올해 남은 기간 동안만이니까. 평소라면 굳이 집정관들 없이 새해까지 기다리겠지만 지금 당장 집정관 두 명이 필요한 이유가 있어서 말이야."

"카이사르, 두 달이 아니라 두 주 동안만이라도 기쁘게 집정관이 되겠습니다." 바티니우스가 겨우 입을 열었다. "정식 선거를 치를 생각이신지, 아니면 그냥 임명하실 건지요, 저와……?"

"퀸투스 푸피우스 칼레누스." 카이사르가 상냥하게 말했다. "물론 정식 선거를 치를 거야. 내가 여전히 포섭하고 싶은 일부 원로원 의원들을 화나게 할 마음은 조금도 없으니까."

"술라식 선거요, 아니면 바티니우스와 칼레누스가 아닌 사람들도 출마하게 허락할 거요?" 피소가 매서운 눈초리로 물었다.

"로마인들 절반이 출마한다고 해도 상관없소, 피소. 아, 내 개인적인 지지를 표명하기는 할 거지만 결정은 백인조회에 맡길 거요."

그 말에 아무도 대꾸를 하지 않았다. 로마의 현상황에서, 그리고 부채에 관련한 그 멋들어진 연설 후에 18개의 상급 백인조 소속 기사 사업가들은 카이사르가 지명한다면 팅기타나 원숭이라도 기꺼이 뽑을 테니까.

"어째서," 바티아 이사우리쿠스가 물었다. "당신이 로마에 있는 올해 남은 기간 동안 집정관들이 꼭 있어야 합니까, 카이사르?"

카이사르는 자연스럽게 화제를 돌리며 말했다. "가이우스 마티우스,

부탁이 있네."

"뭐든 말하게, 가이우스, 자네도 알겠지만." 정치적 야심이 없는 조용한 남자 마티우스가 대답했다. 그의 사업은 카이사르와의 오랜 우정 덕분에 과분하게 번창했다.

"클레오파트라의 대행인 암모니오스가 자네를 통해 야니쿨룸 아래 내 정원 옆에 여왕의 궁을 지을 땅을 구했지. 그 정원을 좀 손봐주겠나? 확신컨대 여왕은 훗날 로마에 그 궁전을 기증할 거야."

마티우스는 여왕이 그러리라는 걸 아주 잘 알고 있었다. 그 땅은 지시받은 대로 카이사르의 명의였기 때문이다. "도울 수 있어 기쁘네, 카이사르."

"여왕이 풀비아만큼 예쁘나요?" 자신이 풀비아보다 예쁘다는 걸 잘 아는 폼페이아 술라가 물었다.

"아니요." 카이사르는 더이상의 대화를 불가능하게 만드는 어조로 대답한 후 필리푸스에게 물었다. "자네의 작은아들은 아주 유능하다네."

"그애가 자네 맘에 들었다니 기쁘군, 카이사르."

"킬리키아를 향후 일이 년간 아시아 속주의 일부로서 통치받게 할 생각이네. 그애가 동방에서 좀더 머물러도 괜찮다면 그앨 법무관급 총독 대리로 타르소스에 남겨두고 싶네만, 필리푸스."

"나야 좋지!" 필리푸스의 얼굴이 환해졌다.

카이사르는 서른을 훌쩍 넘긴 필리푸스의 큰아들에게로 시선을 옮겼다. 대단한 미남이고 세평에 따르면 퀸투스만큼이나 재능 있지만 절대 로마를 떠나지 않아서, 부친처럼 에피쿠로스학파 지지라는 평계도 없이 기회를 놓쳐버리는 사람이었다. 갑자기 카이사르는 충격을 느끼며 그 이유를 명백히 깨달았다. 루키우스의 허기진 시선이 아티아에게 고정되어 있었던 것이다. 가망 없는 사랑의 표정. 그러나 결코 보답 없는 감정이었기에 그 표정을 알아채는 이는 없었다. 조용히 앉아 있는 아티아는 결혼생활에 완벽하게 만족하는 여자답게 남편을 향해 이따금씩 미소를 지었다. 흐음. 필리푸스 집안에 암류가 흐르는군. 카이사르는 아티아에게서 시선을 거둬 젊은 옥타비우스를 바라보았다. 그는 지금껏 한마디 말도 없었는데, 수줍음 때문이 아니라 미성년자인 자신의 지위를 알기 때문이었다. 옥타비우스는 의붓형제의 마음속을 완전히 간파했으나 강한 불쾌감과 못마땅함이 담긴 눈으로 쳐다보고 있었다.

"킬리키아와 통합된 아시아 속주는 누가 통치할 거요?" 피소가 의미심장하게 물었다.

이자는 그 직책을 절박하게 원한다. 여러 면에서 그는 괜찮은 사람이다. 하지만……

"바티아, 자네가 가겠나?" 카이사르가 물었다.

바티아 이사우리쿠스는 깜짝 놀라더니 곧 기뻐서 어쩔 줄 몰랐다. "영광입니다, 카이사르."

"좋아, 그럼 자네한테 맡김세." 카이사르는 굴욕당한 표정의 피소를 바라보았다. "피소, 당신에게 맡길 일이 있는데, 로마에 있어야 하는 일이오. 난 지금도 부채 경감 법안을 다듬는 중인데 아프리카 속주로 떠나기 전엔 완성 근처에도 못 갈 것 같소. 당신은 뛰어난 법률 입안가이니 지금부터 나와 함께 그 일을 하다가 내가 떠날 때 넘겨받았으면 하오." 그는 잠시 말을 멈춘 후 매우 진지하게 다시 말했다. "로마 정부의 가장 불공정한 면 하나는 공헌에 대한 급료 지불과 관련이 있소. 어째서 재산을 모으려면 속주를 통치해야만 하는 것이오? 그 결과로 극심한 착취가 발생하지 않소. 난 그 관행을 끝내고 싶소. 똑같이 중요한 일을 집에서 한다고 해서 총독의 급료를 받지 못할 이유가 있소? 내가 거칠게 잡아놓은 그 법의 초안을 다듬을 당신에게 집정관급 총독의 급료가 지불되게 하겠소."

입막음에 성공했군!

"입막음에 성공하셨군." 젊은 옥타비우스는 낮게 중얼거렸다.

세번째 코스가 식탁에서 치워지고 술병과 물병만 남자, 여자들은 즐겁게 한담을 나누기 위해 위층에 있는 칼푸르니아의 널찍한 처소로 떠났다.

이제 카이사르는 가장 조용한 손님에게 집중할 수 있었다.

"공직 경력을 추구하는 방식과 관련해 마음이 바뀌었니, 옥타비우스?" 그가 물었다.

"제 생각을 남들에게 말하지 않는 것 말씀인가요, 카이사르?"

"그래."

"아뇨, 지금도 그게 제 성격에 맞다고 생각해요."

"넌 키케로가 심각할 만큼 자기 혀를 통제하지 못한다고 말했지. 네 말이 맞아. 이탈리아에 돌아온 날 타렌툼 외곽의 아피우스 가도에서 우연히 그와 마주쳤는데, 그 사실을 무례하게 내게 상기시켜주더구나."

옥타비우스는 에둘러 대답했다. "집안 어른들께 듣자니 가이우스 아저씨는 열 살쯤에 가이우스 마리우스가 뇌졸중에서 회복하는 동안 그분을 간호하고 말동무가 되어드렸다고 하던데요. 그분이 말하고 아저씨께서 듣는 식으로요. 아저씨께서는 그때 전쟁에 관해 많이 배우셨다고요."

"실제로 그랬단다. 하지만 옥타비우스, 난 듣고만 있었는데도 어쩐 일인지 나의 전쟁 수행 능력을 들켜버렸어. 어쩌면 내가 지나치게 열중해서 들었기에 가이우스 마리우스가 나로서는 있는 줄도 몰랐던 자질들을 감지했을 수도 있지."

"그분은 아저씨를 시기한 거예요." 옥타비우스가 딱 잘라 말했다.

"예리하구나! 그래, 그분은 날 시기했어. 그의 시대는 분명히 끝나버렸고 나의 시대는 시작도 되지 않았으니까. 쓰러진 노인들은 고약해질 수 있지."

"하지만 그분은 자기 시대가 분명히 끝났음에도 다시 공직에 복귀했어요. 술라를 향한 시기심은 더 강렬했으니까요."

"술라는 자신의 역량을 다 발휘할 만큼 나이가 들었었지. 마리우스는 놀랍도록 교활하게 내 야망을 처리했고."

"아저씨를 유피테르 대제관으로 임명하고 킨나의 어린 딸과 결혼시켜서요. 무기를 들거나 죽음을 목격하는 것이 금지된, 죽을 때까지 유지되는 신관 직 말이죠."

"그렇지." 카이사르는 생질손을 향해 싱긋 웃었다. "하지만 난 가까스로 그 직책에서 벗어났어—술라의 묵인 덕분이었지. 술라는 나를 전혀 좋아하지 않았지만, 그때는 이미 죽은 지 오래였던 마리우스를 여전히 혐오하고 있었어. 아, 거의 광적이었지. 그러니까 술라는 죽은 자를 욕보이기 위해 내게 자유를 준 거야."

"하지만 아저씨께서는 결혼에서 벗어나려 하진 않으셨어요. 술라가 명령했음에도 킨닐라와 이혼하기를 거부하셨죠."

"킨닐라는 좋은 아내였으니까. 좋은 아내는 흔치 않단다."

"명심할게요."

"친구들은 많니, 옥타비우스?"

"아뇨. 전 집에서 배우잖아요. 남자애들을 만날 기회가 별로 없어요."

"소년들이 군사 훈련과 체력 단련을 하는 마르스 평원에서 만날 텐데?"

갈색 피부가 붉게 물들었다. 옥타비우스는 입술을 깨물고 말했다. "저는 그곳엔 거의 가지 않아요."

"네 의붓아버지가 못 가게 하는 거냐?" 카이사르가 깜짝 놀라서 물었다.

"아뇨, 아니에요! 아버지는 제게 아주 잘해주세요, 너그러우시고요. 전 그냥—그러니까, 친구를 사귈 만큼 자주 그곳에 가진 않는다는 뜻이었어요."

또 한 명의 브루투스인가? 카이사르는 실망하여 생각했다. 이 멋진 소년이 군사적 의무를 피하는 것일까? 미세눔에서 대화했을 때 이 아이는 자기한테 군사적 재능이 전혀 없다고 말했어. 그건 자신의 부적격성을 드러내길 주저해서였을까? 하지만 이 아이에게 브루투스 같은 느낌은 전혀 없는데, 맹세컨대 이앤 용기가 없거나 무관심한 것은 아니야.

"공부는 잘하고?" 카이사르는 민감한 주제를 건너뛰고 물었다. 그것에 관해서는 더 알아볼 시간이 있을 터였다.

"수학과 역사, 지리학은 아주 잘한다고 생각해요." 옥타비우스가 평정을 되찾고 대답했다. "그리스어는 통달한 것 같지 않고요. 그리스어를 아무리 많이 읽고 쓰고 말해도 그리스어로 생각하는 건 절대 안 되네요. 그래서 라틴어로 생각한 후 그걸 번역해요."

"재미있구나. 아마도 나중에, 아테네에서 여섯 달쯤 살고 나면 그리스어로 생각할 수 있을 거다." 카이사르는 그런 것을 할 수 없어서 힘들어하는 사람이 있다는 사실이 믿기지가 않았다. 그는 자신이 구사하는 모든 언어로 자동으로 생각할 수 있었다.

"네, 아마도요." 옥타비우스가 모호하게 말했다.

카이사르는 긴 의자에 더 깊이 몸을 파묻었다. 루키우스가 대놓고 엿듣는 중이라는 걸 그도 알고 있었다. "말해보렴, 옥타비우스, 넌 어디까지 올라가고 싶니?"

"집정관요, 모든 백인조의 표를 얻어서요."

"독재관도?"

"아뇨, 절대, 절대 아니에요." 카이사르를 비난하는 어조는 아니었다.

"왜 그렇게 강조하니?"

"가이우스 아저씨, 그들이 아저씨로 하여금 루비콘 강을 건널 수밖에 없게 만든 이래 저는 지켜보고 들어왔어요. 저는 아저씨를 잘은 모르지만, 독재관이 된 게 결코 아저씨가 원했던 일은 아니라고 생각해요."

"어떤 관직도 독재관보다 낫지." 카이사르가 단호하게 말했다. "하지만 부당한 추방과 치욕보다는 독재관이 나으니까."

"저는 그런 대안을 택해야만 하지 않도록 유피테르 옵티무스 막시무스께 꾸준히 제물을 바쳐야겠어요."

"만약 그런 상황에 처한다면 독재관이 되겠느냐?"

"그럼요. 저도 마음속으로는 카이사르니까요."

"가이우스 율리우스 카이사르 말이냐?"

"아뇨, 율리우스 가문의 카이사르 분가 사람요."

"네 영웅들은 누구니?"

"아저씨요." 옥타비우스가 분명히 대답했다. "아저씨뿐이에요." 그는 긴 의자에서 미끄러지듯 내려섰다. "실례하겠습니다, 가이우스 아저씨, 루키우스 아저씨. 일찍 귀가하겠다고 어머니께 약속했거든요."

가운데 의자에 남겨진 두 남자는 이목을 끌지 않고 식당을 빠져나가는 작고 여윈 청년을 지켜보았다.

"저런, 저런, 저런." 루키우스가 느릿느릿하게 말했다.

"저 아일 어떻게 생각하십니까, 루키우스?"

"천 살은 먹은 것 같군."

"내 생각도 비슷합니다. 아이가 마음에 드십니까?"

"자네는 분명 좋아하는 것 같군. 나도 그래―하지만 조건부야."

"말씀해보십시오."

"저앤 율리우스 가문의 카이사르 분가 사람이 아니야, 저애 자신은 다르게 생각할지 몰라도. 아, 유서 깊은 파트리키의 느낌도 있지만 파트리키 가문에서는 한 번도 형성된 적 없는 사고방식도 느껴져. 저애한테 스타일이 있다는 건 분명히 알겠지만 어떤 스타일인지는 모르겠네. 아마도 이제껏 로마가 보지 못한 스타일일 거야."

"그 말씀은 그애가 크게 될 거라는 뜻인데요."

선명한 파란색 눈동자가 반짝였다. "난 바보가 아니다, 가이우스! 내가 너라면 그애가 열일곱 살이 되자마자 나의 개인 지명 수습군관으로 데려갈 거야."

"몇 년 전 미세눔에서 그앨 만났을 때 나도 똑같은 생각을 했습니다."

"다만 한 가지는 지켜봐야겠지."

"뭘요?"

"그애가 남색에 빠지진 않는지 말이네."

그보다 더 옅은 파란색 눈동자가 반짝였다. "난 바보가 아닙니다, 루키우스!"

3 카푸아 인근의 군단 진지에서 형성중이던 폭풍은 카이사르의 정찬 파티 다음날인 10월 말일에 첫번째 벼락을 내리쳤다. 마르쿠스 안토니우스의 편지가 도착했다.

카이사르, 문제가 생겼습니다. 아주 큰 문제입니다. 노련병 중의 노련병들이 분노에 휩싸였고 저는 그들을—아니, 그들이 선출한 대표단을 설득할 수가 없습니다. 10군단과 12군단이 제일 강경합니다. 놀라셨습니까? 적어도 저는 놀랐습니다.

솥이 끓어넘친 건 제가 7군단, 8군단, 9군단, 10군단, 11군단, 12군단, 13군단, 14군단에게 말뚝을 뽑고 네아폴리스와 푸테올리로 행군하라는 명령을 내렸을 때였습니다. 대표단들이 헤르쿨라네움의 제 숙소(저는 그곳의 폼페이우스 빌라에서 지내고 있습니다) 문 앞까지 찾아와서 제대일, 보상 토지, 그들의 표현을 빌리자면 이 추가 작전의 포상금과 상여금에 관한 공식 성명을 듣기 전까지는 다들 아무데도 갈 수 없다고 말했습니다. 네, 그들은 '추가 작전'이라고 했습니다. 당연한 임무가 아니라고요. 그리고 그들은 급료를 받길 원합니다.

그들은 독재관님을 뵙기를 간절히 원하며, 그래서 제가 독재관님은 로마에서 할 일이 너무 많아 캄파니아에 오실 수 없다고 말하자 실망했습니다. 그후 제가 알기론 10군단과 12군단이 미쳐버렸고, 진지가 있는 아벨라 근처의 모든 마을을 약탈하고 파괴하기 시작했습니다.

카이사르, 저는 더이상 그들을 통제할 수 없습니다. 직접 이곳으로 와주십시오. 혹시 정 오시기가 힘들다면 영향력 있는 사람을 보내 군인들을 설득하게 하십시오. 그들이 잘 알고 신뢰하는 사람 말입니다.

드디어 왔군, 그것도 지나치게 빨리. 아, 안토니우스, 대체 언제 인내하는 법을 배울 거냐? 이 일에 네 모든 것이 걸려 있는데도 서툴게 행동하는구나, 네 불충을 드러내고 마는구나. 유일하게 영리한 부분, 나중이 아니라 지금 움직였다는 부분은 그저 너의 참을성 결여 덕분이야. 아니, 난 로마를 떠날 수 없다, 너도 잘 알듯이! 물론 네가 생각하는 이유 때문은 아니야. 선거를 실시하기까지는 절대 로마를 떠나지 않을 거니까. 너도 그 이유를 알까? 모를걸, 네가 지금 움직이긴 했지만 말이야. 넌 별로 교묘한 놈이 아니거든.

지연 전술을 쓴다, 카이사르. 처벌은 선거 후까지 미뤄, 누군가를 희생할 수밖에 없게 될지라도.

카이사르는 가장 충직하고 유능한 군인들 중 한 사람, 푸블리우스 코르넬리우스 술라를 불렀다. 독재관 술라의 조카였다.

"레피두스를 보내지 않고요?" 푸블리우스 술라가 물었다.

"그는 10군단과 12군단 같은 백전노장들에게는 영향력이 부족합니다." 카이사르가 무뚝뚝하게 대답했다. "파르살로스에서 알던 사람을 보내는 게 나아요. 놈들에게 보상 토지는 내가 생각하는 중이라고 설명하십시오, 푸블리우스. 하지만 부채 관련 법안 일이 우선이라고 하세요."

푸블리우스 술라는 나흘 후 돌아왔지만 얼굴과 팔에 베인 상처와 멍이 있었다. "놈들이 내게 돌을 던졌소!" 술라가 분노로 몸이 굳은 채 내뱉었다. "아, 카이사르, 놈들의 얼굴을 땅바닥에 갈아버리시오!"

"내가 땅바닥에 갈아버리고 싶은 얼굴은 그들을 조종하는 자들의 얼굴입니다." 카이사르는 엄한 목소리로 말했다. "아마 그놈들은 빈둥대며 거의 하루종일 술에 취해 있을 겁니다―군기도 빠졌을 거고요. 즉, 술집 장부에 외상이 쌓였을 것이며 놈들의 백인대장과 군관 들은 사병들보다 더 심하게 술독에 빠져 있을 거라는 뜻이죠. 안토니우스는 수개월 동안 캄파니아에 있었음에도 이런 일이 일어나게 내버려뒀습니다. 술집에서 누굴 믿고 군인들한테 외상을 줬겠습니까?"

푸블리우스 술라는 그 순간 모든 걸 이해한 표정으로 카이사르를 쳐다보았지만, 말은 한마디도 하지 않았다.

그다음 카이사르는 훌륭한 웅변가 가이우스 살루스티우스 크리스푸스를 불렀다. "살루스티우스, 동료 원로원 의원 가운데 두 명을 골라서 함께 가게. 그 잡놈들이 분별력을 되찾게 해줘. 선거가 끝나는 대로 내가 놈들을 직접 만날 걸세. 그때까지 자네가 내 일을 대신하는 거야."

마침내 백인조회가 마르스 평원에 모여 집정관 두 명과 법무관 여덟 명을 선출했다. 퀸투스 푸피우스 칼레누스가 수석 집정관이, 푸블리우스 바티니우스가 차석 집정관이 되었을 때 놀란 사람은 아무도 없었다. 카이사르가 개인적으로 추천한 법무관 후보들도 모두 당선됐다.

끝났다! 이제 카이사르는 군대를, 그리고 마르쿠스 안토니우스를 처리할 수 있었다.

이틀 뒤 동튼 직후 마르쿠스 안토니우스가 말을 달려 로마로 들어왔다. 그의 게르만족 기병들은 노새 두 마리 사이에 끈으로 묶은 가마를 호위하고 있었다. 가마 안에는 심각한 부상을 입은 살루스티우스가 있었다.

안토니우스는 초조하고 안절부절못했다. 마침내 중대한 순간이 온 지금, 그는 카이사르와의 면담 때 정확히 어떻게 처신해야 할지 고민하고 있었다. 열두 살 때 자신의 엉덩이를 걷어찼고 이후로는 은유적으로 그리하고 있는 누군가를 대하는 일의 어려움이었다. 우위를 점하기가 어렵다는 것.

그래서 안토니우스는 공격적으로 행동하기 시작했다. 밖에서 자신의 공마를 데리고 있는 포플리콜라와 코틸라를 뒤로하고 관저로 돌진해 들어가 곧장 카이사르의 서재로 갔다.

"놈들이 로마로 오고 있습니다." 그는 서재로 성큼성큼 걸어 들어오며 말했다.

카이사르는 식초를 탄 뜨거운 물이 든 컵을 내려놓았다. "누가?"

"10군단과 12군단요."

"앉지 말게, 안토니우스. 자넨 지금 보고중이야. 책상 앞에 서서 상관에게 보고해. 왜 나의 가장 오래된 노련병 군단 2개가 로마로 오고 있는 거지?"

안토니우스의 목수건에 덮이지 않은 피부 일부분이 갑자기 표범가죽 망토를 여민 금 사슬에 끼여 아팠다. 그는 심홍색 목수건을 잡아당기며 식은땀이 조금 났음을 의식했다. "반란이 일어났습니다, 카이사르."

"살루스티우스와 그의 동료들은 뭘 했고?"

"그들은 애썼습니다, 카이사르, 하지만……."

카이사르의 목소리가 차가워졌다. "때론 자네가 말을 잘할 때도 있다는 걸 아네, 안토니우스. 본인을 위해 지금이 바로 그때가 돼야 할 거야. 무슨 일이 있었는지 말해, 괜찮다면 말이지."

'괜찮다면 말이지'라니, 최악이군. 집중하자, 집중해! "가이우스 살루스티우스는 10군단과 12군단을 집합시켰습니다. 그들은 화가 잔뜩 난 상태로 왔고요. 살루스티우스는 모든 병사들은 아프리카로 출발하기 전에 급료를 받을 것이고 보상 토지도 검토중이라고 말했는데, 갑자기 가이우스 아비에누스가 끼어들어……."

"가이우스 아비에누스?" 카이사르가 물었다. "피케눔 출신의 비선출 군무관? 그 아비에누스?"

"네, 10군단 대표단의 일원입니다."

"아비에누스가 뭐라던가?"

"그는 살루스티우스와 다른 두 명에게 군단병들은 질려버렸다고, 또 다른 작전에 나가 싸울 용의가 없다고 했습니다. 당장 제대하고 동시에 땅도 받고 싶다고 했죠. 살루스티우스는 독재관님께 병사들이 배에 타는 순간 상여금 4천을 하사할 용의가 있다고 소리쳤고……."

"그건 실수인데." 카이사르가 얼굴을 찌푸리며 말을 잘랐다. "계속해."

자신감이 붙은 안토니우스는 말을 이어나갔다. "몇몇 욱둥이들이 아비에누스를 밀쳐버리더니 돌을 던지기 시작했습니다. 사실 돌이 아니라 바위에 가까웠죠. 순식간에 바윗돌들이 날아다녔습니다. 저는 가까스로 살루스티우스를 구해냈지만 다른 두 명은 죽었습니다."

카이사르는 충격을 받아 의자에 등을 기댔다. "내 원로원 의원 둘이 죽었다고? 두 사람의 이름은?"

"모릅니다." 안토니우스가 다시 땀을 흘리며 대답했다. 그는 변명거리가 될 만한 걸 열심히 떠올리려 하다가 불쑥 말했다. "그러니까, 전 귀국한 뒤로 원로원 회의에는 한 번도 나가지 않았습니다. 기병대장 일을 하느라 너무 바빴거든요."

"살루스티우스를 구했다면 어째서 여기에 자네만 온 거지?"

"아, 그는 녹초가 되었습니다, 카이사르. 제가 그를 가마에 태워 로마로 데려왔어요. 머리를 많이 다쳤지만 마비나 경련 같은 건 없습니다. 군의관들이 회복될 거라고 했고요."

"안토니우스, 왜 일을 이 지경으로 만들었나? 해명할 기회는 줘야 할 것 같아서 묻는 거야."

적갈색 눈이 둥그레졌다. "제 잘못이 아닙니다, 카이사르! 노련병들은 이탈리아로 돌아왔을 때 이미 불만 가득한 상태였기 때문에 제가 뭘 하든, 무슨 말을 하든 진정시킬 수 없었습니다. 그들은 독재관님이 아나톨리아의 모든 임무를 옛 공화파 군단들에 줬다며 화를 내고, 독재관님이 그 군단들에도 퇴직 때 땅을 줄 거라는 사실에 불만을 품었다고요."

"말해봐. 10군단과 12군단이 로마에 도착하면 뭘 할 것 같나?"

안토니우스는 얼른 대답했다. "그게 바로 제가 서둘러 돌아온 이유입니다, 카이사르! 놈들은 살인이라도 저지를 기세예요. 제 생각에 독재관께서 무사하시려면 로마를 떠나셔야 합니다."

주름지고 잘생긴 얼굴은 부싯돌로 깎아낸 듯 냉정해 보였다. "자네도 잘 알다시피 이런 상황에서 내가 로마를 떠날 일은 결코 없어, 안토니우스. 놈들이 죽이려고 하는 게 나야?"

"놈들은 독재관님을 보면 죽일 겁니다." 안토니우스가 대답했다.

"확신해? 과장하는 것 아니고?"

"과장이 아닙니다, 맹세해요!"

카이사르는 컵에 든 것을 다 마셔버리고 일어섰다. "집에 가서 옷을 갈아입게, 안토니우스. 토가로 말이야. 한 시간 뒤 벨리아 고지의 유피테르 스타토르 신전에서 원로원을 소집할 거다. 그리로 와." 그는 문 쪽으로 가서 고개를 내밀고 외쳤다. "파베리우스!" 이어 다시 안토니우스를 보고 말했다. "천치같이 거기 서서 뭘 하고 있나? 한 시간 뒤 유피테르 스타토르 신전이야."

나쁘지 않아. 안토니우스는 친구들이 기다리고 있는 사크라 가도로 접어들며 생각했다.

"어떻게 됐소?" 루키우스 겔리우스 포플리콜라가 열성적으로 물었다.

"카이사르는 한 시간 뒤 원로원 회의를 소집했소. 그런다고 무슨 소용이 있을지는 모르겠지만."

"그의 반응은 어땠습니까?" 루키우스 바리우스 코틸라가 물었다.

"나쁜 소식도 언제나 타르페이아 바위 같은 표정으로 듣는 사람이라 무슨 생각을 하는지 모르겠어." 안토니우스는 짜증난다는 듯 대답했다. "이제 그만, 난 옛집으로 가서 토가를 찾아봐야 해. 카이사르는 내가 그 회의에 참석하길 원하거든."

두 사람의 얼굴이 시무룩해졌다. 포플리콜라와 코틸라 둘 다 표면상의 요건은 충족했음에도 원로원 의원이 아니었다. 사회적으로 용인받지 못해서는 아니지만, 포플리콜라는 감찰관이던 아버지를 살해하려 시도한 적이 있었고 코틸라는 자기 법정에서 유죄 선고를 받고 추방당한 자의 아들이었다. 안토니우스가 이탈리아로 돌아왔을 때 두 사람은 떠오르는 별인 그에게 공직 경력을 맡겼고, 카이사르가 없어지기만 하면 출세할 거라고 기대하고 있었다.

"카이사르가 로마를 떠날까요?" 코틸라가 물었다.

"떠나? 카이사르가? 그럴 리가! 걱정 마, 코틸라. 지금 군대는 내 것이고, 이틀 후면 영감은 죽은목숨이야—놈들이 그를 맨손으로 갈가리 찢어놓을 거라고. 그럼 로마는 대혼란에 빠질 거고, 기병대장인 내가 독재관이 될 거야." 그는 집 쪽으로 가다가 순간 놀란 표정으로 멈춰섰다. "아주 오래전에 이렇게 해야 했는데, 우린 왜 이제야 이럴 생각을 했는지 모르겠군!"

"이탈리아로 돌아오기 전까진 분명한 길을 찾기가 쉽지 않았으니까요." 포플리콜라가 대답하고 얼굴을 찡그렸다. "한 가지 걱정이 있는데……."

"뭔데요?" 코틸라가 불안한 표정으로 물었다.

"카이사르가 고양이보다 목숨이 많다는 거."

안토니우스는 기분이 급격하게 좋아지고 있었다. 카이사르와의 면담을 생각하면 할수록 해냈다는 확신이 강해졌다. "고양이도 언젠가는 죽소." 그는 만족스러운 듯이 말했다. "쉰셋이면 오래 살았지."

"아, 그 뚱뚱한 괄태충 필리푸스를 공권박탈하면 정말이지 통쾌할 거요!" 포플리콜라가 웃으며 말했다.

안토니우스는 짐짓 분개한 척했다. "루키우스, 그는 당신의 이부형제요!"

"우리 어머니를 죽이고 세상에 태어난 놈이오. 죽어 마땅하지."

유피테르 스타토르 신전 회의의 참석자 수는 적었다. 할 일이 하나

늘었군, 의원 수를 늘려야겠어, 하고 카이사르는 생각했다. 스물네 명의 릭토르들을 앞세우고 들어온 카이사르의 시선이 키케로를 찾아보았지만 허사였다. 키케로는 로마에 있었고, 긴급 원로원 회의가 열린다고 통보도 받았다. 아니, 그는 카이사르의 원로원에 나올 수 없었다! 그러면 굴복한 것처럼 보일 테니까.

독재관의 상아 대좌는 임시 단상 위의 집정관용 상아 대좌들 사이에 있었다. 사람들이 클로디우스의 시신을 넣은 채 원로원 의사당을 불태워버린 후로 로마의 과두제 통치기구는 이런저런 임시 장소에서 모일 수밖에 없었다. 그 장소는 축성식을 한 신전이어야 했는데 그런 신전들은 대부분 너무 좁아서 불편했다. 하지만 이번 유피테르 스타토르 신전 회의는 60명밖에 모이지 않아서 불편할 일이 없었다.

마르쿠스 안토니우스가 걸친 자주색 단을 댄 토가는 입을 상태가 아닌 듯이 보였다. 구겨지고 여기저기 얼룩이 묻어 있었다. 안토니우스는 자기 하인들조차 통제하지 못하는 건가? 카이사르는 짜증이 났다.

카이사르가 들어오자마자 안토니우스가 허겁지겁 다가와서 물었다. "기병대장은 어디에 앉습니까?"

"처음으로 집정관이 된 폼페이우스 마그누스처럼 말하는군." 카이사르가 신랄하게 말했다. "그 주제에 관해 어디 가서 책을 써달라고 해봐. 자넨 원로원에 들어온 지 6년째네."

"네, 하지만 호민관 때말곤 실제로 참석한 적이 거의 없어서요. 그것조차 3주뿐이었죠."

"맨 앞줄에 접의자를 놓게. 우리가 서로를 볼 수 있는 곳으로, 안토니우스."

"대관절 집정관 선거는 왜 하신 겁니까?"

"곧 알게 될 거야."

기도문 낭송과 점술이 끝났다. 카이사르는 모두가 자리에 앉을 때까지 기다린 후 말했다.

"이틀 전 퀸투스 푸피우스 칼레누스와 푸블리우스 바티니우스가 집정관으로 취임했습니다. 로마가 정식 고등 정무관들, 집정관 두 명과 법무관 여덟 명의 관리하에 있게 되어 무척 안심이 됩니다. 법정도 제기능을 하고 민회도 규정된 방식으로 모일 수 있을 것입니다." 그의 말투가 더욱 차분하고 사무적으로 바뀌었다. "의원 여러분께 알려드릴 사안이 있어 이번 회의를 소집했습니다. 10군단과 12군단이 반란을 일으켜 지금 로마로 진군중입니다. 내 기병대장의 말에 따르면 살인을 저지를 기세라고 합니다."

다들 침묵한 채 미동도 없이 앉아 있었지만 충격을 받았음은 분명히 알 수 있었다. 공기마저 진동하는 듯했다.

"살인을 저지를 기세라. 아마도 나를 죽이겠다는 거겠지요. 그렇기에 나는 로마에서의 내 중요도를 감소시키고 싶습니다. 독재관이 자기 군인들한테 죽임을 당한다면 우리의 나라는 당연히 절망에 빠집니다. 우리의 사랑하는 로마를 또다시 전직 검투사들과 기타 악당들이 가득 채울 겁니다. 사업 활동이 크게 위축되겠지요. 완전 고용과 건축업자들에게 매우 중요한 공공 건설이 중단될 것입니다. 특히나 내가 개인적으로 자금을 대고 있는 건설 작업은요. 경기대회와 축제가 사라질 겁니다. 유피테르 옵티무스 막시무스께서 천둥번개로 신전을 파괴하여 분노를 표하실 수도 있지요. 불카누스 신이 지진과 함께 로마를 방문할 수도 있고요. 유노 소스피타께서는 로마의 뱃속 태아들에게 분풀이를 하실지도 모릅니다. 국고가 하룻밤 만에 텅 빌 수도 있습니다. 아버지 티베리스 강이 범람하고 하수가 역류해 거리로 쏟아져나올지도 모릅니다. 독재관 살해는 격변을 유발하는 사건이기 때문입니다. 네, 그렇습니다, 격변입니다."

모든 청중이 입을 벌린 채 앉아 있었다.

카이사르는 온화하게 말을 이었다. "그러나 자연인 살해에는 공적인 면이 거의 없습니다. 그러므로 로마의 유서 깊고 신성한 원로원의 의원 여러분, 이 자리에서 내 임페리움 마이우스와 독재관 직을 내려놓고자 합니다. 지금 로마에는 정식 선출되어 규정대로, 어떤 신관이나 조점관의 이의도 없이 취임식을 한 집정관들이 있습니다. 나는 매우 만족스러운 심정으로 그들에게 로마를 넘깁니다."

그는 닫힌 문들을 등지고 서 있는 그의 릭토르단을 향해 꾸벅 절했다. "파비우스와 코르넬리우스를 비롯한 릭토르 여러분, 지금껏 독재관을 잘 보필해주어 고맙네. 내가 또 공직에 선출된다면 다시 부르겠다고 약속하지." 이어 그는 의원들 사이를 가로질러 걸어가 파비우스에게 짤랑짤랑 소리가 나는 자루 하나를 건넸다. "변변찮은 선물이네, 파비우스. 정해진 비율로 모두가 나눠 갖도록 하게. 이제 릭토르단으로 돌아가게나."

파비우스는 목례를 하고 무표정한 얼굴로 문을 열었다. 스물네 명의 릭토르들이 줄을 지어 나갔다.

신전 안이 어찌나 고요한지, 새 한 마리가 푸드덕거리며 서까래에서 날아오르자 다들 움찔할 정도였다.

카이사르가 말했다. "이곳으로 오는 길에 내가 독재관 직을 내려놓았다는 사실을 확정하는 쿠리아법을 도입했습니다."

안토니우스는 믿을 수 없다는 표정으로 듣고 있었다. 카이사르의 의도는 고사하고 그가 정확히 무엇을 하고 있는지조차 이해할 수가 없었다. 사실 안토니우스는 잠시 동안 카이사르가 농담을 하고 있다고 생각했다.

"독재관 직을 내려놓으셨다니, 무슨 뜻입니까?" 안토니우스가 갈라진 목소리로 물었다. "2개 군단이 반란을 일으켜 로마로 오고 있는 상황에서 그러실 수는 없습니다! 로마엔 독재관님이 필요하다고요!"

"아니, 마르쿠스 안토니우스, 필요 없어. 로마에는 집정관도 있고 법무관도 있으니까. 이제 그들이 로마의 안녕을 책임지네."

"말도 안 됩니다! 지금은 긴급 상황입니다!"

칼레누스와 바티니우스 모두 아무 말도 하지 않았다. 그들은 눈빛을 교환하더니 계속 침묵을 지키기로 동의했다. 단순한 사직 이상의 뭔가가 벌어지고 있다. 두 사람 모두 카이사르를 벗으로서, 동료 정치가로서, 군사 사령관으로서 아주 잘 알고 있었다. 이번 일은 마르쿠스 안토니우스와 관련이 있다. 이곳에 귀머거리나 장님은 아무도 없다. 다들 안토니우스가 군대로 말썽을 부리고 있음을 알았다. 그러니 카이사르가 연극을 끝마치게 내버려두자. 루키우스 카이사르, 필리푸스, 루키우스 피소 같은 사람들 역시 그런 결론에 도달했다.

"물론," 카이사르는 안토니우스가 아니라 의원들을 향해 말했다. "집정관들에게 나의 궂은일을 떠넘길 생각은 없습니다. 나는 마르스 평원에서 반란을 일으킨 2개 군단을 만나서 왜 그들이 나뿐만이 아니라 스스로를 파멸시키려 하게 되었는지 알아낼 것입니다. 그러나 일개 자연인으로서 그들을 만날 것입니다. 그들과 같은 정도로만 중요성을 지닌 사람으로서 말입니다." 그는 목소리를 높였다. "그곳에서 일어날 일에 모든 것을 걸어봅시다!"

"사임하실 수 없습니다!" 안토니우스가 숨을 헐떡이며 외쳤다.

"이미 사임했네, 쿠리아법을 비롯해 다 처리했어."

안토니우스는 온몸의 감각이 둔해지고 숨조차 쉬기 힘든 채로 휘청거리며 카이사르에게 다가갔다. "미쳤군요!" 그는 가까스로 말했다. "완전히 미쳤어요! 그렇다면 해법은 분명합니다—독재관이 제정신이 아니므로, 기병대장인 제가 독재관임을 선언하는 바입니다!"

"넌 아무것도 선언할 수 없다, 안토니우스." 루키우스 카이사르가 일어서서 말했다. "독재관은 사임했어. 그 순간 기병대장의 직책도 사라지는 거다. 너도 이제 자연인이야."

"안 돼! 안 돼, 안 된다고!" 안토니우스가 두 주먹을 꽉 쥐고 포효했다. "기병대장으로서 말합니다. 독재관이 제정신이 아니므로, 이제 제가 독재관입니다!"

"앉으시오, 안토니우스." 푸피우스 칼레누스가 말했다. "회의 질서를 어지럽히지 마시오. 당신은 이제 기병대장이 아니라 자연인이오."

무슨 일이 벌어진 거지? 대관절 어떻게 된 거야? 안토니우스는 마지막 남은 평정심을 그러모아 카이사르의 눈을 들여다보았다. 경멸과 조롱, 그리고 확연한 즐거움이 보였다.

"물러서라, 안토니우스." 카이사르는 그렇게 속삭이며 안토니우스의 오른팔을 잡고 열려 있는 문 쪽으로 데려갔다. 60여 명의 중얼거리는 목소리가 등뒤에서 들려왔다.

밖으로 나오자마자 카이사르는 기분 나쁜 것을 떨쳐내듯 안토니우스의 팔을 확 놓더니 말했다. "날 속였다고 생각했느냐, 재종질? 네게는 지성이라는 게 없구나. 이제 나는 안다. 너를 전혀 믿을 수 없다는 걸, 널 신뢰할 수 없다는 걸, 네 외삼촌이 늘 말하듯 네가 늑대라는 걸 말이야. 너와 나의 정치적 · 직업적 관계는 끝났다. 너와 나의 혈연은 수치가 되었어. 굴욕이 됐지. 내 눈앞에서 사라져라, 안토니우스, 계속 그래야 할 거다! 넌 일개 자연인이고 앞으로도 쭉 자연인이다."

안토니우스는 제 발로 서서 소리내어 웃으며, 다시 스스로를 통제하고 있는 척하려 애썼다. "언젠가 제가 필요할 걸요, 외재당숙!"

"그렇게 된다면 물론 너를 이용할 거다, 안토니우스. 하지만 네가 조금도 신뢰할 만한 놈이 아니라는 걸 늘 기억하고 있겠지. 그러니 다시는 잘난 체하지 마라. 넌 생각할 줄 아는 사람의 똥구멍도 못 돼."

릭토르 한 명이 새하얀 토가를 입고 파스케스에 도끼를 끼운 채 10군단과 12군단을 이끌고 로마의 성벽 바깥쪽을 돌아 마르스 평원으로 안내했다. 군인들은 남쪽에서 왔고 마르스 평원은 북쪽에 있었기 때문이다.

카이사르는 완벽하게 혼자서 그들을 만났다. 발굽이 갈라진 그의 유명한 군마를 타고 늘 착용하는 강철 판갑 차림에 장군의 심홍색 팔루다멘툼을 걸치고 있었다. 그리고 떡갈잎관을 써서 병사들에게 그가 무공 전쟁 영웅임을, 최전선에서 싸운 드물게 용맹한 군인임을 상기시켰다. 2개 군단 병사들은 그런 그를 보자마자 무릎이 후들거렸다.

그들은 캄파니아에서 먼길을 오면서 정신을 차린 참이었다. 라티나 가도의 술집들은 모두 문을 굳게 닫았고, 돈이 없던 그들이 마르쿠스 안토니우스의 약속을 언급해도 그 지역에서는 술 한 잔 얻어먹을 수도 없었다. 카이사르가 독재관 직을 사임했고 마르쿠스 안토니우스도 따라서 기병대장 직을 잃었다는 소문을 듣고 기가 꺾인 건 아직 로마까지 한참 남았을 때였다. 그리고 왜인지 징 박힌 군화를 신고 수 킬로미터를 행군하다보니 그들의 불만은 사그라드는 것 같았으며, 그들의 벗이자 동료 군인인 카이사르의 기억들이 뚜렷하게 떠오르는 것이었다. 그래서 일말의 두려운 기미도 없이 발부리에 앉아 있는 카이사르를 보는 순간 그들은 자신들이 그를 얼마나 사랑했는지밖에 떠오르지 않았다. 과거에도 사랑했고 미래에도 사랑할 카이사르.

"여기서 뭘 하고 있나, 퀴리테스 여러분?" 카이사르가 차갑게 물었다.

숨을 크게 헐떡이는 소리가 치솟았다가, 그의 말이 전달되면서 사방으로 퍼졌다. 퀴리테스? 카이사르가 우리를 평범한 시민(퀴리테스)이라고 했어? 하지만 우린 평범한 시민이 아니야, 우린 그의 사람이라고! 그는 늘 우리를 내 사람들이라고 불렀는데! 우리는 그의 군인들이야!

"너희들은 군인이 아니다." 카이사르가 냉소적으로 말하자 여기저기서 항의하는 소리가 들렸다. "파르나케스조차 너희들을 군인이라고 부르길 주저할 것이다! 너희는 술주정뱅이에 무능력자다, 한심한 바보들아! 너희는 반란을 일으켰다! 약탈을 했다! 불을 질렀다! 파괴행위를 일삼았다! 파르살로스에서 함께 싸운 푸블리우스 술라에게 돌을 던졌다! 세 명의 원로원 의원에게 돌팔매질을 해서 그중 두 명이 죽었다! 내 입이 재처럼 마르지 않는 한, 퀴리테스, 난 너희에게 침을 뱉을 것이다! 너희 모두에게 침을 뱉을 것이다!"

신음 소리가 들려오기 시작했다. 우는 사람들도 있었다.

"안 됩니다!" 앞줄에 있던 남자 하나가 외쳤다. "안 됩니다, 그건 실수였습니다! 저희가 오해했습니다! 카이사르, 장군께서 우리를 잊으신 줄 알았습니다!"

"항명을 기억해야 하느니 차라리 너희를 잊는 편이 낫겠다! 항명을 선언하고 여기 있는 너희를 보느니 차라리 너희 모두 죽었다면 좋겠어!"

가슴을 후비는 목소리가 계속해서 그들에게 알렸다. 카이사르는 로마의 온갖 일에 신경을 쓰고 있었다고, 그들은 그를 잘 알기에 기다려 줄 거라고 믿었다고.

"하지만 저희는 장군을 사랑합니다!" 누군가 외쳤다. "장군도 저희를 사랑하시잖습니까!"

"사랑? 사랑? 사랑이라고?" 카이사르가 포효했다. "카이사르는 항명자들을 사랑할 수 없다! 너희들은 로마 원로원과 인민의 전문 군인이자 로마의 종복, 로마의 적들을 막을 유일한 방어책이야! 그런데 이제 너희는 전문가가 아님을 스스로 증명했다! 너희는 오합지졸이야! 길거리의 토사물을 치울 주제도 못 돼! 너흰 항명을 했다. 그게 무슨 뜻인지는 알겠지! 이제 너희는 내 개선식 후에 전리품도 분배받을 수 없고 제대할 때 토지도 받을 수 없으며 그 어떤 추가 상여금도 받을 수 없다! 너희는 최하층민 퀴리테스야!"

병사들은 울고, 호소하고, 용서를 구했다. 안 됩니다, 퀴리테스라니요, 평범한 시민이라니요! 퀴리테스라니 당치 않습니다! 우리는 퀴리누스가 아니라 로물루스와 마르스의 사람들입니다!

상황은 몇 시간 동안 계속됐고 로마인들 절반가량이 세르비우스 성벽 위에 서서, 또는 카피톨리누스 언덕의 저택들 지붕에 앉아 지켜보고 있었다. 집정관들을 포함한 원로원 의원들은 항명을 진압하는 자연인으로부터 멀찍이 떨어진 곳에 모여 있었다.

"아, 정말 대단한 사람이야!" 바티니우스가 한숨을 쉬고 칼레누스에게 말했다. "안토니우스는 어떻게 카이사르의 군인들이 카이사르의 머리카락 한 올이라도 ─숱이 적긴 하지만─ 건드릴 거라고 생각한 거지?"

칼레누스가 싱긋 웃었다. "안토니우스는 이제 저들이 카이사르 대신 자기를 사랑해주리라고 확신했던 것 같네. 안토니우스가 갈리아에서 어땠는지 자네는 알지, 폴리오." 그는 폴리오에게 말했다. "영감이 한물 가고 나면 자기가 카이사르의 군대를 물려받을 거라고 노상 지껄여댔 잖아. 그래서 일 년 동안 안토니우스는 병사들에게 술을 사주고 그들이 빈둥거리게 놔둔 거야. 그에게 빈둥대기는 축복 같은 거니까. 저 군인 들이 오직 카이사르를 기쁘게 하기 위해 눈이 2미터나 쌓인 곳도 여러 날 기꺼이 행군하는 자들이라는 걸 잊은 거지. 아무리 힘든 싸움에서도 카이사르를 실망시키지 않으려 하는 건 말할 것도 없고 말이야."

폴리오는 어깨를 으쓱했다. "안토니우스는 때가 왔다고 생각했지만 카이사르한테 속은 거였죠. 난 영감이 왜 군이 지금 선거를 시행하려 하는지, 저자들을 진정시키러 캄파니아에 가지 않는지 궁금했어요. 그 가 노린 건 안토니우스였고, 안토니우스를 잡으려면 얼마나 멀리 가야 하는지 알았던 겁니다. 카이사르가 안됐죠, 어느 면으로 보나 쓰라린 일이니까. 하지만 그가 이번 일에서 진짜 교훈을 얻었기를 바라요."

"진짜 교훈?" 바티니우스가 물었다.

"카이사르 같은 사람조차도 노련병들을 너무 오랫동안 하는 일 없이 내버려두면 안 된다는 거죠. 아, 물론 안토니우스가 그들을 동요시켰지 만 안토니우스만 그런 건 아니에요. 모든 군대에는 반항분자와 타고난 말썽꾼이 있기 마련이니까. 할 일이 없다는 건 그런 놈들이 경작할 비 옥한 토지를 제공하는 거나 마찬가집니다." 폴리오가 대답했다.

"절대 놈들을 용서하지 않을 겁니다!" 양볼이 타는 듯 붉어진 카이사르가 루키우스 카이사르에게 말했다.

루키우스는 몸을 부르르 떨었다. "하지만 용서했잖나."

"로마를 위해 신중히 행동했을 뿐입니다, 루키우스. 형님께 맹세컨대, 10군단과 12군단 놈들은 모두 이번 항명의 대가를 치르게 될 겁니다. 처음에는 9군단이 그러더니 이제 2개 군단이 늘었어요. 10군단! 나는 그들을 게나바에서 폼프티누스로부터 인계받았습니다—그들은 언제나 내 사람들이었다고요! 지금 당장은 그들이 필요하지만, 그들의 행위는 내가 해야만 하는 일을 알려주는군요. 놈들 사이에 믿을 만한 첩자를 한두 명 심어서 이번 일의 주모자들을 색출할 겁니다. 망조가 들었어요. 저들 가운데 일부는 로마 병사들에게 자기들만의 힘이 있다고 믿게 된 겁니다."

"적어도 이제 다 끝난 일 아닌가."

"그럴 리가요. 앞으로도 더 있을 겁니다." 카이사르가 확신에 차서 말했다. "안토니우스의 이빨은 뽑았는지 몰라도, 아직 군단의 풀밭에 숨어 있는 뱀들이 몇 마리 더 있습니다."

"안토니우스 얘기가 나왔으니 말인데, 그에게 빚을 갚을 만한 돈이 있다고 들었네." 루키우스가 말한 뒤 잠시 생각하더니 얼른 다시 말했다. "최소한 빚의 일부는 말이지. 폼페이우스의 카리나이 저택 경매에 입찰할 생각이라고 하더군."

카이사르가 미간을 좁히며 경계하는 표정을 지었다. "더 말씀해보십시오."

"일단, 안토니우스는 가는 곳마다 폼페이우스의 소유지를 약탈했어. 예컨대 마그누스가 유대인 아리스토불로스에게 선물받은 황금 포도송이는 일전에 마르가리타리아 주랑건물에 나타났지. 쿠르티우스가 공개하기가 무섭게 거액에 팔렸어. 그리고 안토니우스의 돈줄이 또 있잖나, 풀비아 말일세."

"맙소사!" 카이사르는 혐오스럽다는 듯 소리쳤다. "클로디우스와 쿠리오의 아내였던 여자가 안토니우스 같은 역겨운 놈한테서 뭘 본 거죠?"

"세번째 선동 정치가지. 풀비아는 말썽꾼들을 좋아해. 그 점에 있어 안토니우스는 둘째가라면 서럽지. 내 말을 믿게, 가이우스, 그녀는 안토니우스와 결혼할 거야."

"안토니우스가 안토니아 히브리다와 이혼했습니까?"

"아니, 하지만 할 거야."

"안토니아 히브리다는 자기 돈이 있고요?"

"히브리다는 케팔레니아에서 발견한 막대한 양의 부장품 금을 숨기는 데 성공했고, 그래서 두번째 추방지에서 안락하게 지내고 있지. 안토니우스는 안토니아의 지참금 200탈렌툼을 다 써버렸지만, 확신하건대 그녀의 아버지는 자네가 그를 추방지에서 불러들인다면 기꺼이 딸에게 200탈렌툼을 또 줄 거야. 히브리다가 형편없는 놈인 것도 알고 자네가 그에게 건 소송도 기억하지만, 그렇게만 해주면 그의 딸의 미래가 보장돼. 안토니아는 새 남편을 찾지 못할 거야. 그녀의 자식도 참 딱한 처지잖아."

"아프리카에서 돌아오는 대로 히브리다를 귀국시키겠습니다. 추방당한 술라의 수하들도 불러들이는 마당에 한 명 더 보탠다고 대수겠습니까?"

"베레스도 귀국하는 건가?" 루키우스가 물었다.

"아니요!" 카이사르가 성난 목소리로 대답했다. "절대, 절대 그런 일은 없습니다!"

혼쭐이 난 군인들은 돈을 받고, 순차적으로 배에 태워져 네아폴리스와 푸테올리로 수송되었다. 시칠리아 서부의 릴리바이움 근처에 있는 주 진지에서 지내다가 나중에 아프리카 속주로 갈 터였다.

아무도, 특히나 두 명의 집정관은 왜—또는 법적으로 어떻게—일개 자연인이 아프리카 속주에 있는 공화파를 무찌를 군대의 최고사령관 직을 차분히 수행하고 있는지 묻지 않았다. 모든 건 시간이 지나면 분명해질 테니까. 늘 그렇듯이. 11월 말에 카이사르는 다음해의 정무관 선거를 열었고, 집정관에 출마해달라는 여러 사람들의 간청을 우아하게 받아들였다. 그의 추종자들 가운데 누가 동료 집정관이었으면 좋겠느냐는 물음에 그는 오랜 벗이자 동료인 마르쿠스 아이밀리우스 레피두스가 좋겠다는 뜻을 내비쳤다.

"자네의 위치를 이해하고 있기를 바라네, 레피두스." 카이사르는 그 중요 인물에게 말했다. 두 사람이 바티니우스의 선거 사무소에 가 환호하는 군중 속에서 집정관 후보로 등록한 후였다.

"이해하고 있는 것 같습니다." 레피두스는 카이사르의 갑작스러운 말에 전혀 개의치 않고 만족스러운 목소리로 대꾸했다. 아직 확정되지는 않았지만, 새해 첫날 그는 반드시 집정관이 될 터였다.

"그럼 말해보게."

"당신이 없는 동안 로마와 이탈리아를 보존하고 평화를 유지하고, 당신의 법안들을 진행시키고, 기사들을 모욕하거나 사업 활동을 방해하지 않으며, 당신의 기준에 부합하는 원로원 의원들을 계속 모집하고, 마르쿠스 안토니우스를 매의 눈으로 지켜보는 것이지요. 포플리콜라부터 최근의 루키우스 틸리우스 킴베르까지 안토니우스의 절친한 벗들도 감시하고요." 레피두스가 말했다.

"자넨 참 대단한 친구로군, 레피두스!"

"다시 독재관이 되실 생각입니까, 카이사르?"

"그러고 싶지 않은데, 그래야만 할지도 모르겠어. 그런 상황이 된다면 내 기병대장이 될 수 있게 준비해주겠나?"

"물론입니다. 다른 사람들보다는 제가 나을 겁니다. 저는 보병들이랑은 통 친해지지 못하겠더라고요."

 브루투스는 12월 초에 집에 왔다. 카이사르가 군대 해상 수송을 마무리하러 캄파니아로 떠난 후였다. 세르빌리아는 마뜩잖은 시선으로 아들을 위아래로 훑어보았다.

"나아진 게 없구나." 그녀의 판결이었다.

"나아진 것 같은데요." 브루투스가 앉으려는 기미 없이 대꾸했다. "아주 교육적인 2년이었죠."

"파르살로스에서 검을 떨어뜨리고서 숨었다고 들었다."

"안 그랬으면 죽었을 거예요. 온 로마가 그 얘기를 아나요?"

"맙소사, 브루투스, 나한테 거의 쏘아붙이듯 말하고 있구나! '온 로마'라니 무슨 뜻이니?"

"말 그대로예요, 모든 로마인들."

"특히 포르키아?"

"포르키아는 어머니의 조카잖아요. 왜 그렇게 포르키아를 싫어하세요?"

"그애 아비처럼 노예의 후손이기 때문이지."

"투스쿨룸의 농노이고요, 이 말을 빠뜨리셨네요."

"네가 신관이 될 거라고 들었다."

"아, 카이사르가 왔다 갔군요. 외도가 또 시작된 건가요?"

"멍청한 소리 마라, 브루투스!"

카이사르가 어머니와 외도를 다시 시작하지 않았나보군. 브루투스는 달아나며 생각했다. 그는 어머니의 응접실을 떠나 아내의 응접실로 갔다. 아내는 아피우스 클라우디우스 풀케르의 딸로 7년 전 율리아가 죽은 직후 그의 신부가 되었지만, 결혼생활은 거의 전혀 즐겁지 않았다. 브루투스는 용케 첫날밤을 치르긴 했지만 아무런 쾌락도 느끼지 못했고, 가련한 클라우디아에게는 그것이 사랑의 부재보다 더 나쁜 일이었다. 그녀가 간절히 바라는 자식을 낳을 만큼 자주 남편이 침대로 찾아오는 것도 아니었다. 착하고 외모도 못나지 않은 클라우디아는 친구를 많이 만들어 최대한 그 불행한 집 외의 장소에서 시간을 보냈다. 어쩔 수 없이 집에 있어야 할 때는 자기 처소의 베틀 앞을 떠나지 않았다. 다행히 그녀에게는 저택을 관리할 생각이 없었다. 엄밀히 말해 저택 관리는 집주인의 아내인 클라우디아의 임무였지만, 세르빌리아로서는 언제까지고 어림없는 일이었다.

브루투스는 클라우디아의 뺨에 입맞춤을 하고 모호한 웃음을 지어 보인 다음, 그의 유순한 두 철학자 에페이로스의 스트라톤과 볼룸니우스를 찾아 떠났다. 마침내 그를 반기는 두 얼굴이 보였다! 그들은 브루투스와 함께 킬리키아에 있었지만, 브루투스는 폼페이우스에게 합류할 때 그들을 집으로 보냈다. 카토 외삼촌이야 유순한 철학자들을 전쟁에 끌고 가길 원했을지 몰라도 브루투스는 그렇게 냉정한 사람이 못됐고, 볼룸니우스와 에페이로스의 스트라톤도 마찬가지였다. 브루투스는 스토아학파가 아니라 플라톤학파였다.

"집정관 칼레누스가 당신을 만나고 싶어합니다." 볼룸니우스가 말했다.

"왜 그러는지 짐작도 못하겠군요."

"마르쿠스 브루투스, 어서 앉게!" 칼레누스는 반가운 표정으로 브루투스에게 말했다. "자네가 제때 돌아오지 않을까봐 슬슬 걱정하던 참이야."

"제때라니요, 퀸투스 칼레누스?"

"자네의 새로운 임무를 맡을 제때지, 물론."

"새로운 임무요?"

"그래. 카이사르는 자네를 아주 좋아해─자네도 알겠지만 말이야. 그래서 그는 이 특별한 일에 적임인 사람으로 자네말고는 아무도 떠올리지 않았지."

"일요?" 브루투스가 조금 멍한 표정으로 물었다.

"그것도 아주 많은 일이지! 자네는 아직 법무관도 되지 않았지만, 카이사르는 자네에게 집정관급 임페리움을 부여하고 자네를 이탈리아 갈리아 총독으로 임명했다네."

브루투스는 입을 딱 벌렸다. "집정관급 임페리움요? 저한테요?" 그는 숨이 차서 새된 소리를 냈다.

"그래, 자네한테." 칼레누스는 이 흔치 않은 일에, 그토록 귀한 직책이 공화파 출신에게 돌아가는 것에 조금도 화를 내거나 분개하는 것 같지 않았다. "그 속주는 지금 평화로우니 군사 활동을 할 일은 없을 거네─사실, 지금 거기엔 군대가 없어, 수비대조차."

수석 집정관은 책상 위에 두 손을 포갠 채 신뢰하는 눈빛을 보내고 있었다. "알겠지만 내년에 이탈리아와 이탈리아 갈리아의 대규모 인구조사가 있을 거야, 완전히 새로운 기준으로 말일세. 2년 전에 한 인구조사는 더는 카이사르의, 음, 목적에 부합하지 않기에 새로 다시 하는 거라네." 칼레누스는 덮개가 자주색 밀랍으로 봉해진 심홍색 가죽 책 들통을 들어올려 책상 너머 브루투스에게 건네주었다. 브루투스는 인장을 흥미로운 표정으로 살폈다. 가장자리에 'CAESAR'라고 적힌 스핑크스였다.

들통을 받아든 브루투스는 그것이 생각보다 엄청 무겁다는 걸 깨달았다. 탄탄하게 말린 두루마리들로 꽉 차 있는 게 분명했다. "뭐가 들었습니까?" 그는 물었다.

"카이사르가 직접 내린, 자네가 수행할 명령이야. 카이사르는 직접 자네한테 주고 싶어하셨지만 자네가 늦게 와서 말이야." 칼레누스는 자리에서 일어나 책상을 돌아 와서 브루투스의 손을 친근하게 잡고 흔들었다. "언제 떠날지 정해지면 알려주게. 자네의 임페리움에 관한 쿠리아법을 처리해주겠네. 좋은 임무야, 마르쿠스 브루투스. 그리고 나도 카이사르와 같은 생각이네—자네에게 딱 맞는 임무지."

브루투스는 멍한 상태로 떠났다. 그의 남자 하인은 책 들통을 마치 금덩이라도 되는 양 받아들었다. 브루투스는 칼레누스의 집밖으로 나온 뒤 한동안 좁은 길에 서서, 어디로 가야 할지 모르겠다는 듯이 여러 차례 주위를 두리번거렸다. 그러다 갑자기 등을 꼿꼿이 세우고 하인에게 말했다.

"필라스, 들통을 집으로 가져가서 곧바로 내 귀중품 보관실에 넣고 잠가." 브루투스는 당황한 표정으로 기침을 하고 발을 이리저리 움직였다. "세르빌리아 마님이 이걸 보면 내놓으라고 할지도 몰라. 난 어머니가 이걸 보지 않았으면 해, 알겠지?"

필라스는 무표정한 얼굴로 고개를 숙였다. "걱정 마십시오, 주인어른. 아무도 보지 못하게 곧바로 주인어른의 귀중품 보관실로 가져가겠습니다."

그렇게 두 사람은 헤어졌다. 필라스는 브루투스의 집으로 돌아가고, 브루투스는 조금 걸어 비불루스의 집으로 갔다.

비불루스 저택은 난장판이었다. 팔라티누스 언덕의 고급 저택 대다수와 마찬가지로 그 집의 뒤쪽은 좁다란 길로 통했다. 입구에 들어서면 문지기가 지내는 작고 트인 공간이 있었는데, 한쪽에는 부엌이 있고 다른 쪽에는 욕실과 변소가 있었다. 계속 앞으로 가면 삼면이 멋진 주랑으로 둘러싸인 커다란 주랑정원이 나왔다. 오른쪽과 왼쪽으로 집안사람들의 다양한 방들과 연결된 공간이었다. 저쪽 끝에는 식당과 주인의 서재가 있었고 그 너머에는 널따란 아트리움 응접실이 있었으며, 포룸 로마눔이 내려다보이는 로지아도 있었다.

정원은 나무상자와 천을 덮은 조각상 들로 뒤죽박죽이었다. 삼끈으로 묶은 솥과 냄비 들이 주방 밖 돌바닥에 어지럽게 널렸고 뭔가로 덮은 통로에는 침대, 긴 의자, 의자, 대좌, 온갖 탁자와 찬장이 나와 있었다. 아마포 무더기와 옷 무더기도 쌓여 있었다.

브루투스는 충격을 받아 서 있다가 불현듯 무슨 일이 벌어지고 있는 건지 깨달았다. 죽었음에도 신성모독자로 선언된 마르쿠스 칼푸르니우스 비불루스는 재산을 몰수당한 것이다. 그의 살아남은 아들 루키우스는 물론 홀로 남은 비불루스의 아내도 빈털터리였다. 그들은 저택이 경매에 붙여지기 전 살림을 정리하고 있었던 것이다.

"맙소사, 맙소사, 맙소사!" 크고 거칠고 남자처럼 굵은, 친숙한 목소리가 말했다.

언제나처럼 볼품없고 막사 재료같이 거친 갈색 천으로 된 옷을 입은 포르키아였다. 풍성하고 멋진 곱슬머리는 반쯤 핀에서 빠져나와 흐트러져 있었다.

"다 제자리에 갖다놔!" 브루투스가 그녀에게 성큼성큼 다가서며 소리쳤다.

다음 순간 그는 땅바닥에서 들어올려져 폐에서 공기가 빠져나올 만큼 꽉 끌어안긴 채 그녀의 냄새를 맡고 있었다. 잉크와 종이, 오래된 양모, 책 들통의 가죽 냄새. 포르키아, 포르키아, 포르키아!

상황이 어쩌다 그리된 건지는 브루투스도 전혀 모를 일이었다. 이런 인사는 전혀 새로울 것이 없었기 때문이다. 포르키아는 옛날부터 브루투스를 들어올려 으스러지게 안아주었으니까. 하지만 이번에는 그녀의 뺨에 짓눌린 그의 입술이 갑자기 그녀의 입술을 찾았고, 두 입술이 단단히 포개졌다. 브루투스는 영혼을 엄습하는 뜨거운 파도에 휩싸여 애써 그녀의 품에서 두 팔을 빼내고 그녀의 등을 껴안았다. 그리고 평생 처음 느껴보는 열정이 치솟는 것을 느끼며 그녀에게 키스했다. 포르키아도 그에게 키스했다. 그녀의 눈물맛이 포도주나 미식에 오염되지 않은 그녀의 미묘한 숨결과 뒤섞였다. 입맞춤은 오래오래 이어져 몇 시간이 흐른 것처럼 느껴졌지만 그녀는 그를 밀어내거나 냉담하게 굴지 않았다. 그녀의 황홀감은 너무나 컸고, 그녀의 갈망은 너무나 오래되었으며, 그녀의 사랑은 너무나 압도적이었다.

"사랑해!" 브루투스는 말을 할 수 있게 되자 포르키아의 멋진 머리카락을 쓰다듬으며 말했다. 그는 손가락 끝으로 타닥거리는 머리카락의 생명력을 한껏 탐닉했다.

"오, 브루투스, 난 언제나 오빠를 사랑했어요! 늘, 언제나!"

두 사람은 주랑에 버려진 의자 두 개를 발견하고는 손을 꼭 잡고 가서 앉았다. 눈물이 그렁그렁한 서로의 눈을 들여다보며 웃고 또 웃었다. 마법을 발견한 두 명의 어린아이들처럼.

"마침내 집에 왔어." 브루투스가 입술을 떨며 말했다.

"믿어지지가 않아요." 포르키아는 그렇게 말하고 몸을 기울여 그에게 다시 키스했다.

열 명도 넘는 사람들이 이 재회의 현장을 목격했지만 비불루스의 아들말고는 모두 하인들이었다. 비불루스의 아들은 집사에게 윙크를 하고는 조용히 자리를 떴다.

"전부 다 도로 갖다놔." 시간이 좀 흐른 뒤 브루투스가 다시 말했다.

"안 돼요. 통지를 받았어요."

"내가 이 집을 살 거야, 그러니 다 도로 집어넣어." 그가 고집을 부렸다.

포르키아의 사랑스러운 회색 눈이 엄한 기운을 띠었다. 갑자기 카토가 보였다. "안 돼요, 아버지가 용납하지 않으실 거예요."

"내 사랑, 외삼촌은 용납하실 거야." 브루투스는 아주 진지하게 말했다. "포르키아, 카토가 어떤 분인지 잘 알잖아! 내가 이 집을 사는 걸 공화파의 승리로 여기실 거야. 옳은 행동이라 여기실 거라고. 가문을 돌보는 게 가장의 임무잖아. 카토가 당신 딸을 노숙자로 만드실까? 이건 카이사르가 잘못한 거야. 루키우스 비불루스는 공화파의 일원이라기엔 지나치게 어린데."

"저애 아버지는 공화파의 핵심인물이었잖아요." 포르키아가 고개를 돌리자 브루투스에게 카토와 판박이인 그녀의 옆얼굴이 보였다. 그의 눈엔 귀족적인 매부리코와 마음이 산란하도록 아름다운 입. "그래요, 옳은 행동이라는 말 이해돼요." 그녀는 이렇게 말하고 걱정스런 얼굴로 브루투스를 보았다. "하지만 입찰자들이 많을 텐데. 다른 사람이 이 집을 사면 어쩌죠?"

브루투스가 소리내 웃었다. "포르키아! 누가 경매에서 마르쿠스 유니우스 브루투스를 이길 수 있겠어? 게다가 이 집이 좋기는 하지만 폼페이우스 마그누스나 메텔루스 스키피오의 저택 같은 곳들과는 비교가 안 돼. 큰손들은 그런 대단한 저택들에 몰릴 거라고. 난 직접 경매에 참여하지 않고 대행인을 쓸 거니까 로마 사람들의 입에 오르내릴 걱정도 없어. 그리고 네 아버지의 루카니아 부동산 경매에도 참여할 거야. 다른 부동산은 말고 그것만. 네가 아버지의 유산 하나쯤은 영원히 보유할 수 있게 해주고 싶어."

포르키아의 두 손에 눈물이 떨어졌다. "아버지가 이미 죽은 것처럼 말하네요, 브루투스."

"대부분 사면을 받겠지만, 포르키아, 카이사르가 아프리카 속주로 간 지도자들과는 결코 화해하지 않을 것임을 너도 알고 나도 알잖아. 하지만 카이사르도 영원히 살진 못해. 그가 카토 외삼촌보다 나이가 많으니, 어쩌면 외삼촌은 언젠가 귀국하실 수 있을지도 모르지."

"오빠 왜 카이사르에게 사면해달라고 빌었어요?" 그녀가 불쑥 물었다.

그의 얼굴이 순식간에 어두워졌다. "난 카토가 아니니까, 내 사랑. 나도 내가 외삼촌 같았으면 좋겠어! 아, 그러길 얼마나 간절히 원하는지 모를 거야! 하지만 네가 정말 나를 사랑한다면 내가 어떤 사람인지 알아야 해. 우리 어머니 말대로 겁쟁이지. 난—나도 왜 그런지 모르겠어. 전투라든지 카이사르 같은 사람에게 거역하는 일이 닥치면 말이야, 그냥 산산조각 나버려."

"아버지는 오빠가 카이사르에게 굴복했으니 내가 오빨 사랑하는 것은 옳은 행동이 아니라고 하실 거예요."

"그래, 그러시겠지." 브루투스는 웃음을 지으며 동의했다. "그것이 우리가 미래를 함께할 수 없다는 뜻일까? 난 아니라고 봐."

포르키아는 두 팔을 활짝 펴더니 브루투스를 세게 껴안았다. "난 여자고, 여자는 약해요, 아버지가 그렇게 말씀하셨죠. 아버진 허락하지 않으시겠지만 난 오빠 없인 살 수 없어요, 오빠 없이 살지 않을 거예요!"

"그럼 날 기다려줄래?" 그가 물었다.

"기다려요?"

"카이사르가 내게 집정관급 임페리움을 줬어. 난 곧 이탈리아 갈리아 총독으로 떠나."

포르키아가 포옹을 풀고 그에게서 떨어졌다. "카이사르!" 그녀는 쉿소리를 냈다. "모든 게 다 카이사르한테로 돌아가죠, 오빠의 끔찍한 어머니마저도!"

브루투스의 어깨가 떨리며 구부정해졌다. "그걸 난 어려서 카이사르를 처음 만났을 때부터 알고 있었어. 그가 먼 히스파니아에서 재무관으로 일한 뒤 돌아왔을 때였지. 그는 그 모든 여자들 가운데 서 있었는데 마치 신처럼 보였어. 정말 충격적이었지! 정말로—왕 같았어. 내 어머니는 심장을 관통당했지—그가 어머니를 베어버렸어! 그토록 자부심 강한 어머니를! 파트리키 세르빌리아 카이피오니스를. 하지만 어머닌 그를 위해 자부심을 버렸지. 내 의붓아버지 실라누스가 죽은 후 어머닌 카이사르와 결혼하게 될 거라고 생각했어. 하지만 카이사르는 어머니가 불충한 아내였다며 거부했어. '당신하고만, 오직 당신하고만 그랬는데!' 하고 어머니는 울부짖었지. 누구와 외도를 했는지는 전혀 중요하지 않다고 그는 말했어. 누구랑 그랬든 어머니가 불충한 아내라는 사실은 변하지 않는다고."

"오빠 그걸 다 어떻게 알아요?" 홀린 듯 듣고 있던 포르키아가 물었다.

"그날 어머니가 집에 와서 모르몰리케처럼 포효하고 비명을 질러댔으니까. 온 집안사람들이 다 들었어." 브루투스가 간단하게 대답하고 몸을 떨었다. "하지만 카이사르는 그런 사람이야. 카토 외삼촌 같은 사람이어야 그에게 저항할 수 있어. 하지만 나는 외삼촌이 아니야, 내 사랑." 브루투스는 눈물이 그렁그렁한 눈으로 포르키아의 두 손을 잡았다. "약한 나를 용서해줘, 포르키아! 아직 법무관도 안 된 내가 집정관 임페리움을 받았어! 이탈리아 갈리아 총독 직도! 내가 어떻게 카이사르에게 싫다고 할 수 있겠어? 내겐 그럴 힘이 없어."

"그래요, 이해해요." 포르키아가 걸걸한 목소리로 말했다. "가서 속주를 다스려요, 브루투스. 기다릴게요."

"내가 어머니한테 우리 사이에 관해 아무 말도 하지 않으면 섭섭하겠니?"

포르키아는 특유의 이상한 웃음을 웃었다. 즐거워하는 웃음은 아니었다. "아니요, 사랑하는 브루투스, 섭섭하지 않아요. 오빠도 어머니가 무섭겠지만 난 더 무서워요. 괴물을 깨우는 일은 최대한 미루자고요. 당분간 계속 클라우디아의 남편으로 지내요."

"카토 외삼촌한테선 소식 들었어?"

"아뇨, 전혀. 마르키아도 못 듣고 있어요. 마르키아의 처지가 아주 딱해요. 물론 이제 친정으로 돌아가야 하죠. 필리푸스가 마르키아를 위해 애썼지만 카이사르는 단호했어요. 아버지의 전 재산은 몰수됐고요. 아버지가 클로디우스 화재 사건 이후 포르키우스 회당을 재건할 때 마르키아는 자기 지참금을 아버지한테 줬잖아요. 필리푸스는 지금 기분이 안 좋아요. 마르키아가 너무 많이 울어요, 브루투스!"

"네 지참금은?"

"내 지참금도 포르키우스 회당 재건에 들어갔어요."

"그럼 내가 비불루스의 은행가들한테 네게 줄 돈을 맡길게."

"아버지가 허락하지 않으실걸요."

"외삼촌이 네 지참금을 가져갔으니 이 문제에는 의견을 내실 권리가 없어. 이리 와, 내 사랑." 그는 그렇게 말하고 그녀를 일으켜세웠다. "너와 다시 키스하고 싶어, 보는 눈이 좀 적은 데서." 그녀의 서재 문간에서 그는 진지하게 그녀를 보며 말했다. "우린 사촌지간이야, 포르키아. 자식은 낳지 말아야 할지도 몰라."

"반쪽짜리 사촌이죠." 포르키아가 합리적으로 말했다. "오빠 어머니랑 우리 아버지는 이부남매니까요."

사면받지 못한 공화파 사람들의 재산이 경매로 나오자 숨어 있던 막대한 돈이 나타났다. 브루투스는 스캅티우스를 통해 입찰하여 어려움 없이 비불루스의 저택과 카이에타의 큰 빌라, 에트루리아의 라티푼디움, 캄파니아의 농장과 포도원을 사들였다. 포르키아와 어린 루키우스가 수입을 얻을 최선책은 비불루스의 모든 자산을 사들이는 거라고 판

단한 것이다. 하지만 불운하게도 카토의 루카니아 부동산을 사는 데는
실패했다.

카이사르의 대행인 가이우스 율리우스 아르베르누스가 카토의 부동
산을 모조리 사들인 것이다. 실제 가치보다 훨씬 많은 돈을 내고서. 브
루투스의 대행인 스캅티우스는 입찰가가 터무니없이 높아지자 포기했
다. 카이사르가 그렇게 한 이유는 두 가지였다. 카토의 전 재산이 자기
손아귀에 떨어지는 것을 보는 만족감을 원했고, 그걸로 자신의 예전 백
인대장 세 명을 원로원 입회 자격을 얻을 만큼 부자로 만들려고 했기
때문이다. 데키무스 카르풀레누스를 비롯한 그 세 명은 시민관을 받았
고, 카이사르는 용맹한 자에게 수여하는 주요 관을 탄 사람은 모두 원
로원에 입회시킨다는 술라의 법을 따를 생각이었다.

"이상한 건 왠지 아버지가 허락하실 듯하다는 거예요." 포르키아는
작별인사를 하러 온 브루투스에게 말했다.

"확신컨대 카이사르는 카토 외삼촌의 허락을 바라지 않았어." 브루
투스가 말했다.

"그럼 카이사르는 우리 아버지를 모르는 거예요. 아버진 카이사르만
큼이나 용맹함을 높이 사요."

"두 사람 사이의 끔찍한 증오로 볼 때 두 사람 다 서로를 이해하지
못해, 포르키아."

폼페이우스의 카리나이 저택은 마르쿠스 안토니우스가 3천만 세스
테르티우스에 낙찰받았다. 하지만 안토니우스가 경매 담당자들에게
현금이 좀더 생길 때까지 지불을 늦추겠다고 슬쩍 말하자 담당자들 중
우두머리가 그를 한쪽으로 데려갔다.

"죄송하지만 마르쿠스 안토니우스, 전액을 즉시 내셔야 합니다. 카이

사르의 명령입니다."

"하지만 그럼 난 빈털터리가 된단 말이오!" 안토니우스가 성이 나서 말했다.

"지금 내십시오, 아니면 자산을 압수당하고 벌금을 물게 됩니다."

안토니우스는 욕을 퍼부으며 돈을 냈다.

반면 캄파니아의 팔레르누스 공유지에 있는 렌툴루스 크루스의 라티푼디움과 여러 비옥한 포도원의 새 주인이 된 세르빌리아는 카이사르가 손을 써서 훨씬 나은 결과를 봤다.

"가격의 3분의 1을 할인해드리라는 지시를 받았습니다." 세르빌리아가 대금 지불을 위해 사무소에 나타나자 경매 담당자가 말했다. 그녀는 굳이 대행인을 쓰지 않았는데, 통념상 여자는 이토록 공적인 행사에 모습을 드러내서는 안 되었기에 직접 입찰하는 것이 한층 더 재미있었기 때문이다.

"누구의 지시죠?"

"카이사르의 지시입니다, 마님. 그분은 마님께서 이해하실 거라고 하셨습니다."

키케로를 비롯해 대다수 로마인이 이해했다. 키케로는 웃다가 의자에서 떨어질 뻔했다. "아, 참 잘했군, 카이사르!" 그는 그 모든 소식을 전하러 온 (또다른 성공적인 입찰자인) 아티쿠스에게 소리쳤다. "3분의 1 할인이라! 3분의 1! 카이사르의 재치는 인정해줘야 한다니까!" 그 장난은 물론 세르빌리아의 셋째딸 테르툴라가 카이사르의 자식이라는 사실과 관련이 있었다.

그 재치는 세르빌리아를 전혀 즐겁게 하지 못했지만, 그녀의 불쾌감이 할인을 거절할 정도로 대단하지는 않았다. 어쨌거나 1천만은 큰돈이니까.

어떤 경매에도 참여하지 않은 가이우스 카시우스 역시 즐겁진 않았다. "감히 내 아내가 사람들 입에 오르내리게 하다니! 만나는 사람마다 테르툴라의 이름을 입에 올린다고!"

아내와 카이사르의 관계보다 카시우스를 더 화나게 하는 일은 따로 있었다. 동갑이고 관직의 사다리에서 똑같은 위치에 있는 브루투스는 집정관급 총독으로 이탈리아 갈리아를 다스리러 가는데 자기는 아시아 속주의 법무관급 보좌관 직을 받았기 때문이다. 그곳 총독인 바티아가 그의 동서이긴 했지만, 카시우스가 그다지 좋아하는 사람은 아니었다.

5장
쓰라린 승리

기원전 46년 1월부터
7월까지

풀비아

포르키아

칼푸르니아

1 푸블리우스 시티우스는 캄파니아 누케리아 출신의 로마인 기사로, 상당한 부자에 교육도 잘 받았다. 술라와 키케로의 벗이기도 했다. 그는 위대한 폼페이우스와 마르쿠스 크라수스가 처음으로 집정관을 지낸 후 몇 년 동안 여러 차례 투자에 실패했고, 그래서 로마의 합법 정부를 전복시키려던 카틸리나의 음모에 가담하게 되었다. 그를 매료시킨 건 전면적 부채 탕감을 실시하겠다는 카틸리나의 약속이었다. 당시에 시티우스는 그렇게 생각하지 않았지만, 알고 보니 그의 재정 곤란은 카틸리나가 권력을 잡기를 기다리며 이탈리아에서 꾸물대기에는 지나치게 심각했다. 그리하여 키케로와 히브리다의 집정기가 시작되었을 때 시티우스는 먼 히스파니아로 달아날 수밖에 없었고, 그곳도 로마에서 충분히 멀지 않은 것으로 판명되자 마우레타니아 서부의 수도인 팅기스로 이주했다.

그 괴로운 시기를 거치면서 푸블리우스 시티우스는 자기한테 있는지도 몰랐던 특징들을 끌어내게 되었다. 투기를 좋아하는 사업가가 감언이설에 능하고 수완 좋은 약탈자로 변모하여 마우레타니아 서부의 통치자인 보쿠스 왕의 군대를 재정비하고 왕에게 소규모이지만 번듯한 해군을 제공하기까지 한 것이다. 보쿠스의 왕국은 그의 형제 보구드의 마우레타니아 동부 왕국보다 누미디아에서 멀리 떨어져 있었지만, 보쿠스는 누미디아 유바 왕의 머릿속에서 들끓는 팽창주의 때문에 겁을 잔뜩 먹고 있었다. 유바는 제2의 마시니사가 되기로 결심했는데, 누미디아의 동쪽 국경에는 로마의 아프리카 속주가 있으니 국토를 팽창시킬 수 있는 것은 서쪽뿐이었다.

보쿠스 군대의 정원이 채워지자 시티우스는 보구드의 군대를 위해서도 똑같은 일을 했다. 보상은 만족스러웠다. 돈과 팅기스의 궁전, 아름다운 여인들로 가득한 하렘을 받았고 사업 때문에 골치 아플 일도 없었다. 확실히, 재능 있는 약탈자의 삶은 이탈리아의 이런저런 음모에 기웃거리는 것보다 나았다!

카이사르가 루비콘 강을 건넌 후 누미디아의 유바 왕이 공화파 지지를 선언하자, 마우레타니아의 보쿠스와 보구드는 카이사르를 지지하는 수밖에 없었다. 푸블리우스 시티우스는 마우레타니아의 군대를 더욱 단단히 준비시키고 향후 사태를 관망했다. 카이사르가 파르살로스에서 승리했을 때는 크게 안도했으며, 파르살로스의 공화파 생존자들이 아프리카 속주를 저항의 근거지 삼기로 했다는 소식에는 큰 충격을 받았다. 너무 가깝지 않은가!

그리하여 시티우스는 우티카와 하드루멘툼의 첩자를 몇 명 고용하여 공화파의 움직임을 보고받으며 카이사르가 침략해오기를 기다렸다. 카이사르는 반드시 올 터였다.

하지만 카이사르의 침략은 여러 면에서 순탄치 않게 시작되었다. 카이사르와 그의 첫 함대는 렙티스 미노르에 상륙할 수밖에 없었는데, 그곳보다 북쪽에 있는 항구는 모두 공화파가 삼엄하게 요새화해놓아서 접근이 불가능했기 때문이다. 렙티스 미노르에는 항만시설이 없었기 때문에 배로 긴 해변에 최대한 가까이 간 후 병사들은 얕은 물속으로 뛰어내리라는 명령을 받았다. 물론 카이사르가 제일 먼저 뛰어내렸다. 그러나 그의 전설적인 행운이 그를 버렸다. 뛰어내릴 때 휘청하더니 무릎까지 오는 물속에 대자로 넘어져버린 것이다. 아주 불길한 징조였다! 모든 사람들이 눈을 크게 뜨고 숨을 헐떡이며 중얼거리기 시작했다.

카이사르는 고양이처럼 민첩하게 일어서며 두 주먹을 머리 위로 치켜들었다. 주먹 안에서 모래가 줄줄 흘러내렸다.

"아프리카여, 너는 내 손안에 있다!" 그는 그렇게 소리치며 흉조를 길조로 탈바꿈시켰다.

또한 카이사르는 스키피오 집안사람 없이는 로마가 아프리카에서 승리하지 못한다는 오랜 전설도 무시하지 않았다. 공화파 사령부에는 메텔루스 스키피오가 있었지만, 카이사르에게는 명목뿐인 부관 스키피오 살비토가 있었다. 카이사르가 로마의 매음굴에서 데려온 코르넬리우스 스키피오 가문의 남우세스러운 자손이었다. 물론 카이사르 자신은 그 전설이 말도 안 된다고 생각했다. 가이우스 마리우스는 스키피오 가문의 사령관 없이 아프리카에서 승리했다. 게다가 술라가 코르넬리우스 집안사람이었음에도.

이 모든 일들은 카이사르의 군대가 계속 반항적이라는 사실에 비하면 사소한 문제였다. 9군단과 10군단이 14군단과 함께 시칠리아에서 처음 일으킨 반란은 진압되었지만, 아프리카에 상륙하자마자 반란은 다시 불붙었다. 카이사르는 병사들을 집합시켜 몇몇을 채찍형에 처했고, 비선출 군무관 가이우스 아비에누스를 비롯한 다섯 명의 주동자들에게 집중했다. 그 다섯 명은 배에 태워졌고 그들의 모든 소지품은 이탈리아로 돌려보내졌다. 그들은 어떤 토지도 보상도 없이 파면당했다.

"내가 마르쿠스 크라수스 같은 사람이었다면 너희들을 십분형에 처했을 것이다." 카이사르는 집합한 병사들에게 외쳤다. "너희들한테 베풀 자비는 없다! 하지만 난 날 위해 용감히 싸워온 사람들을 처형할 순 없다!"

물론 카이사르의 군단병들이 불만을 품었다는 소식은 공화파의 귀에 들어갔고, 라비에누스는 기뻐서 환성을 질렀다.

"엉망진창이군!" 카이사르는 언제나처럼 그와 함께인 칼비누스에게 말했다. "8개 군단 중에 3개는 전투 경험 없는 신병들이고, 나머지 노련병 5개 군단 중 3개는 신뢰할 수가 없다니."

"그들은 언제나처럼 장군을 위해 열심히 싸울 겁니다." 칼비누스가 느긋하게 말했다. "장군은 마르쿠스 크라수스 같은 바보들과는 전혀 다르게 군인들을 다루는 데 천재적인 솜씨가 있으니까요. 네, 장군이 그분을 좋아했다는 건 압니다만, 십분형을 실시하는 사령관은 바보죠."

"내가 너무 나약했던 것뿐이오." 카이사르가 말했다.

"장군께도 나약함이 있다는 걸 아니 안심이 되는군요, 가이우스. 병사들도 나와 마찬가지일 겁니다. 저들이 장군의 관용 때문에 장군을 업신여길 일은 없어요." 그는 카이사르의 팔을 가볍게 두드렸다. "더는 반란이 없을 겁니다. 가서 신병들을 훈련시키십시오."

카이사르는 그 조언에 따랐고, 자신의 행운이 돌아왔음을 발견했다. 신병 3개 군단을 훈련시키던 중에 라비에누스가 이끄는 더 큰 병력과 마주쳤는데, 늘 그랬듯 카이사르 특유의 대담함으로 패배를 모면하고 달아난 것이다. 라비에누스는 더는 환성을 지르지 않았다.

푸블리우스 시티우스는 그 모든 일들을 보고받았다. 그와 마우레타니아의 두 왕은 카이사르가 수적으로 무척 열세라서 지게 될까봐 걱정하기 시작했다.

시티우스는 생각했다. 카이사르를 돕기 위해 마우레타니아는 무엇을 할 수 있을까? 아프리카 속주에서는 할 수 있는 일이 없었다. 마우레타니아 군대는 누미디아 군대와 비슷했기 때문이다. 근접해서 싸우지 않고 창기병처럼 싸우는 경무장 기병대로 구성된 군대였다. 기병과 말 들을 바닷길로 1천500킬로미터 넘게 수송할 배들은 턱없이 부족했다. 그래서 시티우스는 누미디아 서부를 침공해서 유바 왕이 자기 왕국을 지키러 돌아가게 만드는 것이 최선이라고 판단했다. 그러면 공화파는 기병대가 매우 부족해질 것이고 보급품의 주요 공급 경로도 하나 잃게 될 것이었다.

유바 왕은 뻔뻔한 시티우스가 침략했다는 소식을 듣자마자 크게 당황하여 급히 서쪽으로 철군했다.

"얼마나 오래 유바를 잡아둘 수 있을지 모르겠습니다." 시티우스는 카이사르에게 편지를 썼다. "하지만 저와 제 왕들은 적어도 유바의 부재가 장군께 숨쉴 틈을 줄 수 있기를 바랍니다."

그 숨쉴 틈을 카이사르는 효과적으로 활용했다. 가이우스 살루스티우스 크리스푸스와 1개 군단을 연안의 만곡부에 위치한 큰 섬 케르키나에 보냈다. 공화파는 케르키나에 막대한 양의 곡물을 비축해놓고 있었다. 수확기 이후였지만 속주의 곡물은 카이사르에게 들어오지 않았다. 바그라다스 강의 밀 라티푼디움이 공화파 전선의 서쪽에 있었기 때문이다. 렙티스 미노르 인근 카이사르의 영역은 속주에서 가장 가난한 지역이었고 탑수스 이남은 더 가난했다.

"공화파가 잊은 것은," 카이사르는 아벨라에서 돌에 맞은 상처로부터 회복된 살루스티우스에게 말했다. "가이우스 마리우스가 그의 노련병들을 케르키나에 정착시켰다는 거야. 우리 아버지에게 그 임무를 맡겼지. 그래서 케르키나 주민들은 카이사르라는 이름을 잘 알고 있어. 살루스티우스 자네한테 이번 일을 맡기는 건, 자네는 나무에 앉은 새들도 내려오게 할 만큼 언변이 좋기 때문이네. 가이우스 마리우스 수하 노련병들의 자식과 손자에게 카이사르는 마리우스의 처조카이니 카이사르에게 충성해야 한다고 설득하게. 말을 잘하면 싸우지 않아도 될 거야. 난 그곳 주민들이 메텔루스 스키피오가 쌓아놓은 곡식을 기꺼이 내게 넘겨주기를 바라네. 그렇게 되면 우린 아프리카에 아무리 오래 머물러도 배를 곯는 일이 없을 테니까."

살루스티우스가 군대와 함께 배를 타고 케르키나로 가는 짧은 시간에 카이사르는 진지를 요새화하고 바그라다스와 카타다 강 유역의 밀 부호들에게 위로의 편지를 보내기 시작했다. 메텔루스 스키피오가 쓸데없이 적으로 돌리고 있는 자들이었다. 메텔루스 스키피오는 돈도 내지 않고 군인들에게 먹일 충분한 곡물을 확보한 뒤 왜인지는 몰라도 농경지를 불태우는 방침을 내렸고, 내년에 거둘 농작물이 싹트고 있던 수많은 들판이 불태워졌다.

카이사르는 조카 퀸투스 페디우스에게 말했다. "그 얘길 들어보니 메텔루스 스키피오는 공화파가 질 거라고 생각하는 모양이군."

"누가 이기든 지는 셈입니다." 뼛속까지 농사꾼인 퀸투스 페디우스가 말했다. "우린 이번 일이 제때 끝나서 다시 작물을 심을 수 있게 되길 바라야 할 겁니다. 겨울이 되면 비가 더 많이 내릴 테고, 타고 남은 그루터기를 갈아엎으면 도움이 될 거예요."

"살루스티우스가 성공하길 바라자고." 카이사르의 대답이었다.

두 장날 주기 후 살루스티우스와 군대가 돌아왔다. 환하게 웃는 얼굴이었다. 상황을 들은 케르키나 주민들은 만장일치로 카이사르 지지를 선언했다. 곡식의 대부분을 그곳에 보관하며 공화파의 곡물 수송선단이 와도 넘기지 않고 카이사르가 필요할 때마다 보내주겠다는 것이었다.

"훌륭해!" 카이사르는 말했다. "이제 남은 건 전면전을 벌이고 이 망할 전쟁을 끝내버리는 거야."

말처럼 쉬운 일은 아니었다. 유바 왕이 없는 상황에서, 사령부 막사의 메텔루스 스키피오도 야외의 라비에누스도 카이사르처럼 교활한 인물과의 전면전은 원하지 않았기 때문이다. 그의 노련병들이 불만을 품었다 해도 마찬가지였다.

카이사르는 푸블리우스 시티우스에게 편지를 써서 철수하라고 지시했다.

달력상의 시간보다 실제로는 더 많은 시간이 지체되었다. 카이사르의 지시로 신관단이 2월 다음에 윤달을 둔다고 선포했기 때문이다. 그 결과 23일이 추가되었다. 메르케도니우스라고 불린 이 짧은 달은 양측 모두 3월이 도무지 끝나지 않을 것 같다고 하면서 달력에 들어가게 되었다. 하드루멘툼 근처에서 야영중인 공화파 군대와 렙티스 미노르 근처의 카이사르 군대는 두 달 동안 교착상태를 겪어야 했고, 그동안 누미디아 서부의 유바 왕은 교활한 푸블리우스 시티우스를 잡으려고 했다. 마침내 카이사르의 편지를 받은 시티우스는 3월 말경 철수했고 유바는 얼른 아프리카 속주로 돌아갔다.

그럼에도 불구하고 카이사르는 반드시 전면전을 해야 했지만, 공화파는 그를 지나치게 경계했다. 그들은 작은 접전을 벌이고는 달아나기를 반복했다. 좋아, 이런 식으로 나오시겠단 말이지! 카이사르는 내륙 쪽에서 탑수스를 공격해야만 했다. 렙티스 미노르에서 남쪽으로 그리 멀지 않은 도시 탑수스는 이미 바다 쪽으로 봉쇄되어 있었지만 라비에누스는 그곳을 삼엄하게 요새화하여 그대로 유지하고 있었다.

유바와 그의 전투용 코끼리 부대를 포함한 공화파 전군의 합동 사령관 메텔루스 스키피오와 라비에누스가 뒤쫓는 가운데, 카이사르는 군대를 이끌고 렙티스 미노르를 벗어나 탑수스 쪽으로 이동했다. 4월 초였다.

짠내 나고 불편한 해안이라는 여건이 카이사르가 오랫동안 기다린 기회를 주었다. 폭 2킬로미터에 길이 수 킬로미터인 편평한 모래톱이 나타난 것이다. 한쪽 끝은 바다와 닿아 있었고 반대쪽은 거대한 염수 석호였다. 속으로 환호성을 지르며 카이사르는 군대를 모래톱으로 이끌었고, 계속 밀집 대형으로 행군시켜 모든 병사들이 모래톱 안에 들어가게 했다.

일종의 도박이었지만, 카이사르는 왜 그가 통상적인 기다란 8열 종대가 아니라 넓적한 직사각형 대열로 바꾸었는지 라비에누스가 모를 거라고 추측했다. 카이사르는 라비에누스를 알았고, 그가 자신의 행보에 관해 단순히 미행중인 공화파 군대에 공격당할 것을 예상해서 최대한 빨리 모래톱을 벗어나려는 거라 생각하리라고 믿었다. 사실 카이사르는 공격을 감행할 작정이었다.

카이사르가 모래톱으로 군대를 몰아넣자마자 라비에누스는 해야 할 일을 깨닫고 실행에 옮겼다. 아프라니우스와 유바가 이끄는 그의 보병 대다수는 카이사르가 모래톱 밖으로 빠져나가지 못하게 다가갔고, 그동안 라비에누스와 메텔루스 스키피오는 기병대와 발이 빠른 노련병 군단들을 이끌고 초호의 내륙 쪽을 돌아 카이사르군이 전진하는 쪽으로 갔다.

카이사르군의 나팔들이 울리자 군대는 순식간에 두 덩어리로 나뉘었다. 나이우스 도미티우스 칼비누스가 이끄는 절반은 방향을 틀어 아프라니우스와 유바 쪽으로 돌진했고 카이사르와 퀸투스 페디우스가 이끄는 나머지 절반은 원래 가던 방향으로, 라비에누스와 메텔루스 스키피오 쪽으로 돌진했다. 카이사르의 최정예 군단병들이 대열의 앞과 뒤를 맡았고 가운데에는 신병들이 있었다. 두 덩어리의 선두가 서로 반대쪽으로 방향을 틀자 신병들은 두 덩어리의 후미에 있게 되었다.

탑수스 전투라고 불리게 된 그 싸움에서 공화파는 완패했다. 카이사르의 비난과 자비 모두가 쓰라렸던 그의 노련병들, 특히 10군단은 오랜 군 생활 가운데 아마도 최고로 잘 싸웠다. 날이 저물 무렵 공화파 군인 1만 명이 죽어서 전장을 뒤덮었고, 아프리카에서의 조직적 저항은 끝났다. 이 전투에서 카이사르가 가장 실망한 것은 중요 인사 포로들이 부족하다는 사실이었다. 메텔루스 스키피오, 라비에누스, 아프라니우스, 페트레이우스, 섹스투스 폼페이우스, 총독 아티우스 바루스, 파우스투스 술라, 루키우스 만리우스 토르콰투스는 모두 달아났다. 유바 왕도 마찬가지였다.

"다른 곳에서 저항이 계속될까봐 몹시 걱정스럽군요." 나중에 칼비누스는 카이사르에게 말했다. "아마도 히스파니아겠지요."

"그렇게 된다면 나는 히스파니아로 가겠소." 카이사르가 엄한 목소리로 말했다. "공화파의 대의는 반드시 말살되어야 하오, 칼비누스. 그렇지 않으면 내가 만들고자 하는 로마는 보니가 생각하는 모스 마이오룸으로 되돌아가버릴 테니까."

"그렇다면 카토를 반드시 제거해야겠군요."

"죽인다는 의미라면, 제거하진 않을 것이오. 나는 그들 중 누구도 죽기를 원치 않지만 특히 카토는 죽어선 안 되오. 다른 자들은 자신의 오류를 깨닫게 될지도 모르지만 카토는 절대 그러지 않을 거요. 왜냐? 그의 머릿속에는 그런 기능을 하는 부분이 없기 때문이오. 하지만 그는 반드시 살아서 원로원에 들어와야 하오. 난 전시품으로서 카토가 필요하오."

"카토가 순순히 그러진 않을 겁니다."

"그는 자기가 전시품인 줄도 모를 거요." 카이사르가 확신하는 말투로 말했다. "난 원로원과 민회에서의 처신에 관한 규정을 마련할 생각이오. 예를 들어 의사진행 방해 금지, 연설 시간제한 같은 것들 말이오. 확실한 증거 없이 동료를 고발하는 일도 금지할 것이오."

"그럼 우린 우티카로 진군합니까?"

"그렇소, 우티카로 진군하오."

메텔루스 스키피오가 보낸 전령이 탑수스 전투의 패배 소식을 전하러 왔다. 불과 몇 시간 후면 다른 도망자들이 들이닥칠 터였다. 그들 가운데 하급 군관보다 높은 계급의 사람은 아무도 없었다.

"루키우스 토르콰투스, 섹스투스 폼페이우스와 나는 하드루멘툼에 있는 나이우스 폼페이우스의 함대에 합류할 생각이네." 메텔루스 스키피오의 짧은 편지는 이렇게 전했다. "아직 우리의 다음 행선지는 정하지 못했지만 자네가 요청하지 않는 한 우티카는 아닐 거야, 마르쿠스 카토. 만약 자네가 카이사르에 대항할 만큼 사람들을 모을 수 있다면 함께 싸우겠네."

"카이사르의 병사들이 불만을 품었다고 들었는데." 카토는 허허로운 목소리로 아들에게 말했다. "우리가 반드시 이길 줄 알았다고!"

젊은 카토는 말이 없었다. 무슨 말을 하겠는가?

카토는 메텔루스 스키피오에게 우티카엔 신경쓰지 말라고 답장을 쓴 후 그 끔찍한 하루 내내 앉아 있었다. 다음날 동틀 무렵 루키우스 그라티디우스와 함께 탑수스에서 온 도망자들을 보러 갔다. 그들은 우티카 외곽의 오래된 진지에 모여 있었다.

"카이사르와 한번 더 싸울 만큼 충분한 병력이 있군." 카토는 그들 가운데 최고참인 하급 보좌관 마르쿠스 에피우스에게 말했다. "우티카 안에 잘 훈련받은 병사가 5천 명 있네. 여기 있는 자네들과 기꺼이 힘을 합칠 거야. 그리고 내가 자네들의 군장도 다시 마련해줄 수 있어."

에피우스는 고개를 저었다. "싫습니다, 마르쿠스 카토, 우린 더는 못 싸웁니다." 그는 몸을 떨며 '악마의 눈'을 쫓는 손동작을 했다. "우리는 이제 카이사르는 무적이라는 걸 깨달았습니다. 10군단의 백인대장들 중 한 명인 티티우스를 포로로 잡았는데, 메텔루스 스키피오가 직접 심문했습니다. 티티우스는 9군단과 10군단, 14군단이 이탈리아를 떠난 이래 두 번 반란을 일으켰음을 시인했습니다. 그런데도 카이사르가 전장에 내보내자 그들은 그를 위해 영웅처럼 싸웠죠."

"그 티티우스라는 백인대장은 어떻게 됐나?"

"처형됐습니다."

카토는 생각했다. 메텔루스 스키피오를 사령부에 들이지 말았어야 하는 이유가 이거야. 라비에누스도 마찬가지고. 카이사르라면 용맹한 백인대장 포로를 사면했을 것이다. 사람이라면 응당 그래야 하건만.

"자네들 모두 우티카의 항구로 가서 지금 대기중인 수송선에 타는 게 어떻겠나." 카토가 유쾌하게 말했다. "나이우스 폼페이우스의 수송 선단이라네. 아마 서쪽의 발레아레스 제도와 히스파니아로 갈 생각일 걸세. 확신컨대 그는 자네들한테 함께하자고 고집을 부리지는 않을 거 네. 그러니 이탈리아로 돌아가고 싶으면 그에게 말하게."

카토와 루키우스 그라티디우스는 우티카로 돌아왔다.

어제의 대혼란은 진정되었지만, 우티카 시는 카토가 행정장관으로 있던 수개월 동안 해온 전시 업무에 착수하지 않고 있었다. 시의 주요 인사 300명은 이미 장터에서 카토가 그들이 어떻게 하기를 원하는지 말해주길 기다리고 있었다. 그들은 카토를 진정으로 좋아했고 대다수 우티카 주민들도 그랬다. 카토는 고지식할 정도로 공정했고 그들의 고충에 기꺼이 귀를 기울였으며 무슨 일이 있어도 낙천적이었기 때문이다.

"아니요." 카토는 그로서는 매우 부드러운 목소리로 말했다. "이제 더는 내가 여러분을 대신해 결정을 내릴 수 없소. 카이사르에게 저항할지 사면을 청할지 결정하시오. 내 의견이 궁금하다면 사면을 청하라고 말하겠소. 그러지 않으면 포위 공격을 견뎌야 하는데, 그럼 여러분의 운명은 카르타고와 누만티아, 아바리쿰, 알레시아의 뒤를 따르게 될 것이오. 카이사르는 스키피오 아이밀리아누스보다도 포위 공격에 능하오. 그에게 대적하면 이 아름답고 부유한 도시는 완전히 파괴될 것이고 대다수 시민들이 죽을 것이오. 카이사르는 막대한 벌금을 부과하겠지만, 그것을 낼 수 있는 부는 유지할 수 있을 거요. 사면을 청하시오."

"우리가 노예들을 해방시켜 군대를 만들면 포위 공격에서 살아남을지도 모릅니다, 마르쿠스 카토." 주요 인사 한 명이 말했다.

"그건 도덕적이지도 합법적이지도 않소." 카토가 엄하게 말했다. "어떤 정부도 시민에게 노예들을 해방하라고 강요할 권위를 가져서는 안 되오."

"해방이 자발적인 것이라면요?" 다른 이가 물었다.

"그렇다면 나도 용인하겠지요. 하지만 부디 카이사르에게 저항하지 마시오. 여러분끼리 논의한 다음 결정되면 내게 알려주시오."

카토와 그라티디우스는 좀 걸어가서 분수의 갓돌에 앉았다. 젊은 카토가 합류했다.

"주민들이 싸울까요, 아버지?"

"그러지 않길 바란다."

"난 그랬으면 좋겠습니다." 그라티디우스는 눈에 눈물이 살짝 맺힌 채 말했다. "그들이 싸우지 않으면 나는 직업을 잃게 돼요. 순순히 카이사르에게 항복하는 건 생각하기도 싫습니다!"

카토는 대꾸가 없었다. 그는 토론중인 삼백인회를 쳐다보고 있었다.

금방 결정이 내려졌다. 우티카는 사면을 청할 터였다.

"내 말을 믿으시오." 카토가 말했다. "그게 최선이오. 나는 세상 어느 누구보다도 카이사르를 좋아할 이유가 없는 사람이지만, 그는 이 애석한 전쟁이 시작된 이후 계속해서 관용을 보여주고 있는 자비로운 자요.

여러분 중 누구도 고문당하거나 재산을 잃지 않을 것이오."

삼백인회 중 일부는 달아나기로 결정했다. 카토는 그들에게 공화파 대의에 속한 배들 가운데 수송선을 마련해주겠다고 약속했다.

"이렇게 마무리됐군." 카토는 젊은 카토, 그라티디우스와 함께 식당에 편안히 자리를 잡자 한숨을 쉬며 말했다. 스타틸로스가 불안한 표정으로 들어왔다.

"포도주 좀 따라주게." 카토가 집사 프로그난테스에게 말했다.

다른 사람들은 말을 멈추고 놀란 눈으로 이 집의 가장이 도자기 술잔을 집는 모습을 바라보았다.

"내 일을 다 끝냈으니 안 될 게 뭔가?" 카토는 그렇게 말하고서 포도주를 홀짝이더니 헛구역질을 했다. "이럴 수가! 포도주가 내게 맛없게 느껴지다니."

"마르쿠스 카토, 전할 소식이 있네." 스타틸로스가 말했다.

그의 말이 떨어지기 무섭게 음식이 나왔다. 갓 구운 빵과 기름, 닭구이, 샐러드와 치즈, 끝물인 포도.

"오전 내내 나가 있었지, 스타틸로스." 카토가 구운 닭다리를 베어먹으며 말했다. "정말 맛있군! 무슨 소식이길래 그리 겁을 먹었나?"

"유바의 기병들이 시골을 약탈하고 있네."

"다들 예상한 일 아닌가. 이제 먹게, 스타틸로스."

다음날 카이사르가 빠른 속도로 오고 있으며 유바는 누미디아 쪽으로 사라졌다는 소식이 전해졌다. 카토는 창문 너머로 삼백인회의 대표단이 승전자를 대접하기 위해 말을 타고 떠나는 것을 지켜본 뒤 항구로 시선을 옮겼다. 도망자들과 군인들이 허둥지둥 배에 오르고 있었다.

카토는 말했다. "오늘 저녁에 근사한 정찬 파티를 할 거야. 우리 셋이서만. 그라티디우스는 좋은 사람이지만 철학 애호가가 아니니까."

카토의 목소리가 어찌나 유쾌한지 젊은 카토와 스타틸로스는 당황해서 눈빛을 교환했다. 그는 정말로 할 일이 끝나서 저렇게 기쁜 것일까? 이제 뭘 하려는 생각일까? 카이사르에게 항복할까? 아니, 그런 일은 상상조차 할 수 없었다. 하지만 그는 얼마 안 되는 그의 옷가지와 책을 싸라는 명령도 내리지 않았고 배의 선실을 잡으려고도 하지 않았다.

주 광장에 위치한 행정장관의 멋진 집에는 제대로 된 욕실이 있었다. 카토는 욕조에 물을 받으라는 지시를 내리고 느긋하게 입욕을 즐겼다. 그가 목욕을 마치고 나왔을 때 식당엔 파티 준비가 끝났고 두 명의 정찬 손님은 긴 의자에 기대 누워 있었다. 젊은 카토가 오른쪽 긴 의자, 스타틸로스가 왼쪽 긴 의자였고 카토는 가운데 긴 의자였다. 카토가 들어오자 젊은 카토와 스타틸로스는 입을 벌리고 그를 쳐다보았다. 긴 머리카락과 수염이 사라졌고 오른쪽 어깨 아래 넓은 자주색 세로띠가 들어간 원로원 의원용 튜닉 차림이었기 때문이다.

카토는 아주 멋졌고 몇 살은 더 젊어 보였다. 머리카락은 붉은색이 다 빠졌지만 예전과 같은 머리 모양으로 빗겨져 있었다. 여러 달 금주한 덕에 그의 회색 눈은 옛날처럼 빛났고 폭음으로 인한 주름도 사라져 있었다.

"아, 배고파 죽겠군!" 카토는 가운데 의자에 앉으며 말했다. "프로그난테스, 식사!"

침울해할 수가 없었다. 카토의 유쾌함은 지나치게 전염성이 강했기 때문이다. 프로그난테스가 맛좋은 고급 빈티지 포도주를 가져오자 카토는 아주 천천히 음미한 뒤 맛있다고 하며 간간이 술잔을 홀짝거렸다.

식탁에 포도주와 두 종류의 고급 치즈, 포도만 남고 프로그난테스를 제외한 하인들은 모두 물러가자 카토는 긴 의자에서 팔꿈치를 편안히 받침에 기대고 누웠다.

"아테노도로스 코르딜리온이 그리울 거야," 그가 말했다. "하지만 네가 그의 자리를 대신해야 해, 마르쿠스. 제논이 실재라고 한 게 뭐지?"

아, 학교 때로 돌아갔군! 젊은 카토는 그렇게 생각하며 자동적으로 대답했다. "물질적인 것들입니다. 고체인 것들요."

"내 긴 의자는 고체냐?"

"네, 물론입니다."

"신은 고체고?"

"물론입니다."

"제논은 영혼이 고체라고 생각했나?"

"네, 그렇습니다."

"모든 고체인 것들 가운데 첫번째는 뭐지?"

"불요."

"불 다음은?"

"공기, 그다음이 물, 그 다음이 흙입니다."

"공기, 물, 흙은 반드시 어떻게 되지?"

"순환 끝에 불로 돌아갑니다."

"영혼은 불인가?"

"제논은 그렇게 생각했지만 파나이티오스는 동의하지 않았습니다."

"제논과 파나이티오스 외에 영혼을 논한 사람은?"

젊은 카토는 당황하여 스타틸로스를 쳐다보며 도움을 구했다. 스타틸로스는 갈수록 질겁한 표정으로 카토를 바라보고 있었다.

"플라톤을 통해 소크라테스의 말이 전해지지." 스타틸로스가 떨리는 목소리로 대답했다. "소크라테스는 제논의 큰 오류를 찾아내기는 했지만 완벽하게 스토아학파였네. 물질적인 안녕에 구애되지 않았지. 더위와 추위, 육신의 욕구조차."

"『파이드로스』나 『파이돈』에 영혼에 관해 나오나?"

스타틸로스는 거친 숨을 몰아쉬며 대답했다. "『파이돈』에 나오네. 거기서 플라톤은 소크라테스가 독미나리즙을 마시기 직전에 벗들에게 한 말을 논해."

카토는 웃으면서 두 손을 펼럭였다. "선한 사람들은 모두 자유롭고 악한 사람들은 모두 노예다─제논의 『역설』을 보자고!"

세 사람이 카토가 매우 좋아하는 주제에 대해 얘기하기 시작하자 영혼이라는 주제는 잊힌 것처럼 보였다. 스타틸로스는 에피쿠로스학파를, 젊은 카토는 소요학파를, 카토는 그 자신에 충실하게 스토아학파를 대변하는 역할을 맡았다. 토론은 간간히 웃음이 터지는 가운데 빠르게 진행되었고 참가자들은 망설임 없이 거의 자동으로 유명한 전제들을 말했다.

멀리서 천둥소리가 들렸다. 스타틸로스는 일어서서 남쪽 창가로 가 산 쪽을 바라보았다.

"거센 폭풍이 몰려오고 있어." 그는 그렇게 말한 뒤 더 작은 목소리로 덧붙였다. "거센 폭풍이." 그러고는 다시 기대 누워 에피쿠로스학파를 대변하며 자유와 예속을 옹호했다.

카토 자신도 모르는 사이 포도주가 영향을 미치기 시작했다. 그는 갑자기 거칠게 술잔을 남쪽 창문 밖으로 던지고 포효했다. "아니, 아니, 아니야! 종류를 불문하고 노예가 되기로 동의한 자유인은 악한 사람이야, 확실해! 무엇의 노예인가는 중요치 않아—음탕한 쾌락, 음식, 술, 시간 엄수, 돈, 어떤 것에든 스스로 그것의 노예가 되기로 한 자는 악한 사람이라고! 사악해! 부도덕해! 그런 사람의 영혼은 지독하게 더럽고 오물로 뒤덮여 타르타로스까지 내려가서 거기 영원히 머물게 될 거야! 오직 선한 사람의 영혼만 하늘로 치솟아 신의 영역으로 들어가! 신들이 아니라 신이지! 그러니 선한 사람은 절대 그 어떤 것에도 굴복하여 노예가 되지 않아! 그 어떤 것에도!"

스타틸로스는 그 열정적인 연설중에 젊은 카토 옆으로 기어가서 웅크리고 앉은 채 속삭였다. "기회를 봐서 아버지의 침실로 가 검을 훔치게."

젊은 카토는 펄쩍 뛰며 겁에 질린 눈으로 스타틸로스를 보았다. "이게 다 그래서입니까?"

"당연하지! 자네 부친께서는 자결하실 거야."

카토는 연설을 끝내고 몸을 떨며 앉아서 청중을 노려보았다. 그러더니 갑자기 휘청대며 일어나서 자기 서재로 비틀비틀 걸어갔다. 긴 의자에 남은 두 사람은 카토가 서재에서 두루마리 책들이 보관된 칸막이 수납장을 마구 뒤지며 책들을 집어던지는 소리를 들었다.

"『파이돈』, 『파이돈』, 『파이돈』!" 카토는 그렇게 외치며 킥킥 웃어대기까지 했다.

젊은 카토는 마음속으로 눈을 굴리며 숨죽인 채 스타틸로스를 쳐다보았고, 철학자는 젊은이를 부추겼다.

"가게, 마르쿠스! 어서 검을 훔쳐!"

젊은 카토는 아버지의 널찍한 침실로 달려가 벽걸이에 걸린 수대 옆에 매달린 검을 낚아챘다. 식당으로 돌아오자 프로그난테스가 포도주병을 들고 서 있었다. "여기, 이거 가져가서 숨기게!" 젊은 카토는 그렇게 말하며 집사에게 아버지의 검을 넘겼다. "어서! 어서!"

프로그난테스는 때맞춰 식당을 나갔다. 곧바로 카토가 두루마리 하나를 들고 나타난 것이다. 그는 그것을 가운데 의자에 내팽개친 뒤 아트리움 쪽으로 돌아섰다. "땅거미가 지는군. 문지기들에게 암호를 알려줘야 해." 그는 무뚝뚝하게 말하더니 식당을 나가며 방수 사굼을 대령하라고 소리쳤다. 비가 올 것 같았기 때문이다.

폭풍우가 점점 가까워지고 있었다. 번갯불이 푸르고 흰 빛을 번쩍이며 식당을 간간이 밝히기 시작했다. 식당에는 아직 등불이 켜지지 않았다. 프로그난테스가 가는 양초를 들고 들어왔다.

"검은 숨겼나?" 젊은 카토가 물었다.

"네, 도련님. 주인어른께서는 찾지 못하실 것이니 안심하십시오."

"아, 스타틸로스, 그런 일이 있어서는 안 됩니다! 우리가 아버지를 말려야 해요!"

"그럴 걸세. 자네 검도 숨기게나."

시간이 좀 흐른 뒤 카토가 돌아와서 젖은 망토를 식당 구석에 던지고는 긴 의자에 놓인 『파이돈』을 집어들었다. 그리고 스타틸로스에게 가서 그를 껴안고 양볼에 입을 맞췄다.

그러고는 젊은 카토에게도 와서 똑같이 했다. 아버지에게 안기는 느낌, 그 메마른 입술이 얼굴과 입술에 닿는 느낌이 어찌나 생경한지! 젊은 카토의 마음속에는 포르키아의 거친 옷에 얼굴을 묻고 엉엉 울던 날의 기억밖에 없었다. 아버지가 두 사람을 서재로 불러 카이사르와 불륜을 저지른 그들의 어머니와 이혼할 것이며 앞으로 절대, 절대 어머니를 봐서는 안 된다고 말한 날이었다. 아주 잠깐도 안 된다고. 작별인사조차 하지 말라고. 어린 카토가 엄마를 찾으며 서럽게 울자 아버지는 여자처럼 굴지 말라고 했다. 그런 보잘것없는 일로 남자답게 굴지 않는 건 옳은 행동이 아니라고. 냉정한 아버지, 당신의 가차없는 규율을 주위 모든 사람들에게 강제한 아버지의 무수한 기억들. 하지만, 하지만 그는 자신이 위대한 카토의 아들임을 얼마나 자랑스러워했던가! 그래서 지금 그는 사내답지 못하게 소리내어 울었다.

"제발, 아버지, 안 됩니다!"

"무슨 소리냐?" 카토가 놀라서 눈을 크게 뜨고 물었다. "『파이돈』을 읽지 말라고?"

"뭐든요." 젊은 카토가 웅얼거렸다. "뭐든."

영혼, 영혼. 그리스인들에게 영혼은 여성형이었다. 카토는 창밖의 천둥소리를 들으며 생각했다. 자연 세계가 사람의—마음, 정신, 육체 내부의 폭풍을 반영한다는 것은 참으로 옳지 않은가? 우리는 그것조차 모르니 영혼을, 그녀의 순수함이나 불순함을 어찌 조금이라도 알 수 있겠는가? 영혼의 불멸성을? 영혼이 내게 입증해주었으면 좋겠다, 한 치의 의심도 없이!

여러 개의 등불이 타고 있었다. 카토는 의자에 앉아 두루마리를 펴고 그리스어를 천천히 읽었다. 이유는 모르지만 카토에겐 늘 라틴어보다 그리스어 텍스트 쪽이 단어를 구분하며 독해하기 쉬웠다. 그는 소크라테스가 심미아스에게 던진 유명한 질문들을 읽었다. 소크라테스는 질문을 통해 가르쳤다.

"우리는 죽음을 믿는가?"

"네." 심미아스가 대답했다.

"죽음은 영혼과 육체의 분리다. 죽는 것은 그 분리의 결과다."

그래, 그렇지, 틀림없이 그래! 나라는 것은 일개 육체 이상이다, 나라는 것에는 내 영혼의 하얀 불이 포함되어 있고, 내 육신이 죽으면 내 영혼은 자유로워진다. 소크라테스, 소크라테스, 나를 안심시켜주오! 내가 반드시 해야 하는 일을 해낼 힘과 동기를 주시오!

"순수한 지식을 향유하기 위해 우리는 반드시 육신을 버려야 한다⋯⋯. 영혼은 신의 모습을 하고 있고, 불멸하며, 지성이 있고, 한결같으며 변할 수 없다. 영혼은 불변이다. 반면 육체는 인간의 모습을 하고 있다. 필멸하며 지성이 없으며 여러 모습을 갖고 있고 해체된다. 이를 부인할 수 있는가?"

"아니요."

"그러니 내 말이 사실이라면 육체는 반드시 썩지만 영혼은 그럴 수 없다."

그래, 그래, 소크라테스가 옳다, 영혼은 불멸하다! 영혼은 내 육체가 죽을 때 소실되지 않는다!

크게 안도한 카토는 두루마리 책을 무릎 위에 내려놓고 벽을 보며 눈으로 검을 찾았다. 처음에는 눈앞의 광경이 포도주 때문이라고 생각했지만, 곧 그의 잘못된 시각으로 가득찬 필멸의 눈은 그의 검이 사라졌다는 사실을 인지했다. 그는 책을 협탁으로 옮기고 일어서서 소음 처리한 망치로 구리 공을 쳤다. 웅웅거리는 소리가 번갯불에 찢기고 천둥으로 고조된 어둠을 뚫고 퍼져나갔다.

하인 하나가 왔다.

"프로그난테스는 어디 있지?" 카토가 물었다.

"폭풍 때문입니다, 주인어른, 폭풍요. 그의 자식들이 울고 있습니다."

"내 검이 사라졌다. 당장 찾아 와."

하인은 절하고 물러갔다. 얼마 후 카토는 다시 공을 쳤다. "내 검이 없어졌다. 당장 찾아 와."

이번에 온 하인은 겁먹은 표정으로 고개를 끄덕이고는 황급히 사라졌다.

카토는 『파이돈』을 집어들고 끝까지 읽었지만 글자가 눈에 들어오지 않았다. 그는 세번째로 공을 쳤다.

"네, 주인어른?"

"모든 하인들을 아트리움으로 불러라. 프로그난테스도."

그는 아트리움으로 가서 성난 표정으로 집사를 보고 말했다. "내 검은 어디 있나, 프로그난테스?"

"주인어른, 저희가 아무리 찾아도 나오지를 않습니다."

카토가 어찌나 빨리 움직였던지, 그가 아트리움을 가로질러 프로그난테스를 주먹으로 때리는 모습을 본 사람은 아무도 없었다. 퍽 하는 소리만 들렸을 뿐이었다! 카토의 주먹이 집사의 커다란 턱을 강타하는 소리였다. 집사는 의식을 잃고 쓰러졌지만 아무도 그를 도우러 나서지 않았다. 그저 서서 덜덜 떨며 카토를 쳐다볼 뿐이었다.

젊은 카토와 스타틸로스가 갑자기 뛰쳐나왔다.

"아버지, 제발, 제발요!" 젊은 카토가 엉엉 울면서 아버지를 부둥켜안았다.

카토는 아들한테서 악취라도 나는 것처럼 떨쳐냈다. "마르쿠스, 카이사르에 대한 나의 보호책을 빼앗다니, 내가 광인이냐? 내가 모자란 사람으로 보여서 감히 내 검을 숨겼느냐? 그걸로 내 목숨을 끊으려는 게 아니다, 그게 네 걱정이라면 말이지―목숨을 버리는 건 간단하다. 숨을 참거나 벽에 머리를 찧기만 하면 돼. 내 검은 나의 권리다! 당장 내 검을 가져와!"

아들은 숨이 넘어갈 듯 울면서 가버렸고, 하인 네 명이 죽은듯 누워 있는 프로그난테스를 데리고 나갔다. 지위가 가장 낮은 두 명의 노예들만 남아 있었다.

"내 검을 가져와." 카토는 그들에게 명령했다.

검을 가져오는 소리가 들렸다. 비가 가늘어지며 빗소리가 잦아들었기 때문이다. 폭풍은 바다로 빠져나갔다. 아장아장 걷는 아이가 두 손으로 독수리 모양 검자루를 쥐고 가져왔다. 검 끝이 땅바닥에 끌리며 소리가 났다. 카토는 몸을 굽혀 검을 집어들고 검의 끝과 날을 시험했다. 여전히 면도날처럼 날카로웠다.

"이제 다시 온전한 사람이 되었군." 그는 그렇게 말하고 자기 방으로 돌아갔다.

이제는 『파이돈』의 문장이 눈에 들어왔다. 도와주시오, 소크라테스! 나의 두려움이 쓸모없는 것임을 보여주오!

"지식을 사랑하는 사람들은 그들의 영혼이 풀이나 핀처럼 육체에 부착된 무언가에 지나지 않음을 안다. 반면 지식을 사랑하지 않는 사람들은 모든 쾌락, 모든 고통이 대갈못처럼 육체에 영혼을 붙들어 매는 것임을 알지 못한다. 그래서 영혼은 육체를 따라가고, 모든 영혼의 진실들이 육체에서 발생한다고 믿는다……. 삶의 반대가 존재하는가?"

"네."

"무엇인가?"

"죽음입니다."

"죽음이 없는 것을 뭐라고 하지?"

"불멸요."

"영혼에는 죽음이 있나?"

"없습니다."

"그럼 영혼은 불멸한가?"

"네."

"영혼은 육체가 죽어도 사라질 수 없다. 영혼에는 죽음이라는 것이 없기 때문이다."

여기 분명하게 나와 있군. 진실 중의 진실이.

카토는 『파이돈』을 말아서 묶고 입을 맞춘 뒤 침대에 누워 깊고 꿈 없는 잠에 빠졌다. 폭풍은 잦아들어 낮은 소리를 내다가 고요해졌다.

한밤중에 카토의 오른손이 그를 깨웠다. 찌르는 듯 약동하는 통증이었다. 그는 경악하여 오른손을 쳐다보다 공을 울렸다.

"의사 클레안테스를 데려와." 그는 하인에게 말했다. "그리고 부타스를 나한테 보내."

카토의 대행인이 의심스러울 만큼 신속하게 나타났다. 카토는 얄궂은 시선으로 그를 보다가, 적어도 우티카 사람들 3분의 1은 그들의 행정장관이 검을 가져오라고 했음을 안다는 걸 깨달았다. "부타스, 항구로 가서 승선할 사람들이 괜찮은지 확인하게."

부타스가 떠났다. 방을 나와서 그는 스타틸로스에게 속삭였다. "자살 생각은 안 하시는 것 같습니다. 현재의 일에 지나치게 신경쓰고 계세요. 당신이 너무 앞서간 겁니다."

그리하여 집안은 다시 활기에 넘쳤고, 루키우스 그라티디우스를 데려오기 직전이었던 스타틸로스도 생각을 바꿨다. 백인대장이 불려와 애원하면 카토는 언짢아하겠지!

의사 클레안테스가 도착하자 카토는 오른손을 내밀며 말했다. "뼈가 부러졌네. 손을 쓸 수 있게 부목으로 고정해주게."

클레안테스가 불가능한 임무를 시작했을 때 부타스가 돌아와서는, 날씨가 배들에 타격을 입혀 많은 난민들이 당황하고 있다고 전했다.

"아, 가련한 사람들!" 카토가 말했다. "새벽에 다시 와서 소식을 더 알려주게, 부타스."

클레안테스는 조심스럽게 기침을 했다. "제가 할 수 있는 건 다 했습니다, 주인어른. 하지만 댁에 좀더 머물러도 될까요? 집사 프로그난테스가 아직 의식이 안 돌아왔다고 들었습니다."

"아, 집사! 그의 턱은 그의 이름 같지—바위시렁 말이네. 그의 턱이 내 손을 망가뜨렸어, 불편해죽겠구먼. 그래, 가서 그를 돌봐주게."

카토는 계속 깨어 있었다. 부타스가 동틀 녘에 돌아와 항구의 상황이 안정되었다고 보고했다. 대행인이 떠나려 하자 카토는 침대에 누웠다.

"문을 닫고 가게, 부타스." 카토는 말했다.

문이 닫히자마자 카토는 그의 좁은 침대 끝에 기대 세워둔 검을 집어들고 전통대로 갈비뼈 밑에서 흉골 바로 왼쪽의 가슴을 향해 위로

찌르려고 했다. 그러나 아픈 손이 말을 듣지 않았다. 부목을 떼버려도 소용없었다. 결국에는 그냥 배를 찔러 최대한 위쪽으로 검을 밀어넣고 자상이 최대한 커지도록 좌우로 톱질하듯 잘랐다. 반드시 성공하겠다는, 그의 순수하고 더럽혀지지 않은 영혼을 해방시키겠다는 일념으로 신음하며 난도질하는 와중에 그의 불충한 육체가 갑자기 의지력의 통제권을 빼앗더니 격하게 흔들렸다. 카토가 침대에 쓰러지자 주판이 공을 향해 날아갔다. 크고 길게 울리는 소리가 퍼져나갔다.

사방에서 사람들이 달려왔다. 카토의 아들이 제일 먼저 도착해 아버지의 피가 바닥에 호수처럼 퍼지고 내장이 다 빠져나와 김을 내며 흩어져 있는 것을 보았다. 크게 뜬 회색 눈은 아무것도 보고 있지 않았다.

젊은 카토는 미친 사람처럼 울부짖었지만, 스타틸로스는 너무 충격이 심해 울지도 못하고 있다가 카토의 눈이 깜박이는 것을 보았다.

"살아계셔! 아직 살아계셔! 클레안테스, 주인어른께서 살아계시오!"

의사는 이미 카토 옆에 무릎을 꿇고 앉아 있었다. 그는 스타틸로스를 노려보며 외쳤다. "뭘 하고 섰소, 도와주지 않고!"

두 사람은 함께 카토의 내장을 끌어모아 배에 도로 넣었고, 클레안테스는 욕을 하며 내장을 밀어넣고 뒤적거려 정리했다. 그후 흰 바늘과 깨끗한 아마 실로 그 끔찍한 자상을 단단히 꿰맸다. 수십 개에 달하는 바늘땀들은 조금씩 떨어져 있었지만 그럭저럭 봉합이 되었다.

"강한 분이니 살아나실 겁니다." 그는 일어나서 자신의 작업을 점검하며 말했다. "피를 얼마나 흘렸는지에 모든 게 달려 있습니다. 주인어른께서 의식이 없는 걸 아스클레피오스(그리스 신화에서 의술의 신—옮긴이)께 감사드려야 해요."

카토는 평화로운 곳에서 나와 끔찍한 고통 속으로 들어섰다. 무시무시한 고통이 그를 덮쳤다. 소리를 지를 수도, 신음할 수도 없었다. 눈을 뜨자 그를 에워싼 많은 사람들이 보였다. 아들의 얼굴은 눈물과 콧물로 뒤범벅되어 엉망이었고 스타틸로스는 흐느껴 울고 있었으며, 의사 클레안테스는 물이 담긴 대야에 손을 적신 후 돌아서고 있었다. 노예들, 우는 아기, 울부짖는 여자들도 보였다.

"살아나실 겁니다, 마르쿠스 카토!" 클레안테스가 득의양양하게 외쳤다. "저희가 주인어른을 살려냈습니다!"

카토의 눈이 맑아졌다. 그의 시선은 아래로 내려가 자신의 배에 덮인 피 묻은 아마포 수건에 닿았다. 그는 왼손을 움직여 수건을 치우고 티로스 자줏빛으로 부풀어오른, 너덜너덜하고 옆으로 긴 배의 자상을 보았다. 이제 상처는 진홍색 실로 놓은 자수처럼 말끔하게 봉합되어 있었다.

"내 영혼!" 카토는 비명을 지르고 부들부들 떨며 자신의 모든 부분을 망가뜨렸다. 어떤 고난이 있어도 싸우고, 싸우고, 또 싸워왔던 자신의 모든 부분을. 광인 같은 힘으로 상처의 바늘땀들을 잡아 뜯더니 진줏빛으로 반짝이는 창자를 마구잡이로 꺼내버렸다.

아무도 그를 말리지 못했다. 그의 아들과 벗과 의사는 몸이 굳은 채 자신을 하나하나 망가뜨리는 그를 지켜보았다. 카토의 입이 침묵 속에 벌어졌다. 이어 대발작이 시작되었다. 아직 뜨여 있는 회색 눈에 죽음의 기운이 어렸다. 홍채가 사라지고 검은 동공이 넓어진 끝에 결국 옅은 금색 광휘가, 마지막 죽음의 기운이 떠올랐다. 카토의 영혼은 떠났다.

우티카 시는 다음날 유향, 몰약, 감송향, 계피, 예리코 발삼으로 이루어진 거대한 화장용 장작더미를 쌓고 카토를 화장했다. 시신은 티로스 자주색 천과 금란으로 싸여 있었다.

모든 겉치레를 적대시한 마르쿠스 포르키우스 카토가 봤더라면 싫어했을 터였다.

죽음을 준비할 시간이 짧았음을 감안하면 그는 가능한 한 최선을 다했다. 충격을 받은 가련한 아들에게, 스타틸로스에게, 카이사르에게 편지를 써두었고 루키우스 그라티디우스와 아직도 맥이 빠져 있는 집사 프로그난테스에게 돈을 남겼다. 그러나 아내 마르키아에게는 아무 말도 남기지 않았다.

카이사르가 심홍색 팔루다멘툼 자락을 그가 탄 잘생긴 구렁말 발부리의 둔부에 섬세하게 늘어뜨리고 주 광장으로 들어섰을 때 카토의 유해는 수습된 후였지만, 장작더미는 까맣게 탄 채 향을 내뿜으며 그대로 쌓여 있었고 그 주위에서 사람들이 말없이 지켜보고 있었다.

"이게 뭔가?" 카이사르가 살갗에 오싹한 한기를 느끼며 물었다.

"마르쿠스 포르키우스 카토 우티켄시스의 화장용 장작더미입니다!" 스타틸로스가 새된 소리로 외쳤다.

카이사르의 눈빛은 어찌나 차가운지 사람의 것이 아닌 듯 섬뜩했다. 그는 일말의 표정 변화 없이 말에서 내렸다. 망토 자락이 우아하게 등 뒤로 내려앉았다. 우티카 사람들의 눈에 비친 그는 완벽한 정복자의 모습이었다.

"그의 집은?" 카이사르는 스타틸로스에게 물었다.

스타틸로스는 몸을 돌려 앞장섰다.

"그의 아들이 여기 있나?" 카이사르가 물었다. 칼비누스가 뒤따라 들어왔다.

"네, 카이사르. 그런데 부친의 죽음 때문에 몹시 흥분한 상태입니다."

"자살이겠지, 물론. 그 일에 관해 말해주게."

"말할 것이 뭐가 있겠습니까?" 스타틸로스가 어깨를 으쓱하며 말했다. "마르쿠스 카토를 아시잖습니까, 카이사르. 그는 그 어떤 독재자에게도 항복하지 않으려 했습니다, 설사 관대한 독재자라 하더라도요." 그는 검은 튜닉 소매 속을 더듬거리더니 얇은 두루마리를 꺼냈다. "그가 당신께 남긴 겁니다."

카이사르는 두루마리를 받아들고 봉인을 살폈다. M PORC CATO(마르쿠스 포르키우스 카토의 약자―옮긴이)라는 글귀로 둘러싸인 자유의 모자였다. 그가 독재라고 여긴 것에 대한 투쟁을 의미하는 것이 아니라, 노예의 딸인 그의 증조모를 기리는 의미였다.

다른 이들을 사면하여 법을 어기는 독재자에게 목숨을 빚지기를 거부한다. 마치 법이 그에게 그들의 주인이 될 권리를 준 것처럼. 법은 그런 적이 없다.

칼비누스는 두루마리의 내용이 궁금해 죽을지경이었지만, 자신에게 그것을 알 기회는 오지 않을 것임을 알기에 체념했다. 곧 강인하고 끝이 가는 손가락들이 두루마리를 구겨서 던져버렸다. 카이사르는 낯설다는 듯 자신의 손가락을 내려다보더니 한숨도 신음도 아닌 소리를 내며 숨을 들이쉬었다.

"난 네게 죽음을 내주기 싫다, 네가 내게 삶을 내주기 싫어한 것처럼." 그는 차갑게 말했다.

젊은 카토가 하인 두 명의 부축을 받아 발을 질질 끌며 들어왔다.

"자네 아버지가 기다리도록, 적어도 나를 만나 얘기할 때까지 기다리도록 설득할 수는 없었나?"

"제 아버지를 저보다 더 잘 아시잖습니까, 카이사르." 청년이 대답했다. "아버지는 사시던 대로 돌아가셨습니다—아주 강경하게요."

"이제 어떡할 생각인가? 부친의 전 재산이 몰수되었다는 것은 알고 있겠지."

"당신께 사면을 청하고 어떻게든 살아야지요. 저는 아버지가 아니니까요."

"자네는 사면되었네. 자네 부친도 살아 있었다면 그랬을 거야."

"부탁 하나 드려도 되겠습니까, 카이사르?"

"물론."

"스타틸로스 말입니다. 제가 그를 데리고 이탈리아로 가도 될까요? 아버지께서 그에게 마르쿠스 브루투스에게 갈 여비를 남기셨습니다. 브루투스가 스타틸로스를 받아줄 겁니다."

그것으로 끝이었다. 카이사르는 몸을 돌려 걸어나갔고 칼비누스가 그의 뒤를 따랐다—버려진 두루마리를 주운 후에. 귀중한 기록이기에.

집밖으로 나오자 카이사르는 아무 일도 없었다는 듯 침울한 기분을 떨쳐버렸다. "카토가 달리 어떻게 하리라고는 예상치 않았긴 했지." 그는 칼비누스에게 말했다. "그는 언제나 내 적들 중 최악이오, 언제나 내 앞길을 막지."

"완벽한 미치광이죠, 카이사르. 그가 태어난 날부터 난 그리 의심했습니다. 그는 한 번도 삶과 철학의 차이점을 이해하지 못했어요."

카이사르가 소리내어 웃었다. "차이점? 아니, 친애하는 칼비누스, 차이점이 아니오. 카토는 삶 자체를 이해한 적이 없소. 철학은 그가 이해할 능력이 없는 것을 처리하기 위한 수단이었지. 철학이 그의 행동 강령이었던 거요. 그가 스토아학파가 되기로 했다는 게 그의 천성을 말해주지—자기 부정을 통한 정화 말이오."

"불쌍한 마르키아! 참 잔인한 운명입니다."

"그녀의 잔인한 운명은 카토를 사랑한 데 있었소. 사랑받기를 거부하는 사람을."

 공화파 고위 사령부 가운데 티투스 라비에누스와 두 명의 폼페이우스, 총독 아티우스 바루스만 히스파니아에 도착했다.

푸블리우스 시티우스는 마우레타니아의 보쿠스와 보구드 왕을 위한 활동에 복귀했다. 카이사르가 탑수스에서 승전했다는 소식을 듣자마자 그는 신임하는 함대를 보내 바다를 평정하고 그 자신은 육로로 누미디아를 침략했다.

메텔루스 스키피오와 루키우스 만리우스 토르콰투스는 일단의 배를 타고 아프리카 해안에 붙어 항해했다. 나이우스의 원래 함대에 탄 나이우스 폼페이우스와 섹스투스 폼페이우스는 바다를 헤치고 나가 발레아레스 제도에서 식량을 보급받기로 했다. 라비에누스는 그들과 함께 배를 탔다. 메텔루스 스키피오의 판단력을 믿지 못한데다 그를 혐오했기 때문이다.

푸블리우스 시티우스의 함대는 아프리카 해안을 따라 항해하던 배들과 마주쳤고, 사력을 다해 공격한 끝에 적들을 포로로 잡을 수 있을 상황이 되었다. 카토와 마찬가지로, 메텔루스 스키피오와 토르콰투스는 카이사르에게 사면을 받느니 자살을 택했다.

절망적인 혼란 속에서 누미디아의 경무장 기병대는 시티우스의 공격에 속수무책이었고, 시티우스는 그들을 쓸어버린 다음 기세를 몰아 유바의 왕국으로 진군했다.

마르쿠스 페트레이우스와 유바 왕은 유바의 수도 키르타로 떠났지만 그곳의 성문들은 잠겨 있었고, 주민들은 두 사람을 들였다가 카이사르에게 보복을 당할까봐 겁에 질려 있었다. 두 사람은 키르타에서 멀지 않은 곳에 있는 유바의 빌라에 숨었지만, 마지막 남은 가장 명예로운 방식인 결투를 하여 죽기로 뜻을 같이했다. 결과는 예측한 대로였다. 위대한 폼페이우스 밑에서 복무했던 페트레이우스는 머리카락이 회색이었고, 유바는 그보다 훨씬 젊고 강했다. 페트레이우스는 결투 끝에 죽었지만, 유바는 몸통 위쪽으로 칼을 찔러넣기엔 자신의 무기가 너무 짧다는 걸 깨달았다. 그는 노예에게 검을 들고 있게 한 뒤 돌진했다.

제일 끔찍한 비극은 루키우스 카이사르의 아들에게 일어났다. 붙잡힌 그는 카이사르가 와서 처리할 때까지 우티카 외곽의 빌라에 구류되었다. 그곳에는 카이사르의 하인들 몇 명이 있었고 지하실에는 메텔루스 스키피오가 버리고 간 짐들 가운데서 발견된 야생동물 우리가 몇 개 있었다. 카이사르는 죽은 율리아를 기리는 경기대회 때 쓰려고 그 짐승들을 보관해둔 것이다. 과거에 앙심을 품은 원로원은 율리아의 장례 경기대회 개최를 허락하지 않았다. 카토와 아헤노바르부스였다.

율리우스 카이사르 집안에서 유일하게 공화파 편에 선 그를 둘러싼 의심의 기운이 그를 좀먹었기 때문일까, 아니면 천성적인 정신적 결함이 늘 존재했던 것일까. 이유야 어찌됐든 루키우스 카이사르 2세는 곧 합류한 일단의 공화파 군단병들과 함께 빌라를 점령하여 카이사르의 하인들을 죽을 때까지 고문했다. 더 죽일 사람이 없자 동물들을 죽을 때까지 고문했다. 공화파 군대가 도주할 때 그는 함께 가지 않았다. 그가 잘 있는지 확인하러 온 군관은 그가 피를 뒤집어쓴 채 헛소리를 지껄이고 고함을 지르며 빌라 안을 돌아다니고 있는 걸 발견하고 사색이 되었다. 트로이아 멸망 후의 아이아스처럼, 루키우스 카이사르는 동물들이 그의 적이라고 생각하는 듯했다.

카이사르는 그가 재판을 받아야 한다고 결정했다. 육촌형님의 외아들이 공개 처분을 받아야 한다고, 군사법정은 스스로 루키우스 카이사르 2세가 구제불능의 정신병자임을 알게 되리라고 본 것이다.

아, 푸블리우스 베티우스의 기억이여! 군인 몇 명이 루키우스 카이사르를 사슬로 묶어 우티카에서 열리는 군사재판에 데려가려고 왔을 때 그는 이미 죽어 있었다—자살은 아니었다. 몰래 들어와 그를 죽인 사람이 누군지는 알 수 없었지만, 카이사르의 부하들 중 가장 지위가 낮은 사람조차 카이사르가 연루되었을 거라고 생각했다. 독재관 카이사르에 관한 소문은 많았지만, 이번 소문만은 결코 입 밖에 내는 사람이 없었다. 카이사르는 최고신관으로서 장례식을 주관한 후 육촌형님 아들의 유골을 형님이 견딜 수 있을 만큼의 설명과 함께 집으로 돌려보냈다.

우티카 사람들도 사면을 받았지만, 카이사르는 자신이 13년 전 첫 집정기 때 우티카에 큰 이익을 가져다준 율리우스법을 통과시켰음을 삼백인회에 상기시켰다.

"2억 세스테르티우스의 벌금이 부과될 것이며 3년에 걸쳐 6개월에 한 번씩 내야 하오. 나한테 내는 것이 아니오, 우티카의 시민들이여. 로마 국고로 직접 내는 것이오."

막대한 액수였다! 은으로 8천 탈렌톰. 우티카가 공화파를 돕고 카이사르의 가장 끈질긴 적 카토를 찬양하고 흠모하며 기꺼이 숨겨주었음을 부인할 수 없었기에, 삼백인회는 도시의 운명을 순순히 받아들였다. 뭐라고 하겠는가, 특히나 그 돈이 곧바로 로마 국고로 들어간다는데? 이 사람은 자기 재산을 불리려는 독재자가 아니었다.

바그라다스 강과 카타다 강 유역 밀 라티푼디움의 공화파 지주들도 고난을 당했다. 카이사르는 그들의 재산을 즉시 경매에 부쳐, 아프리카 속주에서 계속 대규모로 밀을 경작하는 사람들이 자신의 피호민이 되도록 했다. 그의 생각에 이는 로마의 안녕을 위해 필수적인 조치였다―앞으로 무슨 일이 있을지 누가 알겠는가?

카이사르는 아프리카 속주에서 누미디아로 가 유바의 전 재산을 경매에 부친 후 누미디아 왕국을 와해시켰다. 가장 비옥한 동쪽은 아프리카 속주에 편입시켜 아프리카 노바라는 이름을 붙였다. 푸블리우스 시티우스는 개인 영지로 아프리카 노바의 서쪽 경계에 있는 토지를 받았다. 카이사르와 그 후계자의 로마를 위해 땅을 보유한다는 조건으로. 보구드와 보쿠스는 누미디아의 서쪽을 받았고, 그것을 어떻게 나눌지는 둘이서 정하도록 허락받았다.

5월 말에 카이사르는 아프리카를 떠나 사르디니아로 갔다. 속주를 다스릴 사람으로는 가이우스 살루스티우스 크리스푸스를 남겨두었다.

250여 킬로미터를 항해하는 데 27일이 걸렸다. 망망대해였고 나타나는 작은 섬마다 들러야 했으며, 배는 물이 샜고 바람 때문에 동쪽으로 밀려갔다가 서쪽으로 밀려갔다가 했기 때문이다. 카이사르가 성이 난 건 뱃멀미가 있어서가 아니라―그는 뱃멀미를 하지 않았다―배가 너무 빨리 움직여 읽지도 쓰지도, 심지어 명료하게 생각하지도 못했기 때문이다.

마침내 항구에 도착한 그는 공화파 편이던 사르디니아의 십분의일 세를 팔분의일세로 올리고, 공화파를 적극 지원한 술키스 마을에 1천만 세스테르티우스의 특별 벌금을 부과했다.

7월 2일 카이사르는 오스티아나 푸테올리로 항해할 준비를 끝냈다. 바람과 날씨를 볼 때 어느 항구로든 갈 수 있었다. 그런데 문득 추분 전후의 돌풍이 기승을 부리기 시작했다. 사르디니아로 올 때의 항해는 산들바람이었다는 생각이 들 정도였다. 카이사르는 카랄레스 항구를 본 후 항해할 수 없다는 선장의 조언을 겸허히 받아들였다. 돌풍은 3주간 끊임없이 불어댔지만, 적어도 그는 마른땅에 앉아 읽고 쓰고 산처럼 쌓인 서신들을 처리할 수 있었다.

오스티아로 가는 배에 탄 뒤에야 그가 생각할 수 있는 시간이 생겼다. 바람은 남서쪽에서 불고 있었으므로, 배는 티베리스 강어귀에 있는 오스티아에 도착할 터였다.

라비에누스와 두 명의 폼페이우스가 먼 히스파니아에서 새로운 반란군을 조직하기 전에 가이우스 트레보니우스가 그들을 잡지 못한다면 전쟁은 계속될 것이다. 그 일에 트레보니우스보다 더 적합한 사람은 없었지만, 안타깝게도 그가 자신의 속주에 도착했을 때 그곳은 퀸투스 카시우스의 탐욕스러운 통치기를 겪은 뒤라 도무지 협력할 기미가 보이지 않았다. 이거 문제로군, 하고 카이사르는 생각했다. 모든 일을 직접 처리할 수도 없고, 가이우스 트레보니우스 같은 사람이 한 명 있으면 퀸투스 카시우스 같은 사람도 한 명 있으니까. 칼비누스 같은 사람 한 명마다 안토니우스 같은 사람도 한 명 있지.

히스파니아는 신들의 소관이다, 지금 히스파니아를 걱정해봤자 뾰족한 수가 없다. 지금까지 전쟁이 모두 카이사르의 방식으로 진행되었음을, 파르살로스 전투가 세상 사람들에게 각인되었음을 생각하자. 너무나 많은 사람들이 죽었다! 너무나 많은 재능과 능력이 전장에서 사라졌다.

게다가 『파이돈』은 또 뭔가? 스타틸로스한테서 이야기를 듣기까지 시간이 좀 걸렸지만, 카이사르가 스타틸로스를 곧 브루투스한테 보내주겠다는 약속을 취소할 수도 있다는 낌새를 보이자 그 끔찍한 자살의 전모를 샅샅이 듣게 되었다. 아, 카토의 그 담금질한 강철 같은 불굴의 페르소나가 속으로는 완전히 부스러졌다는 걸 알게 되니 기분이 무척 좋은걸. 죽을 때가 되자 카토는 죽기를 두려워했어. 『파이돈』을 읽어 자신이 영원히 살 것임을 스스로에게 확신시켜야 했던 거지. 거참 흥미롭군. 그리스어로 쓰인 가장 아름답고 시적인 저서 중 하나지만, 그 책을 쓴 사람은 제삼자의 입을 빌려 말하고 있지. 저자도, 최고의 철학자 소크라테스도 논리와 합리성, 상식에 있어 타당하지 않아. 『파이돈』, 『파이드로스』, 그 밖의 책들도 궤변으로, 때로는 순전한 거짓으로 점철되었고 케케묵은 철학적 죄를 저지르고 있어. 다시 말해 그들은 진실이 아니라 자기들 입맛에 맞는 결론에 도달한다. 스토아 철학보다 더 편협한 철학이 어디 있겠나? 그 외의 어떤 정신적 강령이 그렇게 완벽한 미치광이를 그토록 성공적으로 탄생시킬 수 있겠는가?

결론적으로, 카토는 내세를 향유할 수 있다는 걸 알고 나서야 자살할 수 있었다는 것이다. 『파이돈』에서 확답을 구하려 했지. 이 사실은 내세를 전혀 좋아하지 않는 카이사르에게 위안을 주었다. 죽음은 영원한 잠, 그 이상도 그 이하도 아니다. 인간이 얻을 수 있는 유일한 불멸성은 길고 긴 시간 동안 인류의 기억과 이야기 속에 사는 것뿐이다. 카이사르는 분명 그렇게 될 것이다. 그러나 카토는 절대 그렇게 될 수 없도록 나는 할 수 있는 모든 일을 다 할 것이다. 카토가 없었다면 내전은 없었을 것이다. 그래서 난 그를 결코 용서할 수 없다. 그것이 카이사르가 그를 용서할 수 없는 이유다.

아, 하지만 카이사르의 인생은 갈수록 고독해지고 있다. 카토, 비불루스, 아헤노바르부스, 렌툴루스 크루스, 렌툴루스 스핀테르, 아프라니우스, 페트레이우스, 폼페이우스 마그누스, 쿠리오까지 다 죽었다. 로마는 과부들의 도시가 되었고 제대로 된 카이사르의 경쟁자는 존재하지 않는다. 카이사르에게 동기부여가 될 반대 없이 그가 어떻게 발전할 수 있는가? 하지만 절대, 절대로, 그의 군대로부터 반대를 당해서는 안 된다.

카이사르의 군대. 9군단, 10군단, 12군단, 14군단. 그들의 군기에는 훈장이 잔뜩 달려 있고 그들이 받을 전리품은 사병들을 백인조의 3계급으로, 백인대장들을 2계급으로 만들 수 있을 만큼 많다. 그러나 그들은 반란을 일으켰다. 왜? 왜냐하면 할 일이 없었고 제대로 감독받지 않았으며, 아비에누스 같은 놈들이 치지 않고는 못 배기는 장난질의 먹잇감이 되었기 때문이다. 그들 가운데 일부가 그들이 사령관에게 복무 조건을 강요할 수 있다는 생각을 심어주었기 때문이다. 그들의 반란은 용서받을 수 없다. 하지만 더 중요한 건 그 일을 잊어서는 안 된다는 것이다. 반란을 일으킨 군단의 군인은 이탈리아의 토지를 얻지도, 카이사르의 개선식이 끝난 뒤 제 몫의 전리품을 다 받지도 못할 것이다.

카이사르의 개선식. 카이사르는 14년 동안 개선식을 기다렸다. 먼 히스파니아에서 법무관으로 돌아왔을 때 적들의 농간으로 개선식을 빼앗겼기 때문이다. 원로원은 카이사르가 집정관 출마 선언을 하려면 신성경계선을 넘어 도시로 들어와야만 한다고 정했고, 그는 임페리움과 개선식을 포기했다. 하지만 올해 그는 개선식을 할 것이다. 술라와 폼페이우스의 개선식이 보잘것없게 여겨질 만큼 멋지게 해낼 것이다. 올해. 그래, 올해. 시간은 있을 것이다. 올해에는 마침내 달력을 바로잡아 계절과 365일의 일 년을 맞출 테니까. 4년마다 추가로 일수를 더해서. 로마를 위해 그것만 하더라도 카이사르의 이름은 사후에도 오랫동안 살아남을 것이다.

이런 게 바로 불멸이라는 거다. 아, 카토, 너는 불멸의 영혼을 갈망하고 죽음을 두려워했다! 죽음을 두려워할 이유가 무엇이길래?

배가 한쪽으로 기울며 흔들렸다. 바람이 변하고, 일어나고, 방향을 급히 바꿔 남동쪽으로 향했다. 바람에서 이집트 나일 강의 냄새가 나는 것만 같았다. 달콤하면서도 범람으로 젖은 검은 흙의 악취가 살짝 섞인 냄새. 이국적인 정원의 이국적인 꽃들과 클레오파트라의 살결에서 나던 냄새.

클레오파트라. 카이사르는 그녀가 무척 그리웠다. 예상하지 못한 일이었다. 아들녀석은 자라면 어떤 모습일까? 클레오파트라는 편지에서 아기가 카이사르를 닮을 거라 했지만 카이사르는 그애를 다소 냉정하게 볼 것이다. 카이사르의 아들이지만 로마인 아들은 아니기에. 카이사르의 로마인 아들, 그의 유언장에 양자로 기록될 아들은 누구일까? 카이사르의 인생이 어디로 가고 있든지 간에 이제 유언장을 작성해야 할 때다. 하지만 재능이 검증되지 않은 미지의 열여섯 살 아이와 서른다섯 살 사내를 어떻게 제대로 비교할 수 있단 말인가?

부디 비교할 시간이 남아 있기를.

원로원은 카이사르의 독재관 임기를 10년으로, 감찰관 권한을 3년으로 정했으며 정무관 선거시 선호하는 후보자를 알릴 권리를 주었다. 아프리카를 떠나기 전에 받은 편지로 알게 된 좋은 소식이었다.

어떤 목소리가 속삭였다. 어디로 가고 있나, 가이우스 율리우스 카이사르? 왜 그것이 거의 중요하지 않은 것처럼 보이지? 네가 원하는 걸 다 이루었기 때문일까, 네가 원했던 방식으로 합법적 승인을 얻어서는 아니었지만? 이미 일어난 일과 되돌릴 수 없는 일로 슬퍼하는 것은 소용없다. 그래, 되돌릴 수 없다. 설사 자갈만한 루비와 에메랄드, 바다 진주가 박힌 100만 개의 금관을 위해서라도.

하지만 경쟁자들이 없는 승리는 공허하다. 경쟁자 없이 카이사르가 어떻게 빛날 수 있단 말인가?

승리의 아픔이란 전장의 유일한 생존자로 남는 것이다.

〈2권에 계속〉

가이우스 마리우스 Gaius Marius 로마 제3의 건국자. 마리우스는 아르피눔 출신 신진 세력이며 기원전 157년 무렵 부유한 집안에서 태어났다. 누만티아에서 군관으로 복무하다 스키피오 아이밀리아누스의 눈에 들었고, 미천한 가문 출신임에도 로마 정계 진출을 권유받았다. 그는 카이킬리우스 메텔루스 가문의 후원을 받아(메텔루스 가문에선 훗날 후회했다) 호민관으로 원로원에 입성했으나 출신 성분 탓에 그보다 더 높은 직위에 오르기는 어려웠다. 기원전 115년 뇌물을 통해 가까스로 법무관에 당선됐지만 집정관 직은 요원했다.

그러다 기원전 110년에 위대한 카이사르의 고모이자 파트리키 귀족인 율리아와 결혼했고 처가의 명성 덕분에 집정관 후보 출마가 가능해졌다. 그는 메텔루스 누미디쿠스의 보좌관으로서 북아프리카의 유구르타 왕과 싸웠고, 이 덕분에 기원전 107년 집정관에 당선됐다. 이는 메텔루스의 심기를 거스르는 사건이었다.

로마가 여러 전투에서 연이어 참패하면서 로마군을 구성하고 있던 유산계급 남성의 수가 급감했다. 이에 마리우스는 이후 수년 동안 무산계급인 최하층민을 군단병으로 모집했다. 로마는 게르만족의 대규모 이주로 위협받고 있었다. 덕분에 마리우스는 무려 여섯 번씩이나 집정관을 역임했고, 그중 세 번은 부재중 후보로 출마해 당선되었다. 게르만족은 기원전 100년에 마침내 후퇴했다. 마리우스는 이후 한동안 공직에서 물러나 있었다. 그러다 로마의 이탈리아 동맹시들이 반란을 일으키고 로마가 연일 패배하자 공직 사회로 돌아왔다. 그는 자신이 일곱번째 집정관 직을 역임하게 되리라는 예언을 굳게 믿고 그것을 실현하고자 했다. 그는 기원전 86년 생애 일곱번째로 집정관에 당선됐고, 킨나가 차석 집정관을 맡게 되었다.

그는 취임 후 며칠 지나지 않아 죽었다. 죽기 전 그는 자신의 적들을 학살하며 로마를 공포로 몰아넣었는데, 한때 그의 동지이자 충실한 보좌관이었던 술라마저 그의 적이 되었다.

마리우스의 이야기는 제1부 『로마의 일인자』와 제2부 『풀잎관』에서 확인할 수 있다.

계급 classes 재산이나 지속적 수입이 있는 로마 시민을 다섯 경제 집단으로 나눈 것. 1계급이 가장 부유했고 5계급이 가장 가난했다. 최하층민(capite censi)은 다섯 계급에 속하지 않았고 따라서 백인조회에서 투표할 수 없었다. 사실 4계급, 5계급은 물론 3계급도 백인조회에서 투표하는 일이 드물었다.

공공의 적 hostis 로마 원로원과 인민이 어떤 개인을 법익 박탈자, 사회의 적으로 천명할 때 쓰인 용어.

공권박탈 proscription 특정 인물을 명단에 올려 그에게서—종종 목숨을 비롯한—모든 것을 빼앗는 행위를 일컫는다. 그 과정에 법적 절차는 필요하지 않았고, 공권박탈자에게는 재판받을 권리, 무죄 입증용 증거를 제출할 권리, 청문회를 통해 결백을 주장할 권리가 허락되지 않았다. 독재관 술라의 시절에 공권박탈 조치는 악명을 떨쳤다. 술라는 원로원 의원 40명과 상급 기사 1천600명을 공권박탈자 명단에 올렸고, 그들은 대부분 살해당했다. 그들의 재산은 텅 빈 국고를 채우는 데 사용되었다. 술라 시대 이후 로마인들은 '공권박탈'이라는 말이 언급되기만 해도 완전히 겁에 질렸다.

공화파 Republicans 이 책에서는 카이사르가 루비콘 강을 건넌 이후 그에게 맞섰던 일단의 남자들을 의미한다. 공화파의 주축은 초보수 파벌인 보니였다. 공화파는 나이우스 폼페이우스 마그누스를 그들의 전쟁 지휘관으로 임명해 카이사르와의 내전을 시작했다. 그들은 파르살로스 전투에서 카이사르에게 참패했지만 아프리카 속주에서 저항을 이어가다가 먼 히스파니아의 문다에서 완패했다.

공화파에 대해 카이사르를 살해한 사람들, 다시 말해 해방자들과 혼동해서는 안 된다. 해방자들 중 다수는 한 번도 공화파였던 적이 없고, 그들 중 일부(브루투스, 카시우스)는 초반에 공화파로서의 저항을 중단했기 때문이다.

관직의 사다리(쿠르수스 호노룸) cursus honorum 직역하면 '명예의 길'이라는 뜻. 집정관이 되려는 사람은 특정 단계들을 거쳐야 했다. 우선 원로원에 들어가야 했다(마리우스와 술라 시대에 원로원 의원은 감찰관들이 지명하거나 호민관으로 선출되어야 했으며, 재무관이 된다고 해서 자동적으로 원로원 의원이 될 수는 없었다). 그리고 원로원 입회 전후에 재무관을 역임해야 했다. 원로원에 들어간 후 최소 9년이 지나면 법무관으로 선출되어야 했다. 법무관을 역임한 후 2년이 지나면 마침내 집정관 직에 입후보할 수 있었다. 원로원 의원, 재무관, 법무관, 집정관이라는 네 단계가 바로 관직의 사다리였다.

군무관 tribune of the soldiers 매년 트리부스회는 25~29세 청년 스물네 명을 군무관으로 선출했다. 군무관은 트리부스회에서 선출되었기 때문에 진정한 의미의 정무관이었다. 집정관의 4개 군단에 여섯 명씩 배치되어 전반적인 지휘관 역할을 했다. 전장에서 집정관의 군단이 4개 이상일 경우에는 준비된 군단이 아무리 많더라도 모든 군단에 군무관이 고루 배치되었다.

권위(아욱토리타스) auctoritas 로마 특유의 개념으로 타인을 능가하는 탁월함, 정치 권력, 지도력, 공적·사적 영역에서의 존재감, 무엇보다 공적 또는 개인적 명성을 활용해 사회에 영향을 발휘하는 능력을 모두 아우른다. 로마의 모든 정무직에는 아욱토리타스가 기본적으로 따랐지만, 그렇다고 정무관들에게만 아욱토리타스가 있었던 것은 아니다. 원로원 최고참 의원, 최고신관, 제사장, 전직 집정관, 심지어 일개 개인도 권위를 쌓을 수 있었다.

기병대장 Master of the Horse 독재관의 부사령관을 일컫는 직위.

기사(에퀴테스) equites 왕정 시대에 로마 최고의 시민들로 특별 기병대를 임명하면서 만들어졌다. 당시 이탈리아에서 훌륭한 품종의 말은 귀하고 비쌌기 때문에, 18개 백인대를 구성하는 기사 1천800명에게는 공마가 한 필씩 지급되었다. 기원전 2세기 즈음부터는 기병대를 국가 차원에서 관리하지 않았고, 기사계급은 군대와 별 관련이 없는 사회·경제 집단으로 바뀌었다. 포룸 로마눔의 특별 심사장에서 열리는 인구조사에서 40만 세스테르티우스 이상의 재산이나 수입을 감찰관에게 증명하면 기사로 인정받아 자동으로 1계급이 되었다.

노나이 Nonae 한 달에서 특별히 취급되는 세 날(칼렌다이, 노나이, 이두스라는 고정된 지점들을 기준으로 하여 거꾸로 날짜를 표현했다) 중 두번째. 긴 달에는(3월, 5월, 7월, 10월) 7일이었고 다른 달에는 5일이었다. 유노 여신에게 바쳐진 날이었다.

독재관 dictator 정부에 닥친 특별한 위기에 대처하기 위해 원로원의 지시를 받아 집정관이 임명하는 로마의 비선출 정무관. 그 특별한 위기란 원래는 로마 본토가 침략당할 위기를 수반하는 전쟁이었다. 따라서 독재관의 임무는 군사적인 성격을 띠는 것이어서, 다른 직함은 마지스테르 포풀리(보병대장)였고 첫 임무로서 부관인 마지스테르 에퀴툼(기병대장)을 임명해야 했다. 공화정 초기에서 보듯, 독재관이 하는 일은 전쟁을 수행하고 최소 한 명의 집정관을 남겨 민간 정부의 업무를 보게 하는 것이었다. 독재관 임기는 6개월에 불과했는데, 즉 군사 작전 기간 동안이었다. 임명은 임페리움에 관한 쿠리아법에 따랐다. 독재관은 신성경계선 안에서도 파스케스에 도끼를 끼운 스물네 명의 릭토르들을 앞세우고 걸었다.
독재관은 모든 정무관들 중 유일하게 임기 동안의 행위에 면책을 받았고 임기가 끝난 후 임기중의 행위로 재판에 회부될 수 없었다. 그러나 로마의 초기 적들이 정복되면서 시간이 흐를수록 독재관의 필요성이 줄어들었다. 여기에 독재관 직에 대한 원로원의 불신이 더해져, 개인에게 절대 권력을 맡기지 않고 원로원 최종 결의를 사용해 국가 위기에 대처하려는 시도들이 이어졌다.
기원전 81년 로마로 진군한 뒤 독재관으로 임명된 술라는 법에는 실재했으나 전통은 아니었던 여러 권한을 자기 것으로 만들었다. 면책 특권이 있는 그는 독재관 직을 이용해 여러 법을 제정하고 새로운 제도의 틀을 잡았으며, 빈 국고를 채우고 자신의 적들을 처형해서 없앴다. 6개월이 지나도 그가 물러나지 않자 많은 로마인들은 술라가 평생 독재관을 지낼 거라고 추측했지만 기원전 79년 술라는 모든 공직에서 물러났다. 카이사르는 (역시 로마 진군 후) 독재관이 되었을 때 술라의 전례를 기반으로 삼을 수 있음을 알았고, 술라보다 더 강력한 독재관의 여러 권한을 행사했다.

디아데마 diadem 폭 2.5센티미터 정도의 두꺼운 흰색 띠. 끝부분에 수를 놓았으며, 술 장식으로 마감한 것이 많았다. 이마나 헤어라인 뒤쪽으로 둘러 뒤통수 밑에서 매듭으로 묶었으며, 끝은 양어깨로 흘러내리게 했다. 원래 페르시아 왕족의 상징이었으나 알렉산드로스 대왕이 페르시아 왕들의 착용을 금지한 후 헬레니즘 군주의 상징이 되었으며, 왕관이나 티아라보다 더 적절한 그리스식의 절제된 표현이었다. 왕 그리고(또는) 여왕만 착용할 수 있었다.

라세르피키움 laserpicium 북아프리카에서 자라는 실피움이라는 관목에서 추출한 물질로 과식했을 때 소화제로 사용했다.

릭토르 lictor 고등 정무관이 공식 업무를 보러 다닐 때 격식을 갖추어 수행하던 사람들. 파스케스를 왼쪽 어깨에 얹고 다녔다. 고관 앞에서 일렬종대로 걸으며 길을 텄고, 고관이 물리적인 제지나 매질을 해야 할 때 동원되기도 했다.

모스 마이오룸 mos maiorum 뜻을 풀자면 기성 질서. 정부와 공공기관의 관습을 설명할 때 이용하는 말이었다. 모스 마이오룸은 로마에서 불문법이나 다름없었다. '모스'는 '이미 굳어진 관습'을 의미했고, '마이오룸'은 이 경우 '선조'나 '조상'을 의미했다. 다시 말해 모스 마이오룸은 모든 일이 이전부터 처리되어 오던 방식을 뜻했고, 앞으로도 그런 식으로 처리되어야 함을 의미했다.

민회(코미티아) comitia 로마인들이 통치, 입법, 선거와 관련된 사안을 다루기 위해 소집한 모든 회합을 통칭하는 말. 공화정 시대에는 실질적으로 백인조회, 트리부스회, 평민회 세 종류의 민회가 있었다.

— 백인조회 Comitia Centuriata
인민 즉 파트리키와 평민 모두 참여하는 민회로, 재산 평가에 따라 계급이 구분되는 사실상 경제계급 모임이었다. 집정관, 법무관, 감찰관을 선출했고 대반역죄 재판을 열거나 법안을 통과시킬 권한이 있었다. 본래 군사 단체였기 때문에 백인조 단위로 모였고, 보통 마르스 평원의 가설투표소에서 열렸다.

— 트리부스회 Comitia Populi Tributa
'트리부스 인민회'라고도 한다. 35개 트리부스 단위로 모였다. 파트리키의 참여를 허용했고, 집정관이나 법무관이 소집했다. 보통 민회장에서 열렸다. 고등 조영관, 재무관, 군무관을 선출했고 법안을 제출·의결할 수 있었다. 마리우스 시대에는 재판권도 있었다.

— 평민회 Comitia Plebis Tributa 또는 Concilium Plebis
'트리부스 평민회'라고도 한다. 35개 트리부스 단위로 모였지만 파트리키는 참여할 수 없었다. 평민회 소집 권한이 있는 정무관은 호민관뿐이었다. 보통 민회장에서 열렸다. 법(평민회 결의)을 제정하고 평민 조영관과 호민관을 선출했다. 평민회 역시 마리우스 시대에는 재판권이 있었다.

발리스타 ballista 로마 공화정 시대에 사용된 투석용 포. 탄환을 얹은 숟가락 모양의 지렛대에 팽팽하게 감은 밧줄 스프링을 이용해 극심한 장력을 가했다가 일시에 힘을 풀면, 지렛대가 공중으로 들어올려졌다가 두터운 패드에 부딪히고 탄환이 (탄환이나 기계의 크기에 따라 각기 다르지만) 상당히 먼 거리를 날아갔다.

백인대장 centurion 로마 시민 군단과 보조부대 모두에 있던 정규 직업군관. 현대의 하사관과 같이 생각해서는 안 된다. 이들은 오늘날 우리의 사회적 구별을 적용받지 않는 지위를 누린 완벽한 전문가였다. 공화정 시대에는 사병이 진급을 통해 백인대장이 되었다. 백인대장 사이에도 계급이 존재했다. 가장 낮은 계급의 백인대장은 군단병 80명과 비전투원 20명으로 이루어진 백인대를 통솔했다. 마리우스가 재편한 공화정 로마군의 보병대대는 백인대 6개로 구성되었는데, 백인대장(켄투리오centurio)들 중 가장 높은 선임 백인대장(필루스 프리오르pilus prior)은 대대 전체를 통솔하는 동시에 소속 보병대대의 선임 백인대를 이끌었다. 하나의 군단을 구성하는 보병대대 10개를 통솔하는 선임 백인대장들 10명 사이에도 계급이 존재했다. 군단의 최고참 백인대장(프리무스 필루스primus pilus, 나중에 프리미필루스primipilus로 축약됨)은 소속 군단의 사령관(선출직 군무관이나 총사령관의 보좌관)의 명령에만 따랐다. 백인대장은 쉽게 알아볼 수 있었다. 그들은 정강이받이를 착용하고 쇠사슬 갑옷 대신 쇠미늘 갑옷을 입었으며, 투구의 깃털 장식은 앞뒤가 아닌 양옆으로 튀어나와 있었다. 또한 튼튼한 포도나무 투봉을 들고 다녔고 훈장도 많이 달고 있었다.

법무관 praetor 로마 정무관 중 두번째로 높은 직급(감찰관 직은 특별한 경우이므로 생략). 공화정 초기에는 가장 지위가 높은 정무관 두 명을 가리켰지만, 기원전 4세기 말경 가장 높은 정무관을 지칭하는 '집정관'이라는 말이 생겼다. 이후 수십 년 동안 법무관은 매년 한 명씩 선출되었다. 이 법무관은 두 집정관이 로마 밖에서 벌어지는 전쟁을 지휘하는 동안 로마 내에서 발생하는 사건에만 관여했기 때문에 수도 담당 법무관에 가까웠다. 기원전 242년부터는 두번째 법무관, 즉 외인 담당 법무관을 뽑아 로마보다는 외국인 및 이탈리아와 관계된 업무를 맡겼다. 이후 로마가 통치해야 할 속주가 늘어나면서 법무관 임기를 마친 후 권한대행으로서가 아니라 임기중에 속주로 파견되는 법무관 직이 추가로 생겨났다.

보니 boni '선량한 사람들'이라는 뜻. 플라우투스의 희곡 「포로들」에 맨 처음 등장한 이 표현은 가이우스 그라쿠스 시대부터 정치적 맥락에서 사용되었다. 가이우스 그라쿠스가 자기 추종자들을 묘사하는 말로 가장 먼저 썼지만 그의 정적 드루수스와 오피미우스도 이 단어를 사용했다. 이후 점차 일반적으로 사용하는 표현이 되었고, 키케로 시대에는 정치 성향이 강경보수인 자들을 일컫는 말로 사용되었다.

세라피스 Serapis 마케도니아와 이집트 문화가 독특하게 뒤섞인 습합신. 프톨레마이오스 1세와 그 당시 프타 신의 대사제였던 마네톤이 구상했다고 전해진다. 세라피스는 제우스와 오시리스의 통합체이자 아피스 황소의 수호신이며, 그리스 문화권에 속했기에 이집트의 전통적인 '짐승신들'을 싫어하던 알렉산드리아와 나일 삼각주 지역 주민들의 흥미를 끌 수 있게 고안되었다.

세리카 Serica 오늘날 중국에 해당하는 신비에 싸인 땅. 카이사르 시대는 아직 실크로드가 생기기 전이었다. '실크'는 에게 해 코스 섬에 서식하는 나방에서 채취한 고치솜을 가리켰다.

술라 Sulla 루키우스 코르넬리우스 술라 펠릭스는 기원전 138년경 출생했다. 유서 깊은 파트리키 가문 출신이었으나 극도로 가난했으며, 그렇듯 가난한 형편 때문에 원로원에 들어갈 수 없었다. 플루타르코스는 술라가 원로원 의원이 되는 데 필요한 돈을 얻으려고 애인과 의붓어머니를 살해했다고 말한다. 첫번째 아내는 율리우스 가문의 여자였는데 위대한 카이사르의 고모이기도 한 가이우스 마리우스의 아내와 가까운 친척이었을 가능성이 있다. 술라는 오랜 기간 마리우스의 측근으로 지냈기 때문이다. 두 사람은 누미디아의 유구르타 왕을 상대로 전장에서 함께 싸웠고, 술라가 바로 유구르타를 생포한 주역이었다. 다만 그는 회고록을 쓰기 전까지는 이 사실을 스스로 깎아내렸다. 그는 마리우스가 게르만족을 물리치기 위해 집정관 직을 유지하는 내내 그 휘하에서 복무했으며 마리우스를 위해 일종의 첩보 활동을 수행했던 것으로 보인다.
원로원이 마리우스에 반하는 움직임을 보이면서 술라는 법무관 선거에서 실패를 맛보았다가 기원전 97년 뒤늦게 법무관에 당선되었다. 법무관급 총독 자격으로 킬리키아를 통치했으며 군대를 이끌고 처음으로 에우프라테스 강을 건너가 파르티아인들과 조약을 체결했다. 이탈리아 동맹시 전쟁중에는 남부 전선에서 눈부시게 활약했다.

기원전 88년에 집정관이 되었다. 같은 해 미트리다테스 대왕이 아시아 속주를 침공함에 따라 술라는 그 전쟁의 지휘권을 얻고자 했고, 연로한 마리우스 역시 지휘권을 원했다. 원로원은 술라에게 지휘권을 부여했으나 호민관 술피키우스가 그에게서 지휘권을 빼앗아 마리우스에게 주었다. 이에 카푸아에 있던 술라는 로마로 진군했다. 마리우스는 로마를 떠나 달아났고, 술라는 미트리다테스와 대적하러 동방으로 떠났다.

마리우스가 죽고 킨나가 로마의 패권을 잡은 뒤 술라는 서둘러 전투를 끝내고 기원전 83년에 고국으로 돌아왔다. 앞서 킨나가 그의 공권을 박탈한 터였으므로 그는 다시 한번 로마로 진군하여 스스로 독재관이 되었다. 곧이어 무자비한 공권박탈 조치를 실시했으며, 상당 기간 독재관 자리를 유지하면서 그가 로마 최악의 병폐로 여겼던 호민관들에게 재갈을 물릴 수 있도록 로마의 법체계를 개편했다. 기원전 79년에 독재관 직을 내려놓고 정계에서 물러나 방종한 생활을 만끽하다가 기원전 78년 세상을 떠났다.

그의 생애는 1부 『로마의 일인자』, 2부 『풀잎관』, 3부 『포르투나의 선택』에서 상세히 다루었다.

시민관(코로나 키비카) Corona Civica 로마의 군사 훈장 중 두번째로 귀한 것. 떡갈나무 잎으로 만든 시민관은 전투 내내 전우들을 구하고 물러서지 않은 군인에게 주어졌는데, 그가 구해준 군인들이 장군 앞에서 그런 일이 있었다고 정식으로 맹세해야만 받을 수 있었다.

오푸스 인케르툼 opus incertum 로마인들이 벽체를 구축하는 다양한 방법 중 가장 오래된 방법. 불규칙한 크기로 자른 돌들을 콘크리트로 붙여 속이 빈 외장을 만든다. 외장 속은 화산회, 석회, 자갈과 조약돌을 섞어 만든 콘크리트로 채웠다. 기원전 200년 이전부터 쓰인 것으로 보인다.

원로원 Senatus 로마인들은 로물루스가 원로원을 세웠다고 믿었지만 실은 로마 왕정 후기의 왕들이 설립한 자문기구였을 가능성이 크다. 왕정이 끝나고 공화정이 시작된 후에도 원로원은 파트리키 300명 규모로 존속되었다. 몇 년 지나지 않아 평민도 원로원 의원이 되었으나, 그들이 고위 정무관 직을 차지하기까지는 좀더 많은 시간이 걸렸다.

원로원은 워낙 오래된 조직이었기 때문에 그 권리와 권력, 의무에 관한 법적 정의가 거의 존재하지 않았다. 원로원 의원들은 행정부에서 그들의 우위를 지키려고 항상 맹렬히 싸웠다. 공화정 중기부터 재무관에 선출되면 곧이어 원로원 의원이 되는 것이 규정이었지만, 재무관 직을 통하는 길 외에는 원로원에 들어갈 수 없도록 술라가 조치하기 전까지는 원로원 의원 지명에 관한 재량권이 감찰관에게 있었다. 아티니우스법에 따라 호민관은 당선과 동시에 원로원 의원이 되었다. 원로원 의원의 자격 요건으로 자산 조사가 행해졌지만 이는 전적으로 비공식적인 관례였다.

원로원 회의에서 발언이 허락되는 의원들 사이에는 엄격한 위계질서가 존재했다. 평의원들은 투표권만 있고 발언은 할 수 없었다. 안건이 중요하지 않거나 만장일치인 경우 구두 또는 거수 표결로 처리할 수 있었다. 반면 공식 투표는 의원들이 자기 자리에서 나와서 가부 의견에 따라 고관석 단상 양쪽에 선 뒤 각각의 인원수를 세는 방식으로 진행되었다. 입법기관이 아닌 자문기관이었던 원로원은 결의를 통해 다양한 민회에 요구사항을 전달했다. 중대한 안건이 상정된 경우 정족수가 차야 투표를 실시할 수 있었다.

원로원 최종 결의 Senatus Consultum Ultimum 이 시리즈의 배경이 되는 시대에 '공화국 수호를 위한 원로원 결의'를 가리켜 흔히 사용된 약칭. 키케로가 사용한 것은 확실하다. 저자는 키케로를 이 표현의 원조로 그렸으나 이는 추측에 불과하다.

이두스 Idus 한 달에서 특별히 취급되는 세 날(칼렌다이, 노나이, 이두스라는 고정된 지점들을 기준으로 하여 거꾸로 날짜를 표현했다) 중 세번째. 긴 달에는(3월, 5월, 7월, 10월) 15일이었고 다른 달에는 13일이었다. 유피테르 옵티무스 막시무스 신을 위한 날로, 유피테르 대제관이 카피톨리누스 언덕의 아룩스에서 양을 산 제물로 바쳤다.

인민 People 엄밀히 말해서 원로원 의원을 제외한 모든 로마인을 포괄하는 용어다. 평민부터 파트리키까지, 1계급부터 최하층민까지를 모두 포함한다.

임페리움 imperium 고등 정무관이나 정무관 권한대행에게 주어진 권한의 정도이다. 임페리움이 있다는 것은 그 사람이 해당 관직의 권한을 보유했으며, 본인의 임페리움과 처신을 규정하는 법에 따라 행동하는 한 그 권한을 부정할 수 없다는 의미였다. 임페리움은 쿠리아법에 의해 주어졌으며 원칙적으로 1년간 지속되었다. 임기가 연장된 총독의 임페리움 연장은 원로원 또는 트리부스회의 비준을 받아야 했다. 임페리움을 보유한 사람은 파스케스를 든 릭토르단을 거느렸는데, 릭토르와 파스케스 수가 많을수록 더 높은 임페리움의 보유자였다.

임페리움 마이우스 imperium maius 아주 강력한 임페리움으로, 임페리움 마이우스 보유자는 그해 집정관들보다 우월한 위치를 차지했다.

재무관 quaestor '관직의 사다리'에서 가장 낮은 단계. 선출직이었다. 마리우스 시대에는 재무관으로 뽑힌다고 해서 자동으로 원로원 의원이 되지는 않았지만, 감찰관들이 재무관을 원로원 의원으로 받아들이는 것이 관례였다. 독재관 술라가 원로원 의원이 되려면 반드시 재무관 직을 거쳐야 한다는 법을 만들기 전까지는 재무관을 지내지 않은 사람도 원로원 의원이 될 수 있었다. 술라는 재무관의 정원을 12명에서 20명으로 증원했고, 30세 전에는 재무관 후보로 출마할 수 없다고 명시했다. 이는 원로원 의원이 되기에 적당한 나이이기도 했다.
주요 임무는 재정 업무였다. 추첨을 통해 로마 내에서 국고를 관리하거나 이탈리아에서 관세, 항구세, 임대료를 수금하거나 속주 총독의 재산을 관리하는 임무 등을 맡았다. 속주 총독으로 파견되는 사람은 자신이 데려갈 재무관을 지명할 수 있었다. 일반적으로 임기는 1년이었으나, 지명받은 경우 모시는 총독의 임기가 끝날 때까지 속주에 남아 임무를 수행했다. 취임일은 12월의 다섯째 날이었다.

정무관 magistrates 투표로 선출되어 행정부를 구성하는 로마 원로원과 인민의 대표자들. 재무관에서 법무관을 거쳐 집정관까지 오르는 코스를 '관직의 사다리'라 칭했다. 감찰관, 두 가지 조영관(평민 조영관, 고등 조영관), 호민관은 관직의 사다리에 직접적으로 속하지 않고 보조 역할을 하는 직책이었다. 감찰관을 제외한 모든 정무관의 임기는 1년이었다. 독재관은 특별한 경우에 해당한다.

제관 flamen 최소한 왕정 시대까지 거슬러올라가는 로마의 가장 오래된 신관 집단. 총 15명으로 그중 3명은 대제관이었다. 대제관들은 각각 유피테르, 마르스, 퀴리누스 신을 섬겼다. 이중 유피테르 대제관이 가장 지켜야 할 금기가 많아서 힘든 자리였다. 대제관 세 명은 국가의 녹을 받고 국가에서 제공하는 집에서 살았으며 원로원 의원이 되었다.

조영관 aedille 평민 조영관 2인과 고등 조영관 2인의 총 4인이었으며 업무 영역은 로마 시내로 한정되었다. 이 직책이 신설된 애초 목적은 기본적으로 호민관 지원, 좀더 구체적으로는 포룸 보아리움에 자리한 평민 본부 케레스 신전에 대한 평민의 권리를 보호하는 데 있었다. 기원전 494년에 먼저 생겨난 평민 조영관은 평민회에서 선출했는데, 로마 시내의 건물을 총괄 관리하고 평민회에서 통과된 법안(평민회 결의) 및 그 법안의 처리를 명하는 원로원 결의를 공문서로 보존하는 업무를 맡았다. 한편 기원전 367년에 트리부스회에서 선출하는 고등 조영관이 신설되어 공공건물 관리 및 공문서 보존 권한을 파트리키 귀족도 나누어 갖게 되었지만, 얼마 지나지 않아 제도가 바뀌어 파트리키가 아닌 평민도 고등 조영관 직을 맡을 수 있게 되었다. 기원전 3세기부터는 조영관 4인이 역할 구분 없이 로마 시가지, 상하수도, 교통, 공공건물, 기념물이나 편의시설, 시장, 도량형(표준 도량형기가 카스토르·폴룩스 신전 지하에 보관되어 있었다), 경기대회, 공공 곡물 공급을 관리했다. 조영관은 관련 규정을 위반한 자에게 시민권자이든 비시민권자이든 상관없이 벌금을 부과할 권한이 있었고, 그 돈은 금고에 보관해두었다가 경기대회 자금으로 썼다. 조영관 직은 '관직의 사다리'에 포함되지는 않았지만, 경기대회 자금을 관리한다는 점에서 법무관 선거 출마를 앞둔 이들에게 유용한 정무직으로 꼽혔다.

조점관 augur 점술을 보는 신관. 조점관은 점괘를 자의적으로 해석하거나 미래를 예언하는 자가 아니었다. 그보다는 집회, 전쟁, 신규 법안, 선거와 같은 국가 행사와 시국적 사안에 대한 신의 승인 여부를 확인하기 위해 특정한 사물이나 징조를 면밀하게 관찰했다. 표준 지침서에 따라 '책에 나온 대로' 점괘를 해석했으며, 토가 트라베아를 입고 리투우스라는 굽은 지팡이를 들고 다녔다.

존엄(디그니타스) dignitas 로마 특유의 개념으로 개인의 고결함, 긍지, 가문, 말, 지성, 행동, 능력, 지식, 사람으로서의 가치의 총체였다. 공적이라기보다 사적인 입지였으나, 훌륭한 존엄은 공적인 입지를 크게 강화시켰다. 로마 귀족은 소유한 모든 자산 중 디그니타스에 대해 가장 민감했다. 디그니타스를 지키기 위해서라면 그는 전쟁에 나가거나 망명길에 오르고, 자살을 하고, 아내나 아들을 죽일 수도 있었다.

최고신관 Pontifex Maximus 국가 종교의 수장으로, 신관 중에 가장 지위가 높다. 로마 초기에 처음 만들어진 지위로 보이며, 타인의 감정을 자극하지 않으면서 장애물을 피해 가는 데 능숙했던 로마인의 특징을 잘 보여준다. 애초에는 로마의 왕에게 주어지는 직위인 제사장이 가장 높은 신관 역할을 맡고 있었다. 원로원을 통해 로마를 통치하게 된 새로운 지배자들은 제사장을 폐지하여 민심을 건드리는 대신 더 높은 신관 직을 만들어냈는데 그것이 바로 최고신관이었다. 최고신관은 다른 구성원들의 동의가 아니라 선거로 선출되었다는 점에서 정치인과 비슷했다. 초기에는 파트리키만 최고신관이 될 수 있었으나 공화정 중기에 이르러서는 평민에게도 허락되었다. 대신관, 조점관, 벨로나 신관, 베스타 신녀를 비롯한 모든 신관들을 관리하고 감독했다. 최고신관은 가장 훌륭한 관저를 제공받았으며 그곳을 베스타 신녀들과 반반씩 나눠서 이용했다. 최고신관의 공식 집무실은 신전으로 분류되었는데, 포룸 로마눔 내 최고신관의 관저 바로 맞은편에 위치한 작고 오래된 레기아였다.

카타풀타 catapulta 공화정 시기에 큰 화살(화살 같은 나무 소재의 던지는 무기)을 쏘기 위해 제작된 무기. 원리는 석궁과 비슷했다. 카이사르의『갈리아 전기』에 따르면 정확하고 치명적이었다고 한다.

칼렌다이 Kalendae 한 달에서 특별히 취급되는 세 날(칼렌다이, 노나이, 이두스라는 고정된 지점들을 기준으로 하여 거꾸로 날짜를 표현했다) 중 첫번째 날. 매달 1일이었다. 유노 여신에게 바쳐진 날로, 본래 새 달이 뜨는 날과 일치하도록 정했다.

코그노멘 cognomen 이름(프라이노멘) 및 씨족명(노멘)이 같은 사람들과의 차별화를 위해 로마 남성이 붙였던 세번째 이름. 폼페이우스의 코그노멘인 마그누스처럼 개인이 직접 정할 수도 있었고, 율리우스 가문의 카이사르 분가처럼 집안 대대로 유지하는 코그노멘도 있었다. 일부 가문에서는 하나 이상의 코그노멘이 필요하게 되었다. 코그노멘은 튀어나온 귀, 평발, 곱사등, 부은 다리 같은 신체 특징을 묘사하거나 위대한 업적을 기리는 경우가 많았으며, 최고의 코그노멘은 극히 풍자적이거나 매우 익살맞았다.

트리부스 tribus 공화정이 시작될 무렵 로마인에게 트리부스는 자신이 속한 종족 집단 분류가 아니라 국가에만 유용한 정치 집단 분류로 인식되었다. 로마에는 모두 35개 트리부스가 있었는데 31개는 지방 트리부스였고 단 4개만 수도 트리부스였다. 유서 깊은 16개 트리부스는 다양한 파트리키 씨족의 이름을 지니고 있었다. 이는 해당 트리부스에 속하는 시민들이 그 파트리키 씨족의 구성원이거나 그 씨족의 소유지에 살았던 사람임을 의미했다. 공화정 초기와 중기 동안 로마가 이탈리아 반도에서 영토를 늘려감에 따라 새로운 시민들을 수용하기 위해 여러 트리부스가 추가되었다. 각 트리부스의 모든 구성원에게는 트리부스회에서 투표할 권리가 있었지만, 한 트리부스 전체가 한 표를 행사하는 방식이었기 때문에 이 표 자체는 큰 의미가 없었다.

파스케스 fasces 자작나무 가지들을 의식에 따라 붉은 가죽끈을 X자로 엇갈리게 하여 묶은 것. 원래 에트루리아 왕들의 상징이었으나 신생 로마의 관습으로 전해졌고 공화정 시대부터 제정 시대까지 로마의 공적 생활에 쭉 존재했다. 릭토르단은 파스케스를 들고 고위 정무관(혹은 집정관 및 법무관 권한대행) 앞에서 걸으며 해당 정무관에게 임페리움이 있음을 알렸다. 신성경계선 안에서는 나뭇가지들만 묶은 파스케스를 들어 고위 정무관에게 태형을 가할 권한만 있음을 알렸으며, 신성경계선 밖에서는 나뭇가지들 속에 도끼를 넣어 고위 정무관에게 사형을 내릴 권한도 있음을 알렸다. 신성경계선 안에서 파스케스에 도끼를 넣을 수 있는 사람은 독재관뿐이었다. 파스케스 수는 임페리움의 정도를 의미했다. 독재관은 24개(술라 이전에는 12개), 집정관과 집정관 권한대행은 12개, 법무관과 법무관 권한대행은 6개, 조영관은 2개를 보유했다.

파트리키 patricii 로마 구귀족. 왕정이 수립되기 이전부터 유명했던 시민들로 계속 이 칭호를 유지했다. 초반에는 집정관을 배출해 신귀족으로 부상한 평민들에게도 허락되지 않는 명성과 특권을 누렸다. 하지만 공화정이 발전하고 평민의 부와 권력이 커지자 특권이 점점 약화되었고, 마리우스 시대에 이르자 파트리키 가문이 평민 출신의 신귀족 가문보다 오히려 가난해지기도 했다. 제사장과 유피테르 대제관 같은 일부 신관 직, 섭정관과 최고참 의원 같은 일부 원로원 의원 직은 파트리키에게만 허용되었다.

팔루다멘툼 plaudamentum 총사령관용 심홍색 망토.

평민 plebs 파트리키가 아닌 모든 로마 시민. 공화정 초기에는 평민에게 신관 직, 고위 정무관 직, 원로원 의원 직조차 허락되지 않았다. 하지만 얼마 지나지 않아서 파트리키에게만 허락되던 직위들을 평민들이 하나씩 차지하기 시작했다. 마리우스 시대에는 정치적으로 그리 중요하지 않은 몇 가지 직책만이 파트리키 고유의 영역으로 남게 되었다.

포룸 로마눔 Forum Romanum 로마의 공적 생활 중심지였던 이 기다란 공터는 주위의 건물들과 마찬가지로 대부분 정치·법·업무·종교 활동에 쓰였다. 주변보다 지대가 낮아서 비교적 습하고 춥고 해가 들지 않았지만 공적 활동이 매우 활발하게 이루어졌다. 포룸 로마눔의 절반 정도를 차지하는 낮은 구역에서 늘 법과 정치 업무가 진행중이었다는 설명들로 볼 때, 이곳은 항상 노점과 매대, 손수레로 북적이지는 않았을 것이다. 포룸 로마눔의 에스퀼리누스 언덕 쪽 구역에 일련의 건물들로 구분된 매우 큰 시장이 두 개 있었는데, 이곳에 대부분의 매대와 노점이 있었을 것이다.

포룸 율리 Forum Julii 오늘날 프랑스의 코트다쥐르 해안 지역에 위치한 프레쥐스.

포룸 율리움 Forum Julium 카이사르가 로마에 새로 만든 포룸.

포르투나 Fortuna 운명의 여신. 가장 열렬히 숭배되던 로마의 신들 가운데 하나. 로마인들은 내심 운을 믿었지만, 운에 대해 지금의 우리와는 다른 생각을 갖고 있었다. 사람은 스스로 자신의 운을 개척하는 것이기도 했지만, 술라나 카이사르처럼 매우 지적인 사람들조차 미신을 신봉하는 것은 물론 포르투나의 노여움을 사지 않으려고 매우 조심했다. 누군가가 포르투나의 총애를 받는다는 건 그 사람이 옹호하는 것들이 정당하다는 뜻으로 간주되었다.

피케눔 Picenum 이탈리아 반도의 동부에 위치한 지역으로, 장화처럼 생긴 땅에서 종아리 부분에 해당한다. 서쪽 경계는 험준한 아펜니누스 산맥이며 동쪽으로는 옴브리아, 남쪽과 서쪽으로는 삼니움이 있었다. 아드리아 해와 맞닿아 항구가 많았고 그중에 앙코나와 피르뭄 피케눔이 가장 분주한 항구도

시였다. 주요 내륙도시는 아스쿨룸 피켄툼이었다. 원주민은 남부 이탈리아의 고대 그리스 식민지 주민과 일리리아인이었다. 아펜니누스 산맥 반대편에 살던 사비니족이 이주해 오면서 그들의 수호신인 피쿠스가 전해졌는데, 딱따구리를 의미하는 '피쿠스'에서 '피케눔'이라는 지명이 유래했다는 설도 있다. 기원전 390년 첫번째 브렌누스 왕이 이탈리아를 침략했을 당시 세노네스라는 갈리아 부족이 이 지역에 정착하기도 했다. 정치적으로 북부와 남부로 양분되었는데 북부 피케눔은 남부 움브리아와 밀접한 관계였고 폼페이우스 가문의 영향권에 있었다. 반면 플로시스 강 이남의 피케눔은 삼니움과 끈끈한 관계를 맺고 있었다.

피호민 cliens 보호자(파트로누스 patronus)에게 입회를 약속한 자유인이나 해방노예를 뜻한다. 꼭 로마 시민일 필요는 없었다. 가장 엄숙하고 도덕적인 구속력 있는 방식을 통해, 보호자의 이익을 도모하고 그의 지시에 따를 것을 약속하는 대신 여러 가지 원조(일반적으로 돈이나 직위, 법률적인 도움)를 받았다. 해방노예는 자동으로 전 주인의 피호민이 되었고, 이러한 관계는 의무를 면제받는 날까지 지속되었다(그러나 그런 경우는 거의 없었다). 피호민인 동시에 보호자인 사람도 있었다. 이러한 경우 그는 최종 보호자가 아니었으며 그의 피호민은 그의 보호자의 피호민이기도 했다. 공화정 시대에는 피호민과 보호자의 관계에 관한 공식적인 법이 없었다. 필요가 없었기 때문이다. 어느 쪽이건 이 중요한 관계에서 불명예스럽게 처신하면 사회적인 성공은 기대할 수 없었다. 외국의 피호민과 보호자 관계를 다스리는 법도 있었다. 다시 말해 개인만이 아니라 도시나 국가 전체도 피호민이 될 수 있었다.

호민관 tribune of the plebs 공화정이 수립되고 오래지 않아 평민과 파트리키 귀족의 갈등이 극에 달했을 때 생긴 관직. 평민들로 구성된 트리부스 기구인 평민회에서 선출된 호민관은 평민계급 구성원들의 생명과 재산을 수호하고 정무관(당시에는 파트리키)의 손아귀로부터 그들을 구하겠다는 선서를 했다. 호민관은 트리부스회에서 선출되지 않았기 때문에 로마의 불문헌법하에서 실질적 권한이 없었으며 군무관이나 재무관, 고등 조영관, 법무관, 집정관, 감찰관과 같은 종류의 정무관이 아니었다. 호민관은 평민들의 정무관이었고, 이들의 직무 권한은 자신들이 선출한 관리의 신성불가침성을 지켜주겠다는 평민계급의 서약에서 비롯되었다. 호민관에게는 임페리움이 없었고 부여된 직권은 첫번째 마일 표석 내에서만 행사할 수 있었다.

호민관의 진정한 권력은 국가의 거의 모든 조치에 거부권을 행사할 수 있는 권리에서 나왔다. 따라서 호민관의 역할은 새로운 제도의 도입보다 의사진행 방해로 나타나는 경우가 많았다. 마리우스와 술라 시대에 이들은 파트리키만이 아니라 원로원에 있어서도 눈엣가시 같은 존재였다.

히페르보레오이 Hyperboreans '보레아스(북풍)의 고향 너머에 사는 사람들'. 신화 속의 민족인 그들은 아폴론 신만을 숭배했으며 목가적 생활을 했다. 고대인들은 히페르보레오이의 땅이 먼 북쪽 어딘가에 틀림없이 존재한다고 생각했다.

시월의 말 1

초판 인쇄 2017년 12월 5일
초판 발행 2017년 12월 15일

지은이 콜린 매컬로 | 옮긴이 강선재 신봉아 이은주 홍정인 | 펴낸이 염현숙
편집인 신정민

편집 신정민 신소희 | 디자인 고은이 이주영
마케팅 방미연 최향모 오혜림 | 홍보 김희숙 김상만 이천희
저작권 한문숙 김지영 | 모니터링 서승일 이희연 전혜진
제작 강신은 김동욱 임현식 | 제작처 한영문화사

펴낸곳 (주)문학동네
출판등록 1993년 10월 22일 제406-2003-000045호
임프린트 교유서가

주소 10881 경기도 파주시 회동길 210
문의전화 031) 955-1935(마케팅), 031) 955-3583(편집)
팩스 031) 955-8855
전자우편 gyoyuseoga@naver.com

ISBN 978-89-546-4937-7 04840
      978-89-546-4936-0 (세트)

www.munhak.com